MICHAEL PEINKOFER

DIE ZAUBERER
Das dunkle Feuer

Personae Magicae

Zauberer

Farawyn	Ältester des Hohen Rates
Gervan	sein Stellvertreter
Lhurian	ehedem Granock, Zaubermeister
Thynia	ehedem Alannah, Zaubermeisterin
Rothgan	ehedem Aldur, Zaubermeister
Syolan	Chronist von Shakara
Cysguran	Sprecher des linken Flügels
Simur	Sprecher des rechten Flügels
Tarana	Meisterin, Botschafterin in Tirgas Lan
Filfyr	Meister, Ratsmitglied
Lonyth	Meister, Ratsmitglied
Atgyva	Bibliothekarin von Shakara
Tavalian	ein heilkundiger Zauberer
Sunan	Zaubermeister
Awyra	Zaubermeisterin
Rurak	abtrünniges Ratsmitglied

Elfen

König Elidor	Herrscher des Elfenreichs
Caia	seine Konkubine
Fürst Ardghal	ehemaliger königlicher Berater

Mangon	Lordrichter von Tirgas Lan
Nimon	Aspirant in Shakara
Una	Aspirantin in Shakara
Eoghan	Aspirant in Shakara
Fürst Narwan	königlicher Berater
Larna	Eingeweihte in Tirgas Lan
Fylon	Schatzmeister von Tirgas Lan
General Irgon	Oberbefehlshaber des Elfenheeres
Párnas	Statthalter von Tirgas Dun
Yaloron	sein Minister
Nyrwag	Befehlshaber der Stadtwache
Cian	Tuchhändler aus Tirgas Dun
Alurys	Hauptmann im Elfenheer
Íomer	Späher der Waldelfen

Menschen

Lady Yrena	Herrin von Andaril
Hinrik	ein Höfling
Gandor	Söldnerführer
Baldrick	Novize in Shakara

Kobolde

Argyll	Diener Farawyns
Ariel	Diener Granocks
Níobe	Dienerin Aldurs
Colm	Diener des Hohen Rates

Zwerge

Runar	Abgesandter des Zwergenkönigs
Thanmar	Anführer der Dunkelzwerge

Orks

Rambok	Botschafter in Shakara, Vorfahr zweier später sehr bekannter Orks

Prolog

Der zweite Krieg der Völker hatte begonnen.
 Zuerst war er nur ein ferner Schrecken gewesen, ein Schatten, der auf uns fiel und an dem wir uns nicht störten, so lange die Sonne hoch am Himmel stand. Doch in dunklen Nächten ahnten wir bereits, dass die Geschichte sich ändern würde und umwälzende Ereignisse bevorstanden. Und schließlich versank das Licht am Horizont der Zeit.
 Dunkelheit brach über uns herein.
 Und mit der Dunkelheit kam die Furcht.
 Natürlich gab es auch solche, die diese Entwicklung vorausgesehen hatten. In all den Jahren hatten sie uns gemahnt, hatten vorausgesagt, dass der immerwährende Friede, nach dem wir uns sehnten, nur ein Traum sei und das Erwachen schrecklich würde. Aber die meisten taten diese Warnungen als Hirngespinste ab und entgegneten, dass es besser sei, einen Tag in Frieden zu verbringen, als ein ganzes Leben im Krieg. Ihre Stimmen sind längst verstummt, denn im Zuge der dramatischen Ereignisse, die über uns hereinbrachen, wurde auch dem letzten von uns klar, dass ein neues Zeitalter angebrochen war, in dem wir entweder um unseren Platz in der Geschichte kämpfen oder von ihr verschlungen werden würden.
 Die Jahrhunderte während Ära des Friedens war unwiderruflich zu Ende, ertränkt in Strömen von Blut, und schon bald erschien sie uns nur noch wie ein vager, unwirklicher Traum, dem wir uns hingegeben hatten in der Hoffnung auf eine bessere Welt.

Diese Hoffnung war gescheitert.

Geblieben war der Kampf um das nackte Überleben.

Vier Jahre waren vergangen seit jener schicksalhaften Schlacht im Flusstal, bei der das Böse sich offenbart und der Feind sein wahres Gesicht gezeigt hatte. Margok der Dunkelelf, dessen düstere Taten die Welt schon einmal in einen verheerenden Krieg gestürzt hatten, war zurückgekehrt, schrecklicher und mächtiger als je zuvor, und wie damals waren Tod und Vernichtung sein Gefolge.

Durch Rurak, ein verräterisches Mitglied des Zauberordens, wurde die Rückkehr des Dunkelelfen vorbereitet; durch Riwanon, eine weitere Magierin, die der Finsternis verfiel, wurde sie vollendet. Lange Zeit wirkte Margok im Verborgenen. Nurmorod, eine vergessene Drachenfeste tief im Süden Erdwelts, wurde sein geheimer Schlupfwinkel. Von dort aus bereitete er seinen Krieg gegen das Elfenreich vor – und gegen alles, was lebt.

Mit Ruraks Hilfe wiegelte er die Feinde des Reiches auf, nicht nur die Unholde, die er selbst einst ins Leben gerufen hatte und deren Nachkommen die unwirtlichen Lande jenseits des Schwarzgebirges bewohnen, sondern auch die Menschen, die frei sind in ihrer Entscheidung zwischen Gut und Böse, aber von niederen Trieben beherrscht werden.

Mit ihrer Hilfe formierte er ein Heer, das er mit Waffen ausstattete, wie sie noch niemals in Erdwelt gesehen worden waren, Mordmaschinen, angetrieben von magischer Kraft. Im Flusstal, das vor Urzeiten schon einmal Schauplatz einer Schlacht zwischen den Mächten des Lichts und der Finsternis gewesen war, kam es zur Konfrontation.

Margoks Heer traf auf die Verteidiger des Elfenreichs, die den Invasoren entgegentraten. Doch so tapfer die Legionen König Elidors auch kämpften – der Sieg wäre ihnen nicht vergönnt gewesen, hätten nicht die Weisen von Shakara in den Kampf eingegriffen.

In einer Erneuerung des Bundes, der in alter Zeit zwischen Königen und Zauberern geschlossen worden war, vereinten Elidor, Herrscher des Elfenreichs, und Farawyn, Ältester des Ordens von Shakara, ihre Kräfte, und nur dem Einsatz der Zauberer war es zu verdanken, dass der Ansturm der feindlichen Horden aufgehalten werden konnte. Der eigentliche Sieg jedoch wurde nicht auf dem Schlachtfeld errungen, sondern jenseits der feindlichen Linien, wo sich drei Eingeweihte des Zauberordens in der Gewalt des Dunkelelfen befanden. Indem sie dem Bösen trotzten, gelang es ihnen, Margoks Pläne zu durchkreuzen, und als Gegenleistung ernannten wir sie zu Meistern des Ordens und gaben ihnen Namen, die ihren Fähigkeiten entsprechen.

Aus Alannah, die kraft ihrer Gedanken das frostige Element zu erzeugen vermag, wurde Thynia, Blume des Eises.

Aus Aldur, dem ehrgeizigen Spross des Alduran, dessen Fähigkeit darin besteht, lodernden Flammen zu gebieten, wurde Rothgan, der mit dem Feuer spricht.

Aus Granock schließlich, dem ersten Menschen, der die Pforte Shakaras durchschritten hatte, wurde Lhurian, gemäß seiner Gabe, über die Zeit zu verfügen.

Doch obwohl wir dies taten und ihre Namen fortan mit Dankbarkeit und Respekt aussprachen, blieb ein Gefühl von Unbehagen – denn wir alle ahnten, dass für den Sieg im Flusstal ein hoher Preis entrichtet worden war.

Damals hofften zumindest einige von uns, der Triumph sei endgültig und Margok mitsamt seinen Horden geschlagen worden – heute wissen wir, dass der Kampf am Siegstein nur die erste Schlacht von vielen war, das erste Glied einer Kette der Gewalt, die noch mehr Elend hervorrufen und immer neue Opfern fordern sollte, auch unter den Zauberern.

Und das Morden dauert noch immer an ...

Aus der Chronik Syolans des Schreibers
Buch III, Reflexionen

BUCH 1

GYALAS RHYFANA
(Fremdes Land)

1. PELAI GLIAN

In der Nacht des Bruchs

In der Kristallkammer der Ordensburg von Shakara herrschte Schweigen. Wortlose Stille, die eingetreten war, nachdem schmerzliche Wahrheiten ans Licht gekommen waren.
Wahrheiten über Freunde.
Wahrheiten über Liebende.
Wahrheiten über Väter und Söhne ...
Alannah empfand das Schweigen als Qual. Unstet wechselte der Blick der Elfin zwischen Farawyn, dem Ältesten des Zauberordens, und ihrem Geliebten Aldur hin und her. Die Spannungen waren deutlich zu spüren, dennoch vermochte Alannah nicht zu sagen, was zwischen ihnen vorgefallen war.

Beide musterten einander mit Blicken, die kälter waren als das sie umgebende Eis der Ordensburg. Farawyns energische Gesichtszüge hatten sich verfinstert, seine dunklen, sonst so wachen Augen waren milchig und trübe. Den Zauberstab aus Lindenholz hielt er wohl nicht nur als Zeichen seines Standes in den Händen – er brauchte ihn, um sich darauf zu stützen.

Aldur stand ihm in unverhohlener Ablehnung gegenüber, das lange blonde Haar zum Schweif gebunden und das kantige Kinn trotzig vorgereckt. Auch er hatte seinen *flasfyn* bei sich, der genau wie Alannahs aus Elfenbein gefertigt war. Erst vor Kurzem hatten sie ihre Zauberstäbe erhalten, zusammen mit ihrer Ernennung zum Meister. Doch die Freude darüber war längst verblasst.

Noch war Alannah schockiert von den Ereignissen, die dazu geführt hatten, dass sie nun hier stand, in der Kammer des *serentir*, und darauf wartete, dass die Kristallpforte sich öffnete. Als Kind der Ehrwürdigen Gärten hatte sie nie damit gerechnet, jemals nach Shakara zu gelangen und eine Magierin zu werden – ebenso wenig wie sie damit gerechnet hatte, die Ordensburg schon so bald zu verlassen.

Und so endgültig ...

»Bist du sicher, dass du diesen Schritt wirklich wagen willst?«, fragte Farawyn Aldur. Zwar brach er damit das Schweigen, aber die bedrückende Stimmung blieb bestehen. Beklommen stellte Alannah fest, dass der Älteste nicht als der väterliche Freund zu ihnen sprach, der er ihnen früher stets gewesen war, sondern als ihr Vorgesetzter. Kühl. Abweisend.

Aldurs Antwort fiel entsprechend aus. »Hätte ich mich andernfalls wohl erboten, diese Aufgabe zu übernehmen?«, hielt er dagegen, und die Respektlosigkeit, mit der er es tat, entsetzte Alannah nur noch mehr.

Die Elfin hörte die tiefe Verletztheit, die in den Worten ihres Geliebten schwang, und fragte sich zum ungezählten Mal, was Farawyn ihm angetan haben mochte. Eine Antwort erhielt sie freilich nicht, aber obwohl sie den Grund für Aldurs Verhalten nicht kannte, hatte sie eingewilligt, ihn auf die bevorstehende Mission zu begleiten.

Zum einen, weil sie wusste, dass es notwendig war.

Zum anderen, weil ihr schlechtes Gewissen sie dazu drängte ...

»Und wenn eintritt, was du befürchtest?«, erkundigte sich Farawyn prüfend.

»Dann werde ich tun, was nötig ist«, erwiderte Aldur steif. »In den alten Schriften ist von einer Vorrichtung die Rede, die die Fernen Gestade vor fremdem Zugriff schützen soll. Zwei Zauberer werden benötigt, um den *tarian'y'crysalon* in Gang zu setzen – und wir sind zu zweit.«

»Der Kristallschild.« Farawyn nickte. »Wie so oft hast du recht. Dennoch rate ich dir zur Vorsicht. Was du ›alte Schriften‹ nennst, bezeichnen andere als verbotenes Wissen, und das aus gutem Grund.«

»Sollen sie«, konterte Aldur ungerührt. »Wenn der Dunkelelf seine Klauen nach den Fernen Gestaden ausstrecken sollte, werden die Furcht und das Entsetzen so groß sein, dass niemand moralische Erwägungen anstellt. So ist es immer gewesen, nicht wahr? Der Zweck rechtfertigt die Mittel.«

Farawyn gab sich sichtlich Mühe, das anmaßende Lächeln zu übergehen, das sich auf Aldurs blassen Zügen zeigte. Tatsächlich musste er zugeben, dass der junge Zauberer recht hatte. In Stunden der Not wurden die Methoden nicht hinterfragt, auch er selbst hatte sich dieses schlichten Grundsatzes schon öfter bedient. Wenn Margok tatsächlich nach den Fernen Gestaden griff, musste er um jeden Preis abgewehrt werden, oder Chaos und Zerstörung würden auch jenes Eiland erfassen, das für das Elfenvolk sowohl Herkunft als auch Bestimmung war.

»Dennoch«, beharrte der Älteste, »darfst du nie vergessen, dass die Macht, die den Kristallen innewohnt, höchst gefährlich ist.«

»Das werde ich nicht«, versicherte Aldur unwirsch.

Farawyn bedachte zuerst ihn, dann Alannah mit einem prüfenden Blick; schließlich nickte er. »Die Fernen Gestade sind kein Ort, an den sich ein Elf leichtfertig begibt, ohne darauf vorbereitet zu sein. Viele versuchen es, und manche gelangen nie dorthin – ihr beide jedoch seht die Wunder Crysalions noch lange vor eurer Zeit. Möge euer junger und unvorbereiteter Geist ihnen gewachsen sein.«

»Keine Sorge«, erwiderte Aldur im Brustton der Überzeugung, »das ist er gewiss.«

»Gibt es noch etwas, das ihr mir zu sagen habt?« Der Blick des Ältesten richtete sich fragend, fast hoffnungsvoll auf Aldur, der jedoch beharrlich schwieg. »Und du mein Kind?«, wandte er sich dann an Alannah.

»I-ich weiß nicht, Vater ...«

»Möchtest du vielleicht noch jemandem etwas ausrichten lassen? Granock vielleicht?«

Die Erwähnung des Namens ließ Alannah wie unter einem Nadelstich zusammenzucken.

Granock ...

Die Wunde war so frisch ... Noch immer sah sie ihn vor sich, seine ebenmäßigen, von dunklem Haar umrahmten Züge, die für einen Menschen ungewöhnlich gut aussehend waren, seine verzagt blickenden Augen. Und was noch schlimmer war: Sie hörte auch seine Stimme. Voller Verzweiflung hallte sie durch ihre Erinnerung und rief ihren Namen, wieder und wieder ...

»Ich denke nicht, dass sie dem Menschen noch etwas zu sagen hat«, entgegnete Aldur an ihrer Stelle, so hart und endgültig, dass sie nicht zu widersprechen wagte.

Farawyns Zögern währte nur einen kurzen Augenblick. »So geht«, sagte er und trat einige Schritte zurück. »Mögen Albons Licht, Glyndyrs Geist und Sigwyns Tatkraft euch begleiten.« Er hob den Zauberstab, worauf die eisfarbenen Kristalle in der Kammer zu leuchten begannen und die Verbindung öffneten. Ein flimmernder Strudel schien in der Luft zu entstehen, der sich immer schneller drehte und schließlich eine Öffnung bildete, ein Tor, das in ungeahnte Ferne zu reichen schien. In diesem Augenblick fassten Alannah und Aldur einander bei den Händen, nickten sich ein letztes Mal zu – und durchschritten die Pforte.

Sie reisten auf des Windes Schwingen.

Der *serentir* war in alter Zeit ins Leben gerufen worden, um große Entfernungen rasch zu überbrücken. König Iliador war es gewesen, der die Zauberer von Shakara um Unterstützung gebeten hatte, da sein Machtgebiet vom Zerfall bedroht war. Eine schnelle Verbindung zwischen den Zentren des Reiches sollte Abhilfe schaffen, worauf ein junger Zauberer namens Qoray den Dreistern erfand: Mit magischer Kraft brachte er Elfenkristalle dazu, Brücken über die Abgründe von Raum und Zeit zu schlagen. Diese Schlundverbindungen erlaubten es, sich im Bruchteil eines Augenblicks von einem Ort zum anderen zu begeben und dabei Entfernungen zu bewältigen, für die man auf herkömmlichem Wege mehrere Wochen benötigt hätte.

In dem Überschwang, der Iliador und seine Zeitgenossen überkam, ahnte freilich niemand, dass Qoray schon bald darauf dem Bösen verfallen, seinen Namen ändern und als Dunkelelf Margok die Kristallpforten nutzen würde, um Erdwelt mit Krieg und Vernichtung zu überziehen.

Seither wurden die magischen Pforten nur noch in Ausnahmefällen wie diesem geöffnet, wo es um das Wohl des Reiches und die Zukunft des gesamten Elfenvolks ging.

Alannah war schon früher mit dem Dreistern gereist, jedoch hatte sie die Passage nie zuvor als so berauschend empfunden.

Ferne Länder, fremde Orte, kleine und große Ereignisse – all das schien an ihr vorbeizuziehen, während sie gleichzeitig das Gefühl hatte, von einer unwiderstehlichen Kraft angesogen zu werden, einem unsichtbaren Mahlstrom, der alle Materie an sich zu raffen schien – um sie schon im nächsten Augenblick wieder auszuspeien.

Alannah fand sich auf beiden Beinen stehend, so als hätte sie die Kristallkammer von Shakara nie verlassen. Als sie jedoch blinzelnd die Augen öffnete, stellte sie fest, dass sie sich an einem gänzlich anderen Ort befand und dass der Dreistern einmal mehr das Unbegreifliche bewerkstelligt hatte.

Die neue Umgebung war überwältigend.

Zwar hatte die Elfin den *Annun* noch nie mit eigenen Augen gesehen, aber sie war überzeugt davon, dass es sich bei dem großen trapezförmigen Gebilde, das unter einer lichtdurchfluteten Kuppel hing und dessen sich nach oben und unten verjüngende Enden in glitzerndes Elfensilber gefasst waren, nur um den legendären Urkristall handeln konnte.

Der Saga nach war in seinem Inneren ein Strahl von *calada* gefangen, dem ersten Lichtschein, dem einst alles Leben entsprungen war, und in der Tat hatte Alannah nie zuvor ein strahlenderes Licht und prachtvollere Helligkeit erblickt. Sie blendete nicht in den Augen wie das grelle Sonnenlicht, sondern war voller Wärme und lebenspendender Güte. Ein Licht wie dieses konnte es an keinem anderen Ort geben, sodass nicht der geringste Zweifel bestand: Der Dreistern hatte sie an die Fernen Gestade getragen!

»Willkommen in Crysalion, Reisende.«

Jetzt erst nahm Alannah wahr, dass sie nicht allein war. Nicht nur Aldur stand neben ihr, sondern auch mehrere Elfen, ergraute

Männer und Frauen, die helle Roben trugen und sich ehrerbietig vor ihnen verneigten. Sie alle waren *tragwythai*, Ewige, wie die Bewohner der Fernen Gestade respektvoll genannt wurden.

Sie befanden sich in einem achteckigen Raum, dessen Wände halb durchsichtig waren, sodass der blaue Himmel zu sehen war. Durch die in die Wände eingelassenen Öffnungen konnte man auf den Balkon blicken, der das Oktogon umgab und jenseits dessen Geländers sich filigran geformte gläserne Türme erhoben, in deren Prismen sich das Licht der einfallenden Morgensonne in allen Regenbogenfarben brach. Es war ein Schauspiel, wie man es sich prächtiger kaum vorstellen konnte.

Crysalion, schoss es Alannah durch den Kopf.

Die Stadt der Kristalle ...

»Es ist uns eine Ehre, zwei Weise des Ordens von Shakara im Hort des Lichts zu begrüßen«, sagte einer der Greise, dessen Kinn ein weißer Bart zierte. Er verbeugte sich höflich und nickte ihnen zu, und Alannah hatte den Eindruck, dass seine Gesichtszüge ihr entfernt bekannt waren.

»Die Ehre ist auf unserer Seite«, entgegnete Aldur schneidig, der seine Fassung bereits wiedergewonnen hatte. »Ich bin Meister Rothgan, und dies ist Meisterin Thynia«, stellte er sich und Alannah vor.

»Wir wissen, wer Ihr seid«, entgegnete der Greis und deutete eine Verbeugung an. »Mein Name ist Ylorin.«

»Ylorin?«, fragte Alannah, der plötzlich klar wurde, woher sie das Gesicht des Mannes kannte. »Jener Ylorin, der in den Chroniken Nevians und Aurons Erwähnung findet? Über dessen Taten während des Großen Krieges der Dichter Varsur ein Heldenepos verfasst hat? Dem in den Ehrwürdigen Gärten von Tirgas Lan ein Denkmal gesetzt wurde?«

Ein Lächeln huschte über die faltigen, milde dreinblickenden Züge des Alten. »Es freut mich zu hören, dass die sterbliche Welt die Früchte meines irdischen Daseins nicht vergessen hat. Aber Ihr müsst wissen, dass derlei Verdienste an diesem Ort nicht mehr von Belang sind.«

»Aber Ihr seid es«, beharrte sie.

»Ich *war* es«, verbesserte Ylorin. »Ich war das, was man einen großen Krieger nennt. Ich habe Heere in Schlachten geführt und sie siegreich entschieden, habe unzählige Orks und andere Kreaturen der Dunkelheit erschlagen. Meine wahre Berufung jedoch«, sagte er und machte eine ausladende Handbewegung, die nicht nur das umgebende Oktogon oder die Kristallstadt, sondern die ganze Insel einzuschließen schien, »habe ich erst an diesem Ort gefunden.«

»Das wollen wir Euch gern glauben, ehrwürdiger Ylorin«, entgegnete Aldur. »Dennoch ist es möglich, dass Ihr vielleicht schon bald noch einmal jenes Wissen bemühen müsst, das Ihr Euch in der sterblichen Welt erworben habt.«

»Was meint Ihr damit?«

»Ich meine damit, dass Ihr möglicherweise noch einmal zum Schwert greifen müsst.«

»Zum Schwert?« Ylorin schüttelte den Kopf; in den Gesichtern seiner Begleiter stand Unverständnis zu lesen. »Mein Freund, ich glaube, Ihr habt aufgrund Eurer Jugend noch nicht verstanden, was für ein Ort dies ist. Wir alle, die wir hier leben, haben dem sterblichen Dasein entsagt und unseren Geist der Kontemplation geweiht. Diese Insel ist ein Hort des Friedens. Ein Schwert werdet Ihr hier vergeblich suchen, ebenso wie jemanden, der bereit wäre, es zu führen.«

»Ihr werdet dazu bereit sein müssen«, beharrte Aldur. »Denn wenn sich bewahrheitet, was ich befürchte, so wird der Dunkelelf seine Klauen nach Crysalion ausstrecken, und wir dürfen nicht zulassen, dass er sich des Annun bemächtigt.«

»Der Urkristall in Margoks Händen wäre in der Tat eine Katastrophe«, räumte der Greis ein. »Ich kannte den Dunkelelfen, als er sich noch Qoray nannte, und ich war dabei, als er zu diesem Monstrum wurde. Später habe ich in vielen Schlachten gegen ihn gekämpft und weiß, wozu er fähig ist. Dennoch ist mein Krieg zu Ende, Meister Rothgan. Also vertraut nicht auf meine Hilfe.«

»Und wenn der Dunkelelf kommt?«

»Für diesen Fall haben die Erbauer der Kristallfeste vorgesorgt«, entgegnete Ylorin ruhig.

»Der Kristallschirm wurde nie erprobt«, gab Aldur zu bedenken. »Sollten die Fernen Gestade tatsächlich angegriffen werden, werden Schwester Alannah und ich alles daransetzen, ihn zu errichten und Crysalion so dem Zugriff des Feindes zu entziehen. Aber wenn Margok das Unfassbare tatsächlich wagt, so wäre es in der Geschichte ohne Beispiel, und keiner von uns weiß, was in diesem Fall geschehen wird.«

»Dann lasst uns vertrauen«, sagte Ylorin leise. »Auf das Schicksal – und auf die Kraft der Vorsehung, die Euch hierhergeführt hat.«

»Ehrwürdiger Ylorin – was Meisterin Alannah und mich hergebracht hat, war nicht die Vorsehung, sondern einzig und allein meine Entscheidung, dem Dunkelelfen auch an diesem Ort die Stirn zu bieten. Viele in Shakara waren der Ansicht, dass dies nicht vonnöten sei, aber ich weiß es besser.«

Der Greis musterte Aldur mit einem Blick, der schwer zu deuten war. »Ihr seid hochmütig, Meister Rothgan«, sagte er schließlich. »Stolz und Hochmut stehen einem Weisen schlecht zu Gesicht, und sie passen nicht an einen Ort wie diesen.«

»Findet Ihr?« Aldur zuckte mit keiner Braue. »Solltet Ihr der Ansicht sein, dass ich die Fernen Gestade wieder verlassen sollte? Dass wir Crysalion schutzlos dem Dunkelelfen übergeben sollten, wenn er danach begehrt?«

»Das habe ich nicht gesagt.« Ylorin schüttelte das ergraute Haupt. »Aber es überrascht mich, dass der Orden jemanden wie Euch nach den Fernen Gestaden entsandt hat.«

»Jemanden wie mich?« Aldurs schmale Augen verengten sich noch weiter. »Ihr meint jemanden, der so anmaßend ist wie ich? Dem es an Demut ganz offenbar gebricht? Dessen Weisheit Euch zumindest fraglich erscheint?«

Alannah, die ihren Gefährten gut genug kannte, um zu wissen, dass er kurz davorstand, die Beherrschung zu verlieren, legte ihm beschwichtigend eine Hand auf die Schulter. Aldur jedoch schüttelte sie unwillig ab.

»Das alles sind nicht meine Worte«, entgegnete Ylorin ruhig, dem nicht daran gelegen schien, den jungen Zauberer zu provozieren.

»Aber sie drücken aus, was Ihr denkt, nicht wahr?«, blaffte Aldur. »Nun gut, ich will Euch sagen, weshalb man mich und keinen anderen geschickt hat: weil ich der Einzige bin, der die Gefahr eines Angriffs erkannt hat und Mut genug besitzt, danach zu handeln. Der Rest Eurer sogenannten Weisen gefällt sich darin, die Augen vor der Wirklichkeit zu verschließen und darauf zu hoffen, dass sich alles von allein fügen wird. Sogar unsere Abreise nach Crysalion musste in aller Heimlichkeit erfolgen, weil außer dem Ältesten keiner davon wissen durfte.«

»Zugegebenermaßen fällt es mir nicht leicht, das zu glauben ...«

»Dennoch ist es so«, beharrte Aldur, während Alannah zustimmend nickte. »Seit Ihr die sterbliche Welt verlassen habt, ist dort viel geschehen, Ylorin. Die Werte, für die Ihr einst gekämpft habt, haben nicht länger Bestand. Neue Rassen sind aufgetaucht, und das Elfenreich ist im Zerfall begriffen. Um zu überleben, ist der König von Tirgas Lan gezwungen, unsichere Bündnisse zu schließen und sich auf faule Kompromisse einzulassen. Und die Zauberer«, fügte er hinzu, wobei sich seine Mundwinkel vor Abscheu nach unten zogen, »fürchten sich nicht nur vor dem, was sie sind, sondern nehmen neuerdings sogar Menschen in ihren erlauchten Kreis auf!«

»Aldur!«, rief Alannah, der nur zu bewusst war, dass er dabei an Granock dachte.

»Stimmt es etwa nicht?«, fragte er gereizt. »Sage ich etwa nicht die Wahrheit? Wir haben den Menschen die Hand in Freundschaft gereicht, und wie wurde es uns gedankt? Die Menschen haben sich unser Vertrauen erschlichen und lassen keine Gelegenheit ungenutzt, um uns hinterhältig zu betrügen.«

»Das ist nicht wahr«, bestritt Alannah.

»Es ist wahr«, versicherte er, wobei er sie mit einem vernichtenden Blick bedachte. »Auch du solltest das langsam einsehen.«

»Mein Freund«, ließ sich Ylorin leise vernehmen, »seid Ihr sicher, dass Ihr hier seid, um dem Dunkelelfen die Stirn zu bieten? Mir will scheinen, es gibt neben ihm auch innere Dämonen, gegen die Ihr zu kämpfen habt ...«

»Darum habt Ihr Euch nicht zu kümmern, alter Mann«, beschied Aldur ihm streng und mit einem Tonfall, der weder ihrem Altersunterschied gerecht wurde noch der Tatsache, dass Ylorin ein gefeierter Held der alten Zeit war.

»Aldur ...« Alannah konnte ihre Betroffenheit nicht länger verbergen. »Was ist nur in dich gefahren?«

»Schon gut, mein Kind«, beschwichtigte Ylorin und hob abwehrend die Arme, »ich verüble es Eurem Begleiter nicht. Meine Zeit ist längst zu Ende gegangen, während seine erst begonnen hat. Und dabei erinnert er mich an jemanden, den ich einst gekannt und geschätzt habe. Allerdings ist das ebenso lange her wie meine großen Taten.«

Den sanften Spott, der in der Stimme des Greises lag, überhörte Aldur geflissentlich. Statt etwas zu erwidern, schaute er sich in dem Oktogon um, das sich im höchsten Turm Crysalions befand und von dem aus in der Ferne das Meer zu sehen war. Der Zauberer streifte Ylorins Begleiterschar mit einem flüchtigen Blick, dann wandte er sich dem Annun zu.

»Dies also ist er«, flüsterte er, und zum ersten Mal hatte Alannah den Eindruck, dass er sich ein wenig entspannte. Die Härte wich aus seinen Zügen, und für eine kurze Weile schien er wieder jener überaus begabte und den Wundern des Lebens aufgeschlossene junge Mann zu sein, den sie schätzen und lieben gelernt hatte. Niemals würde sie den Tag vergessen, an dem er ihr seinen *essamuin*, seinen geheimen Namen anvertraut hatte.

Ru...

Noch während sie das Wort in Gedanken aussprach, verhärtete sich seine Miene wieder. Sie vermochte nicht zu sagen, was er dachte, und sie bezweifelte auch, dass er es gewollt hätte. Ganz offensichtlich hatte es mit dem Urkristall zu tun – und ebenso offensichtlich schien er sie nicht an seinen Überlegungen teilhaben lassen zu wollen.

Nicht nach allem, was in Shakara geschehen war, dachte sie beklommen.

Abrupt riss sich Aldur vom Ehrfurcht gebietenden Anblick des Annun los und wandte sich wieder Ylorin zu. »Seid Ihr für die Sicherheit des Kristalls verantwortlich?«

»Was meint Ihr?« Der Greis schaute ihn fragend an.

»Ihr wisst, was ich meine. Ihr scheint das Oberhaupt von Crysalion zu sein. Also müsst Ihr doch auch Verantwortung tragen für ...«

»Ihr versteht noch immer nicht, junger Freund«, fiel Ylorin ihm ins Wort. »Verantwortung ist etwas für sterbliche Wesen. Wir, die wir an den Fernen Gestaden leben, sind davon entbunden. Und da es keine Entscheidungen gibt, die getroffen werden müssen, gibt es auch kein Oberhaupt, wie Ihr es versteht. Dies ist ein Ort des Friedens und der Freude, vergesst das nicht.«

»Wenn Margoks Horden die Insel erreichen, wird es die längste Zeit ein Ort des Friedens gewesen sein«, sagte Aldur düster voraus. »Ihr wollt keine Verantwortung? Aber Ihr habt sie bereits! Sie ruht auf Euren Schultern, ob es Euch nun gefällt oder nicht. Denn dieser Kristall«, er deutete auf den Annun, »wurde Euch anvertraut, und es ist Eure Pflicht, ihn mit Eurer Existenz zu beschützen!«

»Aldur«, sagte Alannah erneut, deren Entsetzen mit jedem seiner Worte wuchs.

»D-das können wir nicht«, wehrte Ylorin ab, der nun doch ein wenig in Bedrängnis geriet.

»Dann werden womöglich nicht nur die Fernen Gestade untergehen, sondern die ganze Welt«, prophezeite Aldur, aus dessen stahlblauen Augen unsichtbare Blitze zu schlagen schienen, »und Ihr tragt Schuld daran!«

»Aldur!«

Diesmal schrie Alannah seinen Namen so laut, dass er sie nicht länger ignorieren konnte. Mit einem umwilligen Schnauben fuhr er zu ihr herum. Der Zorn und der gekränkte Stolz in seinen Zügen erschreckten sie.

»Mein Name ist nicht Aldur«, fauchte er sie an, und sie konnte sehen, wie in seinen Handflächen kleine Flammen auflloderten. »Er ist eine Lüge, so wie alles andere. Rothgan ist meine wahre Berufung, denn ich gebiete über das Feuer – und mit dieser Gabe werde ich den Urkristall bewachen. Zusammen mit Euch anderen, wenn ich kann – alleine, wenn ich muss.«

Ihr Quartier befand sich im höchsten Turm Crysalions, unweit der Kammer, die den Annun beherbergte.

Aldur hatte darauf bestanden, damit sie den Urkristall zu jeder Zeit erreichen und ihn mit ihrer Zauberkraft beschützen konnten. Ebenso, wie er darauf bestanden hatte, seine Unterkunft mit Alannah zu teilen.

Unter Ylorin und den anderen Ewigen hatte diese Forderung für Befremden gesorgt, da die Besucher zum einen Ordensangehörige und zum anderen nicht offiziell verbunden waren. Alannah war darüber beschämt gewesen, aber Aldur hatte ihr erklärt, dass die Zeit des Versteckspielens endgültig zu Ende sei. In Shakara mochten beide gezwungen gewesen sein, ihre Zuneigung zueinander geheim zu halten, weil es Schülern nicht erlaubt war, sich zu verbinden. Inzwischen jedoch waren sie zu Meistern ernannt worden und konnten daher tun und lassen, was ihnen beliebte; und soweit es Aldur beziehungsweise Rothgan betraf, so hatte er nicht länger vor, sich durch fremde Regeln einengen zu lassen.

Mit dem Rücken zum Fenster stehend, vom dem aus sich ein atemberaubender Blick auf die glitzernden Türme der Kristallfeste bot, betrachtete Alannah ihren Geliebten, der sich auf das karge Lager gebettet hatte, um zu ruhen.

Ähnlich wie in Shakara gab es auch in Crysalion wenig Annehmlichkeiten für den äußeren Bedarf; das Glück, das jene fanden, die nach den Fernen Gestaden reisten, war immaterieller Natur und betraf die Erfüllung des Geistes, nicht des Körpers. Und soweit Alannah es von Ylorin und den anderen *tragwythai* sagen konnte, hatten sie ihr Glück gefunden ...

»Geliebter?«, wandte sie sich vorsichtig an Aldur. Seine Robe hatte er abgelegt und trug nur die graue Tunika, und obwohl er die Augen geschlossen hatte, wusste sie, dass er nicht schlief.

»Ja?«

»Warum sind wir hier?«, stellte Alannah die Frage, die sie am meisten beschäftigte.

»Was sollen diese Worte?« Er schlug die Augen auf und sandte ihr einen verwunderten Blick. »Wir sind hier, weil ich den Verdacht hege, dass der Dunkelelf eine geheime Schlundverbindung nach den Fernen Gestaden unterhält. Und weil wir verhindern müssen, dass ihm der Annun in die Hände fällt.«

»Das meine ich nicht.« Sie schüttelte den Kopf. »Warum die überstürzte Abreise? Was ist heute Abend geschehen?«

Sein Blick wurde eisig, und in seinen kantigen Zügen spiegelten sich Empfindungen, die sie noch nie zuvor darin gesehen hatte und die sie erschreckten. »Ich denke nicht, dass du mir diese Frage stellen solltest. Schließlich weißt du besser als ich, was geschehen ist.«

Sie senkte schuldbewusst den Blick und fragte sich unwillkürlich, ob er ihr jemals verzeihen würde. »Auch davon spreche ich nicht«, erwiderte sie leise. »Ich meine die Reise, die wir unternommen haben. Wir sind an jenen Ort gelangt, von dem andere ihr Leben lang nur träumen. Nur wenigen ist es vergönnt, das Wunder des Annun bereits in so jungen Jahren zu erblicken.«

»Und?«

»Dennoch sehe ich bei dir keine Spur von Ergriffenheit …«

»Wie auch?«, unterbrach er sie spöttisch. »Wir sind schließlich nicht hier, um unser beider Bewusstsein zu erweitern, oder?«

»… oder auch nur Respekt«, fuhr sie unerbittlich fort. »Du beschimpfst die Menschen für ihre Rohheit und dafür, dass sie keine Traditionen haben. In Wahrheit jedoch bist du keinen Deut besser als sie.«

»Nimm das zurück!«, verlangte er.

»Keineswegs. Gegenüber dem Ewigen Ylorin, der ein gefeierter Held unseres Volkes ist, hast du dich hochmütig und anmaßend verhalten. So sehr, dass ich mich für dich geschämt habe, Aldur.«

»Rothgan«, verbesserte er. »Aldur existiert nicht mehr.«

»Diesen Eindruck gewinne ich mehr und mehr«, pflichtete sie ihm bei, während sie zögernd vortrat und sich zu ihm auf die Bettkante setzte. »Was ist mit dir, Geliebter?«, fragte sie sanft. »Was ist in Shakara passiert?«

»Fragst du mich das allen Ernstes?«

»Zwischen Granock und mir ist nichts geschehen«, stellte sie flüsternd klar. »Ich gebe zu, dass ich mich zu ihm hingezogen fühlte, aber es ist nichts vorgefallen, was dich kränken müsste.«

»Wenn du das sagst.«

»Ich spreche die Wahrheit, Geliebter, und ich erwarte, dass auch du ehrlich zu mir bist.«

»Inwiefern?« Er sah sie herausfordernd, fast ein wenig belustigt an.

»Ich möchte wissen, was zwischen dir und Farawyn vorgefallen ist«, eröffnete Alannah rundheraus, woraufhin das angedeutete Lächeln aus seinem Gesicht verschwand.

»Das brauchst du nicht zu wissen.«

»Ich brauche es nicht zu wissen? Und von mir verlangst du Ehrlichkeit?« Sie schüttelte den Kopf. »Ich bin dir gefolgt, ohne Fragen zu stellen, Geliebter, bis ans Ende der Welt und darüber hinaus. Aber nun verlange ich eine Antwort: Was ist mit Farawyn? Weshalb konntet ihr einander nicht mehr in die Augen sehen?«

»Ich sagte es dir schon, es geht dich nichts an«, fauchte Aldur so feindselig, dass sie sich unwillkürlich bedroht fühlte. »Frage nicht weiter, oder es wird dir leidtun.«

»Du hast dich verändert«, stellte sie fest.

»Wir alle haben uns verändert. Die glücklichen Jahre unserer Jugend sind vorbei. Dort draußen tobt ein Krieg, Thynia, hast du das schon vergessen?«

Sie biss sich auf die Lippen. Sie schätzte es nicht, wenn er sie mit ihrem Zaubernamen ansprach, der sich in ihren Ohren gefühllos und offiziell anhörte, fast wie ein Titel. »Das ist es nicht«, wehrte sie ab. »Was der Krieg und unsere Erfahrungen aus uns gemacht haben, ist eine Sache – hier jedoch geht es um dich, Aldur. Wenn ich mit dir spreche, erkenne ich dich kaum wieder. Wo ist der junge Mann, den ich meinen Liebsten nannte?«

»Dieser junge Mann«, entgegnete er voller Bitterkeit, »war mit Blindheit geschlagen. Doch ihm wurden die Augen geöffnet, und er hat erkannt, was für ein Narr er gewesen ist. Er hat verräterischen Freunden vertraut und auf falsche Lehrer gehört. Er glaubte, einem höheren Ideal zu dienen, dabei war er in Wahrheit nur eine Figur in einem Spiel. Aber damit ist es nun vorbei, hörst du?« Er schüttelte unwirsch den Kopf. »Ich habe die Wahrheit erkannt und sehe die Dinge klarer als je zuvor in meinem Leben. Selbst dich ...«

Damit streckte er die Hand aus und berührte sie an der Schulter, nicht tröstend oder freundschaftlich, sondern in unverhohlenem

Verlangen. Schon hatte er den Träger ihrer Tunika abgestreift und ein Stück ihrer makellos weißen Haut entblößt.

»Nein«, hauchte sie und zuckte unwillkürlich zurück. »Bitte nicht.«

»Weshalb nicht?« Er grinste wölfisch. »Ich dachte, der gute Granock hätte dich nicht angefasst?«

»Das hat er auch nicht. Nicht auf diese Weise ...«

»Dann sehe ich nicht, weshalb wir nicht ...« Abermals wollte er sie berühren, aber sie stand von der Bettkante auf und wich einen Schritt zurück.

»Was soll das?«, fragte er.

»Ich möchte es nicht«, erklärte sie. »Nicht heute. Und nicht auf diese Weise.«

»Also hast du mich doch betrogen.«

»Nein, Geliebter.«

»Dann beweise es!«

»Das muss ich nicht«, verteidigte sie sich kopfschüttelnd, »denn mein Geist und mein Herz gehören dir. Ich habe mich von Granock abgewandt und bin dir an diesen Ort gefolgt, von dem es womöglich keine Rückkehr mehr für uns gibt. Ist das nicht Beweis genug für meine Liebe?«

»Worte, nichts als Worte.« Aldur machte eine wegwerfende Handbewegung. »Du bist genau wie all diese Schwächlinge im Hohen Rat, die immer nur reden, aber niemals Taten zeigen, sich niemals entscheiden.«

»Ich habe mich entschieden – für dich.«

»Dann zeige es mir«, verlangte er und erhob sich von seinem Lager, trat langsam auf sie zu. »Reiße die Zweifel, die mich noch immer quälen, ein für alle Mal aus meiner Brust, hier und jetzt.«

»I-ich ...« Sie wich vor ihm zurück, bis sie mit dem Rücken zur kristallenen Wand stand, die sich unter der Wärme ihrer Berührung rötlich verfärbte.

»Ich habe dir meinen *essamuin* genannt«, brachte er ihr in Erinnerung. »Ich habe dich ausgewählt, also verweigere mir nicht, was mir als dein *athan* zusteht.«

»*Ru…*« Alannahs Augen füllten sich mit Tränen. »Bitte nicht. Zwinge mich nicht dazu!«

»Keine Sorge.« Er schüttelte den Kopf. »Wenn du die Frau bist, die du zu sein vorgibst, brauche ich dich nicht zu zwingen, nicht wahr?«

Ein Ausdruck von Unglauben schlich sich auf ihr Gesicht. »Willst du das wirklich?«, flüsterte sie.

»Allerdings«, bestätigte er ohne Zögern.

Sie schaute ihm tief in die Augen, sah die erbarmungslose Härte darin, und zum ersten Mal fragte sie sich, ob sie sich richtig entschieden hatte, als sie ihm gefolgt war.

Er schien ihre Zweifel zu bemerken, denn leiser Spott verzerrte seine Mundwinkel. Alannah wurde bewusst, dass sie keine andere Möglichkeit hatte. Sie liebte Aldur aufrichtig und wollte ihn nicht verlieren, also würde sie ihm zugestehen müssen, wonach er verlangte. Zumal sie selbst die Schuld daran trug, dass er an ihrer Liebe zweifelte.

Während sie auch den anderen Träger herabzog und ihre Schulter vollends entblößte, verwünschte sie sich für jenen Augenblick der Schwäche, in dem sie Granock ihre Zuneigung gezeigt hatte. Fieberhaft redete sie sich ein, dass alles gut werden würde, wenn sie Aldur nur innig genug ihre Liebe versicherte. Aber in den Blicken, mit denen er sie bedachte, lag weder Hingebung noch Zärtlichkeit, sondern nur rohes Begehren. Der Vergleich mit einem Raubtier, das sein Revier markieren wollte, drängte sich ihr auf, und zum ersten Mal in ihrem Leben schämte sie sich ihrer Nacktheit, als sie die Verschnürung der Tunika löste, den Stoff langsam an sich herabgleiten ließ und sich entblößte.

Sie fröstelte, nicht so sehr, weil sie unbekleidet war, sondern weil sie das Gefühl hatte, als wolle Aldur sie mit Blicken verschlingen. Einen endlos scheinenden Augenblick lang stand er vor ihr und starrte sie an, weidete sich so unverblümt und lüstern am Anblick ihrer nackten Brüste und ihrer unverhüllten Weiblichkeit, dass sie nicht anders konnte, als sie mit den Händen zu bedecken. Ein Grinsen huschte daraufhin über die Gesichtszüge des Elfen, dann trat er auf sie zu, umfasste ihre Handgelenke und presste sie gegen die Wand.

Sie versuchte redlich, seiner Begehrlichkeit mit zarten Liebkosungen zu begegnen, um ihm ihre Zuneigung zu zeigen. Er jedoch schien genau jenen niederen Trieben verfallen, die er stets so verachtet hatte. Fiebrig und heiß wanderten seine Hände über ihren Körper und betasteten ihn, dann zerrte er sie zu Boden und warf sich auf sie.

In dem Moment, als er keuchend in sie eindrang, wurde Alannah schmerzlich bewusst, dass der Elf namens Aldur tatsächlich nicht mehr existierte.

Und in dieser Nacht hörte Rothgan die Stimme zum ersten Mal.

2. CYSGURA DORYS SHAKARA

Vier Jahre später

Die Hand war fest um den Zauberstab geschlossen, der im Licht des Deckenkristalls weißlich schimmerte; die blauen Augen, die nicht schmal waren wie die eines Elfen, sondern ihren menschlichen Besitzer verrieten, starrten matt und blicklos.

Sie hatten vieles gesehen, Freude und Leid, Sieg und Niederlage, Triumph und Verzweiflung. Sie hatten größere Wunder geschaut als je ein Mensch zuvor, aber auch in tiefere Abgründe geblickt; und sie waren Zeuge jener dunklen Stunde gewesen, die in mancher Hinsicht Granocks Leben beendet hatte.

Die Stunde des Abschieds.

Die Stunde des Bruchs.

Du blutest, Meister ...

Granock brauchte den Blick nicht zu heben. Er wusste auch so, wem die Stimme gehörte, die er in seinem Kopf hörte, obwohl die eisige Stille, die in der Kammer herrschte, nicht gestört worden war. Es war kein anderer als Ariel, sein Koboldsdiener, der zu ihm sprach und der sich wie alle Angehörigen seiner Art der Gedankenübertragung bediente, um sich mitzuteilen.

Dein Zauberstab ...

Granock blickte auf den *flasfyn* in seiner Hand und stellte fest, dass tatsächlich ein rotes Rinnsal an dem aus Elfenbein gefertigten Schaft rann. Er hatte die Finger so fest in das glatte Material gekrallt, dass unter den Nägeln Blut hervorgetreten war. Granock scherte sich nicht darum. Im Gegenteil, wenn er den Schmerz gefühlt hatte, so hatte er ihn genossen. Es war einer der vielen Wege, die er gefunden hatte, um sich für seine Verfehlung zu bestrafen.

Er zuckte gleichmütig mit den Schultern und wischte das Blut mit seiner Robe ab. Dass es auf dem grauen Stoff dunkle Flecken hinterließ, scherte ihn ebenso wenig wie die Besorgnis, die sich auf Ariels pausbäckigen Gesichtszügen zeigte. Der Kobold vor ihm, trotz der Kälte barfüßig und in grüne Kleidung gehüllt, die an diesem Ort seltsam fehl am Platz schien, stemmte in gespielter Entrüstung die Ärmchen in die Hüften. In dieser Haltung hatte er Granock früher gern verspottet, weil dieser als Mensch die Geheimnisse der Zauberei zu erforschen trachtete. Doch die Unkenrufe des Kobolds waren längst verstummt. Zum einen, weil Granock gelungen war, was kein anderer Mensch vor ihm geschafft hatte, und er in den Orden der Zauberer aufgenommen worden war; zum anderen, weil er schon lange nicht mehr der einzige Sterbliche war, der durch die geheiligten Hallen Shakaras schritt.

Die Zeiten hatten sich geändert.

Krieg war über Erdwelt gekommen wie eine Seuche, und wie in jedem Konflikt galt es, Verbündete zu suchen, die das Überleben sicherten. Ideale und Prinzipien, so schien es, hatten schon vor langer Zeit ihre Bedeutung verloren und waren der bitteren Notwendigkeit gewichen; Granock jedenfalls hatte den Grund, in diesem Krieg zu kämpfen und sich mit aller Macht dafür einzusetzen, dass die gute Seite triumphierte, vor langer Zeit eingebüßt, an jenem schicksalhaften Tag, der nun fast vier Jahre zurücklag ...

Denkst du wieder an sie?

Granock erwiderte nichts. Ariel war der Einzige, dem er je erzählt hatte, was sich damals ereignet hatte – schon deshalb, weil das beständige Abschirmen seiner Gefühle und Gedanken ihn mehr Kraft gekostet hätte, als er aufzubringen in der Lage war. Ein kaum merkliches Nicken war seine einzige Antwort.

Es war nicht deine Schuld, und das weißt du. Ihr alle habt Fehler gemacht. Auch sie ...

Granock verzog das Gesicht. Er nahm dankbar zur Kenntnis, dass Ariel ihren Namen nicht erwähnte, aber Granock empfand trotzdem jenen dumpfen Schmerz, der seit vier Jahren sein Begleiter war und der in all der Zeit nicht nachgelassen hatte, sondern immer noch zuzunehmen schien.

Warum bist du hier?, wechselte Ariel das Thema. Der Ausdruck in seinem kleinen blassen Gesicht wechselte von Besorgnis auf Neugier.

»Was soll die Frage?«, hörte Granock sich selbst sagen. Er erschrak über den matten, kraftlosen Klang seiner Stimme, ließ es sich jedoch nicht anmerken.

Warum bist du hier?, wiederholte der Kobold, statt zu antworten.

»Warum wohl? Weil Farawyn es mir befohlen hat. Weil es meine verdammte Pflicht ist, diese unbedarften Idioten in den Wegen der Magie zu unterweisen.«

Unbedarft wie du einst warst, versetzte Ariel mit – jedenfalls kam es Granock so vor – einer Spur Genugtuung.

»Ich habe meine Lektion gelernt«, versicherte Granock düster. »Für Unbedarftheit ist kein Platz mehr.«

Ebenso wenig wie für Wohlwollen. Oder Geduld.

»Was soll das heißen?«

Weißt du, wie die Schüler dich nennen?

»Wie denn?«

Tailyr – den Schleifer. Die Aspiranten fürchten dich, und selbst die Eingeweihten gehen dir aus dem Weg. Und was die Novizen betrifft ...

»Meine Aufgabe besteht nicht darin, die Freundschaft dieser Grünschnäbel zu gewinnen«, stellte Granock klar, »sondern sie auf das vorzubereiten, was sie dort draußen in der Welt erwartet – und das ist Krieg, Ariel, ein erbarmungsloser Kampf um das Überleben. Entweder, du stellst dich ihm, oder du hast schon verloren.«

Dennoch brauchten die Schüler dich nicht zu fürchten ...

»Sie sind jung und leicht einzuschüchtern«, verteidigte sich Granock. »Außerdem hat ein wenig Respekt noch niemandem geschadet. Auch ich habe mich einst vor Meister Cethegar gefürchtet.«

Cethegar war hart, das ist wahr, aber er hat es nie an Fürsorge gegenüber seinen Schülern fehlen lassen. Und ist nicht er es gewesen, der dir einst vertraut hat? Der dich gestärkt hat, als es darauf ankam?

Granock hätte gern widersprochen, aber das konnte er nicht. Der gestrenge Zauberer Cethegar, der ihn im Umgang mit dem *flasfyn* unterwiesen hatte, hatte ihn zwar mit unnachgiebiger Härte geschult, seinen Schüler jedoch tatsächlich zu jeder Zeit gerecht behandelt, was sich von Granocks Unterrichtsmethoden nicht unbedingt behaupten ließ ...

»Und?«, fragte er gereizt. »Was hat es ihm gebracht? Cethegar ist tot, genau wie Vater Semias, Meisterin Maeve, Haiwyl und so viele andere, die diesem Orden gedient haben.«

Das ist wahr, räumte Ariel ein, *und du solltest ihr Andenken in Ehren halten, statt es zu beflecken.*

»Was fällt dir ein?« Granock, der auf einem schlichten Hocker gekauert hatte, sprang auf. Der Kobold, der ohnehin nur eine Elle maß, schien vor ihm noch weiter zu schrumpfen.

Ich spreche nur aus, was viele denken, Meister, versicherte Ariel gelassen.

»Und das wäre?«

Es heißt, dass du dein Herz verloren hast, damals, bei jener Schlacht im Flusstal – und dass du es seither nicht zurückgewonnen hättest.

Granock ließ ein verächtliches Grunzen vernehmen, aber es klang nicht sehr überzeugend. Er lebte inzwischen lange genug unter Elfen, um zu wissen, dass sie eine Vorliebe für blumige Worte und schwülstige Metaphern hatten. In diesem Fall allerdings traf der Vergleich den Nagel auf den Kopf.

Er hatte in jenen Tagen tatsächlich etwas verloren, das er in all den Jahren nicht wiedergefunden hatte.

Seine Liebe.

Seine Ehre.

Seine Freundschaft ...

Sieh dich nur einmal an, Meister, fuhr der Kobold in seiner Rüge fort. *Dein Haar ist lang und ungepflegt, dein Bart wuchert über dein Gesicht, als wolle er es verschlingen. Von deiner Robe ganz zu schweigen. Du bist verwahrlost, im Inneren wie im Äußeren – wie lange, glaubst du, wird der Rat sich das noch gefallen lassen?*

»Ah«, machte Granock. »Darum also geht es dir. Du hast Angst, dass sie mich vor die Tür setzen könnten – und dich gleich mit dazu. Hab keine Sorge. Wenn es das ist, was deinem kleinen Dickschädel Kopfzerbrechen bereitet, dann entlasse ich dich aus meinen Diensten, damit du dir einen neuen Herrn suchen kannst, der deinen Ansprüchen besser gerecht wird.«

Du roher, ungehobelter Klotz von einem Menschen!, ereiferte sich Ariel, wie er es schon lange nicht mehr getan hatte. *Glaubst du wirklich, es ginge mir um mich? Wenn es so wäre, wäre ich Diener des Hohen Rates geblieben und hätte gewiss nicht darum gebeten, einem Menschen dienen zu dürfen. Hast du dich nie gefragt, was mich zu diesem Schritt getrieben hat?*

»Doch«, gestand Granock, »schon unzählige Male. Aber ich finde einfach keine Antwort darauf.«

Dann will ich sie dir geben: Ich glaubte, dass du etwas Besonderes seist. Jemand, der das Vertrauen, das man in ihn setzt, nicht enttäuschen wird. Aber nun sieh dir an, was aus dir geworden ist: ein Schatten deiner selbst, der am ganzen Körper zittert vor Angst!

»Sei vorsichtig mit dem, was du sagst …«

Willst du behaupten, du hättest keine Angst? Der Diener deutete zu der Tür, die den einzigen Zugang der fensterlosen Kammer bildete. *Warum hast du diesen Durchgang dann nicht längst durchschritten? Draußen warten deine Schüler, wie du weißt. Wenn du so unerschrocken bist, wie du behauptest, warum trittst du ihnen dann nicht gegenüber? Warum kostet es dich solche Überwindung?*

Ariels Stimme, so kam es Granock vor, war zuletzt immer lauter geworden, sodass sie in seinem Kopf nachhallte wie der Hammerschlag auf einem Amboss. Mit einer Mischung aus Wut und Verblüffung schaute er auf den Kobold herab, der mit zorngeplusterten Wangen vor ihm stand, und erwog einen Moment lang, etwas zu erwidern. Dann besann er sich jedoch anders, wandte sich ab und stürzte aus der Kammer.

Auf der anderen Seite erwarteten ihn seine Schüler, zwei Novizen und vier Aspiranten, die er in verschiedenen Verteidigungs- und Angriffstechniken unterweisen sollte. Früher, vor dem Krieg, hatte das Kämpfen mit dem *flasfyn* nur einen vergleichsweise geringen Teil der Ausbildung eingenommen. Inzwischen bildete es ihren Hauptbestandteil, was zur Folge hatte, dass viele andere Disziplinen vernachlässigt wurden. Philosophie, Literatur, Kunst und Geschichte – all die Kenntnisse, die einen *dwethan*, einen Weisen in früheren Tagen ausgezeichnet hatten – wurden nur noch in eingeschränktem Maße vermittelt. Auch hier hatten sich die Zeiten geändert ...

»... *thysyr!*«, bellte ein junger Elf, den die Schüler zum Sprecher ihres *dysbarth*, ihrer Unterrichtsklasse, gewählt hatten. Die Gespräche verstummten daraufhin augenblicklich, und aller Augen richteten sich auf Granock, der die Schüler seinerseits mit eisigen Blicken musterte.

Die beiden Novizen, die der Gruppe angehörten, waren Menschen. Früher, so dachte Granock grimmig, wäre es undenkbar gewesen, dass Schüler, die den *prayf* noch nicht abgelegt hatten, gemeinsam mit ihren älteren Kameraden unterrichtet wurden. Aber da viele Zaubermeister Shakara verlassen hatten und überall im Reich im Einsatz waren, um gegen den einfallenden Feind zu kämpfen, war dieser Schritt notwendig geworden, ein weiteres Zeichen der Zeit.

»Worum ging es in der letzten Lektion, die ich euch erteilt habe?«, erkundigte sich Granock scharf. Die beiden Menschenjungen, von denen keiner älter als sechzehn Jahre war, blickten zu Boden, als könnten sie so seiner Frage entgehen. Genüsslich rief Granock einen von ihnen auf. »Baldrick?«

Der Angesprochene zuckte zusammen, als hätte ihn ein Schwerthieb getroffen. »Ich, äh ...« Sein ganzes Gesicht nahm die Farbe seiner spitzen, von der Kälte geröteten Nase an.

»Nun«, drängte Granock. »Ich warte.«

»M-Meister, bitte verzeiht«, stammelte der Junge, dessen dünnes, flachsblondes Haar den Nordländer verriet.

»Was denn, du kannst dich nicht erinnern? Obwohl es erst gestern gewesen ist? So zollst du mir Aufmerksamkeit?«

»I-ich ...« Baldricks Gesichtsfarbe wechselte von Rot auf Grün, und es war ihm anzusehen, dass er sich am liebsten übergeben hätte. »Ich weiß es nicht mehr«, hauchte er, den Blick starr auf den Boden gerichtet.

»Du weißt es nicht mehr?« Granock schaute ihn mitleidlos an. »Was ich dich hier lehre, Baldrick von Suln«, sagte er dann, »sichert in der Welt dort draußen dein Überleben. Wie kannst du erwarten, gegen Unholde oder finsteren Zauber zu bestehen, wenn du es nicht einmal fertigbringst, mir in die Augen zu blicken und dein Versagen einzugestehen?«

»Er fürchtet sich«, sagte jemand an Baldricks Stelle.

»Wer hat das gesagt?«, blaffte Granock, obschon er es sich denken konnte.

Eine junge Elfin, die zu den Aspiranten gehörte, trat einen Schritt vor. Ihr langes blondes Haar war streng zurückgekämmt und wurde von einer silbernen Spange gehalten, und ihre weise blickenden Augen und ihre edlen Gesichtszüge weckten in Granock Erinnerungen, die er lieber nicht ...

»Una«, krächzte er. »Was hast du dich einzumischen?«

»Verzeiht, Meister, aber Baldrick ist erst seit Kurzem hier in Shakara.«

»Und?«

»Das bedeutet, dass er mit den Gebräuchen des Ordens noch nicht vertraut ist«, erklärte die junge Elfin. Dem Aussehen nach schien sie in Baldricks Alter zu sein, aber Granock wusste, dass dieser Eindruck täuschen konnte. Aus ihren Worten sprach die Nachsicht eines langen Lebens, und auch in dieser Hinsicht erinnerte sie ihn nicht zum ersten Mal an jene Frau, die er ...

»Willst du mich belehren?«, fragte er barsch. »Glaubst du, das wüsste ich nicht?«

»Verzeiht, Meister. Euren Zorn zu erregen lag nicht in meiner Absicht«, versicherte sie.

»Denkt ihr, ich wüsste nicht, was es bedeutet, hier zu stehen und Aufnahme in den Orden zu begehren?«, wandte er sich an alle. »Ich war einst ein Schüler genau wie ihr, und genau wie ihr musste ich lernen, mit dem *flasfyn* umzugehen und meine Fähigkeit weise zu gebrauchen. Aber euch muss zu jedem Zeitpunkt bewusst sein, dass außerhalb dieser Mauern ein mörderischer Krieg tobt, in dem ihr keinen Augenblick lang überleben werdet, wenn ihr nicht endlich an euch arbeitet und damit aufhört, verzogene Gören zu sein, die am liebsten in den heimatlichen Hain zurückkriechen würden, aus dem sie zu uns geschickt wurden. Bereust du es bereits, nach Shakara gekommen zu sein, Baldrick?«, fragte er den Novizen, der zu einem zitternden Häufchen Elend zusammengesunken war. »Das ist gut. Je eher du zu zweifeln beginnst, desto besser, denn der Orden kann weder Zweifler noch Schwächlinge brauchen. Wenn irgendjemand von euch der Ansicht ist, dass er von mir ungerecht oder zu hart behandelt wird, dann steht es ihm frei zu gehen. Dort ist die Tür!«

Er deutete auf die Pforte, die aus dem Unterrichtsraum führte, der kreisrund war wie eine Arena und über dem sich eine Decke aus halb durchsichtigem Eis wölbte. Darüber war schemenhaft der dämmernde Himmel der Yngaia zu erkennen.

Der größte Teil der Schüler zog es vor, weiter zu Boden zu starren. Nur einer von ihnen schaute auf und hielt Granocks bohrendem Blick stand.

»Nein«, erklärte er leise.

»Wie war das?«, hakte Granock nach.

»Nein«, wiederholte der Aspirant. »Weder zweifle ich, noch werde ich den Orden freiwillig verlassen. Es ist meine Bestimmung, hier zu sein, mein ureigenes Schicksal.«

Der Name des Aspiranten war Nimon, ein junger Elf, den die Schüler zum Sprecher ihrer Gruppe gewählt hatten. Nimon war von allen am längsten in Shakara, und er machte kein Hehl daraus, dass er im Grunde seines Herzens nichts davon hielt, Menschen in die Ordensburg aufzunehmen.

Damit stand er keineswegs allein.

Auch unter den Zaubermeistern gab es noch immer viele, die Menschen im Orden ablehnten, und die Tatsache, dass es außer Granock noch kein Sterblicher geschafft hatte, den Meistergrad zu erlangen, sprach in dieser Hinsicht Bände. Lange Zeit hatte Granock versucht, diese Haltung zu verstehen, zumal nach dem schändlichen Verrat, den die Menschen am Elfenkönig verübt hatten. Er hatte versucht, mit Großmut darüber hinwegzusehen, wenn ihm jemand mit jener Mischung aus Arroganz und Feindseligkeit begegnete, die Elfen so meisterlich an den Tag zu legen verstanden. Inzwischen konnte er das nicht mehr …

»Dein ureigenes Schicksal?«, hakte er nach. »Du glaubst, nur weil Elfenblut in deinen Adern fließt, hättest du dir bereits das Recht erworben, hier zu sein und in die Reihen der Weisen aufgenommen zu werden? Ist es das, was du mir damit sagen willst, Nimon, des Nydians Sohn?«

»Nein, Meister.« Der junge Elf schüttelte den Kopf. »Ich meinte nur, dass auch Ihr mich nicht davon abhalten werdet, jenes Schicksal zu erfüllen, das mir von der Vorsehung geschenkt wurde, zusammen mit meiner Gabe.«

»Deine Gabe.« Granock schnaubte verächtlich. »Glaubst du, du wärst deshalb etwas Besonderes? Hältst du es für so bedeutend, mit den Tieren sprechen zu können? Sieh dich um, Nimon – alle hier wurden vom Schicksal mit einer Gabe bedacht, und jede davon ist einzigartig.«

»Es kommt aber nicht nur auf die Gabe an, sondern auf die Geisteskraft desjenigen, der sie nutzt«, entgegnete der Aspirant, entschieden zu schneidig für Granocks Geschmack.

»So«, fragte er lauernd, »das bedeutet also, dass du dich deinen Mitschülern überlegen fühlst, richtig?«

»Ich bin, was ich bin«, antwortete der Elf, als erkläre das alles – und Granock spürte unbändige Wut in sich emporbrodeln.

Ein Teil von ihm hätte dem vorlauten Jüngling am liebsten einen *tarthan* versetzt, um ihn von einer Ecke des Saales in die andere zu befördern, während ein anderer ihn erstarren und in den Gärten des Miron ausstellen lassen wollte, um ihn zum Gespött der Novizen zu machen. Nur ein leises, kaum hörbares Flüstern in seinem Kopf plädierte für Vergebung – zweifellos Ariel, der vom Nebenraum aus alles mitverfolgt hatte.

Granocks linke Hand ballte sich zur Faust, während seine Rechte den Zauberstab umklammerte. Er war entschlossen, ein Exempel zu statuieren, hier und jetzt, um den Hochmut des jungen Elfen auszurotten wie ein wucherndes Unkraut.

Was, bei Sigwyns Krone, bildete er sich ein?

Wie kam er dazu, sich wegen seiner Herkunft Dinge anzumaßen, die ihm aufgrund seiner Leistungen noch längst nicht zukamen? Wieso, verdammt, pflegten sich Kerle wie er einfach zu nehmen, was sie haben wollten, und scherten sich einen Dreck darum, was andere dachten oder fühlten?

Dass es in Wahrheit ein anderer war, auf den sein Zorn sich richtete, merkte Granock nicht, und wenn, dann wäre es ihm wohl gleichgültig gewesen. Er hob den Zauberstab, um den vorlauten Jüngling zu bestrafen, und er genoss es, das wachsende Entsetzen in den Augen seiner Schüler zu sehen. Selbst Nimons Selbstsicherheit schien gebrochen, sein Stolz schmolz dahin wie Eis in der Sonne. Dennoch würde es keine Gnade geben.

Nicht dieses Mal ...

Granock atmete tief ein und fokussierte sich innerlich, um einen Zeitzauber zu wirken – aber es kam nicht dazu.

Meister Lhurian! Meister Lhurian!

Die Nennung seines Zaubernamens riss ihn aus seiner Konzentration. Ungläubig riss er die Augen auf, um zu sehen, wer so dreist gewesen war. Es war ein ältlich aussehender Kobold, der einen grauen Bart hatte und dessen Kleidung aus Laub zu welken schien. Dennoch kam er in Windeseile auf Granock zu, seiner gebrechlichen Erscheinung zum Trotz.

»Argyll«, sagte Granock, der Farawyns Diener sofort erkannte. »Was gibt es?«

Mein Herr verlangt Euch in der Kanzlei zu sehen, Meister Lhurian. Auf der Stelle!

Granock biss sich auf die Lippen. Er wusste, dass der Ordensälteste nur nach ihm schickte, wenn es wirklich dringend war. Andererseits wollte er die Sache mit Nimon nicht unbereinigt lassen.

»Wir sprechen uns noch«, prophezeite er dem jungen Elfen deshalb düster, dann folgte er dem Kobold, der ihm mit tapsenden Schritten vorausging.

3. SAIARALÚTHIAN NYSAI

Es war kurz nach Einbruch der Dunkelheit, als eine einzelne vermummte Gestalt durch die dunklen Straßen Andarils schlich, der Burg entgegen, deren trutzige Türme sich inmitten der hohen Fachwerkhäuser und verwinkelten Gassen erhoben.

Dass in Andaril überhaupt noch ein Stein auf dem anderen lag, war im Grunde nur einem günstigen Schicksal zu verdanken, das es dem Elfenkönig bislang verwehrt hatte, eine seiner Lektionen gen Nordosten zu schicken, um die als Unruheherd berüchtigte Menschenstadt zu zerstören. Schon zweimal war Andaril der Ausgangspunkt dunkler Verschwörungen gewesen, deren Ziel letztlich die Vernichtung des Elfenreichs gewesen war.

Das erste Mal unter Fürst Erwein von Andaril, der für den Tod seines Sohnes Iwein blutige Rache hatte nehmen wollen und sich deshalb mit den Anhängern des Dunkelelfen verbündet hatte. Das zweite Mal unter seinem Sohn Ortwein, der die Herrschaft über Andaril übernommen hatte und unter dessen Führung sich zahlreiche Städte des Ostens und nicht zuletzt die Clans der Hügellande dem Bündnis Margoks angeschlossen und Krieg gegen das Elfenreich geführt hatte.

In beiden Fällen war die Bedrohung abgewendet worden, aber der mörderische Konflikt ging weiter, und so war es wohl nur eine Frage der Zeit, bis der Elfenkönig sich des Verrats entsinnen würde, den Andaril begangen hatte, und die Menschen dafür bestrafen.

Ohnehin hatte die Stadt, die zusammen mit ihrer Rivalin Sundaril die Pforte zu den Ostlanden bildete, schon bessere Zeiten gesehen; das Handelsembargo, das Tirgas Lan verhängt hatte und das seit fünf Jahren andauerte, hatte deutliche Wirkung gezeigt. Der sagenhafte Reichtum, den die Kaufleute Andarils angehäuft hatten, war vielerorts bitterer Armut gewichen; von den hohen, aus Stein gemauerten Herrschaftshäusern, in deren unteren Stockwerken sich die Handelskontore befanden, waren nicht wenige aufgelassen und dem Verfall preisgegeben worden. Und in den Straßen herrschte der Pöbel, Mord und Totschlag waren an der Tagesordnung. Die Stadt stand am Abgrund, und der Schatten, der nun den Marktplatz überquerte und sich dem Burgtor näherte, wusste dies nur zu genau. Es war der Grund für seine Anwesenheit ...

Er hatte sich den beiden Posten am Tor noch nicht bis auf zwanzig Schritte genähert, als diese bereits die Hellebarden senkten. »Losung?«, verlangte einer der beiden zu wissen, deren Gesichter im Fackelschein und unter den mit Nasenschutz versehenen Helmen kaum zu erkennen waren.

»Lionwar«, nannte der Vermummte den Namen des Helden aus grauer Vorzeit, den die Sterblichen in ihren Liedern so gerne besangen – dabei hatte er kaum mehr geleistet, als einen Unhold zu erschlagen. Wie wenig es doch brauchte, um bei den Menschen als Held zu gelten ...

Als die Waffen wieder aufgehoben wurden und das Torgitter sich mit metallischem Rasseln öffnete, wurde dem fremden Besucher klar, dass das Losungswort die zwanzig Goldstücke und den mit Edelsteinen besetzten Dolch wert gewesen war, die er dafür bezahlt hatte.

Er vermied es, den Torposten in die Augen zu sehen. Gesenkten Hauptes huschte er an ihnen vorüber, die Kapuze tief ins Gesicht gezogen. Sollten sie ihn ruhig für unterwürfig halten, das war immer noch besser, als wenn sie erkannten, wer er tatsächlich war. Elfen waren in den Ostlanden noch nie willkommen gewesen, seit Beginn des Krieges jedoch schlug ihnen offener Hass entgegen. Und auch die Tatsache, dass sich Andaril bereits seit geraumer Zeit im Kriegsgeschehen neutral verhielt, änderte nichts daran, dass das Leben eines Elfen in diesen Tagen nicht mehr wert war als das eines streunenden Hundes.

Der Vermummte ging am Torhaus vorbei und gelangte in den Innenhof. Indem er so tat, als wüsste er genau, wohin er sich zu wenden hatte, passierte er einige weitere Wachen, die jedoch keine Notiz von ihm nahmen. Wahrscheinlich, dachte er verächtlich, hatten sie billigen Wein getrunken, um sich über das traurige Schicksal hinwegzutrösten, dem nicht nur ihre Stadt, sondern ihr ganzes Volk entgegenging.

Sein Ziel war der große Burgfried, der sich inmitten der Anlage erhob und in dem er den Sitz der Herrin von Andaril vermutete. Genau wie die Umgrenzungsmauern und die Wachtürme war der Burgfried aus grob zurechtgehauenen Steinen gemauert und nicht mit einer Elfenfestung zu vergleichen. Es kam dem fremden Besucher wie bitterer Hohn vor, dass ausgerechnet er sich in an einen solch primitiven Ort schleichen musste, nächtens und vermummt wie ein Dieb.

Eilig huschte er die Stufen zum Tor hinauf und klopfte an die Pforte. Es dauerte einen Moment, bis auf der anderen Seite Schritte zu vernehmen waren und der Sichtschlitz geöffnet wurde. Ein kaltes, von buschigen Brauen überwölbtes Augenpaar erschien, das das Dunkel der Kapuze forschend zu durchdringen suchte.

»Was willst du?«

»Ich muss Fürstin Yrena sprechen«, gab der Besucher bekannt.

»Heute noch?« Die Augen des Hausmeiers funkelten belustigt.

»Allerdings. Die Angelegenheit ist dringend.«

»Was du nicht sagst, Fremder«, knurrte der andere und gähnte demonstrativ. »Die Fürstin hat sich bereits zur Ruhe gelegt. Komm morgen wieder und trag ihr dein Anliegen vor. Und jetzt scher dich weg, hörst du?«

Er schickte sich an, den Schlitz wieder zu verschließen, und der Besucher wusste, dass er seinen letzten Trumpf ausspielen musste. »Warte«, verlangte er und schlug rasch die Kapuze zurück. Die schmalen Augen und spitzen Ohren, die darunter zum Vorschein kamen, genügten, um den Hausmeier zumindest innehalten zu lassen.

»Was, zum Henker …?«, brummte der Alte verblüfft.

»Mein Name ist Ardghal«, stellte der Fremde sich vor. »Ich bin Fürst von elfischem Geblüt und verlange augenblicklich deine Herrin zu sprechen.«

»A-aber sie schläft ...«

»Dann wecke sie«, forderte der Elf unnachgiebig. »Denn es geht um nicht mehr und nicht weniger als die Zukunft und das Überleben ihres Volkes.«

»Da bist du ja.«

Farawyn, der wie im Licht eines Kristalls über Berichten gebrütet hatte, die auf dem Tisch vor ihm ausgebreitet lagen, blickte auf. Einmal mehr kam es Granock vor, als wäre der Oberste des Zauberordens in den letzten Monaten gealtert. Natürlich nicht in dem Sinne, wie Menschen älter wurden, sondern einfach dadurch, dass sein *lu*, seine Lebensenergie, sich gemindert hatte infolge der schweren Entscheidungen, die er hatte treffen müssen, und der großen Verantwortung, die auf seinen Schultern lag.

Spontane Sorge um seinen ehemaligen Meister überkam Granock, die jedoch sogleich verflog, als Farawyn ihn aufforderte näher zu treten. Die dunklen Augen des Zauberers musterten ihn streng – sie zumindest schienen seit ihrer ersten Begegnung in Andaril keinen einzigen Tag gealtert zu sein. Sein grauschwarzes Haar und den Bart trug der Älteste anders als früher kurz geschnitten und streng getrimmt, was ihn noch respektgebietender wirken ließ.

»Ihr habt mich gerufen?«

»In der Tat.« Farawyn nickte bedächtig. Es war unmöglich festzustellen, was in seinem Kopf vor sich ging, und Granock hatte es längst aufgegeben, es erraten zu wollen.

»Ich war gerade dabei, einige Schüler zu unterrichten ...«

»Ich weiß. Genau darüber wollte ich mit dir sprechen, Junge.«

Junge ...

So hatte Farawyn ihn früher oft genannt, und Granock hatte sich eigentlich nie daran gestört. In letzter Zeit jedoch kam es ihm zunehmend unpassend vor. Nicht nur, weil er schon vor geraumer Zeit den Meistergrad erlangt hatte und dem Jugendalter längst entwachsen war, sondern auch, weil das Wort eine Vertrautheit zwischen ihnen vorgaukelte, die nicht länger Bestand hatte ...

»Was gibt es?« Granock wappnete sich innerlich. Er ahnte, dass er wenig Schmeichelhaftes zu hören bekommen würde.

»Es gab erneut Beschwerden.«

»Worüber?«

»Über die Methoden deines Unterrichts«, erklärte Farawyn, ohne lange um den heißen Brei herumzureden. »Bruder Sunan hält dich für wenig geeignet, seinen Novizen Baldrick zu unterrichten, obwohl er wie du ein Mensch ist.«

»Das eine hat mit dem anderen nichts zu tun«, stellte Granock klar. »Ob Mensch oder Elf spielt in meinen Augen keine Rolle. Meine Aufgabe ist es, die Schüler auf das vorzubereiten, was sie dort draußen erwartet – und das ist Krieg. Mein Fach ist Kampfkunst, nicht Philosophie.«

»Das behauptet niemand«, konterte Farawyn. »Dennoch ist Sunan der Ansicht, väterliche Güte würde größere Erfolge zeitigen als unnachgiebige Härte.«

»Das anzunehmen steht ihm frei«, hielt Granock dagegen. »Vielleicht liegt es aber auch daran, dass Bruder Sunan den Tod seines Novizen Haiwyl niemals wirklich verwunden hat und deshalb zu notwendiger Strenge einem Schüler gegenüber nicht mehr fähig ist. Habt Ihr darüber schon einmal nachgedacht?«

»Der Gedanke ist mir gekommen.« Farawyn nickte, ohne dass zu erkennen gewesen wäre, was er tatsächlich dachte. »Allerdings ist Sunan nicht der Einzige, der an deinen Methoden zweifelt. Auch Meisterin Awyra hat Bedenken angemeldet. Vor allem, was dein Verhalten gegenüber einem gewissen Aspiranten angeht ...«

Granock wusste sofort, wer gemeint war. Bevor er den *prayf* abgelegt und den *safailuthan* beendet hatte, war Nimon Awyras Novize gewesen, und natürlich herrschte zwischen beiden eine enge Verbundenheit. Dass der junge Elf nicht davor zurückschreckte, zu seiner alten Meisterin zu rennen, um sich bei ihr zu beschweren, ließ ihn in Granocks Ansehen nur noch weiter sinken. Er beschloss, ihm bei der nächsten sich bietenden Gelegenheit eine Lektion zu erteilen.

»Schwester Awyras Sorge ist unbegründet«, versicherte er, seine Wut nur mühsam unterdrückend.

»So? Ist sie das?« Farawyn sah ihn herausfordernd an. »Ich würde dir nur zu gern glauben, Junge. Aber die Beschwerden über dich häufen sich, und je mehr es werden, desto deutlicher habe ich das Gefühl, in deinem Verhalten ein gewisses Muster zu erkennen, eine Methode.«

»Meister?« Granock hob fragend die Brauen. Es war schon immer eine Spezialität Farawyns gewesen, die Dinge so zu formulieren, dass er kein Wort verstand.

»Die Schüler fürchten dich«, eröffnete ihm der Älteste. »Sie haben Angst vor dir.«

»Und das ist gut so«, bestätigte Granock, ohne mit der Wimper zu zucken. »Denn das, was ich ihnen beibringe, bereitet sie auf die Wirklichkeit vor, die außerhalb dieser Mauern herrscht – und das ist Krieg, Meister, ein grausames Gemetzel.«

»Und darum geht es dir?«

»Natürlich.« Granock schnaubte. »Worum sollte es mir denn wohl sonst gehen?«

»Nun, möglicherweise darum, deinen unterdrückten Hass auszuleben, deine namenlose Wut auf dich selbst und deinen Neid auf all jene, denen es besser ergangen ist als dir.«

Granock zuckte zusammen. Er schickte Farawyn einen warnenden Blick, der an den Augen des Ältesten jedoch zerschellte wie ein morscher Pfeil an einer eisernen Brünne.

»Und vielleicht«, fuhr Farawyn unbarmherzig fort, »ist der junge Nimon ja auch nur deshalb zur Zielscheibe deines Zorns geworden, weil er dich an jemanden erinnert, den du einst gut kanntest und der dein Freund gewesen ist. Ein Elf, der ebenfalls von vornehmem Blute war ...«

»Schweigt!«, fuhr Granock seinen ehemaligen Meister an, lauter und wütender, als er es je für möglich gehalten hätte. »Was wisst Ihr schon von ...«

»Von Aldur?«, hakte Farawyn nach.

»Von Freundschaft«, verbesserte Granock.

»Mehr als du ahnst«, gab der Älteste zur Antwort, »und ich weiß auch, was aus ihr werden kann, wenn sie vertrocknet wie ein

Baum, dessen Wurzeln durchsägt wurden.« Er unterbrach sich für einen Moment, und als er endlich fortfuhr, schien es nicht der Ordensälteste zu sein, der sprach, sondern Granocks väterlicher Mentor. »Du hast mir niemals erzählt, was damals geschehen ist«, stellte er fest.

»Das stimmt.« Granock nickte.

»Möchtest du es nachholen?«

»Wozu?« Granock zuckte mit den Schultern. »Es bringt die Vergangenheit nicht zurück.«

»Das nicht«, gab Farawyn zu. »Aber möglicherweise könnte es dich zurückbringen, mein Junge. Ich kann sehen, dass dich etwas quält. Willst du dich mir nicht anvertrauen, so wie du es früher stets getan hast?«

»Früher ist lange her. Ihr vergesst, dass ich nicht mehr Euer Schüler bin.«

»Keineswegs.« Der Älteste schüttelte den Kopf. »Ich verlange von dir nicht, dass du vor mir Rechenschaft ablegst wie ein Novize vor seinem Meister. Was ich dir anbiete, ist meine Freundschaft, Granock.«

»Dafür bin ich Euch dankbar.«

»Aber du willst sie nicht.« Farawyn seufzte. »Du schlägst sie aus und weist mich ab, so wie du jeden abweist, seit Alannah und Aldur Shakara verlassen haben.«

»Das ist nicht wahr!«, widersprach Granock. Bei jedem der genannten Namen war er zusammengezuckt wie unter einem Peitschenhieb. »Ihr wisst, dass das nicht wahr ist …«

»So? Warum, frage ich dich, hast du dann in den vier langen Jahren, die seither vergangen sind, keine neuen Freunde gefunden? Warum meidest du die Gesellschaft deiner Schwestern und Brüdern, wann immer du kannst?«

Granock war verblüfft. Ihm war nicht bewusst gewesen, dass Farawyn ihn derart aufmerksam beobachtete. Auch in Zeiten wie diesen schien dem Auge seines alten Meisters kaum etwas zu entgehen …

»Du widersprichst nicht, das nehme ich als Zeichen der Zustimmung«, fuhr Farawyn fort. »Aus diesem Grund habe ich beschlossen, deine selbstgewählte Einsamkeit zu beenden und dir einen Schüler zur Seite zu stellen, der …«

»Nein!«, sagte Granock so laut und entschieden, dass es von der gewölbten Decke der Kanzlei widerhallte. »Bitte nicht«, fügte er ein wenig leiser hinzu.

»Warum nicht?«, hakte Farawyn nach. »Du bist längst so weit. Viele Ordensmitglieder, die erst nach dir den Meistergrad erlangten, haben sich bereits Novizen gewählt.«

»Aber ich nicht«, widersprach Granock ruhig, aber entschieden. »Es wäre nicht gut.«

»Für wen, mein Junge? Für den Novizen? Oder für dich? Sprechen wir hier in Wahrheit über ein Problem, das nur dich allein betrifft?«

»Ich … ich …« Granock rang nach passenden Worten, aber er fand sie nicht. Er ertrug Farawyns fragenden Blick nicht länger und wandte sich ab. Dies war eine grobe Unhöflichkeit, und er erwartete, dass Farawyn ihn dafür zurechtweisen würde, aber die Rüge blieb aus. Stattdessen erhob sich der Älteste, kam hinter seinem Tisch hervor und trat bedächtig auf Granock zu.

»Hm«, machte er, als er in die erblassten Züge seines ehemaligen Schülers blickte, »wie gut, dass kein anderer sehen kann, was ich in diesem Augenblick sehe. Ich bin sicher, Schwester Awyra und Bruder Sunan würden ihre Schlüsse ziehen.«

»Sollen sie«, murmelte Granock trotzig. »Wenn Ihr der Ansicht seid, dass ich nicht gut genug bin für das Amt, mit dem Ihr mich betraut habt, so nehmt es mir und schickt mich woanders hin.«

»Wie könnte ich das? Deine Aufgabe ist es, diese jungen, unschuldigen Seelen auf den Krieg vorzubereiten, auf das Grauen, das sie dort erwartet – und dieser Aufgabe wirst du in vollem Umfang gerecht. Vielleicht erfüllst du sie sogar besser, als irgendjemand sonst es könnte.«

»Aber sagtet Ihr nicht …?«

»Es geht mir nicht um die Schüler, Lhurian, und auch nicht um das, was andere Ordensmitglieder vielleicht denken. Es geht mir einzig und allein um dich, denn ich fürchte, dass du selbst dabei verkümmerst. Schon jetzt hat deine Seele Schaden genommen.

Von dem unbeschwerten Jüngling, der einst über die Schwelle dieser Festung trat, ist kaum noch etwas übrig.«

»Und das wundert Euch?«

»Glaub mir, mein Junge, ich weiß, wie sehr du leidest.«

»Bei allem Respekt, Meister – ich glaube nicht, dass Ihr nachvollziehen könnt, was ich empfinde.«

»Dennoch möchte ich dir helfen.«

»Wenn Ihr mir helfen wollt, dann lasst mich gehen«, verlangte Granock wie schon unzählige Male zuvor. »Ihr habt recht, wenn Ihr sagt, dass mein Innerstes Schaden genommen hat. Aber Ihr wisst auch, wie es wieder geheilt werden könnte, nicht wahr?«

»Womöglich«, gab Farawyn zu. »Dieser Weg ist dir jedoch verschlossen.«

»Natürlich.« Granock lächelte freudlos. Er hatte keine andere Antwort erwartet. »Weil ich nur ein Mensch bin, nicht wahr? Deshalb darf ich nicht zu den Fernen Gestaden reisen.«

»Die Gestade sind den Söhnen und Töchtern Sigwyns vorbehalten«, bestätigte Farawyn. »Es ist ihr Ursprung und ihre Bestimmung. Alles Leben kommt von dort und mündet eines Tages wieder dorthin, so ist es zu allen Zeiten gewesen.«

»Ja«, räumte Granock schnaubend ein, »erfülltes Leben, das viele Menschenalter in Erdwelt verbracht hat. Aber Alannah und Aldur waren weder alt noch lag ein erfülltes Leben hinter ihnen. Sie waren jung, genau wie ich.«

»Dennoch haben sie sich für die Fernen Gestade entschieden, und es steht dir nicht zu, diesen Schritt in Zweifel zu ziehen. Du solltest dich allmählich an den Gedanken gewöhnen, dass du sie niemals wiedersehen wirst. Keinen von beiden.«

»Aber ich … ich …« Granock rang nach Atem, er hatte das Gefühl, dass ihm etwas die Kehle zuschnürte. Mit wenigen Worten hatte Farawyn ihm den Grund seiner tiefen Verbitterung vor Augen geführt, so deutlich, dass es ihn schauderte. Einmal mehr wurde ihm klar, wie aussichtslos sein Hoffen war – und wie endlos sein Schmerz. Er schloss die Augen, um die Tränen zu ersticken, und spürte, wie sich Farawyns Hand sanft und beruhigend auf seine Schulter legte.

»Mein Junge«, sagte der alte Zauberer leise, »ich weiß nur zu gut, was du empfindest, glaube mir. Auch ich habe einst von verbotenen Früchten gekostet und wurde bitter dafür bestraft. Deshalb weiß ich, dass der einzige Weg, sich nicht in der Vergangenheit zu verlieren, darin besteht, *sie* zu vergessen.«

Granock stutzte ob der eigenwilligen Betonung, die der Älteste dem Wörtchen »sie« zukommen ließ. Er war nicht sicher, ob sich Farawyns Empfehlung tatsächlich auf die Vergangenheit bezog oder ob er vielmehr längst ahnte, was Granock, Alannah und Aldur damals auseinandergebracht hatte.

Hatte Farawyn womöglich in einer seiner Visionen gesehen, wie es zum Zerwürfnis zwischen den Freunden gekommen war?

Die Möglichkeit, dass sein alter Meister ihn womöglich längst durchschaut hatte, war ihm unangenehm, und er straffte sich, um sich seine Bestürzung nicht anmerken zu lassen.

»Das kann ich nicht«, erklärte er steif.

»Dann, so fürchte ich, kann ich dir auch nicht helfen«, entgegnete Farawyn ruhig. Es lag kein Vorwurf in seiner Stimme, nur Bedauern.

»Bin ich damit entlassen?«

Der Älteste nickte, und Granock wandte sich zum Gehen. Dabei wurde ihm klar, dass er soeben Zeuge eines der seltenen Momente gewesen war, in denen Farawyn ihn für einen wenn auch nur kurzen Augenblick in sein Innerstes hatte blicken lassen.

»Junge?«

Granock hatte die versiegelte Tür noch nicht erreicht. Er blieb stehen und wandte sich um. »Ja, Meister?«, fragte er.

»Dir ist klar, dass nichts von dem, was hier gesprochen wurde, nach außen dringen darf? Würden Cysguran und meine anderen Gegner im Rat davon erfahren, würden sie ihr Wissen nutzen, um mir zu schaden.«

»Ich weiß, Meister«, versicherte Granock. »Seid unbesorgt, ich werde nichts verraten. Manchmal allerdings frage ich mich, warum Ihr mich eingeweiht habt. Vielleicht hättet Ihr auch mich über Alannahs und Aldurs Aufenthalt im Unklaren lassen sollen.«

»Vielleicht«, gab Farawyn zu. »Aber ich dachte, ich wäre dir die Wahrheit schuldig. Ich wollte nichts vor dir verheimlichen, da ich dir mehr vertraue als jedem anderen Mitglied dieses Ordens. Ich dachte, es würde es dir einfacher machen.«

Granock stand wie vom Donner gerührt. Es war das erste Mal, dass Farawyn seiner Zuneigung derart offen Ausdruck verlieh. Für gewöhnlich beschränkte sich der Älteste darauf, in Rätseln und Andeutungen zu sprechen und die Neutralität zu wahren, die sein Amt erforderte.

Einen quälenden Moment lang führte Granock einen inneren Kampf, überlegte, ob er Farawyn in sein Geheimnis einweihen und ihm seine Liebe zu Alannah gestehen, ob er ihm offenbaren sollte, dass es nur deshalb zum Bruch zwischen ihm und Aldur gekommen war und dass er allein die Schuld für ihre Entscheidung trug, Shakara zu verlassen.

Er entschied sich dagegen.

Teils aus Furcht vor dem, was sein Meister dann von ihm halten würde. Teils aus Scham.

»Das war ein Irrtum, Meister«, flüsterte er.

»Ja.« Farawyns Stimme klang müde. »Das war es wohl.«

Gesenkten Hauptes kehrte der Älteste hinter seinen Schreibtisch zurück.

Das Gespräch war beendet.

4. GWAHÁRTHANA

Es war eine jener Nächte, in denen der Nebel, der sich allabendlich über dem Fluss sammelte, in zähen Schwaden die Böschung heraufkroch – ein träges Monstrum, das im Mondlicht leuchtete und seine Gestalt fortwährend zu verändern schien, während es sich über Büsche und Felsen wälzte, den elfischen Linien entgegen.

Hauptmann Alurys hatte den wollenen Umhang eng um die Schultern gezogen. Mit zu schmalen Schlitzen verengten Augen spähte er in das milchige Grau, durch das die andere Flussseite und die Ausläufer des Schwarzgebirges nur noch zu erahnen waren. Die Luft war kalt und feucht. Es hatte viel geregnet in den letzten Tagen, sodass sich der Erdboden zu beiden Seiten des Flusses in zähen Morast verwandelt hatte. Die Nässe drang durch die Stiefel und tränkte die Beinkleider, sorgte dafür, dass Waffen und Rüstungen beständig gepflegt werden mussten, um keinen Rost anzusetzen. Und sie nagte an der Moral der Krieger, die entlang des Flusses Wache hielten.

Auch Alurys, dem es als Offizier oblag, den Mut der Legionäre zu stärken, spürte die Ermüdung. Karge Verpflegung, nicht enden wollende Wachschichten, das sich zunehmend verschlechternde Wetter und unablässige Angriffe der Orks hatten den Hauptmann und seine Leute ausgezehrt. Dennoch taten sie, was von ihnen verlangt wurde, und behielten von vorgeschobenem Posten aus den ihnen zugewiesenen Frontabschnitt im Auge.

Seit vier Jahren herrschte nun Krieg zwischen dem Elfenreich und den Unholden – aber wie hatte sich dieser Krieg im Lauf dieser

Zeit verändert! Mit einer großen Schlacht und einem glanzvollen Sieg hatte er begonnen – inzwischen war ein zähes Ringen um Land daraus geworden, ein ständiges Warten und gegenseitiges Belauern.

Wie sehnte sich Alurys danach, dem Feind in offenem Kampf gegenüberzutreten! Wie befreiend wäre es gewesen, ihm am helllichten Tage und auf freiem Feld zu begegnen! Aber die Unholde hatten aus ihrer Niederlage gelernt und seither ein großes Aufeinandertreffen vermieden. Stattdessen begnügten sie sich damit, fortwährend überraschende Ausfälle zu unternehmen. Im Schutz der Dunkelheit pflegten sie über den Fluss zu setzen, vornehmlich in nebligen Nächten wie dieser ...

Alurys zuckte zusammen, als er zu seiner Linken ein Geräusch vernahm. Sein wachsamer Blick streifte durch die trüben Schwaden, konnte jedoch nichts ausmachen.

Wieder Geräusche – das Plätschern von Wasser, gefolgt vom Schmatzen großer Füße im Morast.

Sie kamen!

Alurys fühlte, wie sich sein Pulsschlag beschleunigte. Seine Hand fuhr an den Griff der Elfenklinge und zückte sie, während er lautlos aus seiner Stellung trat und die behelfsmäßige Palisadenwand hinabschlich, die entlang des Flusses errichtet worden war.

Seine Leute, die sich hinter den Palisaden verschanzten, hatten die Geräusche ebenfalls gehört und waren vorbereitet. Pfeile lagen auf den Sehnen der Bogen, die Klingen blank polierter Glaiven blitzten im Mondlicht, bereit, sich in die Gedärme angreifender Orks zu wühlen. Ihr Befehl lautete, die Palisaden um jeden Preis zu halten und den Feind keinesfalls durchbrechen zu lassen – und diesen Befehl würden sie bis zum letzten Atemzug ausführen.

Der Hauptmann und seine Männer verständigten sich mit Blicken. Er war immer der Ansicht gewesen, dass der Platz eines Offiziers bei seinen Soldaten war und man ihnen nur abverlangen durfte, was man auch selbst zu geben bereit war. So hatte er sie ausgebildet. Doch auf das, was im nächsten Moment aus den Nebelschleiern brach, hatte auch Alurys seine Männer nicht vorbereiten können.

Es begann mit wütendem Gebrüll, das ein Stück flussabwärts zu hören war.

»Bogenschützen!«, befahl Alurys – aber noch gab es nichts, worauf zu zielen sich gelohnt hätte. Wie eine undurchdringliche Wand stand der Nebel über dem Fluss, während von der linken Flanke bereits Schwerterklirren zu vernehmen war. Dann, plötzlich, waren schemenhafte Umrisse zu erkennen. Die Schützen entließen die Pfeile, die sirrend im milchigen Grau verschwanden.

Einige der Schemen warfen die Arme nach oben und brachen zusammen, die anderen huschten weiter. Alurys hob das Schwert und stellte sich dem ersten Schatten entgegen, der sich aus dem Nebel löste, bereit, jeden Handbreit Boden so teuer wie möglich zu verkaufen – doch wie erschrak der Hauptmann, als er das Antlitz des Orks erblickte!

Alurys war darauf gefasst gewesen, in eine grässliche grüne Fratze zu sehen, die mit mörderischen Hauern bewehrt war und aus deren gelben Augen ihm blanker Hass entgegenschlug. Doch dieses spezielle Haupt ruhte auf einem Körper, zu dem es nicht gehörte! Eine grobe Naht umlief den dicken grünen Hals, auf den der Kopf gesetzt worden war!

Dass Alurys den Frevel, der an der Natur verübt worden war, sofort durchschaute, hatte einen Grund – denn kein anderer als er selbst war es gewesen, der das Haupt des Orks erst vor wenigen Tagen von seinem alten Rumpf getrennt hatte!

Einen Augenblick lang war der Hauptmann wie erstarrt vor Entsetzen. Dann riss er seine Klinge empor, um den Angriff des Unholds abzuwehren – zu spät.

Das Letzte, was er sah, war die schartige Klinge des Ork, die mit Urgewalt herabsauste.

Eine Versammlung war einberufen worden, wie so oft in den letzten Monaten.

Früher, als noch Friede geherrscht hatte unter Erdwelts Völkern, hatte sich die große Halle, in der die Ratsmitglieder zusammentrafen, nur selten gefüllt. In diesen dunklen Zeiten jedoch gab es stets einen neuen Anlass dafür: Die Beobachter, die man ausgesandt hatte, berichteten über den Kriegsverlauf und über die Geschehnisse an den Fronten; Strategien wurden erörtert und Beschlüsse gefasst; und umrahmt von betretenem Schweigen wurden die Namen derjenigen Ordensmitglieder verlesen, die im Kampf gegen die Mächte der Finsternis das letzte Opfer gebracht hatten.

Es war kein anderer als Farawyn, dem diese undankbare Aufgabe zufiel. Zu gern hätte er sie einem anderen überlassen, aber ihm war klar, dass es seine Pflicht war als Ältester des Ordens, und er hasste sich selbst dafür.

»Bevor wir diese Versammlung eröffnen«, begann er mit tonloser Stimme, die von der hohen Decke des Ratssaales widerhallte, »wollen wir zuvorderst die Namen derer hören, die in der vergangenen Woche ihr Leben gegeben haben, um diese unsere Welt vor der Vernichtung zu bewahren. Erweisen wir ihren Namen Respekt und Dankbarkeit, auf dass sie Eingang finden mögen in die Chroniken unseres Ordens und dort Unsterblichkeit erlangen, wenn ihnen ein Dasein in ewiger Freude versagt blieb. Bitte erhebt Euch, Schwestern und Brüder.«

Es hätte der Aufforderung nicht bedurft. Die meisten Mitglieder des Rates waren von Ihren Sitzen aufgestanden, noch während Farawyn gesprochen hatte; dadurch wurde offensichtlich, wie wenige sie geworden waren.

Früher, wenn eine Vollversammlung einberufen worden war, waren die Sitzreihen, die sich zu beiden Seiten des schmalen Mittelgangs erhoben, nahezu vollständig besetzt gewesen. Inzwischen klafften beträchtliche Lücken: Die einen Ratsmitglieder waren im Auftrag des Ordens an weit entfernte Orte geschickt worden, um die Truppen des Königs dort zu unterstützen. Die anderen würden niemals wieder nach Shakara zurückkehren, und ihre Zahl wurde immer größer ...

Auf ein Zeichen Farawyns hin, der am Kopfende der Halle auf dem Rednerpodest stand, hoben die Räte ihre Zauberstäbe und ließen die darin eingearbeiteten Kristalle leuchten. Bunter Schein in allen Regenbogenfarben erfüllte daraufhin die Halle und schien ein wenig Mut und Hoffnung zu spenden – bis Farawyn daranging, mit, wie es schien, unendlicher Langsamkeit die Namen der Gefallenen zu verlesen.

»Bruder Egnias, Zaubermeister ... Bruder Cymlog, Zaubermeister ... Schwester Rhinwyd, Zaubermeisterin ... Canolf, Eingeweihter ... Elur, Aspirant ...«

Während er las, verlosch ein Elfenkristall nach dem anderen. Ihre Farbe verblasste, und ihr Licht verlor sich, bis nichts mehr davon übrig war und nur noch der Schein des großen Kristalls den Ratssaal beleuchtete, der hoch über dem Rednerpult schwebte. Aber es schien, als hätte auch er von seinem Glanz eingebüßt, und selbst die Statuen der alten Könige, die den Saal säumten und das Gewölbe trugen, schienen plötzlich finsterer dreinzublicken als zuvor.

»... Lytha, Novizin ... und schließlich Bruder Suiban, Zaubermeister und Mitglied dieses Rates«, schloss Farawyn seinen Bericht, und die Stille, die daraufhin eintrat, war so schwer und drückend, dass sie fast körperlich zu spüren war.

Es dauerte lange, bis Farawyn das Schweigen aufhob und die Räte sich wieder setzten. Die Tatsache, dass einer aus ihrer Mitte gefallen war, erschütterte die Zauberer besonders, denn eines gewaltsamen Todes zu sterben, bedeutete nicht nur, dass das *lu* eines Elfen unwiederbringlich verlosch, sondern auch, dass sein gesammeltes Wissen und seine Weisheit niemals die Fernen Gestade erreichen und dort für die Ewigkeit bewahrt würden. Schon bei einem Novizen bedeutete dies einen unersetzlichen Verlust – bei einem Zauberer des Rates jedoch war er so stark, dass jeder den Schmerz fühlte, unabhängig davon, welche persönlichen Bande er zu Bruder Suiban unterhalten hatte.

Die Namen waren verlesen und von Bruder Syolan ein letztes Mal in die Ordenschronik eingetragen worden. Nun begann die eigentliche Sitzung, und Farawyn erteilte Gervan das Wort, dem stellvertretenden Ältesten, der soeben von einer Reise an die Westfront zurückgekehrt war.

»Trotz aller Verluste und Rückschläge, die wir hinzunehmen hatten, bringe ich aus dem Grenzland gute Nachrichten, Schwestern und Brüder«, begann Gervan seinen Bericht, nachdem er sich aus seinem Sessel erhoben hatte und an das Rednerpult getreten war. »Der Fluss Glanduin, der seit Urzeiten das Elfenreich von den Dunkellanden scheidet, wird auch weiterhin erfolgreich gehalten. Zwar tragen die Unholde immer wieder Angriffe gegen die Legionen vor, die vom Scharfgebirge bis hinab in die Ebenen die Grenze bewachen, aber es ist ihnen bislang nicht gelungen, ihre Reihen zu durchbrechen. Nicht unerheblichen Anteil daran«, fuhr der Zauberer fort, der sein langes Haar im Nacken zusammengebunden trug und dessen schmale Augen einen Einschlag von Purpur aufwiesen, »haben unsere Schwestern und Brüder, die Seite an Seite mit Elidors Recken kämpfen und die Horden der Finsternis ein um das andere Mal zurückschlagen – wenn auch unter hohen Verlusten.«

»Schön und gut, Bruder Gervan«, erhob sich auf der linken Seite die Stimme Cysgurans. Seit dem Tod von Meisterin Maeve, die vor vier Jahren bei der Schlacht im Flusstal gefallen war, bekleidete er das Amt des Sprechers des linken Flügels. Er war bekanntermaßen ein erbitterter Rivale Gervans, und nicht einmal der Krieg hatte daran etwas ändern können … »Aber wenn Ihr schon dabei seid, von den Vorgängen an der westlichen Front zu berichten, so solltet Ihr nicht unerwähnt lassen, dass auch die Gegenseite Verstärkung erhalten hat.«

»Das ist richtig«, gab Gervan unumwunden zu. »Von unseren Spähern wissen wir, dass der Feind neue Truppen aus den Tiefen der Modermark herangeführt hat – nicht nur Orks, die an Wildheit und Brutalität alle bisherigen Schrecken verblassen lassen, sondern auch Trolle, Gnome und anderes Gesindel aus den finstersten Pfründen dieser Welt.«

»Und das ist noch längst nicht alles«, versetzte Cysguran mit einer Genugtuung, die Farawyn erboste. Auch er hatte dem linken Flügel angehört, ehe er zum Ältesten bestimmt worden war, aber mit dem Beginn des Krieges hatten zumindest aus seiner Sicht alle inneren Streitigkeiten des Ordens geendet. Was für einen Sinn hatte es, über philosophische Fragen zu streiten oder die zukünftige Gestaltung des Ordens zu erörtern, wenn es zweifelhaft war, ob es überhaupt eine solche Zukunft gab?

Der Burgfrieden, den Farawyn in Shakara ausgerufen hatte, hatte auch bedingt, dass nicht Cysguran, der als aussichtsreicher

Kandidat auf den Posten gegolten hatte, sondern sein Gegner Gervan zum stellvertretenden Ältesten gekürt worden war. Farawyn war überzeugt davon, dass der Orden nur eine Aussicht auf Erfolg hatte, wenn beide Flügel Hand in Hand arbeiteten, statt sich in kleingeistigem Zwist gegenseitig zu erschöpfen. Doch nicht alle Mitglieder des Hohen Rates teilten diese Meinung ...

»Wovon genau sprecht Ihr?«, fragte Farawyn deshalb und stellte sich an die Seite seines Amtsbruders, so als müsste er ihn vor Cysgurans Attacken auch körperlich beschützen.

»Ich spreche von der Wahrheit«, erwiderte der andere und strich sich durch das streng zurückgekämmte graue Haar, ehe er in einer effektheischenden Geste die Arme hob. »Wenn Ihr schon von Unholden sprecht und von immer neuen Ungeheuern, die aus den Tiefen der Westmark herangeführt werden, so habt auch den Mut auszusprechen, dass kein anderer als Rurak ihr Anführer ist, Margoks ergebener Diener und einst Mitglied dieser ehrwürdigen Einrichtung!«

Man konnte sehen, dass die Erwähnung des abtrünnigen Zauberers, der sich einst Palgyr genannt und tatsächlich dem Hohen Rat angehört hatte, in den Mienen einiger Ordensbrüder und -schwestern für Entsetzen sorgte. Farawyn wusste nicht, worauf Cysguran hinauswollte, aber ihm war daran gelegen, nicht noch mehr Angst und Schrecken zu verbreiten, als es ohnehin schon der Fall war. Die Rückkehr Margoks und der Ausbruch des Krieges hatten den Orden nicht zuletzt deshalb so unvorbereitet getroffen, weil die meisten Ratsmitglieder ihre Augen vor der wirklichen Welt verschlossen und sich lieber ihren Studien gewidmet hatten. Noch immer gab es unter ihnen welche, die seiner Politik ablehnend gegenüberstanden und nicht verstehen wollten, weshalb der Orden König Elidor im Kampf um das Reich unterstützte; und Farawyn wollte nicht, dass es noch mehr wurden ...

»Rurak wird seit der Schlacht im Flusstal vermisst«, stellte er klar. »Niemand hat ihn seither gesehen.«

»Aber es gibt Gerüchte«, widersprach Cysguran, dessen Gewand das Emblem der Kristallgilde trug, der er vorstand, »und zwar in solcher Häufung, dass sie kaum unwahr sein können. Die Soldaten des Heeres jedenfalls hegen keinen Zweifel daran, dass Rurak noch lebt. Wisst Ihr, wie sie ihn inzwischen nennen? *Gwantegar* – den Todbringer! Und wie es heißt, haben selbst die Unholde ihm den Beinamen ›der Schlächter‹ verliehen, weil er nach der Niederlage im Flusstal Hunderte von ihnen pfählen ließ.«

»Gerüchte, wie Ihr schon sagtet«, wehrte Gervan ab. »Worauf wollt Ihr hinaus?«

»Ich will darauf hinaus, Bruder Gervan, dass Euer Bericht die wichtigsten Tatsachen verschweigt. Ihr sprecht von Hoffnung und militärischen Erfolgen, dabei ist es in Wahrheit so, dass unsere Verluste immer größer und die Übermacht des Feindes immer erdrückender wird! Wie viele von uns haben den Kampf gegen Margoks Horden bereits mit dem Leben bezahlt? Zweihundert? Wir erwähnen ihre Namen ein letztes Mal und erweisen ihnen Respekt, aber auch das kann nicht darüber hinwegtäuschen, dass sie alle ihre Existenz völlig vergeblich geopfert haben!«

»Bruder Cysguran, mäßigt Euch!«, rief Farawyn, und einige Ratsmitglieder wie Syolan und Atgyva protestierten entschieden gegen solch frevlerische Reden.

»Ich soll mich mäßigen? Obschon ich nichts anderes als meine freie Meinung äußere? Ist das in diesem erlauchten Gremium nicht mehr gestattet?«

»Es ist gestattet, solange es nicht die Ehre und die Gefühle der anwesenden Ratsmitglieder verletzt«, schränkte Farawyn ein. »Ihr jedoch habt soeben das Lebenswerk verstorbener Mitbrüder und -schwestern in Zweifel gezogen und damit ihr Andenken gekränkt.«

»Ich kränke ihr Andenken, indem ich die Wahrheit sage? Was ist dann mit Euch, Ältester Farawyn? Eure Reden in Tirgas Lan und am Hofe Elidors haben jenen Ordensbrüdern und -schwestern nicht nur ihre Ehre, sondern das Leben gekostet!«

Farawyn holte tief Luft, während er sich mit dem Handrücken über die Stirn fuhr, um den Schweiß abzuwischen. Unruhe trat auf den Rängen ein, die Ratsmitglieder diskutierten miteinander wie in alten Zeiten – nur dass ihr Gemurmel die Halle längst nicht mehr erfüllte, sondern aufgrund ihrer geringeren Anzahl zu einem schwachen Wispern verkommen war, zum kläglichen Echo eines Zeitalters, das unwiderruflich zu Ende gegangen war.

»Wenn man Euch reden hört, Bruder Cysguran«, ergriff Farawyn wieder das Wort, »könnte man fast glauben, Ihr zieht die Entscheidung des Ordens, sich gegen die Aggressoren zur Wehr zu setzen, in Zweifel!«

»Muss man das nicht nach allem, was geschehen ist? Nach all den Verlusten, die wir erlitten haben? Keiner unserer Mitbrüder und -schwestern, die im Kampf gefallen sind und deren Namen Ihr hier verlesen habt, wird jemals wieder zurückkehren, ganz gleich, was wir beschließen – aber wir können verhindern, dass es zu weiteren Verlusten kommt.«

»Wie wollt Ihr das anstellen?«, erkundigte sich Bruder Simur, der seit Gervans Ernennung zum Ältesten für den rechten Flügel sprach. »Wollt Ihr aus dem Krieg austreten? Den Elfenkönig im Stich lassen, nachdem wir ihm Treue geschworen haben?«

»Der Eid, den wir geleistet haben«, brachte Cysguran in Erinnerung, »gilt zuvorderst dem Reich und erst dann seinen Dienern. Hätte Elidor sich in der Vergangenheit nicht als ein solch schwacher Herrscher erwiesen, müssten wir nicht so teuer dafür bezahlen. Er hat Erdwelt einen schlechten Dienst erwiesen, und es ist nicht einzusehen, weshalb ausgerechnet wir dafür bluten sollten.«

»Was genau schlagt Ihr vor?«, fragte Farawyn spitz. »Wollt Ihr mit Margok verhandeln?«

Das erneut aufbrandende Gemurmel verriet, wie abwegig den meisten Ratsmitgliedern dieser Gedanke erschien. Cysguran jedoch zuckte mit keiner Wimper. »Die ›Weisen‹ nennen wir uns, also sollten wir auch klug und besonnen handeln«, konterte er, »und in dem blutigen Morden der letzten Jahre kann ich weder Klugheit noch Besonnenheit erkennen.«

Nun gab es beipflichtendes Nicken, wenn auch nur vom linken Flügel, was Farawyn geradezu fassungslos machte. Obwohl die Mäßigung der eigenen Empfindungen als eine der Haupttugenden des Ordens galt, hatte er Schwierigkeiten, an sich zu halten. »Dieses Morden, Bruder Cysguran, wurde weder von uns begonnen, noch lag es je in unserer Absicht. Der Krieg wurde uns aufgezwungen, und wir tun lediglich das, was jede Kreatur tun würde, die am Leben bleiben will – wir setzen uns zur Wehr!«

»Aufgezwungen ist das richtige Wort«, stimmte Cysguran zu. »Aber von wem? War es tatsächlich Margok, der uns zu den Waffen gerufen hat? Nein! Ihr habt es getan, Bruder, nachdem Ihr in vorauseilendem Gehorsam dem Träumer auf dem Elfenthron unsere Unterstützung zugesagt habt!«

Wieder gab es Zustimmung, und jedes Händepaar, das beifällig aneinandergerieben wurde, brachte Farawyns Blut noch mehr in Wallung. »Wenn Ihr die Ereignisse der Vergangenheit schon bemühen wollt, Schwestern und Brüder, so solltet Ihr dabei Sorgfalt walten lassen«, schnaubte er. »Vielleicht habt Ihr ja schon vergessen, dass Margok ein Bündnis aus Menschen und Orks geschmiedet hatte und dass ihr vereintes Heer im Begriff war, gegen Tirgas Lan zu marschieren, die Hauptstadt unseres Reiches!«

»Gegen Tirgas Lan«, bestätigte der andere. »Aber hat sich Margok gegen uns gewandt? Hat er seine Horden nach Shakara geschickt?«

»Nein – weil er im Flusstal vernichtend geschlagen wurde! Nur unserem beherzten Eingreifen und unserem gemeinsam errungenen Sieg ist es zu verdanken, dass Erdwelt nicht längst in Trümmern liegt und Margoks dunkles Banner über Shakara weht.« Diesmal war es Farawyn, der Zustimmung erhielt, vor allem von jenen, die an der Schlacht am Siegstein teilgenommen und Zeugen des verlustreichen Kampfes geworden waren.

»Wenn es so ist, wie Ihr sagt, Bruder, wenn es unserem ach so entschlossenen Eingreifen zu verdanken ist, dass Erdwelt vor einem dunklen Schicksal bewahrt wurde – warum werden wir dann noch immer angegriffen? Warum führt Rurak immer neue Horden aus dem Westen heran? Warum kommen auch die Ostgebiete nicht zur Ruhe, sodass wir uns einem Krieg an zwei Fronten ausgesetzt sehen? Ich will es Euch sagen: weil der Sieg vor vier Jahren wertlos gewesen ist! Trotz der hohen Verluste, die wir zu beklagen hatten, ist es Euch nicht gelungen, die Wurzel des Übels zu vernichten.«

»Margok ist uns entkommen, das ist wahr«, räumte Farawyn ein. »Es gab eine Zeit, da wir hofften, sein böser Geist wäre samt des frevlerischen Körpers, dessen er sich bemächtigt hat, vom Kristallschlund verschlungen worden. Aber inzwischen ...«

»... mussten wir einsehen, dass der Dunkelelf noch immer am Leben ist«, brachte Cysguran den Satz zu Ende. »Seine Bosheit nährt nach wie vor seine Horden, und sein stinkender Atem verpestet auch weiterhin die Luft. Fraglos hat er sich nach Nurmorod zurückgezogen, in die Drachenfeste, von deren Existenz bis vor wenigen Jahren keiner von uns wusste. Dort hat er seine Wunden geleckt und bereitet womöglich gerade jetzt, in diesem Augenblick, einen neuen Angriff vor.«

»Es wäre möglich«, gab Farawyn zu, ohne eine Miene zu verziehen. Noch immer wusste er nicht, was Cysguran bezweckte. Der Zauberer verstand es vortrefflich, seine Absichten zu tarnen. »In jedem Fall müssen wir auf einen solchen Angriff gefasst und vorbereitet sein.«

»Vorbereitet?« Ein spöttisches Grinsen verzog Cysgurans Gesicht, in das sich an Wangen und Stirn tiefe Falten gegraben hatten. »Bei allem nötigen Respekt, Ältester Farawyn – wisst Ihr auch, was Ihr da sagt? Schon jetzt ist die Lage angespannt, und wir können die beträchtlichen Verluste, die wir erleiden, kaum noch ausgleichen. Die Zauberer von Shakara sind bereits jetzt überall in Erdwelt im Einsatz: Sie helfen dabei, die Grenzen zu verteidigen, sind als Späher tätig und übernehmen diplomatische Missionen, und es gibt Stimmen, die behaupten, dass das Elfenheer ohne unsere Unterstützung den Krieg längst verloren hätte.«

Wieder wurde Zustimmung laut, und nicht nur aus den eigenen Reihen. Cysguran sprach Vorbehalte aus, die viele Zauberer hatten, vor allem jene, die diesen Kampf nie gewollt und ihre Augen bis zuletzt vor der Gefahr verschlossen hatten.

»Das vermag ich nicht zu beurteilen«, schränkte Farawyn deshalb ein. »Wir tun lediglich, was unsere Pflicht ist als ein lebendiger Teil dieser Welt.«

»Nur unsere Pflicht? Ich meine, wir tun weit mehr als das – und sehen uns dennoch in einem aussichtslosen Kampf. Wenn geschieht, was wir befürchten, und der Dunkelelf uns von Süden her angreift, so ist unser Untergang besiegelt, denn eine dritte Front werden wir nicht halten können.«

»Das steht zu befürchten«, kam Farawyn nicht umhin zuzugeben. »Aber was sollten wir Eurer Ansicht nach tun? Wenn Ihr eine Lösung wisst, Bruder Cysguran«, fügte er mit leisem Spott hinzu, »so sagt es frei heraus.«

»Nun«, entgegnete der andere, »selbst ich, der ich kein Krieger bin und nicht viel von Strategie verstehe, weiß, dass es in einem solchen Fall am besten ist, dem Gegner mit einem schnellen Schlag zuvorzukommen, nicht wahr?«

Einige Herzschläge lang war Farawyn so verblüfft, dass er kein Wort hervorbrachte – hatte Cysguran soeben tatsächlich vorgeschlagen, den Krieg noch weiter auszudehnen? Der Älteste verspürte jähe Erleichterung, denn eine solche Forderung war leicht zu entkräften. »Von Strategie mögt Ihr nicht viel verstehen, Bruder«, entgegnete er lächelnd und konnte es sich nicht verkneifen, den anderen seine Überlegenheit spüren zu lassen, »aber selbst Ihr werdet wissen, dass ein Vorstoß nach Süden reiner Selbstmord wäre. Der Dschungel von Arun schützt Nurmorod wie hundert Mauern. Kein Heer kann ihn durchdringen, ohne dabei schreckliche Verluste zu erleiden – der große König Sigwyn hat es einst versucht, und es ist ihm nicht gelungen. Die Schlacht wäre verloren, noch ehe sie überhaupt begonnen hätte!«

Es gab Beifall und zustimmendes Nicken, und Farawyn war sich gewiss, den Disput für sich entschieden zu haben.

»Ihr gebt also zu, dass der Kampf aussichtslos ist?«, fragte Cysguran plötzlich.

»N-nein«, stammelte Farawyn, dem jäh klar wurde, dass er in einen Hinterhalt gelockt worden war. »Ich meine nur, dass …«

»Wie ich schon sagte, Bruder«, fiel sein Gegner ihm ins Wort (und diesmal waren es seine Züge, um die ein überlegenes Lächeln spielte), »ich verstehe anders als Ihr nichts von Strategie, deshalb käme es mir nie in den Sinn, Eure Einschätzung anzuzweifeln. Wir können den Kampf gegen Margok nicht gewinnen. Alles, wozu wir in der Lage sind, ist, unsere Stellung zu behaupten und dabei allmählich auszubluten.«

Allenthalben wurde auf den spärlich besetzten Rängen genickt, wurden Handflächen in stummer Zustimmung aneinandergerieben. Einige Angehörige des linken Flügels ließen sogar die Kristalle ihrer Zauberstäbe leuchten, um zu verdeutlichen, dass Cysguran ihnen geradewegs aus der Seele sprach.

Die beiden Ratsältesten tauschten einen besorgten Blick. Cysguran hatte ihnen eine Falle gestellt, und zumindest Farawyn war blindlings hineingetappt. »Es ist ein Dilemma, in dem wir uns befinden«, versuchte er zu retten, was noch zu retten war. »Das steht außer Frage.«

»Dann sollten wir anfangen, über Möglichkeiten nachzudenken, die uns aus diesem Dilemma führen, findet Ihr nicht?«

»Wovon genau sprecht Ihr, Bruder?«, hakte Gervan nach.

»Nun«, erwiderte Cysguran gelassen, »entweder, wir lassen unsere Vorbehalte hinter uns und verhandeln mit Margok ...«

»Niemals!«, rief Farawyn laut, wobei ihm die Zornesröte ins Gesicht schoss. Erschrockene Rufe wurden unter den Ratsmitgliedern laut. »Das steht nicht zur Diskussion! Wie könnt Ihr nur einen solchen Gedanken äußern, Cysguran? Zeigt Ihr jetzt Euer wahres Gesicht?«

»Eine solche Äußerung ist unter Eurer Würde, Farawyn«, hielt der Gescholtene dagegen. »Es stimmt, dass ich einst ein Parteigänger Palgyrs war, aber ich habe mich von ihm abgewandt, als ich von seinen wahren Absichten erfuhr. Und selbst Ihr solltet wissen, dass meine ganze Loyalität diesem Orden gilt und den Werten, für die er steht!«

»Ist das so?«, knurrte Farawyn.

»In der Tat. Außerdem habt Ihr mich meine Überlegungen nicht zu Ende führen lassen. Ich denke keineswegs daran, die Nähe des Dunkelelfen zu suchen und auf seine Verlockungen hereinzufallen!«

»Sondern?«, fragte Farawyn zähneknirschend, dem soeben klar wurde, dass Cysguran ihn ein weiteres Mal vorgeführt hatte. »Was gedenkt Ihr dann zu tun, Bruder?«

»Es gibt noch eine andere Möglichkeit, als Margoks Nähe zu suchen oder dem sicheren Untergang ins Auge zu blicken, und Ihr solltet sie uns nicht länger vorenthalten! Öffnet endlich die Archive und gebt uns Einblick in die verbotenen Bücher!«

»Niemals!«

Es war nicht Farawyn gewesen, der mit lauter Stimme geantwortet hatte, sondern Meisterin Atgyva.

Die *gwarshura* war aufgesprungen, und obschon Cysguran der Sprecher ihres eigenen Flügels war, taxierten ihre eisgrauen Augen ihn mit misstrauischen Blicken. »Niemals«, wiederholte sie noch einmal, gefasster diesmal.

»Hüterin Atgyva«, sagte Cysguran, »wir kennen Euren Standpunkt, was die Geheimnisse des *gwahárthana* betrifft. Aber selbst Ihr müsst zugeben, dass uns dieses Wissen helfen könnte, Margoks Angriffe abzuwehren.«

»Zu welchem Zweck?«, fragte die Bibliothekarin, die sich trotz ihres betagten Äußeren aufrecht hielt und von einem unbeugsamen Willen erfüllt schien. »Um am Ende ebenso zu werden wie der Dunkelelf?«

»Ist es ein Fehler, sich zu verteidigen?«

»Nein.« Atgyva schüttelte das Haupt mit dem kurz geschnittenen schlohweißen Haar. »Solange man dabei nicht auf die Seite der Dunkelheit wechselt.«

Cysguran schürzte die Lippen. Dann nickte er, scheinbar verständnisvoll. »Ich verstehe Euch, Schwester. Es ist Eure Pflicht, über die Wissensschätze von Shakara zu wachen. Zu diesem Zweck wurdet Ihr in die Ordensburg berufen, und alle Anwesenden hier können bezeugen, dass Ihr Eure Aufgabe stets verlässlich und zu aller Zufriedenheit erfüllt habt.«

»Ich danke Euch, Bruder«, erwiderte die Hüterin und deutete eine Verbeugung an.

»Aber, Schwester, Ihr seid auch eine Heuchlerin«, fuhr Cysguran fort, womit er erneut Farawyns Zorn hervorrief.

»Was fällt Euch ein, Mann?«, donnerte der Älteste. »Genügt es nicht, dass Ihr Zwietracht in unsere Reihen sät? Müsst Ihr jetzt auch noch die ältesten und verdientesten Mitglieder unseres Ordens beleidigen?«

»Ich bleibe nur bei der Wahrheit«, beteuerte Cysguran gelassen. »Wir alle wissen, dass jener Sieg, der vor vier Wintern im Flusstal errungen wurde und dem Ihr selbst so große Bedeutung beimesst, niemals errungen worden wäre, hätte nicht einer aus unseren Reihen den Mut besessen, die Bahnen unseres engstirnigen Denkens zu verlassen und auf eigene Faust zu handeln. Ihr wisst, von wem ich spreche.«

»Wir wissen es«, bestätigte Farawyn, der plötzlich das Gefühl hatte, ein Stück Blei liege in seinem Magen. Der Wortwechsel entwickelte sich auf eine Weise, bei der er nur verlieren konnte, egal wie die Sache ausging.

Sein Amtsbruder Gervan schien seine Unsicherheit zu fühlen. »Es ist allgemein bekannt, dass Bruder Rothgan sich damals verbotener Mittel bediente, um die Schlundverbindung zu zerstören und Margok dorthin zurückzutreiben, woher er gekommen war. Jedoch war es ein einmaliges Ereignis, das ...«

»Wenn ich mich recht entsinne, seid Ihr selbst es gewesen, der Rothgan damals fragte, woher er sein Wissen über die Blutkristalle hatte«, fiel Cysguran ihm ins Wort. »Und ist Eure Frage jemals beantwortet worden?«

»Nein«, musste Gervan zugeben.

»Nein«, echote Cysguran. »Dabei ist es ein offenes Geheimnis, dass sich Bruder Rothgan verbotener Bücher bedient hat – Bücher aus Eurer Obhut, Hüterin Atgyva! Also redet mir nicht von Euren Aufgaben und Pflichten, wenn Ihr sie bereits einmal so sträflich vernachlässigt habt!«

»Hütet Euch, Bruder!«, rief Farawyn. »Ihr habt nichts in der Hand, um Eure Behauptungen zu beweisen!«

»Bedauerlicherweise«, räumte der andere ein und hob in einer resignierenden Geste die Arme. »Wir könnten Bruder Rothgan fragen, wäre er nicht seltsamerweise aus unserer Mitte verschwunden.«

»Bruder Rothgan und Schwester Thynia haben Shakara verlassen«, brachte Farawyn in Erinnerung. »Es war ihr eigener Wunsch, und es lag weder in meiner noch in Eurer Macht, etwas daran zu ändern. Es steht jedem Weisen frei, sich gegen das Leben in der Gemeinschaft zu entscheiden.«

»Kurz nachdem er zum Meister ernannt wurde?«

Cysguran war anzusehen, dass er Farawyn keinen Glauben schenkte, und für einen Augenblick befürchtete dieser, er könne seinem politischen Gegner ein weiteres Mal auf den Leim gegangen sein. Dann würde er womöglich zugeben müssen, dass sich die beiden Zauberer in Wahrheit auf seinen Vorschlag hin nach den Fernen Gestaden begeben hatten – und dass Aldur und er sich überworfen hatten. Aus Gründen, die Farawyn dem Hohen Rat keinesfalls offenbaren wollte ...

Angespannt wartete der Älteste auf die Erwiderung Cysgurans – die in Form eines freudlosen Lachens erfolgte.

»Ein seltsamer Zufall, in der Tat«, tönte der Sprecher des linken Flügels, und Farawyn atmete innerlich auf. Ganz offenbar hatte Cysguran keine Beweise, mit denen er seine versteckten Vorwürfe untermauern konnte, also beschränkte er sich darauf, Zweifel in die Herzen der Ratsmitglieder zu säen.

Zweifel, was Farawyns Führungsqualitäten betraf.

Zweifel, was seine Entscheidungen betraf.

Zweifel, was ihrer aller Zukunft betraf ...

»Ihr wisst, dass sich die Zeiten geändert haben«, fügte er an alle gewandt hinzu. »Über Jahrtausende haben wir Zauberer die Geschehnisse in Erdwelt bestimmt. Wir haben Könige stürzen und Reiche untergehen sehen, aber unsere Macht blieb ungebrochen, weil wir es stets verstanden haben, uns den Erfordernissen anzupassen. Farawyn selbst ist es gewesen, der vor einigen Jahren hier an dieser Stelle gestanden und uns alle dazu aufgefordert hat, nicht an der Vergangenheit festzuhalten, sondern uns für eine wahre Zukunft zu öffnen. Diese Forderung wiederhole ich nun, Schwestern und Brüder! Öffnen wir uns neuen Wegen und Möglichkeiten – oder der Orden wird keine Zukunft mehr haben! Lassen wir uns nicht abschrecken von Aberglauben und überkommenen Gesetzen, sondern tun wir das, was für unser Überleben notwendig ist: Öffnen wir die verbotenen Archive und eignen wir uns das Wissen an, das uns lehrt, die Elfenkristalle als Waffen zu gebrauchen, so wie Margok es einst tat. Lasst uns den Dunkelelf mit den eigenen Waffen schlagen, zum Wohl unserer Welt und aller Kreaturen, die darin leben!«

Farawyn schürzte die Lippen, nicht nur vor Abscheu, sondern auch vor widerwilliger Bewunderung. Mit erstaunlicher Beredsamkeit hatte Cysguran seine Niederlage überwunden und mit unfassbarer Dreistigkeit sogar ihn, Farawyn, für seine Pläne vereinnahmt – und die Zustimmung, die in den Mienen zahlreicher Ratsmitglieder zu erkennen war, zeigte, dass er damit mehr Erfolg hatte, als es eigentlich hätte der Fall sein dürfen.

In einem Punkt hatte Cysguran zweifellos recht: Die Zeiten hatten sich geändert.

Der Krieg hatte den Orden in eine Krise gestürzt, die selbst die Weisen kopflos und furchtsam agieren ließ. Farawyn fühlte sich in die Ecke gedrängt. Die Wahl, vor die Cysguran ihn stellte, war jene zwischen Pest und Cholera, wie die Menschen zu sagen pflegten. Weder konnte es mit Margok Verhandlungen geben, noch durfte man riskieren, dass der Orden den Pfad der Dunkelheit beschritt.

Farawyn wusste, dass er dem Rat rasch eine brauchbare Alternative würde anbieten müssen.

Oder der Untergang würde unaufhaltsam sein.

5. HENA PON

Sie schmerzten noch immer.

Die tiefen Wunden, die Rurak vor vier Jahren davongetragen hatte, hatten sich längst geschlossen. Die Narben der Verbrennungen waren jedoch noch immer zu sehen, und wenn in kalten Winternächten klamme Feuchtigkeit in seinen Körper kroch, bekam der abtrünnige Zauberer einen Geschmack davon, was es bedeutete, sterblich und mit menschlichen Gebrechen behaftet zu sein.

Noch schlimmer als der körperliche Schmerz aber war die Schmach, die der Zauberer erfahren hatte, seit er bei seinem dunklen Herrn in Ungnade gefallen war.

Mit bebenden Händen, die wie der Rest seines zerfallenden Körpers von Schwielen und verbrannter Haut überzogen waren, hob er den Kelch und griff nach der Phiole, in der eine grüne Flüssigkeit schwappte. Der Zauberer entkorkte sie mit den Zähnen und goss ihren Inhalt in einen mit Wein gefüllten Zinnkelch, wobei er eine leise Beschwörungsformel murmelte. Der Wein reagierte daraufhin mit der Flüssigkeit. Schaum bildete sich an der Oberfläche, und ein bitterer Geruch stieg auf, der jeder anderen Kreatur Übelkeit verursacht hatte – Rurak jedoch versprach er Erlösung.

Zumindest für eine Weile.

Der Zauberer wartete, bis der Schaum sich aufgelöst hatte, dann setzte er den Kelch an die Lippen und stürzte den Trank so gierig hinab, dass er an seinen Mundwinkeln hinabrann. Angewidert und erleichtert zugleich warf er das leere Gefäß von sich, wischte sich mit dem Handrücken über die entstellte Kinnpartie und wartete auf die ersehnte Wirkung.

Sie trat schließlich ein, aber der Zauberer nahm mit Besorgnis wahr, dass es noch länger dauerte als beim letzten Mal. Wie viel Zeit würde vergehen, bis das Serum ihm keine Linderung mehr verschaffte?

Wochen? Tage? Stunden ...?

Seiner elfischen Herkunft gemäß hatte Rurak niemals einen Gedanken an die Endlichkeit seines irdischen Daseins verschwendet. In letzter Zeit jedoch ging ihm immer deutlicher auf, wie zerbrechlich seine Existenz und wie ähnlich er den Sterblichen geworden war. Sein geschundener Körper war dabei, sich aufzulösen, eine Folge des wütenden Angriffs, dem er ausgesetzt gewesen war. Der Name des Feindes, dem er dies zu verdanken hatte, stand ihm so deutlich vor Augen, als wäre er ihm mit glühenden Eisen ins Gedächtnis eingebrannt worden. Jeder Schmerz, der durch seinen gezeichneten Körper jagte, jeder Stich, der in seine morschen Glieder fuhr, erinnerte ihn von Neuem daran.

Aldur ...

Im Lauf der Jahre, die seit der Schlacht im Flusstal vergangen waren, hatte er ihn hassen gelernt, den jungen Elfen, der über das Feuer gebot und diese Fähigkeit genutzt hatte, um dem Dunkelelfen an jenem schicksalhaften Tag den schon sicher geglaubten Sieg zu entreißen. Bisweilen kam es Rurak sogar so vor, als wäre sein abgrundtiefer Hass alles, was ihn noch am Leben hielt und seinen geschundenen Leib daran hinderte, sich in seine Bestandteile aufzulösen.

Wenn Rurak in den Spiegel sah, der an einer der Felswände hing, die sein Laboratorium umgaben, so erblickte er eine hagere, zerbrechlich wirkende Gestalt, die nicht mehr viel gemeinsam hatte mit dem stolzen Elfen, der er einst gewesen war. Sein langes Haar und der Bart waren abgesengt worden und nicht wieder nachgewachsen, seine ehemals so respektgebietenden Gesichtszüge glichen einer Trümmerlandschaft, aus deren Mitte die scharf gebogene Nase wie eine Ruine ragte.

Natürlich hatte Rurak jeden nur erdenklichen Zauber angewandt, hatte lichte wie dunkle Magie dazu benutzt, um die Wunden heilen zu lassen und wieder der zu werden, der er einmal gewesen war. Aber gegen die Vernichtungskraft des dunklen Feuers, so hatte er feststellen müssen, half kein Heilzauber. Was Aldur ihm angetan hatte, ließ sich nicht ungeschehen machen, und so war diese entstellte, verwesende Hülle zum Gefängnis für seinen nach Rache dürstenden Geist geworden. Äußerlich wie innerlich hatte er sich weit von den Söhnen Sigwyns entfernt. Geblieben war nur der eisig kalte Glanz seiner Augen, in denen nach wie vor ungezügelter Machthunger glomm.

Rurak brannte nach wie vor darauf, der Erste unter Margoks Dienern zu sein und aus dieser Stellung einen Vorteil zu ziehen, doch die Dinge waren nicht mehr, wie sie vor vier Jahren gewesen waren. Der Dunkle Feldzug hatte begonnen, der Krieg, den vorzubereiten er unter Einsatz seines Lebens geholfen hatte, war im Gang – doch Rurak war weiter denn je davon entfernt, die Früchte seiner unheilvollen Saat zu genießen.

Nach der Niederlage im Flusstal hatte Margok ihn verstoßen und auf die ferne Blutfeste verbannt. Die maßgeblichen Entscheidungen wurden nun an anderen Orten getroffen, während er dazu verurteilt worden war, als niedriger Diener die Überreste von dem zusammenzuflicken, was auf den Schlachtfeldern übrig blieb – und das war oft wenig genug.

Ein gellender Schrei riss den Zauberer aus seinen Gedanken. Er fand sich vor dem Spiegel stehend, beleuchtet vom Schein der Fackeln, die in den Wandhalterungen des Felsengewölbes steckten. Die Regale ringsum waren vollgestopft mit gläsernen Gefäßen, in denen verschiedenfarbige Flüssigkeiten lagerten, aber mit auch allerlei Versatzstücken, die im Lauf der Zeit zusammengekommen waren: Aus einem der Behältnisse starrten gelbe Ork-Augen; in einem anderen schwamm die Klaue eines Unholds, zur Faust geballt, so wie er sie ihm vom Arm getrennt hatte; in weiteren Gefäßen waren schwammig aussehende Innereien eingelegt, in anderen Nasen und Ohren; sogar ein Ork-Gehirn fand sich in der grotesken Sammlung, und in einer Ecke des Gewölbes waren bleiche Schädel zu einer bizarren Pyramide aufgetürmt.

Es waren die Hinterlassenschaften jener, die nicht das zweifelhafte Glück gehabt hatten, Ruraks Laboratorium jemals wieder zu verlassen. Von zwei Gefallenen erhob sich nur einer wieder zum Kampf. Nicht Rurak hatte diese Regel aufgestellt, sondern das Leben, und selbst Margoks Macht vermochte dagegen nichts auszurichten.

Wieder ein Schrei – eine neue Lieferung war eingetroffen!

Ein grimmiges Grinsen huschte über die narbigen Züge des Zauberers, während er zu den steinernen Tischen trat, die die Mitte des Gewölbes einnahmen und um die herum eine tiefe Rinne in den steinernen Boden gemeißelt worden war.

»Rurak den Schlächter« pflegten die Orks ihn inzwischen zu nennen, weil er nach der Niederlage im Flusstal Hunderte von ihnen hatte hinrichten lassen. Der Name passte aber auch zu der neuen Beschäftigung, mit der Margok ihn betraut hatte, und er verschaffte ihm ein wenig Genugtuung. Zumindest die Orks fürchteten ihn also, und wenn es stimmte, was ihm von den Schlachtfeldern zugetragen wurde, so verbreitete sein Name auch unter den Elfenkriegern nach wie vor Angst und Schrecken.

Gwantegar nannten sie ihn in ihrer Sprache, den Todbringer – nicht unpassend für jemanden, dessen Aufgabe neuerdings darin bestand, die Gefallenen von den Schlachtfeldern aufzulesen und sie mit neuem, frevlerischem Leben zu erfüllen. Der Krieg musste weitergehen, so lautete der Befehl. Der Westen des Reiches durfte nicht zur Ruhe kommen, ganz gleich, wie viele Opfer die Angriffe forderten. Nicht nur Orks schickte Margok in die Schlacht, auch Trolle und Gnomen hatte er inzwischen unter seinem Banner versammelt, den Abschaum der Modermark. Und weil all das noch nicht genügte, zwang er selbst die Toten noch einmal in die Schlacht, um wieder und wieder gegen die feindlichen Linien anzurennen.

Ausbluten wollte der Dunkelelf Elidors Truppen lassen, sie entscheidend schwächen für den Angriff, der freilich an ganz anderer Stelle erfolgen würde, zu einer anderen Zeit ...

Rurak fletschte die Zähne angesichts der widersprüchlichen Gefühle, die in seiner Brust tobten. Einerseits bewunderte er Margok für dessen kompromisslose Strategie, die das Leben verachtete und den Erfolg über alles stellte; andererseits war er zerfressen von Eifersucht und Neid auf jenen, der ihm die Gunst des Dunkelelfen streitig gemacht und seinen Platz eingenommen, der ihm geraubt hatte, was er sich in all den Jahren mühsam ertrotzt und erarbeitet hatte.

Als die Tür des Gewölbes geräuschvoll aufgestoßen wurde, wandte sich Rurak vom Spiegel ab. Zwei seiner Gnomendiener erschienen, dicht gefolgt von einer Gruppe Orks, deren rostige Kettenhemden und Brünnen über und über mit Blut besudelt waren. Jeder von ihnen schleppte einen Artgenossen, der mehr tot war als lebendig: dunkles Orkblut pulste aus durchtrennten Gliedmaßen, einem hatte man die Brust durchbohrt, einem anderen den Schädel samt Helm gespalten, wieder ein anderer war von Elfenpfeilen gespickt.

Rurak verzog angewidert das Gesicht. Den Gestank, den die Verwundeten verbreiteten, hätte er zur Not noch ausgehalten, aber ihr Gebrüll raubte ihm den letzten Nerv. Wie, in aller Welt, sollte er zufriedenstellende Arbeit leisten, wenn sein Laboratorium widerhallte von andauerndem Geschrei?

Die Orks, die die Gefangenen hereingebracht hatten, wussten um seine Abneigung gegen Lärm und pressten den Verwundeten die Klauen auf die Mäuler. Einem anderen, der sich überhaupt nicht beruhigen wollte, wurde ein Messer in die Kehle gerammt, sodass sein Blut jegliches Gezeter erstickte. Angesichts der zahlreichen Verstümmelungen, die er davongetragen hatte, war sein Körper ohnehin nicht mehr zu gebrauchen.

Mit einem missbilligenden Ausdruck im Gesicht schritt Rurak die Reihe der Verwundeten ab. Der Anblick war elend, nicht einer von ihnen konnte sich mehr aus eigener Kraft auf den Beinen halten. Ruraks Mundwinkel fielen nach unten – nicht etwa aus Anteilnahme, sondern weil er sich fragte, wie er aus diesem Haufen halbtoten Fleisches neue Krieger zusammenflicken sollte.

Zum ungezählten Mal verfluchte er die Arbeit, zu der Margok ihn verdammt hatte, aber wie all die anderen Male zuvor würde er seine Pflicht auch diesmal erfüllen.

»Diesen hier und den da!«, wies er die unverletzten Unholde an, worauf sie die beiden bezeichneten Verwundeten packten, auf die steinernen Sockel zerrten und sie daran festketteten. Über einem der Sockel hingen Elfenkristalle wie Tropfsteine von der Decke, jeder von ihnen schwarz wie die Nacht.

Beide Orks waren halbtot. In der Brust des einen steckten zwei Elfenpfeile, und eine Glaive hatte seinen Unterleib durchbohrt, aber immerhin war er am Stück. Der andere war der mit dem Messer im Hals. Sein malträtierter Körper lag in Todeszuckungen, sodass Rurak sich beeilen musste.

Leise sprach er die Beschwörungsformel, worauf ein Strahl gebündelter Dunkelheit aus den Kristallen brach und den Körper des Sterbenden erfasste. Die unverletzten Orks wichen furchtsam zurück, denn aus Erfahrung wussten sie nur zu gut, was der *pelaidryn thwa* vermochte. Innerhalb von Augenblicken beraubten die Kristalle den Körper des Unholds seiner Flüssigkeit: Sein Fleisch und seine inneren Organe schmolzen wie Wachs in der Sonne, die grüne Haut aber verlor ihre Farbe und wurde grau und runzlig, bis sie schließlich nur noch auf blanken Knochen lag.

Als der schwarze Schein von dem Ork abließ, war nur noch dessen mumifizierter Körper übrig. Sein Blut und seine übrigen Körperflüssigkeiten jedoch sammelten sich in der Rinne im Boden, von wo aus sie in den *gwaythyr* liefen – jene monströse, aus Metall gefertigte Apparatur, die zwischen den Steinsockeln stand und mit ihrer gedrungenen Form und den ledernen Schläuchen, die wie Tentakel aussahen, an einen Kraken erinnerte.

Der Blutsammler war eine weitere von Margoks Erfindungen, und Rurak konnte nicht anders, als dem Dunkelelfen dafür Bewunderung zu zollen. Schon zu den Zeiten, als er noch ein Zauberer und Mitglied des Ordens von Shakara gewesen war, hatte Margok es verstanden, Magie und Wissenschaft auf eine Weise zu verbinden, die es ihm erlaubte, beides auf eine völlig neuartige Weise zu nutzen. Qoray hatten sie ihn deshalb genannt, den »Allwissenden« – zumindest so lange, bis er begonnen hatte, seine Forschungen auch auf verbotene Felder auszudehnen. Die Ergebnisse, die er dabei erzielt hatte, waren jedoch ganz erstaunlich und reichten von der Züchtung bis dahin unbekannter Rassen hin zur Entwicklung neuartiger Waffen.

Der Blutsammler war eine seiner jüngsten Erfindungen. Ursprünglich hatte die Maschine dazu gedient, gefangene Wildmenschen in Arun ihrer Lebensenergie zu berauben und diese für die Herstellung von Blutkristallen herzunehmen. Inzwischen war der Prozess jedoch verfeinert worden und ließ sich nun auch umkehren, sodass die Lebenskraft eines Wesens gesammelt und auf ein anderes übertragen werden konnte. Und nichts anderes hatte Rurak vor.

Der Ork, den er dazu ausgewählt hatte, den lebenspendenden Körpersaft zu empfangen, wand sich vor Schmerzen. Ungerührt riss ihm der Zauberer die Pfeile aus der Brust und versorgte notdürftig die klaffende Wunde – den Rest würde das *lu* seines Artgenossen schaffen.

Rurak wies die Gnomendiener an, den Blutsammler in Gang zu setzen. Beflissen huschten die kleinwüchsigen Wesen, die nackt waren bis auf primitive Lendenschürze und deren grünlich schimmernde Haut an die von Fröschen erinnerte, um die Apparatur herum und legten einige Hebel um. Der Zauberer hatte die Erfahrung gemacht, dass Gnome zwar sehr viel weniger kräftig waren als Orks, dafür aber auch weniger einfältig und leichter zu befehligen.

Mit unheilvollem Wummern erwachte die Maschine zum Leben und sog die Körperflüssigkeit des toten Unholds in sich auf. Rurak konnte die Energie fühlen, die von der Maschine ausging, den Hass und die Aggression. Schon war sie dabei, die Flüssigkeiten in die Schläuche zu pumpen, die in hohle, mit Widerhaken versehene Spitzen ausliefen, welche das Serum abgeben konnten.

Ungerührt griff Rurak nach der ersten Spitze und rammte sie dem Ork in den Brustkorb, dorthin, wo sich sein Herz befand. Der massige Körper des Unholds bäumte sich auf, und wäre er nicht festgekettet gewesen, hätten seine um sich schlagenden Fäuste

Rurak zur Gefahr werden können. Doch die robuste Natur des Orks trotzte dem Schmerz, und Rurak brachte vier weitere Spitzen an, jeweils zwei an Armen und Beinen. Bei jedem Einstich brüllte der Unhold wütend auf – aber sobald das Serum in seinen Körper gelangte, beruhigte er sich wieder.

Sein Gebrüll verstummte, seine Körperkräfte kehrten schlagartig zurück. Und als der *gwaythyr* schließlich seine Arbeit vollendet hatte und die Ketten gelöst wurden, lag in den Augen des Orks wieder jenes mörderische Flackern, das seiner Rasse gemein war, und er war nur von dem einen Wunsch erfüllt, möglichst rasch zur Front zurückzukehren und erneut für Margok in den Kampf zu ziehen, wilder und unerschrockener als je zuvor – denn den Tod fürchtete er nicht mehr.

Zufrieden betrachtete Rurak sein Werk, dann wandte er sich den nächsten Kreaturen zu, die sich stöhnend in ihrem Blut wälzten. Einem der Krieger fehlte der rechte, einem anderen der linke Arm – eine Fügung des Schicksals, wie Rurak fand. »Die Säge«, raunte er seinen Dienern zu.

Er würde seine Aufgabe erfüllen, genau so, wie Margok es ihm befohlen hatte. Er mochte versagt haben, damals vor vier Jahren, aber der Dunkelelf konnte ihm nicht ewig dafür zürnen. Irgendwann würde sich Margok daran entsinnen, wer es gewesen war, der unter Einsatz seines Lebens und selbst über die Qualen Borkavors hinaus seine Rückkehr vorbereitet hatte, und er würde Rurak in allen Ehren rehabilitieren.

Und da es nicht mehr lange dauern würde, bis Ruraks ausgezehrter Körper ebenso zerfiel wie der eines Unholds unter dem *pelaidryn thwa*, hatte der abtrünnige Zauberer einen Plan entwickelt, wie sich dies ein wenig beschleunigen ließ ...

6. CEFANOR DORWYS

»Ihr habt mich rufen lassen?«

Granock steckte den Kopf in den Türspalt, den er geöffnet hatte. Die dahinterliegende, von fahlem Kristallschein beleuchtete Kammer war geräumiger als seine eigene, aber ebenso karg möbliert: ein schlichter Tisch und eine karge Schlafstatt, dazu ein Schrank und eine mit einfachen Schnitzereien versehene Truhe, die einst dem Ältesten Semias gehört hatte. Dass Farawyn sie über all die Jahre aufbewahrt hatte, verriet, wie nahe er und Vater Semias einander gestanden hatten – eine Gefühlsseligkeit, die bei Elfen nur selten anzutreffen war. Aber Farawyn war in vielerlei Hinsicht kein typischer Vertreter seiner Art, wie Granock immer wieder festgestellt hatte.

Sein alter Meister kauerte mit angezogenen Beinen auf dem Boden und wandte ihm den Rücken zu. »Komm herein«, forderte er ihn auf, ohne sich umzudrehen, »und verriegle die Tür. Wir wollen ungestört sein.«

Granock tat, was von ihm verlangt wurde. Er trat in die spärlich eingerichtete Kammer, schloss die Tür hinter sich und schob den Riegel vor, der in dem Moment, da Granock ihn berührte, ein seltsames Eigenleben erlangte. Schlagartig schien sich das Metall zu verflüssigen und teilte sich in mehrere glitzernde Adern, die allen Naturgesetzen zum Trotz über das Türblatt krochen und in die Fugen sickerten.

Es war ein *calo-huth*, ein Zauberschloss, das nicht nur den Zugang zur Kammer blockierte, sondern auch dafür sorgte, dass kein

Laut mehr nach draußen drang. Früher waren derlei Vorrichtungen innerhalb der Ordensgemeinschaft verboten gewesen, aber nach dem furchtbaren Ende, das Vater Semias widerfahren war, hatte man die Regeln geändert und zumindest den Ältesten und den Ratsmitgliedern zugestanden, ihre Quartiere bei Bedarf mit einem *calo-huth* zu sichern.

»Danke, dass du gekommen bist«, sagte Farawyn, der noch immer am Boden saß und nicht gewillt schien, seine Meditation zu unterbrechen.

»Das klingt fast, als ob Ihr Euch nicht sicher gewesen wärt«, erwiderte Granock und schlug die Kapuze seines Gewandes zurück. Unwillkürlich fühlte er sich an jene denkwürdige Nacht vor vier Jahren erinnert. Damals war er nicht der Einzige gewesen, den Farawyn zu sich gerufen hatte. Auch Alannah und Aldur waren dabei gewesen. Unendlich lange schien das zurückzuliegen …

Granock spürte einen schmerzhaften Stich im Herzen und zwang seine Gedanken in eine andere Richtung. Er fragte sich, was Farawyn wohl von ihm wollte, als der Älteste seine Übung beendete und sich erhob. Langsam wandte er sich zu seinem Besucher um, und Granock erschrak fast, als er die dunklen Ränder um Farawyns Augen bemerkte. Die Bürde seines Amtes schien ihm zuzusetzen, genau wie damals Vater Semias …

»Nicht ganz«, kam er auf Granocks Frage zurück und setzte ein entschuldigendes Lächeln auf. »Ich hatte in letzter Zeit zunehmend den Eindruck gewonnen, dass …« Er unterbrach sich und biss sich auf die Lippen.

»Dass was?«, fragte Granock nach. So wortkarg hatte er seinen alten Meister noch selten erlebt.

»Nicht so wichtig.« Farawyn winkte ab. »Von Bedeutung ist nur, dass du hier bist. Das allein zählt.«

»Worum geht es?«, wollte Granock wissen. »Um den Novizen, den Ihr mir anvertrauen wollt?«

»Ich wünschte, es wäre so – dann wäre ich wohl um viele Sorgen ärmer.« Erneut lächelte der Älteste, aber es lag keine Spur von Heiterkeit darin. Vielmehr glaubte Granock, Wehmut und eine Spur von Entmutigung zu erkennen.

»Was ist geschehen? Macht Euch der Hohe Rat wieder Kopfzerbrechen?«

Farawyn nickte. »Man hat mich vor eine Wahl gestellt, die ich unmöglich treffen kann, denn wie auch immer ich mich entscheide – unser Untergang wäre die unmittelbare Folge.«

»Das hört sich nicht gut an«, kommentierte Granock trocken. Er hatte sich abgewöhnt, seinen alten Meister nach Einzelheiten zu fragen. Wenn sie von Belang waren, würde Farawyn sie ihm ohnehin offenbaren. Wenn nicht, brauchten sie ihn auch nicht zu kümmern.

»Bedauerlicherweise«, fuhr Farawyn fort, »sehen die anderen Ratsmitglieder, allen voran Bruder Cysguran, die Dinge in einem etwas anderen Licht, was zur Folge hat, dass ich mich um Alternativen bemühen muss.«

»Ich verstehe«, sagte Granock nur. Es überraschte ihn nicht, was er zu hören bekam. Dass Gervan ihm bei der Wahl des stellvertretenden Ältesten vorgezogen worden war, hatte der ehrgeizige Elf nie ganz verwunden. Vermutlich hatte er seinen Einfluss als Vorsteher der Kristallgilde genutzt, um sich Stimmen im Rat zu verschaffen.

»Hast du von den Übergriffen der Orks im Nordwesten gehört?«

Granock nickte. »Wie es heißt, hat es am Fuß des Scharfgebirges neue Kämpfe gegeben. Die Stellungen am Glanduin konnten gehalten werden, aber die Verluste auf Seiten der Elfen sind beträchtlich ...«

»Auch in unseren Reihen«, stimmte Farawyn zu. »Die Lage droht zu kippen, Junge, der Krieg verloren zu gehen. Während wir an unseren Verlusten schwer zu tragen haben, führt der Feind immer neue Truppen aus dem Westen heran. Selbst Trolle und Gnomen marschieren jetzt in seinen Reihen. Unentwegt greift er an und versucht, den Fluss zu überwinden, während die Legionen des Königs auch noch den Menschen im Osten die Stirn bieten müssen. Und wenn sich bewahrheitet, was wir befürchten, so wird aus Arun schon bald ein weiterer Vorstoß erfolgen.«

Granock schaute auf. »Ihr fürchtet, dass Margok in Kürze angreifen könnte?«

»Es ist nur eine Frage der Zeit. Die ständigen Angriffe der Orks und Menschen dienen nur dem einen Zweck, unsere Heere ausbluten zu lassen, damit wir entkräftet und nahezu schutzlos sind, wenn der Dunkelelf zum entscheidenden Schlag ausholt.«

»Was können wir tun?«, fragte Granock. So beklommen hatte er den Ältesten selten erlebt.

»Was wir vor allem brauchen, ist Zeit«, stellte Farawyn klar. »Zeit, um Atem zu schöpfen. Zeit, um unsere Streitmacht neu zu ordnen. Zeit, um unsere Verluste auszugleichen, soweit das möglich ist. Und wir brauchen Entlastung. Einen Krieg an drei Fronten können wir nicht lange durchstehen, das ist gewiss.«

»Habt Ihr einen Plan?«

Farawyn sah ihm tief in die Augen. »Ja«, sagte er dann, »und du spielst eine wichtige Rolle darin. Womöglich«, fügte er hinzu, als er Granocks Befremden bemerkte, »ist dies sogar der Grund, weshalb dich das Schicksal zu uns geschickt hat.«

»Es war nicht das Schicksal«, brachte Granock in Erinnerung. »Ihr seid das gewesen, Meister.«

Farawyn erwiderte nichts darauf, und plötzlich kam Granock der Gedanke, dass der Zauberer, den sie aufgrund seiner Gabe den »Seher« nannten, all diese Dinge womöglich schon vor Langem vorausgeahnt haben könnte. In all der Zeit, die Granock nun unter den Elfen weilte, hatte er viele wundersame Dinge gesehen und erlebt – aber war so etwas möglich?

»Ich möchte, dass du zurück zu den Menschen gehst«, eröffnete Farawyn rundheraus.

»Was?«

»Du wirst zurück zu deinesgleichen gehen«, wiederholte der Älteste, »dorthin, wo deine Reise begonnen hat – nach Andaril.«

»A-aber wieso?«, brachte Granock stammelnd hervor. Sein Gesicht wurde zugleich heiß und kalt. »Ich meine, habe ich irgendetwas getan, das ...?«

»Nein.« Farawyn schüttelte das Haupt.

»Wieso wollt Ihr dann, dass ich Shakara verlasse? Ist es wegen Cysguran? Hat er gegen meinesgleichen gehetzt?« Granocks Gedanken überschlugen sich. Als Mensch unter Elfen hatte er es ohnehin nie leicht gehabt – dass Ortwein von Andaril sich mit Margok verbündet und Menschen und Orks gemeinsam gegen das Elfenreich gezogen waren, hatte nicht zur Verbesserung der Lage beigetragen.

Manche Zauberer, unter ihnen auch Cysguran, begegneten ihm seither mit unverhohlenem Misstrauen, und weder seine Ernennung zum Meister noch die Tatsache, dass er längst nicht mehr der einzige Mensch war, der in Shakara weilte, hatten daran etwas ändern können. Nun hatten sich die Skeptiker offenbar durchgesetzt ...

»Nichts dergleichen«, wehrte Farawyn ab.

»Dann ist es, weil ich mich Eurem Wunsch, einen Novizen anzunehmen, widersetzt habe?«

»Als ob ich deinen Starrsinn ändern könnte, indem ich dich aus Shakara verbanne.« Der Älteste schnitt eine Grimasse. »Mein Junge, du bist nicht hier, weil ich dich für etwas bestrafen will, sondern weil ich dich um etwas bitten möchte: Du sollst in meinem Auftrag zu den Menschen gehen und mit ihnen über einen Waffenstillstand verhandeln.«

»In Eurem Auftrag? Wie stellt Ihr Euch das vor?«

»Es ist der einzige Schritt, der Sinn ergibt. König Elidor kann ihn jedoch nicht tun, denn er würde vor seinen Generälen als schwach und zu nachgiebig gelten, wenn er mit den Menschen verhandelt. Mir jedoch kann es keiner verbieten.«

»Doch«, gab Granock zu bedenken. »Der Hohe Rat.«

»Ich habe nicht vor, den Hohen Rat in meine Pläne einzuweihen«, eröffnete Farawyn, und Granock begriff, warum er den *calohuth* hatte vorlegen sollen. »All dies ist streng vertraulich, nichts davon darf nach außen dringen. Wenn Rat Cysguran davon erfährt, wird er sein Wissen nutzen, um mich zu vernichten und selbst zum Ältesten ernannt zu werden.«

»Ihr riskiert alles«, stellte Granock fest.

»Nicht wirklich – denn wenn ich es nicht tue, sind wir ohnehin verloren. Ein Waffenstillstand oder, noch besser, ein Bündnis mit den Menschen kann in dieser kritischen Phase des Krieges jedoch den Unterschied zwischen Sieg und Niederlage bedeuten.«

»So hoch schätzt Ihr den Einfluss der Menschen ein?«

»Täte ich es nicht, wärst du nicht hier«, konterte der Seher mit entwaffnender Logik.

»Aber wie stellt Ihr Euch das vor, Meister? Ich meine, nehmen wir einmal an, ich ließe mich auf die Sache ein und reiste in Eurem Auftrag nach Andaril – an wen sollte ich mich wenden? Seit Ortweins Tod sind die Menschen uneins und zersplittert. Einige folgen noch immer Margok, andere führen ihren eigenen Krieg gegen Elidor. Jeder tut, was ihm beliebt.«

»Dennoch gibt es unter ihnen welche, die mehr Einfluss haben als andere. In Andaril lenkt jetzt Ortweins Schwester Yrena die Geschicke der Stadt, und ich weiß aus zuverlässiger Quelle, dass sie nicht noch mehr Blutvergießen will.«

»Aus zuverlässiger Quelle?« Granock schaute den Ältesten fragend an. »Ihr habt es *gesehen*?«

»Man muss nicht unbedingt ein Seher sein, um darauf zu kommen«, wich Farawyn aus. »Seit Lady Yrena an der Macht ist, hat sie keine feindselige Handlung unternommen. Im Gegenteil setzt sie alles daran, sich im Krieg neutral zu verhalten, und Sundaril und einige andere Städte folgen ihrem Beispiel. Könnten wir sie an uns binden, so wäre dies ein erheblicher Vorteil.«

»Schön und gut.« Granock zuckte mit den Schultern. »Aber warum sollte Ortweins Schwester in ein solches Abkommen einwilligen? Immerhin haben wir den Tod ihres Bruders zu verantworten.«

»Ortwein und sie standen sich nicht sehr nahe«, erwiderte Farawyn, »und wäre es nach ihr gegangen, so wäre es niemals zu dem Bündnis mit dem Dunkelelfen gekommen. Wichtiger jedoch ist, dass die Fürstin von Andaril sich in einem ähnlichen Dilemma gefangen sieht wie wir: Sucht sie sich weiterhin neutral zu verhalten, droht sie zwischen den Fronten zerrieben zu werden. Folgt sie dem Pfad, den ihr Vater und ihr Bruder beschritten haben, und verbündet sich mit den Feinden Tirgas Lans, so erwartet sie ebenfalls der sichere Untergang. Sie sehnt eine andere Lösung ebenso herbei, wie wir es tun.«

»Und Ihr denkt, dass ich der Richtige bin, um ihr diese Lösung nahezubringen?« Granock war keineswegs überzeugt.

»Wenn nicht du, wer dann?«, fragte Farawyn dagegen. »Niemand kennt die Sitten und Gebräuche der Menschen besser als du. Hast du nicht selbst jahrelang in Andaril gelebt?«

»*Gelebt* würde ich das nicht gerade nennen«, schränkte Granock ein.

»Jedenfalls kennst du dich dort besser aus als irgendjemand sonst, den ich kenne.«

»Aber ich bin kein Politiker und bin es nie gewesen. Ich vermag es nicht, um den heißen Brei herumzureden, sondern pflege die Dinge direkt beim Namen zu nennen!«

»Und das ist gut so, denn für die verschlungenen Wege der Diplomatie bleibt ohnehin keine Zeit«, versicherte Farawyn. Er trat vor seinen ehemaligen Schüler, legte ihm beide Hände auf die Schultern und blickte ihm direkt ins Gesicht. »Die Menschen vertrauen dir, Junge«, sagte er leise und fast beschwörend. »Du bist einer von ihnen, auch wenn du es in der Zwischenzeit vergessen haben magst.«

»Und Ihr?«, erwiderte Granock. »Vertraut Ihr mir?«

»Ich weiß, dass du dein Bestes geben wirst«, erwiderte Farawyn ausweichend.

»Das war nicht meine Frage.«

»Aber das ist die Antwort, die ich dir gebe«, konterte der Älteste ruhig. »Also, was ist? Wirst du tun, worum ich dich bitte? Ich weiß, ich fordere viel von dir. Aber es gibt keine andere Möglichkeit.«

Granock war erschüttert – nicht so sehr über das, was Farawyn von ihm verlangte, sondern über sich selbst. In früheren Tagen hätte er keinen Augenblick gezögert und seine Hilfe sofort zugesagt. Inzwischen hatte er es damit nicht mehr ganz so eilig, und der Grund dafür war – und dieser Gedanke erschreckte ihn am meisten –, dass ihm das Schicksal Erdwelts in gewisser Weise gleichgültig geworden war.

Welchen Sinn hatte es, diesen Krieg zu beenden, wenn Granock nicht einmal in seinem eigenen Leben Frieden fand? Konnten Menschen und Elfen überhaupt zusammenleben? Mussten beide nicht aufgrund ihrer unterschiedlichen Natur zwangsläufig immer wieder aneinandergeraten …?

»Ich werde es tun«, erklärte Granock schnell, ehe sich seine Überlegungen verfestigen konnten. Farawyns wissendes Lächeln verriet, dass er nichts anderes erwartet hatte, und das ärgerte Granock insgeheim. »Aber ich stelle eine Bedingung«, hörte er sich deshalb selbst hinzufügen.

»Eine Bedingung?« Die Schatten kehrten auf die Züge seines alten Meisters zurück.

»Wenn es mir gelingt, die Menschen von Andaril zum Bündnis zu bewegen, so möchte ich dafür die Erlaubnis bekommen, nach den Fernen Gestaden zu reisen.«

Der Blick mit dem Farawyn ihn bedachte, war unmöglich zu deuten. Überraschung, Abscheu, Ärger, Enttäuschung – von allem schien etwas dabei zu sein. »Du ... du nutzt diese Situation für deine persönlichen Ziele? Du versuchst, aus unserer Not einen Vorteil zu ziehen?«

»Auch Ihr verfolgt Eure Pläne, oder nicht?«

»In der Tat«, schnaubte Farawyn, »aber ich tue dies stets zum Besten und zum Wohl des Reiches. Ich dachte, das hättest du verstanden, denn so habe ich es dir beigebracht.«

»Die Zeiten haben sich geändert, Meister.«

»Ja, ich weiß«, knurrte der Älteste und winkte ab. »Kaum jemand versäumt es in diesen Tagen, mich darauf hinzuweisen – dabei nehmt ihr die Veränderung nur zum Vorwand, um euch selbst zu genügen.«

Granocks Kieferknochen mahlten. Farawyns Ablehnung kränkte ihn. Aber der Weg war eingeschlagen, nun musste er ihn auch zu Ende gehen. »Und wie entscheidet Ihr Euch?«, wollte er wissen.

»Wie ich mich entscheide?« Der Blick aus Farawyns dunklen Augen wurde so durchdringend, dass Granock das Gefühl hatte, einen Druck auf seinem Brustkorb zu fühlen. »Das will ich dir gerne mitteilen, Granock von den Menschen. Du sollst wissen, dass mir mehr als alles andere die Wahrhaftigkeit am Herzen liegt und dass ich mich nicht erpressen lasse, weder von dir noch von Rat Cysguran noch von irgendjemandem sonst.«

»Aber ich wollte nicht ...«

»Wenn du zu tun bereit bist, worum ich dich bitte, so tue es aus freien Stücken und ohne eine Gegenleistung dafür zu erwarten. So habe ich es dich gelehrt, und so ist es unter den Weisen Brauch. Zumindest daran wird sich nichts ändern, solange ich im Orden etwas zu sagen habe.«

Granock war klar, dass er zu weit gegangen war. Das ohnehin schon belastete Verhältnis zu seinem Meister hatte noch größeren Schaden genommen, und Granock war nicht sicher, ob er jemals wiedergutmachen konnte, was er soeben zerstört hatte. Jäh wurde ihm bewusst, dass der Orden der Zauberer alles war, das ihm geblieben war. In Shakara hatte er gefunden, wonach er sich früher stets gesehnt hatte – eine Heimat. Sollte er das wirklich aufgeben?

Plötzlich kam er sich ichsüchtig und töricht vor. Er errötete und senkte schuldbewusst das Haupt.

»Verzeiht, Meister«, flüsterte er.

»Wirst du es tun?«

»Ich kenne meine Pflicht dem Orden gegenüber«, versicherte Granock. »Also werde ich Eurer Bitte nachkommen.«

»Gut.« Farawyn nickte. Ob er damit zufrieden war, war nicht zu erkennen. »Du wirst Shakara morgen verlassen. Ein *bórias* wird dich durch die Eiswüste tragen. Am Fuß des Scharfgebirges wirst du auf einen Zwergenführer treffen, der dich durch einen der geheimen Stollen zur anderen Seite bringen wird. Von dort geht es weiter nach Andaril.«

»Hm«, machte Granock. Er wusste, dass das Zwergenvolk geheime Gänge unterhielt, die es ihm erlaubten, in vergleichsweise kurzer Zeit von einer Seite des Gebirges auf die andere zu wechseln. Zwar gefiel ihm der Gedanke nicht gerade, tagelang durch einen dunklen Tunnel zu marschieren, jedoch machte ihm etwas anderes noch wesentlich größere Sorgen. »Meine Abwesenheit wird auffallen«, mutmaßte er. »Die Schüler werden mich wohl kaum vermissen. Aber sie werden Fragen stellen.«

»Dessen bin ich mir bewusst. Deshalb wirst du nicht allein gehen. Nimon wird dich begleiten.«

»Nein«, lehnte Granock kategorisch ab. »Das kommt nicht infrage! Ich sagte Euch doch, dass ich keinen Schüler …«

»Nur zur Tarnung«, beschwichtigte Farawyn. »Nimon wird nichts von deinem Auftrag wissen. Ich werde sagen, dass die Reise dem Abschluss seiner Ausbildung dient. Auf diese Weise werden weder er noch der Rat nach weiteren Gründen fragen.«

»Wieso ausgerechnet Nimon?«, fragte Granock mit einer Spur von Verzweiflung. Von allen Schülern, die es in Shakara gab, wollte er den rechthaberischen Aspiranten am allerwenigsten dabeihaben.

»Weil er erst kürzlich darum gebeten hat, die Menschenstädte bereisen zu dürfen. Offenbar hast du ein gewisses Interesse in ihm geweckt.«

»Wie schmeichelhaft.« Granock schnaubte. Die Vorstellung, einen hochnäsigen Elfenbengel ans Bein gebunden zu bekommen, behagte ihm ganz und gar nicht, auch wenn es seiner Tarnung dienlich sein mochte.

»Ich kenne den Grund für deine Vorbehalte«, versicherte Farawyn, der seine verkniffene Miene richtig deutete. »Auch ich fühle mich durch Nimon an Aldur … ich meine, Rothgan erinnert. Das ist schmerzlich, nicht wahr?«

Granocks Züge verhärteten sich. »Bei allem Respekt, Meister, aber ich denke nicht, dass Ihr nachvollziehen könnt, was ich empfinde. Ihr habt mir einen Auftrag erteilt, und ich werde ihn ohne Gegenforderung erfüllen, genau so, wie Ihr es von mir verlangt. Aber mir ist inzwischen klar geworden, dass Aldur damals recht hatte.«

»Womit?«

»Er sagte einmal, dass Ihr Euch ebenso wenig an Regeln halten würdet wie er.« Granock zuckte mit den Achseln. »Scheint wohl in der Familie zu liegen.«

»Was willst du damit sagen?«

Granock bemerkte die Schärfe im Tonfall des Ältesten, hielt sie jedoch für eine Folge der Anspannung, unter der Farawyn stand. »Ich spreche von den Elfen allgemein«, erwiderte er ungerührt. »Ihr seid groß darin, Regeln aufzustellen, und Ihr rühmt Euch, der Wahrheit zu dienen. Aber je länger ich unter Euch weile, desto deutlicher erkenne ich, dass diese Wahrheit häufig im Auge des Betrachters liegt.«

Farawyn schien innerlich aufzuatmen. »Das zu denken steht dir frei, solange du deinen Auftrag nur erfüllst«, erwiderte er dann, ohne auf den Vorwurf einzugehen. »Du wirst dich direkt nach Andaril begeben. Ein Verbindungsmann wird dort auf dich warten, der dich in die Burg einschleusen wird. Danach liegt alles bei dir, Lhurian. Ich weiß, dass du mich nicht enttäuschen wirst.«

Granock hielt seinem prüfenden Blick stand. »Seid Ihr Euch da auch wirklich sicher?«, fragte er.

Und wieder blieb der Seher ihm eine Antwort schuldig.

7. MILWARA NEWITHAI

Der große Thronsaal des Palasts von Tirgas Lan war zum Kriegsraum geworden.

Einst hatte der Widerhall fröhlichen Gesangs und schmetternder Fanfaren die Halle erfüllt. Nun aber herrschte sorgenvolles Schweigen unter der hohen Kuppel, und durch die Fenster drang graues Tageslicht, das den nahen Winter verriet.

König Elidor fröstelte, nicht nur wegen des Gedankens an Schnee und Eis, die schon bald über Erdwelt hereinbrechen würden, sondern auch angesichts der jüngsten Berichte über den Kriegsverlauf.

Inmitten seines Thronsaals, unmittelbar neben der kreisrunden Öffnung, die einen Blick auf die königliche Schatzkammer gestattete, hatte Elidor einen langen Tisch aufstellen lassen, um den er seine Berater und Generäle täglich versammelte, seit der Krieg vor vier Jahren begonnen hatte. Der junge Herrscher konnte selbst kaum glauben, wie schnell die Zeit seither vergangen, wie viele Tage und Wochen er damit zugebracht hatte, über Strategien zu brüten, während ihm in albtraumgeplagten Nächten die Zahlen der Opfer vor Augen standen, die dieser Konflikt bereits gekostet hatte, Seelen, die unwiederbringlich verloren waren und niemals Eingang in die Ewigkeit finden würden.

Ein König des Friedens, der Muße und der Künste hatte Elidor sein wollen. *Breuthyr* hatten sie ihn deshalb genannt, den Träumer, und nach allem, was er seither erlebt und erfahren hatte, konnte Elidor nur sagen, dass sie damit recht gehabt hatten. Doch diese Zeiten waren lange vorbei.

Der König war aus seinem Traum erwacht. Aus dem Poeten war der Krieger geworden, der zum Schwert gegriffen hatte, um sein Reich zu verteidigen und die Aufgabe zu erfüllen, die die Geschichte ihm zugedacht hatte – auch wenn der Ausgang der Kämpfe noch völlig offen war.

Landkarten waren auf der Tischplatte ausgebreitet, und in der Mitte stand ein tönernes Modell, das den westlichen Frontverlauf und die Ausläufer des Schwarzgebirges abbildete. Ein Band aus blau gefärbtem Sand markierte den Verlauf des Flusses, die entlang der Grenze stationierten Legionen wurden durch verrschiedenfarbige Steine repräsentiert, die je nach Truppenstärke unterschiedlich groß waren. Ihnen gegenüber, auf der anderen Seite des Flusses, waren schwarze Kiesel verstreut, so zahlreich, dass sie nicht gezählt werden konnten. Die Horden des Feindes ...

Die Männer und Frauen, die um den Tisch versammelt waren, genossen allesamt Elidors Vertrauen. Fürst Narwan war darunter und einige andere königliche Berater, dazu Prinz Runar, der als Botschafter des Zwergenreichs am Hof von Tirgas Lan weilte, sowie Meisterin Tarana als Abgesandte des Ordens von Shakara. Und noch eine junge Frau nahm an den Gesprächen teil, die zumindest eine Zeit lang in Shakara gewesen war und die Geheimnisse der Weisen erforscht hatte: Caia, die Konkubine des Herrschers.

Wäre es nach Elidor gegangen, so hätte er die ehemalige Zauberschülerin längst zu seiner Königin gemacht. Aber Caia hatte ihm unmissverständlich zu verstehen gegeben, dass seine Sorge in diesen Zeiten anderen Dingen zu gelten habe und dass sie erst seine Frau werden wolle, wenn der Krieg gewonnen und das Reich gerettet sei. Elidor wusste nicht, ob es jemals dazu kommen würde, aber ihm war klar, dass sich ein Herrscher keine treuere Gefährtin an seiner Seite wünschen konnte. Ihr Rat bedeutete ihm viel, was sowohl auf Seiten der Höflinge als auch bei den Offizieren anfangs für Misstrauen gesorgt hatte. Inzwischen war ihnen jedoch klar geworden, dass auch Caia nichts als das Wohl des Reiches und seines Herrschers im Sinn hatte.

Die Mienen der Berater waren sorgenvoll, während sie den Ausführungen General Irgons lauschten, des Oberbefehlshabers der elfischen Legionen …

»Soweit wir bislang wissen, konnten sämtliche Angriffe der letzten Tage abgewehrt werden. Lediglich hier« – der General, über dessen linkem Auge eine breite Narbe verlief und der sein glattes schwarzes Haar wie die meisten Offiziere kurz geschnitten und punktgescheitelt trug, deutete auf einen Frontabschnitt, der sich im Nordwesten befand, unweit der Sümpfe, die die Gebirge teilten –, »hat es eine feindliche Einheit geschafft, sich diesseits des Flusses festzusetzen und zumindest zeitweise einen Brückenkopf zu bilden. Indem wir unsere Truppen an dieser Stelle verstärkten, ist es uns allerdings gelungen, sie wieder zurückzudrängen und in das Marschland zu treiben, wo sie aufgerieben wurde.«

»Ein ernst zu nehmender Vorfall«, meinte Fürst Narwan. »Noch vor einem Jahr wäre es undenkbar gewesen, dass die Unholde den Fluss überqueren, und nun häufen sich derlei Ereignisse in besorgniserregender Weise.«

»Das lässt sich nicht bestreiten.« Irgon nickte. »Der Feind greift mit unverminderter Härte an, wohingegen unsere Kräfte allmählich nachlassen. Unsere Krieger sind nach wie vor besser ausgebildet und dem Feind im Zweikampf überlegen, doch haben die langen Kämpfe Spuren hinterlassen. Es gibt kaum einen Soldaten, der noch keine Wunde davongetragen hätte, und wir haben Schwierigkeiten, die Verluste auszugleichen, die wir bei den Kämpfen an der Grenze erleiden.«

»Wie kann das sein?«, erkundigte sich Fylon, der königliche Schatzmeister, mit hochgezogener Braue. »Habt Ihr uns nicht versprochen, unsere Linien würden stehen wie eine Mauer?«

»Das habe ich«, bestätigte Irgon schnaubend, »aber auch eine Mauer kann wanken, Schatzmeister. Und sie kann ganz sicher zum Einsturz gebracht werden, wenn man nur lange genug dagegen anrennt.«

»Was braucht Ihr?«, fragte Elidor, dem klar war, dass sein oberster Feldherr sein Bestes gab. »Mehr Geld, um eine neue Legion aufzustellen?«

Der General schüttelte den Kopf. »Nein, mein König«, sagte er leise. »Und wenn wir alles Gold aus der Schatzkammer von Tirgas Lan aufwenden würden, könnte es uns doch nicht helfen. Um neue Legionen aufzustellen, fehlt es uns an Soldaten. Aus den Hainen des Nordens haben wir sämtliche Männer im wehrfähigen Alter zu den Waffen gerufen, und auch in den Wäldern und im Südreich sind die königlichen Werber unterwegs. Doch es werden immer weniger, während an den Fronten immer mehr von uns fallen. Unser Volk blutet aus, Majestät, und wir können nichts dagegen tun.«

Elidor nickte. Er sandte Caia einen Blick, und wie immer gab der Anblick ihrer anmutigen, von blondem Haar umrahmten Züge ihm Kraft. »Wie steht es mit unseren Verbündeten im Norden?«, wandte er sich dann an Prinz Runar. »Können sie uns Unterstützung gewähren?«

Der Zwerg, dessen stämmige Postur in Fellstiefeln und einer ledernen Rüstung steckte, über die ein dunkelroter Umhang geworfen war, schaute zu Elidor auf. Sein dickes rotes Haar war zu Zöpfen geflochten, und ein struppiger Bart bedeckte die untere Hälfte seines Gesichts, was das Schätzen seines Alters zur unmöglichen Aufgabe machte. »Die Söhne der Steine verstehen die Not des Elfenkönigs wohl, und gerne würden sie ihrem Treueid Folge leisten und ihm zur Hilfe kommen. Jedoch sieht sich das Zwergenreich fortwährenden Angriffen durch die Menschen ausgesetzt, und auch die Gnomen des Scharfgebirges, die von Margok gegen uns aufgebracht wurden, setzen uns zu.«

»Dessen sind wir uns bewusst«, versicherte Elidor. »Wenn es dem Feind jedoch gelingt, unsere Verteidigungslinien zu durchbrechen und den Fluss in großer Zahl zu überschreiten, so wird auch der Kampf des tapferen Zwergenvolks verloren sein. Denn dann werden die Unholde ihm in den Rücken fallen, und niemand kann sich auf lange Sicht an mehreren Fronten behaupten.«

»Das ist wahr.« Der Zwergenprinz, in dessen blauen Augen es unmerklich blitzte, deutete eine Verbeugung an. »Ich werde meinem Vater dem König unverzüglich einen Boten schicken und ihm mitteilen, was Ihr gesagt habt.«

»Bitte tut das.« Elidor nickte, und Runar verbeugte sich abermals und verließ dann den Thronsaal.

»Nur ein Tropfen«, sagte Irgon, nachdem er gegangen war. »Ein Tropfen auf den glühenden Stein.«

»Was schlagt Ihr vor, General?«, wollte Elidor wissen. »Sollen wir einen Angriff vortragen?«

»Einen Angriff?« Irgon deutete auf die vielen Kiesel, die entlang der blauen Sandspur verstreut lagen. »Gegen wen, Hoheit? Nach der Niederlage im Flusstal hat der Feind seine Strategie geändert. Anstatt in großer Zahl aufzumarschieren, unternimmt er meist nur begrenzte Vorstöße, die unsere Legionen wie Nadelstiche treffen, und man weiß nie, wann der nächste Angriff erfolgt. Orks und Gnomen greifen gewöhnlich im Morgennebel oder im Schutz der hereinbrechenden Dunkelheit an. Aber seit auch Trolle und Warge in Margoks Reihen kämpfen, gehen die Attacken selbst in der Nacht weiter.«

»Wie schrecklich«, kommentierte Fylon tonlos.

»Furcht greift unter unseren Truppen wie eine Seuche um sich«, führte Irgon weiter aus. »Noch gelingt es meinen Offizieren, die Disziplin aufrechtzuerhalten, aber wir wissen nicht, wie lange das noch der Fall sein wird. Zumal in Anbetracht der jüngsten Gerüchte.«

»Gerüchte?« Elidor hob die Brauen. »Was für Gerüchte, General?«

»Es ist nichts«, wehrte Irgon kopfschüttelnd ab. »Wahrscheinlich nur ein eingebildeter Nachtmahr, der unter den Soldaten umgeht. Aber es gibt Einzelne, die behaupten, dass ...«

»Ja?«

Der General antwortete nicht sofort. Irgon zögerte, und es schien ihn einige Überwindung zu kosten, die nachfolgenden Worte auszusprechen: »Dass Feinde, die sie bereits erschlagen wähnten, ihnen auf dem Schlachtfeld erneut begegnet sind.«

»Was?«, platzte Fürst Narwan heraus.

»Was genau wollt Ihr damit sagen, General?«, wollte Elidor wissen.

»Nichts, Majestät. Ich habe nur wiedergegeben, was ich gehört habe – dass einige unserer Soldaten im Kampf Feinden gegenüberstanden, die sie bereits besiegt hatten.«

»Eine Spukgeschichte, nichts weiter«, sagte Narwan überzeugt. »Jeder weiß, dass Unholde eine zähe Rasse und nur schwer zu töten sind. Das scheint mir die naheliegendste Erklärung für diese Gerüchte zu sein.«

»Naheliegend vielleicht«, räumte Caia ein. »Aber deshalb muss es nicht zwangsläufig die richtige Erklärung sein.«

Elidor wandte sich seiner Geliebten zu. Sie ergriff nur selten das Wort, aber der König hatte die Erfahrung gemacht, dass es sich in solchen Fällen stets lohnte, ihr zuzuhören. »Hast du einen Verdacht?«, fragte er.

»Vielleicht«, entgegnete Caia vorsichtig, und der König kannte den Grund dafür. Als ehemalige Schülerin Shakaras war es seiner Geliebten untersagt, über die Geheimnisse der Weisen zu sprechen. Caia hatte ihr Wort verpfändet, und Elidor wusste, dass sie es niemals gebrochen hätte, noch nicht einmal für ihn – und dies war einer der Gründe dafür, dass er sie so innig liebte.

»Meisterin Tarana«, wandte er sich deshalb an die Abgesandte Shakaras, »wenn es etwas gibt, was Ihr über diese Krieger wisst, so ersuche ich Euch, Euer Schweigen zu brechen und es uns zu sagen. Mir ist klar, dass meine Macht nicht ausreicht, um es Euch zu befehlen, deshalb bitte ich Euch inständig darum.«

Die Blicke aller Anwesenden richteten sich auf die Zauberin, die von kleinem Wuchs und unscheinbarem Äußeren war, in der Schlacht im Flusstal jedoch gezeigt hatte, dass sie tapfer zu kämpfen verstand. Ihr schulterlanges schwarzes Haar war von weißen Strähnen durchzogen, sodass ihr Alter selbst für Elfen unmöglich zu bestimmen war, und ihre Züge waren von ruhiger Schönheit, wie bei so vielen Zauberinnen. Der Blick ihrer waldgrünen Augen streifte zunächst Caia, ehe sie sich Elidor zuwandte.

»Zu viel zu wissen, ist gefährlich«, erklärte die Zauberin, auf deren dunkle Robe ein stilisierter *flasfyn* gestickt war. »Unwissen jedoch ist in diesen Tagen noch weit gefährlicher, also hört gut zu: Ihr alle wisst, dass der Dunkelelf in früher Zeit einst ein Mitglied unseres Ordens war, von allen geachtet und ob seiner Fähigkeiten bewundert. Doch sein Wissensdurst machte vor der dunklen Magie nicht halt, und so kam es, dass er sich in Abgründe begab, aus denen er niemals wieder herausfand. Er verfiel dem Bösen, und indem er verbotenes Wissen nutzte, züchtete er grausame Schimären und rief Kreaturen wie die Orks und die *neidora* ins Leben. Aber der Dunkelelf erlernte auch noch andere verbotene Künste, und er schreckte auch nicht davor zurück, den Tod zu betrügen.«

»Den Tod zu betrügen?«, echote Narwan flüsternd.

»Wir nehmen an, dass ihm dieses Wissen dabei half, die Jahrtausende zu überdauern und schließlich in die Welt zurückzukehren. Aber er könnte es wohl auch dazu benutzen, Kreaturen, deren Leben auf dem Schlachtfeld endete, noch einmal zu frevlerischer Existenz zu verhelfen.«

»Noch einmal?« Elidor starrte sie ungläubig an. »Ihr sprecht von ... von ...«

»Die verbotene Magie bietet Möglichkeiten, Lebewesen ihres *lu* zu berauben und es auf andere Kreaturen zu übertragen. Deshalb könnte es sein, dass Eure Männer durchaus keiner Täuschung erlegen sind, General Irgon, sondern dass sie es tatsächlich mehrmals mit denselben Gegnern zu tun hatten.«

»Mit denselben Gegnern? Ihr meint ... Wiedergänger?« Irgon sprach das grässliche Wort, das wie eine Drohung im Raum geschwebt hatte, laut aus.

»Es wäre möglich«, stimmte Tarana zu.

»Aber wenn das stimmt, dann haben wir es mit einem Heer zu tun, das unbesiegbar ist!«, wandte einer von Irgons Offizieren ein. »Mit Truppen, die niemals versiegen, und Kriegern, die niemals sterben ...«

»Das stimmt nicht ganz«, schränkte die Zauberin ein. »Auch Margok ist nicht in der Lage, Leben zu erschaffen – er kann es nur anderen Kreaturen rauben. Ich nehme an, dass er die verbliebene Energie einiger Verwundeter dazu benutzt, um andere mit neuer Lebenskraft auszustatten.«

»Das heißt, er spielt Schicksal«, folgerte Elidor schaudernd. »Damit macht er sich selbst zum Herrn über Leben und Tod.«

»Das hat er schon immer getan.« Tarana nickte. »Die Jahrtausende, die er im Niemandsland zwischen Existenz und Nichtexistenz verbrachte, haben den Dunkelelfen nicht geläutert. Noch immer betrachtet er die Welt und alles Leben darin als sein Spielzeug, geschaffen nur zu dem einen Zweck, von ihm unterjocht zu werden. Er wird stets das tun, was seinen Zielen nutzt – auch wenn es bedeutet, gegen alle Regeln der Natur und des Kosmos zu verstoßen.«

»Wenn es so ist, wie Ihr sagt«, entgegnete der König, »wenn unser Feind tatsächlich in der Lage ist, den Tod zu betrügen und die Gefallenen von den Schlachtfeldern zurückzuholen, dann brauchen wir die Hilfe unserer Freunde aus Shakara – denn Magie lässt sich nur durch Magie bekämpfen, und Farawyn hat zugesagt, dass die Zauberer zur Stelle sein werden, wenn ich sie brauche.«

»Das hat er«, räumte Tarana ein. »Aber Majestät dürfen nicht vergessen, dass meine Brüder und Schwestern auch ohnedies schon in großer Zahl im Einsatz sind: Sie unterstützen Eure Truppen im Kampf an der Westfront, sind als Späher tätig, bilden Novizen aus und durchkämmen das Reich nach Begabten, um die Verluste auszugleichen, die unsere Gemeinschaft bereits erlitten hat. Mehr Hilfe, so fürchte ich, kann Farawyn Euch zu diesem Zeitpunkt nicht gewähren, zumal auch die Ordensburg selbst Schutz benötigt.«

»Shakara ist weit entfernt«, gab General Irgon zu bedenken. »Wenn ein Ort bedroht ist, dann Tirgas Lan.«

Tarana erwiderte nichts darauf, und Elidor blickte auf das Stundenglas, das neben den Karten auf dem Tisch stand. Unaufhaltsam rieselte der Sand hindurch und machte allen klar, welch flüchtiges Element die Zeit doch war.

Beklommen stellte Elidor fest, dass sie nicht länger auf der Seite des Elfenvolks stand.

Denn nun hatte der Dunkelelf das Heft das Handelns übernommen, und dem König blieb nichts anderes übrig, als zu reagieren, so gut er es vermochte.

Und *solange* er es vermochte …

8. DAI CALÓN'Y'TAITH

In Nurmorod herrschte ewige Dunkelheit.

Dunkelheit, die von der teerigen Schwärze rührte, welche in der tief im Berg gelegenen Drachenfestung herrschte, und die nur ab und an vom unsteten Schein blakender Fackeln durchbrochen wurde. Dunkelheit, die aber auch der abgrundtiefen Bosheit entsprang, von der die fensterlosen Gänge und Stollen erfüllt waren, und die selbst in den entlegensten Winkel der Festung zu dringen schien.

In alter Zeit, als Land und See sich der Fesseln des Eises entledigten und der Urkontinent Anwar zerbrach, um Erdwelt seine heutige Gestalt zu geben, hatten die Drachen Burgen errichtet, die ihnen Schutz und Zuflucht boten. Borkavor im Ostgebirge war eine davon, Nurmorod tief im Süden eine andere. Doch im Zuge der Kriege, welche die *dragdai* untereinander führten, geriet die Festung in Vergessenheit. Über Jahrtausende hinweg waren die Korridore, die das Drachenfeuer einst in den Fels gebrannt hatte, verlassen. Bis ein Zauberer namens Qoray in einer alten Chronik einen Hinweis darauf entdeckte.

Er erzählte niemandem davon und behielt sein Wissen für sich. Erst viel später, nachdem er sich vom Rat der Zauberer losgesagt hatte und aus Qoray Margok geworden war, erklärte er Nurmorod zu seinem geheimen Versteck.

Von hier aus führte er seinen ersten Krieg gegen die Welt, von hier aus bereiteten seine Anhänger seine Rückkehr vor. Und von hier aus hatte er vor vier Wintern zum zweiten Mal versucht, Erdwelt mit einem Sturm der Vernichtung zu überziehen.

Wie lang die Stollen waren, die den Fels durchzogen, wie viele Gewölbe es gab, die sich im Innern des Berges erstreckten und teils von überwältigender Größe waren, wusste niemand genau. Jedoch gab es einen Mittelpunkt, von dem aus sich die Hauptgänge verzweigten, eine riesige Halle, deren Decke und Wände überzogen waren von schwarzgrauer Schlacke, die unter der Hitze des Drachenfeuers geschmolzen und dann wieder erstarrt war und bizarre Formen gebildet hatte. Dort, inmitten dieser grässlichen Galerie, die widerhallte von den Schreien gequälter Kreaturen, schlug das Herz der Finsternis. Hier hielt Margok in jener schrecklichen Gestalt Hof, die dem Dunkelelfen die Rückkehr in die sterbliche Welt ermöglicht hatte.

Dem Aussehen nach hätte niemand zu beurteilen vermocht, welchen Geschlechts das Wesen war, das auf dem aus Schlacke geformten Thron saß. Von hagerem, geradezu knochigem Wuchs und größer als ein Mensch oder ein gewöhnlicher Elf, bot der Dunkelelf an sich schon einen erschreckenden Anblick; verstärkt wurde dieser noch durch die graue, von dunklen Adern durchzogene Haut und die Hände, die in raubtierhafte Klauen ausliefen. Das Antlitz des Dunkelelfen war ebenso schmal wie seine übrige Erscheinung und wurde von langem schwarzen Haar umrahmt, das eine letzte Reminiszenz an jene abtrünnige Zauberin war, die ihren Körper geopfert hatte, um Margoks Geist eine neue Heimat zu bieten. Die Gesichtszüge jedoch hatten nichts mehr von der einstigen Schönheit Riwanons, sondern waren grau und von Narben übersät, und die tief liegenden Augen glommen in tiefem Rot, das von purer Bosheit genährt wurde. Bekleidet war Margok mit einer ledernen, mit unzähligen Gurten versehenen Rüstung, die seinen hageren Körper zusammenzuhalten schien. Dazu umgab ihn ein schwarzer Umhang, den ein ebenso dunkler Wille zu erfüllen schien wie seinen Besitzer.

Wer auch immer sich dem Dunkelelfen näherte, konnte nicht anders, als an der Verderbtheit und dem Hass zu verzweifeln, der ihm entgegenschlug. Beides hatte Margok in den vergangenen Jahrtausenden sorgfältig gepflegt und mit den magischen Fähigkeiten verbunden, die das Schicksal ihm zugedacht hatte. Anders als die übrigen Zauberer hatte er nicht nur ein einzelnes Talent zur Verfügung, sondern besaß die Gabe, tiefe Zusammenhänge zu durchschauen und Magie und Physik in Einklang zu bringen. So war es ihm gelungen, die Gesetze der Natur zu beugen und ihr seinen Willen aufzuzwingen. Nicht nur die Schöpfung hatte er auf diese Weise manipuliert, sondern auch das Gleichgewicht der kosmischen Kräfte, indem er die Kristallpforten öffnete und die Schlundverbindung ermöglichte. Und selbst den Tod hatte der Dunkelelf mehr als einmal getäuscht.

Seine Anhänger, die den Drachenthron umlagerten, hatten sich zu Boden geworfen und hielten furchtsam die Häupter gesenkt. Allesamt trugen sie schwarze Roben, die mit dem Zeichen des Dunkelelfen versehen waren. Es waren Angehörige namhafter und wohlhabender elfischer Häuser, die von Rurak rekrutiert und für die Revolution gewonnen worden waren, weil sie wie so viele im Reich eine Erneuerung herbeisehnten und das Geschlecht Sigwyns in neuem Glanz erstrahlen sehen wollten.

Speichellecker waren sie, einer wie der andere. Sie alle handelten nicht aus Überzeugung, sondern weil sie sich von den veränderten Machtverhältnissen nach Elidors Sturz einen Vorteil versprachen. Margok verachtete sie aus seinem tiefsten, von Hass und Missgunst zerfressenen Inneren. Aber auch er wusste, dass sie ein notwendiges Übel waren.

Die *dynataitha*, wie sie sich selbst nannten, hatten Türen geöffnet, die ohne ihr Zutun verschlossen geblieben wären. Sie hatten es Rurak ermöglicht, in gehobenen Adelskreisen zu verkehren und dort nach neuen Anhängern zu suchen; und ihr Gold war es gewesen, das dem Dunkelelfen den Weg geebnet hatte. Es hatte dafür gesorgt, dass hohe Elfenbeamte weggesehen hatten, wo sie hätten hinsehen müssen, und es hatte abtrünnige Zwergenschmiede gekauft, die ihr geheimes Können fortan für den Margok einsetzten.

Und schließlich waren die *dynataitha* auch dabei gewesen, als die *neidora* wieder zum Leben erweckt worden waren, jene grausamen Echsenkrieger, die damals wie heute Margoks Leibwache stellten.

Die Niederlage im Flusstal hatte einige der Schimären, die das Aussehen von Reptilien hatten, jedoch aufrecht auf zwei Beinen gingen, ihre Existenz gekostet. Fünf von ihnen waren noch am Leben, unter ihnen ihr Anführer Dinistrio, und wie in alter Zeit wichen sie nicht von der Seite ihres finsteren Herrn. Zu beiden Seiten des Throns postiert, standen die *neidora* starr wie Statuen, doch ihren schmalen Echsenaugen entging keine Bewegung, und wer sich dem Dunkelelfen in unlauterer Absicht näherte, der starb eines jähen und grausamen Todes ...

Von seinem hohen Sitz aus betrachtete Margok die Landkarten, die seine Anhänger vor ihm ausgebreitet hatten. Die Pläne enthielten Zeichnungen der Stadt Tirgas Lan und ihrer Verteidigungsstellungen, jede davon so reich an Einzelheiten, wie ein Feldherr, der einen Angriff vorbereitete, sie sich nur wünschen konnte. Dennoch war Margok unzufrieden.

»Ist das alles?«, erkundigte er sich mit seiner grässlichen Schattenstimme, die aus den tiefsten Grüften zu dringen schien. »Mehr habt ihr mir nicht zu bieten?«

»Das ... ist alles, *narhulan*«, bestätigte einer der Verschwörer stammelnd, ohne den Blick zu heben. »Die Beschaffung dieser Informationen hat etliche unserer Spione das Leben gekostet. Und wir mussten mehr Gold aufwenden als ...«

»Das interessiert mich nicht!«, fauchte Margok den Gesichtslosen an, dass dieser unter seiner Robe zu zittern begann. »Was immer ihr für unsere Sache aufwendet, wird sich tausendfach bezahlt machen, also erspart mir euer kleinherziges Gejammer. Oder solltet ihr den Eindruck haben, bislang nicht ausreichend entlohnt worden zu sein?«

Es war sein Zögern, das den Vermummten das Leben kostete. Noch während er auf dem Boden kauerte und nach Worten rang, um seinem finsteren Herrn die Kompliziertheit der Lage zu erklären, gab dieser Dinistrio einen unhörbaren Befehl – und der Echsenkrieger tat, was von ihm verlangt wurde.

Der Verschwörer begriff nie, wie ihm geschah.

Die mörderische Klinge des Echsenkriegers enthauptete ihn mit einem Streich. Noch in den Stoff der Kapuze gehüllt, fiel der Kopf des glücklosen Sektierers zu Boden und rollte an seinen kauernden Mitverschwörern vorbei, eine Blutspur hinterlassend.

»Das wäre also geklärt«, hauchte der Dunkelelf mit einer Stimme wie ein Todeswind. »Gibt es noch jemanden, der der Ansicht ist, ich würde zu viel erwarten?«

Margok und sein reptilienhafter Leibwächter ließen ihre Blicke über die Versammelten schweifen, aber niemand äußerte sich oder wagte es auch nur, den Kopf zu heben.

»Sehr gut«, sagte der Dunkelelf ohne erkennbare Freude. »Ihr wisst nun also, was von euch erwartet wird. Ich brauche weitere Informationen, vor allem genaue Aufzeichnungen über die Truppenstärke des Feindes und seine Verteidigungsanlagen. Habt ihr das verstanden?«

Niemand wagte es, die Frage zu bejahen, aber Margok war überzeugt, dass seine Botschaft angekommen war. »In diesem Kampf, der uns bevorsteht«, fügte er heiser hinzu, »in dieser letzten Schlacht um das Schicksal der Welt bleibt nichts dem Zufall überlassen. Damals, vor vier Jahren, habe ich den Fehler begangen, euch zu sehr zu vertrauen – euch und diesem Scharlatan, der sich Rurak nennt und den ich für sein Versagen in die Blutfeste verbannt habe, weit fort von hier. Dadurch habe ich eine Niederlage erlitten, die mich geschwächt und meine Feinde gestärkt hat. Doch nun ist die Zeit gekommen, um zurückzuschlagen, mächtiger und erbarmungsloser denn je – und dazu brauche ich diese Pläne.«

»Wir verstehen, *narhulan*«, versicherte nun einer der Vermummten kleinlaut, wobei nicht zu erkennen war, welche der am Boden kauernden Gestalten sprach, »und wir werden alles daransetzen, Euren Wünschen nachzukommen.«

»Wünsche?« Der Dunkelelf schüttelte das behaarte Haupt. »Ich spreche keine Wünsche aus, sondern erteile Befehle!«

»... die wir bereitwillig erfüllen werden«, versicherte der andere. »Alles, was wir dazu brauchen, ist noch ein wenig Zeit.«

»Ihr hattet Zeit«, beschied Margok ihm unnachgiebig, »nun nähert sie sich dem Ende, ebenso wie meine Geduld. Denn der Angriff auf Tirgas Lan hat bereits begonnen.«

»E-er hat bereits begonnen?« Der Sprecher enttarnte sich, indem er zusammenzuckte. Er kauerte in der letzten Reihe, einer jener

Sektierer, die erst vor Kurzem dazugestoßen waren. Dinistrio zischelte eine Frage, die Margok mit einem Kopfschütteln verneinte.

Er wollte nicht, dass der Mann bei lebendigem Leibe aufgespießt wurde.

Noch nicht ...

»Stellst du mein Vorgehen etwa infrage?«, erkundigte er sich. »Willst du mir das sagen?«

»N-nein, natürlich nicht, Gebieter«, erklärte der Vermummte unterwürfig. »Es ist nur ... Ich dachte, die Vorbereitungen würden noch länger dauern.«

»Wie lange wollt ihr denn noch warten?«, fauchte Margok. »Bis Elidors Legionen meine Orks besiegt haben? Bis Tirgas Lan sich mit den Menschen verbündet hat? Bis es den Zauberern gelungen ist, ihre inneren Streitigkeiten beizulegen und geschlossen gegen mich vorzugehen?« Der Dunkelelf leckte sich die Lippen, was ihn wie eine riesige Kröte aussehen ließ. »Ihr elenden Narren, glaubt ihr, nur weil ich hier in Nurmorod weile, wüsste ich nicht, was in der Welt draußen geschieht? Margoks Augen und Ohren sind überall, in Tirgas Lan und selbst in Shakara! Meine Feinde können nichts unternehmen, ohne dass ich davon erfahre – und aus diesem Grund weiß ich, dass ich nicht länger warten darf. Ich muss erneut zuschlagen, unerwartet und mit ganzer Wucht – und wenn die Schlacht geschlagen ist, wird die Niederlage im Flusstal nicht mehr als ein unbedeutender Vorfall gewesen sein, eine Fußnote in der Geschichte, die dann von mir geschrieben wird!«

Mit geballter Faust schlug sich der Dunkelelf vor die lederumgürtete Brust und schaute Beifall heischend umher, aber außer den Echsenkriegern wagte es niemand, seinem Blick zu begegnen. »Ich brauche diese Informationen«, wiederholte er dann mit lauerndem Unterton, »und ich brauche sie rasch. Denn während ihr euch vor mir im Staub wälzt, ist mein Heer bereits unterwegs, um meinen Feinden den Todesstoß zu versetzen ...«

»E-euer Heer, Gebieter? Aber ich dachte, unsere Armeen stünden an der Westgrenze des Reiches ...«

»Nicht nur Ihr seid dieser Ansicht«, erwiderte Margok, und zum ersten Mal breitete sich ein Lächeln über seine Züge, das allerdings so voller Hinterlist und Falschheit war, dass es wie ein Zähnefletschen wirkte. »Doch während meine Feinde noch damit beschäftigt sind, die Angriffe der Orks abzuwehren, rückt eine neue Streitmacht heran. Leicht abzulenken, wie sie nun einmal sind, werden weder dieser Schwächling Elidor noch diese Narren in Shakara etwas davon ahnen. Und wenn sie meine wahren Pläne durchschauen, wird es zu spät sein.«

9. PERAIG YNA MARAS

Die Luft war eisig kalt, und die See hatte in der Abenddämmerung die Farbe von Schiefer angenommen.

In immergleichem Rhythmus tauchten die Ruder in das Wasser und trieben die *Hethwalas* an – so quälend langsam, dass man den Eindruck gewinnen konnte, die zähen Nebelschwaden, die das Schiff umgaben, wären in Wahrheit riesige Klauen, die es unnachgiebig festhielten.

Die *Hethwalas* war ein stolzer Kauffahrer. Hinter dem steilen Bug, von dessen Spriet Olyras der Fischer als in Holz geschnitzte Galionsfigur grüßte, erhob sich das Vorderkastell, das der Verteidigung des Schiffes diente. Dahinter ragten die beiden Masten auf, deren ehemals rote, von der Sonne jedoch orange gebleichte Segel gerefft waren angesichts der nun schon Tage währenden Flaute. Der Aufbau an Achtern schließlich beherbergte die Unterkünfte der Offiziere sowie des Eigners des Schiffes, Cian von Tirgas Dun.

Der Tuchhändler stand auf dem breiten Achterdeck, in den schweren Mantel gehüllt, der ihn schon auf mancher Fahrt gewärmt und zuverlässig vor Wind und Wetter bewahrt hatte. Gegen den Nebel, dessen klamme Feuchte auch in die kleinste Ritze kroch, bot er jedoch keinen Schutz.

Wie in jedem Frühjahr war Cian aufgebrochen, um in den Städten und Handelsniederlassungen entlang der Küste seine Waren anzubieten – doch die Fahrt hatte sich als kostspieliges Fiasko erwiesen. Nicht nur, dass die *Hethwalas* in zwei schwere Stürme geraten und dabei fast gesunken war. Die Geschäfte waren auch so schlecht gewesen wie nie zuvor, und das lag am Krieg, der im Norden wütete.

Denn die Gerüchte, die kursierten und besagten, dass der Kampf gegen den Dunkelelfen bald auch auf das Südreich übergreifen werde, sorgten dafür, dass auch jenen Elfen, die die Küste und die Inseln bewohnten, der Sinn nach anderen Dingen stand als nach Seide aus Anar oder Brokat aus dem Zwergenreich. In Narnahal hatte Cian noch halbwegs gute Abschlüsse getätigt, auf den übrigen Stationen seiner Reise jedoch hatten die Händler allesamt abgewunken und sich erkundigt, ob er nicht Nahrung, Werkzeuge, Waffen oder andere Gegenstände des täglichen Gebrauchs feilzubieten hätte.

Als Folge davon war der Laderaum der *Hethwalas* noch zur Hälfte gefüllt. Cian würde nichts anderes übrig bleiben, als die unzähligen Stoffballen in sein Kontor in Tirgas Dun zu bringen und das Ende des Krieges herbeizusehen. Vielleicht, so hoffte er, würden die Elfen sich dann wieder den schöneren Dingen des Lebens zuwenden. Bis dahin jedoch würde ihm nichts anderes übrig bleiben, als seinen ungeliebten Vetter Devan um etwas Geld zu bitten…

»*Nivur ymlain!*«, rief der Ausguck im Krähennest zum ungezählten Mal.

Cian kam es vor wie bitterer Hohn.

Seit zwei Tagen waren sie nun in dieser schier undurchdringlichen Suppe gefangen, die überhaupt kein Ende nehmen wollte. Im Gegenteil schien sich der Nebel immer noch mehr zu verdichten, sodass die Mastspitzen der *Hethwalas* inzwischen kaum noch zu erkennen waren. Zwar war es für die späte Jahreszeit durchaus nicht ungewöhnlich, dass es vor der Küste Nebel gab; in dieser Undurchdringlichkeit hatte Cian ihn jedoch noch nie erlebt, obschon er diese Fahrt seit Jahrzehnten machte. Und ohne, dass er den Grund dafür hätte nennen können, fühlte er eine vage Furcht.

»Kapitän?«, fragte er.

Farnos, der kräftig gebaute Fahrensmann, mit dem zusammen er schon ungezählte Reisen die Küste hinab unternommen hatte, stand nur wenige Schritte von ihm entfernt am Heckruder des Schiffes. Auch seiner jugendlich wirkenden Miene war wachsende Besorgnis anzusehen.

»Ich weiß nicht, Herr«, knurrte er kopfschüttelnd. »Ein Wetter wie dieses ist mir noch nicht untergekommen. Nebel, Nebel und nichts als Nebel, so weit das Auge reicht.«

»Sind wir noch auf Kurs?«

»Das denke ich schon. Wir bewegen uns nur langsam vorwärts und loten in regelmäßigen Abständen die Tiefe – auf diese Weise gehen wir sicher, dass wir uns nicht zu weit von der Küste entfernen. Aber die Sache gefällt mir trotzdem nicht.«

»Was genau meint Ihr?«

Farnos legte den Kopf in den Nacken, schloss für einen Moment die Augen und schnüffelte wie ein Tier, das Witterung aufnahm. »Ich weiß es nicht, Herr«, sagte er dann. »Etwas ist anders an diesem Nebel. Er scheint mir nicht natürlichen Ursprungs zu sein. Nicht ein einziger Windhauch regt sich, und das schon seit Tagen. Und die Luft riecht nach Tod, wenn Ihr mich fragt ...«

Cian fragte nicht.

Farnos' Worte hatten ihn erschreckt, denn im Grunde empfand er genauso. Auch Cian hatte den Eindruck, dass die Luft, die so zäh zu sein schien wie Gallerte, von beißendem Verwesungsgeruch durchsetzt war – oder spielten seine Sinne ihm einen Streich?

Plötzlich war ein Geräusch zu vernehmen.

Ein dumpfer, klagender Laut, der unheimlich durch den Nebel drang und plötzlich wieder verebbte.

»Habt Ihr das auch gehört?«, zischte Cian.

»Ja, Herr.«

»Aus welcher Richtung ist das gekommen?«, fragte der Kaufmann und blickte sich unruhig um – doch außer milchigem Weiß, das die *Hethwalas* zu allen Seiten bedrängte und inzwischen auch den Bug verschluckt hatte, war nichts zu sehen.

»Ich weiß es nicht, Herr. Bei diesem Nebel lässt sich das unmöglich sagen ...«

Cian nickte, keineswegs beruhigt. Der Nebel gab ihm das Gefühl, vom Rest der Welt abgeschnitten zu sein, und das schon seit

Tagen. Auch den Seeleuten, die an Bord der *Hethwalas* ihren Dienst versahen, erging es so.

Das Geräusch wiederholte sich.

Ein Stöhnen, das geradewegs vom Meeresgrund heraufzudringen schien. Dumpf und heiser drang es durch den Nebel und sorgte dafür, dass sich jedes einzelne Haar auf Cians Haupt aufstellte. Die Seeleute, obschon allesamt altgedient, verfielen in dieselbe ängstliche Unruhe, die auch Cian ergriffen hatte.

»Habt Ihr das gehört?«, scholl es über das neblige Deck, dessen Planken leise knarrten. »So klingt nur Anyris, der Dämon der Tiefe!«

»Nein«, widersprach ein anderer, »es war das Horn Norguds, des Herrn der See …«

Cian verzog das Gesicht. Es war bekannt, dass die Bewohner der Südküste und der Inseln (und unter ihnen ganz besonders jene, die zur See fuhren) weniger rational veranlagt waren als die Elfengeschlechter des Nordens. Ihre Neigung zum Aberglauben war ausgeprägt, und die Sagen der alten Zeit hatten bei ihnen noch eine tiefere Bedeutung. Der Kaufmann selbst hatte nie besonders viel von diesen eigenartigen Geschichten gehalten – in diesem Moment jedoch erschienen sie ihm seltsam greifbar, und als das grässliche Geräusch ein weiteres Mal erklang, erwartete er fast, dass ein riesiger Dreizack aus der Tiefe der See emporstechen und die *Hethwalas* zerschmettern würde.

Zumindest in einer Hinsicht irrte Cian.

Es war nicht die Spitze eines *tirdanth*, die die graue Oberfläche der See durchbrach, sondern ein riesiger Tentakel!

Dick wie ein Baum und von ledriger Haut überzogen, die vom abperlenden Salzwasser glänzte, stieg der Fangarm an Backbord empor – und noch ehe Cian oder einer seiner Leute begriff, was geschah, schnellte das Ungetüm wie eine Peitsche nach vorn und packte einen der Matrosen.

Der Mann brüllte aus Leibeskräften, als er von unwiderstehlicher Kraft emporgerissen wurde. Die Saugnäpfe, mit denen die Unterseite des Tentakels versehen war, bissen sich an seiner Haut fest, während der Fangarm selbst sich immer enger um ihn wand und ihn schließlich zerquetschte. Das Gezeter des Matrosen verstimmte jäh, dafür schrien seine Kameraden umso lauter, denn weitere Fangarme wuchsen aus dem Wasser. Einen Augenblick lang waren sie im Nebel nur als Schemen zu erkennen, die sich wie Seegras in der Strömung hin und her bewegten – dann setzten auch sie zum Angriff an und rissen weitere Seeleute von Deck.

»Alarm!«, brüllte Kapitän Farnos aus Leibeskräften, während Cian nur dastand und sich mit beiden Händen an die Reling des Achterdecks klammerte. Mit vor Entsetzen weit aufgerissenen Augen verfolgte der Kaufmann, was an Bord seines Schiffes geschah, konnte es jedoch nicht glauben. »Wir werden angegriffen! Feind an Backbord …!«

Während die Seeleute auf Deck ihren ersten Schreck überwanden und zu Äxten und Enterhaken griffen, um die Fangarme abzuwehren, hielten diese weiter blutige Ernte unter den Matrosen. Zwei wurden über das Schanzkleid gezerrt und verschwanden im Nebel, ein weiterer wurde von einem Tentakel erschlagen. Von unter Deck kamen weitere Matrosen herauf, die sich dem Kampf ihrer Kameraden anschlossen. Mit Messern und Äxten hieben sie auf die Fangarme ein, deren dicke Haut jedoch nur selten nachgab. Tat sie es doch, so trat dunkles Blut hervor, das auf die Planken troff und sie glitschig machte.

Auch Cian riss den Dolch heraus, den er in einer goldenen Scheide am Gürtel trug, auch wenn ihm die Größe der Klinge angesichts des ungeheuren Gegners geradezu lächerlich erschien. Der Tuchhändler war drauf und dran, die Treppe zum Hauptdeck hinunterzustürmen und die wertvollen Waren, die im Bauch des Schiffes lagerten, unter Einsatz seines Lebens zu verteidigen, als erneut das grässliche Geräusch erklang, lauter diesmal und so nahe, dass es ihm fast den Verstand raubte.

Fast im selben Augenblick, in dem Kapitän Farnos einen gellenden Schrei ausstieß, fuhr Cian herum – und sah den riesigen dunklen Schemen, der sich aus dem Nebel heranwälzte.

Es war der Bug eines Schiffes!

Senkrecht wie eine Mauer ragte er auf und war mit großen rostigen Metallplatten versehen, die wiederum mit Furcht einflößenden Stacheln bewehrt waren – und er würde die *Hethwalas* in wenigen Augenblicken mittschiffs rammen!

Cian stieß einen Warnruf aus, der freilich ungehört verhallte. Die Seeleute hatten anderes zu tun, und Kapitän Farnos war einen Augenblick lang zu entsetzt, um zu handeln. Als er das Ruder schließlich herumriss, war es bereits zu spät, und im nächsten Moment krachte der eiserne Bug auf den schlanken Rumpf des Handelsschiffes.

Ein Stoß durchlief die *Hethwalas*, der so heftig war, dass er Cian von den Beinen riss. Der Kaufmann schlug zu Boden, hörte Holz splittern und Wasser rauschen. Als er wieder aufblickte, sah er, dass das fremde Schiff die *Hethwalas* förmlich gepfählt hatte!

Die Sporne, mit denen der Bug versehen war, hatten Rumpf und Schanzkleid durchschlagen. Wasser drang in den Laderaum, sodass Cians Schiff mit jedem Augenblick mehr Schlagseite bekam. Und zu den Tentakeln, die noch immer unter den Seeleuten wüteten, gesellten sich grausame Unholde, die wie Eiter aus einem Geschwür über den Bug des fremden Schiffes quollen und mit markerschütterndem Kriegsgebrüll auf dem Deck der *Hethwalas* landeten.

Mit Äxten und grässlich anzusehenden, mit Widerhaken versehenen Spießen drangen sie auf die Matrosen ein, die ihnen nichts entgegenzusetzen hatten. Einer nach dem anderen fiel unter ihren Hieben, Elfenblut und abgetrennte Gliedmaßen übersäten schon im nächsten Moment das Deck.

Cian stand noch immer am Rand des Achterdecks, wie angewurzelt vor Entsetzen. Als der grässliche Ton erneut erklang, erkannte er, dass es tatsächlich eine Art Horn war, das ihn erzeugte. Ein bizarres, aus Knochen gefertigtes Instrument, in das allerdings nicht Norgud stieß, der sagenumwobene Herrscher der Tiefe, sondern ein grobschlächtiger Ork. Die gelben Augen des Unholds spähten in ungestilltem Blutdurst umher – und erfassten Cian.

Als der Kaufmann aus Tirgas Dun begriff, dass der Ork es auf ihn abgesehen hatte, hielt er tapfer seine Stellung am oberen Ende der Treppe und riss seinen Dolch zur Abwehr empor. Die blutige Axt, die im nächsten Moment mit Urgewalt auf ihn herabsauste, scherte sich nicht darum.

10. YMLITH GYWARA

Das Wirtshaus hieß *Zum wilden Keiler*, und Granock fand, dass es seinem Namen alle Ehre machte. Denn in dem spärlich beleuchteten Schenkraum, dessen niedere Decke von dicken, rußgeschwärzten Holzbalken getragen wurde, stank es wie in einem Schweinestall.

Hinter dem Tresen, der aus wenig mehr als ein paar aneinandergereihten Fässern mit morschen Planken darauf bestand, ging der Wirt seiner Arbeit nach – ein glatzköpfiger Kerl, der zugleich auch der Koch zu sein schien. Immer wieder rührte er in einem großen Eisenkessel, der über der Feuerstelle hing und in dem eine streng riechende Flüssigkeit brodelte. An den grob gezimmerten Tischen, die entlang der Seitenwände aufgestellt waren, saßen vierschrötige Gestalten, die das Bier, das ihnen der Wirt auftrug, gierig in sich hineinschütteten. Waldläufer waren darunter, Bauern aus dem Umland und wohl auch einige Kopfgeldjäger. Die meisten vermieden es, von ihren Steinkrügen aufzublicken, als Granock und sein Begleiter eintraten – wahrscheinlich wollten sie nur in Ruhe gelassen werden.

An einem der Tische, die in der Mitte des Raumes standen, saß ein ungemein feister Kerl, seiner vornehmen Kleidung nach ein Kaufmann. In den wurstigen, goldberingten Fingern drehte er eine Hammelkeule, von der er immer wieder abbiss, sodass ihm das Fett über das dreifache Kinn rann. Granock schürzte abschätzig die Lippen. Er war lange nicht mehr in Andaril gewesen, aber gewisse Dinge schienen sich nicht geändert zu haben. Die Armen hungerten noch immer, und die Reichen stopften sich noch immer die Wänste voll.

Ihre Reise hatte Granock und Nimon von Shakara aus quer durch die Eiswüste und unter den Bergen hindurchgeführt. Ein Zwergenführer, der Farawyns Ankündigung gemäß am Fuß des Scharfgebirges auf sie gewartet hatte, hatte sie sicher durch die dunklen Stollen geleitet. Damit die geheimen Stollen der Zwerge auch geheim blieben, waren die Augen Granocks und seines Schützlings die meiste Zeit über verbunden gewesen – angesichts der verwirrenden Vielfalt an Gängen und Schächten, die die Zwerge im Lauf von Jahrtausenden in den Fels gegraben hatten, hielt Granock diese Vorsichtsmaßnahme allerdings für reichlich übertrieben. Sie kennzeichnete das Verhältnis der kleinwüchsigen Söhne und Töchter der Steine den Zauberern gegenüber: Es war von Respekt und Wertschätzung geprägt, aber auch von einem gewissen Misstrauen.

Auf der anderen Seite des Scharfgebirges schließlich waren sie zum Nordfluss marschiert, und zusammen mit einer Ladung Holz waren sie schließlich nach Andaril gelangt, wo sie auf Farawyns Gewährsmann treffen sollten.

Granock trat an einen freien Tisch und bedeutete Nimon mit einem Wink, sich zu setzen. Damit man ihm seine Herkunft nicht sofort ansah, trug der junge Elf die Kapuze seines Mantels tief ins Gesicht gezogen. Dennoch konnte Granock erkennen, wie sich die ebenso spitze wie blasse Nase unter der Kapuze vor Abscheu kräuselte. Er verzichtete darauf, Nimon dafür zur Rede zu stellen, denn zumindest dieses eine Mal konnte er den jungen Elfen gut verstehen. Mehr noch: Angesichts des Gestanks und des Unrats, der überall im Schenkraum umherlag, hatte er das Gefühl, sich für seine Art schämen zu müssen.

Der Wirt kam an ihren Tisch, wobei er die Hände an seine dreckstarrende Schürze rieb. »Guten Abend, Reisende«, sagte er in der Sprache der Westmenschen und verbeugte sich. »Womit kann ich dienen? Ein würziges Bier? Eine warme Mahlzeit? Ein Nachtlager?« In seinen Augen blitzte es schelmisch, und er zwinkerte Nimon vielsagend zu. »Oder vielleicht eine Frau?«

Granock seufzte. Es hatte sich tatsächlich nichts geändert. Für den, der genügend Geld hatte, gab es in Andaril offenbar noch immer alles zu kaufen. »Zwei Bier«, bestellte er leise und deutete nach dem Kessel. »Ist das Zeug genießbar?«

»Das will ich meinen, Reisender«, beteuerte der Wirt beflissen. »Es ist die Spezialität des Hauses.«

»Zwei Teller«, bestätigte Granock. »Und sieh zu, dass auch Fleisch drin ist.«

»Gewiss«, meinte der Wirt ein wenig pikiert und wandte sich ab. Kurz darauf kehrte er mit dem Bier zurück.

»Was ist das?«, erkundigte sich Nimon, wobei er den Steinkrug, den der Wirt vor ihm abgestellt hatte, misstrauisch beäugte.

»Bier«, nannte Granock das Wort, für das es in der Elfensprache keine Entsprechung gab. »Gerstensaft«, versuchte er eine Übersetzung.

»Ich habe davon gehört«, erwiderte der Aspirant und schnupperte an dem Krug, worauf er die Nase abermals rümpfte. »Bitter«, stellte er fest.

»Worauf du dich verlassen kannst«, bestätigte Granock, hob den Krug und nahm ein paar Züge.

Er hatte lange kein Bier mehr getrunken. Elfischer Wein und Nektar hatten ihn fast vergessen lassen, wie streng das Zeug schmeckte. Auch war die berauschende Wirkung wesentlich höher, sodass Granock bereits nach wenigen Schlucken die Wirkung spürte. Dennoch ließ er sich nichts anmerken. »Nun?«, erkundigte er sich bei seinem Begleiter. »Reicht dein Elfenmut aus, um Menschenbier zu trinken?«

Von unter der Kapuze sandte Nimon ihm einen undeutbaren Blick. Dann griff er nach seinem Krug, packte ihn mit beiden Händen und tat es Granock gleich. Als er das Gefäß wieder sinken ließ, schien seine blasse Elfenmiene noch um einiges fahler geworden zu sein. »Und so etwas trinkt Ihr?«, stöhnte er.

»Gelegentlich.« Granock grinste.

Nimon verzog das Gesicht, und obwohl Granock selbst fand, dass das Zeug schauderhaft schmeckte, verspürte er jähen Zorn. Wie so oft, seit sie Shakara verlassen hatten, hätte er den jungen

Elfen am liebsten zurechtgewiesen und ihn für seine Arroganz gescholten. Dass es nicht dazu kam, lag an dem Wirt, der soeben zurückkehrte und ihnen zwei hölzerne Teller kredenzte, die mit einem dicken, rötlich-braunen Brei gefüllt waren.

»Euer Eintopf«, erklärte er dazu nicht ohne Stolz.

»Was ist da drin?«, wollte Granock wissen.

»Eintopf«, wiederholte der Wirt und ging wieder.

Nimon, der die Menschensprache nicht beherrschte, schaute Granock fragend an. »Was hat er gesagt?«

»Guten Appetit«, übersetzte Granock frei.

Nimon griff nach dem Löffel, der in dem Brei steckte, und stocherte lustlos darin herum. »Das kriege ich nicht hinunter«, meinte er dann.

»Was du nicht sagst.« Granock nahm selbst einen Löffel voll und schob ihn sich in den Mund. Beinahe hätte er sich übergeben, so grässlich schmeckte die angebliche Spezialität des Hauses. Aber er wollte, dass der Elf davon aß, und wenn er sie ihm eigenhändig in den Schlund stopfen musste. »Los doch«, forderte er seinen Schützling auf. »Rein damit!«

»Nein.« Nimon schüttelte bestimmt den Kopf.

»Iss schon«, verlangte Granock, dem nicht entgangen war, dass der feiste Kaufmann bereits herüberschaute. »Oder willst du unbedingt Aufsehen erregen?«

Nimon lugte argwöhnisch nach beiden Seiten. Dann überwand er sich und kostete eine Löffelspitze. Noch nie zuvor hatte Granock einen Elfen derart das Gesicht verziehen sehen.

»Komm schon«, meinte er. »So schlimm ist es auch wieder nicht.«

»Es ist sogar noch schlimmer. Was haben Eure Artgenossen da nur reingetan? Rattendärme? Hühnerkot?«

»Nur weiter so.« Granock grinste freudlos. »Für jede dieser Unverschämtheiten wirst du einen weiteren Löffel essen, so wahr du Aspirant bist und ich Meister.«

Der Elf schaute ihn durchdringend an, Wut blitzte aus seinen Augen. Genau wie damals bei Aldur, dachte Granock unwillkürlich.

»Ein Meister mögt Ihr sein«, räumte Nimon ein, »aber Ihr seid auch ein Mensch. Und wenn ich mich hier umblicke, dann beginne ich zu ahnen, warum Ihr so seid, wie Ihr seid.«

»Du kannst von Glück sagen, dass wir nicht auffallen dürfen«, konterte Granock, ohne mit der Wimper zu zucken, »sonst würde ich dir für diese Frechheit hier und jetzt vor all diesen Menschen deinen eingebildeten Hintern versohlen.«

»Das würdet Ihr nicht wagen«, zischte der Aspirant, wobei sich seine Augen zu Schlitzen verengten und seine hohen Wangen vor Empörung röteten. »Vergesst nicht, dass ich Nimon bin, des Nydians Sohn.«

»Hier bist du ein Niemand«, brachte Granock ihm in Erinnerung. »Der Sohn eines Elfenfürsten zu sein, bedeutet in den Ostlanden überhaupt nichts. Dein Name, auf den du dir so viel einbildest, ist hier einen feuchten Kehricht wert.«

Der junge Elf zuckte unter all diesen Verunglimpfungen wie unter Stockhieben zusammen, und Granock ertappte sich dabei, dass es ihm eine gewisse Genugtuung verschaffte.

»Warum, bei Sigwyns Krone, hasst Ihr mich nur so sehr?«, fragte Nimon kopfschüttelnd.

»Ich hasse dich nicht.«

»Tatsächlich nicht? Seit unserer Abreise aus Shakara habt Ihr keine Gelegenheit ausgelassen, um mich zu maßregeln und zu demütigen. Ihr habt mir minderwertige Nahrung zu essen gegeben und mich gezwungen, auf dem nackten Boden zu schlafen! So etwas ist eines Elfen von vornehmem Blut einfach unwürdig.«

»Eines vornehmen Elfen vielleicht, aber nicht eines Zauberers«, hielt Granock dagegen. »Ich hasse dich nicht, Nimon. Aber ich will dir die Augen öffnen für die wirkliche Welt. Du wolltest hierherkommen und die Städte der Menschen besichtigen? Dann schau dich nur um. Hier gibt es keine weißen Mauern und keine vornehmen Paläste, sondern nur elende Hütten und steinerne Festungen, und bis auf wenige Ausnahmen sind die meisten Menschen froh, wenn sie sich ab und an ein solches Bier und ein Gericht wie dieses leisten können. Du hingegen lehnst beides ab, weil dein verwöhnter Gaumen beleidigt ist.«

»Das … ist nicht wahr.«

»Du bist verweichlicht«, lautete Granocks unbarmherziges Fazit. »Ein verzogener Bengel, der trotz der Jahre, die er nun bereits in Shakara lebt, nie begriffen hat, worum es dabei eigentlich geht.«

»Das stimmt nicht!«, protestierte Nimon energisch. »Ich habe große Anlagen!«

»Große Anlagen, in der Tat«, räumte Granock ein, »aber was zählt alle Begabung, wenn man nichts daraus macht? Es geht nicht darum, wessen Namen du trägst, Nimon, des Nydians Sohn, sondern allein um das, was in dir ist, dein Herz und deine …«

Er unterbrach sich, als plötzlich ein dunkler Schatten auf ihren Tisch fiel. Granock schaute auf und sah sich einem grobschlächtigen Hünen gegenüber, der derbe Lederkleidung trug und ein Waldläufer zu sein schien. Sein Haar war so kurz geschoren, dass die Kopfhaut darunter zu sehen war, ein wilder Bart umrahmte sein breites Kinn. Seine Augen loderten in wildem Glanz, Muskelberge erhoben sich auf seinen nackten Armen.

»Ihr da«, knurrte er im eigentümlichen Dialekt der Hügelclans.

»Ja?«, fragte Granock.

»Euer Geschwätz geht mir auf den Geist«, gab der Hüne bekannt.

»Das tut mir leid«, versicherte Granock. »Wir wollten Euch nicht belästigen. Fremder. Nehmt unsere Entschuldigung für …«

»Drauf geschissen«, polterte der Hüne mit vom Alkohol schwerer Zunge – und zog mit einem Ruck Nimons Kapuze zurück.

Der Elf zuckte zusammen. Erschrocken schaute er zu dem Waldläufer auf.

»Dachte ich mir's doch«, knurrte der. »Ein verdammter Elfenbengel. Hab sein elendes Gelispel bis an meinen Tisch gehört. Thithithithi …« Er äffte den Klang der Elfensprache nach, indem er seine fleischige Zunge gegen die gelben Zähne stieß. Einige der Gäste lachten.

»Lass den Jungen in Ruhe«, forderte Granock ihn auf, noch immer freundlich, aber sehr bestimmt.

»Was geht dich das an, hä?« Der Waldläufer schaute ihn feindselig an. »Wer bist du überhaupt, dass du es wagst, hier mit einem verdammten Schlitzauge aufzukreuzen?«

»Wir sind nur Wanderer auf der Durchreise«, erklärte Granock. »Wir wollen keinen Streit.«

»Das hättet ihr euch überlegen sollen, bevor Ihr in mein Lieblingsgasthaus gekommen seid und es mit eurer stinkenden Anwesenheit beschmutzt habt.«

»Beschmutzt?« Granock streifte die Bodendielen, auf denen Knochen, Fischgräten und anderer Unrat verstreut lagen, mit einem Seitenblick. »Ich denke nicht, dass es hier noch etwas zu beschmutzen gab. Also reg dich wieder ab und setz dich zurück an deinen Tisch. Soll ich dir ein Bier spendieren?«

»Nein, verdammt«, knurrte der Hüne und rollte mit den Augen. »Ich will nichts geschenkt von einem verdammten Elfenfreund! Ich will, dass der kleine Bastard von hier verschwindet, und zwar sofort!«

Granock seufzte. Er war lange nicht mehr unter Menschen gewesen, aber ihm war klar, dass sich dieser Streit nicht gütlich würde beilegen lassen. Der Waldläufer hatte zu viel Bier getrunken und suchte ganz offensichtlich Ärger.

»Nein«, erklärte Granock schlicht. »Wir werden erst gehen, wenn wir gegessen haben. Wenn dir unsere Anwesenheit hier nicht gefällt, dann geh doch du.«

»Verstehe.« Der Mann bleckte die Zähne zu einem breiten Grinsen. »Weißt du, irgendwie dachte ich mir, dass du das sagen würdest. Ich hab es mir eigentlich sogar gewünscht …«

Plötzlich kam Bewegung in den Fleischberg. Mit einer Schnelligkeit, die Granock ihm nicht zugetraut hätte, schossen seine Pranken vor, packten Nimon an den Schultern und rissen ihn in die Höhe. Der junge Elf war über diesen Übergriff so entsetzt, dass er keine Gegenwehr leistete. Mit vor Schreck weit aufgerissenen Augen sah er die Faust des Mannes auf sich zufliegen, die ihm die filigranen Gesichtszüge mühelos zu Brei schlagen würde – aber es kam nicht dazu.

Mitten in der Bewegung hielt der Hüne inne. Von einem Augenblick zum anderen stand er unbewegt wie eine Statue, stieren Blickes und den Mund weit aufgerissen.

»Setz dich wieder«, forderte Granock, der blitzschnell von seiner Gabe Gebrauch gemacht und einen Zeitzauber gewirkt hatte,

Nimon auf. Der Aspirant leistete der Aufforderung widerspruchslos Folge.

Im Schenkraum war es still geworden.

Die Gespräche waren verstummt, aller Augen waren auf die beiden Fremden und den erstarrten Hünen gerichtet. Genau das war eingetreten, was Granock eigentlich hatte vermeiden wollen. Nicht nur, dass sie die Aufmerksamkeit der anderen Gäste erregt hatten, auch Nimons Herkunft war enthüllt worden. Granock war klar, dass er ein Exempel statuieren musste, ansonsten würden sie keine Ruhe mehr bekommen.

Langsam stand er auf. Dann hob er mit einer knappen, fast beiläufigen Geste die rechte Hand, konzentrierte sich – und wirkte einen Gedankenstoß, der seinen wehrlosen Gegner erfasste und quer durch den Schenkraum schleuderte, gegen die Eingangstür, die unter seinem Gewicht aufflog, und nach draußen. In ein paar Minuten würde der Kerl mit einem gehörigen Schädelbrummen erwachen und sich vermutlich fragen, wie er dorthin gekommen war.

Die übrigen Gäste starrten Granock an, nun nicht mehr mit Neugier, sondern mit unverhohlener Furcht.

»Ist hier noch jemand der Ansicht, dass wir gehen sollten?«, fragte der Zauberer in die Runde.

Niemand antwortete.

Ein kleinwüchsiger Mann, der die Kleidung eines Bauern trug, schlich vorsichtig zur Tür, um sie wieder zu schließen. Granock nickte ihm dankbar zu, dann setzte er sich wieder, und allmählich wandten sich auch die übrigen Gäste wieder ihren eigenen Belangen zu.

»Alles in Ordnung?«, erkundigte sich Granock bei Nimon.

»J-ja, Meister.« Der Elf, der noch unter dem Schock der Ereignisse stand, nickte eingeschüchtert. »Ihr habt Euch für mich eingesetzt ...«

»Natürlich.«

»Das habe ich nicht erwartet.«

»Nein? Du dachtest nicht, dass ich dir helfen würde?«

»Nun, ja ... aber ... gegen einen Menschen?«

»Der Kerl ist ein Einfaltspinsel«, erklärte Granock, »und ein Schläger obendrein. Er hat es nicht anders verdient.«

Nimon nickte und schien einen Augenblick nachzudenken. Dann griff er, zu Granocks größter Verblüffung, nach dem Löffel und begann zu essen.

Granock unterdessen schaute sich im Schenkraum um. Abgesehen davon, dass sie eine eindrucksvolle Demonstration menschlicher Feindseligkeit erhalten hatten, hatte er noch eine weitere Erkenntnis gewonnen: dass der Gewährsmann, den sie laut Farawyns Angaben im *Wilden Keiler* hatten treffen sollen, nicht hier war. Andernfalls hätte er sich wohl zu erkennen gegeben und wäre ihnen zu Hilfe gekommen.

Auch Granock löffelte seinen Eintopf aus, dann bezahlte er den sichtlich nervös gewordenen Wirt, und sie verließen die Spelunke wieder. Die kühle, nach Herbst riechende Nachtluft, die ihnen von draußen entgegendrang, kam ihnen wie eine Erlösung vor nach all dem Gestank.

»Meister Lhurian?«, fragte Nimon, nachdem sie ein Stück die von spärlichem Fackelschein beleuchtete Gasse hinabgegangen waren, die sich zwischen windschiefen Fachwerkhäusern erstreckte. Granock war erstaunt – bei seinem Zaubernamen hatte der junge Elf ihn bislang nur selten angesprochen.

»Ja?«

»Ich möchte Euch danken.«

»Wofür?«

»Für Eure Hilfe«, erwiderte Nimon leise und, wie es schien, in einem seltenen Anfall von Demut. »Ich hätte niemals geglaubt, dass ...«

Weiter kam er nicht.

So unvermittelt, dass niemand damit rechnen konnte, setzte ein ebenso dunkler wie hünenhafter Schatten aus einer Mauernische. Eine blanke Klinge blitzte im Mondlicht auf, die blitzschnell zustach, und ein gellender Schrei erfüllte die Nacht, der aus Nimons Kehle kam.

Granock fuhr herum. Der dunkle Schatten ließ von seinem Begleiter ab und kam auf ihn zu, die blutige Klinge hoch erhoben.

»Stirb, Elfenfreund!«

In einem Reflex riss Granock den Zauberstab beidhändig empor und blockte auf diese Weise den Hieb, der seiner Kehle gegolten hatte. Nur wenige Fingerbreit vor seinem Hals stoppte die mörderische Klinge. Granock stieß den Angreifer von sich, wobei er sich auch mentaler Kraft bediente. Der Mann taumelte zurück und stieß gegen eine Hauswand. Dabei fiel das Licht einer Straßenfackel auf sein Gesicht – und Granock erkannte den streitsüchtigen Hünen aus dem Wirtshaus.

»Du?«, fragte er.

»Stirb, du elender Bastard!«, knurrte der Waldläufer und wollte abermals auf ihn zustürzen, das blutige Jagdmesser erhoben. Granock parierte seinem Angriff, noch ehe der Kerl ihn erreichte. Fast hatte es den Anschein, als renne der Hüne gegen eine unsichtbare Mauer, so groß war die Wucht des *tarthan*, in den er geradewegs hineinlief.

Es knirschte, als die Nase des Mannes brach und sich in einen fleischigen Klumpen verwandelte, aus dem grellrotes Blut hervorschoss. Der Kerl taumelte zurück und brach winselnd in die Knie. Das Messer ließ er fallen.

Granock kümmerte sich nicht mehr um ihn. Rasch eilte er zu Nimon, der niedergesunken war und reglos auf dem Boden lag. Granocks Herzschlag wollte aussetzen, als er die dunklen Rinnsale erkannte, die sich in den Fugen des schmutzigen Pflasters ausbreiteten.

»Nimon!«

Er fiel neben seinem Schützling nieder, dessen blasse, sonst so unnahbar wirkenden Züge plötzlich grau und eingefallen wirkten. Der Messerstich des Hünen war in seinen Rücken gedrungen und hatte vermutlich innere Organe verletzt …

»Meister …« Der Elf schaute zu ihm auf. Sein Blick war gebrochen, suchend rollten seine Augen in ihren Höhlen. »Es tut … so weh …«

»Ich weiß, Junge«, versicherte Granock beklommen, der sich einen verdammten Idioten schalt. Hätte er nur besser aufgepasst, wäre dies nicht geschehen.

»I-ich werde sterben«, hauchte Nimon, während dünne Blutfäden aus seinen Mundwinkeln rannen und den Kragen seines Gewandes besudelten. »In einer Stadt der Menschen ... ohne jemals die Fernen Gestade zu sehen ...«

»Nein, das wirst du nicht«, widersprach Granock entschieden. »Bruder Tavalian wird dich heilen, hörst du? Er vermag vieles ...«

»A-aber Tavalian ... ist nicht hier«, presste der junge Elf mühsam hervor, »und Ihr ... seid ein schlechter Lügner.«

Granock schluckte hart. So viele vermeintliche Schwächen hatte Nimon an ihm bemängelt – nun jedoch hatte er zum ersten Mal ins Schwarze getroffen.

»Das stimmt«, kam er deshalb nicht umhin zuzugeben.

»Meister, ich ...«

Der Junge wollte noch etwas sagen, aber es gelang ihm nicht mehr. Er sog scharf nach Luft, und seine Augen weiteten sich, während sich sein zerbrechlich wirkender Körper ein letztes Mal aufbäumte – dann fiel sein Kopf zur Seite.

Und mitten in die Stille, die auf der Gasse eintrat, platzte das heisere Geschrei des Hünen!

Das Gesicht blutig rot, das Messer zum Stoß erhoben, stürmte Nimons Mörder abermals heran, und Granock ließ den Gefühlen, die ihn in diesem Moment durchströmten, freien Lauf.

Es wäre ihm ein Leichtes gewesen, den Hünen einfach aufzuhalten, indem er ihn abermals erstarren ließ, aber das wollte Granock nicht mehr. Enttäuschung, Trauer und unbändige Wut – all das lag in dem Gedankenstoß, den er dem Angreifer entgegenschickte und den er mithilfe des *flasfyn* so bündelte, dass dem Hünen keine Chance blieb.

Der von unsichtbarer Hand geführte Hieb traf den Kerl mit derartiger Wucht am Kinn, dass ihm fast der Kopf von den Schultern gerissen wurde. Das Genick brach mit hässlichem Knacken. Von grundlosem Hass getrieben, rannte der Hüne noch ein, zwei Schritte weiter, ehe sein Körper begriff, dass sein irdisches Dasein zu Ende war.

Seine Beine brachen unter ihm ein, und er schlug bäuchlings zu Boden, der Kopf in groteskem Winkel vom Rumpf abstehend.

Granock würdigte ihn keines weiteren Blickes.

Stattdessen wandte er sich wieder Nimon zu und schloss ihm sanft und fast zärtlich die Augen. Und ohne dass er zu sagen vermocht hätte, was er da eigentlich tat, zog er den leblosen Körper des jungen Elfen an sich.

»Es tut mir leid, Nimon, des Nydians Sohn«, flüsterte er. »Es tut mir leid ...«

In diesem Moment war ihm, als hörte er eine Stimme, die aus, so schien es, ferner Vergangenheit zu ihm drang. Und ihm wurde klar, dass Nimon recht gehabt hatte, damals an jenem Tag in Shakara, der in Wirklichkeit nur einige Wochen zurücklag. Es war Granock tatsächlich nicht gelungen, seinen Schüler von der Erfüllung seines Schicksals abzuhalten.

Nimons Voraussage hatte sich erfüllt – wenn auch wohl ganz anders, als er oder irgendjemand sonst es vermutet hatte ...

Granock merkte, wie ihm heiße Tränen in die Augen traten, und als die Trauer schließlich aus ihm hervorbrach, galt sie nicht Nimon allein, sondern auch all den anderen Verlusten, die er hatte hinnehmen müssen und die sein Dasein leer und arm gemacht hatten.

Zuerst Vater Cethegar, der sein Leben gegeben hatte, um das seiner Gefährten zu schützen. Dann der Älteste Semias, der in der Geborgenheit Shakaras einem Mordanschlag zum Opfer gefallen war. Schließlich sein Freund Haiwyl, den in der Schlacht im Flusstal ein grausames Ende ereilt hatte. Und Granock ertappte sich dabei, dass er insgeheim auch Aldur und Alannah bereits zu jenen rechnete, die er für immer verloren hatte.

Wie lange er so auf dem Boden gekauert und den Leichnam des Schülers – *seines* Schülers – an sich gedrückt hatte, vermochte er später nicht mehr zu sagen. Er erwachte erst aus seiner Lethargie, als jemand zu ihm trat und sich geräuschvoll räusperte.

Granock schaute auf.

Zu seiner Überraschung war es der dicke Kaufmann aus dem Wirtshaus. Der Kerl mit der Hammelkeule.

»Nun?«, fragte der Feiste und grinste mit noch immer fettglänzenden Backen auf ihn herab. »Wie ich sehen kann, seid Ihr endgültig in Andaril angekommen. Die Stadt der Mörder und Halsabschneider hat Euch gebührend begrüßt.«

»Was faselt Ihr da?«, fragte Granock, dem der Sinn nicht nach geistlosem Geschwätz stand und der in seinem Schmerz allein gelassen werden wollte.

»Ihr seid Lhurian, nicht wahr?«, erkundigte sich der Kaufmann. »Ihr kommt spät, wisst Ihr das?«

Granock, der noch immer zu dem Kaufmann hinaufschaute, sah diesen plötzlich mit anderen Augen. »Ihr ... seid ... der Mittelsmann, den wir treffen sollten«, stammelte er.

»Ganz recht.« Der Feiste deutete eine Verbeugung an. »Nirdanos von Taik, zu Euren Diensten.«

»Wieso habt Ihr Euch im Wirtshaus nicht zu erkennen gegeben?«, fragte Granock verwundert.

»Und dabei meine Haut riskieren?«, fragte der andere grinsend dagegen. »Nein danke – in diesem Teil der Welt tut man gut daran, sich nicht in Dinge einzumischen, die einen nichts angehen. Mein Auftrag lautet, Euch zu Fürstin Yrena zu bringen, nicht mehr und nicht weniger. Dafür werde ich bezahlt.«

»Ich verstehe«, sagte Granock nur.

Die ohnmächtige Wut, die aus seinem Inneren emporkroch, hätte mühelos ausgereicht, um einen weiteren *tarthan* zu wirken und den selbstsüchtigen Kaufmann kurzerhand zu erschlagen.

Aber er tat es nicht.

Hatte er selbst nicht ebenfalls Schuld daran, dass Nimon nicht mehr am Leben war? Und hatte nicht Farawyn darauf bestanden, dass der Junge ihn begleitete? Trug er nicht ebenfalls einen Teil der Verantwortung? Wo begann Schuld, und wo hörte sie auf? Sie alle waren schuldig, mehr oder weniger.

Und vielleicht war dies ja ihre Strafe ...

»Wenn es Euch ernst ist mit Eurem Auftrag, so solltet Ihr mir folgen«, riet Nirdanos. »Der Wachmann, der mir noch einen Gefallen schuldet, wird in Kürze abgelöst.«

»Ich komme«, versicherte Granock grimmig. Ihm war klar, dass er Nimon würde zurücklassen müssen. Nicht nur, dass der Junge einen sinnlosen Tod gestorben war, weit weg von seiner Familie und allem was er kannte – nun würde seine sterbliche Hülle auch noch in fremdem Boden verscharrt werden.

Und während sich Granock die Tränen aus den Augen wischte und sich erhob, wurde ihm klar, dass auch er auf diesem Flecken Erde nicht mehr zu Hause war.

Er war kein Elf, natürlich nicht, und würde es auch niemals werden. Aber eines war sicher – er gehörte auch nicht mehr zu den Menschen.

11. BAIGWITHAN HENA

Párnas hatte es satt.

Der Statthalter von Tirgas Dun war es leid, sich fortwährend Meldungen über Dinge anhören zu müssen, die ihn nicht im Geringsten interessierten und die im Grunde nur einen weiteren Beweis dafür lieferten, dass das Elfenreich im Niedergang begriffen war. Er wollte sich endlich wieder den schönen Dingen des Lebens zuwenden, statt sich ständig die Prahlereien von Elidors Generälen anhören zu müssen. Und er hatte endgültig genug davon, ein um das andere Mal die Stadtkasse öffnen zu müssen, um den Krieg zu finanzieren, der weit weg im Norden geführt wurde, fernab von jeglichen Interessen Tirgas Duns.

»Wohlan also«, meinte er gelangweilt und wedelte auffordernd mit der Rechten, »tragt mir die Nachricht vor. Was begehrt unser guter König Elidor diesmal von uns?«

Sein Minister Yaloron, der stets die undankbare Aufgabe hatte, die Rapporte vorzulesen, die im Abstand weniger Tage aus Tirgas Lan eintrafen, räusperte sich. Dann entrollte er das Pergament, auf das er die Nachricht transkribiert hatte – die originale Mitteilung war in geheimen Zeichen verschlüsselt gewesen und hatte sich an der Kralle einer Brieftaube befunden.

»Elidor, König des Elfenreichs, entbietet Euch seine Grüße, Sire. Er beschwört die Gemeinschaft der Erben Glyndyrs und ...«

»Erspart mir die Floskeln, Yaloron«, fiel Párnas ihm ins Wort, »und kommt gleich zur Sache. Wie viel will Elidor diesmal?«

Schamvolle Röte trat dem Minister ins runde Gesicht, die sich bis zu seinem haarlosen Scheitel hinauf fortsetzte. »Die Botschaft berichtet von Erfolgen unserer Legionen an der Ostgrenze«, fasste er den Inhalt knapp zusammen. »Wieder haben die Truppen des Feindes versucht, den Fluss zu überqueren, aber ihre Angriffe wurden beherzt zurückgeschlagen. Im Norden haben die königlichen Legionen außerdem Verstärkung durch Krieger aus dem Zwergenreich erhalten.«

»Recht so«, knurrte Párnas. »Diese schmutzigen kleinen Kerle sitzen förmlich auf dem Gold, das sie aus dem Berg gegraben haben. Es ist nur recht und billig, wenn sie auch ein wenig Einsatz zeigen.«

»Das tun sie, Sire«, versicherte Yaloron beflissen. »Die Zwerge haben im Zuge ihrer Kämpfe gegen die Menschen hohe Verluste hinnehmen müssen. Dennoch halten sie weiter am Bündnis mit dem Reich fest.«

»Wofür wir ihnen wohl dankbar sein sollten.« Párnas winkte seufzend ab. »Was also steht am Ende der Nachricht? Wie viel sollen wir diesmal bezahlen? Genügt es nicht, dass auch wir zahlreiche junge Männer in den Kampf geschickt haben?«

»Nicht annähernd so viele wie die Haine und die anderen Städte des Reiches«, gab Yaloron zu bedenken. »Tirgas Anar beispielsweise hat zweitausend Mann entsandt, und …«

»Ich will nichts davon hören«, gab Párnas bekannt, dessen spitz zulaufende Gesichtszüge ihm unter seinen Dienern den Beinamen *ar-aderyn* eingetragen hatten. Vermutlich war auch die Vorliebe des königlichen Statthalters für alles, was wertvoll war und glänzte, daran nicht ganz unbeteiligt gewesen. »Versucht Ihr etwa, mir ein schlechtes Gewissen zu machen, Yaloron?«

»Nein, Sire. Natürlich nicht.«

»Das möchte ich Euch auch nicht geraten haben.« Der Statthalter, der am offenen Fenster seiner Kanzlei im Palast von Tirgas Dun stand und seinem Untergebenen den Rücken zuwandte, schüttelte unwillig den Kopf. »Wir leisten beileibe schon genug, um diesen unseligen Krieg zu unterstützen, den Elidor so unüberlegt vom Zaun gebrochen hat.«

»Das – äh – ist nicht ganz richtig, Sire«, widersprach Yaloron vorsichtig. Der Blick, den Párnas ihm über die Schulter schickte, ließ ihn zusammenzucken.

»Nicht richtig? Wollt Ihr etwa bestreiten, dass Elidor sich dem Einfluss dieser Unruhestifter aus dem Norden ausgesetzt hat, die sich selbst ›Weise‹ nennen, in Wahrheit jedoch so handeln, als hätten sie jeden Sinn für Vernunft verloren?«

»Nein«, antwortete Yaloron rasch. »Natürlich nicht.«

»Also dann nennt mir die Zahl. Wie viel steht unter dem Strich, den unser geliebter Herrscher am Ende seines Schreibens gezogen hat?«

»Hunderttausend Goldstücke, Sire«, erwiderte der Minister kleinlaut.

»Hunderttausend!«, rief Párnas aus und schien sich am Fensterbrett abstützen zu müssen, um nicht in die Knie zu gehen. »Bei allen Königen der alten Zeit! Bescheidenheit gehört wahrlich nicht zu seinen Vorzügen, nicht wahr?«

»Er schreibt, das Geld soll dazu benutzt werden, um neue Waffen zu schmieden und einen Verteidigungswall entlang des Grenzflusses zu errichten«, fügte Yaloron leise hinzu.

»Soll es das.« Párnas stieß ein helles Pfeifen aus, das weniger nach einer diebischen Elster als nach einem Ferkel klang. »Und warum wendet unser geschätzter Herrscher dann nicht seine eigenen Mittel für den Bau dieser Mauer auf? Mir will scheinen, Tirgas Lan zieht daraus ungleich größeren Nutzen als wir.«

»Die Staatskasse ist bereits leer, Sire.«

»Und was ist mit dem Königsschatz?«

»Ist das Euer Ernst, Sire?«

Párnas pfiff erneut, diesmal voller Verachtung. Jedesmal, wenn er vorschlug, dass Elidor sich des Königsschatzes bedienen solle, um seinen Krieg zu finanzieren, kam irgendwer daher und fing an, von dieser Prophezeiung zu reden, die es angeblich gab – nämlich dass der Tag, an dem jemand Hand an die königlichen Reichtümer legte, die unter dem Thronsaal von Tirgas Lan lagerten, das Ende der Elfenherrschaft bedeuten würde.

Der Statthalter konnte darüber nur den Kopf schütteln. Zum einen, weil sein berechnender Verstand nicht an derlei Voraussagen glaubte. Zum anderen aber auch, weil die Alternativen ihn vor ungleich größere Probleme stellten …

»Woher soll ich hunderttausend Goldstücke nehmen, Yaloron, könnt Ihr mir das sagen?«, lamentierte er, während er weiter aus dem Fenster starrte. Der dichte Nebel, der sich seit einigen Tagen vor der Küste hielt und den Blick auf die See verhüllte, schlug ihm zusätzlich aufs Gemüt. »Unsere Steuereinnahmen sind gesunken, seit dieser elende Krieg begonnen hat. Furcht hält das Reich in den Klauen, und wer sich fürchtet, der erwirbt keine Güter, wie unsere Kaufleute sie anbieten: Schmuckstücke aus Silber und Gold, mit Gemmen versehene Schatullen, Kleider aus Seide und Damast, kunstvolle Wandteppiche und Büsten aus feinstem Marmor – niemand hat einen Sinn für die schönen Dinge des Lebens, wenn andernorts gekämpft und gemordet wird. Aber wenn unsere Kaufleute keinen Gewinn machen, zahlen sie auch keine Steuern, und wenn die Steuern ausbleiben, so bleibt der Stadtsäckel leer. Selbst ein Träumer wie Elidor muss das erkennen!«

»Zweifellos weiß der König um die angespannte Lage«, räumte der Minister ein. »Aber er weiß auch, dass Tirgas Dun über Jahrhunderte hinweg von Frieden und Wohlstand profitiert hat. Die Türme und Kuppeln unserer Stadt erwecken nicht den Eindruck von Armut …«

»Und?«, fragte Párnas kaltschnäuzig. »All das haben wir uns mit großer Beharrlichkeit erarbeitet, und ich sehe nicht ein, weshalb wir es für eine Unternehmung ausgeben sollten, deren Ausgang mehr als fraglich ist.«

»Aber Sire«, wandte Yaloron ein und legte den Kopf schief. »Der Krieg gegen den Dunkelelfen ist weder leichtfertig noch freiwillig begonnen worden, sondern weil das Reich angegriffen wurde. Wir hatten keine andere Wahl, als uns zu verteidigen.«

»Jedenfalls ist es das, was man uns glauben machen will«, schnaubte Párnas, »und als Statthalter des Königs ist es meine Pflicht, diesen törichten Unsinn auch noch vor den Bürgern dieser Stadt zu rechtfertigen. Ich muss ihnen sagen, dass ihre Steuergelder in guten Händen sind – dabei könnten wir sie ebenso gut zu diesem Fenster hinauswerfen.«

Er vollführte eine entsprechende Geste, um zu verdeutlichen, was er meinte. Dabei fiel ihm auf, dass das milchige Grau in der hereinbrechenden Dämmerung noch dichter geworden war. Inzwischen säumte es nicht nur mehr das Hafenbecken und die dort vor Anker liegenden Schiffe, sondern hing auch zwischen den Dächern und Türmen des Statthalterpalastes. »Dieser elende Nebel! Löst er sich denn niemals auf?«

»Nun«, sagte Yaloron leise, »einige Bürger behaupten, dieser Nebel wäre kein gewöhnlicher Nebel ...«

»Ach ja?«

»Wie es heißt, werden fünf weitere Handelsschiffe vermisst, die nicht den *arfordyr* heraufgekommen sind.«

Párnas, der seinen Minister gut genug kannte, um zu wissen, dass er auf etwas Bestimmtes hinauswollte, wandte sich seufzend um und schaute ihn herausfordernd an. »Und? Was gedenkt Ihr mir damit zu sagen, mein bester Yaloron?«

»Dass es Gerüchte gibt, Sire. Es gibt Leute, die behaupten, der Nebel wäre von Margok geschickt worden, um ...«

»Denkt Ihr, das interessiert mich?«, unterbrach der Statthalter ihn fauchend. »Ihr wisst genau, dass ich nicht an derlei Dinge glaube. Um diese Jahreszeit hat es vor der Küste schon immer Nebel gegeben, und daran wird sich vermutlich auch in Zukunft nichts ändern!«

Wütend drehte er sich wieder zur Fensteröffnung – und musste alle Selbstbeherrschung aufwenden, um sich seine Überraschung nicht anmerken zu lassen. Denn der Nebel hatte sich abermals verdichtet, sodass von den umliegenden Türmen nichts mehr zu erkennen war. Gleichzeitig stieg dem Statthalter ein beißender Geruch in die Nase, der ihn innerlich zusammenfahren ließ.

Fäulnis.

Moder.

Tod ...

Schaudernd gestand er sich ein, dass an dieser Nebelbank tatsächlich etwas anders war als an jenen der vergangenen Jahre. Aber er hätte sich lieber die Zunge abgebissen, als dies offen zuzugeben.

»Ihr könnt euch entfernen, Minister«, entließ er Yaloron aus seinem Arbeitszimmer.

»Und – das Geld, Sire?«

Párnas seufzte. »Lasst den Schatzmeister kommen und geht die Bücher durch. Und dann stellt zusammen, was dieser Verschwender von einem König zu benötigen glaubt. Letzten Endes haben wir ja doch keine Wahl, als …«

Er unterbrach sich jäh, als draußen ein gellender Schrei erklang. Unheimlich geisterte er durch den Nebel, und im nächsten Moment war es, als würde er aus Dutzenden von Kehlen beantwortet.

»Was ist da los?«, wollte Párnas wissen.

»I-ich habe keine Ahnung, Sire.« Yaloron zuckte mit den breiten Schultern.

»Dann findet es heraus, Mann«, verlangte der Statthalter, während sich das Geschrei vor seinem Fenster, das direkt vom Hafen zu kommen schien, zu einem bizarren Chor steigerte. »Lasst nach Hauptmann Nyrwag schicken!«

»Ja, Sire!«

Yaloron wandte sich um und wollte hinaus, um den Befehlshaber der Stadtwache zu rufen – als die Tür geöffnet wurde und ihm dieser entgegentrat.

Nyrwag sah elend aus. Seine sonst so kämpferische Miene hatte eine ungesunde Blässe angenommen, die Augen unter dem mit einem Federbusch versehenen Helm starrten in stillem Entsetzen. Da der Hauptmann nicht dafür bekannt war, sich leicht einschüchtern zu lassen, folgerte Yaloron, dass ihm etwas Schreckliches widerfahren sein musste …

»Was gibt es?«, wollte Statthalter Párnas wissen. »Was hat dieses elende Geschrei zu bedeuten?«

»Tod und Untergang, Sire, nicht mehr und nicht weniger«, gab Nyrwag zur Antwort.

»Wovon, beim großen Sigwyn, redet Ihr?«

»Die Schiffe, die wir seit einigen Tagen vermissen … Die Strömung hat sie angetrieben!«

»Und?«

»Es sind Totenschiffe, Sire«, erklärte der Hauptmann schaudernd.

»Was?« Párnas stürzte auf ihn zu.

»Schwelende Überreste und schwimmende Trümmer, Sire ... An Bord sind die Leichen der Seeleute, grausam verstümmelt ... Die See ist dunkel von ihrem Blut.«

»Beim großen Norgud«, presste Yaloron atemlos hervor, dessen fleischiges Gesicht sich schlagartig grün verfärbte. »Ich hatte recht, Sire. Es ist ein Todesnebel!«

»Unsinn!«, begehrte Párnas auf, dessen nüchterner Verstand sich noch immer weigerte, derlei Dinge zu glauben. Die Furcht, die wie eine Seuche um sich griff, konnte er indes deutlich fühlen. »Dieser Nebel hat nichts damit zu tun!«, behauptete er. »Gebraucht Euren Verstand, Mann! Ein Nebel pflegt niemanden zu verstümmeln!«

»Nein, Sire«, räumte Hauptmann Nyrwag mit bebender Stimme ein, »aber die Kreaturen, die im Schutz dieses Nebels reisen.«

»Wovon redet Ihr?«

Statt zu antworten, hob der Offizier den Gegenstand hoch, den er in der Hand hielt – es war ein Speer von etwa einer Armlänge, dessen blutbesudelte Spitze leicht gekrümmt war und nicht nur eine gefährlich aussehende Schneide, sondern auch einen mörderischen Widerhaken aufwies.

Es war ein *saparak*, die bevorzugte Waffe eines Ork – und in diesem Moment wurde Statthalter Párnas schlagartig bewusst, dass der Krieg auch im Südreich angekommen war.

12. TRAFODÚTHANA

Noch in derselben Nacht gelangte Granock in die Burg von Andaril. Nirdanos der Kaufmann schmuggelte ihn wie er es versprochen hatte an einem der Posten vorbei – einem hageren Kerl mit unzähligen Narben im Gesicht, der so aussah, als wäre er allzeit bereit, seine Wachpflichten für einen Krug Bier zu verraten, und der geflissentlich in die andere Richtung sah, als die nächtlichen Besucher ihn passierten.

Granock hatte die Burg noch nie zuvor betreten. Die Fürsten der Stadt hatten sie errichtet, indem sie Zölle und Steuern erhoben und den Bauern des Umlandes den Zehnten abgepresst hatten, ohne je eine Gegenleistung dafür zu liefern. Früher, als er noch auf der Straße gelebt hatte, war Granock das Bauwerk, das weithin sichtbar aus dem Häusermeer ragte, als der Inbegriff von Macht und Wohlstand erschienen; als er nun den Innenhof betrat, musste er feststellen, dass die Anhäufung grob behauener Steine und klobiger Quader es an Stil und Eleganz nicht einmal mit der einfachsten Elfenbehausung aufnehmen konnte.

Der Grundriss der Burg war denkbar einfach gehalten. Eine Ringmauer, in die zinnenbewehrte Wachtürme eingelassen waren, umgab den trutzigen Burgfried, der sich weithin sichtbar erhob und seit mehr als zweihundert Jahren den Fürsten von Andaril als Wohnstatt diente. Um den Hauptturm gruppierten sich gedrungene Häuser, die die Unterkünfte der Gefolgsleute beherbergten; außerdem gab es Stallungen, ein Vorratslager, einen Brunnen und ein Backhaus, aus dessen schlankem Kamin sich eine dünne Rauchfahne kräuselte.

Nirdanos, der sich bestens auszukennen schien, führte Granock quer über den Innenhof. In einer dunklen Nische unweit des Schweinestalls blieb er stehen und bat Granock zu warten. Er verabschiedete sich mit einem Nicken und verschwand in der Dunkelheit. Augenblicke verstrichen, in denen sich Granock fragte, ob der feiste Kaufmann es sich vielleicht anders überlegt haben mochte, aber dann erschien ein Diener, der das fürstliche Wappen auf seinem Rock trug und Granock aufforderte, ihm zu folgen. Über einen verborgenen Eingang gelangten sie in den Burgfried, und schon kurz darauf fand sich Granock in einer von prasselndem Kaminfeuer beleuchteten Kammer wieder.

Er bezweifelte, dass dies der Ort war, an dem Besucher für gewöhnlich empfangen wurden, dafür war der Raum zu klein und zu wenig prunkvoll. Es gab keine Wappenschilde und keine Teppiche an den Wänden. Eine Truhe und ein schlichter Tisch, auf dem eine mit Wein gefüllte Karaffe und zwei Becher standen, stellten die einzige Einrichtung dar.

Granock wartete.

Obwohl Farawyn alles versucht hatte, ihn Geduld zu lehren, hatte er es darin nie zur Meisterschaft gebracht. Unruhig ging er auf und ab, während er möglichst nicht daran zu denken versuchte, welch große Hoffnungen sein alter Meister in ihn setzte. Entsprechend erleichtert war er, als die Tür geöffnet wurde und er endlich Gesellschaft erhielt.

Es war eine junge Frau, und ihr Anblick verschlug Granock die Sprache.

Er hatte Yrena von Andaril noch nie zuvor gesehen, und seine Abneigung gegen diesen Auftrag war so groß gewesen, dass er auch nicht darüber nachgedacht hatte, wie sie wohl aussehen mochte. Ganz gewiss jedoch hatte er sie sich nicht so vorgestellt.

Sie war schön, wenn auch auf ihre eigene, aparte Weise. Ihre Züge waren ebenmäßig und hatten glücklicherweise nur wenig von ihrem Vater und ihrem Bruder; eine spitze, etwas vorwitzig wirkende Nase sprang aus einem Gesicht, dessen Wangen vielleicht ein wenig zu gerundet waren, und das üppige, von roten Bändern durchzogene schwarze Haar, das ihre Züge umrahmte, unterstrich diesen Eindruck noch. Ihre Augen waren groß und von hellbrauner Farbe, und sie betrachteten ihn auf eine Weise, die er nicht erwartet hatte. Nicht etwa fordernd oder feindselig, sondern, so schien es, mit einer gewissen Dankbarkeit.

Was ihre Kleidung betraf, so kannte Granock die neuesten Gepflogenheiten bei Hofe nicht; aber er war sich ziemlich sicher, dass das scharlachrote Kleid, das ihre Gestalt umfloss, nicht unbedingt für offizielle Anlässe gedacht war. Die Ärmel waren weit geschnitten, an Brust und Hüften jedoch offenbarte der Stoff weibliche Rundungen, die Granocks Aufmerksamkeit ein wenig länger fesselten, als es schicklich war.

Er senkte den Blick. »Lady Yrena«, murmelte er dazu und verbeugte sich.

»Meister Lhurian«, erwiderte sie und lächelte. Es war ein warmherziges, zuvorkommendes Lächeln, das er ebenso wenig erwartet hatte wie ihre anmutige Erscheinung. Dass sie darauf verzichtet hatte, sich von einem ihrer Diener anmelden zu lassen, deutete darauf hin, dass sie ihrem Stand weniger Bedeutung beimaß, als es bei ihrem Bruder der Fall gewesen war. Und die Tatsache, dass sie ihm allein begegnete und auf die Anwesenheit von Wachen verzichtete, verriet ihren Mut. »Ich danke Euch, dass Ihr den weiten Weg nach Andaril auf Euch genommen habt.«

»Und ich danke Euch dafür, dass Ihr mich empfangt«, entgegnete Granock mit der größtmöglichen Eleganz, zu der er sich befähigt fühlte.

»Verzeiht, dass dies zu nächtlicher Stunde geschieht und Ihr Euch wie ein Dieb in die Burg schleichen musstet«, erwiderte sie, »aber es gibt Leute in meinen Reihen, die nicht gerade begeistert wären, wenn sie von diesem Zusammentreffen erführen.«

Sie schaute ihn so unverwandt an, dass er innerlich zusammenzuckte. Da Elfen eine solche Direktheit als plump und bäuerisch ansahen, hatte er fast vergessen, wie wohltuend ein solch ehrlicher Blick sein konnte. Granock ertappte sich dabei, dass er Sympathie für diese Frau empfand, die so ganz anders zu sein schien als …

»Wein?«, erkundigte sie sich und deutete nach der Karaffe auf dem Beistelltisch.

»Nein, danke.« Granock schüttelte den Kopf.

»Weil es Euch untersagt ist, weltlichen Genüssen zu frönen?«

Er lächelte schwach. »Das Einhalten gewisser Regeln gehört zu den Pflichten eines Zauberers, das ist wahr. Aber der Verzicht auf Wein zählt nicht dazu.«

»Verzeiht«, sagte sie, während sie selbst nach einem der Becher griff und sich einschenkte. »Ich wollte Euch nicht in Verlegenheit bringen. Es ist nur so, dass man kaum etwas über Euresgleichen weiß.«

»Das ist so beabsichtigt.« Granocks Lächeln wurde ein wenig breiter. »Wir Zauberer lieben es, uns in Rätsel zu hüllen. Das macht uns schön geheimnisvoll.«

Yrena erwiderte nichts, sondern lächelte nur. Dann hob sie das Gefäß an und trank, während sein Blick an ihren weiblichen Formen empor und wieder herab wanderte. Als sie den Becher wieder senkte, sah er rasch zu Boden.

»Und?«, erkundigte sie sich. »Wie gefällt es Euch, wieder bei den Menschen zu sein? Wie ich hörte, habt Ihr viele Jahre unter Elfen gelebt.«

Selbst Granock, der in Belangen der Diplomatie wenig beschlagen war, wusste, dass dies der passende Zeitpunkt für ein Kompliment über Andaril und die Ostlande gewesen wäre, aber in Anbetracht der jüngsten Ereignisse verzichtete er darauf. »Offen gestanden, Mylady«, knurrte er, »finde ich alles unverändert vor. Auf den Straßen herrscht noch immer das Unrecht, die Reichen beuten die Armen noch immer aus, und Andaril ist noch immer ein stinkendes Dreckloch.«

»Ihr seid sehr direkt«, entgegnete sie, ohne dass zu erkennen gewesen wäre, ob seine Worte sie verletzten.

»Es ist die Art meiner Zunft«, sagte er nur.

»Meister Lhurian«, sagte sie leise, »ich weiß, was geschehen ist. Man hat es mir berichtet, und es tut mir wirklich sehr leid. Bitte denkt nicht, dass mir der Tod Eures Novizen gleichgültig wäre oder …«

»Er war nicht mein Novize«, fiel Granock ihr ins Wort. Er wich ihrem Blick aus und starrte erneut zu Boden. »Er war ein … ein Freund.«

»Umso mehr bedaure ich, was geschehen ist, und ich entschuldige mich im Namen meines Volkes dafür.«

»Ihr entschuldigt Euch?« Granock schaute auf.

»Gewiss – ist das nicht das Mindeste, was ich tun sollte, wenn in meinem Herrschaftsbereich ein solches Unrecht geschieht? Schlimm genug, dass ich es nicht verhindern konnte, aber ich versichere Euch, dass ich alles daransetzen werde, den feigen Mörder ...«

»Bemüht Euch nicht«, knurrte Granock. »Der Kerl hat bereits bekommen, was er verdiente.«

»So hoffe ich dennoch, dass Ihr keinen Groll gegen mich hegt, auch wenn ich nichts von alldem wiedergutmachen kann, was geschehen ist.«

Diesmal war er es, der ihr direkt in die Augen blickte, und obschon er nicht mehr daran gewohnt war, menschliche Mienen zu deuten, hatte er nicht den Eindruck, auch nur einen Anklang von Falschheit darin zu finden. Im Gegenteil, Yrenas Anteilnahme schien echt; sie meinte, was sie sagte, und damit war sie ihrem Vater und ihrem Bruder weit voraus.

»Mylady«, erwiderte Granock, »verzeiht meine harschen Worte. Es war der Schmerz, der sie mich wählen ließ. Ich habe keinen Grund, Groll gegen Euch zu hegen.«

»Findet Ihr?« Sie nahm noch einen Schluck Wein, so als müsste sie sich Mut antrinken. »Ist es nicht mein Vater gewesen, der seinen Lehenseid gebrochen und sich mit den Feinden des Königs verbündet hat? Und war es nicht mein Bruder, der eine Armee aufgestellt und sie gegen das Elfenreich in die Schlacht geführt hat? Mir müsst Ihr nichts vorspielen, Meister Lhurian. Viel Unheil ist von Andaril ausgegangen, und sicher habt auch Ihr im Krieg Freunde verloren, Gefährten, die Euch etwas bedeuteten. Mit anderen Worten – Ihr habt jeden nur erdenklichen Grund, Groll gegen mich und diese Stadt zu hegen.«

Granock war gleich in zweifacher Hinsicht verblüfft. Zum einen, weil er nach der langen Zeit unter Elfen nicht mehr daran gewohnt war, dass jemand die Dinge so direkt beim Namen nannte – die meisten Töchter und Söhne Sigwyns erachteten es als Zeichen hoher Kultiviertheit, lange und in rätselhaften Verklausulierungen um den heißen Brei herumzureden. Zum anderen aber auch, weil er nicht erwartet hatte, all dies aus dem Munde der Fürstin von Andaril zu hören.

Ihre Entschuldigung bezog sich nicht nur auf den Tod Nimons, sondern auf alles, was ihr Vater und ihr Bruder in Andarils Namen verbrochen hatten, und er merkte, dass die ohnmächtige Wut, die er zuvor noch empfunden hatte, sich legte und eine Ruhe von ihm Besitz ergriff, wie er sie lange nicht mehr empfunden hatte.

»Ihr habt recht, Mylady«, gab er unumwunden zu, indem er nun seinerseits alle Unaufrichtigkeit fallen ließ. »Ich hätte allen Grund, Euch zu zürnen. Aber mein Verstand sagt mir, dass Ihr weder Euer Vater noch Euer Bruder seid und dass es schließlich einen Grund dafür geben muss, weshalb Ihr um dieses Treffen gebeten habt.«

»Und Euer Herz?«, fragte sie ihn, wobei ihre rehbraunen Augen ihn erneut durchdringend anschauten. »Was sagt Euch Euer Herz, Meister Lhurian?«

Was er tatsächlich empfand, konnte er unmöglich sagen. »In Shakara«, erwiderte er deshalb ausweichend, »bringt man uns bei, nicht auf unser Herz zu hören, sondern den Regeln der Logik zu folgen.«

»Wie bedauerlich«, sagte sie nur, leerte ihren Becher und stellte ihn auf dem Tisch ab. »Und was ist mit Euren Gefühlen? Euren Empfindungen?«

»Wir versuchen, unsere Entscheidungen nicht davon beeinflussen zu lassen«, erklärte Granock.

»Ich verstehe.« Sie nickte. »Dennoch hoffe ich, Euer Herz ebenso zu gewinnen wie Euren Geist, Meister Lhurian.«

»Wie darf ich das verstehen?«

»Wusstet Ihr, dass ich ausdrücklich um Eure Anwesenheit gebeten habe?«

»Ihr habt *was*?« Granock glaubte, nicht recht zu hören.

»Ich habe darum gebeten, dass Ihr und kein anderer nach Andaril entsendet werdet«, erklärte sie. »Und ich bin dem Oberhaupt Eures Ordens dankbar, dass er meiner Bitte entsprochen hat, Meister Lhurian.«

Granock nickte nur und versuchte, sich seine Überraschung nicht anmerken zu lassen. Farawyn hatte kein Wort darüber verloren, dass die Herrin von Andaril um seine persönliche Anwesenheit ersucht hatte. Einerseits sah es dem alten Fuchs ähnlich, sich in Rätsel und Halbwahrheiten zu hüllen; andererseits konnte es auch gut sein, dass Yrena lediglich sein Wohlwollen zu gewinnen suchte.

»Warum?«, wollte er deshalb wissen.

»Was meint Ihr?«

»Warum gerade ich?«

»Könnt Ihr Euch das nicht denken?« Sie lachte auf. »In den Städten und Dörfern entlang der Grenze seid Ihr fast so etwas wie eine Legende. Lhurian, der erste Mensch, dem es gelang, einer von *ihnen* zu werden, ein Zauberer ... Viele Geschichten ranken sich um Euch und die Heldentaten, die Ihr während der Schlacht im Flusstal vollbracht habt. Wusstet Ihr das nicht?«

»Nein«, gab Granock zu, den die Vorstellung einigermaßen bestürzte, »das wusste ich tatsächlich nicht. Und von Heldentaten kann keine Rede sein. Den Sieg haben andere errungen.«

»Aber Ihr seid dabei gewesen«, beharrte sie, »und Ihr seid einer von uns. Deshalb wollte ich Euch treffen. Von allen Zauberern werdet Ihr die Not meines Volkes am besten verstehen, davon bin ich überzeugt.«

»Was gibt es da zu verstehen?« Er zuckte mit den Schultern. »Das Haus Andaril hat gemeinsame Sache mit den Feinden Tirgas Lans gemacht und die Strafe dafür erhalten.«

»Das bestreite ich nicht«, versicherte Yrena, und wieder war da diese entwaffnende Offenheit in ihrem Blick. »Aber seit der Niederlage im Flusstal bemüht sich Andaril um Neutralität in diesem mörderischen Konflikt. Dennoch trifft uns der Zorn des Elfenkönigs noch immer mit eiserner Härte. Die Handelsblockade hat schon vor langer Zeit dafür gesorgt, dass unsere Geschäfte zum Erliegen gekommen sind; danach kamen die Strafexpeditionen, bei denen unsere Ernten und Felder vernichtet wurden; und zuletzt der Krieg, der viele Söhne des Landes das Leben gekostet hat. Mein Volk leidet nicht nur Not, Meister Lhurian – es stirbt, wenn ich nichts unternehme.«

»Und was gedenkt Ihr zu tun?«

»Unter meinen Beratern gibt es viele, die den Zustand der Neutralität lieber heute als morgen beenden und wie die Clans und die Söldner gegen das Elfenreich kämpfen wollen.«

»Aber Ihr wollt das nicht«, vermutete Granock.

»Nein – obschon die Notwendigkeit mich bald dazu zwingen könnte. Krieg bedeutet Beute, Beute bedeutet Nahrung, und Nahrung bedeutet Überleben.« Sie schüttelte ihre schwarzen Locken. »Ich kann nicht behaupten, dass mir diese Aussicht besonders gut gefällt, aber womöglich habe ich keine andere Wahl. Es sei denn …«

»… der König bietet Euch einen Waffenstillstand an«, brachte Granock den Satz zu Ende, ohne sich anmerken zu lassen, dass es genau das war, was er Yrena in Farawyns Auftrag anbieten sollte. Den Grund, warum er die Worte seines Meisters für sich behielt, vermochte er selbst nicht genau zu benennen. Es war nur ein Gefühl, dem er folgte, aber dieses Gefühl sagte ihm, dass Yrena von Andaril trotz ihrer zur Schau gestellten Offenheit eine Frau mit Ambitionen war.

»Ihr erratet meine Gedanken, noch bevor ich sie ausspreche.« Sie lächelte wieder. »Ist das eine verborgene Fähigkeit, von der ich nichts weiß? Vermögt Ihr die Gedanken anderer zu durchschauen?«

»Um das zu erraten, war keine Gabe nötig«, antwortete Granock ausweichend. Ein Teil von ihm – und er konnte nicht sagen, wie groß dieser Teil war – fühlte sich zu Yrena hingezogen. Ein anderer Teil riet ihm zur Vorsicht.

»Ich will Euch etwas offenbaren, Lhurian«, sagte sie und trat auf ihn zu, bis sie dicht vor ihm stand und er den Duft ihres Haars riechen konnte. »Etwas, das ich bislang noch niemandem gestanden habe.«

»Und das wäre?«

»Ich habe Angst«, sagte sie leise. Und für einen Augenblick wirkte sie so schwach und verletzlich, dass Granock an sich halten musste, um sie nicht an sich zu ziehen und ihr Trost zu spenden. »Mein Vater und mein Bruder haben versagt«, fuhr sie flüsternd fort. »Sie haben nicht nur diese Stadt, sondern die gesamten Ostlande an den Rand des Abgrunds geführt. Ich bin die Letzte meines Geschlechts, und ich fürchte, dass ich nicht stark genug bin, um den Untergang aufzuhalten. Ich brauche Hilfe, Lhurian, Eure Hilfe – sonst werde ich alles verlieren.«

»Ihr?« Granock hob eine Braue. Der Augenblick, in dem sie ihm schwach und hilflos erschienen war, war schon verstrichen. »Es geht Euch also um den Erhalt Eurer Macht?«

»Gewiss – denn nur mit mir als Herrscherin hat Andaril die Aussicht zu überleben. Der Adel ist von Rachedurst getrieben, nicht wenige meiner Ritter haben sich bereits vom mir losgesagt und kämpfen auf eigene Faust gegen Elidors Legionen, ebenso wie die Clansherren, die ihren eigenen Krieg führen. Was die Ostlande mehr als alles andere brauchen, ist jemand, der das Land in Frieden eint.«

»Ich verstehe. Und an wen habt Ihr daran gedacht, Mylady? An Euch vielleicht?«

Granock konnte den beißenden Unterton nicht ganz aus seiner Stimme heraushalten. Yrena zeigte weder eine Reaktion darauf noch gab sie ihm eine Antwort. Die Herrin von Andaril war schwer zu durchschauen.

»Ich habe etwas für Euch«, erklärte sie unvermittelt, jetzt wieder mit fester Stimme.

»Für mich?« Er schürzte die Lippen. »Was könnte das wohl sein?«

»Ein Geschenk«, erwiderte sie, und das Lächeln, dass sie folgen ließ, empfand er als so aufreizend, dass er für einen Augenblick fürchtete – oder wünschte er es sich insgeheim? –, sie könnte ihm das offerieren, was er sich versagt hatte, seit Alannah aus seinem Leben verschwunden war.

Yrena jedoch wandte sich ab, trat an die Tür und klopfte mehrmals daran, offenbar ein verabredetes Zeichen. Granocks wachsame Sinne mahnten ihn zur Vorsicht. Er umfasste den Zauberstab fester und wappnete sich für einen Angriff – aber nichts dergleichen geschah.

Als sich kurz darauf von draußen Schritte näherten und die Tür geöffnet wurde, erschienen zwar zwei bewaffnete Posten, doch sie führten einen Gefangenen mit, der an Armen und Beinen gefesselt war und dem man einen Sack über den Kopf gezogen hatte.

Sie stellten ihn in die Mitte der Kammer wie ein Möbelstück, und Yrena persönlich übernahm es, ihm den Stoff vom Kopf zu ziehen.

Granock sog scharf nach Luft, als das Gesicht eines Elfen zum Vorschein kam – dessen kantige Züge und stahlblaue Augen er sofort erkannte!

Er war ihm nur einmal begegnet, noch dazu nur flüchtig, dennoch war Granock sicher, keinem anderen als dem Fürsten Ardghal gegenüberzustehen, der oberster Berater am königlichen Hof von Tirgas Lan gewesen war.

Bis er auf geheimnisvolle Weise verschwunden war …

Der Schmerz war allgegenwärtig.

Nicht nur sein Körper war davon durchdrungen, sondern auch sein Bewusstsein. Er nagte daran wie ein Parasit, der seinen Wirt allmählich auffraß.

Dennoch glitt ein Lächeln über Ruraks Züge.

Zufrieden blickte der abtrünnige Zauberer auf die Kristallkugel, die sich soeben wieder eintrübte. Er hatte genug gesehen.

Genug, um zu wissen, dass die Saat, die er ausgebracht hatte, auf fruchtbaren Boden fiel.

Genug, um daran zu glauben, dass sein sorgsam ausgearbeiteter Plan aufgehen würde.

Genug, um zu hoffen, dass das Unrecht, das er erduldet hatte, wiedergutgemacht und er am Ende triumphieren würde.

Der Mensch war nach Andaril zurückgekehrt.

Und das bedeutete Möglichkeiten über Möglichkeiten …

13. GWAVUR

Inzwischen war es längst Tag geworden – Granocks Verhandlungen mit der Herrin von Andaril jedoch dauerten, von einer kurzen Unterbrechung abgesehen, noch immer an.

Irgendwann gegen Morgen waren Diener gekommen, die Honig, Brot und frischen Kräutersud gebracht hatten, und Yrena hatte sich für eine Weile zurückgezogen. Als sie zurückkehrte, hatte sie ihr informelles rotes Gewand gegen ein Kleid aus grünem Samt getauscht, das ihrem Stand mehr entsprach, und anders als zuvor saßen sie sich an dem kleinen Tisch gegenüber, was den Verhandlungen eine offiziellere Note gab. Es nahmen jedoch auch weiterhin keine Berater an der Unterredung teil, und auch das bescheidene Auftreten der Fürstin blieb bestehen.

Je länger die Unterredung wurde, desto vertrauter schienen sie einander zu werden, auch wenn nicht über persönliche Dinge gesprochen wurde. Aber in der Art und Weise, wie Yrena argumentierte und sich für die Belange ihres Volk einsetzte, glaubte Granock, ihr wahres Wesen zu erkennen – selbst wenn ihm manches an ihr noch immer Rätsel aufgab.

»Habt Ihr all das, was Ihr mir erzählt, auch Ardghal offenbart?«, wollte er schließlich wissen.

Yrena lächelte. Der Widerschein der Flammen tanzte über ihr Gesicht. »Nein, Meister Lhurian. Ihm gegenüber habe ich nichts von all diesen Dingen erwähnt. Fürst Ardghal ist vor allen Dingen an einem interessiert – an Fürst Ardghal.«

»Wenn Ihr das sagt.« Granock konnte sich ein Grinsen nicht verkneifen. Der Elfenkönig und seine übrigen Berater hatten weitaus länger gebraucht, um zu dieser schlichten Erkenntnis zu gelangen. Hinter Yrenas anziehendem Äußeren verbarg sich nicht nur ein einfühlsames Wesen, sondern auch ein messerscharfer Verstand.

»Weshalb habt Ihr ihn gefangen genommen?«

»Warum hätte ich es nicht tun sollen?«, hielt die Herrin von Andaril dagegen. »Er kam mitten in der Nacht zu mir und verlangte mich zu sprechen.«

»Das tat ich auch«, gab Granock zu bedenken.

»Mit dem Unterschied, dass ich um Euren Besuch gebeten hatte. Ardghal hingegen kam als ungebetener Gast – und so wird er auch behandelt.«

»Seit wann ist er hier?«

»Erst seit wenigen Tagen. Er kam kurz vor Euch.«

»Ein Zufall?«, dachte Granock laut nach und rieb sich das bärtige Kinn.

»Das nehme ich an.«

»Was genau hat Ardghal Euch angeboten?«, wollte Granock wissen.

»Warum habt Ihr ihn das nicht selbst gefragt, als Ihr die Gelegenheit dazu hattet?«, erkundigte sich Yrena. »Ihr habt kein Wort mit ihm gewechselt.«

»Das klingt, als wärt Ihr enttäuscht.«

Sie zuckte mit den Schultern. »Überrascht trifft es besser. Ich hatte geglaubt, Euch mit Ardghals Gefangennahme eine Freude zu machen.«

»Kein Geschöpf sollte über die Unfreiheit eines anderen erfreut sein«, meinte Granock ausweichend.

»Ihr wisst, wie ich es meine. Dass Ardghal vor einigen Jahren vom königlichen Hof geflohen ist, ist allgemein bekannt. Und man hat von Waldelfen gehört, die das Nordreich nach ihm durchkämmen. Das würden sie wohl kaum tun, wenn der König nicht noch eine Rechnung mit ihm zu begleichen hätte. Ich war also der Ansicht, Euch mit Ardghals Gefangennahme einen Dienst zu erweisen.«

»Das habt Ihr vermutlich.« Granock nickte. »Dennoch – oder gerade deswegen – braucht Ardghal nicht zu wissen, wer ich bin. Wir sind uns in Tirgas Lan nur einmal flüchtig begegnet, deshalb bezweifle ich, dass er mich erkannt hat. Für Elfen sehen wir *gywara*, wie sie uns nennen, alle gleich aus.«

»So wie sie für uns«, entgegnete die Fürstin lächelnd. »Ardghal ist mein Geschenk an König Elidor. Er soll ihm als Pfand dafür dienen, dass Andaril seine Haltung geändert hat und nicht länger gegen den Elfenkönig steht.«

Granock nickte. »Ich bin überzeugt, dass sowohl der König als auch der Hohe Rat dies wohlwollend zur Kenntnis nehmen werden. Dennoch wird man fragen, ob die Herrin von Andaril über die Macht verfügt, für alle Menschen zu sprechen.«

»Nein«, gestand Yrena offen, »das tut sie nicht. Zu Lebzeiten meines Bruders haben die Clans und die Söldnerführer sich seiner Führung unterworfen, wenn auch nur aus Gier auf reiche Beute. Inzwischen haben sie sich längst von Andaril abgewandt und führen ihre eigenen Kriege. Für sie vermag ich weder zu sprechen noch irgendwelche Garantien abzugeben, aber ich versichere Euch eines: Sollten wir uns einigen, so wird von Andarils Mauern keine Bedrohung mehr für Tirgas Lan ausgehen. Und ich bin sicher, dass zumindest die anderen Städte unserem Beispiel früher oder später folgen werden.«

»Und was wollt Ihr dafür?«

»Sicherheit«, sagte sie nur. »Ich will, dass die Blockade aufgehoben wird. Und es soll keine Strafexpeditionen mehr geben. Wir haben alle Hände voll damit zu tun, uns gegen unsere eigenen Leute zu verteidigen. Dort draußen gibt es kein Gesetz mehr, Meister Lhurian. Die Starken fallen über die Schwachen her und nehmen sich, was sie haben wollen. Das muss ein Ende haben.«

»Ein nachvollziehbarer Wunsch«, stimmte Granock zu. »Und was hat Ardghal Euch geboten?«

»Was meint Ihr?«

»Ihr habt meine Frage von vorhin noch nicht beantwortet«, brachte Granock lächelnd in Erinnerung.

»Das ist wahr.« Sie nickte und holte tief Luft, strich sich eine Strähne ihres schwarzen Haars aus dem Gesicht. Es schien ihr nicht leichtzufallen, darüber zu sprechen. »Ardghal gab vor, mit mir über die Zukunft meines Volkes sprechen zu wollen, nur deshalb habe ich ihn überhaupt empfangen. Was er mir jedoch zu bieten hatte, war nicht die Zukunft, sondern die Vergangenheit. Er wollte, dass ich dem Pfad meines Bruders folge und wie er in Margoks Dienste trete.«

Granock war nicht überrascht. Nachdem Ardghal vor vier Jahren über Nacht aus Tirgas Lan geflohen war, hatte man nichts mehr von ihm gehört. Aber da der Elfenfürst über einen ausgeprägten Machtinstinkt verfügte, hatte nicht viel dazugehört, sich auszurechnen, dass er sein Glück bei der Gegenseite versuchen würde. Offenbar mit Erfolg.

»Und?«, fragte Granock nur und sah Yrena forschend an.

»Ardghal versprach, dass Andaril sicher sein und Ordnung und Wohlstand zu uns zurückkehren würden, und zunächst war ich tatsächlich geneigt, ihm Glauben zu schenken.«

»Und wieso habt Ihr es dann doch nicht getan?«

»Ist das nicht offenkundig?« Sie beugte sich zu ihm vor. »Er ist ein Elf. Ihr hingegen seid ein Mensch. Ich wollte mein Glück lieber mit Euch versuchen.«

Granock schürzte die Lippen – mit dieser Antwort hatte er nicht gerechnet. Zwar kam sie ihm gelegen, aber sie zeigte, dass auch die Fürstin von Andaril nicht ohne Vorbehalte war.

»Ich habe lange Zeit unter Elfen gelebt«, gab er deshalb zu bedenken.

»Dennoch fließt menschliches Blut in Euren Adern, und ich bin eher geneigt, einem Menschen zu vertrauen, der unter Elfen lebt, als einem Elfen, der mit Menschen paktiert, nur weil es seinen Zwecken dient. Ardghal mag uns Freundschaft vorgaukeln, doch in seinem Innersten verachtet er uns, das konnte ich deutlich spüren. Daran ändert auch sein Gastgeschenk nichts.«

»Ein Gastgeschenk?« Granock wurde hellhörig.

»Eine Kugel aus Elfenkristall«, bestätigte Yrena. »Er gab sie mir, um, wie er sagte …«

»Wo befindet sich diese Kugel jetzt?«, wollte Granock wissen.

»In jener Truhe dort«, erwiderte die Fürstin, nach dem massiven Möbelstück deutend, das neben dem Kamin stand und von dessen Feuer flackernd beleuchtet wurde.

Ohne ein weiteres Wort zu verlieren, sprang Granock auf und näherte sich der Truhe, den Zauberstab beidhändig erhoben.

»Meister Lhurian, was …?«

Mit einer Geste gebot er ihr zu schweigen, während er weiterschlich wie ein Jäger auf der Pirsch, und als gelte es, die Beute zu überraschen, riss er den Deckel der Truhe mit einem Ruck auf. Zu seinem Entsetzen fand er genau das vor, was er vermutet hatte: eine etwa faustgroße Kugel mit glatt geschliffener Oberfläche, die von milchig-grauer Farbe war.

Er hatte Kugeln wie diese schon früher gesehen – und allein die Erinnerung daran ließ den Schmerz der Vergangenheit wie eine verdorbene Speise in ihm emporsteigen.

»Rurak«, rief er aus, »elender Verräter!«

Er packte die Kugel. Sie war schwerer, als er vermutet hatte, dennoch hob er sie hoch und holte aus, sprach eine leise Zauberformel, welche die kristalline Struktur ihrer Stabilität beraubte, und schmetterte die Sphäre mit aller Kraft zu Boden.

Sowohl der Bannspruch als auch die Wucht des Aufpralls zeigten Wirkung – die Kugel zersprang mit hellem Klirren und zerfiel in tausend Splitter.

»Was habt Ihr getan?«, fragte Yrena, die verblüfft aufgesprungen war.

»Was notwendig war«, entgegnete Granock lakonisch. »Ihr habt recht daran getan, Ardghal nicht zu vertrauen, denn sein angebliches Geschenk war der Beweis dafür, dass er in Margoks Diensten stand.«

»Eines solchen Beweises bedurfte ich nicht, Meister Lhurian, denn ich hatte Ardghals Absichten bereits durchschaut, als er sich mein Vertrauen noch zu erschleichen suchte. Aber sagt mir, wie eine Kristallkugel seine Zugehörigkeit zum Feind beweisen kann!«

»Es war keine gewöhnliche Kugel«, erklärte Granock. »Habt Ihr je von Rurak gehört, dem abtrünnigen Zauberer?«

Yrena schien sich innerlich zu verkrampfen. Sie ballte die Fäuste, ihr Blick wurde kalt wie Eis. »Nicht nur das«, antwortete sie leise. »Ich bin ihm auch einmal begegnet. Es war Rurak, der sowohl meinen Vater als auch meinen Bruder dazu überredet hat, sich gegen Elidor zu erheben – und sie damit beide in den Tod geschickt hat.«

»Nicht nur sie.« Granock schüttelte den Kopf. »Auf Ruraks Gewissen lasten viele Leben. Er ist ein Meister der Täuschung und überaus begabt darin, andere für seine Ziele arbeiten zu lassen. Selbst die Weisen von Shakara haben ihn lange Zeit nicht durchschaut, so konnte er die Rückkehr des Dunkelelfen von langer Hand vorbereiten. Geholfen hat ihm dabei seine Fähigkeit, mittels jener Kugeln aus Elfenkristall weit entfernte Orte und Dinge zu sehen, denn so war sein Auge überall – und ist es wohl noch heute.«

»Aber hieß es nicht, der Zauberer wäre in der Schlacht am Siegstein getötet worden?«

»Sein Leichnam wurde nie gefunden«, erwiderte Granock zähneknirschend. »Die einen hielten ihn für tot, andere behaupteten, er wäre noch am Leben. Nun jedoch kennen wir die Wahrheit. Rurak lebt – und er hat Fürst Ardghal für seine eigenen Zwecke arbeiten lassen.«

»Rurak«, wiederholte Yrena. Die Fürstin war bleich geworden, ihre Stimme verblasste zu einem Flüstern. »Dann war er es, der Ardghal zu mir geschickt hat. Der Zauberer hat Andaril also nicht vergessen …«

»Davon ist auszugehen. Vermutlich hat er von Euren Plänen erfahren, mit Elidor Frieden zu schließen, und setzt nun alles daran, sie zu vereiteln.«

»Wie kann er davon wissen?« Sie schüttelte den Kopf. »Ich habe nur mit meinen engsten Vertrauten darüber gesprochen.«

»Das kann schon zu viel gewesen sein. Wie ich bereits sagte, hat Rurak seine Augen und Ohren überall. Er weiß von Eurer Not, zwischen den Feuern zu sitzen, und bietet sich Euch als vermeintlichen Ausweg an.«

»Seid unbesorgt«, versicherte Yrena. »Ich werde die Fehler meines Vaters und meines Bruders nicht wiederholen.«

»Vielleicht nicht.« Granock nickte. »Aber Rurak wäre nicht Rurak, wenn er nicht etwas im Schilde führen würde. Ich muss in Erfahrung bringen, was seine Pläne sind.«

»Wie wollt Ihr das bewerkstelligen?«

»Ardghal«, sagte Granock nur. »Ich muss mit ihm sprechen.«

»Er gehört Euch«, beteuerte die Fürstin. »Aber wolltet Ihr nicht unerkannt bleiben?«

»Das ist vorbei. Rurak hat in die Kugel gesehen. Er weiß längst, dass ich hier bin.« Granock schaute Yrena tief in die Augen. »Die Dinge haben sich geändert, Mylady. Die Neutralität, die Ihr Euch so mühsam erarbeitet habt, hat nicht länger Bestand. Ich fürchte, dass ein Waffenstillstand mit Tirgas Lan nicht mehr ausreichen wird, um Andaril zu schützen. Rurak weiß von Euren Plänen, also werdet Ihr Euch mit dem Gedanken anfreunden müssen, auf Elidors Seite zu kämpfen.«

»Und Ihr?«, fragte sie ihn und schaute ihn herausfordernd an. »Was werdet Ihr tun?«

Granock zuckte mit den Schultern. »Die Antwort auf diese Frage wird Ardghal mir geben.«

Die Zeiten, in denen es dem Statthalter von Tirgas Dun möglich gewesen war, die Realität des Krieges zu leugnen und ihn als die Narretei eines ruhmversessenen Monarchen abzutun, waren unwiderruflich vorbei.

Denn die Wracks von Unholden gekaperter, mit Leichen übersäter Schiffe, die aus dem dichten Nebel aufgetaucht waren, waren nur der Anfang gewesen. Schon am nächsten Morgen berichteten Fischer aus der Umgegend übereinstimmend, sie hätten draußen auf See grässliche Schreie vernommen, und es gab Berichte von Sichtungen riesiger gepanzerter Schiffe, die vor der Küste kreuzten. Alles sprach dafür, dass sich dort draußen im Nebel tatsächlich etwas verbarg, das Tirgas Dun feindlich gesonnen war, und so blieb Statthalter Párnas nichts anderes übrig, als König Elidor um Hilfe zu bitten.

Dahin waren alle Vorbehalte, die Párnas gegen Elidor gehabt hatte, vergessen alle Sparsamkeit. Was, so fragte er sich, nützte eine gut gefüllte Stadtkasse, wenn Tirgas Dun bedroht wurde? Der Statthalter, der bis vor Kurzem noch ein erbitterter Gegner des Krieges gewesen war, zögerte nicht, den Notstand auszurufen und die Organisation der Verteidigung Hauptmann Nyrwag zu übertragen.

Der Kommandant der Stadtwache reagierte in Anbetracht der Lage so besonnen, wie man es nur erwarten konnte. Die der Seeseite zugewandten Wachtürme wurden verstärkt, ebenso die Bollwerke, die die Bucht von Tirgas Dun zu beiden Seiten säumten, während die Hafeneinfahrt selbst von einer riesigen, mit Eisenstacheln bewehrten Kette verschlossen wurde, die dicht unter der Wasseroberfläche verlief. Da die letzte bewaffnete Auseinandersetzung, in die Tirgas Dun verwickelt gewesen war, Jahrhunderte zurücklag, vermochte jedoch niemand zu sagen, ob dieses Hindernis seinen Zweck überhaupt noch erfüllen würde.

Die Posten auf den Wehrgängen und den Türmen der Stadt wurden verdoppelt, was die spärlich besetzte Stadtwache an den Rand dessen brachte, was sie leisten konnte. Im Lauf der letzten Jahre waren insgesamt rund fünfhundert Mann nach Norden geschickt worden, um auf Elidors Ersuchen dessen Legionen zu verstärken. Nun fehlte jeder Einzelne von ihnen, und Párnas hoffte, dass sich der König an diese Schuld erinnern und alsbald Truppen schicken würde. Ebenso, wie er sich wünschte, dass der allgegenwärtige Nebel sich endlich verzog.

Zumindest in dieser Hinsicht erfüllten sich seine Hoffnungen – doch als sich anderntags der Nebel tatsächlich auflöste, da wünschte der Statthalter von Tirgas Dun ihn sich aus tiefstem Herzen zurück.

Der Anblick, der sich ihm bot, als er vom Balkon seines Palasts aufs Meer schaute, war entsetzlich.

Die Kimm war schwarz von Schiffen!

Nicht nur ein paar Dutzend, sondern Hunderte unförmiger, eisengepanzerter Galeeren lagen draußen auf dem Wasser, deren drohende Formen sich endlos aneinanderreihten und den Himmel und die blaue See zerschnitten.

Eine ganze Flotte hatte sich im Schutz des unheimlichen Nebels Tirgas Dun genähert, und angesichts der schwarzen Banner, die über den Schiffen wehten, war es keine Frage, unter wessen Befehl die Streitmacht stand. Woher all die Schiffe stammten, konnte Párnas nur vermuten – vermutlich aus dem tiefsten Arun, wo der Dunkelelf angeblich seinen geheimen Schlupfwinkel unterhielt, aber letzten Endes spielte es keine Rolle. Die Schiffe waren hier, und natürlich blieben sie nicht lange unbemerkt.

Die Nachricht, dass eine feindliche Flotte vor der Küste aufgetaucht war, verbreitete sich wie ein Lauffeuer in Tirgas Dun, und angesichts der drohenden Übermacht des Feindes griff Panik um sich. Man rechnete damit, dass der Feind jeden Augenblick angreifen und die Stadt überfallen würde, aber nichts dergleichen geschah.

Die fremden Schiffe begnügten sich damit, vor der Küste Stellung zu beziehen und zu warten.

Worauf, das wusste niemand.

Nur eines schien sicher: dass es die einstmals so blühende Stadt Tirgas Dun schon bald nicht mehr geben würde, wenn nicht rasch Verstärkung eintraf.

14. NEGYS LARWUNAS

Keine Nachricht von Granock.

Farawyn fühlte Beklommenheit, wenn er daran dachte, dass er noch immer nichts von seinem ehemaligen Schüler gehört hatte. Vor drei Wochen hatte Granock in Nimons Begleitung die Ordensburg verlassen und musste Andaril inzwischen längst erreicht haben – aber wieso gab er keine Nachricht?

Es setzte dem Ältesten zu, nicht zu wissen, wo sich Granock aufhielt und wie es um die Verhandlungen stand, und dies umso mehr, da er seit einigen Nächten von dunklen Visionen geplagt wurde, an deren Ende stets dasselbe geschah: Ein Messer blitzte im Mondlicht auf, und ein gellender Schrei erklang, aber Farawyn vermochte nicht zu sagen, was danach geschah. Alles, was er sah, waren vorbeihuschende Schatten. Eines jedoch war ihm nur zu klar – dass dieser finstere Albdruck mit Granock in Verbindung stand.

War sein einstiger Schüler womöglich nicht mehr am Leben? War er hinterrücks ermordet, war die Rückkehr zu den Menschen ihm zum Verhängnis geworden? In früheren Zeiten hätte Farawyn der bitteren Ironie, die darin gelegen hätte, vielleicht etwas abgewinnen können. Angesichts der jüngsten Entwicklungen jedoch war er nur voller Sorge.

Sorge um Granock.

Sorge um das Reich.

Sorge um seine Pläne ...

Der Älteste wartete, bis die Abgeordneten zu beiden Seiten des Ratssaales Platz genommen hatten. Seit der letzten Versammlung hatte ihre Zahl weiter abgenommen; Meisterin Awyra war nach Tirgas Lan entsandt worden, zusammen mit der Eingeweihten Larna und einigen anderen Schülern. Die Gruppe derjenigen Ratsmitglieder, die Farawyns Politik rückhaltlos unterstützten, war dadurch noch kleiner geworden, und Farawyn war sicher, dass Cysguran dies zu seinem Vorteil nutzen würde, wann immer sich die Gelegenheit dazu ergab.

Wenn Farawyn ehrlich zu sich selbst war, musste er sich eingestehen, dass er sich in zunehmendem Maße alleingelassen fühlte, und er ertappte sich dabei, dass er sich nach Granocks Rückkehr sehnte. Was hätte er darum gegeben, seinen ehemaligen Schüler in diesen Tagen an seiner Seite zu wissen.

Ihn – und Aldur.

Die Selbsterkenntnis schmerzte ihn und schickte einen Anflug von Traurigkeit über seine sonst so beherrschte Miene, was andere Ratsmitglieder zu bemerken schienen. Er konnte sehen, wie sich seine Trauer in ihren Zügen spiegelte, und rief sich zur Ordnung. Als Ältester des Rates durfte er keine persönlichen Empfindungen zeigen. Seine Aufgabe war es, neutral zu bleiben, die Ruhe und den Fokus zu bewahren, so wie es in den Leitsätzen der Weisen verlangt wurde.

Inzwischen hatten alle auf ihren Sitzen Platz genommen, und Farawyn eröffnete die Sitzung. »Der Grund für diese Zusammenkunft«, verkündete er, nachdem er die Eingangsformel gesprochen hatte, »liegt in einer neuen Entwicklung, über die uns Schwester Tarana unterrichtet hat.«

Die Erwähnung Taranas sorgte für unruhiges Gemurmel unter den Räten. Jeder wusste, dass die Meisterin als Abgesandte Shakaras an Elidors Hof weilte. Und wenn es von dort Alarmierendes zu berichten gab, so verhieß das nichts Gutes.

»Also rückt schon damit heraus, Bruder«, verlangte Cysguran, ohne dass ihm das Wort erteilt worden wäre. Die Disziplin im Rat hatte seit Ausbruch des Krieges merklich gelitten, und je weniger Ratsmitglieder es wurden, desto deutlicher schien auch sie zu schwinden. »Haltet nicht länger mit der Wahrheit hinter dem Berg und enthüllt uns, was Eure Politik des Krieges und der Eskalation dem Orden an neuem Schaden eingetragen hat!«

»Bruder Cysguran«, rügte Gervan, der neben Farawyn auf dem Podest der Ältesten saß, »weder wurdet Ihr um Euren Kommentar gebeten, noch trägt er auch nur im Ansatz zur Lösung unserer Schwierigkeiten bei.«

»Schwierigkeiten?« Cysguran hob die Brauen. »Ihr gebt also endlich zu, dass wir in Schwierigkeiten stecken? Das wäre immerhin schon ein Zugeständnis!«

Einige Mitglieder des linken Flügels nickten zustimmend. Es schmerzte Farawyn zu sehen, dass auch einige ehemalige Parteifreunde darunter waren. Das Amt des Ältesten, hatte sein Vorgänger Semias ihm einst anvertraut, war ein einsamer Posten ...

»Was ist geschehen?«, bohrte Cysguran weiter. »Hat der Feind den Grenzfluss endlich überschritten? Steht er womöglich bereits in Trowna?«

Farawyn konnte sehen, welche Schreckensmienen diese Aussicht unter den Ratsmitgliedern hervorrief. Er atmete tief durch und zwang sich zur Ruhe. Wenn er sich von Cysguran provozieren ließ, würde er ihm damit nur in die Hände spielen. Es hieß, Ruhe zu bewahren.

Wie schon unzählige Male zuvor ...

»Keineswegs, Schwestern und Brüder«, widersprach er, um Sachlichkeit bemüht. »Obschon die Truppen des Feindes unablässig versuchen, den Fluss zu überqueren und nach Trowna vorzudringen, ist es ihnen bislang nicht gelungen. Unterstützt von den Kämpfern unseres Ordens, können die Legionen des Königs die Verteidigungslinie halten. Der Feind begnügt sich auch weiterhin damit, rasche Vorstöße zu unternehmen und sich dann wieder zurückzuziehen.«

»Warum auch nicht?«, fragte Cysguran dazwischen. »Im Gegensatz zur königlichen Armee verfügt Margok über einen nicht enden wollenden Vorrat an Kämpfern. Unablässig führt er neue Truppen über das Schwarzgebirge heran, und keiner von uns vermag zu sagen, wie viele Unholde sich in den Tiefen der Modermark noch verbergen.«

»Das ist wahr«, räumte Farawyn ungerührt ein. »Dennoch ist es keine Nachricht über neue Truppenbewegungen, die uns aus Tirgas Lan erreicht hat.«

»Sondern?«

Farawyn ließ sich mit der Antwort Zeit, suchte nach einem Weg, sie so zu formulieren, dass er seinem Gegner nicht unnötig zuarbeitete. »Es wurden Leichen von Orks gefunden«, gab er so sachlich wie möglich bekannt. »Von Orks, die mehr als einmal an einer Schlacht teilgenommen hatten und darin getötet worden waren.« Unverständnis blickte ihm von den nur spärlich besetzten Rängen des Ratsaals entgegen.

»Was genau versucht Ihr uns damit zu sagen, Bruder?«, erkundigte sich Hüterin Atgyva.

»Diese Orks«, erklärte Farawyn schlicht, »waren allem Anschein nach *anmarwura*.«

»Untot?«, hakte Cysguran nach.

Farawyn nickte. »Alles deutet darauf hin.«

Die Stille in der Halle blieb bestehen, nicht weil sich die Ratsmitglieder auf die alte Disziplin besonnen hätten, sondern weil den meisten vor Entsetzen schlichtweg die Worte fehlten. Panische Blicke wurden getauscht, namenloser Schrecken zeichnete die Gesichter.

»Beruhigt Euch, Schwestern und Brüder«, rief Farawyn ihnen zu. »Sollte diese Nachricht tatsächlich wahr sein, belegt sie im Grunde nur, was wir schon vorher wussten: dass Margok und seine Anhänger verbotenen Künsten frönen und vor keinem Frevel zurückschrecken.«

»In der Tat«, stimmte Cysguran schnaubend zu. »Offenbar ist es ihnen gelungen, selbst den Tod zu betrügen! Glaubt Ihr jetzt immer noch, dass man gegen den Dunkelelfen mit herkömmlichen Mitteln bestehen kann? Dass *glathan* und *flasfyn* ausreichen, um in dem Sturm zu überleben, den Margoks böse Macht entfesselt hat?« Er hatte immer lauter gesprochen, bis sich seine Stimme zuletzt fast überschlagen hatte. Drohend und unheimlich hallte sie durch das Gewölbe, selbst die Statuen der alten Könige schienen darunter zu erzittern.

»Allerdings, das glaube ich«, widersprach sein Erzrivale Gervan ihm entschieden, noch ehe blanke Verzweiflung unter den Ratsmitgliedern um sich greifen konnte. »Denn möglicherweise birgt diese auf den ersten Blick so erschreckende Nachricht auch Hoffnung.«

»Hoffnung?« Cysguran verdrehte die Augen. »Ihr solltet nicht den Fehler begehen, uns zu verhöhnen, Bruder!«

»Das habe ich in keiner Weise vor«, versicherte Gervan und wandte sich vom Rednerpodest aus gleichermaßen an beide Flügel des Rates. »Keiner von uns weiß, was jenseits des Schwarzgebirges liegt«, begann er. »In den Alten Chroniken steht nichts darüber geschrieben, und seit die Orks das Land im Westen bevölkern, hat es kein Elf mehr betreten, der hätte zurückkehren können, um von seinen Entdeckungen zu berichten. Wir haben folglich keine Ahnung, wie viele Unholde es dort gibt. Vielleicht sind sie so zahlreich wie die Sterne am Himmel – vielleicht aber auch nur ein paar Tausend. Könnte die Tatsache, dass Margok die Erschlagenen zum Leben erwecken und erneut in die Schlacht schicken muss, nicht darauf hindeuten, dass seine Vorräte an Truppen allmählich zur Neige gehen?«

Der Einwand war berechtigt, und die meisten Abgeordneten schien er ein wenig zu beruhigen. Nicht so Cysguran, der eine scharfe Erwiderung parat hatte.

»Und wenn es genau das ist, was wir denken sollen?«, fragte er scharf. »Wenn Margok will, dass wir genau diese Schlüsse ziehen und uns in trügerischer Sicherheit wiegen? Was dann, Bruder Gervan?«

Die Blicke der Ratsmitglieder, die sich auf den Vorsteher der Kristallgilde gerichtet hatten, kehrten zu Gervan zurück, der jedoch nichts darauf zu erwidern wusste. Hilfe suchend wandte er sich zu Farawyn um, der Cysgurans Argument aber auch nicht einfach entkräften konnte.

Es stimmte ja, der Dunkelelf hatte sich in der Vergangenheit ungezählte Male als Meister der Täuschung erwiesen. Überhaupt hatte der Erste Krieg sich nur ereignen können, weil es Margok gelungen war, seine wahren Ziele und Absichten über eine lange Zeitspanne zu verheimlichen. Wer also vermochte zu sagen, ob es sich nicht auch hierbei um eine geschickte Finte handelte, die die Feinde des Dunkelelfen zu einer falschen Strategie verleiten sollte?

Farawyn sah sich in einer Zwangslage. Cysgurans Einwand war nicht von der Hand zu weisen. Andererseits war ihm aber auch klar, dass sein Gegner eine Zustimmung seinerseits nutzen würde, um erneut die Öffnung der verbotenen Archive zu fordern. Und angesichts der Betroffenheit, die die anderen Ratsmitglieder zeigten, brauchte der Älteste nicht lange darüber nachzudenken, wie ihre Entscheidung darüber ausfallen würde ...

Was sollte er nur erwidern? Würde das Eingeständnis, dass er Granock in geheimer Mission nach Andaril entsandt hatte, um dort über ein Bündnis mit den Menschen zu verhandeln, zur Beruhigung der Lage beitragen? Oder war es genau das Argument, das Cysguran noch fehlte, um seine Glaubwürdigkeit vor dem Rat endgültig zu zerstören?

Fieberhaft dachte der Älteste über eine Lösung nach, als die Pforte des Ratssaals plötzlich geöffnet wurde.

Meister! Hört uns an ...!

Zwei unscheinbare kleine Gestalten erschienen in dem Türspalt, der nicht breit genug gewesen wäre, um einen Menschen oder Elfen durchzulassen – Kobolde.

Der eine war Argyll, Farawyns ergebener Diener.

Der andere war Colm, der zum Boten des Hohen Rates ernannt worden war, nachdem sein Vorgänger Ariel Granocks Zauberdiener geworden war.

»Was gibt es?«, fragte Farawyn, dankbar für die Unterbrechung.

Schlechte Neuigkeiten, berichtete Colm, an alle Ratsmitglieder gewandt. *Ein Kurier aus Tirgas Lan ist soeben durch die Kristallpforte gekommen ...*

»Durch die Kristallpforte?« Farawyn hob eine Braue. Wenn Tarana und Arwyra dafür eine Schlundverbindung öffneten, musste es dringend sein. »Was ist geschehen?«, wollte er wissen. Seine Erleichterung über die willkommene Störung war bereits verflogen.

Vor der Küste von Tirgas Dun hat es Zwischenfälle gegeben! Mehrere Handelsschiffe sind verschwunden.

»Piraten?«, erkundigte sich Gervan.

Das wurde zuerst vermutet. Aber die Wahrheit ist noch ungleich schlimmer, jammerte der Ratsdiener, ohne dass sich seine Lippen bewegten. Dafür blähten sich seine von Sommersprossen übersäten Wangen vom schnellen Laufen, und der Blütenhut bebte auf seinem runden Kopf. *Vor der Küste Tirgas Duns wurde eine feindliche Flotte gesichtet!*

»Was?«

Nicht nur Rat Cysguran, sondern auch viele andere sprangen auf, manche mit erhobenem Zauberstab.

Eine feindliche Flotte, bestätigte der Kobold zu aller Entsetzen. *Hunderte von Schiffen, Menschen und Orks …*

»Ist diese Nachricht gesichert?«, erkundigte sich Gervan.

Ja, Ältester, bestätigte der Kobold nickend. *König Elidor persönlich hat den Kurier geschickt, zusammen mit der dringenden Bitte um Unterstützung!*

Das machte den Aufruhr perfekt. Einige Ratsmitglieder, die sich der Gefährlichkeit der Lage erst jetzt bewusst zu werden schienen, verfielen in Wehgeschrei, andere begannen laut zu lamentieren. Es war Cysguran, der als Erster die Fassung wiederfand und das allgemeine Entsetzen in Worte kleidete.

»Also ist es geschehen!«, rief er laut. »Der Feind greift uns von Süden an! Glaubt Ihr nun immer noch, Margok wäre am Ende seiner Kräfte, Bruder Gervan? Dass er die Toten aus Notwendigkeit auf die Schlachtfelder zurückruft? Natürlich nicht! Er tut es, weil er seine Kämpfer an einem anderen Ort benötigt. Nun ist unser Untergang nur noch eine Frage der Zeit!«

Die Panik, die die beiden Ältesten zuvor noch mit knapper Not verhindert hatten, brach nun doch aus. Die verbliebenen Ratsmitglieder schrien wild durcheinander, stocherten nach rettenden Gedanken wie Ertrinkende nach etwas, woran sie sich festklammern konnten. Farawyn blickte voller Beklemmung auf das traurige Schauspiel, und zum ungezählten Mal fragte er sich, was aus dem Hohen Rat geworden war.

»Beruhigt Euch, Schwestern und Brüder!«, rief er mit lauter Stimme, die selbst Cysgurans noch übertönte. »Hört mich an! Noch ist nichts verloren!«

»Aber Bruder«, wandte Lonyth ein, ein Meister, dessen Gabe darin bestand, Kraft seiner Gedanken kleine Gegenstände von einem Ort zum anderen zu transferieren. Er hatte sich der Kontemplation verschrieben und ergriff nur selten das Wort, aber nun vermochte auch er nicht mehr an sich zu halten. »Wie könnt Ihr so etwas sagen? Habt nicht Ihr selbst uns immer wieder darauf hingewiesen, wie verderblich eine dritte Kriegsfront wäre? Und hat Bruder Cysguran nicht recht, wenn er sagt, dass die Übermacht des Feindes erdrückend ist?«

»Selbst wenn«, konterte Farawyn, »dürfen wir nicht den Fehler begehen, uns unserer Furcht zu ergeben, sondern müssen Ruhe und Gelassenheit bewahren, so wie es die Tradition unseres Ordens verlangt.«

»Traditionen.« Cysguran lachte spöttisch auf. »Ist das alles, was Euch einfällt angesichts dieser neuen Bedrohung?«

»Keineswegs.« Farawyn schüttelte den Kopf. »Natürlich müssen wir auch Maßnahmen zur Abwehr des Feindes ergreifen. Margok muss aufgehalten werden.«

»Hehre Worte – aber was gedenkt Ihr zu tun? Seht Euch um, Bruder! So viele von uns sind bereits gefallen oder befinden sich an weit entfernten Orten im Einsatz gegen Margoks Horden. Was Ihr seht, ist der letzte Rest dieser einstmals so mächtigen Einrichtung! Wie Ihr es auch dreht und wendet, Ihr müsst einsehen, dass wir am Ende unserer Möglichkeiten angelangt sind. Deshalb«, wandte sich Cysguran Beifall heischend an die Versammelten, »wiederhole ich meine Forderung nach einer Öffnung der geheimen Archive! Nur wenn wir das verbotene Wissen nutzen und die Elfenkristalle als Waffen einsetzen, haben wir eine Chance, den Feind noch abzuwehren. Andernfalls werden wir den Krieg verlieren.«

»Niemals!«, widersprach Atgyva entschieden, die mit verschränkten Armen neben ihrem Flügelsprecher stand und ihm in einer grotesken Verkehrung der Verhältnisse die Stirn bot. »Lieber werde ich kämpfend untergehen, als die Prinzipien unseres Ordens und unserer Magie an die Dunkelheit zu verraten.«

»Das steht Euch frei, Schwester«, gestand Cysguran ihr zu. »Aber ich versichere Euch, dass die meisten Anwesenden anders darüber denken. Zumal wir den bedrohlichsten Aspekt dieses Angriffs noch gar nicht bedacht haben.«

»Nämlich?«, fragte Farawyn.

»Wenn es Margok gelungen ist, eine Kriegsflotte zu versammeln, so steht ihm das Südmeer offen. Und wir alle wissen, was das bedeutet, oder nicht?«

Die Ratsmitglieder tauschten erschrockene Blicke, denn ihnen war sofort klar, worauf Cysguran anspielte. Wenn der Dunkelelf die See kontrollierte, so stand ihm auch der Zugang zu jenem Eiland offen, das die Vergangenheit und die Zukunft des Elfengeschlechts darstellte und mit dem Urkristall Annun seinen größten Schatz beherbergte – die Fernen Gestade!

Die Vorstellung, der Dunkelelf könnte seine Klauen nach der Heimat der Ewigen Seelen ausstrecken, ließ die anwesenden Räte bis ins Mark erschaudern. Ihr Gemurmel versiegte, blankes Entsetzen zeigte sich auf ihren Gesichtern. Und wie ein Raubtier, das sein Opfer sicher in der Falle wusste, holte Cysguran zum entscheidenden Schlag aus.

»Wie nun also, Bruder Farawyn«, rief er dem Ältesten zu. »Teilt Ihr Schwester Atgyvas Ansicht, dass das geheime Wissen auch weiterhin geheim bleiben sollte? Oder wollt Ihr angesichts dieser ungeheuren Bedrohung für unser Volk eine Ausnahme machen und uns die Möglichkeit zugestehen, uns mit der Macht der Kristalle zu verteidigen?«

»Niemals!«, wiederholte Atgyva, deren bleiche Züge sich vor zorniger Erregung gerötet hatten. »Tut es nicht, Bruder, ich beschwöre Euch! Die Kristalle als Waffen zu gebrauchen fordert einen hohen Preis!«

»Und wenn! Welcher Preis könnte höher sein, Schwester, als jenen Ort zu verlieren, den wir unsere Vergangenheit und unsere Zukunft nennen? Wir brauchen diese Waffen, daran kann nun kein Zweifel mehr bestehen! Und wir müssen augenblicklich nach den Fernen Gestaden aufbrechen, ehe Margoks dunkle Magie die Kristallpforten erneut verschließt!«

Diejenigen Ratsmitglieder, die Cysgurans Meinung waren, begnügten sich nicht mehr damit, die Handflächen aneinanderzureiben. Rufe der Zustimmung wurden laut, Zauberstäbe mit leuchtenden Kristallen emporgereckt.

Mit Besorgnis stellte Farawyn fest, dass die Situation kurz davor stand zu entgleiten. Durch seine düsteren Voraussagen hatte Cysguran die meisten Ratsmitglieder auf seine Seite gebracht; nur wenige waren bereit, Hüterin Atgyva auf ihrem Weg eiserner Prinzipien zu folgen. Wenn es um die bloße Existenz ging, schienen auch jene Räte, die sich bis vor Kurzem noch vehement für die Wahrung der alten Werte und Regeln eingesetzt hatten, nichts mehr davon zu halten. Unter dem Eindruck der Bedrohung würden sie demjenigen folgen, der ihnen Rettung versprach – die Folge würde eine Revolte im Zauberrat sein und dessen endgültige Spaltung.

Der Älteste wusste, dass er dies nicht zulassen durfte. Also musste er sein Schweigen brechen.

»Habt keine Sorge, Schwestern und Brüder«, rief er in das Gewirr der Stimmen hinein. »Die Fernen Gestade sind nicht bedroht!«

»Was?« Cysgurans Augen weiteten sich unter seinem streng zurückgekämmten Haar. »Wie könnt Ihr so etwas behaupten?«

»Es ist keine Behauptung«, versicherte Farawyn, »sondern eine Tatsache.«

In der Halle war es still geworden. Die eine Hälfte der Ratsmitglieder starrte Farawyn an, als hätte er den Verstand verloren, die andere, als hätte er vor ihren Augen ein Wunder gewirkt. Lediglich Cysguran schien sich weder der einen noch der anderen Gruppe anschließen zu wollen.

»Woher wollt Ihr das wissen?«, bohrte er nach.

»Vielleicht erinnert Ihr Euch daran, Rat Cysguran, dass vor etwas mehr als vier Wintern unser junger Mitbruder Rothgan hier vor uns stand und uns vor der Gefahr eines Überfalls auf die Fernen Gestade gewarnt hat. Er vermutete, dass der Dunkelelf womöglich eine geheime Schlundöffnung unterhalten und ihn diese geradewegs in den Palast von Crysalion führen könnte. Allerdings habt weder Ihr noch irgendjemand sonst in dieser Halle seinen Worten damals Bedeutung beigemessen.«

Farawyn ließ den Blick unbarmherzig über die lückenhaft besetzten Ränge schweifen. Die meisten Ratsmitglieder wichen ihm aus, nur wenige hielten seinem Augenspiel stand. Cysguran freilich tat so, als wäre er sich keiner Schuld bewusst.

»Ich habe Bruder Rothgans Ersuchen, im Auftrag des Ordens nach den Fernen Gestaden entsandt zu werden, nicht entsprochen, das ist wahr«, gab er zu. »Allerdings nicht, weil ich seine Warnung nicht gehört oder sie nicht ernst genommen hätte, sondern weil ich sein Verhalten für anmaßend und hochmütig befunden habe.«

»Dennoch habt Ihr das Thema niemals wieder zur Sprache gebracht«, hielt Farawyn dagegen, »wohl weil Ihr wie alle anderen in diesem erlauchten Gremium gehofft habt, es würde sich von selbst erledigen. Aber bisweilen, Schwestern und Brüder, erteilt uns die Geschichte Lektionen, über die wir uns nicht einfach hinwegsetzen können.«

»Was wollt Ihr uns damit sagen, Ältester Farawyn?«, fragte Cysguran streng.

»Damit will ich Euch sagen, dass Ihr Euch um die Sicherheit der Fernen Gestade nicht zu sorgen braucht – denn dank Bruder Rothgans Voraussicht befinden sie sich in sicheren Händen.«

Verwundertes Gemurmel setzte wieder ein, selbst der Älteste Gervan machte kein Hehl aus seiner Verblüffung. »Wie? Soll das heißen …?«

»Bruder Rothgan und Schwester Thynia haben den Orden nie verlassen«, erklärte Farawyn rundheraus. »Stattdessen haben sie sich vor vier Jahren nach Crysalion begeben, um über die Fernen Gestade zu wachen.«

Die Verwunderung der Ratsmitglieder schlug in Empörung um, der Cysguran wiederum Ausdruck verlieh: »Soll das heißen, Ihr habt Euch über den Willen des Rates hinweggesetzt?«

»Keineswegs. Es war Bruder Rothgans und Schwester Thynias dringender Wunsch, sich nach den Fernen Gestaden zu begeben, unserem ausdrücklichen Verbot zum Trotz. Ich habe alles versucht, konnte sie jedoch nicht aufhalten.«

»Natürlich nicht«, echote Cysguran sarkastisch. »Sagt, für wie töricht haltet Ihr uns, werter Farawyn? Schon in der Vergangenheit habt Ihr wiederholt eigenmächtig gehandelt und den Rat darüber im Unklaren gelassen. Und auch dieses Mal habt Ihr wichtige Informationen vor uns verborgen und uns bewusst die Unwahrheit gesagt. Glaubt Ihr, wir würden nicht erkennen, dass dies nur ein weiterer Versuch gewesen ist, unser ehrwürdiges Gremium zu hintergehen?«

»Es steht Euch frei, dies zu vermuten, Rat Cysguran«, sagte Farawyn, »aber in Anbetracht der Tatsache, dass Ihr nicht einen einzigen Beweis für diese Vermutung finden werdet, solltet Ihr sie lieber für Euch behalten. Statt Euer Streben darauf zu richten, mein Ansehen vor dem Hohen Rat zu beschädigen, solltet Ihr lieber froh darüber sein, dass Rothgan und Thynia unser Verbot missachtet haben – andernfalls wären die Fernen Gestade jetzt vielleicht schon in der Hand des Feindes!«

»Und wieso sollte es nicht so sein?«, fragte Cysguran. »Was können zwei einzelne Zauberer schon ausrichten gegen eine ganze Streitmacht von Unholden?«

»Alles«, erklärte Atgyva. »Im höchsten Turm Crysalions gibt es eine Vorrichtung, *tarian'y'crysalon* genannt. Es ist ein unsichtbarer Schild, geformt aus der Energie des Annun, der allen Schaden von den Gestaden fernhalten soll. Um ihn zu errichten, sind zwei Meister vonnöten.«

»Aus diesem Grund sind Rothgan und Thynia gemeinsam gereist«, erklärte Farawyn, an die Versammlung gewandt. »Wie nun also, Schwestern und Brüder? Glaubt Ihr immer noch, Ihr wärt unrechtmäßig übervorteilt worden?«

Schweigen war eingetreten. Den Ratsmitgliedern war klar geworden, dass ihr Stolz zwar gekränkt sein mochte, die Fernen Gestade jedoch gerettet waren, was ungleich wichtiger war. Mit einiger Bitterkeit stellte Farawyn fest, dass sich Aldurs Voraussage bewahrheitet hatte: Wenn die Fernen Gestade bedroht waren, würde niemand mehr nach den Mitteln fragen …

»Ihr seht also, dass für die Fernen Gestade gesorgt ist«, fuhr der Älteste fort, »sodass wir uns darauf konzentrieren können, die Südgrenze des Reiches gegen Margoks Flotte zu verteidigen. Die Angriffe der Orks auf die Westgrenze waren offenbar nur ein Ablenkungsmanöver – der Hauptstoß soll von Süden erfolgen, und wir müssen all unsere Kräfte aufbieten, um ihm zu begegnen.«

»Und wie?«, fragte Gervan. Es war schwer zu glauben, dass der stellvertretende Ordensvorsteher einst Farawyns erbittertster Rivale im Rat gewesen war. Inzwischen schien er froh darüber zu sein, dass nicht er es war, der in den Zeiten der Krise die Geschicke Shakaras zu lenken hatte.

»Ich werde unverzüglich nach Tirgas Lan aufbrechen«, kündigte Farawyn an. »König Elidor hat uns um Hilfe gebeten, und wir werden sie ihm nicht verweigern. Nicht in dieser verzweifelten Stunde.« Er blickte vielsagend in die Runde. »Wir alle werden seinem Aufruf folgen«, kündigte er an.

»Wir alle?«, fragte Simur, Sprecher des rechten Flügels.

»So ist es.« Der Älteste nickte. »In dieser entscheidenden Schlacht wird jede Gabe gebraucht. Wenn wir Margoks Horden jetzt nicht aufhalten, werden sie das Südreich überschwemmen, und das wird unser aller Ende sein. Wir haben also gar keine andere Wahl, als uns ihm zum Kampf zu stellen.«

»Aber ... wir sind keine Krieger!«

»Nein«, gab Farawyn zu, sich innerlich vor Abscheu schüttelnd über die Feigheit, die ihm entgegenschlug. »Doch auch ein Weiser muss und darf sich verteidigen, wenn er angegriffen wird. Oder wollt Ihr dem König im Augenblick der größten Not Eure Unterstützung verweigern? Wollt Ihr, dass alles zerstört wird, wofür unsere Ahnen und unsere Vorgänger in diesem Rat sich eingesetzt haben? Sollen unsere Schwestern und Brüder, die den Widerstand gegen den Dunkelelfen bereits mit ihrem Leben bezahlt haben, für nichts gestorben sein?«

Betretenes Schweigen war die Antwort. Blicke wurden gesenkt, Kristalle an Zauberstäben wurden stumpf und milchig. Aber niemand widersprach.

»So ist es gut, Schwestern und Brüder«, lobte Farawyn die Seinen. »Nur wenn wir geschlossen zusammenstehen, haben wir überhaupt noch Aussichten.«

»Glaubt Ihr das wirklich?« Cysguran schüttelte den Kopf. »Dann seid Ihr ein Narr, Farawyn. Ihr wisst so gut wie ich, dass dieser Kampf zu Ende ist, noch bevor er begonnen hat.«

»Hätten unsere Vorfahren so gedacht, Bruder, dann wäre die Welt, wie wir sie kennen, schon vor vielen tausend Jahren untergegangen, hinfortgerissen in Chaos und Zerstörung. Doch sie hat überdauert, weil es Männer und Frauen gab, die sich ihrer Verantwortung gestellt und dem Bösen die Stirn geboten haben – genau wie wir.« Der Älteste rechnete mit Widerspruch, aber es blieb weiter still. Sei es, weil die Ratsmitglieder vor Furcht sprachlos waren, oder weil sie die Richtigkeit seiner Argumentation einsahen.

»Bruder Gervan«, wandte er sich darauf an seinen Amtskollegen, »Euch bestimme ich zu meinem Nachfolger, sollte mir etwas zustoßen. Bleibt hier in Shakara, zusammen mit den Novizen, die erst vor Kurzem eingetroffen sind und die ich der Obhut von Meister Lonyth unterstelle. Ich könnte mir niemanden vorstellen, der für diese Aufgabe geeigneter ist.«

»Ich danke Euch, Bruder«, entgegnete Lonyth.

»Auch Schwester Atgyva wird in der Ordensburg bleiben, um über die gesammelten Schätze unseres Wissens zu wachen, ebenso wie Bruder Syolan.«

»Nein, Farawyn«, widersprach der Chronist. Er ließ die Feder sinken und blickte von dem Pergament auf, auf dem er den Hergang der Sitzung festgehalten hatte. »Ich will Euch begleiten!«

»Euer Mut und Eure Tapferkeit sprechen für Euch, Bruder«, entgegnete der Älteste sanft. »Aber es ist wichtig, dass Ihr überlebt, denn wer sollte sonst all diese Dinge festhalten und der Nachwelt davon berichten? Schreibt alles auf, mein Freund – auf diese Weise dient Ihr uns am besten.«

Syolans Kiefer mahlten. Es war ihm anzusehen, dass er am liebsten widersprochen hätte, aber er fügte sich der Entscheidung des Ältesten und nickte.

»Ich werde mich Eurem selbstmörderischen Unternehmen ebenfalls nicht anschließen, Farawyn«, stellte Cysguran klar. »Stattdessen werde ich nach den Fernen Gestaden reisen und dort nach dem Rechten sehen. Ich traue Eurem Zögling Rothgan ebenso wenig, wie ich Euch traue. Und jedem von Euch«, fügte er an die anderen Zauberer gewandt hinzu, »würde ich empfehlen, es mir gleich zu tun, denn der Kristallschirm bietet uns allen Schutz vor Margoks Horden.«

»Nun endlich zeigt Ihr immerhin Euer wahres Gesicht, Bruder«, beschied Farawyn ihm gelassen und nicht ohne eine gewisse Genugtuung. »Wie immer sucht Ihr Euren Vorteil, aber Ihr werdet ihn diesmal nicht finden. Ich untersage Euch, nach Crysalion zu reisen und Euch dort feige zu verkriechen. Stattdessen werdet Ihr an der Seite Eurer Schwestern und Brüder gegen Margok und seine Horden ziehen, so wahr ich hier vor Euch stehe.«

Cysgurans Augen weiteten sich, als wollten sie aus den Höhlen treten. »Wofür haltet Ihr Euch, dass Ihr es wagt, auf diese Weise mit mir zu sprechen?«, schnaubte er. »Für einen Fürsten? Einen König? Hat Euch der Größenwahn nun ereilt wie Sigwyn in seinen letzten Tagen? Glaubt Ihr, Ihr hättet mir etwas zu befehlen?«

»Ja, Bruder, das glaube ich allerdings«, gestand Farawyn unverblümt.

»Mit welchem Recht?«

»Mit dem Recht des Ältesten – und des einzigen Wesens in dieser geheiligten Halle, das Willens und bereit ist, die Verantwortung für so viele Leben auf sich zu nehmen!«

»Glaubt Ihr wirklich, dass Ihr der Einzige seid, der diese Verantwortung tragen kann?« Cysguran schlug sich mit der geballten Faust vor die Brust, dorthin, wo sich die Stickerei des stilisierten Kristalls befand. »Ich bin Cysguran, Sohn des Pergat, Vorsteher der Kristallgilde und mit der Gabe des Schattens betraut! Und ich erkläre hiermit vor Euch allen, dass ich nicht weniger als Farawyn in der Lage bin, die Geschicke des Ordens zu leiten. Folgt nicht ihm, sondern mir, geschätzte Schwestern und Brüder – denn Farawyn führt Euch in einen Kampf, den Ihr nicht gewinnen könnt und von dem Ihr nicht zurückkehren werdet. Ich jedoch führe Euch nach den Fernen Gestaden, wo wir alle Zuflucht finden und uns gegen Margoks Horden leicht verteidigen können.«

»Und die anderen?«, fragte Gervan. »Was ist mit dem König und seinen Getreuen? Was mit den Untertanen, die auf unseren Schutz vertrauen?«

»Nur ein Narr versucht aufzuhalten, was nicht aufgehalten werden kann«, konterte Cysguran ohne Zögern. »Schon dass Ihr fragt, zeigt mir, dass Ihr noch nicht begriffen habt, worum es bei dieser Sache geht – nämlich um das nackte Überleben!«

Die Ratsmitglieder zuckten unter seinen Worten wie unter Peitschenhieben zusammen. Die meisten hatten ihre Plätze auf den Rängen verlassen und waren in der Mitte der Halle zusammengekommen, wo sie sich unter den steinernen Blicken der alten Könige drängten wie ein versprengtes Häuflein Schafe aus Furcht vor dem Wolf. Farawyn konnte sehen, dass die Stimmung endgültig umzuschlagen drohte. Furcht war ein schlechter Berater, so lehrte man bereits die Novizen. Dennoch schienen viele Meister nur allzu geneigt, auf diesen falschen Ratschlag zu hören, all ihren Grundsätzen zum Trotz.

Der Älteste spürte, wie heißer Zorn in seine Eingeweide fuhr. Sein Leben lang hatte er am Hohen Rat festgehalten. In jungen Jahren aus Überzeugung, später wohl nur noch, weil er das Gefühl gehabt hatte, es seinen Vorgängern im Amt schuldig zu sein. Cethegar und vor allem Semias hatten die Einheit des Ordens als das höchste Gut betrachtet, und diesem Ideal hatte auch Farawyn sich unterstellt. Er hatte seine Ordensbrüder und -schwestern manipuliert und ihnen Dinge verheimlicht, und alles nur, damit der Rat nach außen hin nicht als das erschien, wozu er tatsächlich verkommen war: zu einem Haufen greiser Schwätzer, die der Welt entrückt waren und nichts wissen wollten von ihren Nöten. All das hatte Farawyn hingenommen, weil er an die Institution des Rates geglaubt hatte. Nun jedoch hatten sich die Dinge auf einen Punkt hin entwickelt, an dem eine Entscheidung getroffen werden musste.

Für das Reich – *oder* den Orden.

»Also schön, Schwestern und Brüder«, erklärte er mit resignierendem Seufzen. »Ich habe weder die Kraft noch die Zeit, mit jedem von Euch darüber zu diskutieren, ob es sich lohnt, sein Leben für diese Sache einzusetzen. Cysguran hat recht, wenn er sagt, dass es um das nackte Überleben geht – jedoch nicht nur um unseres, Schwestern und Brüder, sondern um das der gesamten Welt! Gewinnt Margok diesen Krieg, so wird Erdwelt in Dunkelheit versinken, und die Sterblichen werden eine Gewaltherrschaft erdulden müssen, wie sie schrecklicher nicht vorstellbar ist. Ihr solltet Euch nicht der Illusion hingeben zu glauben, dass es einen Ort gäbe, wo Ihr euch vor dem Dunkelelfen verstecken könnt. Dennoch ist mir klar, dass Cysgurans Vorschlag weit mehr in Euren Ohren schmeichelt als der meine, und weder kann noch will ich Euch vorschreiben, wie Ihr in dieser Sache zu entscheiden habt. Deshalb fordere ich Euch auf, hier und jetzt über unser aller Schicksal zu entscheiden. Sagt uns, wer in Zukunft die Geschicke des Ordens lenken soll als Euer Ältester und *arwynidan*, denn ein solcher wird in diesen dunklen Zeiten benötigt.«

»Ist das Euer Ernst?«, fragte Atgyva, die damit nicht recht einverstanden schien. »Ihr wollt darüber abstimmen lassen?«

»Das will ich – vorausgesetzt, Rat Cysguran erklärt sich bereit, sich dem Urteil des Rates zu fügen, wie auch immer es ausfallen wird.«

»Das werde ich«, versicherte der Angesprochene, der sich seines Triumphes sicher zu sein schien, »sofern Ihr es genauso haltet.«

»Ihr habt mein Wort darauf«, bestätigte Farawyn. »Also sagt es frei heraus, Schwestern und Brüder – wer von Euch will Bruder Cysguran an die Fernen Gestade folgen und sich dort vor Margok verbergen?«

Ein Zauberkristall leuchtete sofort auf – es war der von Cysguran selbst, der seinen *flasfyn* senkrecht in die Höhe stieß und sich effektheischend umblickte. Doch zu seiner wie zu Farawyns Verblüffung blieb er allein.

»Was ist mit Euch?«, stammelte Cysguran fragend in die Runde. »Warum meldet Ihr Euch nicht? Habt Ihr den Verstand verloren? Ihr wählt Euer sicheres Ende!«

Betroffene, von Sorgenfalten durchfurchte Gesichter waren allenthalben zu sehen – aber nicht ein weiterer leuchtender Kristall gesellte sich zu Cysgurans. Sogar seine eigenen Parteigänger verweigerten ihm die Gefolgschaft.

»Und wer von Euch«, fragte Farawyn weiter, »ist bereit, gemeinsam mit mir in den Kampf gegen Margok zu ziehen und in diese letzte Schlacht, die über das Schicksal Erdwelts entscheidet?«

Es war kein Elf, der sich zuerst meldete.

Farawyns Koboldsdiener Argyll hob ohne Zögern die Hand und machte damit deutlich, um wie viel größer sein kleines Herz gegenüber dem manches Zaubermeisters war.

Rat Gervan folgte seinem Beispiel, dann Simur und einige andere – und nach und nach begannen auch die übrigen Kristalle an den Zauberstäben zu leuchten. Lediglich Atgyva, Lonyth und Syolan enthielten sich ihrer Stimmen, da sie nicht dabei sein würden und ihre Ordensschwestern und -brüder nicht in den Tod schicken wollten. Ein ganzer Schwarm fahler Lichter erhellte schließlich das Gewölbe. Angesichts der schieren Größe der Halle wirkten sie spärlich. Für Farawyn jedoch waren sie ein Fanal der Hoffnung.

Die Brust des Ältesten weitete sich in unverhohlenem Stolz, den er für seine Schwestern und Brüder empfand. Offenbar war doch nicht alles vergeblich gewesen, was seine Vorgänger und er in den vergangenen Jahren getan und geleistet hatten.

»Damit ist es entschieden«, verkündete er ruhig und ließ den Blick über die Versammelten schweifen. »Schaut Euch um, Schwestern und Brüder. Wohin Ihr auch blickt, seht Ihr Helden. Denn wir alle, die wir hier sind, werden uns dem Kampf gegen den Dunkelelfen stellen – gegen eine Streitmacht von Magiern, die größte, die Shakara je verlassen hat.«

»Ja, schaut Euch um«, knurrte Cysguran verdrießlich. »Denn die meisten von denen, die Ihr jetzt seht, werdet Ihr nicht wiedersehen.«

»Rat Cysguran – ich brauche Euch nicht daran zu erinnern, dass Euer Versprechen Euch bindet, oder?«

»Nein, Bruder Farawyn, das braucht Ihr nicht.« Sein Rivale sandte ihm einen vernichtenden Blick. »Dennoch ist die Entscheidung, die Ihr getroffen habt, falsch. Ich hoffe nur, dass ich es noch erleben darf, wenn Euch Euer tragischer Irrtum klar wird!«

Für einen kurzen Moment war es Farawyn, als sähe er vor seinem geistigen Auge von Leichen übersäte Wehrgänge und weiße Mauern, die von Blut besudelt waren, und plötzlich fühlte er Zweifel und Furcht. Aber mit der Kraft des Verstandes wischte er beides beiseite.

»Kehrt nun in Eure Kammern zurück, Schwestern und Brüder, und lasst Eure Diener die Nachricht verbreiten. Jeder Zauberer und jede Zauberin Shakaras wird zu den Waffen gerufen, ebenso wie ihre Schüler, Aspiranten und Eingeweihte. Bewaffnet Euch mit Klingen und Zauberstäben und nehmt Proviant für zwei Wochen mit. Von Eurer Habe jedoch packt nur ein, was unabdingbar notwendig ist. Wir brechen so bald wie möglich auf und werden die Kristallpforte nach Tirgas Lan in mehreren Wellen durchschreiten. Und – Argyll?«

Ja, Meister?, meldete der Diener sich beflissen.

»Lass nach Rambok schicken.«

Jawohl, Meister.

»Der Unhold soll auch mit?«, fragte Cysguran gereizt.

»Ganz recht.« Farawyn nickte. »Obschon er eine Kreatur Margoks ist, hat Rambok viel für uns getan – nicht von ungefähr haben wir ihm in Shakara Zuflucht gewährt. Nun jedoch brauchen wir seine Dienste, denn es ist gut, seine Feinde zu kennen.«

»Macht, was Ihr wollt«, knurrte Cysguran, während er sich wie die übrigen Ratsmitglieder Richtung Tür entfernte, den *flasfyn* in der Hand. »Wenigstens weiß ich jetzt, warum ich Euch nach Tirgas Lan begleite – und wäre es nur, um ein Auge auf den verdammten Unhold zu haben.«

15. PARÁTHANA ESSA

»Nun?«

Mit verschränkten Armen war Granock vor die Zellentür getreten, hinter deren rostigen Gitterstäben ein in graue Lumpen gekleideter Elf auf dem Boden kauerte.

Ardghal schaute auf. Die Ketten, mit denen seine Hand- und Fußgelenke gefesselt waren, klirrten leise dabei.

Wie Granock sehen konnte, hatten sich dunkle Ränder um die Augen des Elfenfürsten gebildet, seine einstmals so edlen und aristokratischen Züge waren von Falten durchzogen. Sein *lu* hatte gelitten, das stand außer Frage, und ihn äußerlich altern lassen. Das herablassende Wesen, das Ardghal in Tirgas Lan an den Tag gelegt und mit dem er den jungen König Elidor über Jahre hinweg eingeschüchtert hatte, schien jedoch noch dasselbe zu sein.

»Muss ich Euch kennen?«, fragte er blasiert und bestätigte damit Granocks anfängliche Vermutung, dass der Elfenfürst mit ihm nichts anzufangen wusste.

»Lhurian, Weiser und Meister des Ordens von Shakara«, stellte sich Granock vor. Er bediente sich der elfischen Hochsprache, die er zwar nicht akzentfrei, jedoch fließend beherrschte.

»Lhurian«, sagte Ardghal nur, ohne sich zu erheben. »Ich habe von Euch gehört. Ihr seid Farawyns Zögling, nicht wahr?«

»Der Älteste Farawyn war mein Lehrer«, bestätigte Granock, während er sich fragte, woher Ardghal sein Wissen bezog. Vermutlich direkt aus Ruraks verräterischem Mund …

»Farawyn, natürlich.« Ardghal lachte freudlos auf. »Menschen zu Weisen ernennen, das sieht ihm ähnlich. Als ob ein Mensch je weise werden könnte.«

»Ihr glaubt nicht daran?«

»Kann ein Wildschwein das Fliegen erlernen?«, hielt der Elf dagegen. »Kann ein Ochse noribische Jamben rezitieren? Ein Wurm bleibt ein Wurm, auch wenn er sich durch heiligen Boden windet.«

Granock zeigte keine Reaktion. Er lebte zu lange unter Sigwyns Söhnen und war zu oft angefeindet worden, als dass Ardghals Sticheleien ihm noch etwas ausgemacht hätten. Sein Interesse galt anderen Dingen.

»Wer hat Euch geschickt?«, erkundigte er sich.

»Das wisst Ihr doch längst, sonst wärt Ihr nicht hier«, war Ardghal überzeugt.

»Allerdings.« Granock nickte. »Ich habe die Kugel gesehen, die ihr Fürstin Yrena gabt. Und ich habe Sie vernichtet.«

»Erwartet Ihr, dass mich das beeindruckt?« Der Elf lächelte müde. »Das Auge hat seinen Zweck längst erfüllt. Dass es früher oder später entdeckt und zerstört werden würde, war zu erwarten. Offen gestanden überrascht es mich, dass es nicht schon früher geschehen ist. Menschen eben.« Ardghals Lächeln dehnte sich zu einem hämischen Grinsen. »Aber das wisst Ihr ja sehr viel besser als ich, nicht wahr?«

Granock fühlte, wie es tief in ihm rumorte. Was ihn seinen guten Vorsätzen zum Trotz aufbrachte, war nicht das, was der abtrünnige Elfenfürst sagte, sondern die Art und Weise, wie er es tat. Verachtung und Geringschätzung steckten darin, als läge er nicht in Ketten.

»Rurak ist also noch am Leben«, stellte Granock fest, ohne sich seine Verärgerung anmerken zu lassen.

»Auch auf diese Frage habt Ihr die Antwort schon bekommen. Hat man Euch nicht beigebracht, dass ein Weiser keine überflüssigen Fragen stellen soll?«

»Was mir beigebracht wurde und was nicht, geht Euch nichts an«, knurrte Granock.

»Was denn? Ihr verliert die Beherrschung? Schon jetzt?« Ardghal schüttelte mitleidig das Haupt. »Ich denke nicht, dass Euer alter Meister mit Euch zufrieden wäre. So hat er es Euch nicht gelehrt.«

»Schweigt!«, fuhr Granock ihn an. »Was wisst Ihr schon von meinem Meister?«

»Manches«, entgegnete der Elf mit listigem Lächeln. »Und ganz sicher mehr als Ihr, werter Lhurian.«

Granock biss sich auf die Unterlippe. Ardghals herablassende Art verstörte ihn. Mit manchem hatte er gerechnet, von unbändigem Hass bis hin zu schierer Verzweiflung, aber ganz sicher nicht mit jener Überlegenheit, die der gefangene Elf nun zur Schau stellte.

»Für Euren Hochmut sehe ich keinen Grund«, sagte er deshalb. »Ihr seid des Verrats und der Zusammenarbeit mit dem Feind überführt, und befindet Euch in Gefangenschaft. Ich an Eurer Stelle ...«

»Ihr vergesst, dass ich Yrenas Gefangener bin. Nicht der Eure.«

»Darauf solltet Ihr Euch nicht verlassen«, konterte Granock kopfschüttelnd. »Lady Yrena ist an guten Beziehungen zu Tirgas Lan gelegen. Deshalb wird sie Euch mir ausliefern, wenn ich danach verlange. Und mir, dessen seid versichert, wird es ein Vergnügen sein, Euren Hintern in die Hauptstadt zu schleifen und Euch von Lordrichter Mangon den Prozess machen zu lassen.«

»Wie überaus vulgär Ihr seid.« Ardghal verzog missbilligend das Gesicht. »Aber ich bezweifle nicht, dass Mangon Euren Absichten willfahren würde. Es hat sich vieles verändert in Tirgas Lan ...«

»Manches auch nicht«, widersprach Granock. »Verrat ist nach wie vor ein Verbrechen.«

»Verrat?« Ardghal zuckte mit den Schultern. »Ist es das, was Ihr mir vorwerfen wollt? Sind das die Grenzen Eurer Vorstellungskraft? Ihr unterscheidet zwischen Verrätern und treuen Untertanen?«

»Irgendwo muss man ja anfangen«, stieß Granock zwischen fast geschlossenen Zähnen hervor. »Was hat Rurak Euch dafür geboten, dass Ihr in Margoks Dienste tretet? Gold? Edelsteine? Oder einfach nur Macht?«

»Ihr versteht mich nicht.« Der Fürst schüttelte abermals den Kopf. »Wie konntet Ihr den Meistergrad erlangen, wenn Ihr so wenig begreift? Sind Farawyns Ansprüche so tief gesunken?«

»Ich begreife genug, um zu wissen, dass Ihr aus niederen Beweggründen heraus gehandelt habt«, antwortete Granock, der nun doch blanke Wut in sich aufsteigen fühlte. »Ihr habt Tirgas Lan den Rücken gekehrt, als sich Eure Politik als Fehlschlag erwies. Statt für Eure Entscheidungen geradezustehen, habt Ihr Elidor feige im Stich gelassen und Euch dem Feind zugesellt. Und nun arbeitet Ihr offen in seinem Auftrag und bringt die Menschen gegen das Reich auf!«

»Aufgebracht sind die Menschen ohnehin immer, kriegerisch, wie sie nun einmal veranlagt sind«, konterte Ardghal. »Es ging mir lediglich darum, ihre Feindseligkeit einer sinnvollen Verwendung zuzuführen.«

»Sinnvoll? In Margoks Diensten?« Granock lachte bitter auf. »Als ob Ihr nicht wüsstet, wer der Dunkelelf ist und was er vorhat. Als ob Euch nicht klar wäre, dass es unter seiner Herrschaft keine freien Völker gibt, und dass Sklaverei und Zerstörung ihm wie dunkle Schatten folgen.«

»Zumindest was die Wahl blumiger Vergleiche betrifft, scheint Ihr in der Tat viel von Farawyn gelernt zu haben.« Ardghal rümpfte die schmale Nase, was ihn noch blasierter aussehen ließ. »Wollt Ihr Euch wohl die Mühe machen, die Dinge einmal durch meine Augen zu sehen? Natürlich nur, wenn Euer offenkundig begrenzter Verstand dazu in der Lage ist ...«

»Und was ist Eure verdammte Sicht der Dinge?«, verlangte Granock zu wissen.

»Als ich Tirgas Lan verließ, hatte ich einen guten Grund dafür«, erklärte der Elf und hob in einer Unschuldsgeste die dürren Arme, an denen die Ketten hingen. »Keineswegs bin ich gegangen, weil ich eine falsche Entscheidung getroffen hatte oder mich meiner Verantwortung entziehen wollte, wie Ihr behauptet. Sondern weil ich eine einfache Feststellung gemacht hatte – dass das Reich dem Untergang geweiht ist, wenn sich nichts ändert. Auf dem Elfenthron sitzt ein Kind! Ein Dichter! Ein Träumer! Was das Reich braucht, sind nicht Oden und Gesänge, sondern Recht und Ordnung!« Er unterbrach sich, und zum ersten Mal hatte Granock den Eindruck, dass der Hochmut aus Ardghals Zügen schwand.

»Als ich ging«, fuhr der Elfenfürst leiser fort, wobei er Granocks Blick auswich und zu Boden starrte, »hatte ich nicht vor, mich Margok anzuschließen, den ich noch vor nicht allzu langer Zeit noch ebenso gehasst habe, wie Ihr es tut. Aber ist es nicht so, dass wir stets die Dinge am meisten hassen, die wir nicht kennen? Von Unrast getrieben, wanderte ich umher, und traf schließlich auf Rurak, der mir die Augen öffnete.«

»Der Verräter öffnete Euch die Augen?«, hakte Granock wenig begeistert nach. »Wofür?«

Ardghal schaute auf und blickte ihm wieder direkt ins Gesicht. »Für die Wahrheit«, erklärte er unumwunden. »Margok ist nicht das, was stets behauptet wird und was seine Feinde in ihm sehen wollen. Er mag ein Zauberer sein und sich verbotenem Wissen verschrieben haben, und womöglich trug er auch Schuld am Ersten Krieg ...«

»*Womöglich?*«, platzte Granock aufgebracht dazwischen.

»... in erster Linie ist er jedoch ein Erneuerer, der die Kraft hat, das Reich wieder zu einen«, brachte der Elf seinen Satz unbeirrt zu Ende. »Er allein kann es zu neuer Größe führen und Erdwelt dauerhaften Frieden schenken. Ist das nichts, wofür ein Kampf lohnt, Meister Lhurian? Wofür nötigenfalls auch ein Verrat lohnt?«

Granock ließ sich mit der Antwort Zeit, wählte jedes seiner Worte sorgfältig. »Nur weil Ihr Ruraks Schmeicheleien und Verlockungen auf den Leim gekrochen seid, muss ich es nicht auch tun«, beschied er dann. »Ihr mögt in König Elidor einen Träumer sehen, und vielleicht ist er das auch einmal gewesen. Aber er hat sich geändert, und ich zweifle nicht daran, dass Euer Verschwinden dazu beigetragen hat. Elidor hat den Bund mit dem Zauberorden erneuert und sich zu einem großen Anführer entwickelt, der das Vertrauen seines Volkes ...«

»Ein großer Anführer?« Ardghal lachte gequält auf. »Wollt Ihr Farawyns Marionette ernstlich so bezeichnen?«

»Ihr redet Unfug«, widersprach Granock entschieden. »König Elidor hängt an niemands Fäden. Ihr selbst jedoch solltet Euch überlegen, wer es ist, der Eure Schritte lenkt und Euch Dinge sagen lässt, die keinen Sinn ergeben.«

»Ich wurde manipuliert, das ist wahr«, gab der Elfenfürst zu Granocks Überraschung zu. »Es ist die hohe Kunst der Politik, andere in seinem Sinne agieren zu lassen und ihnen dabei das Gefühl zu geben, in ihrem Interesse zu handeln. Ich selbst habe diese Kunst einst meisterlich beherrscht – nun bin ich zum Objekt des Spiels geworden. Für Rurak sicherlich. Und auch für Margok. Und nicht zuletzt für Yrena, genau wie Ihr, mein Freund.«

»Was soll das heißen?«

»Was hat Sie Euch gesagt?«, wollte Ardghal wissen. »Dass sie mich Euch zum Geschenk macht? Dass sie dem Elfenkönig damit ihre Verbundenheit zeigen will?«

Granock entgegnete nichts, aber seine verblüffte Miene war Antwort genug.

»Das jedenfalls hätte ich an ihrer Stelle getan«, meinte Ardghal und grinste matt. »Macht Euch nichts vor, was Yrena betrifft. Sie ist eine schöne Frau – jedenfalls nach menschlichem Ermessen – und hat einen wachen Verstand. Vor allem aber ist sie die Tochter ihres Vaters und nicht weniger ehrgeizig, als er es gewesen ist.«

»Tut mir den Gefallen und behaltet Euer Gift auf Eurer Seite des Gitters«, bat Granock grimmig. »Ich habe keine Verwendung dafür.«

»Nein? Wollt Ihr mir erzählen, Yrena hätte noch nicht versucht, Euch zu beeinflussen? Dass ihre Erscheinung und ihr sanftmütiges Wesen Euch völlig kaltgelassen hätten?«

»Nun schweigt endlich!«

Ardghal kam seiner Aufforderung nach, und in der Stille, die eintrat, hörte sich Granocks Schnauben an wie das eines wilden Stiers. Fieberhaft versuchte er seine Gedanken zu ordnen, während er sich inständig wünschte, Farawyn hätte ihn nicht für diese Mission ausgewählt. Zum einen wäre Nimon dann noch am Leben, zum anderen brauchte er nicht durch graues Niemandsland zu tappen, in dem nichts so war, wie es schien.

Dabei hätte er eigentlich zufrieden sein können.

Immerhin hatte Ardghal keinen Hehl daraus gemacht, in Margoks Diensten zu stehen, und ihm damit ein Werkzeug an die Hand gegeben, mit dem er Yrena nicht nur zur Neutralität verpflichten, sondern sie zum Kriegseintritt auf Seiten Tirgas Lans bewegen konnte. War folglich nicht er es, der das Heft des Handelns in den Händen hielt?

Aber Granock hatte kein gutes Gefühl dabei. Die Angelegenheit gestaltete sich für seinen Geschmack zu einfach, fast so, als hätte er etwas übersehen – oder hatten Ardghal und seine unbequemen Fragen seinen Verstand benebelt? War vielleicht sogar etwas dran an dem, was der Verräter sagte?

Granock schüttelte den Kopf, so als wollte er alle Bedenken auf einen Schlag loswerden. Er ärgerte sich, dass er Ardghal überhaupt zugehört hatte, und wandte sich zum Gehen.

»Ich hätte Euch nicht aufsuchen sollen«, sagte er. »Ich hätte wissen müssen, dass Ihr mir nichts als Lügen erzählt. Spart sie Euch für den Lordrichter auf – er wird wissen, was davon zu halten ist.«

Er drehte sich um und entfernte sich.

»Die Wahrheit liegt stets im Auge des Betrachters«, rief Ardghal ihm hinterher. »Auch Farawyn weiß das, deshalb hat er es über all die Zeit geheim gehalten.«

»Es?« Granock blieb abrupt stehen und wandte sich um. »Wovon sprecht Ihr?«

»Wie ich schon sagte.« In den Augen des Elfen blitzte es listig. »Von der Wahrheit.«

»Worüber?«

»Über manches – zum Beispiel über den Verbleib Eurer Freunde Aldur und Alannah. Oder sollte ich sie besser Rothgan und Thynia nennen ...?«

Granock stand wie vom *tarthan* getroffen. Dass Ardghal von seinen Freunden wusste, war eine Sache – schließlich hatte er auch ihn zumindest dem Hörensagen nach gekannt. Dass er jedoch über ihren Aufenthaltsort informiert sein wollte, entsetzte Granock geradezu. »Was genau wisst Ihr?«, hakte er nach.

»Nicht viel.« Ardghal hob in geheuchelter Bescheidenheit die Achseln. »Nur dass sich die beiden dort befinden, wohin ein Elf normalerweise erst nach einem langen und erfüllten Leben gelangt – an den Fernen Gestaden.«

Granocks Miene zeigte keine Regung. Woher, fragte er sich, hatte der Verräter seine Informationen? Schließlich hatte Farawyn es keinem anderen als ihm anvertraut ...

»Ihr wusstet es bereits«, deutete Ardghal Granocks verhaltene Reaktion richtig. »Ich muss zugeben, damit habe ich nicht gerechnet.«

»Woher habt Ihr Euer Wissen?«, blaffte Granock. »Spuckt es aus, Mann, oder ich ...«

»Mein Wissen worüber?«, fragte der Elfenfürst grinsend dagegen. »Vielleicht über Farawyns Sohn?«

»Was redet Ihr da?« Wieder setzte Granock alles daran, sich seine Verblüffung nicht anmerken zu lassen, aber es gelang ihm auch diesmal nicht. »Farawyn hat keine Nachkommen.«

»Nur einen«, schränkte Ardghal mit genüsslichem Grinsen ein. »Sein Name ist Aldur. Wusstet Ihr das etwa nicht?«

Granock hatte das Gefühl, als würde ihm der Boden unter den Füßen weggezogen. Sein Gesicht wurde heiß, und er stützte sich auf seinen Zauberstab, um nicht zu wanken. »Ihr ... Ihr lügt«, stieß er hervor, aber es klang ziemlich hilflos. »Schon wieder ...«

»So? Meint Ihr?«

Granock horchte in sich hinein. Er hörte das Blut in seinen Ohren rauschen, aber so sehr er sich auch gegen die angebliche Enthüllung wehrte – er vernahm keinen Widerspruch. Im Gegenteil, vieles schien durch Ardghals ungeheure Behauptung erst Sinn zu ergeben.

Der Streit zwischen Farawyn und Aldur am Tag des Abschieds. Das beharrliche Schweigen des Ältesten, was die Gründe für jenen Streit betraf. Und schließlich Aldurs unbändiger Zorn auf Granock und die seltsamen Andeutungen, die er gemacht hatte ...

Granock erinnerte sich, dass sein Freund ihm vorgeworfen hatte, er hätte ihm nicht nur Alannah rauben wollen, sondern auch seinen Vater. Bislang hatte Granock mit diesem Vorwurf nichts anfangen können, weil er geglaubt hatte, er beziehe sich auf den Elfen Alduran, den Aldur stets als seinen Vater angegeben und dem Granock nie persönlich begegnet war. Wenn Ardghal allerdings recht hatte, änderte das alles ...

»Du weißt es«, stellte der Elf mit ruhiger Stimme fest. »Du weißt, dass ich die Wahrheit sage, nicht wahr?«

»Und wenn«, stieß Granock hervor. »Wieso erzählt Ihr mir davon?«

»Um Euch zu zeigen, dass auch Farawyn Euch nicht alles sagt. Er manipuliert Euch nicht weniger, als andere es tun, das solltet Ihr nun erkannt haben.«

Granock wankte. Auch Aldur hatte stets behauptet, dass Farawyn nicht jener makellose Held war, als den Granock ihn sehen wollte, dass auch der Älteste von Shakara seine Interessen mit allen Mitteln verfolgte. Granock hatte solche Dinge nie hören wollen – ein Fehler, wie es aussah.

Er spürte, wie sich neue Wut in ihm zusammenballte, die sich nun allerdings nicht mehr gegen Ardghal, sondern auch gegen Farawyn richtete, dem er trotz allem weiter vertraut und der in den Stürmen der vergangenen Jahre sein Fixstern gewesen war, an dem er sich orientiert und ausgerichtet hatte ...

»Ich bin nicht dein Feind, Granock von den Menschen. Wenn du auch an meinen Worten zweifelst, zumindest dies solltest du mir glauben.« Granock nahm nur am Rande wahr, dass Ardghal in die vertraute Anrede gewechselt war und ihn mit dem Namen seiner Geburt ansprach. »Ich habe keinen Grund, dich zu belügen. Ich wurde gefangen und bin am Ende meiner Reise angekommen, folglich habe ich nichts mehr zu erwarten. Der einzige Wunsch, den ich noch habe, ist es, zurück nach Hause zu gelangen.«

Granock schwieg, unfähig, etwas zu erwidern. Einen Augenblick lang stand er unentschlossen, dann wandte er sich vom Gitter ab und schritt hastig den Gang hinab, der aus den Kerkern Andarils führte.

16. UNATHANA

Der Tag verstrich mit quälender Langsamkeit.

Wie ein lauerndes Raubtier schien der unheimliche Feind, der draußen auf See Stellung bezogen hatte, weiter auf die passende Gelegenheit zu warten, um zum tödlichen Streich auszuholen.

Párnas, Statthalter von Tirgas Dun, blickte bang nach Süden. Mehrmals hatte er den Eindruck, die feindliche Flotte würde sich nähern, dann wieder glaubte er, in der Ferne Pfeile und Brandgeschosse zu sehen, die in den Himmel stiegen. Aber jedes Mal waren es nur seine angespannten Sinne, die dem Statthalter einen Streich spielten. Der befürchtete Angriff blieb aus, und als sich der Tag schließlich dem Ende neigte und die Dämmerung einsetzte, verwandelte sich der schwarze Streifen am südlichen Horizont in ein Meer von Fackeln, die die See in Brand zu setzen schienen und von der ungeheuren Größe der Kriegsflotte kündeten, die Margok aufgeboten hatte.

Trotz der ständigen Bedrohung waren die Bürger nicht untätig gewesen. So hatten zwei Kolonnen mit Flüchtlingen die Stadt im Lauf des Tages verlassen – Kinder und junge Frauen zumeist, aber auch einige Alte, deren Wissen keinesfalls verloren gehen und die Ewigkeit der Fernen Gestade erreichen sollte. Alle anderen Männer und Frauen im wehrfähigen Alter waren unterdessen zu den Waffen gerufen worden: Kaufleute und Kunsthandwerker, Schenkwirte und Heiler, Dichter und Bildhauer, aber auch Sängerinnen, Musen und Gesellschafterinnen – sie alle waren mit Bogen, Pfeilen, Schilden und Schwertern versehen und in einzelne Gruppen unterteilt worden, die jeweils einen eigenen Mauerabschnitt zu besetzen hatten. Die Verteidigung der Stadt war somit organisiert – allerdings brauchte man kein Hellseher zu sein, um sich auszurechnen, wie der ungleiche Kampf ausgehen würde, wenn Margoks Horden tatsächlich angriffen.

Entsprechend sehnte man das Eintreffen der königlichen Truppen herbei, um die Párnas gebeten und die König Elidor zugesagt hatte, und als die blassrote Sonnenscheibe im Westen versank, fragte sich nicht nur der Statthalter bang, ob dies die Nacht sein würde, in der Tirgas Dun fallen und in Strömen von Blut versinken würde. Kurz vor Einbruch der Dunkelheit jedoch geschah etwas, womit weder er noch sein Minister Yaloron so rasch gerechnet hatten: Die Kristallpforte nach Tirgas Lan öffnete sich zum ersten Mal nach langer Zeit, und einhundert schwer bewaffnete Elfenlegionäre gelangten durch die Verbindung nach Tirgas Dun.

Deren Anführer Hiloras meldete, dass dies nur die Vorhut sei und dass eine ungleich größere Streitmacht von knapp zweitausend Mann in Marsch gesetzt worden sei, die Tirgas Dun schon in einigen Tagen erreichen werde.

Statthalter Párnas und seine Bürger nahmen dies als Zeichen der Hoffnung.

Sie kannten Margoks Pläne nicht.

Einen ganzen Tag lang hatte Granock Yrena von Andaril nicht zu sehen bekommen – die Fürstin, so hieß es, hätte wichtigen Regierungsgeschäften nachzugehen. In Wirklichkeit ging es wohl eher darum, Granock klarzumachen, dass Elidor zwar die bevorzugte Wahl, jedoch nicht der Einzige war, mit dem Andaril sich verbünden konnte. Auf eine schräge Weise war Granock ihr dafür dankbar, denn so hatte er Gelegenheit, in der Stille seines zugewiesenen Quartiers über das nachzudenken, was Ardghal ihm erzählt hatte.

Obwohl er sich immer wieder sagte, dass der abtrünnige Fürst schließlich ein Verräter und ihm somit nicht zu trauen war, hatten seine Worte einen tiefen Eindruck auf Granock hinterlassen. Sollte es wirklich wahr sein?, fragte er sich immer wieder. Sollte Aldur tatsächlich Farawyns Sohn sein?

Je länger Granock darüber nachdachte, desto weniger zweifelte er daran. Zum einen, weil es durchaus Sinn ergab; zum anderen, weil er tief in seinem Innern gespürt hatte, dass sein alter Meister etwas vor ihm verheimlichte. Natürlich war dies Farawyns gutes Recht als Ältester des Ordens, und Granock hätte niemals erwartet, dass sein ehemaliger Lehrer ihn in all seine Geheimnisse einweihte. Aber dies war etwas, das ihn auch anging, schließlich war Aldur sein bester Freund gewesen.

Bis zu jener Nacht ...

Mit großem Unbehagen erinnerte er sich an jenen dunklen Zeitpunkt seines Lebens, da es zum Bruch zwischen ihnen gekommen war. Aldur war unglaublich aufgebracht gewesen in jener Nacht. Dass es womöglich deshalb gewesen sein könnte, weil er erst kurz davor die Wahrheit über seine Herkunft erfahren hatte, war Granock zwar nie in den Sinn gekommen, aber natürlich war es möglich.

Warum aber hatte Farawyn seinem Sohn die Wahrheit so lange verschwiegen? Und warum hatte er ausgerechnet in dieser Nacht sein Schweigen gebrochen?

Unzählige Fragen stürmten auf Granock ein, auf die er allesamt keine Antwort fand. Das hielt ihn freilich nicht davon ab, sich darüber den Kopf zu zerbrechen, und er merkte, wie der Unwillen seinem alten Meister gegenüber immer größer wurde. Er entsann sich, dass Aldur einst behauptet hatte, Farawyn wäre ein Meister der Manipulation und würde seine Pläne nicht weniger unnachgiebig verfolgen als diejenigen, die er bekämpfte. Damals hatte Granock diese Anschuldigung brüsk von sich gewiesen, inzwischen jedoch war er sich nicht mehr ganz sicher. In seiner Vorstellung wurde Farawyn ihm immer fremder, und er fühlte sich in zunehmendem Maße von ihm hintergangen.

Benutzt.

Alleingelassen ...

Ein Klopfen an seiner Tür riss ihn irgendwann aus seinen düsteren Überlegungen. Es war ein Diener Yrenas, der ihn darüber in Kenntnis setzte, dass ihn die Fürstin zum Abendessen erwarte.

Granock hatte nicht mehr damit gerechnet, Yrena an diesem Tag noch zu begegnen, entsprechend vernachlässigt hatte er sein Äußeres. Aus der Schüssel, die auf einer schmalen Anrichte stand, klatschte er sich eine Handvoll kalten Wassers ins Gesicht, dann warf er rasch seine Robe über und ordnete sein wirres Haar, indem er mehrmals mit den nassen Handflächen darüberstrich. Dann verließ er sein Quartier und folgte dem Diener durch die steinernen Gänge der Burg von Andaril.

Diesmal empfing Yrena ihn in ihrem Privatgemach. Ein Tisch war aufgestellt und für zwei Personen gedeckt worden, Kerzen und ein flackerndes Kaminfeuer verbreiteten warmgelben Schein.

Die Fürstin stand am Kamin, einen Becher mit Wein in der Hand. Sie hatte wieder das rote Kleid an, das sie schon am Vorabend getragen hatte, und wie bei ihrer ersten Begegnung wurde ihr üppiges schwarzes Haar von roten Samtbändern gehalten. Bis auf eine Halskette, deren Anhänger das Wappen von Andaril zierte, hatte sie auf jeden Schmuck verzichtet, was ihre natürliche Schönheit nur noch mehr unterstrich.

»Nun?«, kam sie ohne jede Begrüßung sofort auf den Punkt. »Was hat Ardghal gesagt?«

»Vieles«, erwiderte Granock ausweichend, »und offen gestanden weiß ich nicht, was ich davon glauben soll.«

Sie lachte – kein erzwungenes, gekünsteltes Gelächter, sondern offene, ehrliche Heiterkeit. »Wein?«, fragte sie, den Becher hebend.

»Ein wenig«, stimmte er zu. Der Kopf brummte ihm ohnehin schon vom vielen Nachdenken, da machte etwas Alkohol wohl keinen Unterschied mehr.

Yrena nickte dem Diener zu, der nach der Zinnkaraffe griff, die auf dem Tisch stand, und Granock einschenkte. Er reichte ihm den Becher und entfernte dann die schimmernde Glocke, die über das Essen gebreitet war. Gebratenes Geflügel kam darunter zum Vorschein – Fasan, schätzte Granock –, von dem ein angenehm würziger Duft aufstieg. Der Diener verneigte sich zuerst in Yrenas, dann flüchtig in Granocks Richtung, und verließ das Zimmer. Die Tür schloss er sorgfältig hinter sich.

»Hungrig?«, erkundigte sich die Fürstin.

»Nicht sehr«, behauptete Granock, obwohl ihm das Wasser im Mund zusammenlief. Er wollte sich nicht in eine unvorteilhafte Verhandlungsposition bringen. »Ich halte mich an den Wein.«

»Eine gute Wahl«, entgegnete sie lächelnd, gab ihren Platz am Kamin auf und trat auf ihn zu. »Worauf wollen wir trinken?«

»Auf den Waffenstillstand«, gab Granock ohne Zögern zur Antwort. »Und vielleicht noch mehr.«

»Auf den Waffenstillstand«, wiederholte sie. »Und vielleicht noch mehr ...«

Sie prosteten einander zu und tranken, und anders als das Bier, das Granock in der Spelunke getrunken und das seinen Widerwillen erregt hatte, schmeckte ihm der Wein ganz ausgezeichnet. Er war aus späten Trauben gemacht und schmeckte entsprechend süß, und er half, die tristen Gedanken zu vertreiben, die Granocks Gemüt verdunkelten.

»Eines habe ich immerhin aus Ardghal herausgebracht«, eröffnete er. »Er hat zugegeben, in Ruraks Diensten zu stehen. Damit haben wir einerseits einen handfesten Beweis dafür, dass der Verräter noch am Leben ist ...«

»... und wissen andererseits, dass er es war, der Ardghal zu mir geschickt hat«, führte Yrena den Satz zu Ende. Dann verfinsterten sich ihre Züge, auf die der Schein der Flammen unstete Schatten warf. »Das beeinträchtigt meine Pläne«, gestand sie offen. »Ich hatte gehofft, nach dem Tod meines Bruders wäre Andaril aus Ruraks Blickfeld gerückt. Dieser Zauberer hat nichts als Leid über uns gebracht. Seine falschen Versprechungen sind schuld daran, dass mein Vater und mein Bruder tot sind. Er hat Andaril an den Rand des Abgrunds gedrängt und lässt noch immer nicht davon ab.«

»Ich denke, es gibt eine Lösung«, meinte Granock.

»Ich weiß, was Ihr mir jetzt vorschlagen werdet.« Sie nahm einen Schluck Wein. »Ihr werdet sagen, dass es an der Zeit ist, sich für eine Seite zu entscheiden. Dass ich nicht nur einen Waffenstillstand mit König Elidor schließen, sondern mich mit ihm verbünden sollte.«

»Ein solches Abkommen wäre zu beiderseitigem Vorteil«, stimmte Granock zu. »Im Augenblick unterhalten die königlichen Truppen noch eine ganze Legion an der Grenze zur Westmark aus Furcht, die großen Städte könnten ihre Neutralität aufgeben und erneut auf der Seite des Dunkelelfen in den Kampf eintreten. Durch ein Bündnis zwischen Euch und Tirgas Lan könnten sie andernorts eingesetzt werden. Im Gegenzug würde Elidor Euch Hilfe zusichern, falls Ihr angegriffen werdet.«

»Hilfe?« Yrena schaute ihn unverwandt an. »Wodurch denn? Durch ein Heer, das ohnehin schon am Ende seiner Kräfte ist? Ich fürchte, werter Lhurian, König Elidor verspricht mir etwas, das er nicht halten kann.«

»Er wird es nach Kräften versuchen«, versicherte Granock – mehr konnte er um der Wahrheit willen nicht sagen. Obschon er wusste, wie dringend sich Farawyn ein Bündnis mit Andaril wünschte, brachte er es nicht über sich, Yrena dafür zu belügen. Und er ertappte sich dabei, dass sein erwachtes Misstrauen dem Ordensältesten gegenüber dabei eine nicht unwesentliche Rolle spielte.

»Das genügt mir nicht«, erklärte Yrena leise. »Wenn ich mich mit Elidor verbünde und meine Truppen für ihn ins Feld entsende, bleibt Andaril selbst schutzlos zurück – und ich habe viele Feinde, Lhurian. In den Hügellanden herrscht Chaos. Unter den Stämmen sind blutige Fehden ausgebrochen, seit Tirgas Lan dort nicht mehr für Ordnung sorgt. Viele der Clans stehen auf Seiten Margoks, außerdem die Oststädte, die Söldner angeworben haben. Girnag und Taik blicken schon lange voller Neid auf Andaril. Wenn ihnen zu Ohren kommt, dass ich für Elidor bin, werden sie mich angreifen.«

»Davon ist auszugehen«, gab Granock zu – vermutlich war es sogar das, was Farawyn mit dem Bündnis bezweckte, denn dadurch wurden die königlichen Truppen im Osten entlastet.

»Und wer garantiert mir, dass Andaril dem Ansturm standhalten wird?«, fragte Yrena. »Noch dazu mit einer verringerten Besatzung?«

»Niemand«, gab Granock zu.

»Niemand«, echote sie. »Wenigstens seid Ihr ehrlich.«

»Ehrlichkeit gehört zu den Grundtugenden eines Zauberers, wie Ihr wisst.«

»Das meine ich nicht.« Sie schüttelte den Kopf. »Ich schätze Euch nicht nur für das Amt, das Ihr bekleidet, Meister Lhurian, und für das, was Ihr erreicht habt, sondern auch als den Mann, der Ihr von Geburt an seid. Ritterlichkeit kann nicht durch Ausbildung vermittelt werden. Man besitzt sie entweder von Geburt an oder wird sie nie erlangen. Ihr jedoch tragt sie in Euch, das habe ich schon bei unserer ersten Begegnung erkannt.«

Ein wenig verblüfft nahm Granock zur Kenntnis, dass ihr Tonfall eine andere Färbung angenommen hatte. Auch der Blick, mit dem sie ihn über den Rand ihres Bechers ansah, während sie einen weiteren Schluck Wein nahm, hatte sich verändert.

Granock war sich nicht sicher, wie er dies deuten sollte. Er war kein besonderer Kenner, was Frauen betraf, und weder die häufigen Besuche im Freudenhaus, die er sich in jungen Jahren gegönnt hatte, noch seine heimliche Liebe zu Alannah oder die selbstgewählte Einsamkeit der letzten Jahre hatten daran etwas ändern können …

»Ich danke Euch«, erwiderte er stammelnd. Er merkte, wie er errötete, und kam sich vor wie ein Narr.

Yrena lachte leise. Sie trat an den Tisch, stellte den Becher ab und griff nach einem Messer. Mit fachkundigem Blick suchte sie sich ein Stück Fleisch aus und schnitt es ab.

Mit einer Mischung aus Neugier und eigenartiger Faszination beobachtete Granock, wie sie davon abbiss und es langsam kaute. Yrena sprach etwas in ihm an, das er längst verloren geglaubt hatte, eine Freude an einfachen Dingen, die ihm in Shakara fast abhandengekommen war. Bei den Zauberern hatte alles stets bedeutungsvoll und von tiefem Sinn erfüllt zu sein. Essen diente nur der Nahrungsaufnahme, das sinnliche Erlebnis, das Menschen daraus machen konnten, war ihnen fremd.

»Und Ihr habt wirklich keinen Hunger?«, erkundigte sich die Fürstin zwischen dem Bissen Fleisch und einem weiteren Schluck Wein.

»Nein«, blieb Granock bei seiner Ablehnung, obwohl alles ihn dazu drängte zuzugreifen. Hätte er es getan, wäre er sich auf seltsame Weise wie ein Verräter vorgekommen.

»Ihr wisst nicht, was Ihr verpasst«, entgegnete sie mit einem einladenden Lächeln. »Ich bin der Ansicht, dass man etwas stets zuerst versuchen sollte, ehe man es ablehnt.«

»Etwas zu versuchen, ohne über die Folgen nachzudenken, birgt gewisse Risiken«, gab Granock zu bedenken.

»Das ist wahr«, gestand sie zu und sandte ihm einen Blick, den man als aufreizend verstehen konnte. »Deshalb solltet Ihr Euch alles gut ansehen, ehe Ihr zugreift.«

»Fürstin Yrena …« Granock suchte nach passenden Worten. Die Art und Weise, wie sich diese Unterredung entwickelte, behagte ihm nicht. »Worüber genau sprechen wir hier?«

»Ich weiß es nicht. Sagt Ihr es mir, Meister Lhurian.«

Er seufzte. Obwohl er kein Diplomat war und das Herumreden um den heißen Brei ihm nicht lag, hatte er sein Bestes versucht. Nun jedoch wählte er klare Worte: »Yrena, im Lauf der Gespräche, die wir miteinander führten, habe ich den Eindruck gewonnen, dass Ihr anders seid als Euer Vater und Euer Bruder. Deshalb bitte ich Euch, auch jetzt nicht mit mir zu spielen.«

»Ihr glaubt, ich spiele?« Das Lächeln verschwand aus ihren Zügen. »Dann irrt Ihr Euch, Meister Lhurian, denn ich tue nur das, was wohl jede Herrscherin in meiner Lage tun würde.«

»Nämlich?«

»Wollt Ihr oder könnt Ihr mich nicht verstehen? Ich habe eine Wahl zu treffen, die ich nicht treffen kann. Fürst Ardghal oder Ihr – für mein Volk ist es stets die falsche Wahl.«

»Ihr erwägt Ardghals Vorschlag noch immer?«, fragte Granock verblüfft. »Ich dachte, Ihr wollt ihn König Elidor als Zeichen Eures guten Willens übergeben …«

»Darf ich das denn?«, fragte sie, und er konnte die Verzweiflung hören, die in ihrer Stimme mitschwang.

»Ardghal arbeitet für Rurak«, wandte Granock ein, »und Rurak versteht sich wie kaum ein Zweiter darauf, die geheimen Wünsche anderer zu erkennen. Bei Eurem Vater war es Machtgier, bei

Eurem Bruder Rachedurst und das Verlangen nach Geltung. Bei Euch ist es die Sorge um Euer Volk, die er sich zunutze machen will – aber er hat vergessen zu erwähnen, dass ein Bündnis mit Margok Andaril in den sicheren Untergang reißen wird.«

»Auch ein Bündnis mit Elidor könnte unseren Untergang bedeuten«, konterte sie. »Daher kann ich mich weder für den einen noch für den anderen Vorschlag entscheiden.«

»Weiter die Neutralität zu wahren, ist nicht weniger gefährlich«, gab Granock zu bedenken. »Früher oder später werdet Ihr zwischen die Fronten geraten und vernichtet werden.«

»Das weiß ich.«

»Und?«

»Es gibt noch eine andere Möglichkeit«, erklärte sie und schaute ihn so herausfordernd an, dass er Mühe hatte, ihrem Blick standzuhalten.

»Lady Yrena«, begann Granock schwerfällig, »trotz des Amts, mit dem man mich betraut hat, bin ich nur ein einfacher Mann und verstehe nicht sehr viel von Politik. Aber ich weiß, dass es zu keinem guten Ende führt, wenn …«

Die Fürstin lachte nur, lauter und heiterer, als er es aus ihrem Mund für möglich gehalten hätte. »Meister Lhurian, daran ist nichts, was schwer zu verstehen wäre. So sehr ich auch versucht habe, nach dem Tod meines Bruders die Regierungsgeschäfte zu führen und die Macht meiner Familie in Andaril zu behaupten, ist sie dennoch stetig geschwunden. Wisst Ihr, warum?«

»Sagt es mir.«

»Weil ich eine Frau bin«, eröffnete sie, »und es selbst unter meinen engsten Vertrauten nicht wenige Männer gibt, die nicht das geringste Verlangen danach verspüren, sich von mir Befehle erteilen zu lassen. Seit mir das fürstliche Szepter übergeben wurde, werde ich ständig angefeindet. Etliche meiner Leute hassen Elidor, und es gehört nicht viel dazu, sich auszumalen, was geschehen wird, wenn ich mich für ein Bündnis mit ihm entscheide und die Stadt daraufhin angegriffen wird. Es wird damit enden, dass mein Haupt auf eine Lanze gespießt und durch die Straßen getragen wird – und Andaril schließlich doch auf der Seite des Dunkelelfen endet. Was also wäre gewonnen?«

»Nichts«, gab Granock zu, beeindruckt von der Klarheit ihrer Worte.

»Wenn«, setzte Yrena ihre Ausführungen fort, »ich mich hingegen mit einem Mann verbinde, der für Elidors Treue bürgt, weil er gleichermaßen für die Menschen wie für das Elfenreich steht, und der auf beiden Seiten Ansehen genießt, dann lägen die Dinge völlig anders.«

»Ich verstehe. Und an wen habt Ihr dabei gedacht?«, fragte Granock steif, obwohl er sich die Antwort denken konnte.

»An Euch natürlich.« Sie lachte erneut. »Ihr seid nicht wirklich so einfältig, wie Ihr Euch gebt, oder?«

»Fürstin Yrena«, sagte Granock, ohne auf die Frage einzugehen, »ich fühle mich durch Eure Überlegungen sehr geehrt, muss Euch jedoch mitteilen, dass eine Lösung, wie Ihr sie vorschlagt, nicht möglich ist.«

»Warum nicht?«

»Weil es einem Weisen verboten ist, sich mit einem Außenstehenden zu verbinden.«

»Auch dann nicht, wenn er damit womöglich Tausende von Elfen und Menschen das Leben rettet?« Sie hob die schmalen Brauen, die sich über ihren fragenden Augen wölbten. »Ich weiß, dass es schon Ausnahmen gab. Wie es heißt, hat sich der König selbst eine Tochter Shakaras zur Gefährtin gewählt.«

»Das ist wahr«, kam Granock nicht umhin zuzugeben, während er fieberhaft nach einem anderen Ausweg suchte, um Yrenas Ersuchen abzulehnen, ohne sie vor den Kopf zu stoßen. »Allerdings handelte es sich bei ihr um eine Schülerin, die den Meistergrad noch nicht erlangt hatte ...«

»Wie auch immer – ich habe lange darüber nachgedacht, und es ist die einzige Lösung«, versicherte die Fürstin. »Gemeinsam wären wir in der Lage, der Westmark wieder Frieden zu geben. Sundaril würde sich uns anschließen, und mit einiger Wahrscheinlichkeit auch die anderen Städte. Wir könnten die Stämme einen, und Ihr könntet vielleicht sogar König werden ...«

»... und Ihr Königin«, fügte Granock hinzu, der plötzlich an das denken musste, was Ardghal in seiner Zelle gesagt hatte – dass auch Yrena ihn benutzte und ihre eigenen Ziele verfolgte. »Ist es das, was Ihr wollt?«

»Was ist falsch daran, seinem Volk Frieden und Sicherheit zu schenken?«, hielt sie dagegen.

»Alles, wenn es auf Kosten Tirgas Lans geschieht.«

»Elidor wird davon ebenso großen Nutzen haben wie wir Menschen, das wisst Ihr genau«, konterte sie. »Was also ist es, das Euch in Wahrheit davon abhält, diesen Schritt um unser aller Rettung willen zu wählen?«

»Ich ... ich ...« Granock wusste nicht, was er erwidern sollte. Auf eine solche Wendung war er nicht vorbereitet gewesen. Er fühlte sich in die Enge gedrängt, klammerte sich mit aller Kraft an seinen Zauberstab. Aber gegen die Art von Magie, die Yrena von Andaril wirkte, half auch der *flasfyn* nicht.

»Wie ist ihr Name?«, fragte sie unvermittelt. Jedes Drängen war aus ihrer Stimme gewichen, sie hörte sich sanft, fast zärtlich an. »Wollt Ihr ihn mir nennen?«

»Was?«

Yrena lächelte wehmütig. »Mein Vater und mein Bruder waren nie sehr gut darin, Menschen einzuschätzen – wäre es anders gewesen, so wäre Andaril viel erspart geblieben. Ich jedoch habe diese Gabe von meiner Mutter geerbt, deshalb weiß ich, dass Ihr alles unternehmen würdet, um Leben zu retten und diesen Krieg zu beenden, Meister Lhurian. Was Euch indes daran hindert, ist nicht Euer Verstand, sondern Euer Herz. Also frage ich Euch noch einmal, und ich bitte Euch, mir die Wahrheit zu sagen: Wer ist sie? Womöglich eine Zauberin ...?«

Granock starrte sie fassungslos an. Für einen Augenblick schienen sich ihre Züge zu verändern und die einer gewissen Elfin anzunehmen, die sich entschlossen hatte, ihm den Rücken zu kehren und einen weit, weit entfernten Ort aufzusuchen. Obwohl sie äußerlich so verschieden waren, wie sie es nur sein konnten, waren Yrena und Alannah sich auch in mancher Hinsicht ähnlich, auf eine Art und Weise, die schmerzte – und Granock fragte sich, ob Farawyn dies gewusst hatte.

Obwohl er seinem alten Meister nie gesagt hatte, was er für Alannah empfand, hegte er den Verdacht, dass Farawyn es längst herausgefunden hatte. Womöglich hatte er es geahnt oder gar in einer seiner Visionen gesehen, und indem er ihn nach Andaril geschickt hatte, hatte er Granock bewusst manipuliert. Hatte der alte Fuchs gar geplant, dass sein ehemaliger Schüler und Yrena zusammenfinden sollten?

Offenbar entschlossen, sein Zögern zu beenden, leerte Yrena ihren Becher und stellte ihn energisch auf dem Tisch ab. »Kommt, Meister Lhurian«, forderte sie Granock dann auf. »Nehmt Euch, was ich Euch so bereitwillig in Aussicht gestellt habe.« Obwohl ihre Aufforderung nichts an Deutlichkeit zu wünschen übrig ließ, griff sie an das rote Band, das ihr Haar zusammenhielt, und löste es. Wallend fielen die schwarzen Locken auf ihre Schultern und umrahmten ihre Züge auf einladende Weise.

»Yrena, ich …«

»Gefalle ich Euch etwa nicht?«

»Darum geht es nicht«, versuchte Granock ein wenig hilflos klarzustellen, während er sich gleichzeitig der Tatsache bewusst wurde, dass er sie anstarrte. Das rote Kleid, ihre weiblichen Formen, das offene Haar – all das sandte Signale, deren Wirkung er sich nicht ganz entziehen konnte.

»Worum geht es dann, Granock?«, erkundigte sie sich sanft. »Das ist doch Euer wahrer Name nicht wahr?«

Granock nickte nur, während sie in den Rücken ihres Kleides griff und die Verschnürung löste. Er hielt den Atem an, als der rote Stoff an ihr herabglitt und ihre Brüste entblößte, die sich ihm in jugendlicher Strafheit entgegenreckten – und wie ein Vulkan, der nach Jahrhunderte währender Ruhe wieder auszubrechen verlangte, erwachte die Begehrlichkeit des Zauberers.

Es war kein gewollter Vorgang. Schon eher war es so, dass Granock jenen unterbewussten Kräften, die er über eine so lange Zeitspanne hinweg geleugnet hatte, nichts entgegenzusetzen hatte. Als er Yrena sah, ihre Anmut und ihre Schönheit, das Lächeln in ihrem Gesicht, konnte er nicht anders, als seinem Verlangen nachzugeben.

Wie in Trance machte er einen Schritt auf sie zu, und sie nahm ihn an der Hand und führte ihn in den rückwärtigen Teil der Kammer, wo es einen von einem Vorhang verschlossenen Durchgang gab. Sie betätigte eine Kordel, worauf sich der Vorhang öffnete und den Blick auf das Schlafgemach der Fürstin freigab. Auch hier brannte ein Kaminfeuer. Es verbreitete wohlige Wärme und beleuchtete das große, mit einem Baldachin versehene Bett der Fürstin mit unstetem Schein.

Mit einem verführerischen Lächeln zog Yrena Granock zum Bett. Der Widerschein des Feuers beleuchtete ihren Busen und ihren Bauch, und als noch der letzte Rest von Stoff zu Boden glitt, auch das Ziel seines Begehrens.

Granock dachte nicht länger nach. Seine Hände verselbstständigten sich und gingen auf Wanderschaft, aber er nahm sich nicht die Zeit, ihren Körper zu erforschen, sondern lenkte sie beharrlich dorthin, wo er Yrenas Erregung am schnellsten zu entfachen hoffte. Er roch ihr Haar und den betörenden Blütenduft, in den sie sich gehüllt hatte, und hätte am liebsten in ihre Pfirsichhaut gebissen. Er liebkoste ihren Hals und den Ansatz ihrer Brüste, nicht sanft und zurückhaltend, wie einst bei Alannah, sondern drängend und voller Begehren.

Yrena schien es recht zu sein. Sie half ihm dabei, sich seiner Robe zu entledigen und der Tunika, die er darunter trug. Dann drang er in sie ein, wieder und wieder, mit einer Heftigkeit, als wolle er sich und sie für das bestrafen, was sie taten. Schließlich schlang sie ihre Beine um ihn und hielt ihn fest, und fast im selben Moment, in dem seine Bemühungen ihre Erfüllung fanden, wurde Granock bewusst, was aus ihm geworden war. Er fühlte Yrenas Umklammerung um seine Hüften, spürte ihren stoßweisen Atem – und begriff, dass er etwas getan hatte, das er niemals hatte tun wollen.

Erneut musste er an Ardghals Worte denken. Yrena hatte ihn manipuliert, genau wie Farawyn. Jeder um ihn herum schien seine eigenen Ziele zu verfolgen, bei denen er nur das Mittel zum Zweck war, aber er würde nicht länger nach ihren Regeln spielen.

Und tief in seinem Inneren traf Granock eine Entscheidung.

17. GWALA

Granock wartete, bis Yrena eingeschlafen war.

Er beobachtete sie, wie sie neben ihm im Bett lag, über ihrem nackten Körper eine Decke aus Fell, die sich unter ihren Atemzügen gleichmäßig hob und senkte. Ihr schwarzes Haar wallte über das Kissen und umrahmte ihr markantes Gesicht.

Wenn er sie so betrachtete, fiel es ihm schwer zu glauben, dass sie ihn tatsächlich nur benutzt haben sollte. Sie hatte sich ihm hingegeben, mit all ihrer Leidenschaft, auf eine Art und Weise, wie es gewöhnlich nur Liebende vermochten. Dennoch war es nicht ehrlich, nicht wahrhaftig gewesen – oder?

Granock fühlte sich elend. Sein Gewissen quälte ihn, weil er seiner Begierde nachgegeben hatte, während er gleichzeitig von tiefer Bitterkeit erfüllt war. Yrena hatte kein Hehl daraus gemacht, dass sie ihre Pläne mit ihm hatte – war sie tatsächlich der Ansicht gewesen, ihre körperlichen Reize könnten ihn dazu bewegen, seinem Dasein als Zauberer zu entsagen und an ihrer Seite ein Königreich zu regieren?

All dies war anrührend und verletztend zugleich, und es verwirrte seine Gedanken in einer Weise, die ihm unerträglich war. Granock war nie ein großer Denker gewesen – selbst die unzähligen Lektionen, die ihm in Shakara erteilt worden waren, hatten daran nichts ändern können. Er stellte lieber Fragen, statt sie sich selbst zu beantworten, und er handelte lieber, als Überlegungen anzustellen. Deshalb wusste er, dass er gehen musste. Je eher, desto besser.

Er strich Yrena eine Strähne ihres schwarzen Haars aus dem Gesicht und küsste sie zum Abschied sanft auf die Stirn. Dann schwang er sich lautlos aus dem Bett, schlüpfte in seine Tunika und zog die Meisterrobe über. Auch holte er sich seinen Zauberstab zurück, den er vorhin im Eifer der Leidenschaft einfach von sich geworfen hatte – schon dies ein Frevel, für den es weder eine Rechtfertigung noch eine Entschuldigung gab.

Auf leisen Sohlen schlich Granock zur Tür und öffnete sie. Es kostete ihn kaum Mühe, die beiden Soldaten, die vor dem Gemach ihrer Herrin Wache hielten, mit einem Zeitzauber zu betäuben – wenn sie in einigen Augenblicken wieder zu sich kamen, würden sie sich an nichts erinnern und nicht wissen, dass er in Windeseile an ihnen vorbeigehuscht war.

Dem Entschluss folgend, den er gefasst hatte, wandte Granock seine Schritte in Richtung Kerker. Er hatte sich den Weg, der in die untersten Gewölbe der Festung von Andaril führte, genau eingeprägt, und als er das Gittertor erreichte, wirkte er auch dort einen Zauber, der die Wachsoldaten mitten in ihrer Bewegung innehalten und die Zeit um sie herum erstarren ließ.

Der Kerkermeister war ein feister Kerl, der an die Wand gelehnt auf einem grob gezimmerten Hocker saß. Auch ohne den Einsatz von Magie hätte er wohl kaum mitbekommen, was um ihn herum geschah, denn er schlief tief und fest. Granock ging zu ihm, löste den Gürtel um seine Hüften und griff nach den Schlüsseln zu den Kerkerzellen. Dann eilte er den dunklen, nur von spärlichem Fackelschein beleuchteten Gang hinab.

Sein Orientierungssinn war von jeher ausgeprägt gewesen, sodass er Ardghals Zelle ohne Schwierigkeiten wiederfand. Der Elf lag nicht auf der aus morschem Holz gefertigten Pritsche, die sich von der Wand klappen ließ, sondern saß aufrecht auf dem Boden. Und obschon er die Augen geschlossen hatte, bezweifelte Granock, dass er schlief ...

»Ardghal?«

Die Art und Weise, wie der Elf die Augen aufschlug, verriet Granock, dass seine Vermutung richtig gewesen war. Er nahm aber auch nicht an, dass der Verräter meditiert hatte, wie Zauberer es zu tun pflegten, um Körper und Geist zu erfrischen. Wahrscheinlich hatte Ardghal die Stille der Nacht nur dazu genutzt, um über weitere Intrigen nachzudenken, die er zu spinnen gedachte …

»Meister Lhurian«, sagte er in unverhohlenem Spott. Dass ein Mensch den Grad eines Zaubermeisters erlangt haben sollte, schien er noch immer absurd zu finden. »Was kann ich zu dieser nächtlichen Stunde für Euch tun?«

»Erspart mir Euer falsches Geschwätz«, knurrte Granock barsch. »Beantwortet mir lieber meine Fragen.«

»Bitte sehr«, entgegnete der Elf mit müdem Lächeln. »Wie es aussieht, bin ich wohl nicht in der Lage, Euch dieses Ansinnen abzuschlagen, nicht wahr?«

Granock rieb sich das Kinn. Noch einmal überlegte er, ob er es tatsächlich tun sollte, dann endlich überwand er sich: »Als ich am Nachmittag bei Euch war, da sagtet Ihr etwas.«

Ardghal zuckte mit den schmalen Schultern. »Ich habe viel gesagt. Etwas präziser werdet Ihr schon werden müssen, fürchte ich.«

»Ihr sagtet, dass auch Yrena ihre eigenen Pläne verfolge«, stieß Granock hervor.

»Ach?« Er hob die Brauen. »Habt Ihr es inzwischen auch schon erkannt? Hat sie Euch Eure Reize etwa ebenso bereitwillig offeriert wie mir?« Granock schluckte sichtbar, was Ardghal auflachen ließ. »Ich nehme an, das heißt ja«, meinte der Elf mit einem Grinsen, für das Granock ihm am liebsten die Nase gebrochen hätte.

War das möglich? Hatte Yrena auch den Elfen zu betören versucht? Oder behauptete er dies nur, um seinen Rivalen zu provozieren? Granock wusste es nicht, und ihm war auch klar, dass er die Wahrheit nicht aus dem Verräter herausbekommen würde. Ardghal mochte keine Zauberkraft besitzen und hinter Gittern gefangen sein – dennoch hatte Granock das Gefühl, dass der Elf ihm überlegen war, und das ärgerte ihn.

»Und?«, hakte Ardghal nach. »Hat Yrena von Euch bekommen, was sie wollte?«

»Was zwischen der Fürstin und mir ist, geht Euch einen Dreck an«, beschied Granock ihm grob. »Sagt mir lieber, was Ihr gemeint habt, als Ihr heute vom Ende Eurer Reise spracht. Ihr sagtet, der einzige Wunsch, den Ihr noch hättet, wäre es, zurück nach Hause zu gelangen ...«

»Das ist wahr.«

»Wo ist dieses Zuhause? Und ich rate Euch, Mann, keine Spiele mit mir zu treiben!«

»Wo mein Zuhause ist, wollt Ihr wissen?« Ardghal erhob sich und trat zu ihm an das Gitter. Selbst in dem abgerissenen Häftlingsgewand, das er trug, strahlte er Würde und eine gefährliche Gerissenheit aus, fast wie ein Raubtier, das gefangen war. Granock wusste, dass er sich vorsehen musste. »Natürlich dort, wo das Zuhause aller Söhne von Sigwyn zu suchen ist – an den Fernen Gestaden!«

Granock tat einen tiefen Zug von der feuchten, nach Moder riechenden Kerkerluft.

Genau diese Antwort hatte er insgeheim erwartet.

»Wenn ich diesen Schlüssel nähme«, erwiderte er, den Bund hochhaltend, den er dem Kerkermeister abgenommen hatte, »und Euch aus dieser Zelle befreite – wäret Ihr dann bereit, mich mitzunehmen?«

»Wohin?«, fragte Ardghal.

»Nach Hause«, antwortete Granock nur.

Der Elf schaute ihn an, als hätte er den Verstand verloren. »Ist das Euer Ernst? Genügt es Euch denn nicht, dass Ihr Euch an den Geheimnissen der Weisen vergriffen habt? Ihr seid schließlich nur ein Mensch ...«

»Ich bin es nicht, der hinter diesen Gitterstäben gefangen ist, Fürst«, knurrte Granock, der nicht in der Stimmung war, sich verhöhnen zu lassen. »Willigt ein oder lasst es bleiben, aber entscheidet Euch verdammt noch mal schnell.«

Ardghal sah ihn unverwandt an. »Ihr wollt also nach den Fernen Gestaden reisen?«

»Ganz recht.«

»Um was zu tun?«

»Das geht Euch nichts an. Ich habe meine Gründe, das muss Euch genügen.«

»Und wenn es das nicht tut?«

»Dann werdet Ihr in dieser elenden Zelle versauern, bis ich zurückkomme, um Euch nach Tirgas Lan zu schleifen und an König Elidor zu übergeben«, versprach Granock.
»Weiß die Fürstin von Eurem Vorhaben?«
»Auch das geht Euch nichts an.«
»Sie weiß es also nicht.« Ardghal nickte wissend. »Das dachte ich mir. Was wird sie wohl sagen, wenn sie erfährt, dass Ihr plötzlich verschwunden seid? Und dass Ihr den Gefangenen befreit und mitgenommen habt?«
Granock biss sich so fest auf die Lippen, dass sie bluteten. Das war in der Tat die Schwachstelle seines Plans. Er vermochte nicht vorauszusagen, was Yrena unternehmen würde, wenn sie seines Verrats gewahr wurde – denn als nichts anderes würde sie sein Verhalten deuten. Vielleicht würde sie trotzdem versuchen, sich mit Elidor zu verbünden, vielleicht auch die Nähe des Dunkelelfen suchen. Das Bestürzende daran war, dass es Granock nicht wirklich interessierte.
Vom Augenblick seiner Abreise aus Shakara an war er manipuliert worden – zuerst von Farawyn, der ihm weder gesagt hatte, dass Yrena nach ihm verlangt hatte, noch dass Aldur in Wahrheit sein Sohn war; später dann von der Fürstin selbst, die gehofft hatte, ihre Träume von einer Einigung der Ostlande und einem Königreich der Menschen mit Granocks Hilfe zu verwirklichen. Aber sie beide hatten ihre Rechnung ohne den Wirt gemacht, denn Granock war nicht gewillt, sich wie eine Spielfigur beim *gem'y'twara* nach Belieben umherschieben zu lassen. Für ihn galt es, sein persönliches Glück gegen das Wohl von Tirgas Lan abzuwägen – und Granock fand, dass die Waagschale in letzter Zeit viel zu sehr nach einer Seite gehangen hatte.
Wenn Farawyn ihm nicht gestatten wollte, nach den Fernen Gestaden zu reisen, musste er es eben auf eigene Faust tun. Und eine Gelegenheit wie diese bot sich so rasch nicht wieder. Ardghal mochte ein Windhund sein, ein Lügner und Verräter – aber er barg auch die Möglichkeit, Alannah wiederzusehen, und diese Aussicht war für Granock verlockender als alles andere.
»Nun denn«, meinte Ardghal mit der ihm eigenen Blasiertheit, »wie es aussieht, habe ich wohl nichts zu verlieren. Befreit mich

also aus dieser unerfreulichen Stätte, und ich werde sehen, was ich für Euch tun kann.«

»Ihr werdet mehr als das tun«, mahnte Granock. »Ich will zu den Fernen Gestaden, und Ihr werdet mich dorthin bringen. Tut Ihr es nicht, wird es Euch leidtun, Fürst Ardghal – denn dann wirke ich einen Zauber, der Euch sämtliche Knochen im Leib brechen wird, habt Ihr verstanden?«

Der Blick, den er durch die Gitterstäbe schickte, war so vernichtend, dass die Novizen in Shakara schreiend Reißaus genommen hätten. Ardghal hielt ihm ohne erkennbare Regung stand. »Natürlich«, sagte er nur.

Mehr konnte Granock im Augenblick nicht verlangen.

Er nahm den Schlüssel und öffnete die Gittertür, um sie hinter Ardghal sogleich wieder zu verschließen. Auf diese Weise würden Yrena und ihre Wachen eine Zeit lang zu rätseln haben, wie dem Gefangenen so ohne Weiteres die Flucht gelungen sein konnte. Vor allem, da der ahnungslose Kerkermeister den Schlüssel scheinbar unangetastet an seinem Gürtel wiederfinden würde …

Granock packte den hageren Elfen, der ihn an Größe um einen Kopf überragte, an der Schulterpartie seines Gewandes und zerrte ihn unsanft durch die Gänge, hinauf zum Innenhof der Burg. Wann immer sie in die Nähe von Wachen gelangten, wirkte Granock einen Zeitzauber, der es ihnen ermöglichte, ungesehen zu entkommen, hinaus in die Dunkelheit und Kälte einer mondlosen Herbstnacht.

Die Nächte waren endlos.

Schon am hellen Tage war die Bedrohung, die wie das Richtschwert eines Henkers über Tirgas Dun schwebte, kaum zu ertragen. An jedem Abend jedoch, wenn die Sonne im Westen versank, fragten die Bürger der Stadt sich bang, ob die Unholde diesmal angreifen würden, und die Furcht schlich durch die Gassen wie ein hungriger Wolf auf der Suche nach Beute.

Kaum jemand in Tirgas Dun fand Schlaf in diesen Nächten. Erschöpft, aber viel zu verängstigt, um Ruhe zu finden, wachten die Bürger bis zum Tagesanbruch und sehnten das Eintreffen der königlichen Truppen herbei. Zwar waren inzwischen rund zweihundert Krieger durch die Kristallpforte gekommen, der Rest aber war noch einige Tagesmärsche von der Stadt entfernt, und es war fraglich, ob er noch rechtzeitig eintreffen würde.

Dennoch blieb den Bürgern von Tirgas Dun nichts weiter übrig, als auszuharren.

Nacht für Nacht stellten sie sich ihrer Furcht und starrten hinaus auf die See, wo die Lichter der feindlichen Schiffe wie eine ferne Feuersbrunst zu sehen waren.

Doch als die Sonne zum fünften Mal heraufzog, hatte sich etwas verändert. Wie bei jedem Tagesanbruch verblassten die Fackeln in der Dämmerung – von den feindlichen Schiffen jedoch war nichts mehr zu sehen. Gerade so, als ob sie nur eine Täuschung gewesen wären und sich plötzlich aufgelöst hätten.

Was war geschehen?

Helnor, einer jener Krieger, die durch den Kristallschlund gekommen waren, wurde von Statthalter Párnas beauftragt, Nachforschungen über den Verbleib der Schiffe anzustellen.

An Bord eines Nachens, der von sechs Ruderern angetrieben wurde, fuhr er hinaus auf die See, die an diesem Morgen glatt schien wie geschliffenes Glas. Nebelschwaden zogen von Südosten heran, die diesmal jedoch natürlichen Ursprungs zu sein schienen, und fast lautlos glitt der Nachen auf jene Stelle zu, wo sich die feindliche Flotte befunden hatte.

Angst bemächtigte sich der Ruderer, die am liebsten umkehren wollten, und es war die Spitze von Helnors Schwert, die sie eines Besseren belehrte. Unbeirrt trieb der Krieger die Furchtsamen an, bis sie schließlich auf die Schiffe des Feindes stießen – oder besser das, was von ihnen geblieben war.

Die Nebelschleier teilten sich, und grob gezimmerte Flöße wurden sichtbar, nicht nur ein paar wenige, sondern Hunderte. Zusammengebunden, damit die Strömung sie nicht auseinandertrieb, schwammen sie im Wasser und trugen hohe Masten, an denen die Überreste abgebrannter Fackeln befestigt waren.

In diesem Augenblick begriff Helnor, des Galdors Sohn, dass sie alle getäuscht worden waren.

18. TROBWYN DORWA

Das Wiedersehen zwischen dem Elfenkönig und dem Seher verlief herzlich, aber ohne Überschwang, denn dazu bestand kein Anlass.

Hatte Farawyn in Tirgas Lan noch vor einigen Jahren als Unruhestifter und potenzieller Gegner gegolten, was vor allem dem Einfluss Fürst Ardghals zuzuschreiben gewesen war, war er für viele am Hof und in den Straßen der Stadt inzwischen etwas wie ein Symbol des Widerstands gegen den Dunkelelfen geworden. König Elidor im Gegenzug hatten viele – und nicht zuletzt Farawyn – für einen weltfremden Träumer gehalten, der bereitwillig alles tat, was seine Berater ihm einredeten. Aber auch dies hatte sich seit der schicksalhaften Schlacht im Flusstal grundlegend gewandelt.

Als der Elfenkönig und der Älteste von Shakara im Thronsaal von Tirgas Lan zusammentrafen und sich zur Begrüßung die Hände reichten, erneuerten sie damit auch das Bündnis, das vor vier Jahren geschlossen worden war.

Das Bündnis zwischen Macht und Magie.

Jugend und Alter.

Kraft und Weisheit.

Die Nachricht, dass nicht nur Farawyn selbst dem Ruf des Königs folgen und nach Tirgas Lan kommen würde, sondern auch knapp zweihundert Zaubermeister, Eingeweihte und Aspiranten, die alle helfen würden, die Südgrenze des Reiches zu verteidigen, hatte sich wie ein Lauffeuer verbreitet, und nach den anfänglichen Schrecken schöpften nicht nur der König, sondern auch viele seiner Getreuen wieder Hoffnung.

Sie verloren keine Zeit mit dem Austausch von Höflichkeiten. Nachdem sie ein paar Worte miteinander gewechselt hatten, bat Farawyn den König, ihm die gegenwärtige militärische Lage zu schildern, und sie versammelten sich um den großen Kartentisch: Auf der einen Seite Elidor und seine Generäle und Berater, auf der anderen Farawyn und diejenigen Zauberer, die nach Tirgas Lan gekommen waren und dem Hohen Rat angehörten. Darüber hinaus nahm Rambok der Ork an der Unterredung teil – jener Unhold, der bei den dramatischen Ereignissen im Tempel Margoks eine wichtige Rolle gespielt hatte und seither bei den Zauberern Asyl genoss. Auch wenn längst nicht alle Weise Shakaras ihm dieses Privileg gerne zugestanden ...

»Wie Ihr sehen könnt, ehrwürdiger Farawyn«, erklärte General Irgon, Elidors oberster Feldherr, »befinden wir uns in der Tat in einer heiklen Situation: Von Westen her greifen die Orks mit unverminderter Härte an, während die Ostlande nach wie vor in Aufruhr sind. Zwar verhalten sich einige Städte der Menschen neutral, andere aber haben sich zusammen mit den Hügelclans Margok angeschlossen und halten unsere Besatzungsmacht im Osten in Atem. Wir haben in unseren Freunden aus dem Zwergenreich wertvolle und treue Verbündete« – damit nickte er dem Zwerg zu, der in voller Rüstung neben ihm stand und den man Farawyn als Prinz Runan vorgestellt hatte, einen der zwölf Söhne des Zwergenkönigs –, »doch vermögen auch sie die Wildheit der Menschen nicht gänzlich in Zaum zu halten, sodass unsere Kämpfer auch hier gebunden sind und ständig in Scharmützel verwickelt werden.«

»Hm«, machte Farawyn und zog damit die Aufmerksamkeit aller Anwesenden auf sich. »Was die Menschenstädte betrifft, so wird sich vielleicht schon bald etwas ergeben, das uns Entlastung verschafft. Aber es wäre noch zu früh, um schon Genaueres darüber verlauten zu lassen.«

Der Älteste merkte, wie Cysguran, der ein Stück weiter unten am Tisch stand, ihn mit einem argwöhnischen Blick bedachte. Ganz offenkundig fragte er sich, was das für ein geheimer Plan sein mochte, den Farawyn gefasst hatte. Und der Gedanke, es nicht zu wissen, schien ihm nicht zu behagen ...

»Das ist bedauerlich«, meinte Irgon, »denn eine Entlastung im Osten wäre dringend erforderlich. Wäre sie rechtzeitig erfolgt, hätten wir womöglich nicht tun müssen, wozu wir gezwungen waren.«

»Wovon sprecht Ihr?«, wollte Simur wissen, Sprecher des rechten Flügels.

»Er meint, dass wir gezwungen waren, General Lavan und die Erste Legion Richtung Küste in Marsch zu setzen«, gab König Elidor an Irgons Stelle die Antwort.

»Was?« Farawyn konnte sein Erschrecken nicht ganz verbergen. »Ihr habt die Königslegion abgezogen, Hoheit?«

»In der Tat. Die ersten zweihundert Mann haben wir mit Meisterin Taranas Hilfe durch die Kristallpforte geschickt. Den Rest haben wir auf dem Landweg in Marsch gesetzt. Da sie in den südlichen Wäldern stationiert waren, können Lavans Truppen Tirgas Dun innerhalb weniger Tage erreichen.«

»Aber die Erste Legion ist die Schutzmacht Tirgas Lans, schon seit Sigwyns Tagen ...«

»Dessen bin ich mir bewusst, mein Freund«, entgegnete der Monarch, in dessen vornehm blasse Züge sich tiefe Sorgenfalten eingegraben hatten, die seiner Jugend zu widersprechen schienen. »Dennoch blieb mir nichts anderes übrig.«

»Zur ersten Legion werden seit jeher die besten Krieger des Reiches berufen«, fügte die anmutige, zerbrechlich wirkende Gestalt an seiner Seite erklärend hinzu. »Ihre Aufgabe war und ist es, den König zu beschützen – und das tun sie am besten dort, wo die Grenzen des Reiches bedroht sind.«

Farawyn kam nicht umhin, milde zu lächeln. Caias magische Fähigkeiten mochten nie besonders ausgeprägt gewesen sein, aber ihr Herz und ihr Verstand waren im Einklang. Elidor hatte gut daran getan, sie zu seiner Gefährtin zu machen, denn sie war einer Königin würdig, und wären die Zeiten andere gewesen, hätte die Krone vermutlich längst auf ihrem Haupt geruht.

»Aufgrund dieser Maßnahme«, setzte General Irgon seine Ausführungen fort und deutete auf die mit verschiedenfarbigen Markierungen versehene Karte auf dem Tisch, »ist es uns gelungen, fast zweitausend Mann zu Tirgas Duns Verteidigung zu entsenden. Das sollte genügen, um die Südgrenze zu halten.«

»Ich verstehe«, meinte Farawyn, ohne dass zu erkennen war, ob er Irgons Meinung teilte. »Ich frage mich nur ...«

»Ja?«, wollte Elidor wissen.

»Ich frage mich, warum Margok die Flotte nicht sofort angreifen ließ«, eröffnete der Zauberer. »Immerhin musste er damit rechnen, dass Ihr Verstärkung schickt ...«

»Womöglich wollte er auf weitere Schiffe warten«, gab Fürst Narwan, der königliche Berater, zu bedenken.

»Möglicherweise.« Farawyn nickte, doch seine Gesichtszüge entspannten sich nicht. Stattdessen wandte er sich fragend an Rambok, der mit dem kahlen grünen Schädel und der mageren Gestalt, an der eine schmutzige Robe hing, unter all den Würdenträgern des Elfenreichs seltsam fehl am Platz wirkte. »Was denkst du, Freund Rambok?«

Die Augen aller Anwesenden richteten sich auf den Unhold, worauf er mit den Klauenfingern unruhig an den unzähligen Talismanen herumzunesteln begann, die um seinen dürren Hals baumelten. »Orks kämpfen, ihnen gleich«, entgegnete er in holprigem Elfisch, das er im Verlauf der vergangenen vier Jahre erlernt hatte, obschon seine Zunge kaum in der Lage war, die melodiösen Laute zu formen. Entsprechend schwer war sein Akzent. »Wenn Blut gerochen und in *saobh* verfallen, nicht darum scheren, ob allein oder viele. Aber Margok klug. Denkt eine Sache und tut etwas anderes ...«

»Was soll das heißen?«, blaffte Cysguran. »Müssen wir unsere Zeit mit dem geistlosen Geschwätz eines Unholds verschwenden?« Den entrüsteten Mienen einiger Offiziere war anzusehen, dass sie die Meinung des Zauberers teilten. Farawyn jedoch ließ sich nicht beirren.

»Rambok ist nur aus einem Grund hier – um uns dabei zu helfen, unseren Feind besser zu verstehen. Und ich teile seine Ansicht. Vielleicht ist der Angriff auf Tirgas Dun tatsächlich nur ein Ablenkungsmanöver, und der eigentliche Vorstoß erfolgt an anderer Stelle.«

»Oder wir sollen genau das denken«, hielt Cysguran dagegen. »Vielleicht will uns der Dunkelelf ja auch zu falschen Schlüssen verleiten, und dieser da« – er deutete anklagend auf Rambok, der darüber noch ein Stück kleiner zu werden schien –, »ist ihm ein willkommenes Werkzeug.«

»Rambok ist auf meinen Wunsch hier«, stellte Farawyn klar. »Er hat wiederholt bewiesen, auf wessen Seite er steht.«

»Allerdings – auf seiner eigenen. Hätte er die Gelegenheit, sich selbst zu retten, indem er uns alle verrät, würde er keinen Augenblick zögern, es zu tun.«

»Auch viele Elfen würden sich so verhalten, Rat Cysguran«, meinte Farawyn. »Oder muss ich Euch daran erinnern, wie schwach der Geist mitunter ist?«

»Was soll all das Gerede?«, platzte General Irgon dazwischen. »Verzeiht, ehrwürdige Meister! Ich weiß, dass sich die Weisen von Shakara darin gefallen, die Dinge lange und von allen Seiten zu betrachten. In diesem Fall allerdings war und ist rasches Handeln erforderlich.«

»Das bezweifeln wir nicht«, versicherte Farawyn. »Dennoch muss es unser vorrangigstes Ziel sein, die Pläne des Dunkelelfen zu durchschauen. Andernfalls werden wir nichts weiter sein als ...«

Der Älteste unterbrach sich, als ein junger Offizier im Harnisch der königlichen Garde den Thronsaal betrat, zu General Irgon eilte und ihm einige Worte ins Ohr flüsterte. Irgons Reaktion war deutlich zu entnehmen, dass es keine guten Nachrichten waren. Seine Gesichtszüge versteinerten, sein Blick wurde leer.

»General, was ist mit Euch?«, wollte Elidor wissen.

»Majestät, wir haben soeben Nachricht aus Tirgas Dun erhalten«, antwortete Irgon mit tonloser Stimme. »Die feindliche Flotte ...«

»Was ist mit ihr? Hat sie angegriffen?«

»Nein, Hoheit. Sie ist über Nacht abgezogen.«

»Was?« Ein Aufschrei des Erstaunens ging am Tisch reihum.

»Bei Sonnenaufgang waren die Schiffe verschwunden«, bekräftigte der General.

»Aber ... wie ist das möglich?«

»Die feindlichen Galeeren hatten Fackeln an Bord, die die ganze Nacht über brannten und ihre Position markierten. Erst bei Tagesanbruch stellte sich heraus ...«

»... dass es Attrappen waren«, brachte Farawyn den Satz schnaubend zu Ende.

»Woher wisst Ihr ...?«

»Ich beginne allmählich, Margoks Täuschungen zu durchschauen«, entgegnete der Zauberer düster. »Bedauerlicherweise wieder einmal zu spät.«

»Aber was hat das zu bedeuten?«, fragte Caia. »Wohin sind all diese Schiffe verschwunden?«

»Ist das nicht offensichtlich?« Farawyn deutete auf die Karte. »Ich denke, sie sind in westlicher Richtung abgezogen.«

»Mit welchem Ziel?«

»Dem Gylafon«, entgegnete der Älteste von Shakara und deutete auf die Stelle, wo der westliche Ausläufer des Grenzflusses ins Meer mündete. »Wenn sie den Fluss hinauffahren, gelangen sie geradewegs ...«

»... nach Trowna, wo sie sich mit den übrigen Ork-Truppen vereinen können«, ergänzte Elidor atemlos.

»Nicht nur das«, erwiderte Farawyn und deutete auf jenen Bereich der Karte, der das Gebiet nördlich von Thurwyns Revier abbildete. »Ich vermute, dass sie ihre großen Schiffe an dieser Stelle aufgeben und kleinere Boote besetzen werden, um die Nebenflüsse hinaufzufahren.«

»Die Nebenflüsse?«, hakte Elidor flüsternd nach, »aber das bringt sie ja in die Reichweite von ...«

»... Tirgas Lan«, vervollständigte Farawyn, »und ich nehme an, dass es genau das ist, was der Dunkelelf bezweckt hat.«

»Aber das ergibt keinen Sinn«, wandte General Irgon ein. »Margok hatte alle Mittel, um Tirgas Dun anzugreifen und zu zerstören. Warum hat er es nicht getan?«

»Weil er wollte, dass man das Heer des Bösen kommen sieht«, antwortete Farawyn tonlos, der den Plan des Dunkelelfen nun ausgebreitet vor sich sah. »Auf diese Weise machte er Panik und Furcht zu seinen Verbündeten. In seinem Auftrag sorgten sie dafür, dass die Königslegion aus Trowna abgezogen und nach Tirgas Dun geschickt wurde …«

»… und so ist Tirgas Lan nun ohne Schutz«, folgerte Elidor, dessen Gesicht leichenblass geworden war. »Wir sind in eine Falle gelockt worden!«

»Ja, Majestät«, bestätigte Farawyn leise. »Ich fürchte, so ist es.«

Einen Augenblick starrte Elidor blicklos vor sich hin. Dann wandte er sich an Irgon: »General, senden Sie sofort eine Nachricht an die Erste Legion! Sie soll umgehend nach Tirgas Lan beordert werden.«

»Jawohl, mein König.« Der Offizier senkte den Blick. »Ich fürchte nur, dass unsere Männer nicht mehr rechtzeitig eintreffen werden.«

»Das steht zu befürchten«, pflichtete Farawyn bei, »immerhin werden Eure Legionäre selbst bei günstigsten Marschbedingungen fünf Tage brauchen, bis sie Tirgas Lan erreichen. In Anbetracht des bevorstehenden Wintereinbruchs könnten es sogar noch mehr werden.«

»Was ist mit der Kristallpforte?«, erkundigte sich Fürst Narwan. »Könnte man nicht …?«

»Die nächste erreichbare Pforte befindet sich in Tirgas Dun«, gab Farawyn zu bedenken. »Sie aufzusuchen würde beinahe ebenso viel Zeit benötigen, wie auf direktem Wege zurück nach Tirgas Lan zu marschieren. Zudem wissen wir, dass der Dunkelelf die Wirkung der Schlundverbindungen beeinflussen kann. Wenn wir sichergehen wollen, bleibt also nur der Landweg. Der Feind hingegen ist uns um eine Nacht voraus, und der Dunkelelf wird seine Krieger zum Äußersten antreiben. Während Eure Männer gerade einen Gewaltmarsch hinter sich haben und entsprechend erschöpft sein werden, sind Margoks Kreaturen ausgeruht, und die Gier nach Blut verleiht ihnen noch zusätzliche Kräfte. Meiner Einschätzung nach kann ihre Vorhut Tirgas Lan bereits in vier Tagen erreicht haben.«

»Dann werden wir kämpfen müssen«, folgerte der König grimmig. Er ballte die filigranen, im Lautenspiel geschulten Hände zu Fäusten und stützte sich damit auf die Tischplatte. »Entsendet augenblicklich Boten in alle Himmelsrichtungen. Sagt den Kommandanten meiner Legionen …«

»Eure Legionen sind allesamt in Kämpfe an den Grenzen verstrickt, Hoheit«, brachte General Irgon in Erinnerung. »Wenn wir sie von dort abziehen, riskieren wir, dass der Damm unserer Verteidigung bricht – dann wäre Tirgas Lan ohnehin zum Untergang verurteilt.«

»Aber es muss doch noch jemanden geben, der uns in unserem Kampf unterstützen kann!« Ein Hauch von Verzweiflung schwang in Elidors Stimme mit; Hilfe suchend schaute er sich um, bis sein Blick an Prinz Runan haften blieb. »Mein Freund, ich weiß, dass ich Euch schon zu viel abverlangt habe, aber in dieser unserer dunkelsten Stunde …«

»Das Volk der Steine versteht Eure Not, und ich bin sicher, dass Euch mein Vater seine Unterstützung nicht verweigern wird«, versicherte der Zwerg ohne Zögern und schlug sich mit der Pranke vor die ledergepanzerte Brust. »Aber auch die wackersten Äxte vermögen nichts gegen eine erdrückende Übermacht, zumal unsere Reihen bereits geschwächt sind.«

»Rettung kann nur die Erste Legion bringen, Hoheit«, war Farawyn überzeugt, »deshalb müssen wir um jeden Preis durchhalten, bis sie in Tirgas Lan eintrifft. Es ist ein verzweifelter Kampf um das Überleben, denn wenn die Hauptstadt fällt, fällt auch das Reich. Nun«, fügte der Zauberer mit unheilvoller Stimme hinzu, »geht es um alles.«

Elidor nickte. Für einen Moment hatte es den Anschein, als breche der junge König in Panik aus, aber dann hatte er sich wieder unter Kontrolle und blickte dem Schicksal gefasst ins Auge. »Werdet Ihr bei uns bleiben?«, wandte er sich fragend an Farawyn.

»Ja, mein König«, erwiderte der Älteste ohne Zögern. »Wir sind gekommen, um Euch im Kampf gegen die Dunkelheit beizustehen; ob in Tirgas Dun oder hier, ist nicht von Bedeutung.«

»Ich danke Euch, *nahad*«, entgegnete der König und verbeugte sich tief. Dann wandte er sich seinen Generälen zu, um die Verteidigungsvorbereitungen zu treffen, während Farawyn zu Cysguran blickte.

»Auf ein Wort, Bruder«, raunte er ihm halblaut zu.

»Was wollt Ihr? Habt Ihr noch nicht alles erreicht? Die Welt versinkt in Blut und Chaos, seid Ihr nun zufrieden?«

Farawyn überhörte den Vorwurf, der fraglos nackter Furcht geschuldet war. »Was, so frage ich Euch, ist zuerst da gewesen«, flüsterte er statt einer geharnischten Erwiderung seinem Rivalen zu, »der Vogel oder das Ei?«

»Was soll das heißen?« Cysguran starrte ihn fassungslos an. »Findet Ihr den Zeitpunkt nicht reichlich unpassend für einen dialektischen Diskurs?«

»Ganz im Gegenteil«, widersprach der Älteste und wurde deutlicher: »Die Frage, die sich stellt ist, ob der Dunkelelf von Anfang an vorhatte, Tirgas Lan anzugreifen, oder ob er sich erst dafür entschieden hat, nachdem er vom Abrücken der Königslegion erfuhr.«

»Wie?« Cysgurans hohe Stirn legte sich in Falten. »Aber gerade sagtet Ihr doch, dass ...«

»Ich weiß, was ich gesagt habe, Bruder«, versicherte Farawyn, »aber als Weise ist es unsere Pflicht, alle infrage kommenden Möglichkeiten abzuwägen. Vielleicht hatte Margok in Wirklichkeit ja vor, Tirgas Dun anzugreifen und sich auf diese Weise Zugang zum Reich zu verschaffen. Dann jedoch erfuhr er, dass die Erste Legion die Hauptstadt verlassen hatte, und er änderte seinen Sinn. Könnte das nicht sein?«

»Gewiss, Bruder«, stimmte Cysguran zögernd zu, den der Gedanke sichtlich zu beunruhigen schien. »Aber von wem könnte er davon erfahren haben?«

»Sehr einfach, Bruder«, beschied Farawyn ihm leise, »von dem Verräter, der nach all den Jahren noch immer in unseren Reihen weilt und nun erneut zugeschlagen hat.«

1. CYRRAITH

Mit einem kleinen Segler waren sie dem Nordfluss bis zur Mündung des *dwaímaras* gefolgt, hatten bei Nacht und strömendem Regen die von Piraten verseuchte Möwenbucht passiert und waren dann der Südküste der östlichen See gefolgt. Unweit der Pforte von Arun, wo die riesigen steinernen Statuen von König Sigwyn und seiner Gemahlin Liadin gen Osten blickten, der zu erobern ihnen nicht vergönnt gewesen war, waren sie schließlich an Land gegangen, inmitten schroffer und zerklüfteter Felsen, gegen die das Meer rauschend brandete.

In einem der von Menschen besiedelten Fischerdörfer, die die Südküste der Ostsee säumten und als Unruheherde verschrien waren, weil sie mit den Piraten zu paktieren pflegten, erwarben sie Pferde und Proviant und setzten ihre Reise gen Süden fort. Dabei trafen sie wiederholt auf Patrouillen des Elfenkönigs, der hier nicht weniger als zwei Legionen stationiert hatte, um den ständigen Angriffen der Seeräuber zu begegnen und sie daran zu hindern, ins östliche Trowna einzufallen und die Haine der Waldelfen zu plündern.

Dank des Status, den er als Zaubermeister innehatte, stellte es für Granock kein Problem dar, die Kontrollen zu passieren – der Hinweis, dass er im Auftrag des Hohen Rates reise, genügte, um die Legionäre in Ehrfurcht erstarren zu lassen. Um den Elfen, der Granock begleitete, kümmerten sie sich nicht. Keiner von ihnen erkannte Ardghal, und selbst wenn sie es getan hätten, hätte es wohl niemand gewagt, sie aufzuhalten.

Unbehelligt erreichten die Reisenden Narnahal, die elfische Enklave am Rande der Zivilisation, und fanden die Stadt in hellem Aufruhr. Wie sie erfuhren, war eine Flotte feindlicher Schiffe vor der Küste aufgetaucht, die nicht nur Tirgas Dun, sondern auch alle anderen Städte entlang des *arfordyr* in Angst und Schrecken versetzt hatte. Granock war klar, dass sich damit bewahrheitet hatte, was Farawyn stets befürchtet hatte – dass die fortwährenden Attacken auf die Ost- und Westgrenze des Reiches in Wahrheit nur Scheinangriffe gewesen waren und der eigentliche Schlag des Dunkelelfen an anderer Stelle erfolgen würde. Er zögerte und erwog, nach Andaril zurückzukehren, um Yrena nun mit aller Macht dazu zu bewegen, auf der Seite des Elfenkönigs in den Krieg einzutreten und Elidor auf diese Weise zu unterstützen – aber er entschied sich dagegen.

Er hatte genug getan, um dem Reich zu dienen und es vor Schaden zu bewahren. Er hatte Verzicht und Geduld geübt, hatte über Jahre hinweg seine Pflicht über seine persönlichen Empfindungen gestellt, ohne dass er je eine Anerkennung oder auch nur ein wenig Respekt dafür bekommen hätte. Im Gegenteil hatte Farawyn ihm wichtige Wahrheiten verschwiegen und ihn nach seinem Gutdünken zu beeinflussen versucht – aber damit war es vorbei. Granock war der Ansicht, dass nun er selbst an der Reihe war, und die Entscheidung dafür kostete ihn weit weniger Überwindung, als es aufgrund seiner Ausbildung und des Eides, den er geleistet hatte, eigentlich hätte der Fall sein müssen. Er erschrak darüber, wenn auch nur kurz; dann waren Ardghal und er bereits auf dem Weg zur Küste, nachdem sie die Pferde gewechselt und frischen Proviant gefasst hatten.

In den unzähligen Ansiedlungen entlang des *arfordyr* ein Schiff aufzutreiben, das seetüchtig war und in der Lage, die Passage zu den Fernen Gestaden zu meistern, war nicht weiter schwierig – eine Mannschaft anzuheuern, stellte Granock schon vor sehr viel größere Probleme. Gerüchte von einem geheimnisvollen Todesnebel machten die Runde, von Kauffahrern, die darin verschwunden und niemals wieder aufgetaucht seien, und so fand sich niemand, der bereit gewesen wäre, mit ihnen in See zu stechen.

An Bord einer winzigen Jolle, die von zwei Mann besetzt und bedient werden konnte, traten der Zauberer und sein Führer schließlich die Überfahrt zu den Fernen Gestaden an – fraglos kein würdiges Fortbewegungsmittel, aber immerhin eines, das klein genug war, um nicht aufzufallen.

Wie lange die Überfahrt dauerte, wusste Granock später nicht mehr zu sagen. Bleierne Müdigkeit bemächtigte sich seiner, sodass er immer wieder einschlief, während Ardghal das Boot mit traumwandlerischer Sicherheit durch die Wellen steuerte. Auf die Frage, woher er den genauen Kurs wisse, antwortete der Elf mit überlegenem Lächeln: »Die Reise zu den Fernen Gestaden ist nicht so sehr eine Reise des Körpers, als vielmehr eine Suche der Seele. Aus diesem Grund kennen alle Söhne und Töchter Sigwyns den Weg – und aus dem nämlichen Grund wird deinesgleichen niemals zu den Gestaden finden.«

Tag und Nacht wechselten in, so kam es Granock vor, willkürlicher Reihenfolge. Je länger die Passage dauerte, desto mehr kam ihm sein Zeitgefühl abhanden, was er nicht zuletzt dem Nebel zuschrieb, der irgendwann aufgezogen war und den kleinen Segler umhüllte. Natürlich hatte Granock sogleich an die Gerüchte gedacht, von denen sie gehört hatten und an den angeblichen Todesnebel vor der Küste, aber Ardghal verspottete ihn für seine Unkenntnis und versicherte ihm, dass dies der *nivur tragwytha*, der »Ewige Nebel«, sei und der beste Beweis dafür, dass sie sich auf dem rechten Weg befänden – und er sollte recht behalten.

Als der Nebel sich Tags darauf endlich auflöste und durch die sich lichtenden Schwaden der Palast von Crysalion sichtbar wurde, fern und sphärenhaft wie eine Erscheinung, da wusste Granock, dass er den Anblick niemals in seinem Leben vergessen würde.

Crysalion war der Ursprung.

Die Zukunft.

Sein Schicksal.

Hoch und erhaben ragten die Kristalltürme des Palastes über den Klippenfelsen auf, größer und prächtiger als alles, was Granock je zuvor in seinem Leben gesehen hatte. Die weißen Mauern von Tirgas Lan verblassten dagegen, und selbst die Insel, die sich jenseits des Palastes erhob, verblasste beinahe zur Nebensächlichkeit angesicht dieses monumentalen Bauwerks, das den Gesetzen der Natur nicht unterworfen schien. Trotz seiner enormen Größe und seiner unzähligen Türme und Kuppeln ruhte es offenbar auf einem verhältnismäßig schmalen Fundament, dem es gleichsam entwachsen schien. Der Vergleich mit einem riesigen Baum drängte sich Granock auf, und er ertappte sich dabei, dass er tief beeindruckt war.

So lange Zeit hatte er Groll gegen diesen Ort gehegt, hatte ihm die Schuld dafür gegeben, dass er von seiner großen Liebe getrennt worden war (was zwar nicht der Wahrheit entsprach, ihm aber ein wenig Trost verschafft hatte), dass er niemals angenommen hätte, auch nur ansatzweise etwas wie Ehrfurcht oder Ergriffenheit zu empfinden. Beides war jedoch der Fall.

Granock konnte nicht anders, als sich im Bug des Bootes zu erheben, in dem er gekauert hatte, und in einer respektvollen Geste den Zauberstab zu senken. Der Kristall, der darin eingearbeitet war, schien die Nähe jener Urkraft zu bemerken, die nicht nur ihn, sondern auch alle anderen Elfenkristalle erfüllte, und begann in sattem Blau zu leuchten.

»Ja, Mensch«, rief Ardghal ihm von der Ruderducht aus zu. »Sieh es dir an und verzweifle daran – denn zu etwas wie diesem wird dein Volk niemals in der Lage sein!«

Sein verletzter Stolz drängte Granock zu einem Widerspruch, aber es wäre lächerlich gewesen. Selbst er bezweifelte, dass die Menschen in ihrer Rohheit und Brutalität jemals etwas so Wunderbares würden erschaffen können – und vermutlich war das auch der Grund dafür, dass ihnen der Zugang nach den Fernen Gestaden wohl auf immer verschlossen bleiben würde. Er jedoch war hier, als Erster seiner Art – auch wenn er nicht vorhatte zu bleiben.

Auf dieselbe Weise, wie er den Weg über das Meer gefunden hatte, strebte Ardghal einen Platz an, wo die Jolle anlanden konnte. Es war ein schmaler Felsspalt, der sich zwischen den fast senkrecht aufragenden Klippen öffnete, und einen Augenblick fürchtete Granock, sie könnten von einer Woge erfasst und an den Felsen zerschmettert werden. Doch das Boot passierte den Spalt unbehelligt und gelangte auf diese Weise in eine geschützte Bucht, von deren Kiesstrand sich ein schmaler Pfad am grauen Gestein emporwand.

Knirschend lief die Jolle auf Grund. Als Granock aus dem Boot sprang und seine Füße zum ersten Mal den für die Elfen so bedeutungsvollen Boden berührten, da hatte er mit einem Mal das Gefühl, ein – wenn auch nur winziger – Teil von etwas Großem, Bedeutendem zu sein und sich seiner Rolle im kosmischen Spiel der Kräfte bewusst zu werden. Schon einen Herzschlag später jedoch war dieser Eindruck wieder verflogen. Granock zog das Boot vollends an Land und half Ardghal dabei, das Segel zu reffen. Dann griff er nach seinem Zauberstab, und sie begaben sich auf den Weg nach Crysalion.

Die Stufen, die vor undenklich langer Zeit in den Fels gehauen worden waren, waren glatt geschliffen von den Schritten all derer, die hier entlanggegangen waren. In engen Windungen führten sie an den steilen Klippen empor, die diese Seite der Insel säumten und über denen der Palast von Crysalion thronte.

Noch immer hatte sich Granock von dem Anblick des stolzen Bauwerks nicht erholt, und er brannte darauf, es aus der Nähe zu betrachten – mit noch viel größerer Ungeduld jedoch sehnte er sein Wiedersehen mit Alannah herbei.

Wie würde es sein, ihr wiederzubegegnen nach all den Jahren? Zürnte sie ihm noch wegen der Dinge, die damals geschehen waren, oder hatte sie ihm vergeben? Und vor allem: teilte sie seine Zuneigung noch?

Die letzte Frage erschreckte den jungen Zauberer.

Er selbst hatte Alannah in all der Zeit nicht vergessen, und seine Gefühle für sie waren immer noch dieselben wie am Tag des überstürzten Abschieds. Ob sie ebenso empfand, war mehr als fraglich. Immerhin hatte sie sich damals nicht für ihn, sondern für Aldur entschieden – welches Recht hatte er also, unvermittelt aufzutauchen und alte Wunden aufzureißen?

Granock fühlte sich plötzlich elend, und je weiter sie den Pfad hinaufstiegen, desto schlimmer wurde es. Er hatte seinen Willen durchgesetzt und war nach den Fernen Gestaden gereist, um Gewissheit zu bekommen und endlich Ruhe zu finden – aber was, wenn der Schmerz dadurch nur noch größer wurde? Wenn er Alannah sah und zu der Erkenntnis gelangte, dass er vier weitere Jahre ohne sie nicht ertragen würde? Und was würde geschehen, wenn er Aldur begegnete? Vier Jahre lang war ihm die sagenumwobene Heimat der Elfen als das lohnendste Ziel auf Erden erschienen – nun hatte er plötzlich Zweifel.

Von den schmalen Felseinschnitten aus, durch die der Pfad verlief, bot sich den Wanderern immer wieder ein flüchtiger Blick auf den Palast; erst als sie die Klippenfelsen ganz erklommen hatten, bekamen sie ihn ganz zu sehen – und Granock begriff, dass etwas mit dem Bauwerk nicht stimmte!

Nach allem, was er gehört hatte, bestand es ganz aus Kristall und hätte entsprechend von Licht durchdrungen sein müssen, aber das war nicht der Fall. Im Gegenteil wirkten Mauern und Türme schmutzig und grau und waren von dunklen Adern durchzogen wie schmelzendes Eis am Ende des Winters.

Auch Ardghal hatte es bemerkt, und es war das erste Mal, dass Granock den sonst so scharfzüngigen Fürsten sprachlos erlebte. Selbst im Kerker von Andaril hatte der Verräter weiter sein Gift verspritzt und seine Intrigen gesponnen. Nun jedoch schienen auch ihm die Worte zu fehlen.

»Bei … bei allen Mächten Crysalions«, war alles, was er stammelnd hervorbrachte. »Was ist hier geschehen?«

»Die Festung scheint beschädigt«, kommentierte Granock betroffen. Angesichts des Spotts, mit dem Ardghal ihn noch vorhin übergossen hatte, hätte er auch Häme empfinden können, aber tatsächlich fühlte er nur Bedauern. Und wachsende Sorge …

»Beschädigt?« Ardghal bedachte ihn mit einem Seitenblick. »Der Palast von Crysalion ist keine Ansammlung von Steinen, die die Arbeit grober Hände aus dem Fels gerissen und wieder zusammengefügt hat. Der Hort der Kristalle ist aus der Kraft des Annun erwachsen und von ihr durchdrungen. Er ist auf gewisse Weise lebendig! Wenn er sein Licht verloren hat, so muss es dafür eine Ursache geben.«

»Eine Ursache?« Granock konnte sein Erschrecken nicht verbergen.

»Ihr habt mir nie gesagt, weshalb Ihr nach den Fernen Gestaden reisen wolltet, Meister Lhurian«, sagte Ardghal lauernd. Wie immer, wenn er Granocks Zaubernamen aussprach, hörte es sich spöttisch an.

»Nein«, bestätigte Granock, »und daran wird sich auch nichts ändern. Eure Aufgabe ist es, mich zum Palast zu führen. Sobald Ihr Euren Teil der Abmachung erfüllt habt, gebe ich Euch frei, und Ihr könnt gehen, wohin es Euch beliebt.«

»Und was werdet Ihr dann tun?«

»Das geht Euch nichts an.«

»Natürlich nicht.« Ardghal lächelte schwach. »Und wenn ich Euch sage, dass Ihr Euch besser vorsehen solltet?«

»Inwiefern?«

»Ich gehe nicht davon aus, dass Euer menschliches Empfinden in der Lage ist zu spüren, was ich spüre – wenn es so wäre, würdet Ihr merken, dass etwas an diesem Ort nicht stimmt. Der Annun, dessen Schwingungen die Insel zu einem Ort des Friedens und der Harmonie machen, ist verstummt.«

»Und?«

»Wäre ich an Eurer Stelle, würde ich versuchen, den Grund dafür herauszufinden«, entgegnete der Elf rätselhaft. »Habt Ihr je daran gedacht, dass sich das Spiel der Mächte auch auf diesen Ort ausgewirkt haben könnte?«

»Was meint Ihr?«

»Nun – was, wenn der Krieg, der unsere Welt entzweit, auch auf die Fernen Gestade übergegriffen hat?«

Granock schluckte sichtbar. Genau das war es gewesen, was Farawyn befürchtet hatte; aus diesem Grund hatte er Aldur und Alannah überhaupt gehen lassen. Aber wenn es so war, wenn Margok tatsächlich nach den Fernen Gestaden gegriffen hatte, weshalb hatte Shakara dann nie etwas davon erfahren? Und was war aus seinen Freunden geworden?

Als Ardghal die Sorgenfalten sah, die Granocks Stirn verfinsterten, beging er den Fehler, leise zu lachen. Die Hand des jungen

Zauberers schoss auf ihn zu, packte ihn am Kragen seines Gewandes und riss ihn zu sich heran.

»Was wisst Ihr?«, fauchte er ihn an.

»W-wovon ... sprecht ... Ihr ...?« Der Elf hatte Mühe, die Worte hervorzubekommen, denn Granocks Griff ließ ihn kaum atmen.

»Ich spreche von den dunklen Andeutungen, in die Ihr Euch hüllt, von Eurem unheilvollen Gerede! Haltet Ihr mich für einen solchen Narren? Ihr arbeitet für den Dunkelelfen, also sagt mir gefälligst, was hier vor sich geht, oder ich werde Euch zur Salzsäule erstarren lassen und von dieser Klippe stürzen!« Um seine Worte zu verdeutlichen, drehte er Ardghal so, dass dessen Oberkörper über dem Abgrund schwebte, der jenseits der Klippen klaffte. Das Rauschen der Brandung und das Kreischen der Möwen drangen aus der Tiefe herauf.

»Nein!«, krächzte der Verräter entsetzt. »Tut das nicht, ich bitte Euch!«

»Dann macht gefälligst das Maul auf, Mann«, drängte Granock. »Was ist hier geschehen?«

»Ich weiß es nicht!«

»Lügner!«

»Ich ... schwöre es! Ihr habt recht ... ich stand auf Seiten Margoks ... aber nur als sein kleiner Diener ... weiß nichts über seine Pläne.«

Granock, dessen blaue Augen in wildem Zorn funkelten, überlegte. Ein Teil von ihm hätte den Elfen am liebsten in die Tiefe gestürzt, aber sein Verstand sagte ihm, dass Ardghal die Wahrheit sprach. Nicht von ungefähr war es Margok wiederholt gelungen, den König und selbst den Hohen Rat zu täuschen. Er war ein Meister darin, seine wahren Absichten zu verschleiern, und weihte niemanden in seine Pläne ein – am wenigsten einen Speichellecker vom Schlage Ardghals, der vom Königshof geflohen war und bei ihm Unterschlupf gesucht hatte. Er war nur einer der vielen willigen Helfer, derer sich der Dunkelelf bediente.

Granock fletschte die Zähne wie ein Raubtier, dann riss er Ardghal herum und stieß ihn von sich. Der Elf geriet ins Straucheln und kam zu Fall, schlug sich das Kinn am schroffen Gestein blutig.

»Kennt Ihr den Weg ins Innere?«, fragte Granock mitleidlos.

Ardghal nickte, während er sich das Blut mit dem Ärmel abwischte. »Natürlich«, erklärte er pikiert. »Jeder von uns kennt ihn. Er ist in den Gesängen Lindragels beschrieben.«

»Dann singt, Fürst Ardghal«, forderte Granock ihn auf. »Ich höre Euch gerne zu.«

Argwohn und Vorsicht waren gleichermaßen in den Zügen des Elfen zu lesen. Zum ersten Mal hatte Granock den Eindruck, dass Ardghal sich vor ihm fürchtete, und er ertappte sich dabei, dass ihm dies grimmige Genugtuung verschaffte, obwohl es den Grundsätzen des Ordens widersprach.

Ardghal raffte sich wieder auf die Beine und übernahm erneut die Führung. Die Kristallfestung ragte nun unmittelbar vor ihnen auf, und angesichts der ungeheuren Größe des Bauwerks, überkam Granock ein Gefühl von Verlorenheit. Während sich rechts von ihnen das Meer erstreckte, über dem milchig und grau der Ewige Nebel lag, grenzte zur linken Seite dichter Baumbewuchs an den Fuß der Felsen, der sich nach Süden hin scheinbar endlos fortsetzte. Granock bemerkte Kiefern und Eichen, aber auch Bäume, die er noch nie zuvor gesehen hatte, noch nicht einmal in den dunklen Dschungeln Aruns. Dazwischen waren steinerne Gebäude zu erkennen, die mit ihren Säulen und Kuppeln alle Merkmale elfischer Baukunst aufwiesen.

Es waren Haine, wie die Elfen des Festlands sie zu bewohnen pflegten, aber selbst von seinem hohen Aussichtspunkt aus konnte Granock sehen, dass sie in schlechtem Zustand waren. Schlinggewächse wucherten an Säulen und Bogen empor, Dächer waren teilweise eingebrochen; und die Bäume, die die Elfengärtner sonst kunstfertig zu beschneiden und in die ausgefallensten Formen zu bringen pflegten, waren allesamt ausgeschossen und verwahrlost. Zweifellos war schon lange kein Elf mehr an diesen Orten gewesen – aber wo waren sie alle? Granock konnte nicht behaupten, dass ihm die Sache gefiel. Er packte den Zauberstab mit beiden Händen und folgte Ardghal mit festem Schritt.

Der Elf schien tatsächlich genau zu wissen, wohin er sich zu wenden hatte. Zielstrebig folgte er zunächst dem Verlauf der Klippen, ehe sie auf eine Straße stießen, die sich in engen Serpentinen vom Wald heraufwand. Sie folgten ihr ein Stück weit den von Geröll übersäten Anhang hinauf, über dem sich die Kristallfestung erhob. Dann verließ Ardghal plötzlich den Weg.

»He«, rief Granock, »was tut Ihr?«

»Ihr wollt ins Innere, oder nicht?« Über die Schulter warf ihm der Elf einen fragenden Blick zu. Eine innere Stimme mahnte Granock zur Vorsicht. Er vermochte den Grund dafür nicht genau zu benennen, aber je näher sie der Festung kamen, desto schwächer fühlte er sich. Gerade so, als nage etwas an seiner Zauberkraft. Und so sehr er sich auch bemühte, er konnte nichts von der vertrauten Präsenz erspüren, die Alannah einst umgeben hatte.

Er nickte zögernd und folgte Ardghal zu etwas, das er zunächst für einen Felsspalt hielt. Erst als er näher kam, erkannte er, dass es in Wahrheit die Mündung eines Stollens war, der ins Innere des Berges zu führen schien – und damit auch in die Festung, die darauf thronte.

»Ist das der Eingang?«, fragte Granock zweifelnd.

»Einer von vielen«, gab Ardghal ausweichend zur Antwort.

»Unbewacht und unverschlossen?«

»Meister Lhurian, dies sind die Fernen Gestade, ein Ort des Friedens und der Freude. Schlösser und Wachen sind hier nicht vonnöten, habt Ihr das schon vergessen?«

Granock verzog das Gesicht. Natürlich hatte der Elf recht, aber nach allem, was sich in Erdwelt ereignet hatte, fiel es ihm schwer zu glauben, dass dieser Ort davon völlig unberührt sein sollte. Zumal sie ja gesehen hatten, dass auch die Gestade offenbar nicht frei von Makeln waren ...

»Also schön«, erklärte er sich einverstanden und senkte drohend den Zauberstab. »Ihr geht voran.«

»Bitte sehr, wenn Ihr es wünscht.«

Ohne Zögern verschwand Ardghal in der Öffnung, Granock blieb dicht hinter ihm.

Schummriges Dunkel empfing sie, und Granock ließ den Kristall am Ende des Elfenbeinstabes leuchten. Der blaue Schein vertrieb die Dunkelheit und ließ einen schmalen Gang erkennen, der schnurgerade durch den Fels verlief. Zu seiner Verblüffung stellte Granock fest, dass ihnen vom Ende blasses Tageslicht entgegendrang, sowie ein kühler Luftzug, der nach Salz und Seetang roch – und nach Tod.

Der Zauberer schreckte zurück. Er hatte den grässlichen Odem der Verwesung schon früher gerochen, an diesem Ort allerdings hatte er am wenigsten damit gerechnet. Er wusste nicht, ob Ardghal, der unbeirrt weiterging, es ebenfalls gewahrte, aber der Palast von Crysalion war von Tod durchdrungen. Granock verspürte jähe Furcht um Alannah, aber auch um Aldur, was ihm klarmachte, dass er den Elfen trotz allem, was gewesen war, noch immer als seinen Freund betrachtete. In den vergangenen vier Jahren hatte er wenn auch vergeblich versucht, Aldur zu hassen, weil er gehofft hatte, dass sein Schmerz und seine Schuldgefühle dadurch nachlassen würden. Auch seine Härte Nimon gegenüber, das wusste er jetzt, war letztlich nichts anderes als eine Folge dieses Versuchs gewesen ...

Der Gedanke, dass seine Freunde an diesen Ort gekommen waren, um ihn gegen die Macht der Finsternis zu verteidigen, dass sie für das Reich ihr Leben eingesetzt und womöglich verloren hatten, während er sich in Selbstmitleid gesuhlt hatte wie ein Frischling im Schlamm, war ihm unerträglich und drückte mit jedem Schritt, den er sich weiterwagte, noch mehr auf seine Seele.

Endlich erreichten sie das Ende des Felsengangs, und einmal mehr wurde Granock von tiefer Ergriffenheit erfasst: Der Stollen mündete auf eine von gewundenen Säulen gestützte Galerie, die einen weiten Felsenkessel umlief, an dessen Innenwand sie sich spiralförmig emporschraubte. Unterhalb davon fiel das Gestein in dunkle, ungeahnte Tiefen ab, nach oben hin war der Kessel offen, sodass der weißgraue Himmel darüber zu sehen war. Rings um den Krater jedoch erhoben sich unzählige Türme und atemberaubende Kuppeln, die allesamt aus rußgeschwärztem Glas zu bestehen schienen – und Granock begriff, dass sie im Inneren der Kristallfestung angelangt waren.

Der Berg, auf dem sich der Palast erhob, war in Wahrheit ein Vulkan, dessen Glut freilich längst erloschen war. Granock vermutete, dass die Wärme aus dem Inneren der Erde das Wachstum der Kristalle begünstigt hatte, und so war durch magischen Einfluss Crysalion entstanden. Kühne Brückenkonstruktionen spannten sich über dem abgrundtiefen Kessel und verbanden eine Seite der Galerie mit der anderen; entlang der Kraterwände erhoben sich kristallene Bauten mit filigranen Türmen und Erkern. Der Anblick war dazu angetan, Granock mit höchstem Staunen zu erfüllen, doch plötzlich erblickte er etwas, das ihn alle Ergriffenheit vergessen ließ, denn es passte zu diesem Ort wie ein Haufen Dung auf ein Tablett aus Elfensilber.

Orks!

Granock traute seinen Augen nicht, als er die Unholde auf der gegenüberliegenden Seite des Kessels entdeckte, nicht nur ein paar wenige, sondern eine ganze Abteilung, die mit Äxten und Speeren bewaffnet war und in tumbem Gleichschritt marschierte. Ihnen voran schritt ein Elfenkrieger, der einen geschlossenen Helm und eine schwarze Lederrüstung trug – zweifellos ein *dun'ras*, wie die Unterführer in Margoks Heer genannt wurden.

Damit war bewiesen, was Granock bislang nur befürchtet hatte – das Böse weilte in Crysalion!

Das erklärte die verlassene Küste und die aufgegebenen Haine, und es lieferte einen Grund dafür, dass der Glanz des Annun verblasst war; außerdem machte es klar, woher der beißende Gestank rührte, der Granock sofort aufgefallen war, denn der Geruch von Moder und Verwesung pflegte den Unholden anzuhaften wie eine schlechte Gewohnheit. Zwei Dinge allerdings erklärte das Auftauchen der Orks nicht – nämlich woher sie kamen und was aus Alannah und Aldur geworden war …

Granock fühlte Panik in sich aufsteigen. Instinktiv zuckte er in den Stollenausgang zurück. Ardghal zog er kurzerhand mit. »Ein Laut«, schärfte er ihm ein, während er ihn gegen die Felswand drückte, »und Ihr seid des Todes!«

Der Verräter nickte krampfhaft, und sie warteten im Halbdunkel des Stollens ab. Den Kristall an seinem *flasfyn* hatte Granock längst verblassen lassen und stattdessen einen Verdunkelungszauber gewirkt, der sie fremden Blicken nicht ganz entziehen konnte, aber zusätzlich tarnte.

So warteten sie ab, während sie hören konnten, wie sich das Getrampel der Unholde näherte.

Granocks Gedanken jagten einander.

Ganz offenbar hatten Farawyns Befürchtungen sich bewahrheitet: Margoks Horden waren an den Fernen Gestaden gelandet und hatten sich ihrer bemächtigt. Aber wieso wusste man in Shakara nichts davon? Weshalb hatte Erdwelt nie etwas von dieser Katastrophe erfahren?

Die Orks und ihr Anführer waren fast heran. Granock konnte ihre Schatten sehen, die den Boden der Galerie heraufkrochen – und im nächsten Moment waren auch ihre unheimlichen Besitzer zur Stelle. Mit der Linken presste Granock Ardghal an die Wand, mit der Rechten hielt er den Zauberstab, um sich nötigenfalls verteidigen zu können.

Dann überstürzten sich die Ereignisse.

Als Granock den Anführer des Trupps erblickte, fiel ihm sofort die Waffe auf, die er in seinen Händen hielt – kein Speer, sondern ein weißlich schimmernder Stab, der gewunden und an der Spitze mit einem schimmernden Kristall versehen war. Es war ein Zauberstab, noch dazu einer, den Granock aus Tausenden herausgekannt hätte, denn er war aus *ilfúldur* gefertigt wie sein eigener – und er gehörte Alannah!

Granock sog scharf nach Luft.

Einen Augenblick lang war er zu entsetzt, um auf Ardghal zu achten, der die Unachtsamkeit nutzte und sich seinem Griff entwand. »Hilfe!«, schrie der Elf laut, ehe Granocks Bann ihn erstarren ließ – aber es war bereits zu spät.

Die Orks drehten die klobigen Schädel, und die an spärliches Licht gewohnten Augen der Unholde entdeckten ihn ohne Mühe. Granock sprang vor, den Zauberstab beidhändig erhoben, und brachte einen Gedankenstoß an, der die vordersten beiden Krieger erfasste und zurücktaumeln ließ. Sie stießen mit ihren nachdrängenden Artgenossen zusammen, worauf eine wilde Keilerei entstand, die Granock kurzerhand beendete, indem er einen weiteren Zeitzauber wirkte. Die Orks verharrten als das ungeordnete Knäuel, zu dem sie verschmolzen waren – ihr behelmter Anführer jedoch blieb von der Wirkung des Zaubers unberührt.

In seine schwarze Rüstung gehüllt und Alannahs Zauberstab in der Hand, trat er auf Granock zu, der eine Verteidigungsposition eingenommen hatte und breitbeinig im Stollen stand, den *flasfyn* lotrecht in seiner Rechten haltend und den linken Arm ausgestreckt.

»Halt!«, fuhr er den *dun'ras* an, von dem durch die Sehschlitze des Helmes nur die Augen zu sehen waren. »Woher hast du diesen Zauberstab? Sprich, oder ich werde dich ...«

Der andere wollte den *flasfyn* heben, doch Granock kam ihm zuvor. Er schickte einen *tarthan* auf den Weg, der sich wie ein Fausthieb in die Magengrube des Gegners senken sollte, doch dieser reagierte blitzschnell und wehrte den Gedankenstoß mit einer beiläufig wirkenden Parade ab. Der Stab aus Elfenbein wirbelte in der Hand des Helmträgers herum, wobei der Kristall an seinem Ende zu leuchten begann und einen purpurfarbenen Halbkreis beschrieb. Auch Granock ging zum Gegenangriff über und trug einen erneuten Zeitzauber vor, der jedoch zu seinem Entsetzen erneut ohne Wirkung blieb. Wer auch immer sich unter dem Helm verbarg, trug den *flasfyn* nicht nur zur Zier ...

Mit einem Sprung setzte der *dun'ras* heran, das untere Ende des Stabes auf Granocks Brust gerichtet. Wären seine Reflexe nicht derart geschult gewesen, hätte der *flasfyn* Granock zweifellos durchbohrt. So pendelte er reaktionsschnell zurück, und der Angriff verfehlte ihn um Haaresbreite – und Granock nutzte die ungünstige Position, in die sich sein Gegner gebracht hatte. Gegen Magie mochte der Kerl mit dem Helm gefeit sein, aber es gab auch andere Mittel, jemanden zu Fall zu bringen ...

Den eigenen Zauberstab als Stütze zweckentfremdend, wirbelte Granock herum, riss ein Bein in die Höhe und empfing den Angreifer mit einem harten Tritt. Ein pfeifendes Geräusch erklang, als die

Luft aus den Lungen des *dun'ras* wich. Er klappte nach vorn und taumelte, und indem er die linke Hand zur Faust ballte, brachte Granock einen *tarthan* an. Margoks Handlanger wurde voll getroffen und gegen die Felswand geschleudert. Vermutlich bewahrte ihn nur sein lederner Harnisch davor, sich sämtliche Rippen zu brechen. Der Helm jedoch wurde ihm beim Aufprall vom Kopf gerissen und landete mit metallischem Klang auf dem Boden.

Darunter kam weißblondes Haar zum Vorschein, das nun seines Halts beraubt war und wallend auf die gepanzerten Schultern fiel – und mit einem Aufschrei des Entsetzens erkannte Granock, gegen wen er auf Leben und Tod gekämpft hatte.

»Alannah!«

Seine Lippen formten ihren Namen; er konnte nicht glauben, sie tatsächlich vor sich zu sehen, unversehrt nach so langer Zeit, aber in der Rüstung des Feindes.

»Was, in aller Welt …?«

Weiter kam er nicht.

In der Hitze des Augenblicks hatte er nicht bemerkt, dass der Zeitbann, den er über die Orks verhängt hatte, erloschen war. Und als es ihm schließlich klar wurde, geschah es in Form eines Axtblatts, das niederging und ihn mit der flachen Seite am Hinterkopf traf.

Schreiender, alles hinfortreißender Schmerz war die Folge. Unbewegt stand Granock da und starrte Alannah an, die seinen Blick ungerührt erwiderte.

Dann brach er zusammen.

2. BREUTHANA GWYRA

Es war ein seltsames Gefühl, den geweihten Boden zu betreten. Farawyn hatte nicht den Eindruck, dieses Privilegs würdig oder auch nur darauf vorbereitet zu sein. Dennoch war er hier. Er roch die salzige Luft, spürte den Wind in seinem Haar und hörte das Rauschen der Brandung. Und er sah jenes riesige, wundersame Gebilde, das jenseits der Strandklippen aufragte und die Insel weithin sichtbar überragte.

Crysalion!

Obschon Farawyn noch nie zuvor an den Fernen Gestaden gewesen war und den Palast der Kristalle somit nur aus den Gesängen Lindragels und den Schilderungen der Alten Chroniken kannte, hatte er ihn sich genau so vorgestellt: Ein riesiges Gebilde, das dem Urkristall entsprungen und im Lauf von Jahrtausenden geformt worden war. Myriaden von Zinnen und Türmen reckten sich in den azurblauen Himmel, in denen sich das Licht der Sonne in allen Regenbogenfarben brach, bis hinauf zur höchsten Spitze, wo sich der Annun befand.

Stolz erfüllte den Ältesten von Shakara angesichts dieses Anblicks, der die Größe und Erhabenheit des Goldenen Zeitalters erahnen ließ – doch dann geschah etwas Unerwartetes: Wind kam auf, der das Meer aufpeitschte und Farawyns Robe blähte. Wolken zogen von Westen heran und schoben sich vor die Sonne, und im selben Augenblick, da das Licht des Regenbogens über Crysalion verblasste, begann sich der Palast dramatisch zu verändern.

Die kristallenen Mauern und Türme wurden plötzlich stumpf, so als hätte etwas ihre innerste Struktur zerstört. Der Vergleich mit einer welkenden Blüte drängte sich Farawyn auf, und während er noch darüber nachsann, was vor sich ging, beobachtete er, wie sich die ersten filigranen Turmgebilde auflösten und vor seinen Augen in Splitter zerfielen.

»Nein!«, rief der Seher entsetzt und hob den Zauberstab, aber seine Kräfte reichten nicht aus, um den Zerstörungsprozess aufzuhalten, der in Gang gesetzt worden war.

Immer weitere Teile des Palasts wurden davon erfasst, immer größer die Trümmer, die sich von Mauern und Erkern lösten und über die Klippen in die tosende See stürzten; und schließlich neigten sich ganze Türme gleich riesigen Bäumen, an die die Axt gelegt worden war.

»Neeein ...!«

Farawyns Schrei verhallte ungehört im Getöse. Tränen schossen ihm in die Augen, während er zusah, wie der Stolz und Ursprung des Elfenvolks zugrunde ging. Immer größer wurde das Ausmaß der Zerstörung, bis schließlich auch der Annun in Trümmer fiel.

Farawyns Entsetzen war grenzenlos. Der *flasfyn* entwand sich seinem Griff und fiel zu Boden, er selbst brach in die Knie und schirmte sein Haupt mit den Armen, so als müsse er sich vor den herabprasselnden Kristallsplittern schützen. Unfähig, das Schreckliche noch länger anzusehen, schloss er die Augen.

»Wie konnte das nur geschehen?«, fragte er sich kopfschüttelnd wieder und wieder. »Wie, bei allen Kräften der Schöpfung, konnte das nur geschehen ...?«

»Da fragt Ihr noch?«

Die Stimme kam von unmittelbar neben ihm.

Farawyn zuckte zusammen und riss die Augen auf, starrte verblüfft auf die Gestalt, die unbemerkt zu ihm getreten war. Sie trug eine lange Robe, deren Kapuze tief ins Gesicht gezogen war, sodass ihre Züge nicht zu erkennen waren. Dennoch hatte der Seher den Eindruck, die Stimme zu kennen.

»Verrat hat dies bewirkt, Bruder Farawyn«, erklärte der Vermummte schlicht. »Mein Verrat, der Euer aller Untergang bedeuten wird.«

»W-wer seid Ihr?«, stieß der Älteste hervor, vor Entsetzen kaum in der Lage, einen klaren Gedanken zu fassen.

Der Vermummte blickte auf ihn herab, sein Gesicht war in der Schwärze der Kapuze jedoch noch immer nicht zu erkennen. »Das wisst Ihr noch nicht?«, fragte er – und mit einem leisen Lachen griff er nach der Haube, um sie zurückzuschlagen ...

»Meister Farawyn! Meister Farawyn ...!«

Hart und schneidend drang die Stimme an sein Ohr. Jäh wurde Farawyn klar, dass sie von außerhalb seiner Welt kam, und sie drohte ihn in die Wirklichkeit zurückzureißen.

»Nein!«, rief er entsetzt. »Wartet!«

Aber es war zu spät.

Der Vermummte, der kurz davorgestanden hatte, ihm seine Identität zu enthüllen, löste sich in graue Rauchschwaden auf, ebenso wie das Meer, die Klippen und der einstürzende Palast. Das Erwachen riss sie hinfort, und Farawyn machte die Augen auf – nur um sich in seinem Quartier im Palast von Tirgas Lan wiederzufinden, aufrecht auf seinem Lager sitzend und schweißgebadet.

Dem spärlichen Licht nach zu urteilen, das durch die schmalen Fenster fiel, war es früher Morgen – und Farawyn war nicht allein. Kein anderer als Cysguran stand am Fußende des Bettes. Er war es gewesen, der seinen Schlaf gestört und ihn geweckt hatte, im denkbar ungünstigsten Augenblick.

»Was habt Ihr, Bruder?«, erkundigte sich Cysguran mit offenbar ehrlicher Besorgnis. »Ihr seht aus, als hätte Euch etwas zu Tode erschreckt!«

»Das ... hat es auch«, bestätigte der Älteste, der noch ganz unter dem Eindruck der Traumbilder stand. Die Art und Weise, wie sie sich ihm dargeboten hatten, die Eindringlichkeit, mit der sie ihm noch immer vor Augen standen, sagte ihm, dass sie mehr als nur die Widerspiegelung seiner verborgenen Ängste und Befürchtungen gewesen waren.

Farawyn hatte eine Vision gehabt.

Er hatte das Ende Crysalions erlebt, und er war kurz davor gewesen zu erfahren, wer der Verräter in den Reihen des Ordens war. Schon vor vier Jahren hatte dieser zugeschlagen, als Farawyns Vorgänger Semias hinterrücks in seiner Kammer ermordet worden war. Danach war es still um ihn geworden, und alle Bemühungen, ihn zu entlarven, waren ergebnislos geblieben.

Bis heute ...

»Nicht viel hätte gefehlt«, murmelte Farawyn leise, der nicht fassen konnte, dass ihm die Gelegenheit entgangen war. »Nicht viel, und ich hätte sein Gesicht gesehen ...«

»Von wem sprecht Ihr, Bruder?«

»Ich spreche von ...« Farawyn verstummte. Erst jetzt kam er vollends zu sich, und entsprechend verwundert war er über Cysgurans Anwesenheit. »Was tut Ihr hier, Bruder?«, wollte er wissen. »Wo ist Argyll?«

»Wo Euer Koboldsdiener ist, würde mich auch interessieren«, gestand Cysguran. »Als ich eintraf, war er nirgendwo zu sehen, und die Tür Eurer Kammer war unverschlossen.«

»Unverschlossen?« Farawyn blickte verständnislos in Richtung Tür. Er war sicher, den Riegel vorgelegt zu haben – kein gewöhnliches Schloss, sondern ein *calo-huth*, der selbst übernatürlichen Angriffen zu trotzen verstand. Doch der Riegel war offen, ebenso wie die Tür – wie war das möglich?

»Ihr tätet gut daran, Euch einen neuen Diener zu wählen«, war Cysguran überzeugt. »Argyll mag einst ein nützlicher Helfer gewesen sein, aber er ist alt geworden, und sein Gedächtnis ist ebenso welk wie die Blütenkappe auf seinem Kopf.«

Farawyn erwiderte nichts darauf. Es stimmte, sein Diener hatte an seiner Art gemessen ein gesegnetes Alter erreicht, andererseits hatte er ihm noch nie Anlass zur Unzufriedenheit gegeben. Im Gegenteil hatte er sogar dringend ersucht, ihn nach Tirgas Lan begleiten zu dürfen und nicht wie die meisten anderen Koboldsdiener in Shakara zu bleiben ...

»Ich werde mich zu gegebener Zeit darum kümmern«, entschied der Älteste, der nur sein Untergewand trug, dennoch aber die ganze Würde seines Amtes ausstrahlte. Sein Blick, der inzwischen ganz im Hier und Jetzt angekommen war, richtete sich auf Cysguran.

»Was führt Euch zu mir, Bruder?«

»Nichts weiter«, versicherte der andere. »Eigentlich wollte ich Euch nur etwas ausrichten lassen, aber dann fand ich Eure Kammer unverschlossen und ...«

»Was wolltet Ihr mir ausrichten lassen?«

»Dass die letzte Welle von Zauberern durch die Kristallpforte gekommen ist. Nunmehr ist die Ordensburg fast vollständig geräumt. Nur noch drei Meister, einige unerfahrene Novizen und die Kobolde befinden sich dort.«

»Gut.« Farawyn nickte. »Bruder«, sagte er dann, »ich weiß, dass Ihr mit meiner Entscheidung noch immer nicht einverstanden seid, aber ...«

»Wie heißt es in den Abhandlungen Royans? ›Zeit ist die unbegreiflichste aller Kräfte. Sie vermag mehr zu bewegen als selbst der mächtigste Wind und macht bisweilen selbst Narren weise.‹ Ich fürchte, Bruder«, fügte Cysguran halblaut hinzu, »dass ich ein solcher Narr gewesen bin.«

»Inwiefern?«

»Indem ich nicht sehen wollte, dass Ihr nur das Wohl des Reiches und das Überleben unseres Volks im Sinn habt«, gab Farawyns einst so scharfzüngiger Gegner zur Antwort. »Und indem ich nicht erkannte, dass mächtige Zauberer in diesen unruhigen Zeiten zusammenstehen müssen«, fügte er hinzu und deutete eine Verbeugung an. »Wollt Ihr mir meine Engstirnigkeit verzeihen, Bruder?«

»Ich kann nicht verzeihen, wo nichts zu verzeihen ist, mein Freund«, entgegnete Farawyn ohne Zögern und reichte ihm die Hand – eine menschliche Geste freilich, die ihm jedoch nicht zuletzt durch seinen Schüler Granock selbstverständlich geworden war. Cysguran ergriff sie, und während sie einander tief in die Augen blickten, begruben die beiden Zauberer ihre Feindschaft.

»Wollt Ihr mir nun verraten, was Euch vorhin widerfuhr?«, erkundigte sich Cysguran schließlich.

»Ich hatte eine Vision«, erklärte Farawyn.

»Wovon? Den Ausgang des Krieges?«

»Das will ich nicht hoffen«, erwiderte der Älteste ausweichend, wobei ihm wieder das Bild des in Scherben sinkenden Palastes vor

Augen stand. Die Natur seiner Visionen bedingte es, dass sie ihm eine mögliche Version der Zukunft zeigten. Was er gesehen hatte, würde sich vielleicht bewahrheiten, vielleicht auch nicht. Es hing von den Entscheidungen ab, die getroffen wurden, und Farawyn hoffte, dass er richtig entscheiden würde – oder würde er die Katastrophe durch sein Zutun erst in Gang setzen? Es war dieser Zwiespalt, der seine Gabe zur Bürde machte. Aber er hatte gelernt, damit zu leben.

»Was habt Ihr dann gesehen?«, drängte Cysguran. »Bitte, Bruder, lasst mich teilhaben an Eurem Wissen!«

»Es ist kein Wissen«, verbesserte Farawyn, »nur eine Ahnung von dem, was vielleicht einst sein könnte. Aber für einen Herzschlag hatte ich die Gelegenheit …«

»Ja?«

Farawyn schaute dem anderen fest ins Gesicht. »Ich habe den Verräter gesehen«, erklärte er.

»Den Verräter?«

»Ganz recht. Er stand so dicht neben mir, dass ich ihn hätte berühren können.«

»Habt Ihr ihn erkannt?«

»Ich war kurz davor«, gestand der Älteste. »Aber dann erwachte ich, und die Vision ging verloren.«

»Dann wisst Ihr also nicht, wer es ist?«

»Nein.« Farawyn schüttelte den Kopf. »Aber ich hatte das Gefühl, ihn gut zu kennen.«

»Hegt Ihr einen Verdacht?«

»In der Tat«, bestätigte der Älteste. »Und ich bin froh, dass ich mich dazu entschieden habe, den Betreffenden auf diese vielleicht letzte Reise mitzunehmen, denn so kann ich ihn im Auge behalten, bis er sich selbst entlarvt.«

Cysguran nickte. »Ich weiß, wen Ihr meint. Und ich erinnere mich, Euch gesagt zu haben, dass der Unhold gefährlich ist. Hier scheint zur Ausnahme Euch ein Fehler unterlaufen zu sein, Bruder.«

»Ja«, stimmte Farawyn bereitwillig zu. »Es scheint so.«

3. DWAI CYFAILA

Das Erwachen war fürchterlich.

Wie lange Granock ohne Bewusstsein gewesen war, vermochte er nicht zu beurteilen, aber in dem Moment, da er erwachte, wünschte er sich sogleich wieder zurück.

Sein ganzer Körper schien nur noch aus Schmerz zu bestehen, angefangen von seinem Hinterkopf, wo ihn der Hieb des Ork getroffen hatte, bis in die letzte Zehenspitze. Selbst das Aufschlagen der Lider bereitete ihm einige Qual, und obwohl nur spärlicher Lichtschein in sein Gefängnis drang, dauerte es eine Weile, bis sich seine Augen daran gewöhnt hatten.

In sich zusammengesunken kauerte Granock auf kaltem Steinboden, mit nichts als seiner Tunika bekleidet. Seine Robe hatte man ihm genommen, ebenso wie den Zauberstab, und seine Hand- und Fußgelenke lagen in eisernen Ketten, die bei jeder Bewegung leise klirrten. Ganz allmählich fokussierte sich sein Blick, sodass er seine Umgebung wahrnehmen konnte – ein finsteres, feuchtes Kerkerloch, dessen einziger Ausgang von einer Gittertür verschlossen wurde.

Eingesperrt wie ein Tier, schoss es ihm durch den Kopf, und er rekapitulierte die Ereignisse, die ihn in diese missliche Lage gebracht hatten. Zunächst klafften einige Lücken in seinen Erinnerungen, sodass er Mühe hatte, sie zusammenzufügen, aber allmählich gelang es ihm. Der Palast der Kristalle, die Orks, der Überfall, seine Flucht – nach und nach erinnerte er sich. Und natürlich entsann er sich auch an das Gesicht, das ihm so vertraut und so fremd zugleich gewesen war.

»Alannah …«

Er sprach ihren Namen flüsternd aus, fast wie eine Beschwörung, während er zu verstehen versuchte, was geschehen war. Sie war es gewesen, ohne jeden Zweifel, aber ihr Blick war so ohne Erkennen, so ohne jede Spur von Zuneigung gewesen, als wohnte ein fremder Geist in ihrem Körper. Was war nur mit ihr geschehen? Warum stand sie auf der Seite des Feindes?

Der Gedanke war so unerträglich, dass er Granocks Schmerzen noch verstärkte. Stöhnend sank er an der Kerkerwand herab und wand sich am Boden, während Verzweiflung sein Herz zerfraß wie ein blutgieriges Monstrum. Was, so fragte er sich immer wieder, war in den vergangenen vier Jahren passiert? In was für einen Albtraum war er geraten?

Seine verbliebenen Kräfte zusammennehmend, raffte er sich auf die Beine, wankte zum Gitter und rüttelte daran. »He, ihr da draußen!«, schrie er dazu. »Hört ihr mich? Könnt ihr mich hören, verdammt noch mal?«

Seine Stimme verhallte auf dem Gang, ohne dass eine Reaktion oder auch nur eine Erwiderung erfolgte. Granock versuchte es noch einmal. Als sein Rufen erneut wirkungslos blieb, kehrte er zurück auf seinen Platz am Boden, wo er niedersank und sich die Haare raufte.

Unzählige Fragen bestürmten ihn, und die Antworten, die er sich zu geben versuchte, verwirrten ihn nur noch mehr. Als die Erschöpfung ihn schließlich übermannte und er aufs Neue in die Bewusstlosigkeit zurückfiel, folgten seine Ängste und Befürchtungen ihm wie ein Schatten.

Als er die Augen wieder aufschlug, fühlte er sich weder erholt noch ausgeruht. Etwas hatte ihn geweckt, das von außerhalb seiner Traumwelt an sein Ohr gedrungen war.

Eine Stimme!

Er fuhr hoch und schaute zur Tür, nur um festzustellen, dass er nicht mehr allein war.

Jemand war zu ihm in die Zelle getreten. Jemand, der hochgewachsen war und eine schwarze Magierrobe trug – und dessen schmale, asketisch wirkende Gesichtszüge von langem blondem Haar umrahmt wurden. Ein schmales Augenpaar schien Granock aus fernster Vergangenheit anzustarren ...

»Aldur!«

Granock war außer sich.

Wäre er nicht zu erschöpft dazu gewesen, wäre er aufgesprungen, um den Freund zu begrüßen. So begnügte er sich damit, ihn aus großen Augen anzusehen und in einer Mischung aus Ehrerbietung und Dankbarkeit die gefesselten Hände zu heben. Für einen Augenblick war die Freude über das unverhoffte Wiedersehen so groß, dass sie den Schmerz und den Zorn und selbst die bittere Gegenwart verdrängte.

Wie oft in den zurückliegenden vier Jahren hatte sich Granock gewünscht, Aldur gegenüberzutreten und ihm alles zu erklären, sich zu rechtfertigen für die Dinge, die geschehen waren, und um sein Verständnis zu werben. Nun, da der verloren geglaubte Freund vor ihm stand, brachte er kaum ein Wort hervor. »Aldur, Aldur«, hauchte er nur immer wieder.

»Rothgan«, verbesserte der andere mit einer Kälte, die Granock erschaudern ließ. So sehr er sich freute, die Stimme des Freundes zu hören – sie hatte sich verändert. Oder spielte seine Erinnerung ihm nur einen Streich?

»Natürlich«, bestätigte er nickend. »Du bist am Leben, Freund. Dafür danke ich dem Schicksal!«

»Danke ihm nicht zu früh«, beschied Aldur-Rothgan ihm ohne erkennbare Regung. Er unternahm keine Anstalten, sich zu ihm hinabzubücken oder ihn zu begrüßen. »Rurak hatte recht. In jeder Hinsicht.«

»Rurak?« Granock stutzte, und fast kam es ihm vor, als erwache er erst jetzt wirklich. »Wovon sprichst du?«

»Er hat geahnt, dass es deiner menschlichen Natur zuwiderlaufen würde, dich mit etwas abzufinden. Ihm war von Beginn an klar, dass du irgendwann hier auftauchen würdest, ganz einfach weil dein schwaches Wesen dich dazu zwingt.«

»Rurak?«, hakte Granock noch einmal nach. »Was hast du mit dem Verräter zu schaffen?«

»Was dich betrifft, hat er die Wahrheit gesagt«, erwiderte Rothgan nur. »Er sagte, er wüsste einen Weg, dich an diesen Ort zu locken und dich damit meiner Rache zuzuführen. Und wie du siehst, ist es ihm gelungen.«

»Mich an diesen Ort locken? Rache?« Granock wiederholte die Worte, ohne ihren Inhalt wirklich zu begreifen. Sein erschöpfter Verstand hatte Mühe, mit der Entwicklung der Dinge Schritt zu halten.

»Gewiss. Es bedurfte nur eines geeigneten Köders, um dich an die Fernen Gestade zu locken. Menschen verhalten sich wie Hunde. Man braucht ihnen bloß einen Knochen hinzuwerfen, und schon beißen sie zu.«

»Es war alles geplant?« Erst ganz allmählich begriff Granock, was der andere ihm zu sagen versuchte. »Ich *sollte* hierherkommen?«

»Was dachtest du? Dass du dich frei dazu entschieden hättest?« Er lachte auf. »Wahrscheinlich hattest du sogar ein schlechtes Gewissen deswegen, wie es bei euch Menschen üblich ist. Ändern werdet ihr euch dennoch nie.«

»Du lügst«, sagte Granock, wobei es mehr ein Wunsch war als eine Feststellung.

»Natürlich.« Rothgan nickte. »Auch das ist typisch für euch Menschen. Ihr seid nicht nur Narren, sondern auch unfähig, euch eure Narrheit einzugestehen. Was, wenn ich es dir beweisen würde? Was, wenn ich dir zeigte, dass du nur eine Figur in einem Spiel gewesen bist?«

»Wie willst du das anstellen?«

Aldur-Rothgan lachte kehlig. Dann klatschte er in die Hände und trat zur Seite, und durch die offene Zellentür kam – Granock traute seinen Augen nicht – kein anderer als Fürst Ardghal, springlebendig und mit einem breiten Grinsen im Gesicht. Da wurde ihm klar, dass er in Andaril tatsächlich in die Falle gelockt worden war. Und das Perfide daran war, dass Rothgan sogar Farawyn zu seinem Komplizen gemacht hatte.

Das Ausmaß seiner Bestürzung spiegelte sich in Granocks Gesicht wider, was Rothgan amüsierte. »Du solltest dich sehen, Mensch. Das bist du. Nicht mehr.«

»Yrena?«, fragte Granock.

Ardghal schüttelte den Kopf. »Nur eine willige Spielfigur, genau wie Ihr, großer Meister Lhurian.«

Granock ertrug den Anblick seiner triumphierenden Feinde nicht. Er vergrub das Gesicht in den Händen, wobei ihn die klirrenden Ketten bei jeder Bewegung an seine Torheit erinnerten. Um die Vergangenheit endgültig hinter sich zu lassen, war er nach den Fernen Gestaden aufgebrochen – nun hatte sie ihn erst recht eingeholt. Granock hatte sein Leben ins Reine bringen wollen und damit nur Schaden angerichtet. Er hatte Farawyns Vertrauen missbraucht und Yrena vor den Kopf gestoßen und damit vermutlich das Bündnis mit den Menschen vereitelt.

Was für ein Narr war er gewesen ...

»Was hast du nur getan?«, fragte er und schaute an dem Elfen empor, der ihn einst als seinen Bruder bezeichnet hatte. »Was, bei Sigwyns Söhnen, hast du nur getan?«

»Das will ich dir sagen, *cyfail*«, entgegnete Aldur, wobei er das elfische Wort für »Freund« in einer Weise aussprach, als müsse er sich dabei übergeben. »Ich habe die Augen geöffnet. Und ich habe erkannt, dass ich von Lügnern und Heuchlern umgeben war, von Feinden, mein ganzes Leben lang!«

»Das ist nicht wahr!«

»Du wagst es zu widersprechen? Willst du abstreiten, dass du unsere Freundschaft verraten hast? Dass du mich hintergangen und betrogen hast?«

»Ich wusste nichts von dem, was Alannah und dich verband«, beteuerte Granock.

»Was soll das heißen, du wusstest nicht, was uns verband? Glaubst du denn, dir kommt zu, was einem Sohne Sigwyns zusteht, Mensch? Glaubst du, eine Elfin von edlem Geblüt könnte auch nur in Erwägung ziehen, sich mit einem Wurm wie dir einzulassen? Wie konntest du nur jemals so vermessen sein?«

Aldurs Stimme war immer lauter geworden, seine blauen Augen leuchteten in fiebrigem Glanz. Granock sah so viel Hass darin, dass es ihn schauderte. Ein Teil von ihm hatte gehofft, dass die Zeit zumindest einige der Wunden geheilt hatte, die ihre eigene

Dummheit und Unvorsicht geschlagen hatte, aber das war wohl ein weiterer Irrtum gewesen. Ihm wurde klar, dass Aldur ihm niemals vergeben würde, weder in diesem noch in einem anderen Leben.

»Ja«, sagte er deshalb leise und voller Bitterkeit, »du hast recht. Wie konnte ich nur so vermessen sein?«

»Du stinkst, Mensch«, fuhr Aldur ihn an. »Wenn ich nur daran denke, dass ich dich einst meinen Bruder nannte, so möchte ich vor Scham vergehen. Verflucht sei der Tag, an dem du deinen verräterischen Fuß auf die Schwelle von Shakara gesetzt und alles entweiht hast, das mir je etwas bedeutet hat. Was immer dort geschehen ist, ist deine Schuld, Mensch!«

»Wovon sprichst du?«, wollte Granock wissen. »Trage ich die Verantwortung dafür, dass der Hohe Rat schwach und das Elfentum im Niedergang begriffen ist? Ist es mein Verschulden, dass dein wirklicher Vater dich verleugnet und zurückgewiesen hat?«

Aldur wankte wie unter einem Schwertstreich. Granock konnte sehen, wie er die Fäuste ballte und heiße Glut zwischen seinen Fingern glomm, und einen Moment lang rechnete er damit, dass sein Rivale die Beherrschung verlieren und von seinem *reghas* Gebrauch machen würde, um ihn bei lebendigem Leib zu rösten – geschwächt, wie er war, wäre Granock ihm hilflos ausgeliefert. Aber Rothgan tat es nicht – wohl weil er entschied, dass das Leben in diesem Fall eine schlimmere Bestrafung war als der Tod.

»Es ist wahr«, bestätigte er mit bebender Stimme. »Kein anderer als Farawyn, der Oberste der versammelten Heuchler und Zauderer von Shakara, ist mein leiblicher Vater. Hat dich das überrascht?«

»Ein wenig«, gab Granock zu.

»Ihn wohl auch – so sehr, dass er sich nicht dazu durchdringen konnte, mir die Wahrheit zu sagen. Hätte Alduran nicht versehentlich sein Schweigen gebrochen, hätte ich es vermutlich nie erfahren. Sie alle hatten sich gegen mich verschworen, jeder Einzelne von ihnen. Bewusst haben sie mir die Wahrheit vorenthalten, um mich zu schützen, wie sie behauptet haben – in Wirklichkeit jedoch fürchteten sie sich vor meinen Fähigkeiten. Ihnen allen war klar, dass ich ein größerer und mächtigerer Zauberer werden könnte, als sie es jemals waren, und das hat ihre kleinlichen Gemüter in Angst und Schrecken versetzt.« Aldur grinste stolz. »Zu Recht, wie man nun sieht.«

»Allerdings.« Granock nickte. »Was ist nur aus dir geworden?«

»Was aus mir werden musste. Was Farawyn vermutlich von Beginn an in seinen Visionen gesehen hat und was er zu verhindern trachtete. Und indem er es versuchte, hat er die Katastrophe erst heraufbeschworen. Klein halten wollte er mich, mich leugnen und mich übergehen – nun jedoch bin ich mächtiger, als er es jemals werden wird, denn ich herrsche über die Fernen Gestade und halte die Vergangenheit und die Zukunft des Elfenvolks in meinen Händen!« Er machte eine ausholende Geste. »All das hier gehört mir, Mensch, mir ganz allein und niemandem sonst.«

»Ich verstehe.« Allmählich begriff Granock die Zusammenhänge. »Deshalb wolltest du damals nach den Fernen Gestaden geschickt werden, nicht wahr? Du hattest niemals vor, sie Margoks Zugriff zu entziehen.«

»Anfangs doch«, schränkte Aldur ein. »Zu Beginn war ich tatsächlich töricht genug zu glauben, der Rat würde irgendwann mein Genie erkennen und ihm Tribut zollen. Aber dein Verrat und der Farawyns haben mir klargemacht, dass es dazu wohl niemals kommen würde, also entschied ich mich, meine eigenen Pläne zu verfolgen. Ich habe erkannt, dass es ein ungleich größeres Ziel gibt, als dem Rat und seinen Speichelleckern zu willfahren, also habe ich entsprechend gehandelt.«

»Du hast dich mit Margok verbündet«, flüsterte Granock, der nicht fassen konnte, dass er sich noch vor Kurzem um seinen einstigen Freund gesorgt und sich schwere Vorwürfe gemacht hatte. »Du bist ein Diener des Bösen geworden.«

»Sehe ich für dich aus wie ein Diener?«, fragte Aldur-Rothgan grinsend. »Vergiss nicht, dass ich wie ein König über diese Insel herrsche!«

»Dennoch bist du Margoks Büttel«, beharrte Granock, »und du bist ein Verräter. Statt dem Dunkelelfen den Zugang zu den Fernen Gestaden zu verwehren, hast du ihn bereitwillig geöffnet …«

»… und bin damit zum Herrn der Fernen Gestade geworden. Hier endlich kommen meine Fähigkeiten zur wahren Entfaltung, denn hier legt mir niemand Steine in den Weg.«

»Offensichtlich«, presste Granock trocken hervor, der seinem einstigen Freund mit wachsendem Entsetzen zuhörte. Nicht nur, dass Aldur alles verraten hatte, woran sie einst geglaubt hatten, und sich mit Margok verbündet hatte – er schien dabei auch den Verstand verloren zu haben.

»Und wer hat gesagt«, fuhr Rothgan mit vor Habgier verzerrten Zügen fort, »dass ich damit zufrieden bin, Margoks ergebener Diener zu sein? Irgendwann wird auch die Zeit des Dunkelelfen zu Ende gehen, und dann werde ich, Rothgan, seine Nachfolge übernehmen!«

Nun war Granock endgültig überzeugt, was Aldurs Geisteszustand betraf. »Du hast den Verstand verloren«, stellte er fest.

»Glaubst du?« Der andere lachte auf. »Und wenn ich dir sagte, dass es Gemeinsamkeiten zwischen uns gibt? Dass ich ebenso wenig Furcht davor empfinde, die Macht der Kristalle zu entfesseln, wie einst Qoray? Auch er hat sich gegen den Hohen Rat gestellt, genau wie ich. Und wie er«, fügte Rothgan hinzu und breitete die Arme aus, dass sich die weiten Ärmel seines Gewandes wie die Flügel eines Drachen entfalteten, »kann ich es jederzeit mit diesen Narren aufnehmen!«

Das höhnische Gelächter, in das er verfiel, ergoss sich wie Jauche über Granock. Angewidert verzog dieser das Gesicht und ballte die Fäuste, dass die Ketten klirrten. In all den Jahren, die seit ihrer Trennung verstrichen waren, hatte er niemals Zorn auf Aldur verspürt, obwohl im Grunde er es gewesen war, der ihn hintergangen und ihm seine Zuneigung zu Alannah verheimlicht hatte. Granocks eigenes Schuldbewusstsein und sein Schmerz über den Verlust hatten alle anderen Gefühle bei Weitem überwogen – nun jedoch hegte er zum ersten Mal Groll gegen seinen einstigen Ordensbruder.

Rothgan schien es zu bemerken, denn sein Gelächter verebbte jäh. »Was nun?«, fragte er. »Willst du mich angreifen?«

»Der Gedanke kam mir in den Sinn«, knurrte Granock.

»Nur zu, wenn deine primitive Natur dich dazu drängt. Du wirst allerdings feststellen, dass es vergeblich ist. Die Ketten, die du trägst, sind einem *anmeltith* unterworfen, der deine Zauberkräfte neutralisiert. In diesem Augenblick, Granock, bist du nichts weiter als ein Mensch. Erschütternd, nicht wahr?«

Er lachte erneut, und Granock, der tatsächlich fühlen konnte, dass die Fesseln seine magischen Kräfte schwächten, wusste nichts anderes zu tun, als in hilfloser Verzweiflung an ihnen zu zerren, was natürlich sinnlos war und Rothgans Heiterkeit nur noch mehr entfachte.

Wütend brüllte Granock auf. »Was hast du mit Alannah gemacht?«, wollte er wissen, aber Rothgan lachte nur einfach weiter, und Ardghal fiel in sein Gelächter mit ein.

Gemeinsam wandten sie sich zum Gehen und verließen die Kerkerzelle, erst auf der Schwelle blieb Granocks einstmals bester Freund noch einmal stehen und drehte sich zu ihm um. Der Irrsinn war aus seinen Zügen verschwunden, und kurz hatte Granock den Eindruck, zumindest einen Schatten Aldurs zu erblicken.

»Du hättest nicht kommen sollen«, beschied er ihm ruhig und ohne eine Spur von Häme, »denn nun wird dich meine Rache treffen – und sie wird tödlich sein.«

4. DGELANA DAISHVELANOR

Die Narben waren noch immer da, und sein malträtierter Körper war nach wie vor im Begriff zu zerfallen – Ruraks Geist jedoch war von neuer, böser Kraft erfüllt.

Auch die Schmerzen verspürte er noch immer, aber anders als zuvor brauchte er kein Serum mehr, um sie zu ertragen. Seine jüngst hinzugewonnenen Kräfte befähigten ihn dazu, und sie erinnerten ihn auf wohltuende Weise daran, dass er noch am Leben war – auch wenn andere ihn schon abgeschrieben haben mochten.

Die Pläne, die der abtrünnige Zauberer heimlich geschmiedet, die Intrigen, die er von seinem fernen Exil aus gesponnen hatte, wirkten im Verborgenen. Er brauchte nur abzuwarten, und bald schon würde er wieder der einzige Günstling des Dunkelelfen sein, auch wenn dieser von allem noch nicht das Geringste ahnte.

Seinem Befehl gemäß, hatte Rurak eine Gruppe *anmarvora* über das Schwarzgebirge gen Osten geführt – Ork-Krieger, die er selbst den Klauen des Todes entrissen und sie für das Schlachtfeld zurechtgeflickt hatte, zusammen mit weiteren Unholden sowie einer Horde grobschlächtiger Bergtrolle, die nur durch eiserne Ketten daran gehindert wurden, mit ihren Pranken alles Lebendige zu zermalmen. Sie hatten Anweisung erhalten, sich ein Stück südlich der großen Furt am Fluss zu sammeln, wo sie auf Margoks Hauptstreitmacht warten und sich mit ihr vereinen sollten.

Und sie kam ...

Obwohl Rurak infolge der Verbannung, die er ihm hatte angedeihen lassen, jeden Grund gehabt hätte, Margok zu zürnen, war er voll des Staunens und der Bewunderung, als er die Galeeren erblickte – unförmige, metallgepanzerte Gebilde mit einem stumpfen, stachelbewehrten Bug und einem Kastell am Heck. Das Deck quoll über vor blutdurstigen, bis an die Hauer bewaffneten Unholden, die der Dunkelelf aus jenen unbekannten Pfründen herangeführt hatte, die westlich der Modersee lagen und die nur als *thugyas* bekannt war – als Düsterland. Kein Elf wusste, was sich jenseits dieser Grenze befand, anders als Margok, der es schon vor langer Zeit herausgefunden und jene Gegend zur Heimat jener Rasse gemacht hatte, die er selbst ins Leben gerufen hatte – der Orks.

Unbeobachtet von den Augen der Welt hatte der Dunkelelf Schiffe bauen lassen, eine riesige Kriegsflotte, um die Fernen Gestade zu erobern. Nachdem dieses Ziel erreicht worden war (wenn auch ganz anders, als Margok es erwartet hatte), hatte er einen Teil seiner Seestreitmacht wieder abgezogen und gegen das Elfenreich geschickt, wo sie den endgültigen Sieg gegen Elidor erringen sollte.

Die Zeichen dafür standen nicht schlecht.

Ruraks Hilfstruppen eingerechnet, hatte Margok rund zwölftausend Krieger unter Waffen, während der Feind ihnen weit unterlegen war. Die Grenzlegionen hatten alle Hände voll zu tun, die fortwährenden Angriffe abzuwehren, die auch während der letzten Tage nicht nachgelassen hatten, und wenn das Ablenkungsmanöver seinen Zweck erfüllt hatte, würde die Königslegion von Tirgas Lan abgezogen und Richtung Tirgas Dun in Marsch gesetzt worden sein.

Margoks ursprüngliche sterbliche Existenz mochte weit hinter ihm liegen, aber es hatte eine Zeit gegeben, da er ein Wesen aus Fleisch und Blut gewesen und zum Rat der Zauberer gehört hatte. Folglich wusste er, wie seine Feinde dachten, und dieses Wissen verschaffte ihm einen Vorteil. Wie ein Spieler beim *gem'y'twara* brachte er seine Figuren in die strategisch günstigste Position und würde schon bald zum endgültigen Schlag ausholen. Rurak konnte nicht anders, als ihn dafür zu verehren.

Vom Rücken des Wargs aus, der ihn den langen Weg von der Blutfeste bis zum Ufer des Glanduin getragen hatte, ließ der Zauberer seinen Blick über das Flusstal schweifen. Auf der anderen

Seite, ganz im Süden, erstreckte sich Thurwyns Revier, wo das Heer des Dunkelelfen vor vier Jahren eine demütigende Niederlage erlitten hatte. Zur Linken jedoch, jenseits der dichten Wälder von Trowna, lag Tirgas Lan, die Hauptstadt des Reiches – und der Schauplatz von Margoks größtem Triumph.

Die ersten Schiffe waren bereits angelandet. Anker wurden geworfen, und als übergäben die vollgestopften Mägen der Galeeren sich, ergossen sich unzählige schwer bewaffneter Unholde aus ihrem Inneren und stapften an Land. Ruraks eigene Leute, die sich noch auf dieser Flussseite befanden, begrüßten sie mit lautem Gebrüll und schlugen in freudiger Erwartung von Blut und Beute mit den Pranken auf ihre Schilde. Der Warg, auf dessen Rücken er saß, warf den Kopf in den Nacken und verfiel in schauriges Heulen, das nicht nur von seinen Artgenossen im Heer der Orks beantwortet wurde, sondern auch von unzähligen Wölfen beiderseits des Flusses, ein schauriger Klang, der womöglich bis nach Tirgas Lan zu hören war.

Rurak grinste in unverhohlenem Stolz, und plötzlich vernahm er, zum ersten Mal nach langer Zeit, wieder die Stimme seines unheimlichen Herrn in seinem Inneren.

Nun, mein Diener?, grollte Margok.

»Zu Euren Diensten, Gebieter«, erklärte Rurak beflissen. »Ich habe das Heer der Untoten zum Fluss geführt, genau wie Ihr es wünschtet.«

Gut so. Ich will, dass jene, in denen noch Leben ist, sich an den Toten ein Beispiel nehmen. Nicht Furcht soll ihre Schritte lenken, nicht die Sorge um die eigene Existenz, sondern nur der Wille, für mich zu kämpfen und zu sterben.

»Das werden sie, Gebieter«, versicherte der Zauberer. »Rechnet Ihr denn mit bedeutendem Widerstand?«

Nein. Inzwischen weiß ich, dass mein Plan aufgegangen ist. Dieser Narr Elidor hat die Königslegion zur Verteidigung von Tirags Dun entsandt, damit ist seine Hauptstadt ohne Schutz. Und die Truppen, die den Grenzfluss im Norden verteidigen, sind nicht schnell und nicht zahlreich genug, um uns aufzuhalten. Wir werden schon vor den Mauern Tirgas Lans stehen, während sie sich noch fragen, was geschehen ist.

»So steht Eurem endgültigen Sieg nichts mehr im Wege, mein Gebieter.«

Das möchte ich gerne denken – doch ich wähnte mich bereits früher am Ziel meiner Pläne und musste erkennen, dass ich etwas übersehen hatte, eine Winzigkeit, die meiner Aufmerksamkeit entgangen war.

»Nicht dieses Mal«, versicherte Rurak. »Die Fernen Gestade befinden sich bereits in Eurer Gewalt, und es ist nur noch eine Frage der Zeit, bis sich Euch auch das restliche Elfenreich unterwerfen wird.«

Das will ich hoffen – und du solltest zusehen, mein Diener, dass du nicht wieder versagst.

»Seid unbesorgt, Meister. Dieses Mal werdet Ihr keinen Grund haben, an mir oder meiner Loyalität zu zweifeln. Im Gegenteil werdet Ihr erkennen, dass Ihr nie einen ergebeneren und fähigeren Diener hattet als mich.«

Wir werden sehen – denn ich übertrage dir den Oberbefehl über das Heer.

»M-mir, Gebieter?« Ruraks Überraschung war ehrlich. Mit manchem hatte er gerechnet, aber ganz sicher nicht damit.

Genau so ist es.

»Aber ich dachte, dass Meister Rothgan ...«

Rothgan ist mit anderen Dingen befasst. Er wird zu uns stoßen, sobald die Situation es ihm erlaubt.

»Ich verstehe«, gab Rurak zur Antwort, und musste alle Beherrschung aufbringen, um sich seine Genugtuung nicht anmerken zu lassen. Offenbar zeitigten seine Bemühungen sehr viel rascher Wirkung, als er es sich erhofft hatte.

Bis zu Rothgans Eintreffen wird es dir obliegen, mir über die Fortschritte bei der Eroberung Tirgas Lans zu berichten und den dun'rai *meine Befehle weiterzugeben.*

»Das will ich gerne tun, Gebieter. Aber ich bitte Euch zu bedenken, dass die *dun'rai* mich nicht mehr achten nach allem, was geschehen ist ...«

Sie werden dich achten, versicherte Margok nur. *Wie lautet doch gleich der Name, den die Elfen dir gegeben haben?*

»Gwantegar«, gab Rurak zur Antwort.

Der Todbringer ... wie passend, befand der Dunkelelf. *Unter diesem Namen werden sie dich respektieren und dich fürchten, wenn du als mein Diener und Stellvertreter das Heer nach Osten führst.*

»Ihr werdet nicht selbst an dem Angriff teilnehmen?«

Noch nicht, war alles, was Margok darauf erwiderte. Dann wurde es still, und Rurak fühlte, dass der Schatten des Dunkelelfen nicht länger auf ihm lag.

Er atmete innerlich auf und straffte seine hinfällige Gestalt im Sattel des Wargs. Das Tier schien die Veränderung zu spüren und stieß erneut ein gellendes Heulen aus, das hundertfach beantwortet wurde.

Wenn Rurak jetzt noch Schmerzen litt, so fühlte er sie nicht mehr. War er vor wenigen Wochen noch ein niederer Handlanger des Dunkelelfen gewesen, hatte er sich nun wieder zurückgekämpft in die vorderste Reihe seiner Diener – und er hatte nicht vor, sich noch einmal von dort vertreiben zu lassen.

Bis zu Rothgans Eintreffen, hatte Margok gesagt.

Nun, dachte Rurak mit einem wölfischen Grinsen, das seinem Reittier zur Ehre gereicht hätte, mit etwas Glück würde es dazu niemals kommen.

Kein anderer als er war es gewesen, der Ardghal nach Andaril geschickt und dafür gesorgt hatte, dass der Mensch Granock zu den Fernen Gestaden gelangte, auf dass Rothgan abgelenkt und mit anderen Dingen beschäftigt wäre als damit, ihm die Früchte seiner zahllosen Mühen zu entreißen. Und nun, da er in seine alte Machtposition zurückgekehrt war, würde Rurak sie sich auch nicht mehr nehmen lassen ...

»Gwantegar!«

Der aufgeregte Ruf eines Unterführers riss ihn aus den Gedanken. Ein Elfenkrieger, der die schwarze Rüstung eines *dun'ras* trug, kam hastig den Hang herauf. An seiner unterwürfigen Haltung und dem Namen, den er wie einen Ehrentitel gebrauchte, konnte Rurak erkennen, dass der Dunkelelf sein Versprechen bereits wahr gemacht hatte.

Die *dun'rai* respektierten ihn.

Und sie schienen ihn auch zu fürchten.

»Was gibt es?«, erkundigte sich der Zauberer großmütig.

»Einer unserer Stoßtrupps ist im Wald auf feindliche Späher gestoßen«, erstattete der Elfenkrieger Bericht.

»Ich nehme an, diese Späher haben die Begegnung nicht überlebt«, mutmaßte Rurak grinsend.

»Die wenigsten von ihnen«, stimmte der *dun'ras* zu, »der Rest wurde gefangen genommen. Wollt Ihr sie verhören?«

Rurak überlegte einen Moment. »Nein«, meinte er dann. »Aber wir sollten die Gelegenheit nutzen, um unseren Freunden in Tirgas Lan einen Gruß zu übermitteln.«

5. LONGA'Y'MARWURAITH

Innerhalb weniger Tage hatte sich Tirgas Lan verändert.
Die Hauptstadt des Elfenreichs, einst ein Hort kultureller Blüte und froher Künste, war zum Kriegsschauplatz geworden. Das Gelächter in den Gassen war verstummt, ebenso wie die Lautenklänge, die selbst in diesen dunklen Zeiten noch ab und an zu hören gewesen waren. Furcht herrschte in den Straßen, und die Bewohner bereiteten sich auf das vor, was schon in Kürze über sie hereinbrechen würde.
Zerstörung.
Gewalt.
Tod.
Farawyn hatte erwogen, Frauen, Kinder und Greise aus der Stadt bringen zu lassen, aber wohin sollten sie sich wenden? In diesen unruhigen Tagen boten die Haine von Trowna keinen Schutz, nicht nur der Orks wegen, die von Westen herandrängten, sondern auch wegen der Menschen, die marodierend durch die Lande zogen. Und wenn eine der Grenzbefestigungen fiel, würden die Flüchtlinge dem Feind ohnehin schutzlos ausgeliefert sein.
Auch wenn es dem Ältesten nicht behagte – die Mauern von Tirgas Lan boten für die Schwachen noch den zuverlässigsten Schutz, obschon sie schon bald den heftigsten Angriffen ihrer Geschichte ausgesetzt sein würden.
Die Nachrichten, die die Späher brachten, gaben Anlass zu größter Sorge: Nicht weniger als zweihundert Schiffe waren den Gyla-

fon heraufgekommen – zumeist schwere gepanzerte Galeeren, bis unter den Rand mit blutrünstigen Orks beladen. Dazu kamen Segelschiffe, die von Menschen bemannt wurden – Glücksritter, Söldner und Piraten, die sich dem Dunkelelfen aus purer Gier nach Beute angeschlossen hatten und nicht ahnten, dass sie damit den Untergang ihrer Welt heraufbeschworen. Oder vielleicht, dachte Farawyn bitter, scherten sie sich auch nicht darum.

Daifarnialas hatte Euriel, der Dichter des größten elfischen Heldenliedes, jene ferne Zeit genannt, in denen den Sterblichen ihre Welt gleichgültig geworden und sie in ihrer Habgier und ihrer Ichsucht ihr eigenes Ende herbeiführen würden. Farawyn hatte dies stets für die Erfindung eines Poeten gehalten und bezweifelt, dass eine solche Zeit je kommen würde. Inzwischen jedoch fragte er sich, ob im *Darganfaithan* nicht mehr Wahrheit steckte als in allen seinen Visionen.

Noch immer musste er an seinen Traum denken, an den Untergang Crysalions und den Verräter, dessen Identität sich ihm um ein Haar offenbart hatte. Aber inmitten der hektischen Betriebsamkeit, die in Tirgas Lan herrschte, und der unzähligen Aufgaben, die es zu bewältigen gab, fand er keine Zeit, den Traumbildern weiter nachzuspüren. Es gab Dringlicheres zu erledigen.

Der Feind war im Anmarsch.

Da Tirgas Lan im Grunde aus zwei Teilen bestand, nämlich der von einer Ringmauer umgebenen Stadt sowie dem Palast, der in der Mitte des Häusermeers aufragte und seinerseits über eine geschlossene Ummauerung verfügte, war die Strategie der Verteidigung vorgegeben: Man würde so lange wie möglich versuchen, den Feind an den Außenmauern abzuwehren, wobei sowohl Farawyn als auch Elidors Generälen klar war, dass das Große Tor im Süden einen Schwachpunkt darstellte und folglich den heftigsten Angriffen ausgesetzt sein würde.

Entsprechend setzte man alles daran, das Tor zu verstärken und mit zusätzlichen Verteidigungsvorrichtungen zu versehen. Pechnasen wurden über den Zinnen angebracht, von denen aus glühendes Verderben auf die Angreifer herabgegossen werden konnte. Die Pforte selbst wurde durch dicke Pfeiler verbarrikadiert, außerdem wurde die Außenseite mit Tierfellen beschlagen, die durchnässt wurden, damit sie Schutz vor Brandpfeilen boten.

Auch die Mauern wurden verstärkt, soweit es die knappe Zeit erlaubte: Die Wehrgänge wurden überdacht und ebenfalls mit Brandschutz versehen, Katapulte und Pfeilschleudern in Stellung gebracht, wobei es an Soldaten mangelte, die in der Lage waren, sie zu bedienen. In Anbetracht der Tatsache, dass die Erste Legion von der Hauptstadt abgezogen worden war, um Tirgas Dun zu verteidigen, blieb nichts anderes, als Zivilisten zu den Waffen zu rufen und unter dem Banner des Königs zu versammeln. Poeten und Schreiber, Bildhauer und Sänger, die nie zuvor eine Klinge in ihren Händen gehalten hatten, sollten sich gegen blutrünstige Orks verteidigen und die Mauern der Stadt behaupten, bis General Lavan und die Königslegion zurückkehrten. Farawyns Schätzung nach würde dies erst in einigen Tagen der Fall sein, wohingegen Margoks Horden die Stadt schon bald erreichen würden, vermutlich im Morgengrauen.

Prinz Runan hatte Wort gehalten und seinen Vater um Unterstützung gebeten, der daraufhin dreihundert schwer gepanzerte Zwergenkrieger geschickt hatte: eine Geste tiefer Freundschaft und Bündnistreue, zumal keiner der Krieger, die nach Tirgas Lan gekommen waren, damit rechnete, die Stadt jemals wieder lebend zu verlassen. In Anbetracht der schätzungsweise zehntausend Orks, die sich auf den Schiffen verbargen und womöglich noch Verstärkung erhalten würden durch jene aus der Modermark, war es allerdings nur ein Tropfen auf den heißen Stein. Die Hoffnungen nicht nur der Bürger, sondern auch König Elidors und seiner Berater ruhten in diesen Tagen auf niemand anderem als den Zauberern.

Am Fenster seines Quartiers im Palast von Tirgas Lan stehend, blickte Farawyn auf die leeren Straßen hinab. Greise, Kinder und all jene, die aus irgendeinem Grund nicht in der Lage waren, sich zu verteidigen, waren in die Ewigen Gärten verbracht worden, die zum Palast gehörten und eine zusätzliche Ummauerung besaßen. Alle anderen waren zum Waffendienst verpflichtet worden, selbst die Frauen und die Töchter der Ehrwürdigen Gärten. Es beschämte Farawyn, dass Schönheit und Anmut in diesen Tagen unter rasselnden Ketten und eisernen Brünnen verschwanden, aber ihm war klar, dass keine der Frauen von Tirgas Lan freiwillig darauf verzichtet hätte, ihren Beitrag zum Überleben ihres Volkes zu leisten – denn genau darum ging es.

Wenn Tirgas Lan fiel, so fiel das ganze Elfenreich, und Margok wusste das. Der dunkle Herrscher wollte sich ganz Erdwelt untertan machen und alle Sterblichen unter sein Joch zwingen. Seine Anhänger mochte er mit falschen Versprechungen täuschen, die ein neues Reich und eine bessere Welt versprachen – Farawyn wusste es besser. Wenn Margok den Sieg davontrug, so brach eine Zeit der Finsternis an, in der Tyrannei und Willkür herrschten und das Blut Unschuldiger den Boden tränkte. Die Furcht vor dem Dunkelelfen und seinen Schergen würde alles Leben ersticken, und schon bald würde sich niemand mehr daran erinnern, wie es gewesen war, ein freies und fühlendes Wesen zu sein.

Farawyn wand sich vor Grauen angesichts dieser unerträglichen Vorstellung. Aber genau so würde es kommen, wenn den Horden des Bösen nicht Einhalt geboten wurde. Vor den Mauern Tirgas Lans würde die Entscheidung fallen über Niederlage oder Sieg, Tod oder Überleben.

Der Älteste von Shakara hatte seine Zauberer und ihre Schüler auf die gesamte Stadt verteilt, wo sie mit ihren speziellen Fähigkeiten helfen sollten, die Verteidigung vorzubereiten. Zauberer wie Meister Zenan, dessen Gabe darin bestand, seine Körperkräfte in extremer Weise zu konzentrieren und so enorme Gewichte zu heben, oder wie Meister Asgafanor, der die Fähigkeit mentaler Kinese besaß, waren dabei besonders nützliche Helfer. Aber auch die übrigen Weisen gaben ihr Bestes, um die Bewohner Tirgas Lans zu unterstützen. Vielfach legten sie mit Hand an, wenn es darum ging, Bollwerke zu verstärken oder Brandpfeile mit Pech zu tränken; oder sie nahmen sich wie Bruder Tavalian und Schwester Tarana der Schwachen und Verzweifelten an und sprachen ihnen Trost zu.

Von den Rivalitäten und dem gegenseitigen Misstrauen, das noch vor wenigen Jahren das Verhältnis zwischen dem Zauberorden und Tirgas Lan bestimmt hatte, war nichts mehr zu spüren.

Man arbeitete zusammen, als hätte man nie etwas anderes getan – das Traurige daran war, dass die Einsicht hierzu erst im Angesicht des drohenden Untergangs erfolgt war.

Wenn Farawyn die Augen schloss, so hatte er eine schreckliche Vision, allerdings nicht von der Art, wie seine Gabe sie ihm ab und an vermittelte. Was er vor sich sah, war vielmehr die Folge seiner Befürchtungen und Ängste. Er sah die Straßen Tirgas Lans, aber sie waren nicht mehr leer, sondern von Horden plündernder Unholde bevölkert, deren Klingen blutbesudelt waren; die Häuser der Stadt mit ihren Säulen, Kuppeln und Balkonen standen in Flammen und über allem stand ein blutroter Mond ...

Zum ungezählten Mal an diesem Tag fragte sich Farawyn, ob er es tun sollte.

Sollte er entgegen Atgyvas Anraten doch das verbotene Wissen bemühen und Elfenkristalle als Waffen einsetzen, wie Cysguran es forderte? Zweifellos hätte er damit das Kräfteverhältnis zwischen Angreifern und Verteidigern ausgleichen können, aber was, wenn er und die Seinen unter den Einfluss der verdorbenen Kristalle gerieten? Würde dann nicht alles vergeblich gewesen sein? Und war es womöglich dieser Schritt, zu dem Margok ihn drängen wollte?

Entschieden schüttelte der Älteste das Haupt.

Noch war es nicht so weit.

Noch war er nicht gewillt, diese letzte, verzweifelte Maßnahme zu ergreifen. Noch gab es Hoffnung, auch wenn dem grässlichen Feind mit Magie allein nicht beizukommen war.

Was Tirgas Lan brauchte, um dem Ansturm der Unholde standzuhalten, war ein Wunder.

6. GYRTHARO DESHRAN

Wie lange er nun schon in dem kalten und feuchten Kerkerloch hockte, war für Granock unmöglich so sagen.

Anfangs hatte er noch mitzuzählen versucht und sein Schlafbedürfnis als Orientierung genommen. Aber bald schon war ihm auch dafür jede Empfindung abhandengekommen, und er gewann den Eindruck, dass sein Aufenthalt in diesem dunklen Gefängnis einer einzigen mondlosen Nacht glich.

Es gab keine Fenster nach draußen und nur eine Tür, durch die hin und wieder blakender Fackelschein fiel, nämlich dann, wenn Rothgans grobschlächtige Schergen ihm zu trinken oder zu essen brachten – fauliges Wasser und schimmeliges Brot, das Granock bislang nicht angerührt hatte. Entsprechend schwach und kraftlos fühlte er sich, und er bezweifelte, dass er von seinen Zauberkräften hätte Gebrauch machen können, selbst wenn die magischen Fesseln ihn nicht daran gehindert hätten.

Je länger seine Gefangenschaft dauerte und je mehr Gelegenheit Granock hatte, über alles nachzudenken, desto klarer wurden ihm die Zusammenhänge – und das, obwohl ihm diesmal niemand die Antworten gab.

Deshalb also war niemals Kunde von den Fernen Gestaden in Shakara eingetroffen, deshalb hatte niemand je von der Eroberung der Insel durch Margoks Horden erfahren: Der Zauberer, den Farawyn entsandt hatte, damit er Crysalion bewache und die Kristallpforte hüte, hatte sich mit dem Dunkelelfen verbündet. Aldur-Rothgan, sein eigener Sohn, war ein Verräter!

Wenn er zurückdachte, wenn er sich an den jungen, vielversprechenden Novizen erinnerte, der Aldur einst gewesen war, so konnte Granock es noch immer nicht glauben. Selbst in jenen Tagen, da sie noch keine Freunde gewesen waren und der Elf nichts unversucht gelassen hatte, ihn aus Shakara zu vertreiben, hatte er ihn im Stillen bewundert – für seine Willensstärke, seine innere Kraft und seine magische Begabung. Dass all dies dem Bösen anheimgefallen sein sollte, war kaum vorstellbar. Dennoch war es so, und Granock selbst trug zumindest einen Teil der Schuld daran.

Wie bereute er, was damals geschehen war! Wie viele Male wünschte er sich, seine Fähigkeit dazu benutzen zu können, um das Rad der Zeit nicht nur anzuhalten, sondern es zurückzudrehen zu jenem schicksalhaften Tag, an dem das Verderben seinen Lauf genommen hatte. Aber natürlich war das nicht möglich, und so blieb ihm nur, sich mit der Strafe abzufinden, die man ihm zugedacht hatte.

Zum ungezählten Mal fiel er in unruhigen Schlaf, aus dem er erwachte, als jemand gegen die Zellentür drosch. Er schlug die Augen auf, nur um in Rothgans hämisch grinsende Gesichtszüge zu blicken, die durch die Gitterstäbe starrten.

»Was willst du?«, ächzte Granock. Seine Stimme hörte sich dünn und krächzend an, eine Folge des Wasserentzugs. »Dich an meinem Anblick weiden?«

»Daran ist nichts Erbauliches«, widersprach Rothgan. »Je länger du in diesem Loch vegetierst, desto mehr ähnelst du einem Tier.«

Granock zwang sich zu einem schiefen Grinsen. »Dann hol mich doch einfach hier raus.«

»Den Humor der Menschen habe ich noch nie verstanden. Eure eigenartige Neigung dazu, selbst im Angesicht eures Untergangs noch Scherze zu treiben ...«

»Wir sind eben verschieden«, knurrte Granock.

»Du sagst das, als ob du stolz darauf wärst.«

»Warum nicht?« Granock nickte. »Immerhin bin ich kein Verräter wie du.«

»Nein?« Ein listiges Grinsen huschte über das Gesicht des Elfen. »Warum bist du dann hier? Wir wissen beide, dass es nicht Farawyns Auftrag war, der dich an die Fernen Gestade geführt hat, sondern die blanke Ichsucht. Mir war immer klar, dass deine Loyalität für den Orden vorgegaukelt war, denn du bist nur ein Mensch. Deshalb war es so einfach, dich hierherzulocken.«

»Ich bin nur ein Mensch«, räumte Granock ein, »aber immerhin habe ich nicht meine ganze Rasse verraten.«

»Du glaubst, ich hätte das Elfenvolk verraten?« Rothgan lachte auf. »Du irrst dich. Mein Verrat gilt nur dem Orden und seinen Heuchlern. Was ich getan habe, tat ich zum Wohl und zum Besten meines Volkes, denn unter Margoks und meiner Herrschaft wird es eine neue Blüte erleben, gegen die selbst der Glanz des Goldenen Zeitalters verblassen wird.«

»Bescheidenheit ist noch nie deine Stärke gewesen«, versetzte Granock.

»Du hältst mich für vermessen? Glaubst du denn, Farawyn träumt von etwas anderem als von der Macht?«

»Allerdings«, behauptete Granock trotzig.

»Dann bist du ein Narr! Ich habe es dir einmal gesagt, und ich sage es dir wieder: Dein alter Meister ist nicht der, den du zu kennen glaubst. Hinter der Fassade aus Verlogenheit und Täuschung, die er mit Bedacht errichtet hat, verbirgt sich ein anderer Farawyn.«

»Du redest Unsinn!«

»Findest du? Willst du mir erzählen, du hättest noch nie an ihm gezweifelt? Dass er noch nie versucht hätte, dich zu täuschen? Glaub mir, ich kenne ihn besser als du, denn ich bin schließlich sein ungeliebter Sohn!«

Ein Lachen, das in seiner Falschheit und Arglist an den Dunkelelfen selbst erinnerte, drang aus Rothgans Kehle und ließ Granock bis ins Mark erschaudern. Dennoch musste er zugeben, dass er die Vorwürfe gegen Farawyn nicht mehr ganz so haltlos fand wie noch vor vier Jahren.

»Ich würde mich liebend gern noch länger mit dir unterhalten, mein alter Freund«, log Rothgan hämisch, »aber ich fürchte, dies ist unsere letzte Begegnung. Denn nun werde ich dich der Obhut meiner dunklen Königin überlassen, und ihr Zorn ist ebenso berüchtigt wie endgültig. *Farwyl, cyfail*«, fügte er wie in alten Zeiten hinzu, jedoch mit einem Blick, der Granock eisige Schauer über den Rücken jagte – und zum ersten Mal gesellte sich zu seiner Enttäuschung und seinem Schmerz nackte Furcht.

Rothgan wandte sich ab und verschwand; statt seiner erschienen fünf kleinwüchsige, gedrungene Gestalten hinter dem Gitter, allesamt mit abgesengtem Haar und entstellt wie jene, auf die Granock in Nurmorod getroffen war. Wie er später erfahren hatte, handelte es sich um Zwerge, die sich verbotenem Handwerk verschrieben hatten und dafür von ihren Gilden verstoßen worden waren. Der Dunkelelf hatte sie bereitwillig aufgenommen, samt ihrer frevlerischen Künste, die in der Schlacht am Siegstein unzählige Opfer gefordert hatten.

Die Zwerge öffneten die Tür und kamen in die Zelle. Während vier von ihnen zurückblieben und ihn mit kurzen Speeren in Schach hielten, trat einer vor und löste seine Fesseln. Zwar war Granock nun des Banns beraubt, der seine magischen Kräfte blockiert hatte, jedoch hatte er in Nurmorod noch eine weitere Erfahrung machen müssen, derer er sich nun schmerzlich entsann – nämlich dass die *dwarvai twaithai*, die Dunkelzwerge, wie sie sich nannten, gegen seine Zaubergabe gefeit waren.

Im Augenblick allerdings wäre er dazu ohnehin zu schwach gewesen. Er leistete keinen Widerstand, als sie ihn packten und mitschleppten. Bereitwillig folgte er ihnen durch die niedrige Zellentür und hinaus auf den Gang, auch wenn seine von der Kälte klammen Glieder ihm kaum gehorchen wollten. Auf dem Korridor, der in den dunklen Fels der Insel gehauen war und auf den zahllose Kerkertüren mündeten, wurden sie erwartet. Von einer schlanken, in eine schwarze Lederrüstung gehüllten Gestalt, die ihnen schweigend entgegenblickte.

Zuerst konnte Granock ihr Gesicht nicht sehen, weil das Licht der Fackeln ihn blendete, und nur ihren Schattenriss erkennen ließ. Dann jedoch kam er näher, und als der Feuerschein auf ihr Antlitz fiel, erkannte er, dass es niemand anders als Alannah war.

Die Nacht war hereingebrochen.

Dichte Wolken hatten sich am Himmel zusammengezogen, und der eisige Wind, der von Nordwesten heranwehte, ließ vermuten, dass sie den ersten Schnee des Jahres bringen würden.

Schwärzeste Dunkelheit lag über Tirgas Lan, die nur von den Fackeln durchbrochen wurde, die auf den Türmen und Wehrgängen der Stadt aufgepflanzt worden waren. Dennoch schlief niemand in dieser Nacht, denn seit dem späten Abend waren die Trommeln des Feindes zu hören, dumpf und bedrohlich, von wilder Rohheit und immer näher kommend. Farawyn wusste, dass es genau das war, was die Orks damit bezweckten, dass sie die Verteidiger einschüchtern und sie daran hindern wollten sich auszuruhen. Aber auch er fand keinen inneren Frieden, seit der erste Trommelschlag erklungen war.

Zusammen mit den Meistern Filfyr und Daior stand er auf dem Wehrgang über dem Großen Tor und spähte nach Westen, wo sich der Wald von Trowna erstreckte und er die Angreifer wusste, irgendwo unter den Wipfeln der Bäume verborgen.

Die Kundschafter, die sie ausgeschickt hatten und von denen nur ein paar wenige zurückgekehrt waren, hatten berichtet, dass Margoks Krieger genau das getan hatten, was befürchtet worden war: Aus den Planken ihrer Schiffe hatten sie sich behelfsmäßige Flöße gezimmert, auf denen sie die Zuflüsse des Glanduin hinaufgefahren waren, mitten hinein in das Herz von Trowna. Den Rest der Strecke hatten sie zu Fuß zurückgelegt – schnaubend und stampfend, eine Schneise der Verwüstung hinterlassend. Noch war in der Schwärze der Nacht nichts von ihnen zu sehen, aber der Wind, der über die Mauern blies, trug bereits den Geruch des Todes heran.

»Mögen unsere Vorfahren uns beistehen«, flüsterte König Elidor, der sich den Zauberern zugesellt hatte. Bei ihm waren Caia und General Irgon sowie die königlichen Leibwächter. Der Fackelschein beleuchtete das Gesicht des Königs, in dem sich Furcht und Sorge gleichermaßen spiegelten.

»Unsere Ahnen haben zu ihrer Zeit Großes geleistet, Majestät«, entgegnete der General, »aber in diesem Fall werden sie uns nicht helfen können. Alles, was diesen Feind aufhalten kann, ist blanker Stahl.«

»Und die Kraft der Magie«, fügte Meister Daior hinzu, der schon an der Schlacht im Flusstal teilgenommen und seither an vielen Orten gegen die Schergen des Dunkelelfen gekämpft hatte.

»Und das wird ausreichen?«, fragte Elidor.

»Wir werden sehen, Hoheit«, entgegnete Farawyn – was er tatsächlich dachte, behielt er lieber für sich.

Es war offenkundig, dass der Wintereinbruch kurz bevorstand. Wenn es zu Schneefällen kam, würde dies das Vorankommen der Ersten Legion noch zusätzlich hemmen. Ohnehin würde es noch mindestens zwei Tage dauern, bis das Ersatzheer eintraf. Eine geradezu unendlich lange Zeitspanne in Anbetracht der feindlichen Übermacht, die die Trommeln ankündigten.

Schweigen trat auf dem Wehrgang ein, und alle lauschten dem gleichförmigen Klang, der durch die Nacht hallte und die Tiere vertrieb. Kreischend flatterten Vögel aus den Bäumen auf und verschwanden in der Dunkelheit, Hasen und Rotwild brachen aus dem Unterholz und ergriffen panisch die Flucht vor dem nahenden Verderben. Und plötzlich erschienen am Waldrand auch die schemenhaften Gestalten mehrerer Reiter ...

»Da kommen sie!«, rief einer der Turmposten, und die Befehle der Kommandanten gellten durch die Nacht. Armbrüste wurden gespannt und Bogensehnen zurückgezogen, um dem Feind ein gebührendes Willkommen zu bereiten. Aber es waren keine Orks, die sich unten auf der Lichtung zeigten ...

Farawyn, der seine Augen zu schmalen Schlitzen verengt hatte, um in der Dunkelheit besser sehen zu können, beugte sich über die Zinnen. Noch hatten die Reiter – es waren acht – den Lichtkreis der Feuer nicht erreicht, sodass sie nicht genau zu erkennen waren. Aber die steife Haltung, mit der sie in den Sätteln saßen, und das unruhige Schnauben der Pferde verhießen nichts Gutes.

Unruhig setzten die Tiere einen Huf vor den anderen und näherten sich dem Tor mit träger Langsamkeit – und endlich sah Farawyn den Grund dafür: Die Reiter auf ihren Rücken waren allesamt enthauptet worden!

An der grünen Kleidung erkannte Farawyn, dass es Späher waren, die sie ausgesandt hatten, Waldelfen aus den nördlichen Hainen, die jeden Baum und jeden Stein in Trowna kannten – vor der Barbarei des Feindes hatte ihre Ortskenntnis sie jedoch nicht retten können.

Die Unholde hatten ihnen die Köpfe abgeschlagen und sie danach wieder auf ihre Pferde gesetzt. Derbe Stricke, mit denen sie an Steigbügeln und Sattelknäufen festgebunden waren, hinderten die Leichen daran, aus den Sätteln zu kippen. Noch grausiger jedoch war die Staffage, die man ihnen in die Hände gegeben hatte, denn jeder der kopflosen Reiter hielt eine Lanze, auf deren Spitze das dazugehörige Haupt steckte.

Es war ein bizarrer Anblick, der seine Wirkung nicht verfehlte. Überall auf den umliegenden Türmen und Mauern waren Schreie zu vernehmen, manche aus Empörung, die meisten vor Entsetzen. Da das Fallgitter herabgelassen und das Tor verschlossen war, hielten die Pferde in ihrem ohnehin zögerlichen Lauf inne und begannen, auf der Wiese vor der Mauer zu grasen – ein seltsam friedliches Bild, das in krassem Gegensatz zu der grässlichen Last stand, die die Tiere trugen.

»Das Licht des Annun stehe uns bei«, flüsterte Farawyn. Der Älteste hatte viel gesehen, aber der Anblick der Gefallenen, die auf solch schreckliche Weise geschändet worden waren, erschütterte selbst ihn, und er hatte Mühe, die Tränen zurückzuhalten. Auch die anderen beiden Zauberer waren sichtlich erschüttert. General Irgon hatte die Fäuste geballt und flüsterte lautlose Verwünschungen, Caia hatte ihr Gesicht an Elidors Schulter vergraben.

»Bei allen Herrschern der Goldenen Zeit«, flüsterte der König. »Mit was für einem Feind haben wir es hier nur zu tun?«

»Mit einem, der keine Gnade kennt, Majestät«, antwortete Farawyn tonlos. »Sollte jemand daran noch einen Zweifel gehegt haben, wurde er nun eines Besseren belehrt.«

»Wir wollen hinausgehen und die Unglücklichen hereinholen«, schlug Elidor vor, »um ihnen wenigstens im Tode die Ehre zukommen zu lassen, die ihnen im Leben nicht widerfuhr.«

»Nein«, lehnte Farawyn ab. »Das Tor darf nicht geöffnet werden, Hoheit. Womöglich ist es genau das, was der Feind von uns erwartet.«

»Aber …« Der König rang nicht nur nach Worten, sondern auch mit den Tränen. »Es muss doch irgendetwas geben, das wir …«

Der Älteste von Shakara schüttelte den Kopf, und Elidor widersprach nicht. Ihre Sorge hatte nicht den Toten zu gelten, sondern den Lebenden.

»Was wird nun geschehen?«, erkundigte sich Caia tonlos.

»Rambok?«, gab Farawyn die Frage an den Ork weiter, der ein Stück abseits im Schatten einer Zinne kauerte und das Eintreffen seiner Artgenossen nicht weniger zu fürchten schien als jeder Elf in Tirgas Lan.

»*Iomash achgal*«, erklärte er in seiner eigenen Sprache, ehe er ins elfische Idiom wechselte, das er nur brüchig beherrschte. »Wollen Angst zu machen. Krieger ohne Mut nicht kämpfen, das wissen. Verbreiten Schrecken, noch ehe hier.«

»Und wann werden sie eintreffen?«

Der Ork legte den Kopf in den Nacken, hielt den Rüssel in den Wind und schnüffelte. »Bald«, entgegnete er rätselhaft. »Bei Anbruch von Tag. Dann Blut fließen …«

»Wir werden ihnen einen Empfang bereiten, den sie so rasch nicht vergessen werden«, kündigte General Irgon grimmig an. »Wer auch immer sich auf dieser Lichtung zeigt, wird von einem Elfenpfeil durchbohrt werden.«

Farawyn widersprach nicht, wenngleich er Zweifel hegte. Auch er nahm an, dass die feindliche Streitmacht spätestens im Morgengrauen die Hauptstadt des Elfenreichs erreichen würde. Dann würde die letzte Schlacht um das Schicksal Erdwelts unter denkbar schlechten Voraussetzungen beginnen.

Ein Wunder hatte der Älteste von Shakara herbeigesehnt.

Oder wenigstens die Illusion davon.

7. TWAILUTHAN

Seine »dunkle Königin« hatte Aldur-Rothgan sie genannt, und Granock hatte nicht lange gebraucht, um dahinterzukommen, weshalb dies so war.

Die Dunkelzwerge hatten ihn in ein fensterloses, nur vom Schein einer Esse beleuchtetes Gewölbe geführt, wo sie ihn seiner Kleidung beraubt und ihm Fußschellen angelegt hatten. Sodann hatten sie ihn mittels eines sorgsam konstruierten Flaschenzugs mit den Füßen voran zur Gewölbedecke hinaufgezogen, sodass er dort hing wie ein Tier, das man erlegt und an den Hinterläufen aufgehängt hatte.

Alannah – oder vielmehr die seelenlose Hülle, zu der die Elfin verkommen zu sein schien – hatte dem Treiben ihrer Schergen wortlos beigewohnt. Weder hatte sie den Versuch unternommen einzuschreiten, noch hatte Granock auch nur eine Spur von Mitgefühl oder Bedauern in ihrem Gesicht gesehen, das bleich gepudert war, während die Lippen schwarz geschminkt waren, ebenso wie die Augen, deren Blick so kalt war wie Eis. Was, bei allen Elementen, war mit ihr geschehen? Was hatte Aldur ihr angetan?

Dass der ehrgeizige junge Zauberer, den er einst seinen Freund genannt hatte, dem Bösen verfallen und sich Margok angeschlossen haben sollte, war für Granock schwer zu verkraften, aber es entbehrte nicht der Logik, denn bei allem Licht, das Aldur in sich getragen hatte, war da von jeher auch viel Schatten gewesen. Obwohl Granock tief in seinem Inneren die schreckliche Vermutung hegte, dass er es gewesen sein könnte, der Aldur dazu bewogen hatte, sich der dunklen Magie zuzuwenden, sagte ihm sein Verstand, dass ihr Streit um Alannah letztlich wohl nur der Höhepunkt einer Entwicklung gewesen war, die schon sehr viel früher ihren Anfang genommen hatte.

Nicht so bei Alannah!

Anders als Granock hatte sie niemals Groll gegen den Rat und die Ältesten gehegt, sondern war dankbar gewesen für die neue Heimat, die der Orden von Shakara ihr, der verstoßenen Tochter der Ehrwürdigen Gärten, gegeben hatte. Schaudernd dachte Granock an ihr gemeinsames Abenteuer in Nurmorod, wo Aldur den gefährlichen Plan entwickelt hatte, Margok mit den eigenen Waffen zu schlagen. Er selbst war nicht abgeneigt gewesen, seiner Argumentation zu folgen – Alannah jedoch hatte entschieden widersprochen und mit dem Mut und der Weisheit einer wahren Zauberin um ihrer beider Seelen gekämpft. Ihre eigene schien sie dabei verloren zu haben ...

»Alannah!«, rief Granock zum ungezählten Mal, während er kopfüber von der Decke hing, gleich einem rohen Stück Fleisch. »Alannah, erkennst du mich nicht? Ich bin es, Granock!«

Es war nicht nur so, dass sie nicht zu wissen schien, wer er war. In ihren Augen, die einst voller Milde und Zuneigung geblickt hatten, stand unverhohlene Ablehnung zu lesen, die sich zu verstärken schien, je öfter er ihren Namen rief.

»Alannah! Bei dem Schwur, den du geleistet hast ...!«

»Schweig!«, fuhr sie ihn an.

Es war das erste Mal, dass er sie sprechen hörte, und er erschrak darüber, wie grausam und gefühlskalt sich ihre Stimme anhörte. Vermutlich, so nahm er an, stand sie unter einem Zauberbann, der es ihren finsteren Befehlshabern ermöglichte, über sie zu gebieten. Da Margok und seine Anhänger vor dunkler Magie nicht zurückschreckten, stand ihnen ein ganzes Arsenal an Zaubersprüchen zu Gebote, die kein ehrbarer Weiser jemals eingesetzt hätte, und natürlich wusste Granock auch kein Mittel dagegen.

Der Gedanke, Alannah zu befreien und sie nach Shakara zu Meister Tavalian zu bringen, rauschte durch seinen Kopf, zusammen mit dem Blut, das infolge der hängenden Position in seinem

Haupt zusammenlief und ihm das Denken erschwerte. Seine Adern schwollen an, und er hatte das Gefühl, als wolle sein Schädel bersten. Alannah und ihre Schergen jedoch hatten gerade erst angefangen.

Aldur, oder vielmehr Rothgan, hatte angekündigt, sich an ihm rächen zu wollen, und er hatte die Frau, die sie beide liebten, zum Werkzeug seiner Rache gemacht.

Durch eine herrische Handbewegung, die ihrem einst so sanftmütigen Wesen spottete, wies sie einen ihrer kleinwüchsigen, an Körper und Seele entstellten Helfer an, ihr ein glühendes Eisen zu bringen. Der Dunkelzwerg, ein buckliger Kerl mit einem breiten Grinsen in seinem narbigen Gesicht, trat an die Esse und zog eines der Brandeisen heraus. Die Spitze glomm in orangeroter Glut, und Granock fühlte sich lebhafter an Nurmorod erinnert, als es ihm recht sein konnte.

Damals, als der sadistische Zwerg Dolkon ihn gefoltert und einer Befragung unterzogen hatte, hatte Granock Alannah inständig herbeigesehnt. Dass er nun ihr Gefangener war und sie Dolkons Werk fortsetzte, war eine geradezu lächerliche Ironie. Er lachte bitter auf, als sie das Gluteisen vor seinem Gesicht schwenkte, und versuchte, es mit einem Gedankenstoß abzuwehren – vergeblich. Infolge des Blutstaus, der in seinem Schädel pulsierte, konnte er sich nicht genug konzentrieren, um einen Zeitzauber oder auch nur einen *tarthan* zu wirken – und einen Lidschlag später presste sie ihm das Eisen an die Brust.

Granock stöhnte auf. Beißender Geruch stieg auf, der ihm den Atem raubte. Entsetzt starrte er an sich empor auf die schwelende Wunde. Er versuchte eine Konzentrationsübung, um seine innere Mitte zu finden und den Schmerz daran zu hindern, von ihm Besitz zu ergreifen, aber auch dazu war er nicht mehr in der Lage.

»Verdammt!«, rief er aus und ballte wütend die nach unten hängenden Fäuste, was Alannah ein Grinsen entlockte – das Zerrbild jenes wunderbaren Lächelns, das ihn einst an ihr so verzaubert hatte. »Was soll das?«, brüllte er. »Ich werde euch nichts verraten, gleich was ihr mir antut!«

»Ich weiß«, beschied sie ihm knapp.

»Du weißt es? Warum quälst du mich dann?«

»Um dich zu bestrafen.«

»Warum?«

»Weil der Gebieter es so verlangt«, lautete die ebenso knappe wie erschöpfende Antwort.

»Dein Gebieter?«, stieß Granock hervor. »Wer soll das sein? Margok? Oder Rothgan?«

Als Antwort brachte sie ihm eine zweite Brandwunde bei, dicht neben der ersten. Granock hatte das Gefühl, als vergingen ihm alle Sinne vor Schmerz, aber zu seinem eigenen Entsetzen blieb er bei Bewusstsein. Sie schien sehr genau zu wissen, was sie tat. Offenbar hatte sie einige Übung darin.

»Es steht dir nicht zu, den Namen des Dunkelelfen auszusprechen«, beschied sie ihm ruhig.

»Ach nein?« Wieder lachte er auf. »Was willst du tun? Mich weiter foltern?«

Diesmal berührte ihn das Gluteisen am linken Oberarm. Es zischte, und der Gestank von verbranntem Blut kroch in Granocks Nase und verursachte ihm Übelkeit. Sein Pulsschlag beschleunigte sich, und kalter Schweiß trat ihm auf die Stirn, und schließlich verlor er auch die Kontrolle über seine Furcht. Wie ein wucherndes Geschwür breitete sie sich in ihm aus und drohte ihn zu verschlingen, und als sich das Eisen zum vierten Mal in sein Fleisch fraß, riss sie ihn hinfort.

Es war früher Morgen.

Zaghaft, so als fürchte sie sich, auf den neuen Tag herabzublicken, war die Sonne heraufgezogen und tauchte den östlichen Horizont in blutrote Farbe, was von den Schamanen der westlichen Stämme als gutes und vielversprechendes Omen gewertet wurde.

Die ganze Nacht über waren sie marschiert. Weder Dunkelheit noch Kälte hatten sie aufhalten können. Unermüdlich waren sie dem Klang der Kriegstrommeln gefolgt, getrieben von ihrer Gier nach Blut und Beute, und als endlich das erste Tageslicht durch die dichten Blätterkronen drang, hatte sich ihre Kampfeslust bereits in einen wilden Rausch gesteigert. Trotz des anstrengenden Marsches, der hinter ihnen lag, beschleunigten sich ihre Schritte.

Der Rhythmus der Trommeln steigerte sich, von wilden, unmenschlichen Schreien begleitet, und als die Orks endlich den Waldrand erreichten und die weißen Mauern und Türme von Tirgas Lan vor sich aufragen sahen, da entlud sich ihre nur mühsam zurückgehaltene Zerstörungswut in markerschütterndem Gebrüll, das die kalte Morgenluft erbeben ließ. Das Heer des Bösen hatte die Hauptstadt des Elfenreichs erreicht!

Die Unholde jubelten.

Zu Hunderten stürmten sie aus dem Wald und auf die Lichtung, die sich um die strahlend weiße Stadt zog. Im Nu hatten sie einen weiten Halbkreis gebildet, der sich von Westen her wie eine riesige Klaue um den Mauerkreis legte und ihn zerquetschen zu wollen schien. Heulend und brüllend rannten sie, die Hauer gefletscht, ihre Äxte und Kampfspieße schwenkend, getrieben vom nunmehr hämmernden Stakkato der Trommeln und begleitet vom Klirren ihrer Kettenhemden und Rüstungen.

Die wenigsten von ihnen hatten je die Modermark verlassen; die dunklen Höhlen, die trostlosen Sumpfgebiete und die tiefen Wälder von Düsterland waren alles, das ihre eitrigen, blutunterlaufenen Augen je gesehen hatten, und alles, was sich jenseits der schroffen Gipfel des Schwarzgebirges befand, war für sie kaum mehr gewesen als eine ferne, unwirkliche Ahnung. Als sie jedoch in diesem Augenblick die Schönheit Tirgas Lans erblickten, das strahlende Weiß der Mauern, die wunderbare Regelmäßigkeit der Architektur und die Kühnheit, mit der sich unzählige Türme in den Morgenhimmel reckten, da begriffen sie, dass man ihnen all dies vorenthalten hatte, und ihre Lust darauf, es zu vernichten, es in Rauch und Trümmer zu legen und das makellose Weiß mit schreiend rotem Blut zu beflecken, steigerte sich ins Unermessliche.

Und dies umso mehr, da die Türme und Wehrgänge der Stadt nicht besetzt zu sein schienen!

Wohin die Verteidiger der Stadt verschwunden sein mochten, darüber dachten die Orks nicht nach. Ohnehin war Denken nicht ihre Stärke, zumal, wenn sie in *saobh*, den berüchtigten Blutrausch, verfallen waren. Alles, was ihre auf Zerstörung ausgerichteten Sinne wahrnahmen, waren die Mauern, die es zu erstürmen galt, und sie führten die behelfsmäßigen Leitern heran, die sie aus gefällten Bäumen gebaut hatten, die man von ihren Ästen befreit und mit Tritten versehen hatte.

Inzwischen hatten sich die vordersten Krieger der Mauer bis auf hundert Schritte genähert. Riesenhaft wuchs sie vor ihnen empor, höher als alles, was sie je gesehen hatten, aber noch immer waren die Zinnen unbesetzt – bis plötzlich ein helles Hornsignal erklang.

In diesem Moment hatte es den Anschein, als würden selbst die Mauersteine lebendig. Denn was eben noch verwaist und von seinen Bewohnern verlassen gewirkt hatte, war schlagartig voller Verteidiger, und anders, als man den Orks eingeredet hatte, waren es nicht nur ein paar versprengte Schwächlinge, denen man Waffen in die Hand gedrückt hatte, sondern schwer gepanzerte, bis an die Zähne bewaffnete Krieger, deren blank polierte Harnische und Helme im frühen Tageslicht blitzten, ebenso wie die Klingen ihrer Schwerter und Glaiven, die nur darauf zu warten schienen, sich in die Gedärme eines Unholds zu wühlen.

Und es wurden immer mehr!

Die meisten Orks waren weder des Zählens noch des sonstigen Umgangs mit Zahlen mächtig, aber auch ihnen ging auf, dass die Verteidiger *iomash* waren, und dass sich ihre Zahl mit jedem Atemzug, der verstrich, nahezu verdoppelte. Schon schienen die Mauern überzuquellen vor Elfenkriegern, die zum Äußersten entschlossen waren, und dabei war noch nicht einmal abzusehen, wie viele Kämpfer sich noch im Inneren der Stadt aufhielten!

Andere Kreaturen hätten ihr Ansinnen, die Mauern zu erstürmen, angesichts dieses Anblicks wohl schon aufgegeben, die Orks jedoch, angestachelt sowohl von ihrer eigenen Blutgier als auch von der Furcht vor ihrem Anführer, rannten immer noch weiter – als sich der Himmel plötzlich verfinsterte!

Instinktiv starrten sie hinauf und sahen von jenseits der Mauern Unmengen von Pfeilen aufsteigen, Schwärmen von Raubvögeln gleich, die für einen Augenblick hoch in der Luft zu verharren schienen, um dann ihre Spitzen zu senken und mit vernichtender Wucht auf die Unholde herabzustoßen.

Die Wirkung war verheerend.

Die vorderste Reihe der stürmenden Krieger wurde förmlich niedergemäht. Mit Pfeilen gespickt, sanken sie zu Boden und wurden zum Hindernis für ihre nachstürmenden Kumpane, die über sie stürzten und zu Fall kamen, sodass der Sturmlauf ins Stocken geriet. Lautes Triumphgeschrei hob auf den Mauern an, und zum ersten Mal dämmerte den Unholden, dass dieser Tag womöglich nicht mit der Vernichtung des Feindes, sondern mit ihrer eigenen enden könnte.

Zwar versuchten einige von ihnen, die Leitern anzulegen und daran emporzusteigen, aber die Versuche waren halbherzig und wurden von ihren Feinden im Keim erstickt. Die Orks brüllten aus Leibeskräften, als die Leitern von den Verteidigern umgestoßen wurden. Kopfüber stürzten die Unholde in die Tiefe, ehe sie sich beim Aufprall auf den hart gefrorenen Boden das Genick brachen.

Hohngelächter drang jetzt von den Mauern herab, gefolgt von einer weiteren Phalanx Pfeile, und noch ehe sie den höchsten Punkt ihrer Flugbahn erreicht hatten, ergriffen die Ersten von ihnen die Flucht. Blut war geflossen und ihr *saobh* war verpufft wie Gas aus dem Gedärm eines Stinkfischs, und so wie sie sich zunächst gegenseitig an ihrem Hass und ihrer Zerstörungswut berauscht hatten, griff nun Panik um sich.

Hätten die *dun'rai*, die auf Wargen ritten und ihnen folgten, um sie peitschenschwingend in die Schlacht zu treiben, ihnen entschieden Einhalt geboten, wäre der Rückzug vielleicht noch aufzuhalten gewesen. Doch die Elfenkrieger waren kaum weniger entsetzt über die unerwartete Entwicklung der Dinge und verspürten keinerlei Lust, vor den Mauern Tirgas Lans wie ihre grünhäutige Gefolgschaft ein blutiges Massaker zu erleiden, und so unternahmen sie nichts, um den jähen Rückzug aufzuhalten, der schon im nächsten Moment zur wilden, unkontrollierten Flucht geriet.

Die Warge scheuten und schlugen mit ihren Vorderläufen um sich, was einige Orks das Leben kostete. Peitschen knallten und versuchten vergeblich, die Tiere wieder zur Räson zu bringen, während die Unholde Hals über Kopf von der Lichtung rannten. Selbst als der Schutz des Waldes sie längst umfing und sie nicht mehr fürchten mussten, von einem Elfenpfeil ereilt zu werden, liefen sie von ihren Instinkten getrieben weiter, sodass sie nicht nur an ihre nachfolgenden Artgenossen gerieten, sondern auch an einige Trolle.

Die Schlachtordnung, die bis zu diesem Zeitpunkt zumindest noch im Ansatz bestanden hatte, löste sich damit vollends auf, und den *dun'rai* wurde klar, dass die Eroberung Tirgas Lans sehr viel schwieriger werden würde, als man es sie glauben gemacht hatte. Die Informationen, die man ihnen bezüglich der Stärke des Feindes gegeben hatte, waren falsch gewesen.

Rurak musste umgehend davon erfahren.

Granock war von dunkler Nacht umfangen.

Irgendwann, nachdem sie sein nacktes Fleisch mit einem Dutzend schwärender, dampfender Wunden versehen hatte, hatte sie von ihm abgelassen. Sein Bewusstsein hatte zu diesem Zeitpunkt nur noch an einem seidenen Faden gehangen – gerissen war er jedoch nicht, und so schwebte Granock im finsteren Niemandsland verzweifelter Agonie.

Noch immer hing er von der Kerkerdecke, so als ob sie vorhätte, ihn bis in alle Ewigkeit dort hängen zu lassen, und vermutlich war das auch so; selbst als er zuletzt dem Schmerz nachgegeben und seine Qualen laut hinausgeschrien hatte, hatte Alannah nicht eine Spur von Mitgefühl gezeigt. Dennoch war er nicht in der Lage, sie zu hassen oder auch nur Abneigung gegen sie zu empfinden. Wenn es jemanden gab, der Schuld trug an ihrer Veränderung, der das Monstrum erschaffen hatte, das aus ihr geworden war, dann war es Aldur. Er und niemand sonst trug dafür die Verantwortung, er, der sich aus Machtgier und Geltungssucht dem Bösen verschrieben hatte.

War Granock anfangs noch bereit gewesen, wenigstens einen Teil der Schuld auf sich zu nehmen, so wurde dieser Teil angesichts der Qualen, die er litt, immer geringer.

Infolge der hängenden Position spürte er seine Beine kaum noch, Blut rann von seinen Fußgelenken herab, wo sich die Eisenschellen tief eingeschnitten hatten. Die Brandwunden schmerzten, ebenso wie sein Magen, der sich übergeben hatte, bis nichts mehr darin gewesen war. Aber das alles war nichts gegen das, was die Schwerkraft mit ihm anstellte.

Die nach unten drängenden Körpersäfte sorgten dafür, dass er seine Arme kaum noch heben konnte, und sein Kopf fühlte sich an, als wäre er auf Kürbisgröße angeschwollen. Das Rauschen in seinen Ohren war so laut, dass es alles andere übertönte, und er hatte den Eindruck, als wollten seine Augen aus ihren Höhlen quellen, sobald er sie öffnete. Krampfhaft hielt er sie geschlossen, als könnte er der grausamen Wirklichkeit auf diese Weise entfliehen.

Seine Zunge war zu einem fleischigen Etwas angeschwollen, was das Sprechen erschwerte – aber was hätte er auch zu sagen gehabt? Alannah hatte ihm unmissverständlich klargemacht, dass seine Feinde nichts von ihm in Erfahrung bringen wollten. Nur eines erwarteten sie von ihm: dass er möglichst qualvoll starb. Dies war die Rache, die Rothgan-Aldur ihm zugedacht hatte, und es gab kein Entkommen.

Sein nackter Körper war von kaltem Schweiß überzogen, und er fror erbärmlich. Vermutlich, dachte er in einem der lichteren Momente, war es das Wundfieber, das bereits nach ihm griff und das ihn elend zugrunde richten würde, wenn Alannah und ihre Folterknechte es nicht taten.

Wehmütig dachte er an die Zeit zurück, da sie Novizen in Shakara gewesen waren … Wie einfach die Dinge damals gelegen und wie unschuldig sie alle gewesen waren. Aber die Zeiten hatten sich geändert, nicht nur für Erdwelt, sondern für jeden einzelnen von ihnen. Welch ein Narr war er gewesen, dies zu leugnen!

Was hatte er erwartet?

Dass Aldur ihm vergeben würde?

Dass Alannah ihren Entschluss von damals rückgängig machen, ihm ihre Liebe gestehen und zusammen mit ihm nach Erdwelt zurückkehren würde?

Granock bereute es zutiefst, Farawyns Verbot missachtet zu haben und nach den Fernen Gestaden gereist zu sein, und dies nicht so sehr um seiner selbst willen. Seine eigentliche Mission, die Menschenstädte im Kampf gegen Margok als Verbündete zu gewinnen, hatte er verraten. Und so war es nicht nur seine Existenz, die er der Vernichtung preisgegeben hatte, sondern auch die vieler anderer ... das Leben Unschuldiger, die hätten überleben können, wenn die Kämpfer Andarils ihnen rechtzeitig zur Hilfe gekommen wären.

Er jedoch war aus bloßer Selbstsucht in die Falle getappt, die seine Feinde ihm gestellt hatten, und alles, was ihm blieb, war das Warten auf sein Ende.

8. PESHUR SHA MATHAUTHAN

»Was?«

Fassungslos hatte Rurak dem Bericht der Unterführer gelauscht. Vier von ihnen waren Elfen, *dun'rai*, Anhänger des Kults, den er einst selbst gegründet hatte, um Margoks Geist ins Leben zurückzuholen. Die anderen waren Unholde, Orks aus der hintersten Modermark. Für den abtrünnigen Zauberer machte das jedoch keinen Unterschied, denn alle hatten versagt.

»Damit konnten wir nicht rechnen«, beteuerte *dun'ras* Hazar, ein kahlköpfiger Elf aus Tirgas Dun, den Rurak seinerzeit angeworben hatte, weil er über beträchtlichen Reichtum verfügte. Inzwischen war er zu einem Hemmnis geworden, zu einem Klotz am Bein, mit dem sich der Zauberer nicht länger abmühen wollte. »Es hieß, Tirgas Lan sei nur spärlich besetzt, Gwantegar. Aber dort auf den Mauern waren wenigstens zehntausend Mann versammelt.«

»*Korr*«, stimmten die Orks schnaubend zu.

»Zehntausend Mann also«, wiederholte Rurak gefährlich ruhig, während er in dem Zelt auf und ab ging, das seine Gnomendiener für ihn errichtet hatten. Das Gehen bereitete ihm Schmerzen, und er musste den Zauberstab als Stock benutzen. Aber sein ohnmächtiger Zorn hinderte ihn daran, sich zu setzen.

»So ist es«, stimmte ein anderer *dun'ras* zu, der nicht weniger feige und einfältig zu sein schien als Hazar. »Wir müssen dies umgehend dem Gebieter berichten. Der Angriff auf Tirgas Lan muss abgebrochen werden.«

»Abgebrochen«, echote der Zauberer noch einmal, während er auf seinen *flasfyn* gestützt die Versammelten umkreiste. Er machte den Eindruck einer Giftschlange kurz vor dem tödlichen Biss. »Sagt«, fuhr er lauernd fort, »ist euch nicht der Gedanke gekommen, dass der Dunkelelf euch beobachtet haben könnte? Dass er bereits informiert sein könnte über den katastrophalen Angriff und euer schändliches Versagen?«

»Versagen?«, empörte sich Hazar. »Bei allem Respekt, Gwantegar, Ihr wart nicht dabei! Ihr habt sie nicht auf den Wehrgängen gesehen, Hunderte gespannter Bogen und Tausende von Glaiven, die in der Morgensonne blitzten!«

»Nein, das habe ich nicht«, gab Rurak zu, mit einem dünnen Knochenfinger auf seine Stirn deutend. »Aber anders als Ihr, Hazar, pflege ich meinen Verstand zu gebrauchen, und dieser sagt mir, dass Elidor unmöglich zehntausend Krieger zusammengezogen haben kann. Dazu müsste er über sämtliche Legionen des Südreichs verfügen, und wir wissen aus zuverlässiger Quelle, dass dies nicht der Fall ist.«

»Aber wie …?«, stieß der *dun'ras* verblüfft hervor.

»Wie wohl? Durch Zauberei!«, fuhr Rurak ihn an. »Ihr verkommenen Idioten habt euch vorführen lassen!«

»Uns vorführen lassen?« Hazar schüttelte verwirrt das kahle Haupt. »Aber all diese Soldaten …«

»… waren eine Täuschung! Eine Illusion, nichts weiter – und Ihr seid darauf hereingefallen.«

»Eine Illusion?« Die Blicke Hazars und der anderen Unterführer spiegelten blankes Unverständnis. »Wer könnte so etwas bewirken?«

»Wer wohl? Das Hunla-Kollektiv!«, platzte der Zauberer heraus. »Sieben Frauen aus dem Nordreich, jede von ihnen mit derselben Gabe bedacht, aber keine davon stark genug, sie allein einzusetzen. Zusammen jedoch sind sie in der Lage, einen der mächtigsten Zauber zu wirken, der sich vorstellen lässt – nämlich aus dem Nichts heraus den Anschein von Materie entstehen zu lassen und so den Eindruck von Wesen und Dingen zu erwecken, die es nicht wirklich gibt.«

»Soll das heißen, dass ... dass all diese Soldaten in Wahrheit nicht existiert haben?«, fragte Hazar ungläubig.

»Genau das.«

»A-aber die Pfeile, die sie auf uns geschossen haben, waren tödlich ...«

»Ein paar davon, natürlich, denn diese sind wirklich gewesen«, schnaubte der Zauberer unwillig. »Der Rest jedoch war Teil einer Illusion, die nur den Zweck hatte, euch einzuschüchtern und den Angriff ins Stocken zu bringen – und eurer unsäglichen Dummheit wegen wurde dieses Ziel in vollem Umfang erreicht. Ist es das, was Ihr dem Gebieter melden wollt, *dun'ras* Hazar?«

»Nein, natürlich nicht«, versicherte der Gescholtene kleinlaut, während das von Brandwunden entstellte Gesicht des Zauberers unmittelbar vor seinem schwebte. »Ich hätte nur niemals angenommen, dass ...«

»Was?«, fiel Rurak ihm ins Wort. »Dass die Gegenseite Widerstand leisten würde?« Er lachte bitter auf. »Gebt Euch keinen Illusionen hin. König Elidor hat die Zauberer von Shakara um Hilfe gebeten, und dieser elende Farawyn wird nichts unversucht lassen, um vom Elfenreich zu retten, was noch davon übrig ist. Er war schon immer ein Idealist, ein Seher, ein Visionär – und dies sind höchst gefährliche Eigenschaften. Farawyn ist unser erbitterter Feind und wird uns bis zum letzten Atemzug Widerstand leisten! Habt Ihr das verstanden? Geht das in eure einfältigen Schädel?«

Seine Stimme überschlug sich und hörte sich wie das Kreischen eines Raubvogels an, und zumindest Hazar dämmerte in diesem Augenblick, dass ihr Versagen vor den Mauern Tirgas Lans Opfer fordern würde ...

»Gwantegar, ich ...«

»Was wollt Ihr mir mitteilen, *dun'ras*? Dass Ihr bedauert, was geschehen ist? Dass Ihr Euch in Zukunft bessern wollt? Dass Euer Versagen eine einmalige Verfehlung gewesen ist, die sich nicht wiederholen wird?«

»Genau das.« Der Unterführer schien erleichtert.

»Das dachte ich mir«, knurrte Rurak, dem die Argumente nicht zuletzt deshalb so vertraut waren, weil er sie vor nicht allzu langer

Zeit selbst vorgebracht hatte, als es um seinen eigenen Hals gegangen war. »Aber Euch muss klar sein, dass dies genau die Sorte feiger Ausreden ist, die ich nicht gelten lasse. Ihr hattet Eure Möglichkeit, Euch zu beweisen, Hazar, nun werden andere an Eure Stelle treten.«

»U-und ich?«, erkundigte sich der Elf zaghaft.

Rurak genoss es, ihn einen quälenden Augenblick lang über seine Zukunft im Unklaren zu lassen. Dann straffte er sich, hob den gewundenen Zauberstab, dessen oberes Ende die Form eines Totenschädels hatte, und sprach eine leise Beschwörungsformel. Daraufhin begannen die Augen des Schädels, in die kleine Kristalle eingesetzt waren, in unheilvollem Grün zu leuchten, und noch während Hazar voller Unverständnis daraufstarrte, schlugen knisternde Blitze daraus hervor, die geradewegs in seine Augen stachen. Der *dun'ras* schrie auf. In einem Reflex schloss er die Lider, aber die vernichtenden Entladungen fraßen sich geradewegs hindurch, kochten seine Augäpfel und bohrten sich weiter in sein Gehirn.

Mit furchtsamen Blicken beobachteten die anderen *dun'rai* und sogar die Unholde, was mit dem Unterführer geschah. Die Blitze aus dem Kristall rösteten ihn und ließen erst von ihm ab, als aus *dun'ras* Hazar ein schwelender Haufen verkohlten Fleisches geworden war, auf den Rurak voller Genugtuung hinabblickte. Wie wohltuend es war, seine Macht wieder uneingeschränkt ausüben zu können, wieder Herr über Leben und Tod zu sein, ohne dass er jemandem Rechenschaft schuldig war.

»Ist hier noch jemand, der mich um Nachsicht bitten möchte?«, fragte er in die Runde der Versammelten. »Oder wollt Ihr lieber zu Euren Leuten zurückkehren und ihnen klarmachen, dass Gwantegar dies mit jedem von ihnen machen wird, wenn sie sich noch einmal als so feige erweisen wie an diesem Morgen?«

Die Unterführer brauchten nicht lange zu überlegen. Die *dun'rai* verbeugten sich tief, die Orks warfen sich gar zu Boden. Zwar widerstrebte es ihrem tumben Wesen, sich führen und Vorschriften machen zu lassen, aber ihr Überlebensinstinkt war ausgeprägt genug, um sich nicht bei lebendigem Leibe kochen zu lassen.

»Ich sehe, wir sind uns einig«, sagte Rurak. »Und nun packt euch und kehrt dorthin zurück, wo ihr längst sein solltet, und macht Tirgas Lan dem Erdboden gleich!«

Er hatte auf das Ende gewartet, aber es war nicht gekommen. Wer ihn hingegen in seiner Kerkerzelle besuchte, war Alannah.
Mit verschwimmendem Blick sah Granock sie eintreten, in ihre Rüstung aus schwarzem Leder gekleidet und in einen schwarzen Umhang gehüllt, eine Herrscherin der Dunkelheit. Anders als bei ihrem letzten Besuch allerdings war sie allein, zumindest war keiner ihrer zwergenhaften Begleiter zu sehen.
»Warum ... bist du hier?«, stieß Granock hervor. Wegen des fetten Kloßes, zu dem seine Zunge angeschwollen war, bereitete ihm das Sprechen immer größere Mühe. »Willst du dich ... an meinem Unglück weiden? Hat Rothgan ... dich geschickt ...?«
Sie antwortete nicht, sondern musterte ihn nur. Offenbar, sagte sich Granock hatte etwas in ihm ihre Neugier geweckt, auch wenn sie sich nicht an ihn erinnerte. Sie sah ihn an, wie man eine Statue oder eine Skulptur betrachtet, interessiert, aber ohne jede Anteilnahme.
»Hilf mir«, unternahm Granock einen letzten verzweifelten Versuch, an die Frau zu appellieren, die sie einst gewesen war. »Hilf mir, Alannah ...«
»Warum sollte ich das tun?«
»Weil wir uns kennen«, erwiderte er leise, fast flüsternd. »Weil es eine Zeit gab, da wir einander geliebt haben ...«
»Liebe?« Sie lachte auf. »Du lügst.«
»Ich wünschte, es wäre so«, hauchte er heiser. Seine Schläfen pulsierten, ihm war speiübel, und seine Augäpfel vermittelten ihm den Eindruck, sogleich platzen zu wollen. Es würde nicht mehr lange dauern, bis er das Bewusstsein verlor. Wenn er etwas unternehmen wollte, dann musste er es jetzt tun, auf der Stelle ...
Was hatte er zu verlieren?
»Komm näher ...«, krächzte er.
»Wozu?«
»Muss dir etwas ... sagen ...«

Ihr Blick verriet Befremden. Der Gedanke an körperliche Nähe schien ihr ebenso abhandengekommen zu sein wie Gnade oder Mitgefühl. Das, dachte Granock bitter, war also die neue Zukunft, die der Dunkelelf seinen Anhängern versprach, die bessere Welt. Gefühle schienen darin ausgelöscht zu sein, und alle Wesen, selbst die sanftmütigsten, würden nur noch das tun, was ihr finsterer Herrscher ihnen befahl. War es das, was Aldur gewollt hatte? War dies das wiedergeborene Elfenreich? Die Rückkehr des Goldenen Zeitalters?

Granock lachte keuchend auf, was das Interesse der Dunklen Königin zu wecken schien. »Was willst du?«, zischte sie noch einmal feindselig, während sie langsam näher kam.

»Muss dir ... etwas sagen«, wiederholte Granock, während sein gepeinigter Geist sich bereits konzentrierte.

Dazu, das große Ganze zu erfassen, war er nicht mehr in der Lage. Er hatte keine Ahnung, weshalb sie zu ihm gekommen war, ob sie Pflichtbewusstsein oder das genaue Gegenteil davon zu ihm getrieben hatte. Aber in dem Augenblick, da Granock erkannt hatte, dass sie allein war und ohne Begleitung ihrer kleinwüchsigen Schergen, da war ihm klar gewesen, dass er handeln würde.

Mit verschwimmenden Blicken sah er sie näher kommen, und er richtete seine ganze verbliebene Kraft darauf, einen letzten, verzweifelten Zauber zu wirken. Nicht, um sein Leben, sondern um seine Erinnerungen zu retten, um noch einmal das wärmende Licht der Sonne auf seinem Gesicht spüren und das Leben zu kosten, wie es einst gewesen war.

Es kostete ihn seine ganze Überwindung und buchstäblich seine letzte Kraft – aber in dem Augenblick, da sie in seine Reichweite kam, verhängte er den Zeitenbann.

Er nahm an, dass es der letzte Zauber war, den er in seinem Leben wirken würde, und er legte all seine verbliebene Leidenschaft, sein ganzes Können und seine ganze Verzweiflung hinein – dennoch war er fast überrascht, als die dunkle Königin plötzlich innehielt und in ihrer Bewegung verharrte.

»A-Alannah«, hauchte er.

Kopfüber von der Decke baumelnd, hob er die zentnerschweren Hände, deren Finger so aufgedunsen waren, dass er sie kaum rühren konnte. Es war schmerzhaft und erforderte eine Menge Überwindung, aber es gelang ihm, sie nach Alannah auszustrecken, ihr Gesicht zu umfassen und sie an sich heranzuziehen. Einen endlos scheinenden Augenblick lang sah er das bleiche, gleichgültige Antlitz der Elfin vor sich schweben, ihre dunkel umrandeten Augen, die dünnen, rabenschwarz bemalten Lippen ... dann nahmen sie, zumindest in seiner Vorstellung, wieder die alte rosige Färbung an, und er öffnete den Mund und presste den seinen darauf.

Die Zeit schien auch für ihn stillzustehen.

Oben und unten, Licht und Dunkelheit, Leben und Tod – die Begriffe der sterblichen Welt schienen keine Gültigkeit mehr zu haben, genau wie damals in jenem glückseligen Moment, der Urzeiten zurückzuliegen schien, als ihre Herzen eins gewesen und Granocks Glück für einen Augenblick vollkommen gewesen war, kurz bevor das Unheil seinen Lauf genommen hatte ...

Granock hielt den Bann aufrecht, so lange er es vermochte. Mit aller Kraft klammerte er sich daran, so als wäre es nicht nur die Gegenwart, sondern auch die Vergangenheit, die ihm zu entgleiten drohte und die er für immer verlieren konnte.

Obwohl der Schmerz noch zunahm und er das Gefühl hatte, als wollten seine pulsierenden Schläfen bersten, hielt er mit aller Gewalt daran fest. Aber so sehr er sich auch bemühte, so sehr jede einzelne Faser in ihm sich danach sehnte, dieser tristen, tödlichen Gegenwart zu entfliehen, so genau wusste er auch, dass sich die Zeit nicht betrügen ließ. Granock verausgabte sich, konzentrierte sich so lange, bis ihm die Sinne vor Anstrengung zu schwinden drohten.

Dann erlosch der Bann.

9. EFFRUTHAN

Mit einem gellenden Aufschrei prallte Alannah von Granock zurück.

Wegen der dunklen und hellen Flecke, die vor seinen Augen tanzten, konnte er nicht erkennen, was mit ihr vor sich ging, aber ihre Körperhaltung verriet, dass sich etwas verändert hatte. Nicht länger schien sie von jenem unnachgiebigen, tödlichen Hochmut erfüllt, der ihre einstmals so zarte Gestalt gestrafft und sie fremd und unnahbar hatte erscheinen lassen; nicht länger waren ihre Bewegungen beherrscht und wie von einem fremden Willen gesteuert, sondern willkürlich und planlos.

Fast menschlich ...

Granock wusste nicht, was er davon zu halten hatte. Den Zauber zu wirken, hatte ihn seine ganze verbliebene Energie gekostet, der Kuss, jedes wohlwollende Gefühl, zu dem er noch in der Lage gewesen war. Kraft- und nahezu leblos hing er nun in den Fesseln, ein unbeseeltes Stück Fleisch, das kurz davor war, der Ohnmacht anheimzufallen. Die Augen fielen ihm zu – aber etwas hielt Granock davon ab, sich dem Vergessen zu ergeben, gleich wie es ihn lockte. Der letzte Funke freien Willens, der noch in ihm glomm und der sich weigerte zu verlöschen.

»Granock ...?«

Er hörte, wie sie seinen Namen flüsterte, und es klang anders als zuvor. Weicher und mitfühlender, aber auch fragend und verwirrt. Sollte sich etwas geändert, sollte der Zauber etwas *bewirkt* haben ...?

Schon der Gedanke kam Granock wie ein Wagnis vor. Es wäre eine maßlose Übertreibung gewesen, ihn als wenn auch nur schwache Hoffnung zu bezeichnen, zumal sie schon im nächsten Augenblick im Keim erstickt wurde.

Schritte wurden von außerhalb der Zelle hörbar, und obwohl sie nur wie von fern an Granocks betäubtes Bewusstsein drangen, war ihm klar, dass es Wachen waren, die von Alannahs Schrei alarmiert worden waren. Schon einen Atemzug später bestätigte sich sein Verdacht. Aufgebracht stürmten sie in das Gewölbe, grimmigen Blickes und mit mörderischen Äxten bewaffnet.

Dunkelzwerge.

Jene Wesen, denen sein Zeitzauber nichts anzuhaben vermochte, selbst wenn er dazu noch in der Lage gewesen wäre. Granock merkte, wie nun auch der letzte Rest von Überlebenswillen von ihm wich. Er hatte es versucht, hatte alles gegeben, aber nun waren sowohl seine Kraft als auch seine Möglichkeiten erschöpft, und es blieb ihm nichts, als sich der Vernichtung anheimzugeben.

Seine Hände, die zu Fäusten geballt gewesen waren, entkrampften sich, und er ließ die Arme nach unten baumeln, während er wie aus weiter Ferne die rauen Stimmen von Rothgans Schergen hörte ...

»Herrin, ist alles in Ordnung mit Euch?«

»Seid unbesorgt, es geht mir gut.«

»Seid Ihr sicher? Wir hörten einen Schrei ...«

»Seid unbesorgt.«

»Warum habt Ihr uns nicht gesagt, dass Ihr den Gefangenen sehen wollt?«

»Glaubt Ihr denn, ich wäre Euch Rechenschaft schuldig?«

»Nein, Königin. Aber der Gebieter hat uns aufgetragen, Euch keinesfalls allein in den Kerker gehen zu lassen. Wir befolgen nur unsere Befehle.«

»Ich weiß«, hörte Granock Alannah erwidern, und der verebbende Klang ihrer Stimme zeigte ihm an, dass sie wohl das Letzte sein würde, was er auf Erden vernahm.

Stattdessen erklang plötzlich ein knirschendes Geräusch, das ihm entfernt bekannt vorkam, ohne dass er sich tatsächlich daran erinnerte, gefolgt von einem hässlichen Schmatzen und dem Klirren von Eisen. Gleichzeitig fühlte Granock eisige Kälte. Er nahm an, dass es die Gegenwart des Todes war, die ihn frösteln ließ, aber dann stellte er fest, dass es in seiner Zelle still geworden war. Kein Wort war mehr zu vernehmen. Die Zwergenwächter schwiegen, ebenso wie Alannah; nur das eigenartige Knacken war noch da.

Granock wollte die Augen öffnen, aber es gelang ihm nicht. Zu weit hatte ihn der Rachen der Ohnmacht bereits verschlungen, als dass er noch ohne Weiteres herausgefunden hätte. Mit dem letzten Rest freien Willens, der ihm noch verblieben war, zwang er sich dazu. Zögernd blinzelte er – und sah Blut, in dem sich der Fackelschein spiegelte!

Aus seiner verdrehten Perspektive schien es die Decke des Gewölbes zu überziehen, und für einen Augenblick fragte sich sein erschöpfter Geist, weshalb es dort oben haften blieb, statt auf ihn herabzustürzen. Dann erst begriff er, dass es in Wirklichkeit der Boden war, auf dem sich der grellrote Körpersaft gesammelt hatte – und zu seiner Verblüffung stellte er fest, dass es das Blut der Zwergenwächter war.

Alle fünf standen sie vor ihm, in Reglosigkeit erstarrt, so als hätte er einen Bann über sie verhängt. Aber es war kein Zeitzauber, der die Dunkelzwerge hatte verharren lassen. Ihre Gesichter waren bleich, die Blicke leer und gebrochen, die Münder zu stummen Schreien aufgerissen, die Waffen lagen auf dem blutbesudelten Boden. In ihren Brustkörben jedoch klafften hässliche Wunden, die von fünf Speeren rührten, die sie in den Rücken getroffen und durchbohrt hatten – Speere, die nicht aus Holz und Eisen bestanden, sondern aus schimmerndem Eis!

Obwohl Granock das Gefühl hatte, er müsste verstehen, was geschehen war, dauerte es noch einen Moment, bis er tatsächlich begriff. In dieser Zeit zersplitterten die Eisspeere mit hellem Knacken, und die Wächter brachen zusammen, blieben reglos in ihrem Blut liegen. Hinter ihnen stand Alannah, die Hände noch immer zu dem tödlichen Zauber erhoben, den sie gewirkt hatte.

Nicht nur ihre Haltung hatte sich verändert; Granock konnte sehen, dass auch jene unnachgiebige Härte aus ihrem Gesicht gewichen war, die ihn so an ihr erschreckt hatte. Blankes Entsetzen spiegelte sich in ihrer Miene, während sie auf Granock starrte, so als erblicke sie ihn erst jetzt tatsächlich.

»Alannah ...«, stieß Granock mühsam hervor. Die Stimme versagte ihm fast dabei, und erneut drohte er in den dunklen Abgrund der Ohnmacht zu kippen. Er versuchte, sich daran zu hindern, aber es gelang ihm nicht ganz. Als er die Augen wieder öffnete, hing er nicht länger kopfüber von der Decke. Jemand hatte ihn heruntergelassen, ihn von den Fesseln befreit und seine nackte, frierende Gestalt in einen Umhang aus schwarzem Stoff gehüllt. Auf dem nackten Steinboden liegend, kam er wieder zu sich und fragte sich, ob er wachte oder träumte. War er etwa bereits gestorben und war dies die nächste, bessere Welt?

Das unverminderte Rauschen in seinem Kopf und das Hämmern in seinen Schläfen belehrten ihn eines Besseren. Er war nicht tot, so viel stand fest – aber was, in aller Welt, war geschehen? Er befand sich in einem Gewölbe mit niederer Felsendecke. Eine Fackel sorgte für spärliches Licht ...

»Granock?«

Alannahs Gesicht erschien plötzlich über seinem, und er begriff, dass sie es gewesen war, die ihn aus seiner elenden Gefangenschaft befreit und von seinen Fesseln erlöst hatte. Eine Woge der Dankbarkeit durchflutete ihn, trotz all der grässlichen Dinge, die sie ihm angetan hatte. Ihr Gesicht war jetzt wieder so strahlend und schön, wie er es in Erinnerung hatte, aber auch traurig. Sie hatte geweint. Gezackte graue Linien verliefen überall dort über ihr Gesicht, wo die Tränen den Puder verwischt hatten, auch an den Lippen, wo unter dem tristen Schwarz wieder lebendiges Rot zum Vorschein gekommen war. Der Anblick erinnerte Granock an einen öffentlichen *cinu'ras*, der sich nach erfolgtem Vortrag vor aller Augen die Schminke aus dem Gesicht wischte und damit deutlich machte, dass er aus der Rolle, die er verkörpert hatte, wieder ins wirkliche Leben wechselte. Auch Alannah, so schien es, war eine andere gewesen.

Vier lange Jahre ...

»*Shumai*«, hauchte er nur. »Schön, dich zu sehen.«

Sie wollte antworten, aber sie konnte nicht. Ein erneuter Schwall von Tränen erstickte ihre Stimme und rann so ungehemmt über ihre Wangen, dass er auch noch den letzten Rest von Schminke fortnahm. Mit jeder Träne, die sie vergoss, schien die Elfin ihrem alten Selbst näherzukommen.

Zumindest äußerlich …

»Was habe ich nur getan?«, flüsterte sie schließlich. »Was habe ich nur getan …?«

»Was auch immer es war … es scheint … vorbei zu sein«, knurrte Granock, dem das Sprechen schwerfiel. Er versuchte den Kopf zu heben, aber es gelang ihm kaum. Seine Nackenmuskeln waren verkrampft, und ihm war sterbenselend. Seine Beine, in denen kaum noch Blut gewesen war, konnte er zwar wieder fühlen, sie aber nicht bewegen.

Sie nickte betreten und schaute an sich herab, betrachtete die lederne Rüstung, die sie trug, mit großem Befremden. »Ich erinnere mich an alles«, stellte sie fest. »Aber es ist, als blicke ich durch rußgeschwärztes Glas. Alles ist dunkel und verschwommen …«

»Was ist passiert?«, wollte er wissen. In seinem Kopf hämmerten Tausende winziger Zwerge, und sein Magen, der sich vollständig entleert hatte, drückte nach oben und schien seinen Platz erst wieder finden zu müssen. Sein Pulsschlag ging rasch und, so kam es ihm vor, unregelmäßig, sodass ihm immer wieder schwarz vor Augen wurde.

»Was passiert ist?« Sie sah ihm direkt in die Augen, und der Schmerz und die Trauer darin erschütterten ihn. Am liebsten hätte er sich aufgerichtet und sie in seine Arme geschlossen, hätte ihr gesagt, dass sie sich nicht zu sorgen brauche und alles gut werden würde. Aber zum einen war er dazu nicht in der Lage, und zum anderen glaubte er selbst nicht daran … »Warum bist du gekommen?«, flüsterte sie so leise, dass er sie kaum hören konnte. »Dies ist kein Ort für dich.«

»Weil ich … ein Mensch bin?«

»Nein.« Sie schüttelte traurig den Kopf. »Weil er verflucht ist. Aus dem Hort des Lichts ist ein Pfuhl der Finsternis geworden. Und ich habe dazu beigetragen …«

»Wie?«, wollte Granock wissen. »Was ist geschehen?«

Alannah schüttelte langsam den Kopf. »Erinnerst du dich?«, hauchte sie dazu. »Erinnerst du dich an das, was wir einst waren? Was wir sein wollten?«

Er nickte zaghaft.

»So hättest du uns in Erinnerung behalten sollen, Granock. Und nicht als das, was aus uns geworden ist.«

»Was ist geschehen?«, verlangte er noch einmal zu wissen, und irgendwie gelang es ihm, den rechten Arm zu heben und ihren zu packen. »Du musst es mir verraten, Alannah«, ächzte er beschwörend. »Du musst!«

Die Elfin starrte ihn an, und ihm wurde klar, dass es Scham war, die sie am Sprechen hinderte. Schließlich schien ihr Blick durch ihn hindurchzugehen und in weite Ferne zu reichen, in eine schmerzliche Vergangenheit ...

»Weißt du noch?«, wisperte sie. »An jenem Abend, da wir uns das letzte Mal begegneten?«

»Ich habe es nicht vergessen«, beteuerte Granock, was eine maßlose Untertreibung war. In Wahrheit hatte es in all den Jahren kaum einen Tag gegeben, da ihn die Erinnerung an jene Nacht nicht verfolgt hatte.

»Damals habe ich eine Entscheidung getroffen, gegen das Licht und für die Finsternis. Du, Granock, warst das Licht«, fügte Alannah traurig hinzu, und für einen kurzen Moment kehrte ihr Blick aus der Vergangenheit zurück, um ihn mit einem Ausdruck maßlosen Bedauerns zu bedenken, »Aldur war die Finsternis. Ich glaube, er hatte es von Anfang an geplant.«

»Was, Alannah? Was hatte Aldur geplant?«

»Den Verrat«, sagte sie nur. »Das Bündnis mit Margok.«

Granock spürte einen schmerzhaften Stich, der nicht von den Folgen der Folter rührte. Was er gesehen und erlebt hatte, hatte keinen anderen Schluss zugelassen als den, dass sein Freund und Ordensbruder der Macht des Bösen verfallen war. Aus Alannahs Mund zu erfahren, dass er sich Margok aus freien Stücken und sogar vorsätzlich zugewandt haben sollte, machte es jedoch noch schrecklicher.

»Noch in derselben Nacht, in dem unsere Freundschaft zerbrach«, fuhr sie leise fort, »haben Aldur und ich Shakara verlassen. Er sagte, er würde nach den Fernen Gestaden reisen, um sie vor Margoks Zugriff zu schützen, und so folgte ich ihm. Zum einen, weil ich ihn aufrichtig liebte. Zum anderen, weil ich ihn nach allem, was geschehen war, meiner unbedingten Treue versichern wollte.«

»Ich verstehe«, knurrte Granock. In gewisser Weise war es also seine Zudringlichkeit gewesen, die Alannah aus Shakara vertrieben hatte ...

»Obwohl es dem Beschluss des Hohen Rates widersprach, ließ Farawyn uns ziehen – wohl weil er wusste, dass Aldurs Sorge, der Dunkelelf könnte sich Crysalions bemächtigen wollen, nicht unbegründet war. Also passierten wir in jener Nacht die Kristallpforte und gelangten hierher – doch schon im Augenblick unserer Ankunft war es, als ginge mit Aldur eine Veränderung vor sich. In mancher Hinsicht schien er nicht mehr er selbst zu sein«, hauchte Alannah mit tonloser Stimme, »oder vielleicht hat er auch erst hier zu seinem wahren Selbst gefunden.«

Granock konnte den Schmerz in ihren Augen sehen. Natürlich fragte er sich, was Aldur ihr angetan haben mochte, aber sie schien nicht darüber sprechen zu wollen, und er fragte nicht danach. Vielleicht, sagte er sich, würde sie irgendwann ihr Schweigen brechen.

»Es war, als wäre in jener Nacht etwas zerbrochen worden, eine unsichtbare Kette, die ihn bis dahin davon abgehalten hatte, das zu tun, was seiner Neigung entsprach. Dieser Fesseln ledig, wurde Aldur zum Verräter.«

Erneut erschütterte es Granock, derart harte Worte aus ihrem Munde zu hören. Immerhin hatte sie Aldur einst aufrecht geliebt. Sie hatte sich seinetwegen von Granock abgewandt und war ihm ans buchstäbliche Ende der Welt gefolgt ...

»Wie sich herausstellte, war Aldurs Verdacht nur zu berechtigt«, setzte Alannah ihren Bericht fort. »Eines Morgens teilte sich der Nebel, und ohne Vorwarnung erschien eine riesige Kriegsflotte vor der Küste der Gestade. Hunderte von Schiffen, Segler und Galeeren. Bemannt waren sie mit Menschen, zumeist Piraten aus dem *dwaimaras*, aber auch mit Orks aus den hintersten Winkeln der Modermark – mir war nie klar gewesen, wie zahlreich sie sind. Und noch eine weitere Kreatur der Finsternis hatte der Dunkelelf unter sein Banner gerufen – einen Kraken aus den Tiefen der See.«

»Und?«, fragte Granock schaudernd, den die Vorstellung, dass all diese Dinge geschehen waren, ohne dass Tirgas Lan oder der Hohe Rat irgendetwas davon mitbekommen hatten, bis ins Mark erschütterte. »Was habt ihr getan?«

»Das, was man von uns erwartete. Weswegen man uns nach Crysalion geschickt hat«, gab sie zurück. »Wir suchten den höchsten Turm von Crysalion auf, um die Macht des Annun zu entfesseln und den Kristallschirm zu errichten, der es jeder feindlichen Macht verwehrt hätte, ihren Fuß auf den geheiligten Boden zu setzen. Aber es kam niemals dazu.« Niedergeschlagen senkte sie den Blick, und es dauerte einen Moment, bis sie sich überwinden konnte, weiterzusprechen. »Ich hätte es bemerken müssen. Von dem Augenblick an, da die fremden Schiffe am Horizont auftauchten. Rothgan zeigte nicht die geringste Regung. Ich glaubte, es läge daran, dass er als Einziger von uns fest mit einem Angriff Margoks gerechnet hatte. Aber das war nur die halbe Wahrheit. Er *wusste*, was geschehen würde. Und er hat uns alle verraten.«

»Wie?«, wollte Granock nun wissen. »Was genau ist vorgefallen?«

Erneut wurde Alannahs Blick seltsam glasig, während die Ereignisse der Vergangenheit vor ihrem geistigen Auge abliefen. »Ich drängte ihn dazu, rasch zu handeln und unsere Kräfte zu vereinen, um den Kristallschirm zu errichten, aber er zögerte. Und plötzlich war in seinem Gesicht etwas, das ich bis dahin nie dort gesehen hatte. Dieses Lächeln, diese Grausamkeit ...«

Sie schauderte ob der Erinnerung, und Granock griff nach ihrer Hand. »Es ist gut«, redete er ihr zu. »Was ist dann geschehen?«

»Eine Kristallpforte wurde geöffnet, und dann ergossen sich Dutzende von Orks in die Turmkammer.«

»Also hatte Aldur recht«, folgerte Granock bestürzt. »Es gab tatsächlich eine vierte Schlundverbindung – und sie führt auf die Fernen Gestade.«

»So ist es.« Alannah nickte. »Fast gleichzeitig entlud sich ein Blitz, der in den Turm einschlug und den Annun traf, worauf sich ein Splitter aus dem Kristall löste. Daraufhin erlosch das Licht von *calada* und mit ihm auch unsere Hoffnung, den Angriff abwehren zu können. Der Kristallschirm wurde nicht errichtet, und die Horden des Bösen stürmten den Palast. Ich versuchte, sie aufzuhalten, aber dann wurde ich niedergeschlagen und verlor das Bewusstsein. Das Letzte, was ich hörte«, fügte die Elfin düster hinzu, »war Rothgans triumphierendes Gelächter.«

»Und dann?«

Alannah verzog die Mundwinkel zu einem traurigen Lächeln. Tränen standen ihr in den Augen. »Als ich erwachte, war die Welt nicht mehr die, die sie gewesen war. Die Schergen des Dunkelelfen hatten die Insel besetzt und die Ewigen versklavt, ein unvorstellbares Sakrileg. Der heilige Boden war entweiht worden, das Licht von *calada* erloschen – und ich selbst ...« Sie unterbrach sich, als sich die Tränen wiederum Bahn brachen.

»Was war mit dir?«, fragte Granock sanft. Trotz der tobenden Zwerge in seinem Kopf gelang es ihm, sich zur Hälfte aufzurichten und ihr über das in Unordnung geratene Haar zu streichen. »Sag es mir, Alannah ...«

»Ich selbst scherte mich nicht darum«, eröffnete sie ihm und schaute ihn dabei herausfordernd an. »Ich sah, was um mich herum vor sich ging, und ich wusste, was geschehen war, aber es war mir gleichgültig geworden. Ich hatte nur den einen Wunsch, Margok zu dienen und seinem Günstling Rothgan zu willfahren – in jeder nur denkbaren Hinsicht.«

Granock schloss die Augen. Ihm war nur zu klar, was sie meinte, und er musste an sich halten, um vor Wut und ohnmächtigem Zorn nicht laut zu schreien.

Alannah hatte Aldur geliebt.

Sie hatte sich für ihn entschieden und war ihm bedingungslos gefolgt – er jedoch hatte sie mit der Hilfe seines neuen Herrn einem Zauberbann unterworfen und sie zu seiner Gefangenen gemacht. Seine Königin mochte er sie nennen, in Wahrheit allerdings war sie nichts als seine Sklavin gewesen, vier lange Jahre.

Das Wissen, dass all diese Dinge geschehen waren, während er sich in Shakara vor schlechtem Gewissen und aus Sehnsucht nach Alannah verzehrt hatte, brachte Granock fast um den Verstand. Wie oft hatte er Farawyn gebeten, ihm die Passage zu den Fernen Gestaden zu ermöglichen, wie häufig sich in Gedanken ausgemalt, wie es sein würde, wenn sie einander wiederbegegneten. So hatte er es sich ganz sicher nicht vorgestellt – aber wenigstens begriff er jetzt die Zusammenhänge.

Deshalb also hatte man in Shakara nichts von diesen dramatischen Entwicklungen erfahren. Aldur, der als Farawyns inoffizieller Gesandter in Crysalion weilte, hatte dem Ältesten übermittelt, dass alles in bester Ordnung sei; und der Hohe Rat wiederum, der von allem nichts wusste, hatte nicht nachgefragt. Dabei waren die Fernen Gestade schon längst in der Hand des Feindes gewesen ...

»War der Dunkelelf auch hier?«

»Nein.« Sie schüttelte den Kopf. »Ich nehme an, dass er Crysalion nicht zu betreten wagt ... noch nicht. Aber er spricht zu Rothgan in seinen Gedanken.«

»Du meinst – wie ein Kobold?«

»Ja und Nein. Die Art, wie seine Worte übermittelt werden, mag ähnlich sein, aber Rothgan und der Dunkelelf sind einander viel näher, als ein Kobold und sein Herr es jemals sein werden. Ein Kobold ist nur ein Diener – Rothgan jedoch ist zugleich Margoks Günstling und Schüler. Der Dunkelelf hat ihn zum Herrscher der Insel ernannt und ihn damit beauftragt, einen Feldzug gegen das Festland vorzubereiten. Fast ein ganzes Jahr haben die Vorbereitungen angedauert, dann stach die Flotte erneut in See. Nur eine kleine Besatzungsmacht blieb zurück, um Crysalion zu behaupten und die Ewigen Seelen zu unterjochen.«

»Wann ist das gewesen?«, wollte Granock wissen.

»Vor wenigen Tagen.«

»Das kann nicht sein.« Er schüttelte den Kopf. »Als ich die Küste erreichte, hatte Margoks Kriegsflotte sie bereits erreicht. Die Elfen dort zitterten vor Angst.«

»Ich kann nur sagen, was ich weiß«, entgegnete Alannah. »Jedenfalls bedeutet es, dass Margoks Plan aufgegangen ist.« Sie vergrub ihr Gesicht in den Händen, so als könnte sie seine fragenden Blicke nicht länger ertragen. »Es tut mir leid, Granock«, flüsterte sie. »Es tut mir unendlich leid ...«

Er fragte nicht nach, was genau sie meinte. Ob sich ihre Reue auf Aldurs Verrat und die Eroberung Crysalions bezog, für die sie sich zumindest zum Teil verantwortlich zu fühlen schien. Oder ob sie bedauerte, sich in jener Nacht in Shakara nicht für ihn statt für Aldur entschieden zu haben.

Granock spürte, wie aller Zorn, den er jemals auf sie empfunden haben mochte, sich in Nichts auflöste. Trotz allem, was gewesen war, empfand er immer noch viel für sie, und er verspürte den unwiderstehlichen Drang, seinen Arm um sie zu legen und sie zu trösten, was er schließlich auch tat. Für die Anstrengung, die es ihn kostete, belohnte sie ihn mit einem zaghaften Lächeln.

»Alles wird gut«, murmelte er. Es war platt und unbeholfen, aber etwas Besseres fiel ihm nicht ein.

»Kannst du mir jemals vergeben? Kann *ich* mir jemals vergeben? Ich habe schreckliche Dinge getan, und ich erinnere mich an jede Einzelheit ...«

»Das bist nicht du gewesen«, redete er ihr zu, »sondern Margoks dunkle Macht. Margok hat dich mit einem Bann belegt ...«

»... den du gebrochen hast«, vervollständigte sie.

»Nein.« Er schüttelte entschieden den Kopf. »Ich habe dich nur an das zu erinnern versucht, was einst gewesen war. Den Bann hast du selbst gebrochen. Das Gute in dir ist stärker als jeder Zauber, den Rothgan wirken konnte. Deshalb bist du aus diesem Albtraum erwacht, Alannah.«

»Glaubst du das wirklich?« Zögernd hob sie den Blick und schaute ihn verzweifelt an. »Aber ich kann nicht ungeschehen machen, was passiert ist.«

»Nein«, gab er zu. »Aber du kannst mir dabei helfen, es wieder in Ordnung zu bringen. Rothgans Macht muss gebrochen werden.«

»Ich gebe dir recht«, stimmte die Elfin zu. »Aber wie willst du das bewerkstelligen? Dank des *holt'ras* ist Rothgan nahezu unbesiegbar.«

»*Holt'ras?*« Granock hatte dieses Wort der Elfensprache noch nie zuvor gehört.

»Der Splitter, der sich am Tag der Invasion aus dem Annun gelöst hat«, erklärte Alannah. »Rothgan trägt ihn immer bei sich. Er bildet die Grundlage seiner Macht, denn er benutzt ihn, um seine Zauberkraft um ein Vielfaches zu verstärken.«

Granock nickte. Schon in Shakara hatte sich Aldur intensiv mit Kristallkunde befasst und dabei auch vor dem Studium verbotener Künste nicht zurückgeschreckt. »Wenn er diesen Kristallsplitter als magischen Verstärker benutzt«, folgerte er, »dann bedeutet das umgekehrt auch, dass er ohne den Splitter weniger mächtig ist. Wenn es uns also gelingt, ihn davon zu trennen, können wir ihn entmachten …«

»… und damit Rurak in die Hände spielen«, vervollständigte Alannah.

»Rurak?« Granock hob die Brauen. »Was hat er damit zu tun?«

»Der Abtrünnige ist Rothgans erklärter Feind und Rivale im Kampf um Margoks Gunst«, erklärte die Elfin. »Wenn wir Rothgan vernichten, helfen wir ihm. Womöglich war das sogar sein Plan, von Anfang an.«

»Du meinst, Ardghal arbeitete in Wahrheit nicht für Rothgan, sondern für Rurak?«

»Die Pläne jener, die der Dunkelheit verfallen sind, sind schwer zu durchschauen. List und Täuschung bestimmen ihr Handeln. Alles ist möglich.«

»Alles«, echote Granock – und erkannte einmal mehr, wie töricht er gewesen war.

Da hatte er tatsächlich geglaubt, zum ersten Mal in seinem Leben eine Entscheidung um seiner selbst willen zu treffen, sich aus dem Schatten fremder Herren zu lösen und niemandem Rechenschaft zu schulden als seinem eigenen Gewissen – und nun stellte sich heraus, dass er gleich mehrfach hintergangen worden war. *Sie alle* waren hintergangen und Teil eines ungeheuren Komplotts geworden.

Alannah war von Rothgan manipuliert worden, Rothgan von Rurak, Yrena von Ardghal und Granock selbst von allen zusammen. Der wahre Meister der Lüge jedoch war kein anderer als der Dunkelelf. Er stand hinter allem, seinen Plänen hatten sie alle zugearbeitet, willentlich oder unwillentlich und ganz gleich, ob sie sich für Opfer oder Täter hielten.

Je deutlicher Granock das ganze Ausmaß der Täuschung aufging, desto mehr wuchs sein Widerstand, und mit all den Kräften, die er gesammelt hatte, seit Alannah ihn aus seiner Kerkerhaft befreit hatte, sträubte er sich dagegen, ein weiteres Mal zum Werkzeug der Intrigen zu werden ...

»Nein«, verkündete er entschieden. »Wir werden nicht tun, was Rurak von uns verlangt.«

»Haben wir eine andere Wahl?«

Granock erwiderte Alannahs fragenden Blick. »Vielleicht ja. Wir beide kennen Aldur, und wir wissen nur zu gut, dass einst auch Gutes in ihm war.«

»Einst«, räumte sie ein. »Seither ist viel geschehen.«

»Wenn es uns gelingt, ihn daran zu erinnern«, beharrte Granock, »werden wir ihn der Macht des Dunkelelfen vielleicht entreißen können. Somit wären nicht nur die Pläne des Dunkelelfen, sondern auch jene von Rurak vereitelt – und Aldur könnte gerettet werden.«

»Das denkst du, weil du ihn nicht so gut kennst wie ich«, entgegnete Alannah, und einmal mehr fragte sich Granock, was er ihr angetan haben mochte. »Rothgan hat Dinge getan, die unaussprechlich sind. Er hat alle Regeln des Ordens gebrochen und sich mit dem Feind verbündet. Er hat grässliche Frevel an den Ewigen begangen und damit am Vermächtnis unseres Volkes. Und er hat sich den verbotenen Künsten zugewandt und ist darüber ein anderer geworden.«

»Ich weiß«, stimmte Granock zu, der sich schaudernd an ihre Unterredung erinnerte. »Aber ich weiß auch, was ihn dazu getrieben hat.«

»Du ... du denkst, dass uns die Schuld an seiner Verwandlung trifft?«, fragte Alannah leise.

»Uns – und Farawyn. Er hätte Aldur die Wahrheit über seine Abstammung nicht verheimlichen sollen.«

»Du weißt davon?« Die Elfin starrte ihn verwundert an.

»Von Ardghal«, bestätigte Granock. »Und ich bin sicher, dass er sein Wissen von Rurak bezog. Offenbar ging es von Anfang an nur darum, mich zu Ruraks Werkzeug zu machen – aber ich habe nicht vor, nach seiner Pfeife zu tanzen.«

»Du willst tanzen?« Alannahs Blick verriet, dass sie an seinem Verstand zweifelte.

»Nur eine Redensart der Menschen«, versicherte Granock, der schon manches Mal die Erfahrung hatte machen müssen, dass sich nicht alles ins Elfische übersetzen ließ. »Sie bedeutet, dass ich versuchen will, meinen eigenen Weg zu finden, statt mich von anderen vorführen zu lassen. Aber dazu brauche ich Hilfe, Alannah. Deine Hilfe ...«

»Was kann ich tun?« Sie schaute ihn aus ihren schmalen tränengeröteten Augen an, und ihre blasse, von grauen Schlieren überzogene Miene erinnerte ihn an gesprungenes Glas. Rothgans dunkle Königin war aus ihrem Zauberbann erwacht – und soweit Granock es beurteilen konnte, war sie mehr und mehr dabei, wieder sie selbst zu werden.

Er musste lächeln. »Das Wichtigste hast du bereits getan«, erwiderte er, während er sich vollends aufzuraffen versuchte, aber es gelang ihm nicht.

Sobald er sich auf die Beine ziehen wollte, gaben diese nach und sackten unter ihm zusammen, sodass er nicht vom Boden hochkam. Erst als Alannah ihn stützte, gelang es ihm. Wackelig stand er vor ihr, froh darüber, überhaupt noch am Leben zu sein – und wild entschlossen, es seinen Feinden heimzuzahlen.

»Ich werde kämpfen«, verkündete er, »und du, Alannah, wirst erneut jene Wahl treffen müssen, die du schon einmal getroffen hast. Für wen entscheidest du dich – für Aldur oder für mich?«

Die Elfin zögerte keinen Augenblick. »Die Antwort habe ich dir bereits gegeben«, entgegnete sie, »und mehr noch als alles andere bedauere ich, dass ich sie dir nicht schon damals gegeben habe.«

Granock nickte dankbar und fühlte eine innere Genugtuung, die ihn für manches entschädigte.

»Das hier wirst du brauchen«, fügte sie hinzu, griff hinter sich und reichte ihm seinen Zauberstab. Der darin eingelassene Kristall glomm auf, als Granock das Elfenbein berührte, und eine Woge neuer Kraft durchströmte ihn. Der *flasfyn* bündelte die Selbstheilungskräfte, über die jeder Zauberer von Shakara verfügte, und vertrieb zumindest einen Teil der Schmerzen. Von seiner ursprünglichen Form war Granock jedoch noch weit entfernt.

»Wo ist Rothgan?«, wollte er dennoch wissen.

»Ich denke, ich weiß es«, entgegnete Alannah, ergriff ihrerseits den Zauberstab und ging ihm voraus.

Farawyn hatte gewusst, dass die Wirkung des Wunders nicht lange anhalten würde.

Es hatte nur dem einen Zweck gedient, den Ansturm des Feindes zu stoppen und ihnen ein wenig Zeit zu verschaffen, wertvolle Stunden, in denen die Soldaten des Königs Tirgas Lan wiederum ein wenig näher kommen würden. Damit, dass sich der Feind so rasch von seinem Schrecken erholen und wieder angreifen könnte, hatte der Älteste von Shakara jedoch nicht gerechnet.

Die Hunla hatten ihre Sache gut gemacht. Nicht einmal Farawyn wusste, wie die sieben Zauberinnen, die allesamt einem alten Magiergeschlecht entsprangen, ihre Kräfte vereinten, ebenso wenig, wie er sich ihre Gabe selbst erklären konnte. Einfache Blendzauber zu wirken, die in eingeschränktem Umfang funktionierten und schlichte Gemüter überzeugen konnten, war eine Sache; Illusionen von gigantischen Ausmaßen zu erzeugen, die so real wirkten, dass sie selbst für in der Magie Beschlagene nicht von der Wirklichkeit zu unterscheiden waren, war etwas völlig anderes. Bislang hatte die verblüffende Gabe der Hunla vor allem in der Zauberausbildung Verwendung gefunden, wenn es darum gegangen war, im Zuge des *prayf* einen Drachen zu erzeugen oder den Eisriesen Ymir auftauchen zu lassen. Auf den Mauern Tirgas Lans hatte das Kollektiv seine Fähigkeiten erstmals zu Kriegszwecken und unter Gefahr für Leib und Leben einsetzen müssen – und hatte Farawyns Erwartungen noch übertroffen.

Just in dem Augenblick, als die Horden des Feindes auf die Lichtung gestürmt waren – Scharen von Orks und Gnomen, die von abtrünnigen Elfen angeführt wurden –, waren auf den Türmen und Mauern buchstäblich Tausende von Kriegern aufgetaucht, Elfenlegionäre mit blitzenden Helmen und in schimmernden Rüstungen, die nur darauf zu warten schienen, die Angreifer zu zerfetzen. Die Wirkung hatte nicht auf sich warten lassen. Die Attacke war tatsächlich ins Stocken geraten, und beflügelt von den Pfeilen wirklicher Bogenschützen, die ihre Geschosse über die Zinnen geschickt hatten, waren die Unholde Hals über Kopf geflüchtet – wenn auch nicht für lange.

Denn schon wenige Stunden nach der Zurückschlagung des Angriffs teilte sich das Unterholz jenseits der Lichtung erneut, und der Feind kehrte auf das Schlachtfeld zurück. Viel eher als erwartet und noch zahlreicher als befürchtet. Offenbar hatte man das Täuschungsmanöver durchschaut!

Die Vorhut bildeten diesmal Trolle – grobschlächtige Wesen von der Größe dreier ausgewachsener Männer, die zwar mehr oder minder aufrecht auf zwei Beinen gingen, mit einem Tier jedoch mehr gemein hatten als mit einer vernunftbegabten Kreatur. Ihr Hirn, das in einem ziemlich kleinen Kopf Platz fand, vermochte die riesigen, breitschultrigen, aber auf kurzen Beinen ruhenden Körper kaum zu lenken. Die Folge waren schwerfällige, ungelenke Bewegungen und langsame Reaktionen, was Trolle jedoch nicht daran hinderte, im Kampf zu furchtbaren Gegnern zu werden.

Von niedersten Instinkten getrieben, stürmten Margoks riesenhafte Diener auf das Große Tor zu, das Farawyn und die Seinen besetzt hielten. Der Zauberer zählte über hundert von ihnen. Die klobigen Schädel hatten sie angriffslustig vorgereckt, in ihren langen, kraftstrotzenden Armen hielten sie Felsbrocken und grobe Keulen, die sie wild durch die Luft schwenkten. Dazu schnaubten und grunzten sie wie ein ganzer Koben Schweine, und der Gestank, den der kalte Wind herübertrug, verriet dem Ältesten von Shakara, dass sie auch so rochen.

Furcht griff auf den Wehrgängen um sich, und das nicht nur unter den Hilfstruppen, die in aller Eile ausgehoben worden waren, unter den Hofbeamten und Sängern, den Dienern und Mägden, von denen die meisten nie zuvor in ihrem Leben eine Waffe in den Händen gehalten hatten. Die Größe der Trolle und die blinde Zerstörungswut, die aus ihren Augen sprach, erschreckten selbst gestandene Kämpfer.

»Bogenschützen!«, gellte König Elidors Stimme weithin hörbar über die Mauern. »Jetzt!«

Ein flirrendes Geräusch war zu vernehmen, als die Schützen die Sehnen schnellen ließen. In hohem Bogen flogen die Pfeile davon, in großer Anzahl, aber bei Weitem nicht so zahlreich, wie die Illusion der Hunla es vorgegaukelt hatte.

Viele der Geschosse trafen ihr Ziel, bohrten sich in Brust und Schultern der Trolle, ohne jedoch deren graubraune, an gegerbtes Leder erinnernde Haut ganz zu durchdringen. Unbeeindruckt von den Nadelstichen rannten die Unholde weiter auf das Stadttor zu. Einige von ihnen schleuderten die Felsbrocken, die sie bei sich trugen, worauf diese wie Geschosse in die Pforte und das umgebende Mauerwerk einschlugen. Dann hatten die Trolle das Tor erreicht.

Es war ein grotesker Anblick zu sehen, wie sie sich in blinder Wut gegen die steinernen, mit Runenzeichen versehenen Türflügel warfen und mit ihren Keulen darauf einschlugen. Zwar war nicht zu erwarten, dass das durch Magie gehärtete Gestein sofort nachgeben würde, aber die Erschütterungen waren bis hinauf auf den Wehrgang zu spüren – und Farawyn beschloss, dass es Zeit war zu handeln.

»*Tarthian!*«, gellte sein Befehl mit Donnerstimme, worauf einige der Trolle von den Hieben riesiger, unsichtbarer Fäuste getroffen zu werden schienen. Einige wankten und kamen zu Fall, andere wurden am Fuß der Pforte niedergeschmettert, wieder andere von magischer Kraft gepackt und zurückgeschleudert.

Während sie ihre *flasfyna* dazu benutzten, die mentalen Fähigkeiten zu bündeln, wirkten die Zauberer von Shakara einen Gedankenstoß nach dem anderen. Unter Donnergrollen taten sich Risse im Boden auf, die hier und dort einen der Unholde verschlangen. Dies war das Werk von Meister Daior, der seine Fähigkeit, die Erde erbeben zu lassen, jedoch nicht ganz zur Entfaltung bringen konnte, wollte er nicht die Fundamente gefährden, auf denen Tor und Mauern ruhten.

Auch die Männer an den Pfeilschleudern auf den Türmen nahmen ihre Arbeit auf. Mit grimmiger Genugtuung nahm Farawyn zur Kenntnis, wie mehrere Angreifer von den armdicken Geschossen ereilt und förmlich gepfählt wurden – aber während die Attacke der Trolle ins Stocken geriet, rollte vom Waldrand her bereits die nächste Welle von Feinden heran.

Es waren Orks, und anders als bei ihrem letzten Angriff hatten sie vorgesorgt und aus Holz und Baumrinde primitive Brustwehren gefertigt, die sie vor sich hertrugen. Mit dumpfem Prasseln bohrten sich die Pfeile der Verteidiger hinein, richteten jedoch keinen Schaden an.

»Brandpfeile!«, wies einer der Hauptleute die Schützen an, während Farawyn und seine Zauberer auf ihre Weise gegen die Hindernisse vorgingen. Mit gezielten Gedankenstößen rissen sie sie beiseite, woraufhin die Unholde, die sich dahinter verbargen, den Geschossen der Bogenschützen nahezu schutzlos ausgeliefert waren. Nicht wenige der Angreifer fanden auf diese Weise ein unrühmliches Ende, aber ihre bloße Anzahl sorgte dafür, dass auch diese Taktik schon bald versagte. Immer mehr Orks drängten aus den Wäldern, lauthals brüllend und mit dampfenden Nüstern, und es dauerte nicht lange, da war die Lichtung rings um die Stadt schwarz von ihnen. Der Hauptangriff erfolgte von Südwesten, aber immer mehr Unholde drängten auch aus dem Norden heran, so als wollten sie die Verteidiger in den Zangengriff nehmen. Farawyn bezweifelte allerdings, dass die Intelligenz der Orks ausreiche, um einen solchen Plan zu verfolgen – das Sagen in Margoks Armee hatten vermutlich andere. Und als im Gefolge der Unholde Warge auf die Lichtung sprangen, in deren Sätteln schwarz gepanzerte Elfenkrieger saßen, da wurde dem Ältesten auch klar, wer diese anderen waren.

Dun'rai.
Krieger des Dunkelelfen.

Farawyn verabscheute sie besonders, denn sie kämpften nicht nur für das Chaos, sondern waren auch zu Verrätern an ihrer eigenen Rasse geworden. Obwohl sie fraglos wussten, was der Dunkelelf schon einmal verbrochen hatte, hatten sie sich ihm angeschlossen, gewissenlose Opportunisten, die sich weder um das Wohl ihres Volkes scherten noch um das der Welt, in der sie lebten. Ihre Gesichter verbargen sie unter Helmen mit geschlossenen Visieren – entseelte Kreaturen, deren Denken nur um sie selbst kreiste.

Von den Wargreitern unbarmherzig angetrieben, stürmten die Orks – Farawyn schätzte, dass es an die zweitausend waren – auf die Mauern zu, während die Trolle weiter mit unverminderter Wucht gegen das Tor anrannten. Zwar gelang es Farawyn, zwei der Kreaturen unschädlich zu machen, indem er einen mit Brandpfeilen gespickten und wild um sich schlagenden Ork auf sie warf, jedoch fiel auch das kaum ins Gewicht. Unbarmherzig prasselten die Keulenschläge auf die Torflügel ein, während die Orks erneut behelfsmäßige Leitern herantrugen und ihre mit Widerhaken versehenen Speere warfen. Viele der Geschosse gingen fehl oder waren zu kurz geschleudert, andere jedoch fanden ihr Ziel und schlugen grässliche Wunden. Allenthalben gingen Verteidiger, die von einem *saparak* getroffen worden waren, blutüberströmt nieder, und auch der Letzte auf den Wehrgängen begriff, dass dies ein Kampf auf Leben und Tod war.

»Es werden immer mehr von ihnen!«, rief Elidor, der nur wenige Armlängen von Farawyn entfernt an den Zinnen stand. Wiederholt hatte der Älteste dem König geraten, im Palast zu bleiben, wo es zumindest im Augenblick noch sicher war. Aber Elidor hatte darauf bestanden, seinen Beitrag zur Verteidigung der Stadt zu erbringen und von seinen Untertanen nichts zu verlangen, was er nicht selbst zu leisten bereit war.

»Lasst sie herankommen!«, stieß Farawyn zwischen zusammengebissenen Zähnen hervor, nicht so sehr an den König gewandt, als vielmehr an die anderen Zauberer, die er auf dem Tor und den umliegenden Mauern verteilt hatte. Die Bogenschützen auf den Wehrgängen gaben weiter ihr Bestes und schossen jetzt mit Brandpfeilen auf die Angreifer, aber auch sie vermochten den Ansturm nicht aufzuhalten. Solches zu bewirken, war nur den Weisen von Shakara möglich ...

Farawyn wartete ab, bis sich die Unholde und ihre verräterischen Anführer der Mauer bis auf fünfzig Schritte genähert hatten. Dann senkte er den *flasfyn* und wirkte einen Gedankenstoß. Der Reiter eines der Warge wurde daraufhin rücklings aus dem Sattel gerissen, und zwar mit derartiger Wucht, dass er sich in der Luft überschlug. Beim Aufprall auf den Boden brach sich der *dun'ras* das Genick – und als wäre dies das verabredete Zeichen, schlugen auch die anderen Zauberer zu.

Grelle Blitze fauchten urplötzlich aus dem Himmel, als Meisterin Tarana ihre Gabe entfesselte. Die Entladungen zuckten in die Reihen der Orks und rösteten sie dutzendweise. Auch Daior machte erneut von seiner Gabe Gebrauch und brachte die Erde zum Beben, worauf sich drüben am Waldrand der Boden öffnete und einen ganzen Pulk schreiender Unholde verschlang. Andere Orks hingegen wurden von unsichtbarer Kraft gepackt und in die Luft gehoben, als Meisterin Awyra und einige andere die Überlegenheit des Geistes über die Materie demonstrierten.

Filfyr und die Eingeweihten, die Farawyn auf den Türmen postiert hatte, wirkten weiter Gedankenstöße oder halfen, die Geschosse der Pfeilwerfer sicher ins Ziel zu lenken. Zwei weitere Trolle wurden auf diese Weise durchbohrt, ein Warg samt Reiter aufgespießt. Und diejenigen Verteidiger, die weder über Pfeil und Bogen noch über magische Kräfte verfügten, gingen dazu über, Steine von den Zinnen zu werfen und flüssiges Pech auszuschütten, das die Bogenschützen anschließend in Brand setzten. Dies zeigte Wirkung.

Die Trolle, die das Tor bearbeitet hatten, verschwanden hinter einem Vorhang aus Feuer und Rauch, von dem beißender Gestank zu den Zinnen aufstieg. Kaum hatte er sich gelegt, sah man vor dem Tor bizarre Gestalten einen grotesken Tanz vollführen. Das brennende Pech, das auf ihrer Haut klebte, ließ sich nicht einfach abschütteln, und so rannten die Unholde schreiend und lichterloh brennend durcheinander oder wälzten sich am Boden, um die Flammen zu ersticken. Dabei kamen sie den nachdrängenden Orks ins Gehege, und ein schreckliches Durcheinander brach vor dem Tor aus, das die Verteidiger noch weiter schürten.

Gleich mehrere Orks wurden emporgerissen und flogen ihren Kumpanen als lebende Geschosse entgegen; Gesteinsbrocken schlugen in die Reihen der Angreifer und zerschmetterten sie. Doch all diese Maßnahmen, all die Unholde, die grausame Tode starben, waren nur Tropfen auf einem fast glühenden Stein, und Farawyn wünschte sich sehnlich, Aldur, Alannah und Granock an seiner Seite zu haben, deren *reghai* in diesem Augenblick von unschätzbarem Wert gewesen wären. Aber sie waren nicht hier. Tirgas Lan musste mit dem auskommen, was es hatte – jedenfalls so lange, bis die Königslegion eintraf.

Inzwischen hatten die ersten Orks die Mauer erreicht und versuchten, ihre Leitern anzulegen – ein mörderisches Unterfangen. Die Ersten gingen in einem Hagel von Pfeilen und Steinen nieder, die nächsten wurden von Gedankenstößen erfasst und in hohem Bogen davongeschleudert. Dann jedoch gelang es einigen, und sie machten sich daran, die Mauern Tirgas Lans zu erklimmen.

Am westlichen Mauerabschnitt wurden erneut Kessel mit Pech ausgeschüttet, das sich über die Unholde ergoss. Die Orks schrien entsetzlich, als die glühend heiße Flüssigkeit sie erfasste und in die Tiefe riss. Einige brachen sich beim Aufprall das Genick, andere versuchten noch, auf allen vieren fortzukriechen. Aber die Feuersbrunst, die schon im nächsten Moment über sie hereinbrach und am Fuß der Mauer ein flammendes Inferno entfesselte, holte sie ein und verzehrte sie.

Dunkler Rauch quoll empor und hüllte die Wehrgänge ein, und der beißende Gestank von Teer und verbranntem Fleisch tränkte die kalte Herbstluft. Die grausame Wirklichkeit des Krieges hatte die weißen Mauern von Tirgas Lan erreicht, und während Farawyn einen *tarthan* übte, um eine Leiter umzustoßen, wurde ihm schmerzlich bewusst, dass sie sich den Feind nicht ewig vom Leib halten konnten. Egal, wie viele Orks sie töteten – irgendwann würde ihre ungeheure Anzahl dafür sorgen, dass sie die Mauern überwanden, und wenn das geschah, war Tirgas Lan dem Untergang geweiht.

Alles, was sie tun konnten, war weiterkämpfen und durchhalten, bis die Königslegion eintraf.

Farawyn hoffte nur, dass dies bald der Fall sein würde …

10. UNUTHAN'Y'CYFAILA

Rothgan, der einst Aldur hieß, wähnte sich am Ziel seiner Träume. Nicht genug damit, dass er der Kontrolle durch den Hohen Rat entflohen war, dass er einem neuen Meister diente und von diesem zum Herrscher über die Fernen Gestade ernannt worden war – nun hatte er auch noch Gelegenheit erhalten, sich an seinem Erzfeind zu rächen.

Granock ...

Wie ein giftiger Stachel saß die Erinnerung in seinem Fleisch und quälte ihn, sobald er an ihn dachte. Wie hatte sich der Mensch nur erdreisten können, ihn zu hintergehen? Wie hatte er sich nur jemals anmaßen können, einem Elfen ebenbürtig zu sein? Und was hatte er sich nur eingebildet, hierherzukommen, in seinen Machtbereich, und ihn herauszufordern?

Rothgan grinste matt.

Er hatte viel erreicht in den vergangenen Monaten, aber er hatte stets bedauert, dass er Granock nicht getötet hatte, damals in jener Nacht, die Urzeiten zurückzuliegen schien. Nun jedoch hatte er endlich Gelegenheit erhalten, dieses Versäumnis nachzuholen – und um seine Rache vollkommen zu machen, würde der Mensch nicht durch seine, sondern durch Thynias Hand sterben. Auf diese Weise würden sie beide für den Verrat büßen, den sie damals begangen und den er ihnen nie verziehen hatte, obschon die Zauberin ihm in all der Zeit eine willfährige Gespielin gewesen war.

Darüber, dass es eines Zauberbanns aus den Abgründen des *gwahárthana* bedurft hatte, um dies zu bewerkstelligen, sah Rothgan großmütig hinweg. Selbst an den Fernen Gestaden konnte nicht alles vollkommen sein. In dieser Hinsicht hatten die Schriften der alten Zeit sich wohl geirrt.

Der Zauberer lachte lautlos in sich hinein, während er die Reihen der unzähligen, in achteckigen Waben gestapelten Kristalle abschritt, die in der Bibliothek von Crysalion lagerten. Es war das Wissen von Jahrtausenden, dank der Magie der Kristalle für alle Ewigkeit aufbewahrt – und es gehörte Rothgan ganz allein. Anders als in Shakara, wo Meisterin Atgyva eifersüchtig über die Schätze der Vergangenheit wachte, standen sie ihm hier uneingeschränkt zur Verfügung, und zusammen mit jenem dunklen Wissen, das Margok ihm angedeihen ließ, ergab sich für ihn die Chance, mehr zu lernen und zu wissen, als jeder andere Magier vor ihm. Mehr als seine alte Meisterin Riwanon. Mehr als Farawyn und der gestrenge Cethegar. Womöglich sogar mehr als selbst der ehrgeizige Qoray.

Wissbegier erfüllte Rothgan, jener nicht unähnlich, die er empfunden hatte, als er vor langer Zeit nach Shakara gekommen war. Anders als damals jedoch, als er nichts als ein unerfahrener Novize gewesen war und darauf gebrannt hatte, die Zusammenhänge des Kosmos zu begreifen, war sein Interesse inzwischen darauf ausgerichtet, seine eigene Macht zu mehren. Die Fernen Gestade gehörten ihm bereits – und wer vermochte zu sagen, ob ihm nicht einst noch sehr viel mehr gehören würde …?

»Hoheit?«

Ungehalten darüber, aus seinen süßen Tagträumen gerissen zu werden, fuhr Rothgan herum. »Was gibt es?«

Es war Ardghal, der einstige Berater des Königs, nicht aufrecht auf den Beinen stehend, sondern auf den Knien kauernd und den Blick zum Boden gerichtet, so wie Rothgan es von allen verlangte, die sich ihm ungefragt näherten.

»Verzeiht die Störung, Hoheit«, sagte der Elfenfürst, ohne zu ihm aufzusehen. »Aber ich wollte Euch fragen …«

»Was?«, fauchte Rothgan ungeduldig.

»… ob Ihr mit meinen Diensten zufrieden gewesen seid.«

»Ob ich mit deinen Diensten zufrieden gewesen bin?« Rothgan verzog das Gesicht zu einem spöttischen Lächeln. Wie schnell sich das Blatt wenden konnte. Wären sie einander noch vor nicht allzu langer Zeit begegnet, so wäre er nur ein Eingeweihter des Zauberordens, Ardghal jedoch die rechte Hand von König Elidor und, wie manche behauptet hatten, der heimliche Regent von Tirgas Lan gewesen. Nun jedoch war seine Macht geschwunden, und die Tatsache, dass er vor ihm im Staub lag, machte Rothgan nur allzu klar, dass der entmachtete Berater alles tun würde, um sie zurückzuerlangen.

»Ich habe getan, was Ihr mir aufgetragen hattet. Ich habe den Menschen zu Euch gebracht.«

»Das hast du.« Rothgan nickte. »Und nun erwartest du wohl deine Belohnung dafür?«

»Nun.« Zum ersten Mal riskierte der Elfenfürst einen Blick nach oben. »Wäre das nicht angemessen?«

»Angemessen? Ich werde dir sagen, was angemessen wäre, Ardghal.« Er streckte die Hand aus und öffnete sie, woraufhin sich eine züngelnde Flamme darauf bildete. Rothgans Miene verzog sich dabei zu einem grausamen Grinsen. »Ich sollte dich mit diesem Feuer einhüllen und dich davon verzehren lassen. *Das* wäre angemessen.«

Ardghals Augen weiteten sich. »Nachdem ich so viel für Euch getan habe?«

»Für mich?« Rothgan lachte freudlos auf. »Glaubst du, ich wüsste nicht, für wen du in Wirklichkeit arbeitest? Dass Rurak den Menschen zu mir geschickt hat, um meine Macht zu schwächen?«

»Nun, ich ...« Für einen Augenblick verlor der abtrünnige Berater die Kontrolle über seine sonst so beherrschten Züge. Sein Mund klappte auf und zu, ohne dass ihm ein Wort über die Lippen gekommen wäre, und sein Augenspiel verriet nackte Furcht. »Ich weiß nicht ...«

»Versuche nicht erst, es zu leugnen. Ich kenne Rurak, und ich kenne deinesgleichen. Um wieder zu Macht und Ansehen zu gelangen, würdest du alles tun ...«

»Aber nicht doch, Herr«, widersprach Ardghal in einer völligen Verkehrung der alten Verhältnisse. Am Hof von Tirgas Lan hatten andere vor ihm gezittert – nun war er es, der auf den Knien lag und um sein Leben fürchtete.

»… und das gefällt mir«, erklärte Rothgan unvermittelt.

»E-es gefällt Euch?«

»Es gefällt mir, weil es dich zu einer berechenbaren Größe macht, Ardghal. Beim König magst du in Ungnade gefallen sein, aber tief in deinem Inneren bist du davon überzeugt, dass dein Platz nach wie vor ganz oben ist. Aus diesem Grund bist du zum Verräter geworden – und wer diesen Schritt einmal vollzogen hat, wird es auch wieder tun.«

»Was meint Ihr damit, Sire?«

»Komm, komm, Ardghal«, tönte Rothgan gönnerhaft, »so schwer von Begriff bist du nicht – andernfalls hättest du es wohl kaum geschafft, der Erste unter Elidors Beratern zu werden. Du weißt genau, was ich meine.«

»Ihr meint, dass ich in Eure Dienste treten soll«, sagte der Verräter leise.

»Nein, mein Freund – ich denke, dass Ihr gar keine andere Wahl habt, als mein Diener zu werden. Andernfalls werdet Ihr es bitter bereuen, je auch nur den Gedanken gehegt zu haben, mich zu hintergehen – denn dann werde ich meine Diener anweisen, euch bei lebendigem Leibe die Gedärme herauszureißen, worauf ich sie vor Euren erlauchten Augen verbrennen werde …«

Ardghal schluckte sichtbar. Dem bestürzten Ausdruck in seinem Gesicht war zu entnehmen, dass er keinen Zweifel daran hegte, dass der Zauberer seine Drohung wahr machen würde, und natürlich tat er das, wozu sein ausgeprägter Überlebensinstinkt ihm riet … »Ich verstehe, Hoheit«, sagte er nur und senkte das Haupt so tief, dass die Stirn fast den Boden berührte. »Verfügt über mich, wie es euch beliebt.«

Rothgan lachte nur. »Du pflegst deine Loyalitäten rasch zu wechseln.«

»Ich diene dem, der die Macht hat«, entgegnete Ardghal diplomatisch.

»Natürlich – denn auf diese Weise bist du stets auf der Seite des Siegers, nicht wahr?« Rothgan nickte. »Aber ich warne dich,

Ardghal. Noch einmal werde ich dir einen Verrat nicht verzeihen. Solltest du dich also entschließen, dich von mir abzuwenden, so wie du dich von Elidor und nun von Rurak abgewandt hast, wäre dies dein sicheres Ende.«

»Seid unbesorgt, Hoheit. Ich werde Euch folgen. In den Tod, wenn ich muss – und sogar darüber hinaus.«

Rothgan lachte höhnisch ob dieser Versicherung. »Ich nehme dich beim Wort, Fürst Ardghal«, entgegnete er, »und ersetze deinen wertlos gewordenen Titel durch einen, der in der Welt von Morgen Klang und Gewicht haben wird, denn er verbreitet Furcht und Schrecken. Steh auf, *dun'ras* Ardghal.«

»D-*dun'ras*?« Der Elf schaute unsicher an seinem neuen Herrn empor. »Ihr ernennt mich zu Eurem Unterführer?«

»Zu einem von vielen. Du bist mir lebend nützlicher als tot.«

»Eine weise Entscheidung, Hoheit«, beteuerte der ehemalige königliche Berater, von dessen einstiger Würde nicht viel geblieben war. Zögernd raffte er sich auf die Beine, wobei er immer wieder furchtsam nach Rothgans Händen spähte, die auf Verlangen ihres Besitzers Glut und Feuer schleudern konnten.

»Du wirst zu Rurak zurückkehren und künftig als mein Ohr und Auge auf seiner Blutfeste dienen.«

»Als Euer, Spion, Hoheit?«

»Ganz recht.«

»Das ist gefährlich ...«

»Nicht annähernd so gefährlich, wie meinen Zorn herauszufordern«, versetzte der Zauberer und blies Rauch aus seiner Nase wie ein schnaubender Drache. Das Entsetzen, das er damit auf Ardghals Zügen hervorrief, amüsierte ihn. »Und nun geh mir aus den Augen, *dun'ras*, ehe du die Luft an diesem ehrwürdigen Ort vollends mit dem Gestank deiner Feigheit verpestest. Geht zurück zu diesem Intriganten Rurak und sag ihm, dass sein Plan misslungen ist und ich den Menschen habe töten lassen. Und dann ...«

»Bist du nicht ein wenig voreilig, Aldur?«

Blitzschnell fuhr Rothgan herum. Nicht Ardghals ölige Stimme hatte diese Frage gestellt, sondern eine andere, die voller Bitterkeit war und deren barbarischen Akzent er nur zu gut kannte ...

Granock!

Rothgan stieß ein feindseliges Zischen aus, als er den Erzfeind erblickte, der im Eingang der Bibliothek stand, aufrecht und mit dem *flasfyn* in der Hand. Befremdlicherweise war er in die lederne Rüstung eines *dun'ras* gehüllt, die er wohl gestohlen und die ihm die sichere Passage durch die Gänge Crysalions ermöglicht hatte.

»Du!«, stieß Rothgan überrascht und zugleich voller Hass hervor. »Wie bist du aus dem Kerker entkommen?«

»Ich habe ihn befreit«, sagte eine zweite Gestalt, die aus dem dahinterliegenden Korridor unter den Türbogen trat – und heißer Schmerz fuhr wie ein glühendes Eisen durch Rothgans Eingeweide, als er erkannte, dass es Alannah war.

»Es ist vorbei«, sagte sie nur. »Margoks Bann ist erloschen …«

Íomer hatte kein gutes Gefühl.

Der Anführer des Waldelfen-Spähtrupps erstarrte in seiner Bewegung. Reglos, so als wäre er mit den ihn umgebenden Bäumen verschmolzen, verharrte er und griff mit allen seinen Sinnen um sich – und jeder Einzelne signalisierte Gefahr.

Íomer sah die Vögel, die verschreckt über den Bäumen kreisten, hörte dumpfes Stampfen und grässliches Gezeter. Und er roch den Gestank des Todes, von Fäulnis und Verwesung, der die Luft giftig durchsetzte.

Mit einem fragenden Blick wandte er sich an seine Untergebenen, die wie er waldgrüne Kleidung trugen und mit Pfeil und Bogen bewaffnet waren. Ihre Kapuzen hatten sie hochgeschlagen, damit ihr helles Haar und ihre bleichen Gesichter sie nicht verrieten.

»Orks«, flüsterte einer von ihnen überflüssigerweise – auch so war nur zu klar gewesen, wer jenen scheußlichen Odem verströmte.

Íomer merkte, wie sich sein Magen verkrampfte. Nicht so sehr der Orks wegen – als Veteran der Grenzfeldzüge und der Schlacht am Siegstein war er daran gewöhnt, Margoks fürchterlichen Kreaturen ins Auge zu blicken. Aber wenn die Unholde so weit nach Osten vorgedrungen waren, bedeutete dies, dass sie Tirgas Lan bereits nahezu eingeschlossen haben mussten, und diese Aussicht war beängstigend.

»Also war General Lavans Vermutung richtig«, folgerte Alai, einer aus seiner Schar. »Der Feind hat die Abwesenheit der Ersten Legion genutzt, um Tirgas Lan einzukesseln. Es wird schwer sein, den Gürtel der Belagerer zu durchdringen.«

»Dennoch müssen wir es versuchen – oder die Königsstadt ist verloren«, entgegnete Íomer grimmig. Mit einem Wink seiner behandschuhten Rechten bedeutete er seinen Leuten, ihm zu folgen, und so anmutig und natürlich, als wären sie selbst ein Teil des Waldes, huschten die acht Späher weiter durch das Unterholz, wobei ihre ledernen Stiefel nicht den leisesten Laut verursachten.

Weit brauchten sie nicht zu gehen.

Das Stampfen und Zetern verstärkte sich, und das feindselige Grunzen gesellte sich hinzu, das Elfenohren als die orkische Sprache wahrzunehmen pflegten. Íomer fühlte, wie sich sein Herzschlag beschleunigte. Ihm war klar, dass auch der kleinste Fehler oder die geringste Unaufmerksamkeit ihre Entdeckung bedeuten konnte. Und wenn das geschah, würden sie nicht nur einen grausamen Tod sterben, sondern der Feind würde auch vom Herannahen der Ersten Legion erfahren …

Mit einem weiteren Handzeichen bedeutete Íomer seinen Leuten, zurückzubleiben. Nur Alai nickte er zu, und sie nahmen ihre Bogen auf den Rücken und ließen sich nieder. Dann drangen sie vorsichtig weiter vor. Unter großen Farnblättern hindurch glitt sie über das nasskalte Moos und näherten sich dem Feind – und endlich konnten sie ihn sehen.

Es waren Unholde, Massen von ihnen, die sich auf einer künstlich gerodeten Lichtung versammelt hatten. Grün und fett fläzten sie auf achtlos getöteten Bäumen, unterhielten sich mit ihren grunzenden Lauten und lachten dabei laut und derb. Da noch nicht allzu viel Unrat am Boden verstreut lag, nahm Íomer an, dass sie noch nicht allzu lange hier lagerten. Vermutlich sammelten sie sich und hatten noch keinen Angriffsbefehl erhalten, aber mit jedem Augenblick schienen es mehr von ihnen zu werden.

Íomer und sein Begleiter wechselten einen düsteren Blick. Wenn General Lavan angreifen und den Kordon der Belagerer durchbrechen wollte, musste er es rasch tun, so bald wie möglich ...

So lautlos, wie sie sich angeschlichen hatten, zogen sie sich wieder ins Unterholz zurück. Sie hatten genug gesehen. Die hohen Türme von Tirgas Lan, die jenseits des feindlichen Lagers wie eine Verheißung über die Baumwipfel spähten, waren plötzlich in unerreichbare Ferne gerückt.

Die beiden Späher schlossen zu ihren Kameraden auf, und gemeinsam zogen sie sich weiter zurück, um Lavan Bericht zu erstatten. Íomer zweifelte nicht daran, dass sich der General zu einem raschen Vorstoß entscheiden würde, so lange noch Zeit dazu war. Jedenfalls war es das, wozu er dem Befehlshaber der Ersten Legion raten würde.

Je weiter sich die Waldelfen vom Lager der Orks entfernten, desto rascher kamen sie voran. Schließlich beschleunigten sie ihre Schritte und begannen zu laufen, wobei ihre Füße den Boden kaum zu berühren schienen. Sich lautlos fortzubewegen, im Fluss der Natur, wie es unter ihresgleichen hieß, bereitete den in Trownas Hainen Geborenen keine Schwierigkeit, weswegen sie häufig in Spähtrupps dienten. Es war eine wichtige und verantwortungsvolle Aufgabe und obendrein sehr gefährlich, denn längst nicht alle Kundschafter, die ausgeschickt wurden, kehrten auch wohlbehalten zurück ...

Nachdem sie ein gutes Stück zurückgelegt hatten, blieb Alai, der die Vorhut bildete, unvermittelt stehen.

»Hört ihr das auch?«, flüsterte er.

Der gesamte Trupp verharrte. Íomer und die anderen lauschten angestrengt.

Nichts.

Nicht das leiseste Geräusch ...

»Wir müssten die vorderste Abteilung längst erreicht haben oder sie zumindest hören können«, stellte Nial fest, ein weiterer von Íomers Männern.

Der Anführer des Spähtrupps nahm den Bogen von der Schulter und legte mit einer geübten Bewegung einen Pfeil auf. Er wartete, bis seine Leute es ihm gleichgetan hatten, dann bedeutete er ihnen, ihm zu folgen. Vorbei an knorrigen Eichen und einigen Felsen erreichten sie die Straße, die sich östlich der Waldelfenhaine durch Trowna wand. Im fahlen Tageslicht, das durch das spärliche Blätterdach fiel, lag die erste Biegung vor ihnen.

Spätestens hier, so hoffte Íomer, würden sie auf Wachtposten stoßen ...

»Rhyth«, hauchte er das Losungswort in die grüne Stille.

Er erhielt keine Antwort.

Nichts regte sich in den immergrünen Büschen, die zu beiden Seiten der von Laub übersäten Straße wuchsen, und auch jenseits der Biegung schien niemand zu sein.

Die Späher tauschten vorsichtige Blicke, und in diesem Augenblick strich kalter Herbstwind durch die Bäume, der noch mehr Blätter zu Boden fallen ließ – und scheußlichen Blutgeruch in die Nasen Íomers und seiner Leute trug.

Elfenblut!

Die Krieger schnappten nach Luft, dann rissen sie die Bogen hoch und spannten die Sehnen. Die Waffen schussbereit erhoben, stürzten sie die Straße hinab. Jenseits der Biegung offenbarte sich ihnen die grausame Wahrheit.

In ihrer Abwesenheit hatte es ein Massaker gegeben.

Die Straße und das Unterholz zu beiden Seiten waren von Leichen übersät, von den leblosen Körpern unzähliger Elfenkrieger. Die Art, wie sie kreuz und quer übereinanderlagen und noch im Tod ihre Klingen umklammerten, ließ vermuten, dass sie sich bis zum letzten Atemzug gewehrt hatten. Aber wer immer ihr Gegner gewesen war, hatte ihnen keinen Ausweg gelassen.

Íomer und seine Leute wurden von Grauen gepackt. Keiner von ihnen brachte ein Wort hervor, wie in Trance ließen sie die Bogen sinken und liefen die Straße hinab. Wohin sie auch traten, war Blut, elfischer Lebenssaft, der das Laub schreiend färbte und sich überall dort, wo der Waldboden gefroren war, in großen Lachen sammelte.

Vergeblich suchten die Späher nach einem Lebenszeichen, der Tod hatte sorgfältig Ernte gehalten auf diesem Acker. Erschüttert starrte Íomer auf die Wunden, die die Gefallenen davongetragen hatten. Die wenigsten von ihnen schienen einem gewöhnlichen Kampf entsprungen – abgerissene Gliedmaßen, samt ihren Helmen zerschmetterte Köpfe und Brustkörbe, die aussahen, als wären sie von einem Raubtier zerfetzt worden, waren eher die Regel denn die Ausnahme. Dennoch stand außer Frage, dass es keine Tiere gewesen waren, auf die die Vorhut der Königslegion getroffen wäre. Denn entlang des Weges waren einige Elfenspeere in den Boden gerammt worden, auf denen die Köpfe ihrer ehemaligen Besitzer staken. Kein Tier, dachte Íomer beklommen, war zu solcher Barbarei fähig ...

»Seht!« Nial war niedergekniet. Zwischen zwei Leichenbergen schien er etwas entdeckt zu haben.

Íomer ging zu ihm und sah die Spur, die sich im vom warmen Blut aufgeweichten Boden abzeichnete. Es war ein Fußabdruck, aber er stammte weder von einem Menschen noch von einem Ork. Sie war zu klein für einen Troll und zu groß für einen Gnom, und obschon sich die Kreatur aufrecht auf zwei Beinen bewegt zu haben schien, sah ihre Fährte wie die der *coracdai* aus, die in den Sümpfen und Dschungeln Anars ihr Unwesen trieben.

»Weißt du, was das ist, Íomer?«, erkundigte sich Alai.

Der Anführer des Spähtrupps nickte. »Ich weiß es«, sagte er gepresst, während er innerlich in Panik geriet. »Und ich fürchte, wir kommen zu spät.«

»Zu spät wofür?«

»Zu spät für alles«, entgegnete Íomer verzweifelt. Er erhob sich und begann zu laufen, die Straße hinab zur nächsten Biegung, wobei er über die unzähligen Leichen hinwegsetzen musste. Waldelfen, Bogenschützen, Lanzenträger – alle lagen sie in ihrem Blut, und ihre weit aufgerissenen Augen kündeten von dem namenlosen Schrecken, dem sie entgegengeblickt hatten. Auch die Anführer fand Íomer – die Offiziere waren ebenso abgeschlachtet worden wie ihre Gefolgsleute und wie die Pferde, auf denen sie geritten waren. Aus den Kadavern der Tiere waren auch große Brocken Fleisch gerissen worden, so als hätte sich jemand daran gütlich getan und seinen Hunger gestillt.

»Íomer, warte …«

Alai und die anderen hatten Mühe, zu ihm aufzuschließen, aber er scherte sich nicht darum. Seine Panik trieb ihn weiter, die von Leichen übersäte Straße hinab. Er wollte Gewissheit …

… und er bekam sie.

Íomer blieb wie angewurzelt stehen, als er die nächste Biegung hinter sich ließ. Dort, wo er auf das Hauptkontingent hätte treffen, wo stolze Legionäre Schild an Schild hätten stehen und darauf warten sollen, zur Befreiung von Tirgas Lan zu eilen, lagen weitere Leichen.

Zu Hunderten.

Die Männer waren gefallen, so wie sie gestanden hatten, als ob eine zerstörerische, alles vernichtende Naturgewalt über sie hereingebrochen wäre. Auch sie hatten erkennbar Widerstand geleistet, aber er war ebenso fruchtlos geblieben wie bei der Vorhut. Und wie zuvor gab es auch hier nur Opfer, aber keine Täter. Von den Angreifern, die dieses grausame Werk vollführt hatten, war offenbar kein einziger auf dem Feld zurückgeblieben, und das weckte bei Íomer Erinnerungen, die er eigentlich längst verdrängt hatte …

Atemlos, unfähig, ein Wort zu sagen oder auch nur einen klaren Gedanken zu fassen, setzte er einen Fuß vor den anderen und wandelte die blutgetränkte Straße hinab. Er kam sich vor wie in einem Albtraum, aber eine unnachgiebige Stimme tief in seinem Inneren sagte ihm, dass dies die Wirklichkeit war und es kein Erwachen aus ihr gab.

Während die anderen Späher, die ihm mit etwas Abstand folgten und die nicht weniger bestürzt und ergriffen waren als er, noch immer rätselten, wer zu einer solchen Untat fähig sein mochte, war es Íomer längst klar geworden.

Der Vorfall, an den er sich erinnert fühlte, hatte sich vor etwas mehr als vier Jahren zugetragen. Damals war eine ganze Grenzlegion bis auf den letzten Mann vernichtet worden. Während die Gegenseite kaum nennenswerte Verluste hinzunehmen hatte, hatte Íomer bei dem Massaker beinahe seine ganze Familie verloren, seinen Vater und seine drei Brüder. Und die Namen der Kreaturen, die für diese Bluttat verantwortlich waren, hatte sich unauslöschlich in sein Gedächtnis eingebrannt …

»Hilfe …«

Der Kundschafter fuhr herum. Was er gehört hatte, war nicht mehr als ein hauchdünnes Flüstern gewesen, aber sein geschultes Gehör hatte es dennoch vernommen. Wachsam schaute er sich um – und wenn er geglaubt hatte, dass es inmitten dieser grauenvollen Szenerie keine Steigerung von Grausamkeit und Barbarei mehr geben konnte, so wurde er eines Besseren belehrt …

»General!«, schrie Íomer, als er den Oberbefehlshaber der Ersten Legion erblickte – oder vielmehr das, was der grässliche Feind von ihm übrig gelassen hatte.

Von zwei Speeren durchbohrt, die unterhalb des Schlüsselbeins durch beide Schultern getrieben und dann in einen Baum gerammt worden waren, wurde der General in stehender Position gehalten – und das, obwohl kaum noch Leben in ihm war. Er hatte Unmengen von Blut verloren, das seine Kleider und seine Rüstung besudelt und sich zu seinen Füßen gesammelt hatte, und die Entschlossenheit, die früher aus seinen kantigen, von silbergrauem Haar umrahmten Gesichtszügen gesprochen hatte, war blankem Entsetzen gewichen. Irrsinn blickte aus seinen Augen, die wild in ihren Höhlen rollten und Íomer vergeblich zu fixieren suchten.

»Späher«, röchelte er.

»Ja, mein General?« Íomer ging zu ihm. Aus der Nähe sah er die unzähligen Schnittwunden, die man Lavan beigebracht hatte, jedoch wohl nur, um ihn zu quälen. Getötet hatte man ihn absichtlich nicht, damit er den Untergang seiner Legion bis zum Ende mit ansehen musste …

»Meldung«, verlangte Lavan, wobei Blut aus seinen Mundwinkeln rann. Sein Kinn sackte auf die Brust, aber er biss die Zähne zusammen und hob den Kopf wieder.

»Der Feind hat Tirgas Lan erreicht, mein General«, erstattete Íomer wahrheitsgemäß Bericht, schon weil er nicht wusste, was er sonst hätte sagen sollen angesichts all des Grauens. »Sie haben Tirgas Lan eingekreist.«

»Dann müssen wir ... angreifen«, hauchte Lavan mit ersterbender Stimme. »Gebt den Bericht an ... die Hauptleute weiter. Gilduin und Saior ... sollen sich um die Aufstellung kümmern ... Bogenschützen und Leichtbewaffnete zuerst ... dann die Legionäre ... die Reiterei zuletzt ...«

Íomer starrte ihn erschüttert an. Offenbar war der Anblick der massenhaft dahingeschlachteten Soldaten zu viel für Lavans Verstand gewesen. Er schien sich an einen Ort geflüchtet zu haben, wo er sicher war vor der bitteren Realität und all die grässlichen Dinge nicht geschehen waren. Ein Ort, dachte Íomer beklommen, der dem Tod näher war als dem Leben.

Seine Leute hatten inzwischen zu ihm aufgeschlossen. Auch sie waren entsetzt über den Anblick, der sich ihnen bot, aber sie ließen sich nichts anmerken.

»Spähtrupp ... vollzählig?«, erkundigte sich Lavan.

»Ja, mein General.« Íomer nickte. »Keine Verluste.«

»Das ist gut.« Die Gesichtszüge des Generals entspannten sich, und trotz seines elenden Zustands brachte er ein Lächeln zustande. Schmerz schien er nicht mehr zu fühlen, dazu war er bereits zu weit vom Diesseits entfernt. »Jeder Kommandant ... sollte immer versuchen ... seine Soldaten ... wohlbehalten nach Hause ...«

Es war ihm nicht vergönnt, den Satz zu Ende zu sprechen. Wieder fiel sein Kopf nach vorn, aber diesmal hob er ihn nicht mehr. Die Gestalt des Generals entkrampfte sich, dann hing sie schlaff und leblos an den beiden Speeren.

»Nehmt ihn ab«, knurrte Íomer.

Alai und Nial griffen jeder nach einem Speer und zogen ihn aus dem Holz. Daraufhin brach die leblose Gestalt des Generals zusammen. Und erst jetzt, da Íomer sich bückte, um dem Oberbefehlshaber seiner Legion stellvertretend für alle anderen Gefallenen die letzte Ehre zu erweisen, sahen seine Leute und er die albtraumhafte Schreckgestalt, die mit dem Gesicht nach unten zu Lavans Füßen lag.

Sie trug eine dunkle Rüstung, doch ungleich schrecklicher anzusehen waren die grünen Schuppen, die reptiliengleich Arme und Hinterkopf überzogen – und der Furcht einflößende Schweif, der bis hinab zu den Beinen reichte. Die Kreatur lebte nicht mehr. Ein elfisches Breitschwert steckte in ihrem Rücken, das ihre frevlerische Existenz ganz offenbar beendet hatte, und es erfüllte Íomer und seine Männer mit grimmiger Genugtuung zu sehen, dass es die Klinge von General Lavan war.

Íomer trat vor, stieß den leblosen Körper mit dem Fuß an und drehte ihn herum. Von Grauen geschüttelt, blickten die Späher in die grünen, schuppenbedeckten Züge einer Kreatur, die halb Elf und halb Echse zu sein schien.

»Bei Glyndyrs Krone«, entfuhr es Alai. »Was für eine Kreatur ist dies?«

»Ein *neidor*«, antwortete Íomer, dessen düstere Vermutung sich bestätigt hatte. »Ein Echsenkrieger.«

»Ich habe von ihnen gehört«, sagte ein anderer aus seinem Trupp. »Es heißt, der Dunkelelf hätte sie gezüchtet ...«

»Sie sind das, was herauskommt, wenn man Elfenblut mit dem von Tieren mischt«, erklärte Íomer schaudernd. »Es heißt, dass Margok die *neidora* ins Leben rief, indem er seine Seele der Dunkelheit verschrieb. Deshalb ist es ihm nie wieder gelungen, Kreaturen wie diese zu züchten. Die *neidora* sind sein Meisterstück – und zugleich ist er mit ihnen an seine Grenzen gestoßen.«

»Was vermögen sie?«, fragte Alai flüsternd.

Íomer holte tief Luft. »Vor einigen Jahren«, erwiderte er dann, »ist an der Nordgrenze von Trowna eine königliche Legion verschwunden. Die Gründe dafür wurden nie offengelegt, aber natürlich gab es Gerüchte. Die einen behaupteten, es wäre zu einer Auseinandersetzung mit den Orks gekommen, andere sprechen von einem Überfall der Menschen. Wieder andere jedoch glauben, dass dunkle Mächte dabei im Spiel waren, und dass jene Legionäre das Opfer von seltsamen Wesen wurden, grauenhaften Mischwesen aus Elf und Tier ...«

»... den *neidora*«, brachte Alai den Gedanken zu Ende.

»Genau das«, bestätigte Íomer nur.

Dann wurde es totenstill im Wald.

Wie versteinert blickten die Kundschafter auf die leblose Kreatur, die vor ihnen lag, während die Bedeutung dessen, was ihr Anführer gesagt hatte, langsam in ihr Bewusstsein einsickerte. Wenn

Íomer recht hatte – und dafür schien alles zu sprechen –, hatte Margok neben all den Unholden, die er unter sein Banner gerufen hatte, auch nahezu unbesiegbare Echsenkrieger in seinen Reihen, Kreaturen, denen es offenbar gelungen war, eine ganze Elfenlegion aufzureiben.

Und sie hatten es nicht zum ersten Mal getan ...

»Was machen wir jetzt?«, fragte Nial irgendwann in die bleierne Stille. Es war nicht die Frage eines Soldaten an seinen Kommandanten, sondern eher die eines verschreckten Kindes an seinen Vater. Furcht ging unter den sonst so beherzten Spähern um, Verzagtheit löste die Trauer ab.

Íomer lachte freudlos auf. »Als euer Anführer sollte ich wohl sagen, dass wir um jeden Preis versuchen müssen, nach Tirgas Lan zu gelangen und dem König und den Seinen im Kampf gegen die Krieger der Dunkelheit beizustehen. Allerdings werden wir es nicht schaffen, bis dorthin vorzudringen. Seht euch nur um! Wir sind alles, was von der Königslegion geblieben ist, und wir haben nicht die geringste Aussicht, den Gürtel der Angreifer zu durchdringen und Tirgas Lan zu erreichen. Deshalb kann ich euch ebenso gut befehlen, euch in alle Winde zu zerstreuen und euch irgendwo zu verstecken.«

»Wo?«, fragte Nial zaghaft.

»Wo immer ihr auf das Ende der Welt warten wollt«, entgegnete Íomer hart. »Womöglich gelingt es dem einen oder anderen von euch ja, sich zum Hain seiner Väter durchzuschlagen. Wenn nicht, so wünsche ich euch, dass ihr einen anderen Ort findet, an dem Frieden herrscht – jedenfalls so lange, bis ...«

»Sprich nicht weiter«, fiel Alai ihm ins Wort. »Keiner von uns wird gehen. Wir alle haben einen feierlichen Eid geleistet und dem König Treue geschworen, und wir werden nicht ...«

Der Waldelf unterbrach sich plötzlich, und seine Miene gefror zu einer Maske blanken Entsetzens. Íomer wollte fragen, was los wäre, als er merkte, dass Alais Blick nicht ihm galt, sondern an ihm vorbei ins Unterholz zielte.

Alarmiert fuhr er herum – um sich einer entsetzlichen Kreatur gegenüberzustehen, wie nur die Vorstellung eines dem Wahnsinn verfallenen Zauberers sie hervorbringen konnte.

Es war ein *neidor* – und anders als der, der zu ihren Füßen am Boden lag, war er am Leben.

Die Echsenkreatur, die eine mörderisch aussehende Doppelaxt in den Klauen hielt, deren beide Blätter blutbesudelt waren, legte den Kopf schief. Sie war noch größer und furchterregender als das Exemplar, das Lavan getötet hatte, und starrte die Kundschafter aus glühenden Augen an. Dabei fletschte sie die mörderischen Fänge, so als grinse sie.

Für einen Augenblick, der Íomer und den übrigen Überlebenden der Ersten Legion wie eine Ewigkeit erschien, blieb alles ruhig. Dann griff der *neidor* an.

Mit ausgreifenden Schritten katapultierte sich der Echsenkrieger auf Íomer und seine Leute zu und verfiel in kehliges Gebrüll. Die Waldelfen schrien und ließen die Pfeile von den Sehnen schnellen, aber die Kreatur bewegte sich so schnell, dass keines der Geschosse sein Ziel fand.

Im nächsten Moment war der *neidor* heran. Die Schreie verstummten jäh, und schon einen Augenblick später war die gespenstische Stille in den Wald von Trowna zurückgekehrt.

11. ROTHGAS TAITHA

Die Zeit in der alten Bibliothek von Crysalion schien stillzustehen. Zwischen den wabenförmigen Regalen, in denen unzählige Buchkristalle aufbewahrt wurden, standen die einstigen Freunde sich gegenüber – doch von der Zuneigung, die sie füreinander empfunden haben mochten, war nichts geblieben.

»Verräterin«, fuhr Rothgan Alannah an. »Wie konntest du nur? Du bist meine Gemahlin! Meine Königin!«

»Nicht deine Königin, sondern deine Sklavin bin ich gewesen«, verbesserte Alannah mit bebender Stimme. »Schon an dem Tag, da ich dir nach den Fernen Gestade folgte, wurde mir klar, dass ich einen Fehler begangen hatte, nur fehlte es mir am nötigen Mut, ihn zu berichtigen. Nun endlich bekomme ich Gelegenheit dazu – und diesmal werde ich Margoks Zauber nicht verfallen! Mir wurden die Augen geöffnet, Aldur! Ich habe deinen Verrat erkannt! Und ich weiß, was du mir angetan hast!«

Rothgans ebenso schmalen wie unbewegten Gesichtszügen war keine Gefühlsregung zu entnehmen. Wenn er überrascht war, so zeigte er es nicht, oder vielleicht war er auch nur nicht bereit, seinen Feinden diesen Triumph zu gönnen. Schon als Novize in Shakara hatte er diese Kunst meisterlich beherrscht, und vielleicht, dachte Granock bitter, waren ihm Gefühlsregungen inzwischen auch ganz abhandengekommen ...

»Demnach hat der Bannspruch seine Wirkung eingebüßt«, stellte der Abtrünnige lediglich an Alannah gewandt fest. Granocks Anwesenheit schien er schlicht ignorieren zu wollen.

»Das hat er«, bestätigte sie grimmig, während sie näher auf ihn zutrat, den *flasfyn* halb zur Abwehr erhoben.

»Wie hast du es bewerkstelligt?«, wollte Rothgan wissen. »Welcher Zauber hat dies bewirkt?«

»Kein Zauber.« Sie schüttelte den Kopf. »Granock hat mich lediglich an das erinnert, was ich einst gewesen bin – und was ich wieder sein möchte.«

Rothgan lachte laut. Es war nicht das Lachen von jemandem, der überrumpelt worden und darob verunsichert war, sondern von jemandem, der sich seiner Bosheit und der damit verbundenen Stärke noch immer voll bewusst war. »Du möchtest zurück?«, fragte er lauernd. »Du möchtest wieder werden, was du einst warst?«

»Genau das.«

Rothgan lachte nur noch lauter, so abweisend und höhnisch, dass Granock blanker Zorn in die Adern schoss. »Bist du wirklich so dumm?«, tönte er. »Gleich was du dir wünschen magst, für dich gibt es keinen Weg zurück, Königin der Dunkelheit!«

»Nenn sie nicht so!«, rief Granock wütend.

»Warum nicht? Das ist ihr Titel, und du darfst mir glauben, dass sie ihn zu Recht trägt.« Erneut ließ Rothgan schallendes Gelächter vernehmen, dann wandte er sich wieder Alannah zu. »Wie konntest du nur glauben, dass du dich einfach von mir lossagen könntest? Du und ich, wir sind auf ewig miteinander verbunden durch einen Schwur, den wir geleistet haben ...«

»Was immer ich dir geschworen haben mag, es ist ohne Bedeutung«, stellte Alannah klar, »denn ich war nicht ich selbst, als ich die Worte sprach. Einen anderen Schwur hingegen habe ich sehr viel früher und in vollem Bewusstsein geleistet – den Eid von Shakara!«

»Und du denkst, du brauchtest dich nur daran zu erinnern, und alles wäre wie früher?« Rothgan schüttelte den Kopf. »Wenn du dich schon erinnerst, dann erinnere dich an alles, Alannah. Zusammen mit mir hast du über die Fernen Gestade geherrscht, und es kommt nicht von ungefähr, dass sie dich die ›dunkle Königin‹ nennen. Du hast Dinge getan, die unaussprechlich sind. Hast du deinem menschlichen Verehrer auch davon erzählt? Vielleicht solltest du das tun – oder soll ich das für dich übernehmen?«

Granock sah, wie Alannah erschrak, und er wusste, dass er eingreifen musste. Zum einen, um Rothgans unheilvollem Treiben ein Ende zu setzen. Zum anderen aber auch, weil er nicht wissen wollte, was die Frau, die er liebte, getan hatte, als sie unter dem Bann des Bösen stand …

»Es spielt keine Rolle, Verräter!«, rief er. »Was auch immer Alannah getan haben mag, es war nicht ihr freier Wille, der sie dazu trieb. Du jedoch hast dich aus freien Stücken für die dunkle Seite entschieden. Aus Ehrgeiz und Machthunger bist du Margoks Diener geworden. Du bist für alles verantwortlich!«

»Und?« Geringschätzung sprach aus Rothgans Blick. »Was willst du tun? Dich an mir rächen?«

»Das würde ich gerne, glaub mir«, versetzte Granock, während er mit erhobenem Zauberstab auf seinen Rivalen zutrat und dabei genau auf dessen Hände achtete, die zu jeder Zeit ein loderndes Inferno zu entfesseln vermochten. »Aber das wäre nicht mein Weg, sondern der deine, Rothgan. Außerdem bin ich es leid, mich fortwährend zum Werkzeug anderer machen zu lassen. Wenn ich dich töte, arbeite ich Rurak damit nur in die Hände. Aber vermutlich weißt du das.«

»Vermutlich«, entgegnete Rothgan feixend. »Als ob du in der Lage wärst, mich zu töten!«

»Alleine wohl nicht«, räumte Granock ein. »Aber vergiss nicht, dass wir zu zweit sind.«

»Du glaubst, meine Königin würde ihre Hand gegen mich erheben?« Obschon Verachtung aus seinen Worten sprach, war Rothgan zurückgewichen und stand nun mit dem Rücken zu den Waben. Die Kristalle darin begannen matt zu leuchten, als er sie berührte, ein Zeichen der Zauberkraft, die ihn durchfloss, und die sich vermutlich steigerte, je zorniger er wurde. Nicht innere Ruhe und Kontemplation, sondern Wut und Aggression waren die Quellen, aus denen der Dunkelelf seine magische Macht nährte. Und Rothgan war schon immer ein gelehriger Schüler gewesen …

»Das würde ich«, bestätigte Alannah ohne Zögern und richtete das Ende des *flasfyn* auf ihn. »Zwinge mich nicht, es dir zu beweisen, Aldur.«

»Aldur und immer wieder Aldur!«, schrie er. »Warum nennst du mich noch immer so?«

»Weil es dein wahres Ich ist, deine wirkliche Berufung«, gab Granock zur Antwort. »Du hast es lediglich vergessen!«

»Und du willst mich daran erinnern? Ausgerechnet du?«

»Allerdings«, stimmte Granock zu, »denn ich habe jenen Aldur gut gekannt. Er war mein Kampfgefährte. Mein Freund. Mein Bruder ...«

»Schweig, Mensch!«, fuhr Rothgan ihn an. »Erkennst du immer noch nicht den Frevel, der in diesen Worten liegt? Wir beide hätten einander niemals in Shakara begegnen dürfen! Es war ein Verrat an unserer Geschichte und an allem, was den Angehörigen des Elfengeschlechts etwas wert sein sollte.«

»Jetzt sprichst du wie einst Palgyr«, konterte Granock. »Dabei dachte ich, wir wären anders.«

»Das sind wir auch. Ich bin ein Elf, die Krone der Schöpfung, und du nur ein Mensch. Wir können niemals zueinanderfinden.«

»Das ist es, was Margok dich glauben lässt«, erwiderte Alannah beschwörend, »denn er weiß genau, dass sein Ende besiegelt ist, wenn Elfen und Menschen lernen, ihren Streit zu beenden und ihn gemeinsam zu bekämpfen. Gemeinsam jedoch können wir Erdwelt dauerhaft Frieden geben. Das war Farawyns Vision.«

»Farawyn.« Rothgan lachte bitter auf. »Der alte Hexenmeister hat tatsächlich eine Vision – aber sie ist anderer Natur, als ihr in eurer Naivität und Einfalt vermutet. Er trachtet nicht weniger danach, sich Erdwelts Krone aufs Haupt zu setzen, als Margok es tut.«

»Unsinn!«, begehrte Granock auf.

»Glaubst du wirklich?« Rothgan grinste, und seine schmalen, knochigen Züge erinnerten an einen Totenschädel. »Und wenn ich dir sagte, dass es das ist, was Farawyn von Beginn an vorhatte? Dass er Menschen und Elfen nur aus diesem einen Grund zu vereinen trachtete?«

»Dann würde ich denken, dass dein Zorn auf Farawyn und die Kränkung, die du erfahren haben magst, dein Urteilsvermögen getrübt haben«, entgegnete Granock.

Rothgan zuckte zusammen und ließ damit zum ersten Mal eine wahre Regung erkennen. »Die Kränkung, die ich erfahren habe? Was weißt du darüber, törichter Mensch? Ich wurde getäuscht und hinters Licht geführt, von allen, denen ich je vertraut habe. Vom Hohen Rat, von Farawyn – selbst von euch, die ich meine Freunde nannte!«

»Das ist nicht wahr!«, widersprach Alannah.

»Nein?« Rothgan lachte auf. »Schon allein die Tatsache, dass ihr hier seid, den *flasfyn* in der Hand, beweist mir, dass ihr lügt. Oder wollt ihr bestreiten, gekommen zu sein, um gegen mich zu kämpfen?«

»Nicht, wenn es sich vermeiden lässt«, widersprach Granock.

»Wir wollen dich nicht bekämpfen«, fügte Alannah hinzu. »Was wir dir bieten, damals wie heute, ist unsere Freundschaft.«

»Eure Freundschaft?« Erneut schien der Abtrünnige für einen flüchtigen Augenblick innezuhalten – einen Augenblick, in dem der junge, vielversprechende Zauberer mit den Namen Aldur einen Lidschlag lang die Hoheit über jenes finstere Wesen zu gewinnen schien, das Margok aus ihm gemacht hatte.

»Ja«, bekräftigte Granock und ließ, um seinen Worten zusätzliche Glaubwürdigkeit zu verleihen, den Zauberstab sinken. Die freie rechte Hand öffnete er und streckte sie dem Verräter entgegen. »Komm mit uns«, forderte er ihn auf.

»Mit euch?« Rothgan schaute ihn zweifelnd an. »Wohin?«

»Nach Shakara«, erwiderte Granock ohne Zögern. »Dort kann man dir helfen. Farawyn kann es.«

»Ausgerechnet?« Rothgan kicherte höhnisch, und was immer von Aldur für einen kurzen Moment hindurchgeblitzt hatte, verlor sich hinter einem bösen Grinsen. »Etwas Besseres hast du mir nicht zu bieten, Mensch?«

»Freiheit«, antwortete Granock ohne Zögern.

»Ist das dein Ernst?« Rothgan breitete demonstrativ die Arme aus. »Ich bin König über ein ganzes Reich! Welche Freiheit kannst du mir bieten, die ich noch nicht habe?«

»Die Freiheit zu entscheiden. Selbst zu denken und zu fühlen. Widerstand zu leisten, wenn es nötig ist. Als Margoks willfähriger Diener sind dir all diese Dinge verwehrt.«

»Ich und willfährig?«, begehrte Rothgan auf. »Du hast noch immer nicht erkannt, wie mächtig ich geworden bin! Ich herrsche über ein ganzes Reich, Mensch, und es ist mir gleichgültig, welche Regeln und Gesetze hier einst geherrscht haben mögen, denn nun habe ich das Sagen, ich bin das Gesetz! Nicht länger werde ich von alten Greisen zurückgehalten, deren Vorstellungskraft an ihrer eigenen Unfähigkeit scheitert, nicht länger von Zauderern und Feiglingen unterdrückt, die meine Fähigkeiten nicht zu schätzen wissen. Der Dunkelelf«, fügte er mit leuchtenden Augen und sich überschlagender Stimme hinzu, »hat mich von all diesen Fesseln befreit.«

»Margok ist nicht dein Freund«, machte Granock klar. »Der Dunkelelf benutzt dich, wie er alle benutzt – und er wird dich fallen lassen, wenn du für ihn wertlos geworden bist!«

»Das wird niemals geschehen, denn Margok besitzt meine uneingeschränkte Loyalität – und zwar so lange, bis der Krieg gewonnen und die lächerliche Bande von Heuchlern und Scharlatanen aus Tirgas Lan und aus Shakara vertrieben wurde! Das ist Freiheit, versteht ihr? Das und nichts anderes, ihr elenden Narren!«

Vor den mit Kristallen gefüllten Waben stehend, hatte Rothgan die Arme emporgeworfen und die Fäuste geballt, so als wolle er seinen Worten mit theatralischen Gesten Nachdruck verleihen. Granock jedoch kannte den Elfen gut genug, um zu wissen, dass er selten etwas ohne Hintergedanken tat und niemals etwas ohne Grund. Deshalb wappnete er sich innerlich für die Auseinandersetzung. Weder wollte er sie führen noch fühlte er sich körperlich oder mental in der Lage dazu – aber wenn es nötig war, war er dazu bereit …

»Nun«, knurrte er, »dann hast du ja offenbar bekommen, was du immer wolltest, nicht wahr?«

»In der Tat«, bestätigte Rothgan.

Sie standen nur noch wenige Schritte voneinander entfernt, und die Blicke, mit denen sie einander taxierten, machten deutlich, dass die Konfrontation unausweichlich war.

»Wie konnte ich nur jemals einen solchen Fehler begehen?«, fragte der Elf kopfschüttelnd. »Wie konnte ich dir nur jemals vertrauen?«

»Dasselbe frage ich mich auch«, gestand Granock offen. »Wie es aussieht, haben wir zumindest das gemeinsam.«

»Also werden wir kämpfen«, kündigte Rothgan an, mit einem Grinsen, das keinen Zweifel am Ausgang des Duells aufkommen lassen wollte, »so wie wir es längst hätten tun sollen. So wie es Elfen und Menschen bestimmt ist.«

»Nein!«, widersprach Alannah. »Das ist nicht wahr! Selbst der Dunkelelf hat Menschen zu Verbündeten!«

»Er bedient sich ihrer, weil sie sich ebenso wie die Orks und die Gnomen nicht ihrer selbst gewahr sind. Weil sie ebenso blind und töricht durch die Welt gehen und ebenso einfach zu lenken sind.«

»Und dennoch fürchtest du uns«, war Granock überzeugt. »Glaubst du das wirklich?«

»Andernfalls stünden wir uns wohl kaum hier gegenüber – und du wärst auch nicht so versessen darauf gewesen, mich herzulocken und zu vernichten. Denn tief in dir, Aldur, des Farawyns Sohn, weißt du, dass die Menschen den Elfen ebenbürtig sind, vielleicht noch nicht jetzt, aber irgendwann, und dass Erdwelt dann ihnen gehören wird. Das ist die Angst, die dich nicht loslässt und die in Wahrheit hinter allem steht. Dein Vater ist ein Menschenfreund. Der beste Freund, den du in deinem ganzen Leben hattest, ist ein Mensch gewesen. Und die Frau, die du mit einem Zauberbann blenden musstest, damit sie bei dir bleibt, liebt in Wahrheit einen Menschen …«

»*Genug!*«

Rothgan brüllte das Wort so laut, dass das Gewölbe zu erbeben schien, und zu Granocks und Alannahs Entsetzen schoss eine Stichflamme aus seinem Schlund wie bei einem Drachen aus dunkler Vorzeit. Schon während Granock sprach, hatten sich die Augen des Elfen mehr und mehr geweitet, und seine Hände hatten sich zu Fäusten geballt, bis Rauch daraus hervorgedrungen war. In Form züngelnder Flammen spie Rothgan nun all seinen Hass auf Granock, der entsetzt zurückwich.

»Aldur!«, rief Alannah aus.

»Das ist nicht mein Name, Weib!«, brüllte er, während auch unter seiner schwarzen Robe dichter Rauch hervorzuquellen begann. »Aldurans Sohn hat nie existiert, so wie auch Farawyns Sohn nicht existiert. Ich bin Rothgan, der über das Feuer gebietet, der mächtigste Zauberer Erdwelts und Margoks rechte Hand!«

»Du bist wahnsinnig«, war alles, was die Elfin darauf erwiderte – und Rothgan verfiel in ein Gelächter, das so von Bosheit und Rachsucht durchdrungen war, dass es den letzten Rest von Güte, der noch in ihm verblieben sein mochte, vernichtete. Und als seine Robe in Flammen aufging und ihn auch äußerlich in eine Kreatur des Schreckens verwandelte, verfiel der einstmals vielversprechendste Schüler von Shakara endgültig dem Bösen.

Alannah stieß einen heiseren Schrei aus. »Vorsicht!«, brüllte Granock, und sie wichen beide vor dem Flammenwesen zurück, zu dem ihr Freund geworden war. Lodernd wie eine Fackel stand er vor ihnen, am ganzen Körper brennend, und verfiel in hysterisches Gelächter.

Granock hob unwillkürlich den Zauberstab, den er mit beiden Händen umklammerte, obwohl er ernstlich bezweifelte, dass er in der Lage sein würde, den Kräften seines Gegners zu widerstehen. Rothgans magische Begabung war von jeher außergewöhnlich gewesen – unter Margoks Ägide jedoch hatte er gelernt, sie vollends zu entfesseln.

Und war zu einem Monstrum geworden …

Noch immer wie erstarrt vor Entsetzen, nahm Granock aus dem Augenwinkel heraus eine Bewegung wahr. Sein Kopf flog herum, und zu seiner Verblüffung sah er keinen anderen als Ardghal heranstürzen! Woher der verräterische Elfenfürst kam, konnte sich Granock nicht erklären – vermutlich war er die ganze Zeit über bereits hier gewesen und hatte sich versteckt gehalten. Nun setzte er hervor, um seinem Auftraggeber beizuspringen, in seiner erhobenen Rechten einen Dolch mit gebogener Klinge. Nur wenige Schritte trennten ihn von Alannahs ungeschütztem Rücken – und die Elfin war so entsetzt über das, was mit Rothgan geschah, dass sie ihn nicht kommen sah.

»*Nein!*«

Granock schrie so laut, dass es das Brausen der Flammen übertönte – und die Furcht, die er um Alannah verspürte, reichte aus, um einen Zauber zu wirken.

Ardghal erstarrte inmitten seiner Bewegung, den einen Fuß weit vor den anderen gesetzt. Da er sich bereits nach vorn geworfen und das ganze Gewicht in den tödlichen Stoß gelegt hatte, verlor seine im Augenblick gefangene Gestalt das Gleichgewicht und stürzte. Hart schlug er auf dem Boden auf, wobei sich die Haltung seines Körpers nicht veränderte. Lediglich der Dolch entwand sich seinem Griff und fiel klirrend auf den steinernen Boden – ansonsten blieb der Verräter so starr wie eine Spielfigur, die beim *gem'y'twara* von der höchsten Ebene gefallen war.

Alannah, die die Gefahr erst jetzt erkannte, fuhr herum – und in diesem Augenblick schleuderte Rothgan-Aldur eine erste Feuerlohe. Granock, der bereits auf dem Weg zu Alannah gewesen war, um Ardghal notfalls auch mit körperlicher Gewalt abzuwehren, warf sich nach vorn und ergriff sie, riss sie von den Beinen und zerrte sie zu Boden – während das Feuer heiß und vernichtend über sie hinwegzüngelte und die Regale erfasste.

Die Kristalle darin zersprangen mit hellem Klirren, Scherben flogen nach allen Seiten. Granock spürte, wie ihn etwas an der Stirn traf und es warm und feucht an seiner Schläfe herabrann. Er biss die Zähne zusammen, seinen schmerzenden Gliedern und ausgezehrten Kräften zum Trotz, und richtete sich wieder auf.

Aldur stand vor ihm. Die Flammen hatten sich auf seine Arme zurückgezogen. Seine Robe und die lederne Rüstung, die er darunter getragen hatte, hingen in schwelenden Fetzen. Die Haut, die hier und dort hervorschaute, war schwarz verbrannt, trotz der magischen Kraft, die Rothgan durchdrang. Den Schmerz jedoch schien er nicht zu fühlen. »Wie steht es?«, erkundigte er sich. »Wollt ihr euch nicht wehren?«

Granock spuckte aus, sein Speichel war blutig. Schwerfällig raffte er sich auf und wankte Rothgan entgegen.

»Weißt du«, grinste dieser aus seinem rußgeschwärzten Gesicht. »Eigentlich habe ich die ganze Zeit über nur darauf gewartet.«

»Dann hat dein Warten jetzt ein Ende«, entgegnete Granock und richtete sich vollständig auf, wobei er den Zauberstab zur Hilfe nehmen musste.

Und das Duell der einstigen Freunde nahm seinen Lauf.

12. BAIWUTHAN TA MARWURAITH

Rothgan brannte – und das im zweifachen Sinn.

Nicht nur das Äußere des Elfen war in heller Feuersbrunst entflammt, über die er wie kein Zweiter zu gebieten vermochte, auch sein Inneres war lichterloh entzündet, angefacht von heißer Rachsucht und der Glut des Hasses.

Einst, als er noch Aldur geheißen und der festen Überzeugung gewesen war, der Spross eines Edlen namens Alduran zu sein, hatte er die Macht in sich gefühlt, sie jedoch nicht wirklich nutzen können. Er hatte die Kraft der Flammen willentlich entfesselt und sie auch hier und dort zum Einsatz gebracht, doch inzwischen tat er weit mehr, als über das lodernde Element zu gebieten.

Das Feuer umgab ihn nicht nur, es war auch in ihm.

Er *war* das Feuer ...

Die Erkenntnis, dass nun endlich geschehen war, was Margok ihm in Aussicht gestellt und wonach er sich insgeheim die ganze Zeit über gesehnt hatte, erfüllte ihn mit Euphorie und ließ ihn den Schmerz vergessen, den er andernfalls gewiss empfunden hätte. Was zählte verbrannte Haut? Was ein entstelltes Äußeres? Als einer der wenigen Magier, denen dies je gelungen war, war er eins geworden mit der Gabe, die ihm verliehen war. Es bestand kein Unterschied mehr zwischen den Flammen und dem, der darüber gebot.

Rothgan, der Herr des Feuers, war selbst zur Flamme geworden. Das Hochgefühl, das er empfand, ließ sich mit nichts vergleichen, was er je zuvor gefühlt hatte, weder mit den fleischlichen Freuden, die Alannah oder seine einstige Meisterin Riwanon ihm bereitet hatten, noch mit dem Stolz und der Bestätigung, die er in seltenen Augenblicken als Zauberer von Shakara empfunden hatte.

In diesem Moment war Rothgan überzeugt davon, Erfüllung erlangt und den Gipfel sterblicher Existenz erklommen zu haben – entsprechend laut und dröhnend war das Gelächter, das er seinen Feinden entgegenschleuderte. Wie Maden würde er sie zerquetschen, davon war er überzeugt, nun, da er alles erreicht hatte, was ein Zauberer je erreichen konnte – und in gewisser Weise hatten sie ihm sogar dazu verholfen.

Er lachte weiter, als er sah, wie sich der Mensch vor ihm aufbaute, um sich ihm zum Kampf zu stellen – eine kraftlose, blutleere Kreatur, die Mühe hatte, sich auf den Beinen zu halten, und die er mühelos zerschmettern würde, nachdem er ihr ein für alle Mal seine Überlegenheit demonstriert hatte. Mit einem gellenden Schrei breitete er die Arme aus und entließ zwei flammende Feuerbälle aus seinen Händen, die den verhassten Menschen flackernd umtosten, ehe sie in die Regalwand hinter ihm einschlugen.

Die Bücher barsten, als die zerstörerischen Flammen unter sie fuhren, und mit jedem Kristall, der unter hellem Klirren zersprang, ging wertvolles Wissen verloren, die gesammelte Weisheit vergangener Jahrtausende.

Rothgan vermeinte, Alannah vor Entsetzen laut schreien zu hören, aber er scherte sich nicht darum. Soweit es ihn betraf, hatte er kein Interesse daran, die Erinnerung an die Vergangenheit zu bewahren. Zum einen deshalb, weil er den Inhalt der Bücher längst studiert und davon verinnerlicht hatte, was ihm nutzbringend erschienen war; zum anderen aber auch, weil er es satt hatte, die Vergangenheit über sein Leben bestimmen zu lassen. Allein die Gegenwart war es, die für ihn von Bedeutung war.

Jetzt, in diesem Augenblick, an diesem Tag, der seinen größten Triumph sehen würde, den endgültigen Sieg über die Verräter, die ihn schändlich hintergangen hatten.

Kein Blick zurück.

Keine Reue, kein Bedauern.

So hatte Margok es ihn gelehrt.

Je lauter Alannah schrie und je fassungsloser der Ausdruck in Granocks Gesicht wurde, desto größeren Gefallen fand Rothgan daran zu zerstören. Mit einer beiläufigen Geste, die ihn kaum Mühe kostete, wandte er sich den Regalen zu seiner Linken zu und schickte weitere Feuerbälle auf den Weg, die die Waben durchschlugen und sie zum Einsturz brachten. In einem berstenden Inferno aus Feuer und Rauch wurde weiteres Wissen unwiederbringlich vernichtet, verging in Myriaden glitzernder Splitter, die in der Glut ihre Farbe veränderten und schließlich zu grauer, wertloser Schlacke schmolzen.

»Ja«, schrie Rothgan seinen Feinden entgegen, »darüber entsetzt ihr euch, nicht wahr? Denn an toten Werken und leblosen Worten ist euch gelegen! Narren seid ihr, so wie jene, die glaubten, mich aufhalten zu können – und nun werdet ihr für eure Dummheit mit dem Leben bezahlen!«

Damit fuhr er herum und wollte Granock, den er noch immer wenige Schritte von sich entfernt vermutet hatte, mit einem sengenden Feuerball vernichten – doch wie er zu seiner Verblüffung feststellen musste, war sein Erzfeind nicht mehr da, wo er eben noch gestanden hatte.

»Wo?«, fauchte Rothgan. Inmitten von Rauch und Brand, die er selbst entfesselt hatte, schaute er sich um, konnte das Objekt seines Hasses jedoch nirgends mehr entdecken. »Wo bist du? Zeige dich mir, Feigling! Oder glaubst du, du könntest meiner Rache entgehen, indem du kindisches Versteckspiel treibst?«

Mit einem Gedankenbefehl, der einen *tarthan* mit einer neuerlichen Feuereruption verband, hieb er ein mit Buchkristallen angefülltes Regal in Stücke, dessen Inhalt klirrend zerbarst. Dann betrat er das angrenzende Archivgewölbe, einen lang gestreckten, zu beiden Seiten von quer stehenden Regalen gesäumten Gang, in den sich die beiden geflüchtet haben mussten.

Rothgan schritt über schwelende Trümmer und glühende Splitter, die unter seinen Stiefeln knirschten. Dabei merkte er, wie sich die grimmige Euphorie, die ihn erfüllte, in einen Rausch steigerte, aus dem er vermutlich nur noch herausfinden würde, indem er seine geballte magische Kraft dazu benutzte, ein Lebewesen zu töten – aber genau das hatte er ja ohnehin vor. Erneut musste er lachen angesichts der unfreiwilligen Komik, die die Situation an sich hatte.

Wie oft war in der Vergangenheit behauptet worden, Elfen und Menschen könnten einander ebenbürtig sein – und nun verkroch sich Granock vor ihm wie eine Maus, die die Katze fürchtete. Was, so fragte sich Rothgan, würde Farawyn wohl sagen, wenn er seinen Günstling nun sehen könnte?

Er schleuderte weitere Feuerbälle und vernichtete noch mehr Waben, deren Inhalt in sprühendem Funkenregen verging. Rothgan fühlte die zerstörerische Macht, die ihn durchströmte, mit bis dahin nie gekannter Intensität. Den Korridor entlang hinterließ er eine Spur der Zerstörung. Allein die Hitze, die von seinem Körper ausging, reichte aus, um die Regale zu beiden Seiten zu entzünden und die Kristalle darin zerbersten zu lassen. Gegen herkömmliche Flammen waren die Abkömmlinge des Annun zwar unempfindlich, nicht jedoch gegen das Dunkelfeuer.

Rothgan warf noch zwei Glutfontänen, dann verließ ihn die Lust an der Vernichtung ebenso plötzlich, wie sie ihn überkommen hatte, und er verspürte nur noch den Wunsch, es zu Ende zu bringen, damit er sich anderen, wichtigeren Aufgaben zuwenden konnte.

»Wo seid ihr?«, brüllte er deshalb aus Leibeskräften in den Rauch und das von flackerndem Feuer beleuchtete Halbdunkel. »Wo habt ihr euch verkrochen?«

Wie zuvor erhielt er keine Antwort, und er beschloss, zum letzten und entscheidenden Schlag auszuholen. Wenn seine Gegner sich ihm nicht zum Kampf stellen wollten, würde er seine Flammen eben zu ihnen schicken. Er griff unter seine Robe und holte einen glitzernden Gegenstand hervor, den er zwischen die Handflächen nahm. Dann schloss er die Augen, um sich inmitten des tosenden Infernos zu konzentrieren. Die dunklen Kräfte in seinem Inneren zusammenballend, bereitete er sich darauf vor, den mächtigsten Feuerzauber zu wirken, den er je zustande gebracht hatte, und die gesamte Bibliothek einzuäschern, samt allem, was sich darin befand. Irgendwie, dachte er bei sich, war es sogar passend.

Die Vergangenheit und alles, was zu ihr gehörte, würden in Flammen aufgehen.

Nichts würde übrig bleiben ...

Rauch und Qualm drangen zwischen seinen Handflächen hervor, und als er sie voneinander löste, den glitzernden Gegenstand nunmehr in seiner Rechten haltend, bildete sich dazwischen einen orangeroter Glutball, der sich sprunghaft vergrößerte, je weiter er seine Arme ausbreitete.

Es war der *pêl'y'rothgas*.

Das Werkzeug der Vernichtung ...

Rothgan wartete ab, bis die Kugel einen Durchmesser von acht Ellen erreicht hatte, dann sandte er einen *tarthan* aus und stieß sie von sich – und so als bestünde sie nicht nur aus Glut und Feuer, sondern aus fester Materie, wälzte sie sich den Korridor hinab und verbreitete feurige Zerstörung.

Die Feuerwalze kam auf ihn zu!

Von der Felsnische aus, in die er sich geflüchtet hatte, sah Granock lediglich den Widerschein der Flammen, aber er spürte die Hitze und konnte hören, wie der Glutball der Vernichtung sich brausend näherte.

Schweiß trat ihm auf die Stirn, und er roch den bitteren Odem von Ruß und Rauch. Auch Granock zweifelte inzwischen nicht mehr daran, dass Rothgan den Verstand verloren hatte. Zugleich erschreckte es ihn, wie stark sein einstiger Freund geworden war. All die erstaunlichen und bewundernswerten Tugenden, die Aldur einst besessen hatte, schienen aufgegangen zu sein in seinem Hass und seinem Willen zur Vernichtung, genau wie einst bei Margok. Der Versuch, ihn zur Aufgabe und zur Rückkehr nach Shakara zu bewegen, war kläglich fehlgeschlagen, und Granock hatte einsehen müssen, dass es zu spät war, um ihn zu retten.

Rothgan hatte sich an den Dunkelelfen verloren wie seine Meisterin Riwanon vor ihm, und nun galt es Widerstand zu leisten mit den letzten Mitteln, die noch verblieben waren.

Auch wenn sie dabei wohl nur verlieren konnten ...

Granock atmete tief ein, sog die sengend heiße Luft in die Lungen. Nur noch zehn Schritte war der Feuerball von seinem Versteck entfernt, die Wände begannen bereits, sich zu erwärmen. Noch länger durfte er nicht warten, oder er würde bei lebendigem Leib geröstet werden ...

»Alannah! Jetzt!«, brüllte er – und der Kampf der Elemente begann.

Unvermittelt zuckten Rothgans Feuerwalze blaue Eisspeere entgegen, in deren schimmernder Oberfläche sich das Licht der Flammen brach – bis sie sich einen Herzschlag später hineinbohrten. Das Zischen des Eises, das im Bruchteil eines Augenblicks schmolz und verdampfte, erfüllte das Gewölbe, und obschon der Feuerball weiterrollte, verstärkte sich auch der blaue Frost, der sich ihm entgegenstellte.

Atemlos beobachtete Granock, der sich ein Stück aus seiner Nische vorgewagt hatte, wie neuerliche Eislanzen den Korridor herabstachen und sich sprunghaft in ihrem Volumen ausdehnten, sodass innerhalb eines Lidschlags eine Wand aus massivem Eis den Gang zwischen den Regalen versperrte.

Einen Augenblick lang war das Lodern der Flammenkugel durch den blauen Frost nur noch gedämpft wahrzunehmen, dann traf Feuer auf Eis. Ein fürchterliches Zischen war die Folge, Risse bildeten sich in der Wand, die Alannah kraft weiterer Eisladungen immer noch weiter verstärkte – und weißer Dampf quoll nach allen Seiten und begrub die Bibliothek unter sich.

Dumpfes Grollen war zu vernehmen, und hier und dort flackerte es orangerot wie bei einem Wetterleuchten. Dann erklang ein markiges Krachen, und die Eiswand, die Alannah mithilfe ihrer Gabe errichtet hatte, gab nach und brach zusammen. Gleichzeitig erlosch der Glutball – ein erster Erfolg im Kampf gegen Rothgan, wenngleich Granock überzeugt war, dass die nächste Feuerwalze nicht lange auf sich warten lassen würde.

Er löste sich aus seinem Versteck, und durch den Dampf, der so dicht war, dass Granock die Hand buchstäblich nicht vor seinen Augen sehen konnte, bewegte er sich den Gang hinab in Alannahs

Richtung. Die Feuchte in der heißen Luft war so drückend und schwer, dass er nach Atem rang. Unwillkürlich musste Granock an die Wäschereien von Andaril denken, auf deren Höfen er sich als kleiner Junge herumgetrieben hatte, weil die Waschweiber bisweilen Mitleid mit ihm gehabt und ihm ab und zu einen Brocken Brot oder einen Apfel zugeworfen hatten ...

»Granock! Ich bin hier ...«

Alannahs flüsternde Stimme riss ihn in die Wirklichkeit zurück. Verblüfft stellte er fest, dass er für einen Moment tatsächlich geglaubt hatte, noch ein Kind zu sein, das in den Straßen Andarils aufwuchs – die Hitze und die schlechte Luft mochten dafür verantwortlich sein, und vermutlich hatte auch sein mitgenommener Zustand dazu beigetragen.

»Alannah ...«

Kraftlos hauchte er ihren Namen. Aus den weißen Schleiern vor ihm löste sich eine schlanke Gestalt und fasste ihn am Arm. Er war erleichtert, als er die vertrauten Züge der Elfin unmittelbar vor sich auftauchen sah. Indem sie den Zeigefinger auf die Lippen legte, gebot sie ihm zu schweigen und zog ihn fort, noch tiefer in die dampfenden Schwaden hinein.

Hinter einem Regal suchten sie Zuflucht. Durch die Waben, die in unterschiedlicher Höhe mit bislang noch unbeschädigten Kristallen gefüllt waren, spähte Granock den Korridor hinab. Gleichwohl er nichts sehen konnte als milchiges Grau, in dem es hier und dort orangerot flackerte, wusste er, dass irgendwo dort ihr Erzfeind lauerte, ihr Bruder von einst, dessen erklärtes Ziel es war, sie zu töten ...

Das Brausen der Feuerwalze war verstummt, aber noch immer schwelten hier und dort Brände. Ihr fortwährendes Knistern und das Zischen des verdampfenden Eises bildeten den unheimlichen Hintergrund für das Gelächter, das plötzlich erklang.

»Das hast du gut gemacht, Alannah«, tönte Rothgans Stimme durch Dampf und Qualm hindurch. »Wer hätte geglaubt, dass dein Zauber in der Lage sein würde, dem meinen zu widerstehen? Aber wie lange wirst du mir die Stirn bieten können? Wie viele Eiswälle wirst du errichten können?«

Granocks Fäuste ballten sich um den Schaft des Zauberstabs. So viel Verachtung schwang in Rothgans Worten mit, dass es ihn schauderte. Wenn er sich jemals gefragt hatte, was das Böse in einer Kreatur bewirken konnte – hier war die Antwort ...

»Ich kenne dich«, fuhr Rothgan fort, »und daher weiß ich, was du vermagst. Der Zauber hat dich Kraft gekostet. Wie viele davon wirst du wirken können, ehe du erschöpft niedersinkst? Schon jetzt spürst du, wie deine Kräfte ermatten. Ist es nicht so ...?«

Granock merkte, wie Alannah neben ihm unruhig wurde. Sehen konnte er sie kaum, aber er hörte ihren beschleunigten Atem und fühlte die Furcht, die von ihr ausging. Und wenn er sie fühlen konnte, würde sie vermutlich auch Rothgan nicht verborgen bleiben, der ihr Gefährte gewesen war ...

»Ich hingegen«, drang es aus den sich allmählich lichtenden Schwaden, »habe gerade erst angefangen, euch meine Macht und Überlegenheit zu demonstrieren!«

Um seinen Worten Taten folgen zu lassen, ließ er seine Hände wiederum zu lodernden Fackeln werden – und Granock und Alannah konnten ihn im Dampfnebel ausmachen. Er hatte die Stelle passiert, wo der Feuerball auf das Eis getroffen war, war jedoch noch ein Stück weit entfernt. Und auch wenn er ihre Furcht zu spüren schien, ihr Versteck hatte er wohl noch nicht ausgemacht ...

»Weiter Widerstand zu leisten ist sinnlos, Alannah! Willst du wirklich an der Seite eines Verräters sterben? Eines nichtswürdigen Menschen? Einmal bist du meinem Feuer entgangen, ein zweites Mal wird es dir nicht gelingen. Noch ist Zeit! Sage dich von Granock los und kehre zu mir zurück, der ich dein Gemahl und dein König bin!«

Granock wandte den Blick. Er sah Alannah jetzt neben sich kauern, die Beine an sich gezogen und umklammernd wie ein Kind und am ganzen Körper zitternd. Genau wie er fürchtete sie sich davor, in den Flammen des Dunkelfeuers eines qualvollen Todes zu sterben – aber der Gedanke, ihr Leben weiter an Rothgans Seite zu verbringen und erneut zu seiner Kreatur zu werden, schien sie noch ungleich mehr zu ängstigen.

»Los doch, worauf wartest du«, schrie Rothgan in die Stille. Es war der Schrei einer gequälten Seele, voller Schmerz und Einsamkeit. Granock hielt den Atem an. Gerne hätte er seinem alten Freund geholfen, aber es war nicht mehr möglich. Die Entscheidung darüber war längst gefallen, und nicht er hatte sie getroffen.

Inzwischen war Rothgan nur noch wenige Schritte von ihnen entfernt. Das Regal, hinter das Granock und Alannah sich geflüchtet hatten, bildete das einzige Hindernis zwischen ihnen, und das war spärlich genug. Schon das leiseste Geräusch würde genügen, um sie zu verraten – was dann geschehen würde, war Granock nur zu klar. Zaghaft holte er Luft, während er Rothgan weiter herankommen ließ.

Es blieb nur dieser eine Versuch.

Wenn er misslang, waren sie verloren, denn Alannahs Kraft würde tatsächlich nicht ausreichen, um Rothgans vernichtende Feuersbrunst ein weiteres Mal aufzuhalten.

Mithilfe seines Zauberstabs wollte sich Granock aufrichten, wobei er das Gefühl hatte, dass jedes einzelne Glied seines malträtierten Körpers schmerzte. Plötzlich stieß er mit dem Ellbogen gegen ein Buch, das lose in seiner Wabe gelegen hatte. Der Kristall löste sich und fiel klirrend zu Boden. Granock zuckte zusammen und schaute auf – nur um sich Rothgan gegenüberzusehen, der die letzte Distanz im Sprung überwunden hatte und nun mit lodernden Händen vor ihm stand. Sein Gesicht war zu einem bösen Grinsen verzerrt, und Granock hätte nicht zu sagen vermocht, ob seine zu Schlitzen verengten Augen lediglich den Feuerschein reflektierten oder ob sie selbst in unheimlicher Glut leuchteten.

»Sieh an – hier bist du«, sagte der Abtrünnige nur. »Hier also begegnen wir uns zum letzten Mal, *mein Freund.*«

»Sieht ... ganz so aus«, bestätigte Granock nur, der dem Schmerz nachgab und stöhnend auf den Boden zurücksank.

»Wo ist Alannah?«, fragte Rothgan, sich in den Dunstschwaden umblickend.

»Ich ... weiß es nicht.« Granock schüttelte den Kopf.

»So wirst du also doch allein sterben«, versetzte der Elf mit unverhohlener Genugtuung. »Das verdiente Schicksal eines Verräters.«

»Du musst es ja wissen«, konterte Granock und schaute an ihm empor, schaudernd ob der Schreckgestalt, zu der Rothgan geworden war. Dieser jedoch lachte nur, und ausgehend von den Handflächen griffen die Flammen erneut auf seinen Körper über. Fauchend krochen sie die Arme hinauf und erfassten seinen Rumpf, machten ihn erneut zur lebenden Fackel, die hohnlachend vor Granock stand. Ein Beben durchlief das Gewölbe, und ein grässliches Zischen war zu vernehmen, und Granock wartete darauf, dass sich Rothgans magische Macht in einem vernichtenden Feuerstrahl bündeln und aus seinen Händen hervorschießen würde.

Gleich, jeden Augenblick ...

»Nein, Ru! Tu es nicht!«

Alannahs Stimme war so klar und silberhell, dass sie das Fauchen der Flammen übertönte. Die Nennung seines *essamuin*, seines Geheimnamens, ließ Rothgan innehalten und sich halb nach der Elfin umdrehen – und Granock wusste, dass seine Gelegenheit gekommen war.

Die einzige, die er hatte ...

Die ganze Zeit über hatte er seine Kräfte gesammelt, hatte darauf verzichtet, einen Gedankenstoß zu üben oder sich auf sonst eine Art gegen Rothgan zu verteidigen. Er hatte seinen Körper geschont und jeden einzelnen Augenblick genutzt, um seinen Geist zu regenerieren, so gut es eben ging. Nun jedoch half kein Warten mehr.

Der Moment der Entscheidung war gekommen.

Indem er alle mentale Kraft sammelte und sie innerhalb eines Lidschlags wieder entließ, versuchte er einen Zeitbann zu wirken. Weder war er so gezielt noch so präzise wie die Zauber, die man ihn zu wirken gelehrt hatte, und einen Atemzug lang sah es so aus, als pralle er wirkungslos an seinem Gegner ab. Doch noch während Rothgan zu ihm herumfuhr, um ihn mit der Macht seiner Flammen zu zerstören, wurden seine Bewegungen plötzlich langsamer – und dann hielt er ganz darin inne, verharrte wie eine der Königsstatuen, die die Ratshalle von Shakara säumten, groß und schrecklich anzusehen, aber zur Reglosigkeit verurteilt.

Die Flammen waren ebenso erstarrt, eingefroren in ihrer Bewegung, jedoch nicht in ihrer Wirkung. Granock bezweifelte allerdings, dass sie Rothgan großen Schaden zufügten, zumal die Wirkung des Banns nicht lange anhalten würde. Zu geschwächt war er selbst, zu übermächtig die magische Kraft des Elfen. Schon glaubte Granock zu erkennen, wie die Wirkung des Zaubers nachließ und das Feuer, das Rothgan umgab, hier und dort wieder zu züngeln begann. »Alannah!«, brüllte er, und er vermochte nicht zu sagen, ob es die Erschöpfung war, die Hitze oder Trauer, die ihm Tränen in die Augen trieb.

Einen endlos scheinenden Augenblick lang geschah nichts, und Granock überkam der flüchtige Verdacht, Alannah könnte es sich anders überlegt und von dem Plan zurückgeschreckt sein, den sie in ihrer Verzweiflung gefasst hatten.

Als Rothgan jedoch ein Zucken durchlief und plötzlich etwas mit urtümlicher Wucht durch seinen Brustkorb brach, wusste Granock, dass Alannah Wort gehalten hatte.

Es war die Spitze einer Eislanze.

Während Granock Rothgan abgelenkt hatte, war die Elfin davongeschlichen und unbemerkt in seinen Rücken gelangt, und genau wie damals, als sie ihrer Gabe zum ersten Mal gewahr geworden war, hatte sie sie als Waffe eingesetzt.

Das Eis, das die Elfin geworfen hatte, schmolz augenblicklich, und es trat kein Blut aus, da die Hitze des Feuers die Gefäße sogleich wieder versiegelte. Aber die Wunde war geschlagen, und sie sorgte dafür, dass das Feuer auch ins Innere von Rothgans Körper drang.

Einen Atemzug lang schien die Zeit stillzustehen, dann hörte Granocks Zeitbann zu wirken auf – und erst jetzt schien sich Rothgan der furchtbaren Verletzung bewusst zu werden, die er erlitten hatte. Das Feuer, das er kraft seiner Gedanken hervorgerufen hatte, erlosch, und mit ungläubig geweiteten Augen sah er an sich herab und auf die Öffnung in seinem Brustkorb, aus der dunkler Rauch wölkte. Seine geschwärzten Züge verzerrten sich dabei vor Schmerz und Entsetzen.

»Was ... habt ihr ... getan ...?«

Er hob den Blick und starrte Granock fassungslos an. Dann kippte er nach vorn und brach zusammen. Alannah stand nur wenige Schritte hinter ihm, den *flasfyn* noch erhoben.

In ihrem Gesicht, das weiß war wie Schnee, spiegelte sich namenloser Schrecken, ihre Augen waren von Tränen gerötet. Granock konnte nur erahnen, was in ihr vorgehen musste. Gemeinsam waren sie in Shakara gewesen und hatten die Wege der Magie beschritten, gemeinsam hatten sie gegen die Feinde des Reiches gekämpft und so viele Gefahren überstanden – und nun hatte sie ihr *reghas*, ihre vom Schicksal verliehene Gabe dazu benutzt, den Mann zu töten, den sie von ganzem Herzen geliebt und für den sie sich einst entschieden hatte.

Granock empfand nicht eine Spur von Genugtuung, im Gegenteil. Wäre es ihm möglich gewesen, hätte er alles gegeben, um rückgängig zu machen, was seither geschehen war – selbst wenn es bedeutet hätte, Alannah an Aldur zu verlieren. Auch er war, das wusste er jetzt, ein selbstsüchtiger Narr gewesen, und dies war das Ergebnis.

Schaudernd blickte er auf Rothgan, der sich vor ihnen am Boden wand, von Brandwunden entstellt und schwer verwundet. Seine magische Kraft schien zusammen mit dem Dunkelfeuer verloschen zu sein. Zwischen zusammengebissenen Zähnen stieß er leise Verwünschungen hervor, während er sich sterbend hin und her wälzte, und plötzlich entwand sich seiner Hand etwas, das wie eine große, glitzernde Glasscherbe aussah.

Der Splitter des Annun!

Rasch trat Granock vor und bückte sich, wollte das Artefakt an sich nehmen, das für Rothgans überirdische Kräfte verantwortlich gewesen war – doch die rußgeschwärzte Hand des Verwundeten zuckte vor und umklammerte den Splitter, als hinge sein Leben davon ab.

»Nein!«, zischte er und starrte Granock dabei aus blutunterlaufenen Augen an. »Du sollst ihn nicht bekommen! Nicht du ... unwürdiger ... verräterischer ...«

Granock hielt seinem vernichtenden Blick stand. Er biss die Zähne zusammen, entledigte sich aller Skrupel und riss dem Sterbenden den Kristallsplitter aus der Hand. Dann erhob er sich und humpelte, geschwächt wie er war, zu Alannah, die noch immer unbewegt stand und mit den Tränen rang.

»Aldur«, flüsterte sie, während sie auf das sich windende Bündel starrte, das einst ihr Geliebter gewesen war. »Wie konnte es nur so weit kommen ...?«

»Wir müssen verschwinden«, schärfte Granock ihr ein. »Fort von hier, so rasch wie möglich!«

»Aber – wir können ihn nicht hier liegen lassen! Er wird sterben ...«

»Ja«, sagte Granock nur.

»Aber ...« Sie verstummte, als durch den Korridor hektische Tritte und das Grunzen herannahender Orks heraufdrangen. Das Beben, das Rothgans Zaubermacht entfesselt hatte, war nicht unbemerkt geblieben. Oder vielleicht hatten die Unholde auch gewittert, dass ihr Anführer in Gefahr war. Alannah wusste, dass Granock Recht hatte. Sie mussten fliehen, wenn nicht alles vergeblich gewesen sein sollte ...

Sie sandte Rothgan einen Abschiedsblick, den dieser zu bemerken schien, denn er wälzte sich zu ihr herum und starrte sie aus seinen entstellten Gesichtszügen an. »Du hast meinen *essamuin* verraten«, flüsterte er. »Einem Fremden ...«

»Ich weiß«, erwiderte sie tonlos. »Bitte verzeih mir.«

Ein Zischen drang aus seiner Kehle, das mehr an eine Schlange denn an einen Elfen erinnerte. »Hilf mir, Alannah«, krächzte er dann und streckte ihr verlangend seine Rechte entgegen. »Hilf mir ...«

Granock konnte sehen, wie sie innerlich rang. Sie hatte Rothgan geliebt, sogar mehr als ihn, aber da waren auch die fürchterlichen Dinge, die er ihr angetan hatte ...

»Los jetzt«, drängte er, während das Grunzen der Orks immer lauter wurde. »Wir müssen gehen!«

»Hilf mir«, wiederholte Rothgan drängend. »Um unser beider Liebe willen ...«

»Liebe?«, erwiderte sie und schüttelte traurig den Kopf. »Du hast schon vor langer Zeit vergessen, was das ist.«

Damit wandte sie sich ab, und Granock packte sie am Arm und zog sie den Korridor hinab davon, hinein in das schützende Halbdunkel.

»Alannah!«, rief Rothgan ihnen hinterher, indem er seine letzten verblieben Kräfte zusammennahm, »Alannah ...!«

Aber diesmal war es sein Rufen, das unerwidert verhallte, auch wenn Granock fühlen konnte, wie schwer dies Allannah fiel, trotz allem, was Rothgan ihr angetan hatte. Sie ging nur langsam und wie in Trance. Erst als Rothgans Schreie hinter ihnen zurückfielen, schien der unsichtbare Bann von ihr abzufallen. Sie beschleunigten ihre Schritte, und Alannah übernahm die Führung.

Durch einen schmalen Gang, der sich an das Archivgewölbe anschloss, verließen sie die Bibliothek und erreichten eine Treppe, die sich in engen Windungen emporschraubte, zurück in jene Bereiche des Palasts, die sich über dem Vulkanberg erhoben. Durch die durchscheinenden Wände drang Tageslicht in den Schacht und gab den Flüchtlingen das Gefühl, ins Leben zurückzukehren. Ihre Verfolger hörten sie nicht mehr, dennoch war Eile geboten. Wenn die Unholde erst mitbekamen, was geschehen war, würden sie Alarm geben, und dann würde es überall vor Wachen wimmeln.

Rein körperlich hätte Granock ihnen nichts mehr entgegenzusetzen gehabt. Sich an seinen Zauberstab klammernd, quälte er sich Stufe für Stufe empor, wobei Alannah ihn noch zusätzlich stützen musste. Die lange Haft und die Folter zeigten nun endgültig Wirkung, dennoch war er weit davon entfernt aufzugeben. Nicht nachdem sie Rothgan besiegt und Alannah sich endlich zu ihm bekannt hatte – auch wenn sie ihre Zweifel zu haben schien ...

»Was haben wir nur getan, Granock?«, flüsterte sie immer wieder. »Was haben wir nur getan?«

»Was wir tun mussten«, presste Granock atemlos hervor. »Wir hatten keine andere Wahl.«

»Wenn Margok erfährt, dass wir seinen obersten Diener getötet haben, wird seine Rache schrecklich sein.«

»Deshalb müssen wir ... so rasch wie möglich ... nach Tirgas Lan. König Elidor muss ... Flotte schicken ... Befreiung der Fernen Gestade ...«

»Aber die Überfahrt dauert lange!«

Keuchend blieb Granock auf den Stufen stehen. Er fühlte sich wie ein Greis, seine Glieder schmerzten und waren träge und er rang nach Atem. Dennoch huschte ein Grinsen über seine ausgemergelten Gesichtszüge. »Ich habe nicht vor, mit dem Schiff zu reisen, Alannah«, stellte er klar.

»Doch wie ...?«

»Durch die Kristallpforte«, sagte er nur. »Auf demselben Wege, auf dem Ihr damals hierhergekommen seid.«

»Die Pforte?« Alannah schaute ihn entgeistert an. »Aber ich habe sie noch nie geöffnet ...«

»Ich ebenfalls nicht.«

»Und wenn unsere Kraft dazu nicht ausreicht? Wir sind nicht so mächtig wie Farawyn oder Rothgan, und wir sind beide zusätzlich geschwächt.«

»Richtig«, räumte Granock ein, »aber wir haben dies hier.« Er hob den Gegenstand empor, den er in seiner Linken hielt und der im einfallenden Tageslicht glitzerte.

Es war der Splitter des Annun.

»Alannah! Alannah ...!«

Rothgan schrie den Namen seiner Geliebten – auch dann noch, als sein Bewusstsein sich bereits einzutrüben und er zu ahnen begann, dass seine irdische Existenz sich dem Ende näherte. Und zu seiner unbändigen Wut, in der er sich weigerte anzuerkennen, dass seine Feinde stärker gewesen waren und ihn bezwungen hatten, gesellte sich wachsende Verzweiflung.

Der Elf, der einst der vielversprechendste Schüler Shakaras gewesen war, hatte in seinem noch jungen Leben viele Momente der Einsamkeit erlebt.

Damals, als er Aldurans Hain verlassen hatte und nach Shakara aufgebrochen war; als seine Meisterin Riwanon gestorben war, niedergestreckt von Farawyn Hand; als Alduran sich von ihm losgesagt und ausgerechnet der verhasste Farawyn sich als sein Vater herausgestellt hatte; und schließlich, als Alannahs und Granocks Verrat ihm offenbar geworden war.

Doch noch niemals zuvor hatte er sich so einsam und verlassen gefühlt wie in diesem Augenblick, und auch das Wissen, dass er Margoks Günstling und von diesem zum Herrscher über ein Inselreich ernannt worden war, vermochte daran nichts zu ändern. Im Angesicht des Todes schienen plötzlich andere Werte zu gelten.

»Alannah!«, schrie er noch einmal und dann, verzweifelt und mit brüchiger Stimme: »Vater! Wo bist du …?«

Die Orkwachen, die inzwischen eingetroffen waren und in heller Aufregung um ihn herumrannten, nahm er kaum wahr. Grunzend und blökend sprachen sie miteinander, konnten sich das Bild der Zerstörung, das sich ihnen bot, nicht erklären und handelten entsprechend kopflos. Bis eine Stimme erklang, die klar und messerscharf Anweisungen erteilte.

Die Unholde stürmten trampelnd davon, und Rothgan, der mit dem Gesicht nach unten auf dem Boden lag und das Gefühl hatte, vor Schmerz zu vergehen, spürte plötzlich, wie ihn jemand am Rücken berührte.

»Hoheit! Hoheit …!«

Er brauchte einen Moment, um die Stimme von Fürst Ardghal zu erkennen. Von Ardghal der Made, dem mehrfachen Verräter, dessen er sich bedienen wollte, um sich Ruraks zu entledigen. Diese Pläne waren allerdings in weite Ferne gerückt …

Ardghal packte ihn und drehte ihn auf den Rücken. Angesichts der Verbrennungen und der schwelenden Wunde, die in Rothgans Brustkorb klaffte, gab der Elfenfürst einen nur mühsam unterdrückten Schrei von sich.

»Wer hat Euch das angetan, mein Gebieter?«, fragte Ardghal, dessen Züge Rothgan nur noch wie durch dichte Schleier wahrzunehmen vermochte.

»Meine … Königin«, presste er mühsam zwischen bebenden Lippen hervor. Seine Stimme war nur noch ein schwacher Widerhall, vom nahen Tod gezeichnet.

»So müsst Ihr Euch an ihr rächen«, sagte Ardghal nur.

Rothgan lachte freudlos auf, schmeckte Blut in seinem Rachen. »Mich rächen«, gurgelte er. »Werde sterben, nichts weiter …«

»Nein, Gebieter, das werdet Ihr nicht«, verkündete Ardghal entschlossen. »Margoks Macht wird Euch am Leben halten, und Ihr werdet Eure Rache bekommen – nicht jetzt und nicht heute, aber eines fernen Tages.«

»Eines ... fernen Tages ...«, echote Rothgan mit ersterbender Stimme, »werde ... mich rächen ... schwöre ... es ...«

Sein Kopf kippte zurück, und er stürzte in den bodenlosen Abgrund der Ohnmacht. Und noch während er fiel, hatte er eine Vision, genau wie sein Vater Farawyn. Eine Ahnung von Dingen, die kommen würden ...

Einst, so hörte er eine Stimme sagen, würde auf die Insel zurückkehren, was verloren gegangen war.

Und an diesem Tag, der noch in weiter Ferne lag, würde ein Zeitalter enden und ein neues beginnen.

13. LHUR SAFAILAN

Nur wenige Stunden, nachdem der Angriff der Orks auf die Mauern von Tirgas Lan unter hohen Verlusten zurückgeschlagen worden war, griffen die Unholde erneut an.

Und diesmal hatten sie ihre Taktik geändert.

Nicht länger bestürmten Margoks Horden das Große Tor, vor dem ihr Angriff unter brennendem Pech und prasselnden Steinschlägen gescheitert war, sondern die umliegenden Mauern – und sie taten es in einer solchen Anzahl und Streuung, dass unmöglich alle Wehrgänge gleich stark besetzt und verteidigt werden konnten.

Leitern kamen nur noch vereinzelt zum Einsatz – die Orks waren auf eine sehr viel erfolgreichere Methode verfallen, die weißen Wälle Tirgas Lans zu erklimmen: Kurzerhand schleuderten sie ihre *saparak'hai*, an deren stumpfen Enden Seile befestigt waren. Verfingen sich die Geschosse mit ihren Widerhaken zwischen den Zinnen, so begannen die Unholde im nächsten Moment, todesmutig daran emporzuklettern, an der senkrecht aufragenden Mauerwand hinauf.

Die ersten Seile hatten die Verteidiger noch mühelos kappen können, sodass die Angreifer ihren nachdrängenden Kumpanen entgegengestürzt und von ihren Speeren aufgespießt worden waren. Da dieser Prozess jedoch sehr viel zeitraubender war als das Umwerfen einer Leiter, hatte es nicht lange gedauert, bis zum ersten Mal die grüne, mit Hauern bewehrte Fratze eines Orks jenseits der Zinnen aufgetaucht war.

Diesem einen Unhold war das Glück nicht treu geblieben – Elidor persönlich hatte sein Schwert kreisen lassen und den Angreifer enthauptet, worauf dessen kopfloser Torso in der Tiefe verschwunden war. Doch im Rhythmus des Herzschlags waren noch mehr grüne Fratzen über den Wehrgängen erschienen, und ein fürchterlicher Nahkampf war entbrannt, der noch immer andauerte.

Wohin Farawyn auch blickte – überall auf den Wehrgängen wurde gefochten. Obschon sie der Blutgier und den rohen Körperkräften der Orks kaum etwas entgegenzusetzen hatten, boten die Männer und Frauen von Tirgas Lan ihnen dennoch die Stirn und kämpften mit dem verzweifelten Mute derer, die nichts zu verlieren und alles zu gewinnen hatten, unterstützt von den Soldaten der Stadtwache, den königlichen Leibwächtern, den Kämpfern des Zwergenreichs und den Zauberern von Shakara. Unterschiede gab es nicht mehr: Dem Beispiel ihres Königs folgend, fochten Elfen vornehmen Geblüts Seite an Seite mit Dienern und Stallknechten. Soldaten und Dichter, Händler und Eingeweihte, Hofbeamte und Zaubermeister – der Krieg hatte sie einander gleich gemacht. Alle teilten dieselben Ängste und denselben Willen zu überleben. Und wenn der Schwertstreich des Feindes sie traf, so starben sie denselben blutigen Tod.

Das Sterben, das rings auf den Türmen und Wehrgängen vonstattenging, war entsetzlich. Farawyn sah, wie einem jungen Elfen, der mit mutigem Beispiel vorangegangen war, die Schwerthand abgetrennt wurde, ehe ein weiterer Hieb ihn fällte. Ein Zwergenkrieger, dessen Axt furchtbar unter den Angreifern gewütet hatte, wurde hinterrücks erstochen, ein Soldat der Palastwache mit derartiger Wucht durchbohrt, dass die blutige Schneide des *saparak* in seinem Rücken wieder austrat, sich aufgrund der Widerhaken jedoch nicht mehr herausziehen ließ. Der Ork, der ihn getötet hatte, verfiel in wütendes Gebrüll und schüttelte die Waffe wie von Sinnen, sodass der Gefallene einen bizarren Tanz vollführte, zum Erschrecken seiner Kameraden. Furchtsam wichen sie zurück, und Farawyn erkannte, dass er einschreiten musste, andernfalls würde der nur mit Mühe gehaltene Damm an dieser Stelle brechen.

Kurzerhand griff er nach einem herrenlosen Speer und schleuderte ihn. Willenskraft lenkte das Geschoss ins Ziel, und so brach der tobende Unhold mit durchbohrter Kehle zusammen. Die nächsten Orks, die über die Zinnen springen und ihm nachsetzen wollten, schleuderte der Älteste von Shakara mit einem *tarthan* von der Mauer – dann wurde das Getümmel so dicht, dass er keinen Zauber mehr anbringen konnte, ohne dabei fürchten zu müssen, auch die Verteidiger zu treffen.

Stattdessen gesellte er sich zu Elidor, der wie einst in der Schlacht am Flusstal aufrecht und erhobenen Hauptes kämpfte, Schulter an Schulter mit General Irgon und den Angehörigen der Leibwache. Sein Mut kostete ihn fast das Leben, als die Axt eines Unholds heranzuckte und seinen Hals nur um Haaresbreite verfehlte. Der Ork grunzte wütend und brachte einen zweiten Schlag an, der jedoch vom Schild des Königs abglitt. Mit einem Kampfschrei warf sich Elidor nach vorn und brachte den Unhold zu Fall, der daraufhin den Stahl der Königsklinge zu schmecken bekam – in Elidors Rücken jedoch erhob sich schon die nächste Gefahr.

Es waren Gnome, ein halbes Dutzend, die Margok nun ebenfalls in die Schlacht zu werfen schien. Die halbnackten grünhäutigen Kreaturen, die mit den Orks gewöhnlich in tiefer Feindschaft lebten, sich nun aber mit ihnen verbündet hatten, waren mit kurzen Klingen und leichten Speeren bewaffnet, die sie auf den König schleudern wollten. Dass es nicht dazu kam, lag an Caia, die neben ihrem Geliebten auftauchte und die kreischenden Kreaturen mit einem Gedankenstoß von den Zinnen fegte. Farawyn nickte ihr anerkennend zu. Dass es ihr nach ihrem Austritt aus dem Orden eigentlich verboten war, Zauber gleichwelcher Art zu üben, war nicht mehr von Belang.

Das Gemetzel setzte sich fort, und je mehr Angreifer von außen über die Mauern drängten, desto erbitterter wurde es. Das Klirren der Schwerter und *saparak'hai* erfüllte die Luft, dazu das Heulen der Warge und die Schreie der Verwundeten, und über allem lag der Gestank der Unholde und der Geruch von Blut.

Aus dem Augenwinkel nahm Farawyn eine Bewegung wahr. Er fuhr herum und sah gerade noch das schartige Blatt einer Axt heranfliegen. Seine Reaktion erfolgte mit übersinnlichen Reflexen: Blitzartig zuckte er zurück und riss seinen *flasfyn* empor, dessen von magischer Kraft durchdrungenes Holz der Gewalt des Angriffs standhielt und die Axt nur wenige Fingerbreit vor seinem Gesicht stoppte. Einen endlos scheinenden Moment lang starrten Zauberer und Ork sich über ihre gekreuzten Waffen hinweg an. Farawyn sah sein Spiegelbild in den eitrig gelben Augen und roch den fauligen Atem des Unholds – und stieß ihn angewidert zurück.

Der Ork, ein grobschlächtiger Hüne, der Farawyn um zwei Köpfe überragte, war auf diesen Ausbruch roher Kraft nicht gefasst und geriet ins Taumeln. Mit zusammengebissenen Zähnen riss Farawyn sein Schwert aus dem Gürtel und stieß zu, rammte die Klinge tief ins dunkle Herz seines überraschten Gegners – was ihm um ein Haar zum Verhängnis wurde.

Denn noch während er dabei war, seine blutige Klinge aus dem Kadaver zu ziehen, erschien ein weiterer Unhold, ein furchterregendes Exemplar, in dessen langes, zu einem Schopf gebundenes Haar ein Elfenschädel eingeflochten war, der auf seinem hässlichen Haupt thronte.

»*Dhruurz!*«, brüllte der Unhold das orkische Wort für »Zauberer« und wollte zustoßen – als ein Schwall dunklen Blutes über seine wulstigen Lippen schoss. Er verdrehte die Augen und ging nieder. Hinter ihm tauchte die grinsende Miene eines kahlköpfigen, sehr viel schmächtigeren Orks auf, den Farawyn nur zu gut kannte. In den Klauenhänden hielt er zwei blutige Dolche, die er seinem Artgenossen dorthin gerammt hatte, wo sich bei Menschen und Elfen die Nieren befanden.

»Rambok!«, rief der Zauberer dankbar aus, überrascht darüber, den Unhold an vorderster Front anzutreffen. Doch so rasch wie er erschienen war, verschwand der Ork auch schon wieder im Getümmel. Wenigstens um ihn brauchte sich Farawyn nicht zu sorgen. Der Schamane hatte sich schon in der Vergangenheit als Überlebenskünstler erwiesen. Womöglich würde er der Einzige sein, der diese Schlacht überstand ...

Der Ork, den Rambok niedergestreckt hatte, rollte seitlich vom Wehrgang und stürzte in den Innenhof, wo Bewaffnete aus der

Etappe heraneilten, um die Kämpfenden auf den Wehrgängen zu entlasten, auch Zwergenkrieger aus Prinz Runans Gefolge waren dabei. Angesichts der ungeheuren Massen von Angreifern, die sich außerhalb der Mauern heranwälzten, waren es jedoch verschwindend wenige, und die Befürchtung, die der Zauberer schon die ganze Zeit über gehegt hatte, wenn auch nur insgeheim, drängte sich ihm nun unwillkürlich auf: dass der erhoffte Entsatz durch die Erste Legion nicht zu spät, sondern überhaupt nicht kommen würde!

So lange wie möglich hatten die Bürger und Soldaten von Tirgas Lan ausgeharrt, hatten ihr Leben und ihre Stadt unter hohem Blutzoll verteidigt und ihre ganze Hoffnung darauf gesetzt, dass die Königslegion eintreffen und ihnen die ersehnte Rettung bringen würde. Inzwischen jedoch müsste zumindest die Vorhut der ersehnten Verstärkung die Stadt erreicht haben, und je länger sie ausblieb, desto unwahrscheinlicher wurde, dass sie überhaupt noch kam.

Farawyns heimliche Befürchtung, General Lavan und die Seinen könnten in einen Hinterhalt des Feindes geraten sein, wollte nicht länger schweigen. Mit jedem Elfenkämpfer, der erschlagen von den Mauern fiel, brachte sie sich deutlicher zu Bewusstsein, und anders als in seinen Visionen, die stets nur eine *mögliche* Zukunft voraussagten, wuchs in Farawyn die Überzeugung, dass dieser Tage nicht nur den Fall und die Eroberung Tirgas Lans sehen würde, sondern auch das Ende der Königsherrschaft und den Beginn eines Zeitalters der Dunkelheit. Die Pläne Margoks waren aufgegangen, die seiner Gegner gescheitert ...

So zwangsläufig ihm die Folgerung erschien, so sehr wehrte sich der Zauberer dagegen. Er hatte die Irrationalität der Menschen, ihre Eigenschaft, oftmals selbst entgegen jeder Wahrscheinlichkeit nicht aufzugeben, stets bewundert – nun ließ er selbst alle elfische Vernunft fahren und warf sich erneut in den Kampf, das *glathan* in der einen und den *flasfyn* in der anderen Hand. Es mochte keine Logik darin liegen und keine Aussicht auf Erfolg, aber es schien ihm das einzig Richtige zu sein, der Macht des Bösen Widerstand zu leisten bis zum Ende – auch wenn dieses Ende unmittelbar bevorzustehen schien.

Mit einem Kampfschrei ließ er die Klinge kreisen und fällte einen Ork, der sich mit blutiger Axt auf zwei junge Elfen hatte stürzen wollen, die das Erwachsenenalter eben erst erreicht hatten. Dann stieß er mit dem Zauberstab zu und durchbohrte einen weiteren Unhold, noch ehe dieser überhaupt begriff, was geschah. Gurgelnd brach der grünhäutige Koloss zusammen, und Farawyn sah sich Seite an Seite mit Elidor und seinen Getreuen, die einen verzweifelten Kampf fochten und die Mauer zu behaupten suchten.

Wieder schwappte eine Welle von Angreifern über die Zinnen, Orks, Gnomen und einige verwahrlost aussehende Menschen, die sich unter heiserem Gebrüll auf die Verteidiger stürzten. Ein Soldat der Stadtwache wurde enthauptet, ein weiterer von einem Rudel grünhäutiger Angreifer zu Boden gerissen, die nicht nur ihre Dolche, sondern auch ihre Zähne in sein Fleisch gruben. Farawyn wollte ihm zur Hilfe eilen, aber ein Orkkrieger versperrte ihm den Weg und ging zum Angriff über.

Ein erbitterter Schlagabtausch setzte ein, als die beiden miteinander fochten. Den Hieb, den der Unhold anbrachte, wehrte Farawyn ab, in dem er Schwert und *flasfyn* kreuzte und die feindliche Klinge damit abfing. Dann stieß er seinen Gegner zurück und griff seinerseits an, aber der Schwertstreich glitt am hölzernen, grob zusammengezimmerten Schild des Orks ab, der mit dem noch blutigen Kopfhaar eines bedauernswerten Opfers verziert war. Die Wut über diese Barbarei ließ den Zauberer seine Zurückhaltung vergessen. Mit einem wilden Schrei setzte er nach, täuschte einen Angriff mit dem Zauberstab vor. Der Unhold fiel darauf herein und hob den Schild, worauf Farawyn mit dem Schwert zustieß. Schmatzend fraß sich der Elfenstahl in die Eingeweide des Orks, der in grässliches Geschrei verfiel. Mit dem Fuß stieß Farawyn ihn von sich und wandte sich erneut Elidor und den Seinen zu – nur um zu sehen, wie Caia von einem Pfeil getroffen wurde!

Woher das Geschoss gekommen war, war nicht festzustellen. Mit furchtbarer Wucht bohrte sich der lodernde Schaft in ihre linke Schulter und riss sie zu Boden.

»Neeein!«, gellte Elidors entsetzter Schrei.

Im Affekt fuhr der König herum, um seiner Geliebten zur Hilfe zu eilen – dass er damit seinem Gegner, einem bärtigen Westmenschen, der einen blutigen Zweihänder führte, den ungeschützten Rücken zuwandte, schien ihm gleichgültig zu sein. Rücksichtslos suchte der Feind seinen Vorteil und wollte zustoßen, doch Farawyn kam ihm zuvor und schmetterte ihn mit dem *flasfyn* nieder.

»Hoheit! Nehmt Euch in acht!«

Die Warnung des Zauberers aber kam zu spät. Gleich zwei Orks gleichzeitig warfen sich auf Elidor, dessen einzige Sorge Caia galt. Mit einem erstickten Schrei ging der König zu Boden, und jene, die in seiner unmittelbaren Nähe gekämpft hatten, wichen erschrocken zurück, weil sie glaubten, der König wäre im Kampf gefallen.

Eine Bresche in der Linie der Verteidiger entstand, und schneller, als Farawyn oder irgendjemand sonst sie schließen konnte, drängten die Angreifer nach. Eine ganze Schar von Menschen und Orks stieg einer Flutwelle gleich über die Mauer. Mit ausgebreiteten Armen stellte sich der Zauberer ihnen entgegen, schleuderte einige von ihnen zurück – aber dann waren sie schon heran, und Farawyn ahnte, dass das Ende gekommen war.

Er wich zurück und stieß gegen die anderen Verteidiger, die Mühe hatten, sich auf dem Wehrgang zu halten. Entsetzte Schreie waren zu vernehmen, als einige in den Innenhof stürzten, von Elidor und Caia war nichts mehr zu sehen. Gehetzt blickte sich Farawyn um, doch wohin er auch sah, waren nur noch grüne Leiber, hasslodernde Augen und blutiger Stahl.

Der Zauberer schwang das Schwert, um sich Luft zu verschaffen, doch der Hieb prallte wirkungslos an Schilden und Harnischen ab. »Schwestern und Brüder!«, brüllte der Älteste lauthals. »Helft mir …!« – aber sein Ruf wurde vom Gebrüll der Angreifer erstickt. Dann waren die Gegner heran.

Etwas traf Farawyn am Kopf, und er spürte heftigen Schmerz, dennoch hielt er sich aufrecht. Sich auf den *flasfyn* stützend, wandte er sich in die Richtung, aus der der Hieb gekommen sein musste – und erblickte einen Ork, dessen *saparak* fast gleichzeitig vorzuckte.

Die Erkenntnis, dass die blutbesudelte Fratze des Unholds das Letzte war, was er in seinem Leben zu sehen bekommen würde, durchzuckte Farawyn, zusammen mit dem Bedauern darüber, dass seine Mission gescheitert war und er den Untergang nicht hatte verhindern können. Er wartete auf den Schmerz, darauf, dass der mit Widerhaken versehene Stahl ihn durchbohrte.

Von einem Augenblick zum anderen aber war die grässliche Gestalt aus seinem Blickfeld verschwunden, und mit ihr auch die tödliche Bedrohung.

Verblüfft rang der Zauberer nach Atem und schaute sich um. Er stellte fest, dass nicht nur sein Gegner, sondern auch alle anderen Angreifer von der Mauer verschwunden waren. Nur noch die Verteidiger waren übrig, die meisten von ihnen blutend und verwundet, und ihre Blicke verrieten, dass sie ebenso überrascht und ratlos waren wie Farawyn. Da erst hörte der Älteste die wütenden Schreie, die von jenseits der Zinnen heraufdrangen, und er schaute hinab und sah Menschen und Orks davonrennen, zurück in den schützenden Wald. Die Lichtung davor war mit den leblosen Körpern unzähliger Erschlagener übersät.

Farawyn schüttelte ungläubig den Kopf. Ganz offenbar war der Angriff zurückgeschlagen worden – aber wie bei allen Königen der alten Zeit …?

Einer jähen Ahnung gehorchend, wandte sich der Zauberer um. Ein Aufschrei völliger Fassungslosigkeit entfuhr ihm, als er zwei Gestalten vor sich sah, mit deren Auftauchen er nicht in seinen kühnsten Träumen gerechnet hätte.

Die eine war Granock.

Die andere Alannah.

Und in diesem Augenblick wurde dem Ältesten von Shakara klar, dass er erstmals selbst das Opfer eines von seinem ehemaligen Schüler verhängten Zeitbanns geworden war.

1. NYS SYN DIWETH

Nun? Hast du verstanden, was ich dir sage?
Rurak war nicht in der Lage zu antworten.
Wie immer hatte die Stimme seines Herrn und Meisters ihn ereilt, als er am wenigsten damit gerechnet hatte. Gerade war er in das Feldherrenzelt zurückgekehrt, das seine Gnomendiener auf einer Waldlichtung errichtet hatten. Ursprünglich hatte es einem der *dun'rai* gehört, aber es war größer als sein eigenes, und so hatte der Zauberer beschlossen, dass es von nun an ihm gehörte. Als neuem Oberbefehlshaber des dunklen Heeres stand ihm dies fraglos zu, zumal der ehemalige Bewohner des Zeltes nicht mehr unter den Lebenden weilte. Rurak hatte ihn hinrichten lassen, zusammen mit zwei weiteren Unterführern und einem halben Dutzend Ork-Häuptlingen. Nachdem er sie bei lebendigem Leib von Trollen hatte vierteilen lassen, hatte er befohlen, ihre Überreste aufzuhängen und der Verwesung zu überlassen – auf diese Weise würden alle sehen, was es bedeutete, Feigheit vor dem Feind zu zeigen und sich zurückzuziehen, noch ehe der Sieg errungen war.
Es war der zweite Rückschlag in Folge, den das Heer des Dunkelelfen unter Ruraks Führung hatte hinnehmen müssen – dennoch hatte Margok ihn nicht dafür zur Rechenschaft gezogen. Denn an einem weit entfernten Ort war etwas geschehen, das seine Aufmerksamkeit noch mehr in Anspruch nahm ...
»N-natürlich habe ich verstanden, Gebieter«, versicherte der Zauberer, wobei er sich Mühe gab, seinen innerlichen Triumph zu verbergen. »Rothgan ist geschlagen.«

Er hat den Fehler gemacht, seine Feinde zu unterschätzen.

»Offensichtlich«, sagte Rurak nur, die Genugtuung, die er empfand, geschickt verbergend. Zwar war Margok nicht körperlich anwesend, doch die alleinige Präsenz seines Bewusstseins war einschüchternd genug. Und natürlich fürchtete der Zauberer, sein finsterer Gebieter könnte erahnen, dass er keineswegs so ahnungslos war, wie er sich gab... »Wie konnte das nur geschehen?«

Ich weiß es noch nicht. Die Lage an den Fernen Gestaden ist unklar und verworren. Aber es hat den Anschein, als hätte einmal mehr dieser Mensch die Hände im Spiel gehabt...

»Lhurian«, half Rurak aus.

Ganz recht. Die Frage ist, wie er nach Crysalion gelangen konnte. Er ist schließlich nur ein Mensch und kennt die geheimen Pfade nicht.

»Wer weiß?« Obschon der andere ihn nicht sehen konnte, zuckte Rurak mit den Schultern. »Dieser Mensch ist voller Überraschungen, wie Ihr wisst...«

In der Tat – genau wie du, mein Diener.

»Was meint Ihr damit, Exzellenz?«

Rurak. Sein eigener Name hallte wie das Knurren eines Raubtiers durch sein Bewusstsein. *Du solltest nicht den Fehler begehen, mich zu unterschätzen. Das haben andere vor dir getan, und keiner von ihnen ist mehr am Leben.*

Dem Zauberer wurde heiß und kalt zugleich. Er ahnte, dass sein Intrigenspiel durchschaut worden war, aber seine verschlagene Natur drängte ihn weiter zum Leugnen. »Wovon genau sprecht Ihr, mein Gebieter?«

Ich spreche davon, dass dieser Mensch Hilfe erhalten hat – und zwar durch dich.

»Durch mich?«

Ich kenne dich lange und gut genug, um zu wissen, dass Falschheit und Rachsucht deine hervorstechendsten Eigenschaften sind, Rurak. Das macht dich für mich zu einem so nützlichen Diener...

»Danke, Euer Gnaden.«

... aber ein Diener, der seinen eigenen Herrn betrügt, ist nichts wert, das sollte dir klar sein. Du warst von Anfang an gegen Rothgan und hast ihm seine Position geneidet. Aus diesem Grund hast du den Menschen

nach den Fernen Gestaden entsandt, damit er Rothgan für dich schwächen oder ganz aus dem Weg räumen soll. War es nicht so?

»Nun, ich ...«

Willst du es noch immer leugnen?

Das Gebrüll seines Gebieters ließ Rurak bis ins Mark erzittern und signalisierte ihm, dass es an der Zeit war, die Strategie zu ändern.

»Nein, Exzellenz«, verkündete er mit einer Überzeugung, die ihn selbst überraschte. »Ich gestehe, dafür gesorgt zu haben, dass der Mensch Granock an die Fernen Gestade gelangte, denn durch den Spion, den ich in Shakara unterhielt, wusste ich um seine Rivalität mit Rothgan und seine Schwäche für die Zauberin Alannah. Aber ich habe dies nicht um meinetwillen getan, sondern um Euretwillen.«

Was soll das heißen?

»Dass ich zu jeder Zeit treu zu Euch gestanden habe, mein Gebieter. Ich kenne Rothgan schon seit Langem. Sein Ehrgeiz und sein Machthunger übertreffen seine magischen Kräfte noch bei Weitem, was angesichts seiner Herkunft nicht weiter verwunderlich ist ...«

Und?

»Ich weiß aus zuverlässiger Quelle, dass Rothgan nicht vorhatte, sich mit den Fernen Gestaden zu begnügen. Weder wollte er dort bleiben, noch wollte er länger Euer Diener sein. Ihm stand der Sinn nach mehr, Majestät – selbst wenn es bedeutet hätte, sich gegen Euch zu verschwören. Aus diesem Grund – und nur aus diesem Grund – habe ich ihn beseitigen lassen, indem ich mich eines alten Feindes bediente.«

Deine Zunge ist ebenso spitz wie schnell, Rurak, das ist schon immer so gewesen. Aber welchen Beweis hast du für deine Behauptung?

»Meine uneingeschränkte Loyalität, Gebieter«, entgegnete der Zauberer ohne Zögern und verbeugte sich abermals, was ihm grässliche Schmerzen verursachte. »Ich habe euch schon zu Zeiten gedient, als Rothgan sich noch Aldur nannte und ein Diener des Lichts gewesen ist ...«

... und es war eine Schmach für dich, als ich dich nach der verlorenen Schlacht im Flusstal in die Blutfeste verbannte. Dort hast du auf Rache

gesonnen und nach einer Gelegenheit, es deinem Rivalen heimzuzahlen. Ist nicht er es gewesen, der dich in diese abstoßende Kreatur verwandelt hat? Willst du behaupten, du empfändest keine Genugtuung über seine Niederlage? Dass sein Untergang nicht zugleich auch dein Triumph ist?

»Das bestreite ich nicht, Gebieter«, gestand Rurak offen, »aber der Tag, an dem Ihr mich und nicht Rothgan zum Oberbefehlshaber Eures Heeres ernanntet, war auch für Euch ein Tag des Triumphs.«

Du spendest dir Lob, das dir nicht zukommt. Noch hast du Tirgas Lan nicht erobert ...

»Noch nicht«, gab Rurak zu, »dennoch kann ich Euch versichern, dass es nur noch eine Frage von Stunden ist. Noch vor Tagesanbruch wird Tirgas Lan fallen.«

Was macht dich so überzeugt?

»Die Tatsache, dass es innerhalb der Stadtmauern einen Verräter gibt«, antwortete Rurak ohne Zögern. »Sobald sich die Möglichkeit dazu ergibt, wird er öffnen, was unseren Truppen bislang verschlossen blieb, und dann werden sich Ströme von Orks und Trollen in die Königsstadt ergießen und sie einer Sturmflut gleich hinforttreiben. Glaubt Ihr, auch Rothgan hätte solches vermocht?«

Es lag einige Provokation in der Frage, und als Margok für eine Weile nicht antwortete, beschlich Rurak die Befürchtung, er könnte sein Glück einmal zu oft herausgefordert haben. Als er jedoch das dunkle, grollende Gelächter seines Herrschers vernahm, wusste er, dass er gewonnen hatte.

Zumindest dieses Mal ...

Du bist falsch, Rurak, und von Bosheit durchdrungen – und genau das schätze ich an dir. Im Kampf gegen deinen Rivalen hast du dich als der Stärkere erwiesen, genau wie ich es erwartet hatte. Allerdings hat es lange gedauert, bis du dir darüber klar geworden bist.

»Erwartet?« Rurak horcht auf. »Ihr meint, Ihr habt ...?«

Ich wusste um die Feindschaft zwischen Rothgan und dir. Ebenso, wie ich wusste, dass wer immer aus Eurem Kampf als Sieger hervorgehen sollte, meine rechte Hand und Stellvertreter sein würde. Rothgan war der Schwächere von euch, also gebührt dir der Preis des Siegers.

»Ich danke Euch, Exzellenz«, war alles, was Rurak hervorbrachte. Die Vorstellung, dass sein finsterer Gebieter sein Spiel von Anfang an durchschaut haben könnte, entsetzte ihn – auch wenn er insgeheim daran zweifelte.

Aber – Rurak?

»Ja, Gebieter?«

Solltest du jemals auf den Gedanken kommen, auch mich hintergehen zu wollen, so wird dich mein Zauberbann treffen – und weder auf dieser Welt noch auf einer anderen wirst du dich dann noch retten können.

»Ich verstehe«, flüsterte Rurak – und zumindest daran zweifelte er keinen Augenblick.

2. YMGAINGARUTHIAN

Im zum Kriegsraum umfunktionierten Thronsaal von Tirgas Lan war es so still geworden, dass man eine Nadel fallen gehört hätte. Die Blicke der königlichen Berater, der Zauberer und Generäle, die Elidor um den großen Kartentisch versammelt hatte, waren auf die beiden Gestalten gerichtet, die am unteren Ende des Tisches standen, die Häupter ehrerbietig gesenkt.

Unverhofft waren sie in Tirgas Lan aufgetaucht und hatten der Schlacht im letzten Augenblick eine Wendung gegeben, und innerhalb der wenigen Stunden, die seit der Zurückschlagung des Angriffs vergangen waren, kannte jedermann in Tirgas Lan ihre Namen und sprach sie mit Ehrfurcht und Respekt aus.

Lhurian und Thynia!

Aus Granocks Sicht freilich stellte sich der Sachverhalt ein wenig profaner dar: Mithilfe des Kristallsplitters hatten sie die Pforte von Crysalion geöffnet und die Schlundverbindung durchschritten. Doch sie waren kaum in Tirgas Lan angekommen, als ihnen auch schon klar geworden war, dass die Dinge dort nicht so waren, wie sie hätten sein sollen.

Die beiden Zaubermeister, die die Pforte bewachten, hatten ihnen vom Angriff der Orks auf die Stadt berichtet, und Granock und Alannah waren sofort zu den Mauern geeilt, um den Verteidigern in ihrem Kampf beizustehen ... und sie waren gerade noch rechtzeitig gekommen.

Indem er sowohl den *flasfyn* als auch den Kristallsplitter des Annun dazu benutzt hatte, einen mächtigen Zeitzauber zu wirken, hatte Granock das Kampfgeschehen auf der Südmauer und über dem Großen Tor erstarren lassen. Im nächsten Moment waren Alannah und diejenigen Elfenkrieger, die von dem Zeitbann nicht betroffen waren, über die wehrlosen Orks hergefallen und hatten sie mit blankem Stahl durchbohrt oder kurzerhand von den Zinnen gestürzt. Anschließend hatte die Elfin von ihrer Gabe Gebrauch gemacht und die Außenmauer mit Eis überzogen, sodass das Gestein keinen Halt mehr bot und keiner mehr daran emporklettern konnte.

Als Farawyn und die anderen Verteidiger, die bereits in arger Bedrängnis gewesen waren, wieder aus dem Zeitbann erwachten, war der Feind bereits vertrieben und der Angriff, der um ein Haar mit der Eroberung Tirgas Lans geendet hätte, abgewehrt worden. Aber zum einen war allen im Thronsaal Versammelten klar, dass der nächste Angriff nicht lange auf sich warten lassen würde, und zum anderen waren die Nachrichten, die Granock und Alannah gebracht hatten, kaum weniger alarmierend.

»Die Fernen Gestade«, brach König Elidor mit bebender Stimme das entsetzte Schweigen, das eingetreten war, »wurden vom Feind erobert?« Der Herrscher des Elfenreichs trug Verbände am Kopf und beiden Armen, hatte jedoch keine lebensgefährlichen Verletzungen davon getragen – und das verdankte er nur den beiden Zauberern.

»Ja, Hoheit«, bestätigte Granock, der ebenfalls in den Genuss von Meister Tavalians Heilkünsten gekommen war und sich seither viel besser fühlte. »Crysalion, der Hort der Kristalle, befindet sich in der Hand des Feindes. Nur mit Mühe ist es uns gelungen, von dort zu entkommen.«

»*Crysalion, Hort der Kristalle*«, echote es bestürzt reihum. Nicht nur Narwan und die anderen Berater, sondern auch Irgon und seine Offiziere waren zutiefst besorgt über diese unerwartete Entwicklung. Niemand jedoch war davon auch nur annähernd so betroffen wie Farawyn.

Der Älteste des Ordens von Shakara, der an Elidors Seite am oberen Ende des Tisches stand, schien plötzlich um Jahrzehnte gealtert. Er atmete in kurzen, stoßweisen Zügen und klammerte sich beidhändig an seinen Zauberstab, so als fürchte er, den Boden unter den Füßen zu verlieren. Den Grund dafür glaubte Granock zu kennen – sein alter Meister ahnte wohl bereits, was sich an den Fernen Gestaden zugetragen hatte.

»Aber wie ist das möglich?«, fragte Caia, die den König auf der anderen Seite flankierte. Sie trug den linken Arm in einer Schlinge, nachdem Tavalian den vergifteten Gnomenpfeil aus der Schulter entfernt und die Wunde mittels magischer Heilkraft gesäubert hatte. »Wie kann der Hort der Kristalle der Macht des Bösen so einfach unterliegen?«

»Durch Verrat«, sagte Granock unbarmherzig und konnte sehen, wie Farawyn zusammenzuckte. »Ich schäme mich, es zu bekennen, aber es ist ein Angehöriger unseres Ordens gewesen, der dieses schändliche Unrecht begangen hat: Rothgan, einst Aldur genannt, der nach den Fernen Gestaden aufbrach unter dem Vorwand, sie vor dem Feind schützen zu wollen – und sie ihm dann kampflos preisgab.«

Die Erwähnung des Namens sorgte für Unruhe. Jeder wusste, dass Rothgan der junge Zauberer gewesen war, der in der Schlacht am Siegstein die entscheidende Wende herbeigeführt und Margoks Angriff fast im Alleingang zurückgeschlagen hatte. Er war ein Held, ein lebendes Denkmal ...

»Unmöglich!«, rief Irgon deshalb, und seine Stellvertreter schüttelten entschieden die Köpfe.

»Das kann nicht sein!«, widersprach auch Caia. »Aldur war der beste und edelste von uns allen! Er würde niemals etwas tun, was dem Reich oder dem Orden schaden könnte!«

»Wenn du das glaubst«, sagte Alannah bitter, »dann kennst du ihn nicht gut genug. Es gab eine Zeit, da Aldur tatsächlich die Hoffnung des Ordens war, vielleicht sogar von ganz *amber*. Aber wo viel Licht ist, ist auch viel Schatten, und unser Bruder hat sich für die Dunkelheit entschieden.«

»Das will ich einfach nicht glauben«, wandte Elidor ein.

»Eure Loyalität ehrt Euch, Majestät«, versicherte Granock. »Aber Rothgan verdient sie nicht. Er hat sich gegen uns alle gewandt, selbst dann noch, als wir ihm anboten, sich uns wieder anzuschließen und der Macht des Bösen zu entsagen.«

»Was ... ist mit ihm?«, meldete Farawyn sich zum ersten Mal zu Wort. Granock konnte nicht annähernd ermessen, wie schrecklich es für seinen alten Meister wohl sein musste, all diese Dinge zu hören. Aber er empfand andererseits auch kein Mitleid ... »Ist er tot?«

»Ja, *nahad*«, erwiderte Alannah traurig und verbeugte sich tief – nicht so sehr vor dem Ältesten ihres Ordens, sondern vor dem Vater des Mannes, den sie mit ihrem Eis durchbohrt hatte. Schon einmal hatte sie das Leben eines Sohnes ausgelöscht. Damals war es im Affekt geschehen, und sie war sich ihrer Fähigkeiten noch nicht bewusst gewesen; die Last, die auf ihrem Gewissen ruhte, war dennoch dieselbe.

»Wir hatten keine Wahl«, fügte Granock erklärend und fast entschuldigend hinzu. »Es gab nur ihn oder uns.«

Farawyn nickte und starrte einen Augenblick lang blicklos vor sich hin. Was hinter seiner von Falten zerfurchten Stirn vor sich ging, konnte Granock nur vermuten. Trauer, Enttäuschung, Selbstvorwürfe und ohnmächtige Wut, vermutlich war von allem etwas dabei.

Schon im nächsten Moment jedoch straffte sich der Älteste und schaute den beiden fest entgegen. »Dann habt ihr richtig gehandelt«, sagte er nur. »Wir alle sind euch zu großem Dank verpflichtet.«

»In der Tat«, stimmte Cysguran zu, der ebenfalls an der Beratung teilnahm, sich bislang aber auffällig zurückgehalten hatte – und das, obwohl es ein Leichtes gewesen wäre, nun über Farawyn herzufallen und ihm seine falsche Beurteilung der Lage vorzuhalten. Nie zuvor hatte sich eine solche Gelegenheit geboten, Farawyn zu schaden und seinen Einfluss nachhaltig zu schwächen. Doch Cysguran ergriff sie nicht, sodass sich Granock unwillkürlich fragte, weshalb dies so war.

»Die Meister haben recht«, pflichtete nun auch Elidor bei. »Für das, was Ihr getan habt, können wir Euch beiden nicht genug danken. Wenn Ihr den Verräter nicht besiegt und rechtzeitig von den Fernen Gestaden zurückgekehrt wärt, würde nun schon Margoks dunkles Banner über dieser Kuppel wehen.«

»Dankt uns nicht zu früh, Majestät«, wehrte Granock ab. »Rothgan mag bezwungen sein, aber die Fernen Gestade werden nach wie vor von den Schergen des Dunkelelfen besetzt gehalten.«

»Dann werden wir eine Flotte ausrüsten und sie zurückerobern«, kündigte der Elfenkönig entschlossen an. »Zuerst jedoch müssen wir jene Feinde abwehren, die diese Stadt zu erobern trachten – und es sind Tausende von ihnen.«

Er erteilte Irgon das Wort, der daraufhin in knappen Sätzen die Lage schilderte. Von den an den Reichsgrenzen stationierten Legionen bekam man nur noch sporadisch Nachricht, weil kaum noch Boten die Wälder passieren konnten, ohne vom Feind abgefangen zu werden. Aus dem wenigen, das man erfahren hatte, schloss man, dass die Angriffe am Grenzfluss sowie in den Ostlanden mit unverminderter Härte weitergingen, sodass die Armeen von dort nicht abgezogen werden konnten. Und was die Erste Legion betraf, so gab es noch immer keine Spur von ihr. »Wir müssen wohl damit rechnen«, schloss der General seinen Bericht, »dass unseren Soldaten etwas zugestoßen ist.«

»Etwas zugestoßen?« Über den Tisch hinweg warf Cysguran ihm einen fragenden Blick zu. »Drückt Euch gefälligst etwas klarer aus, Mann!«

»Unsere Leute könnten in einen Hinterhalt gelockt worden sein«, führte Irgon bereitwillig aus. »Es wäre nicht das erste Mal, wie Ihr wisst.«

»Aber ganz sicher das letzte Mal, dass Ihr darüber das Kommando führt«, ätzte der Zauberer und wandte sich an Elidor. »Hoheit, was sagt Ihr dazu? Sollte die Königslegion tatsächlich vernichtet worden sein, ist dies in erster Linie …«

»… meinem Fehlurteil zuzuschreiben«, fiel Elidor ihm ins Wort. »Ich war es, der entschieden hat, die Erste Legion von Tirgas Lan abzuziehen und an die Küste zu entsenden. Wollt Ihr mich deshalb auch entlassen, Zaubermeister?«

Cysgurans Mund klappte mehrmals auf und zu, ohne dass ihm ein Laut über die Lippen kam. Schließlich schwieg er und starrte auf die Tischplatte, wo das Modell der westlichen Grenzregion durch eine schematische Darstellung Tirgas Lans ersetzt worden war. Kleine, aus Holz geschnitzte Klötze standen für Häuser, Mauern und Türme, weiße und schwarze Kiesel repräsentierten die Kämpfer beider Seiten. Und die Tatsache, dass die weißen Steine einzeln verteilt waren, während man die schwarzen schaufelweise ausgeschüttet hatte, machte nur zu deutlich, wie es um das Kräfteverhältnis zwischen Angreifern und Verteidigern bestellt war.

»Die feindlichen Attacken«, fuhr Irgon endlich fort, »haben sich bislang auf das Große Tor und die Westseite der Stadt konzentriert. Wir müssen aber davon ausgehen, dass Margoks Truppen Tirgas Lan mittlerweile umzingelt und einen geschlossenen Belagerungsgürtel errichtet haben. Das bedeutet, dass der nächste Angriff aus jeder Himmelsrichtung erfolgen kann. Und wir haben nicht Kämpfer genug, um alle Mauern in gleicher Stärke zu besetzen.«

»Nun«, meinte Cysguran, »vielleicht wäre es unter diesen Voraussetzungen angezeigt, den äußeren Mauerring aufzugeben und sich in den Palast zurückzuziehen, der kleiner ist und sich leichter verteidigen lässt.«

»Und den Unholden die Stadt unserer Ahnen überlassen? Die Geburtsstätte des Elfenreichs?« Elidor schüttelte kategorisch den Kopf. »Niemals, Zaubermeister. Das kommt nicht infrage.«

»Seid Ihr sicher, Hoheit?«, fragte Farawyn. »Rat Cysgurans Vorschlag mag radikal erscheinen, aber in Anbetracht der Lage ...«

»Ich habe Nein gesagt!«, wiederholte Elidor aufgebracht und sehr viel lauter, als es dem Ältesten von Shakara gegenüber angemessen gewesen wäre.

Jener Farawyn, den Granock einst gekannt und bewundert hatte, hätte dies nicht unerwidert auf sich sitzen lassen. An diesem Tag, zu dieser für ihn so erschütternden Stunde, nahm es der Zauberer jedoch widerspruchslos hin. »Wie Ihr wünscht, Hoheit«, sagte er nur.

»Ich möchte, dass Ihr die Pläne zur Verteidigung der Stadt erweitert«, wandte sich Elidor an die Generäle. »Tut dafür was nötig ist. Was auch geschieht, wir werden die Mauern Tirgas Lans nicht widerstandslos preisgeben.«

»Verstanden, Hoheit.«

»Seht zu, dass Stadtwache und Bürgerwehr sich je einen Mauerabschnitt teilen. Und Ihr, Meister Farawyn, verteilt Eure Zauberer über die ganze Stadt. Auf diese Weise sollten wir den Angriffen noch eine Zeit lang trotzen können.«

»Und dann, Hoheit?«, fragte Alannah leise.

»Wir werden sehen«, entgegnete Elidor, die Fäuste geballt und die Brauen zusammengezogen, trotzig wie ein Kind. Es war offensichtlich, dass der König nicht wirklich eine Strategie verfolgte. Sein einziges Ansinnen schien es zu sein, das festzuhalten, was ihm von seinem Vater Gawildor überlassen worden war, und es notfalls bis zum letzten Atemzug zu verteidigen. »Ihr habt Eure Befehle«, schnaubte er und wollte die Versammlung auflösen, als Granock noch einmal das Wort ergriff.

»Und – wenn es eine Wahl gäbe?«

»Wie?« Elidors halb tadelnder, halb hoffender Blick richtete sich auf ihn, und auch die übrigen Anwesenden schauten ihn fragend an. »Was meint Ihr damit, Meister Lhurian?«

»Dies hier«, erklärte Granock und zog den Kristall aus Crysalion unter seiner Robe hervor, »könnte uns helfen, unsere Feinde zu besiegen!«

»Was ist das?«, wollte Farawyn wissen. Die Augen hatte er kritisch verengt.

»Es ist ein Splitter«, erläuterte Alannah. »Ein Splitter vom Annun, dem Licht Crysalions!«

»Splitter ... Annun ... Crysalion ...«

Wie ein Echo gingen die Worte reihum. Alle Anwesenden kannten den Urkristall, in dem der Überlieferung nach das Licht von *calada* bewahrt wurde, nur vom Hörensagen und waren überrascht, ein Bruchstück davon plötzlich zum Greifen nahe vor sich zu haben. Jedoch nur die Zauberer konnten ermessen, was für eine immense Kraftquelle der unscheinbare Splitter von der Größe einer Handspanne bergen mochte.

»Woher habt Ihr ihn?«, wollte Cysguran wissen.

»An dem Tag«, erwiderte Alannah leise, »als die Flotte des Feindes vor den Fernen Gestaden auftauchte, verdunkelte sich der Himmel über Crysalion, und ein Blitz zuckte herab, der in die Turmkammer einschlug und den Annun erfasste. Dabei löste sich dieser Splitter, und es war nicht mehr möglich, den Kristallschirm zu errichten, sodass die Gestade dem Ansturm der Unholde schutzlos ausgeliefert waren. Den Splitter jedoch nahm Rothgan an sich, und er bildete die Grundlage einer Schreckensherrschaft, die er über die fernen Gestade errichtete. Die Kraft, die ihm innewohnt, ist unermesslich. Nur mit der Hilfe des Splitters konnten wir die Kristallpforte öffnen und nach Tirgas Lan gelangen – und ohne ihn wäre es uns ganz sicher nicht gelungen, den Angriff der Orks abzuwehren, erschöpft und geschwächt, wie wir waren.«

»Ihr habt den Splitter also gegen den Feind eingesetzt?«, erkundigte sich Farawyn.

»Nur um unsere eigenen Kräfte zu verstärken«, schränkte Granock ein. »War das ein Fehler?«

»Vermutlich«, brummte der Älteste.

»Aber hätten wir es nicht getan, wäre Tirgas Lan gestern von den Unholden überrannt worden und wir stünden bereits nicht mehr hier, um dieses Gespräch zu führen.«

»Damit hat er recht«, pflichtete Cysguran Granock bei. »Wie Ihr Euch sicher entsinnen werdet, Bruder Farawyn, versuche ich Euch schon seit Längerem zu überzeugen, die Kristalle als Waffe einzusetzen. Der Annun jedoch ist nicht irgendein Kristall, sondern ihrer aller Ursprung! Nicht auszudenken, welche Zerstörungskraft ihm innewohnt ...«

»... und welche Gefahren«, fügte Farawyn hinzu. »Habt Ihr nicht gehört, was Thynia gesagt hat? Der Splitter bildete die Grundlage von Rothgans Herrschaft! Und was hat er ihm am Ende eingetragen? Tod und Untergang!«

»Unser Bruder hat sich von Margok korrumpieren lassen, nicht aber von der Macht des Kristalls«, widersprach Cysguran. »Wie anders wollt Ihr Euch erklären, dass es jenen beiden Unerschrockenen hier – damit deutete er auf Granock und Alannah – »gelingen konnte, den Splitter zur Verteidigung Tirgas Lans einzusetzen und den feindlichen Angriff zurückzuschlagen?«

»Ich kann es Euch nicht erklären, Bruder«, gab Farawyn zu. »Aber ich weiß, dass für alles ein Preis zu entrichten ist.«

»Verzeiht, wenn ich Euren Disput unterbreche, Ihr Weisen«, rief Elidor dazwischen, »aber darf ich Euren Worten entnehmen, dass es möglich wäre, diesem Kristall hier Kräfte zu entlocken, die

Tirgas Lan vor der Eroberung und Vernichtung durch den Feind bewahren könnten?«

»Ganz ohne Zweifel, mein König«, sagte Cysguran überzeugt.

Elidor drehte den Kopf zu Farawyn, der neben ihm stand. »Und wie denkt Ihr darüber, Ältester?«

Vornüber auf die Tischplatte gestützt, starrte Farawyn düster vor sich hin. »Mein König«, sagte er dann, jedes Wort betonend, »es steht außer Frage, dass einem Splitter des Annun sagenhafte Macht innewohnt – Macht, die zum Guten verwendet werden kann, aber auch zum Bösen. Andere Kreaturen in großer Zahl zu vernichten, selbst wenn es in äußerster Not geschieht, ist jedoch immer ein Werk des Bösen. Den Splitter als Waffe zu verwenden, wird daher Folgen haben.«

»Welcher Art?«

»Das vermag ich nicht vorherzusagen, mein König«, entgegnete der Älteste und schaute auf, um Elidor einen unheilvollen Blick zuzuwerfen. »Aber derjenige, der die Macht des Kristalls entfesselt, ist Anfechtungen ausgesetzt, die sich mit nichts vergleichen lassen. Verlockungen der Allmacht, wie ihnen kein Sterblicher zu widerstehen vermag. Rothgan jedenfalls konnte es nicht.«

»Weil er die dunkle Saat bereits in sich trug«, war Elidor überzeugt. »Doch es besteht die Hoffnung, dass jemand, der starken Willens ist und ein reines Gewissen hat, den Verlockungen des Splitters zu widerstehen und Tirgas Lan zu retten vermag.«

»Das denke ich auch, mein König«, bestätigte Cysguran und blickte Beifall heischend in die Runde, »und ich habe den Mut, mich dieser schwierigen Aufgabe zu stellen. Gebt mir den Kristall, Bruder Lhurian, und ich versichere Euch, dass ich alles daransetzen werde, die dunklen Horden zurückzuschlagen und den Glanz und Ruhm der Elfenkrone wiederherzustellen!«

Verlangend streckte er die Hand nach dem Splitter aus, sein Blick schien Granock dabei fast zu durchbohren. Dennoch zögerte dieser.

»Was ist?«, drängte Cysguran. »Zweifelt Ihr etwa an meinen Fähigkeiten? Oder an meiner Lauterkeit?«

»Natürlich nicht«, antwortete Elidor, noch ehe Granock etwas erwidern konnte, »aber ich denke, wir alle können uns keinen geeigneteren und zuverlässigeren Hüter des Kristalls vorstellen als Meister Farawyn. Nicht wahr?«

Beifälliges Gemurmel war reihum zu vernehmen, auch Granock und Alannah stimmten erleichtert zu. Der Gedanke, den Kristallsplitter an Cysguran zu übergeben, hatte keinem von ihnen besonders gefallen. Farawyn jedoch reagierte mit Bestürzung. »Bitte Majestät«, murmelte er kopfschüttelnd, »verlangt das nicht von mir.«

»Ich wünschte, es gäbe einen anderen Weg«, entgegnete der König, »aber ich sehe ihn nicht. Wenn nicht verloren gehen soll, wofür wir alle gekämpft und wofür so viele ihr Leben gelassen haben, ist der Kristall unsere einzige Hoffnung. Deshalb bitte ich Euch nicht nur, ich *befehle* Euch, diese Verantwortung um Eures Königs und des Reiches willen auf Euch zu nehmen, dem Eid gemäß, den Ihr geleistet habt.«

Farawyn zuckte sichtlich zusammen. Hilfe suchend ließ er den Blick über die Versammelten schweifen, auf seinen Ordensbrüdern und -schwestern ruhte er jeweils etwas länger. »Was sagt Ihr dazu?«, wandte er sich an sie. »Ihr kennt die alten Schriften und Prophezeiungen ebenso gut wie ich und wisst, wozu dies führen kann. Was ist gewonnen, wenn wir den einen Tyrannen besiegen und dafür einen neuen gewinnen?«

Niemand antwortete. Die anwesenden Meister, unter ihnen Sunan, Awyra und Tavalian, schlugen ihre Blicke betreten zu Boden. Keiner von ihnen war bereit, aufgrund einer bloßen Befürchtung – und wäre sie noch so begründet – ihrer aller Existenz zu opfern.

»Nun gut«, sagte Farawyn mit einem Seufzen, das aus seinem tiefsten Inneren zu kommen schien, »wenn Ihr es alle wünscht und wenn es der Befehl meines Königs ist, so werde ich mich beugen. Nicht um meinetwillen oder des Ruhmes wegen, sondern um die vielen Seelen zu retten, die andernfalls im Sturm verloren gehen. Gib mir den Splitter, Sohn«, forderte er Granock auf. »Du hast die Bürde lange genug getragen.«

Granock nickte, dankbar dafür, das Artefakt loszuwerden, das ihm nun noch bedrohlicher erschien als zuvor. In Alannahs Begleitung umrundete er den Tisch, trat zu Farawyn und übergab ihm das glitzernde Bruchstück des Annun. Der Zauberer nahm es mit Bedacht entgegen und wog es prüfend in seiner Hand.

»Es ist leicht«, stellte er fest, »und doch liegt das Schicksal des ganzen Reiches darin. Ich werde mich nun zurückziehen und das Wesen des Kristalls erforschen.«

»Unsere guten Wünsche begleiten Euch, ehrwürdiger Farawyn«, beteuerte Elidor. »und ich bitte Euch inständig, Euch zu beeilen.«

»Habt Dank, Majestät.« Der Älteste deutete eine Verbeugung an und wollte die Versammlung verlassen, als Alannah vortrat.

»*Nahad?*«

»Ja, mein Kind?«

»Da ist etwas, das Ihr wissen solltet. Über das, was an den Fernen Gestaden geschehen ist.«

»Hat es etwas mit dem Splitter des Annun zu tun?«

Die Elfin senkte den Blick wie eine Novizin, die bei einem unerlaubten Zauber ertappt worden war. »Nein. Nur mit der Rolle, die ich dabei gespielt habe. Ich habe versagt ...«

»Wir alle haben versagt, mein Kind«, erwiderte Farawyn leise, »ansonsten wären wir nicht hier.«

Damit nickte der Älteste und wandte sich ab, verließ den Thronsaal schleppenden Schrittes – ein gebrochener Mann, der nichts mehr mit dem vor Autorität und Selbstvertrauen berstenden Oberhaupt des Zauberordens gemein zu haben schien, als das Granock und Alannah ihn in Erinnerung hatten.

Granock war entsetzt darüber, aber er wusste nicht, was er tun sollte – bis ihn ein harter Rippenstoß Alannahs traf.

»Folge ihm«, raunte die Elfin ihm zu. »Geh mit ihm.«

»Aber – er hat nicht gesagt, dass er meine Gesellschaft wünscht«, erwiderte Granock unbeholfen.

»Dennoch braucht er dich«, versicherte Alannah mit einer Stimme, die keinen Widerspruch zuließ. »Als du sein Schüler warst, ist er für dich da gewesen. Nun braucht er deine Hilfe, also geh zu ihm. *Jetzt!*«

Granocks Zögern währte nur einen Augenblick. Dann folgte er dem Rat der klugen Elfin, wie schon so oft zuvor.

3. ASGURAN SHA ATHRO

»Meister?«

Zaghaft klopfte Granock an die Tür von Farawyns Quartier. Einfach die Klinke zu drücken wagte er nicht, vermutlich war der Zugang ohnehin durch einen Zauberbann versiegelt.

»Meister, ich bin es! Lhurian ...«

Von drinnen kam keine Antwort, genau wie vorhin auf dem Korridor. Granock hatte seinem alten Lehrer hinterhergerufen und ihn gebeten, auf ihn zu warten. Aber Farawyn hatte so getan, als höre er ihn nicht, und war einfach weitergegangen. Die Botschaft war an sich unmissverständlich – der Älteste von Shakara wollte allein gelassen werden. Allein mit der Trauer um seinen Sohn, allein mit der Aufgabe, mit der man ihn betraut hatte und die selbst für ihn zu groß zu sein schien. Dennoch verspürte Granock das dringende Bedürfnis, mit ihm zu sprechen.

Und nicht nur, weil Alannah es gesagt hatte ...

»Meister«, versuchte Granock es noch einmal. »Bitte redet mit mir. Ich weiß, was geschehen ist ...«

Diesmal waren knarrende Schritte zu vernehmen.

»Was weißt du?«, fragte Farawyn grollend durch die Tür.

Granock blickte sich auf dem Gang um. Niemand war zu sehen, aber dennoch senkte er die Stimme. »Ich weiß, was Aldur und Euch verband«, sagte er dann, gerade laut genug, dass Farawyn ihn verstehen konnte.

Es dauerte einen Moment, dann wurde der Riegel zurückgezogen, und die Tür schwang auf. Farawyn hatte sie nicht selbst geöffnet, sondern sich eines Zaubers bemächtigt, um es zu tun. Unwillkürlich fragte sich Granock, wo Argyll steckte, Farawyns Diener – war der Älteste auch von ihm verlassen worden?

Granock trat ein, worauf die Tür hinter ihm ins Schloss fiel. Das Knirschen des Eichenholzes verriet, dass sie magisch versiegelt wurde.

Farawyn stand vor dem offenen Kamin, in dem ein allmählich verlöschendes Feuer schwelte. Der Zauberer stand gebückt wie ein Greis, in seinen Händen hielt er den Splitter des Annun.

»Woher weißt du es?«, fragte der Zauberer wie beiläufig, während er weiter das Artefakt betrachtete.

»Von Fürst Ardghal«, erwiderte Granock wahrheitsgemäß – und brachte den Ältesten dazu aufzublicken.

»Ardghal?«

»So ist es.« Granock nickte langsam, und plötzlich hatte er das Gefühl, Farawyn eine Erklärung schuldig zu sein. Vor Elidor und seinen Beratern hatte er lediglich berichtet, wie er von Rothgans Schergen gefangen genommen und gefoltert worden war, wie Alannah ihn befreit hatte und wie sie gemeinsam gegen Rothgan gekämpft hatten. Er war jedoch äußerst vage geblieben, was seine Reise zu den Fernen Gestaden betraf, und angesichts der erschreckenden Neuigkeiten, die Alannah und er zu berichten gehabt hatten, hatte auch niemand danach gefragt. Nun allerdings schien die Zeit für die Wahrheit gekommen.

Granock stieß ein Seufzen aus, und ohne, dass Farawyn ihn dazu aufgefordert hätte, ließ er sich auf einem Schemel nieder und vergrub das Gesicht in den Händen. »Ich habe versagt, Meister«, hauchte er.

»In welcher Hinsicht?«

»In so ziemlich jeder«, gestand Granock zerknirscht. »Habt Ihr gehört, wie sie uns nennen? Helden! Dabei habe ich kaum etwas Heldenhaftes getan, im Gegenteil. Ich war unachtsam und habe damit Nimons Tod verschuldet! Und ich war ungehorsam, Meister! Ich habe den Posten, auf den Ihr mich geschickt hattet, unerlaubt verlassen.«

»Warum?«, fragte Farawyn mit einer solchen Ruhe, dass es Granock beinahe aufbrachte.

»Ich sagte Euch doch schon, dass Ardghal mich eingeweiht hat. Ich weiß alles, Meister! Ich habe von Euren Intrigen erfahren und dass Ihr mich mit Yrena von Andaril verkuppeln wolltet!«

»Verkuppeln?« Der Älteste hob die Brauen, und Granock war nicht sicher, ob er das richtige Wort der Elfensprache gewählt hatte, um auszudrücken, was er meinte. Aber Farawyn schien ihn genau zu verstehen. »So habe ich es nie betrachtet.«

»Wie dann?«, fragte Granock schnaubend. »Wie könnte man es denn sonst betrachten, Meister?«

»Du warst einsam«, erwiderte Farawyn, »und du warst unglücklich, und auch, wenn du dich mir nie offenbartest, kannte ich den Grund dafür.«

»Wirklich?«

Der Anflug eines Lächelns huschte über Farawyns Gesicht. »Auch ich bin einst jung gewesen, mein Freund«, sagte er, »und genau wie du habe ich geliebt und verloren. Aber anders als du hatte ich niemanden, der mir zur rechten Zeit den Weg gewiesen hat. Wäre es anders gewesen, so wäre vieles, das uns in diesen Tagen Kummer und Sorge bereitet, vielleicht nie geschehen.«

Granock legte den Kopf schief. Farawyns ausgeprägte Eigenheit, sich in Rätseln zu ergehen, hatte ihm schon als Novize Kopfzerbrechen bereitet und ihn oftmals ahnungslos zurückgelassen. Diesmal jedoch ergaben die Andeutungen durchaus Sinn.

»Ihr sprecht von Aldur, nicht wahr?«, fragte er. Der Unwille, den er für einen Moment gefühlt hatte, legte sich aus Respekt vor dem Verlust, den sein alter Meister erlitten hatte – durch Granocks Zutun ...

Farawyn nickte nachdenklich. »Ich wusste immer, dass der Tag kommen würde, da er über die Schwelle Shakaras treten und Aufnahme in den Orden der Zauberer erbitten würde. Es gab eine Zeit, da habe ich diesen Tag herbeigesehnt, aber je näher er rückte, desto mehr habe ich ihn gefürchtet. Denn schließlich wusste ich um das hochmütige Erbe seiner Mutter.«

»Wer war sie?«, wollte Granock wissen. Er hatte die Frage noch nicht ganz ausgesprochen, als er sie bereits bereute. War er zu weit gegangen? Stand es ihm zu, den Ältesten von Shakara so etwas zu fragen? Aber dieses eine Mal war Farawyn offenbar geneigt, seine Geheimnisse mit ihm zu teilen.

»Eine junge Zauberin von vornehmem Geblüt«, entgegnete er ohne Zögern. »Klug und wunderschön und mit der Gabe des Feuers betraut.«

»Genau wie Aldur«, flüsterte Granock.

»Sie stand hoch über mir, aber in meiner Jugend und meiner Leichtfertigkeit scherte ich mich nicht darum. Es kümmerte mich nicht, dass sie bereits einem anderen versprochen war, und ihr wiederum war jeder Anlass willkommen, um gegen die Regeln und Gesetze des Ordens zu verstoßen, die sie als einengend und willkürlich empfand. Ich bin sicher, sie hätte alles getan, um dagegen aufzubegehren«, vermutete der Älteste. »Damals freilich glaubte ich, es wäre ihre Liebe zu mir, die sie dazu bewog.«

Granock nickte. Auch Aldur hatte den Orden und den Hohen Rat in zunehmendem Maße als ungebührliche Einschränkung wahrgenommen. So manches begann damit klar zu werden …

»Als Aldur nach Shakara kam«, fuhr Farawyn traurig fort, »war ich beeindruckt von den Fähigkeiten, die er schon damals an den Tag legte. Und obschon ich um seine Herkunft wusste und trotz aller Vorbehalte, die ich deshalb gegen ihn hegte, war ich dennoch von eitlem Stolz erfüllt, für den ich heute größere Scham empfinde als für viele andere Fehler, die ich in meinem Leben begangen habe.« Gedankenverloren betrachtete der Älteste den Kristallsplitter in seinen Händen, so als breche sich nicht nur der flackernde Widerschein des Feuers, sondern auch die Vergangenheit darin. »Dieses Mal wollte ich alles richtig machen«, gestand er niedergeschlagen und den Tränen nahe. »Ich wollte meine Fehler von damals wiedergutmachen – und habe gerade deshalb falsch entschieden.«

»Was meint Ihr damit, Meister?«

»Da Aldur seine Mutter nie kennengelernt hat, glaubte ich, es wäre gut, wenn sich eine Zaubermeisterin seiner annehmen und mäßigend auf ihn einwirken würde. Ich sagte dies den Ältesten, und sie teilten meine Ansicht. Niemand von uns ahnte, dass Meisterin Riwanon, auf die die Entscheidung fiel, eine Verräterin war und in Wahrheit für Margok arbeitete. Dadurch wurde alles nur noch schlimmer.«

»Wussten Vater Semias und Vater Cethegar um Aldurs wahre Herkunft?«, fragte Granock.

»Ja.« Farawyn nickte und schloss die Augen, als der Schmerz für einen Augenblick überbordend zu werden schien. »Semias ist es gewesen, der mir riet, meine Liebe zu vergessen und die Vernunft über meine Leidenschaft zu stellen. Bedauerlicherweise habe ich nicht auf ihn gehört. Kummer und Leid sind die Folge.«

»Aber Ihr konntet doch nicht wissen, was geschehen würde!«, wandte Granock ein.

Als Farawyn die Augen wieder öffnete, waren sie von Tränen gerötet. »Wenn man über die Gabe der Weitsicht verfügt, so kann man manches zumindest erahnen«, sagte er tonlos. »Aber ich habe die Augen davor verschlossen.«

»Weil Ihr Aldur wie einen Sohn geliebt habt«, brachte Granock in Erinnerung. »Eure Zuneigung hat Eure Einschätzung getrübt. Ist das nicht nur zu ...?«

Er biss sich auf die Lippen.

»Menschlich« war das Wort, das er hatte sagen wollen, aber er war sich nicht sicher, ob Farawyn es als Beleidigung auffassen würde. Der Älteste jedoch schien auch so zu verstehen, was er meinte.

»Ja«, flüsterte er. »Das ist es wohl.«

»Wusste sonst noch jemand, dass Ihr Aldurs Vater seid?«

»Nein.« Farawyn schüttelte den Kopf. »Zumindest glaubte ich das. Aber unsere Feinde waren sich wohl darüber im Klaren und haben ihr Wissen gegen mich verwendet.«

»Warum habt Ihr Aldur nicht die Wahrheit gesagt?«

»Das wollte ich«, versicherte der Älteste, »aber wann wäre der geeignete Zeitpunkt dafür gewesen? Bei seiner Aufnahme in den Orden? Nachdem er den *prayf* bestanden hatte? Nach unserer Rückkehr aus Arun? Nachdem er zum Eingeweihten ernannt worden war? Ich habe die ganze Zeit über auf eine passende Gelegenheit gewartet, sie jedoch nicht gefunden. Ich wollte Aldur weder ermutigen noch einschüchtern, also wartete ich weiter ab und beobachtete, wie sich seine Fähigkeiten entwickelten. Dabei sah ich manches, was mir nicht gefiel, aber ich wischte alle Bedenken beiseite. Schließlich jedoch, nachdem Aldur den Meistergrad erlangt hatte, konnte ich nicht länger schweigen. Ich stellte ihn zur Rede und enthüllte ihm das Geheimnis seiner Herkunft – was daraufhin geschehen ist, weißt du besser als ich.« Mit dem Handrücken wischte sich der Zauberer die Tränen aus dem Gesicht, ein Anblick, der Granock zutiefst erschütterte. »Nicht du hast versagt, Junge, sondern ich«, fügte er flüsternd hinzu. »Ich habe Aldur verloren.«

»Ihr glaubt, was passiert ist, wäre Eure Schuld?«, fragte Granock ungläubig.

»Wessen Schuld soll es sonst gewesen sein?«

»Nun, ich bestreite nicht, dass Ihr Euren Teil dazu beigetragen habt«, gab Granock zu. »Aber sagtet Ihr nicht selbst, dass Aldur viel von seiner Mutter hatte? Und ich weiß, dass Alduran, in dem er stets seinen Vater sah, viel von ihm verlangt und ihn äußerst streng erzogen hat.«

»Weil er das Beste in ihm hervorbringen und sein dunkles Erbe unterdrücken wollte«, bestätigte Farawyn. »Ihn trifft am allerwenigsten Schuld.«

»Und Meisterin Riwanon? Es steht doch außer Frage, dass sie Aldur mit ihren bösen Gedanken vergiftet hat!«

»Vielleicht – aber eine Saat, mein Junge, kann nur aufgehen, wo sie auf fruchtbaren Boden fällt.«

»Und nicht zuletzt«, fügte Granock leise hinzu, »waren da auch Alannah und ich. Aldur fühlte sich von uns verraten, sein Zorn war grenzenlos. Er war zerfressen von Eifersucht – und das, obwohl sie sich für ihn entschieden hatte.«

»Aldur hatte viele Gründe, andere zu hassen – vor allem aber hasste er sich selbst. Er wollte stets der Erste, stets der Beste, stets der Größte von allen sein. Er hat sich nie so angenommen, wie er selbst gewesen ist, als ein unvollkommenes, mit Fehlern behaftetes Wesen.«

»Das war wohl auch der Grund dafür, dass er uns Menschen derart gehasst hat«, folgerte Granock traurig. »denn es gibt wohl kaum eine unvollkommenere Rasse. Aldur wollte viel mehr erreichen als das. Er war der beste von uns. Und ich vermisse ihn, Meister«, fügte er flüsternd hinzu, während sich auch seine Augen mit Tränen füllten. »Er fehlt mir.«

»Auch ich vermisse ihn«, sagte Farawyn gefasst, »aber es wäre falsch, würde man behaupten, dass Rothgan erst zuletzt zu dem wurde, was er war. Er trug diese Fähigkeit zum Bösen schon immer in sich, und trotz aller väterlichen Liebe, die ich für ihn empfunden haben mag und noch immer empfinde, kann ich dir nicht zustimmen. Aldur war nicht der beste. Er ist es nie gewesen.«

»Was meint Ihr?«

Der Älteste seufzte. »Es fällt mir nicht leicht, dies offen auszusprechen – aber ist die Wahrheit einer Lüge nicht immer vorzuziehen? Auch wenn sie schmerzen mag?«

»Verzeiht, Meister«, wandte Granock ein, der sich einmal mehr vorkam wie ein Idiot. »Ich fürchte, ich weiß nicht, was Ihr meint.«

»Natürlich nicht.« Farawyn lächelte wehmütig. »Die Wahrheit ist, dass Aldur seine Kräfte stets überschätzt hat. Er war ein begabter Novize und hatte alle Anlagen, ein großer Zauberer zu werden – aber inzwischen glaube ich, dass er vor allem ein Meister der Täuschung gewesen ist.«

»Wie kommt Ihr darauf?«

»Unter Riwanons Anleitung begann er schon früh, in verbotenen Büchern zu lesen und jene Bereiche der Magie zu erkunden, die uns aus gutem Grund verschlossen sind. Und ich glaube, dass ein guter Teil seiner Macht und seines Zaubers darauf beruhte, jene verbotenen Quellen zu nutzen.«

»So wie die Kristalle, die in seinen Händen zu Waffen wurden«, folgerte Granock.

»Genau das. In Wahrheit war es nicht seine Stärke, sondern die der Kristalle, aber er war so eingenommen von dem Bild, das er selbst von sich hatte, dass er blind wurde für die Wirklichkeit. Doch in dieser Wirklichkeit gab es längst einen anderen Zauberer, der sich trotz mancher Mängel als sehr viel stärker erwiesen hatte als er und dessen Begabung nicht weniger groß war als seine – mit dem Unterschied, dass Herz und Verstand bei dieser Person im rechten Verhältnis zueinander stehen.«

»Damit mögt Ihr recht haben«, stimmte Granock zu. »Ich war auch stets der Ansicht, dass Alannah ...«

»Alannah hatte eine große Begabung, aber ihre zeitweilige Hinwendung zur dunklen Seite hat dafür gesorgt, dass sie niemals die sein wird, die sie hätte werden können«, widersprach Farawyn. »Nicht von ihr spreche ich, Dummkopf, sondern von dir!«

»Von mir?« Granock sprang auf und deutete fassungslos auf seine Brust. »Ihr nennt mich einen Dummkopf und behauptet im selben Atemzug, dass ich ein ebenso großer Zauberer wie Rothgan werden könnte?«

»Nein, Lhurian – größer noch als er. Aldur wusste das; aus diesem Grund hat er dich anfangs bekämpft wie einen Feind. Und auch später, als ihr Freunde und Brüder wart, sind sein Neid und seine Eifersucht nie ganz erloschen. Was zwischen dir und Alannah gewesen ist, hat seine Gefühle nur ans Licht gebracht.«

»Nein!«, widersprach Granock und presste kurz die Hände auf die Ohren, um zu demonstrieren, dass er so etwas nicht hören wollte. »Wie könnt Ihr so etwas nur behaupten? Ich habe versagt, Meister! Ich habe an Euch gezweifelt! Ich habe um meiner bloßen Begierde willen meine Pflicht vernachlässigt ...«

»... und damit ein noch größeres Unglück verhindert«, fiel der Älteste ihm ins Wort. »Dich trifft keine Schuld, glaub mir. Willst du wissen, was Aldur in Margoks Klauen getrieben hat? Was ihm in jener Nacht fast das Herz zerriss?«

»Was, Meister?«

Im Schein des Kaminfeuers standen sie einander gegenüber, und eine Pause entstand, in der nur das Prasseln der Flammen zu hören war.

»In Wirklichkeit«, begann Farawyn schließlich zögernd, so als spräche er gegen seinen eigenen Willen, »ist es nicht die späte Enthüllung seiner Herkunft gewesen, sondern die Tatsache, dass du mir in all der Zeit mehr ein Sohn gewesen bist, als Aldur es jemals war.«

»Nein, Meister! Bitte sagt so etwas nicht!«

»Es ist die Wahrheit«, beharrte Farawyn. »Tief in dir weißt du, dass es so ist.«

Granock wollte erneut widersprechen, aber er konnte es nicht. Wenn er ehrlich zu sich selbst war, musste er sich eingestehen, dass auch er in Farawyn den Vater gefunden hatte, den er selbst nie gehabt hatte. Es erklärte die Zuneigung, die er seinem Meister gegenüber stets empfunden hatte und die tiefe Loyalität – aber auch die gegenseitige Verletzlichkeit ...

»Aldur wusste es«, flüsterte er. »Er hat es mir vorgeworfen, damals, in jener Nacht des Streits.«

»Und er hatte recht damit«, war Farawyn überzeugt. »Schon als ich dir das erste Mal begegnete, spürte ich deine innere Stärke und war beeindruckt von deiner Fähigkeit.«

»Davon war nicht viel zu bemerken«, stellte Granock fest.

»Meine lange Suche nach einem Menschen mit magischer Begabung fand in dir gleichzeitig ihren Abschluss und Höhepunkt«, fuhr der Zauberer unbeirrt fort, »und sie bestätigte meine Behauptung, dass die Menschen den Elfen eines Tages ebenbürtig sein könnten. Also nahm ich dich mit nach Shakara, um meinen Gegnern dort zu beweisen, dass meine Vermutungen richtig wären. In meinem eigenen Interesse hatte ich dein Wohl vor Augen – aber ich merkte bald, dass du für mich mehr warst als ein gewöhnlicher Schüler, denn ich sah in dir manches von dem jungen Mann, der ich selbst einst gewesen war, wohingegen ich in Aldur nichts von mir fand. Während ich dich also gewissermaßen an Sohnes statt annahm, habe ich ihn vernachlässigt und mit Nichtbeachtung gestraft – und wir alle kennen das Ergebnis.«

Wieder trat Stille ein. Granock wusste nicht, was er erwidern sollte. Niemals zuvor hatte sein Meister ihm derart tiefen Einblick in sein Innerstes gewährt, und niemals zuvor hatte sich Granock ihm so verbunden gefühlt. Aller Zorn, den er gegen ihn gehegt haben mochte, war erloschen.

»Ich bedauere, dich nach Andaril geschickt zu haben, Junge«, gestand Farawyn leise. »Über deinen Kopf hinweg zu entscheiden, was mit dir geschehen soll, war nicht recht. Verzeih einem alten Narren, der an dir wiedergutmachen wollte, was er selbst an Versäumnissen begangen hatte.«

»Da ist nichts zu verzeihen, Meister«, erwiderte Granock. »Denn ich habe Euch Eure guten Absichten schlecht gedankt. Ich habe den Auftrag, den Ihr mir erteilt habt, vernachlässigt und auf diese Weise verschuldet, dass das Bündnis mit den Menschen nicht zustande gekommen ist. Stattdessen«, fügte er leiser hinzu, »habe ich meine eigenen selbstsüchtigen Ziele verfolgt …«

»… und die Fernen Gestade damit von einem Tyrannen befreit, der sich ihrer unrechtmäßig bemächtigt hatte«, fügte Farawyn hinzu. »Die Welt, in der wir leben, ist kompliziert geworden, junger Freund. Wer vermag noch zu sagen, was richtig ist und was falsch, wenn die Grenzen zwischen Gut und Böse so rasch verwischen? Aus guten Absichten mag Böses entspringen, und böse Taten mögen der guten Sache zum Sieg verhelfen. Wo endet die Wahrheit, und wo beginnt die Täuschung? Wo die Rettung und wo das Verderben? Selbst ich vermag es nicht mehr zu durchschauen – wie also willst du es verstehen, der du um so vieles jünger und unerfahrener bist als ich?«

Farawyn hielt den Kristallsplitter hoch, und Granock begriff, dass der Älteste zuletzt nicht mehr über ihn, sondern über das Artefakt gesprochen hatte.

»Kann der Kristall uns helfen?«, fragte er leise.

»Ich weiß es nicht, Junge, aber es wäre möglich. Immerhin ist es ein Splitter des Annun.«

»Was genau ist der Annun?«

»Ich wünschte, das könnte ich dir sagen – vielleicht wäre es dann einfacher, seine Geheimnisse zu durchschauen. In einer alten Inschrift, die nur zum Teil erhalten ist, ist davon die Rede, dass der Annun einst von den Sternen zu uns gekommen ist.«

»Von den Sternen?« Granock hob die Brauen.

»Von einer Welt, die außerhalb unseres Kosmos und unseres Begreifens liegt«, erläuterte Farawyn rätselhaft. »Vielleicht ist das der Grund dafür, dass Kristalle die Fähigkeit haben, die Kräfte der Natur und der Magie zu bündeln und zu beherrschen. Und genau jene Macht kann durch dunklen Zauber missbraucht werden, sodass ein Kristall zur tödlichen Waffe wird. Und wenn schon ein gewöhnlicher Kristall zu einem fürchterlichen Mordwerkzeug zu werden vermag, was wird dann erst aus einem Splitter des Urkristalls? Und was aus dem, der sich dieses verbotenen Zaubers bedient? Wie verzweifelt müssen wir sein, um all diese Dinge ernstlich zu erwägen?«

»Was genau befürchtet Ihr, Meister?«

»Dass die Macht, die mir der Kristallsplitter verleiht, mir die Seele rauben und ich das Gute aus den Augen verlieren könnte – so wie mein eigen Fleisch und Blut es getan hat.«

»Ihr habt Angst, wie Rothgan zu werden?« Der Gedanke erschien Granock geradezu absurd. »Ihr glaubt, dass es das war, was mit ihm geschehen ist? Dass der Missbrauch der Kristalle ihn verändert hat?«

Farawyn nickte bedächtig.

»Aber sagtet Ihr nicht, dass Aldur von jeher hochmütig gewesen sei? Dass das Erbe seiner Mutter und der schlechte Einfluss seiner Lehrerin ihn verdorben hätten?«

»Das sagte ich – aber vielleicht möchte ich das auch nur glauben, um mir nicht eingestehen zu müssen, in welch große Gefahr ich mich begebe. Denn eines scheint mir offenkundig: Dass Rothgan nach der Schlacht am Siegstein nicht mehr derselbe gewesen ist.«

Granock nickte. So sehr es ihm widerstrebte, er konnte Farawyns Beobachtung nur bestätigen. Bis zu jenem Tag, an dem es im Flusstal zur ersten großen Auseinandersetzung zwischen Elfen auf der einen und Orks und Menschen auf der anderen Seite gekommen war, war Aldur hochmütig gewesen und bisweilen auch anmaßend, aber dennoch dem Orden und der lichten Magie zugehörig; nachdem er jedoch die Blutkristalle des Feindes benutzt hatte, hatte er sich verändert ...

»Und was wollt Ihr nun tun, Meister?«, fragte Granock und schaute dem alten Zauberer dabei prüfend in die Augen.

Farawyn lächelte matt. »König Elidor hat mir befohlen, den Kristallssplitter zur Verteidigung Tirgas Lans zu verwenden, also habe ich wohl keine andere Wahl. Allerdings werde ich versuchen, einen Weg zu finden, den Splitter des Annun einzusetzen, ohne dabei seiner Macht zu verfallen – auch wenn es mir wohl kaum gelingen wird.«

»Es muss, Meister«, beharrte Granock, »andernfalls werden viele Unschuldige innerhalb dieser Mauern ihr Leben verlieren!«

»Unschuldig?« Farawyn blickte ihm lange ins Gesicht, dann schüttelte er resignierend den Kopf. »Unschuldig ist keiner von uns, mein Junge. Das Volk der Elfen hat seine Unschuld schon vor langer Zeit verloren – in dem Augenblick, da es die Fernen Gestade verließ und seinen Fuß auf Erdwelt setzte.«

4. BRATHAN YNA LITHAIRT

Die Trommeln hatten wieder zu schlagen begonnen, wild und drängend hallte ihr Klang durch die Nacht.

Granock bezweifelte, dass er einem anderen Zweck diente als dem, die Furcht der Verteidiger anzustacheln und sie davon abzuhalten, den Schlaf zu bekommen, den sie für den bevorstehenden Kampf so dringend brauchten. Orks waren naturgemäß keine musikalische Rasse; das Knacken brechender Knochen und das Geschrei eines sterbenden Feindes waren ihnen die liebste Melodie, und die Menschen in ihrem Gefolge waren kaum besser, was Granock tief beschämte.

Den ganzen Tag über war es zu weiteren Angriffen auf die Mauern und das Große Tor gekommen, jedoch waren sie weniger massiert gewesen als tags zuvor. Statt in einer einzigen großen Horde zu stürmen, hatte der Feind es vorgezogen, nur vereinzelte Vorstöße zu unternehmen, die bald an der Ostmauer, dann wieder von Norden oder Süden her erfolgt waren, gerade so, als halte er seine Hauptstreitmacht bewusst zurück und warte auf irgendetwas. Natürlich wurde im Kreis von König Elidor und seinen Beratern, zu denen nunmehr auch Granock und Alannah gehörten, heftig darüber spekuliert, was dies wohl sein mochte.

Während Irgon davon überzeugt war, dass der Feind Belagerungstürme bauen würde, um die Mauern einzunehmen, schien Farawyn etwas anderes zu vermuten, aber er führte seinen Verdacht nicht genauer aus, wohl weil er niemanden ängstigen wollte. Auch so war die Lage angespannt genug, und wenn die den Tag über erfolgten Angriffe auch nicht mit voller Härte erfolgt waren, hatten sie dennoch Opfer gekostet.

Meister Filfyr war gefallen, und mit ihm zwei Eingeweihte, die versucht hatten, den Vorstoß einer Meute Orks im Alleingang aufzuhalten. Dazu war Rat Simur, der Sprecher des rechten Flügels, von einem Speer getroffen worden, dessen Spitze vergiftet gewesen war. Zwar unternahm Meister Tavalian alles, um sein Leben zu retten, aber die Wunde war tief und auch der größte Heilzauber nicht allmächtig. Von den fast fünfzig Elfenkämpfern, die den Tag über ihr Leben gelassen hatten, ganz zu schweigen. Sie alle, Zauberer, Soldaten und Bürger, hatten sich geopfert, um den Untergang Tirgas Lans hinauszuzögern – doch die Hoffnung, dass die Erste Legion zurückkehren und die Stadt verteidigen würde, war immer mehr geschwunden.

Farawyn nahm an, dass die Königslegion in einen Hinterhalt geraten und vernichtet worden war. Vermutlich hatte auch das zu Margoks Plan gehört, und er war vollständig aufgegangen. Abgesehen von den Kämpfern, die der Zwergenkönig zur Verteidigung Tirgas Lans geschickt hatte, waren König Elidor und die Seinen damit völlig auf sich gestellt. Die Grenzlegionen waren allerorten in heftige Kämpfe verstrickt, und die einzigen möglichen Verbündeten, die Menschen von Andaril, würden ebenfalls nicht kommen.

Und das, daran konnte es nicht den geringsten Zweifel geben, war Granocks Schuld …

Ein sanftes Klopfen an die Tür seines Quartiers riss Granock aus seinen düsteren Gedanken. Er verließ den Platz am Fenster, von wo aus er in die mondbeschienene Nacht hinausgeblickt hatte, auf die von Fackeln beleuchtete Stadt und den Wald, der sich jenseits davon nur noch als dunkles Band erahnen ließ, trat zur Tür und öffnete sie einen Spalt.

Auf dem Korridor stand eine schlanke, in eine azurblaue Robe gehüllte Gestalt. Das blasse Gesicht unter der Kapuze war von Strapaze gezeichnet, aber es war schön und anmutig wie eh und je.

»Darf ich hereinkommen?«, fragte Alannah.

»Natürlich.« Er öffnete die Tür ganz, und sie trat ein und schlug die Kapuze zurück. Ihr langes blondes Haar war offen und fiel lose auf ihre Schultern. »Was ist?«, wollte Granock wissen. »Kannst du nicht schlafen?«

»Nein«, gestand sie und ging an ihm vorbei zum Fenster, durch das nach wie vor dumpfer Trommelschlag hereindrang. »Diese Trommeln wecken Erinnerungen, weißt du.«

»Ich verstehe.«

»Was hat Farawyn gesagt?«, wollte sie wissen und wandte sich zu ihm um. Ihr Blick ließ ihn erbeben. Es war derselbe, mit dem ihn auch die Dunkle Königin in Crysalion betrachtet hatte. Und doch auch wieder nicht ...

»Dass er nicht weiß, was er tun soll«, erwiderte Granock wahrheitsgemäß. »Und dass es in diesem Krieg längst keine Unschuldigen mehr gibt.«

»Das ist wahr«, stimmte sie zu, und im Lichtschein des Kaminfeuers sah Granock in ihren Augen Tränen blitzen. »Es sind nicht die Trommeln der Orks, die mich nicht ruhen lassen«, gestand sie flüsternd. »Es ist die Erinnerung an das, was ich getan habe. Aldur hatte recht, Granock. Ich habe Dinge getan, die unaussprechlich sind. Ich habe getötet, gequält und gefoltert ...«

»Das bist nicht du gewesen«, brachte er in Erinnerung – und das nicht nur, um sie zu trösten. Er ertappte sich auch zum wiederholten Mal dabei, dass er nicht wirklich hören wollte, was genau sie getan und wer sie gewesen war. Was er mit eigenen Augen gesehen und am eigenen Leib verspürt hatte, genügte ihm.

»Aber ich kann mich daran entsinnen, an jede Einzelheit«, erwiderte sie, »und diese Erinnerung lässt mich nicht zur Ruhe kommen. All diese Dunkelheit, all dies Böse ... ich habe es tatsächlich getan. Also muss es die ganze Zeit über in mir gewesen sein, oder nicht?«

»Nein«, widersprach er entschieden, »ganz gewiss nicht. So etwas darfst du nicht einmal denken!«

»Meine Gabe«, fuhr sie flüsternd fort, dabei auf ihre Hände starrend, »hat so vielen den Tod gebracht. Schon an dem Tag, da ich sie entdeckte ...«

»Du konntest nichts dafür«, schärfte Granock ihr ein.

»Wirklich nicht?« Tränen lösten sich aus ihren Augen und suchten sich einen Weg über ihre zarten Wangen. »Dennoch habe ich es getan, mit diesen Händen …«

»… die auch viel Gutes bewirkt haben«, wandte Granock ein. »Andernfalls hätten wir Rothgan nicht besiegen und den Ansturm des Feindes auf Tirgas Lan nicht zurückhalten können.«

»Das bestreite ich nicht – aber ich vermag das eine nicht vom anderen zu trennen.«

»Du musst aber!«

»Warum?« Sie schaute ihn unverwandt an. »Hast du Angst, dass deine Liebe Schaden nehmen könnte?«

Granock stand wie vom Donner gerührt – zum einen, weil es vermutlich genau das war, was er befürchtete. In all den Jahren, in denen er von Alannah getrennt gewesen, in denen er ihre Rückkehr herbeigesehnt und sich trotz ihrer Entscheidung für Aldur nach ihr verzehrt hatte, war sie ihm als das reinste, überirdischste Wesen erschienen, das es nur geben konnte. Die Wirklichkeit freilich hatte ihn eines Besseren belehrt, und nun plagte ihn insgeheim die Furcht, Alannah könnte noch tiefer fallen.

Zum anderen war Granock aber auch verblüfft, weil der Elfin erstmals seit ihrer Rückkehr das Wort *cariad* über die Lippen gekommen war.

Liebe.

Granock hatte sie nicht bedrängt. Weder hatte er sie nach ihren Gefühlen gefragt, noch hatte er ihr die seinen gestanden, seit sie aus ihrem Finstertraum erwacht war. Das Wort jedoch aus ihrem Mund zu hören, vertrieb alle Befürchtungen und selbst die Sorge über die Gefahr, in der sie alle schwebten, und über den nächsten Angriff.

Ein Morgen mochte es nicht geben.

Aber es gab das Hier und Jetzt.

»Meine Liebe zu dir, Alannah, wird niemals Schaden nehmen«, erklärte er. Er konnte die Erleichterung in ihren Augen sehen und das sanfte Lächeln um ihre Mundwinkel, und er hielt es nicht mehr aus.

Mit zwei, drei Schritten war er bei ihr, zog sie an sich und küsste sie auf den Mund, vielleicht etwas zu hart und verlangend, aber sie wehrte sich nicht. Im Gegenteil erwiderte sie seine Liebkosung, und während er ihren warmen, weichen Körper in seinen Armen hielt, war es plötzlich wieder wie damals in der Nacht des Abschieds.

Alannah suchte die körperliche Nähe nicht weniger als er. Nach all der Dunkelheit, die hinter ihr lag, und angesichts der Unsicherheit und Ängste, die sie erfüllten, schien sie sich nach etwas Vertrautem zu sehnen, nach der Wärme und Nähe einer geliebten Person – und Granock war mehr als bereit, sie ihr zu geben. Er half ihr dabei, die Verschnürung ihrer Robe zu öffnen und sich ihrer zu entledigen. Darunter trug sie nur ein dünnes Untergewand, durch den dünnen weißen Seidenstoff waren ihre Brüste zu sehen. Granock berührte sie, zuerst nur zögernd, so als befürchte er, sie könnte sich als Trugbild erweisen und plötzlich in Luft auflösen. Sie wehrte sich nicht dagegen, sondern ermutigte ihn noch, indem sie sanft lächelte, worauf Granock die Träger der Tunika von ihren weißen Schultern streifte und sie langsam an ihr herabgleiten ließ. Seine Augen konnten sich nicht sattsehen an ihrer makellosen Haut, und endlich konnte er betrachten, was er sich bislang nur in seinen Vorstellungen ausgemalt hatte. Schließlich fiel der Stoff zu Boden, und Alannah stand in ihrer unverhüllten Schönheit vor ihm, so wie er sie zuletzt nur am Tag ihrer Aufnahme in den Orden gesehen hatte, im Gegenlicht des großen Kristalls von Shakara. Und genau wie damals weckte der Anblick sein Begehren.

Granock legte die Hände um ihre nackten Hüften, dann zog er sie sanft, aber bestimmt an sich heran. Er hatte keine Ahnung, wie Elfen das zu tun pflegten, was sie so schlicht als *rhiw* bezeichneten, aber er hatte nicht den Eindruck, dass sein Vorgehen ihr missfiel. Alannah schmiegte sich an ihn und presste ihren Körper gegen seine Männlichkeit, die prompt darauf reagierte, und für einen Augenblick hatten beide das Gefühl, als wäre alles, was sich seit ihrer Trennung ereignet hatte, nicht wirklich geschehen, sondern nur ein dunkler Albtraum gewesen. Dann löste Alannah die Schulterverschnürung seiner Tunika und zog sie an ihm herab, und die Narben der Brandwunden kamen zum Vorschein, die Schultern und Brust übersäten und die sie selbst ihm beigebracht hatte.

Entsetzt prallte sie zurück, Tränen schossen ihr in die Augen, als sie das Werk ihrer Zerstörung aus der Nähe sah. »Was habe ich nur getan, Geliebter? Kannst du mir das jemals verzeihen?«

Granock schaute sie durchdringend an. Er hatte so lange auf diesen Augenblick gewartet, sich so sehr danach gesehnt, dass sie ihn so nannte, dass er nun, da er sich am Ziel seiner Träume sah, nicht wollte, dass etwas zwischen ihnen stand. Kein Schmerz, den er erduldet, kein Leid, das sie ihm zugefügt, und keine Furcht, die er tief im Inneren hegen mochte.

»Ich habe dir bereits verziehen«, flüsterte er und wollte sie küssen, aber sie wich ihm aus und begann stattdessen, die Narben, die sie ihm zugefügt hatte, mit ihren Lippen zu liebkosen. Da die Haut darüber dank Meister Tavalians Heilkunst weitgehend wiederhergestellt, jedoch noch dünn und empfindlich war, schmerzte es ein wenig, aber von allen Qualen, die sie ihm bereitet haben mochte, war diese bei Weitem die süßeste.

Die Elfin fuhr mit ihren Zärtlichkeiten fort und befreite ihn schließlich ganz von seinen Kleidern. Wie ein Schlinggewächs wuchs sie an ihm empor, und als er schließlich in sie eindrang, geschah es rasch und verlangend, die Vereinigung zweier Körper, die zueinanderwollten und lange darauf gewartet hatten. Erst später, als sie sich auf dem Lager seines Quartiers noch einmal liebten, nahm sich Granock Zeit dafür, jeden Fingerbreit ihres Körpers zu erkunden und mit Liebkosungen zu versehen, und als sie diesmal zueinanderfanden, wurden auch ihre Seelen eins, genau wie damals in der Nacht des Abschieds – und vielleicht zum letzten Mal in ihrem Leben, zwei verirrte Lichter im Dunkel der Nacht.

Keiner von beiden wusste, was die Zukunft bringen würde – dieser Moment jedoch gehörte ihnen, ein letzter Augenblick der Ruhe vor dem großen Sturm.

Irgendwann hatte es zu schneien begonnen.

Schon seit einigen Tagen hatten die Wolken, die der Wind von Norden herantrieb, Schneefall verheißen. Doch sie entluden sich erst in dieser Nacht, nachdem sie den Mond verschlungen und die Nacht in tiefste Schwärze gestürzt hatten.

Meister Nyras gefiel das nicht.

Die Augen zu Schlitzen verengt, um besser sehen zu können, stand der Zauberer auf dem Wehrgang über dem Großen Tor und spähte hinaus in die Finsternis, die jenseits der Mauern von Tirgas Lan herrschte. Zwar war es seine besondere Gabe, auch im Dunkeln sehen zu können – bei Tageslicht musste er seine Augen daher mit einer Binde schirmen –, aber die weißen Flocken, die durch die kalte Luft flirrten, beeinträchtigen seine Sicht. Und da war dieses quälende Gefühl von drohendem Unheil ...

Natürlich konnte es auch nur Einbildung sein, eine Folge des Trommelklangs, der schon die ganze Nacht über zu hören war. »Tod! Tod! Tod!«, schien jeder einzelne Schlag zu rufen, sodass auch das Herz eines Weisen davon nicht unberührt blieb.

»Meldung«, verlangte Nyras, der den Oberbefehl über die Torwache innehatte, zum ungezählten Mal in dieser Nacht. Der wachhabende Offizier, der Kontakt zu den einzelnen Posten hielt, fragte nach, ob etwas aufgefallen wäre. Die Antwort blieb auch diesmal dieselbe.

»Keine besonderen Vorkommnisse.«

Alles war ruhig.

Zu ruhig, wie Nyras fand.

Er war noch nicht lange Meister, erst seit einem Jahr, und gehörte zu jenen, die im Zuge des Krieges rascher durch die Ausbildung geschleust worden waren als andere Generationen zuvor; im selben Umfang, wie die Kämpfe an der Front Opfer forderten, hatte man versucht, neue Zauberer auszubilden, was freilich nicht gelungen war, und so war die Zahl der Meister im Lauf der letzten Jahre beständig gesunken.

Einerseits war Nyras stolz darauf, dass ihm gelungen war, was noch nie zuvor jemand aus seinem Hain geschafft hatte, nämlich in Shakara aufgenommen worden zu sein und den Grad eines Meisters erlangt zu haben. Andererseits wurde er das Gefühl nicht los, dass ihm eine Ehre zuteil geworden war, die er noch nicht verdiente, und dass die Verantwortung, die man ihm in der Folge übertragen hatte, zu groß für ihn war.

Erstmals seit Beginn des Angriffs auf Tirgas Lan waren die Türme und Wehrgänge in dieser Nacht nicht voll besetzt. Da die den Tag über erfolgten Attacken erfolgreich abgewehrt worden waren, ein neuerlicher Großangriff jedoch fraglos bevorstand, hatten der König und seine Berater beschlossen, Mauerposten abzuziehen und möglichst vielen Kämpfern Gelegenheit zu geben, sich auszuruhen, soweit es in Anbetracht des steten Trommelklangs überhaupt möglich war.

An ihrer Stelle sollten Zauberer die Stadt bewachen, die ihre Müdigkeit besser zu meistern verstanden, und Tarana hatte Schichten eingeteilt. Aufgrund seiner Gabe war Nyras zusammen mit Meister Daior zum Großen Tor geschickt worden, doch der heftige Schneefall sorgte dafür, dass seine Fähigkeit kaum zum Tragen kam. Die kalte Luft ließ seine Augen tränen, und er wischte sie sich zum ungezählten Mal – als er mit einem Mal auf der Lichtung etwas zu erkennen glaubte.

War dort jenseits der tanzenden Flocken nicht etwas gewesen? Eine gedrungene Gestalt, die kurz aufgesprungen war und sich dann wieder in den Morast geworfen hatte?

Nyras fokussierte seinen Blick, um die Stelle näher zu betrachten. Fast gleichzeitig vernahm er unmittelbar neben sich ein Geräusch. In der Annahme, es wäre der Hauptmann der Wache, wandte er sich um – und schnappte keuchend nach Luft, als sich etwas heiß und tödlich in sein Herz fraß.

Der Zauberer schaute an sich herab, sah die Dunkelklinge in seiner Brust stecken und brach zusammen. Der Dolch jedoch entwickelte daraufhin ein geheimnisvolles Eigenleben. Mit einem Ruck löste er sich aus der Wunde, flog wie von Geisterhand geführt weiter und verschwand in dem schmalen Durchgang, der in die linke Turmkammer führte.

Dort war der Mechanismus untergebracht, der den einen Flügel des gewaltigen steinernen Tores bewegte – ein kühne Anordnung zahlloser Zahnräder, die exakt ineinandergriffen und die Bewegung einer von nur zwei Mann zu bedienenden Winde auf den Torflügel übertrugen. Die gleiche Konstruktion befand sich auch im Turm auf der anderen Seite der Pforte.

Zwei Soldaten und ein Angehöriger der Bürgerwehr hielten in der Turmkammer Wache. Als einer von ihnen den allen Naturgesetzen zum Trotz in der Luft schwebenden Dolch erblickte, riss er den Mund zu einem Warnschrei auf, der seine Kehle jedoch nie verließ. Blitzschnell jagte die Klinge vor und fuhr in den Hals des Mannes, worauf er nur ein dumpfes Gurgeln zustande brachte. Als die Klinge wieder herausfuhr, brach der Wachsoldat in einem Blutschwall zusammen. Die anderen beiden, die ihm zur Hilfe kommen wollten, griffen nach ihren Schwertern, aber auch sie kamen nicht dazu, Gegenwehr zu leisten.

»Haltet ein«, schärfte eine Stimme ihnen ein, die geradewegs aus dem Nichts zu kommen schien. »Jeder Widerstand wäre zwecklos, und ihr wollt leben!«

Ein Ruck ging durch die beiden, ihre Augen wurden plötzlich blicklos und leer. »Wir wollen leben«, echoten sie im monotonen Tonfall eines Schlafwandlers.

»Öffnet das Tor«, verlangte die Stimme aus dem Nirgendwo.

»Wir öffnen das Tor«, bestätigten sie – und der Soldat und der Bürger traten an die Winde und betätigten sie. Ein Rasseln und Knirschen erklang, als die steinernen Zahnräder sich zu drehen begannen und ein Ächzen aus der Tiefe des Bauwerks verriet, dass das Große Tor im Begriff war, sich zu öffnen.

Ratternd hob sich das Fallgitter, und das riesige Türblatt stemmte sich mit unwiderstehlicher Kraft gegen die Balken, mit denen es verbarrikadiert worden war. Ein Krachen und Splittern war die Folge, worauf hektisches Geschrei von unten heraufdrang. Die beiden Torwächter jedoch, von der Macht des *dailánwath* umfangen, setzten unbeirrt ihre Arbeit fort.

»Verdammt, Ihr Narren! Was tut Ihr da?«

Meister Daior platzte in die Turmkammer. Entsetzt starrte er auf die beiden Torwachen, und am ausdruckslosen Blick ihrer Augen erkannte er, dass übernatürliche Kräfte im Spiel waren – den Dolch allerdings, der unscheinbar am Boden lag, übersah er. Als er kurzerhand den *flasfyn* hob, um die unter fremdem Einfluss stehenden Wächter zurückzuschmettern und an ihrer Wahnsinnstat zu hindern, stieß die Dunkelklinge empor und jagte auf den Zauberer zu.

Daior sah sie kommen, doch sein Reaktionsvermögen reichte nicht aus, um die Waffe abzuwehren, die noch dazu von böser

Kraft durchdrungen und gegen Schutzzauber aller Art gefeit war. Er riss den Zauberstab zur Deckung empor, doch der Dolch, von unsichtbarer Hand geführt, tauchte darunter hinweg und stach unbarmherzig zu.

Der Zauberer gab einen erstickten Schrei von sich, als sich der verfluchte Stahl in seinen Bauch bohrte, nur um sofort zurückzufahren und sich in einer zweiten Attacke auf seine Kehle zu stürzen, die er mit einem glatten Schnitt durchtrennte. Blut quoll hervor, und der Zauberer, der kraft seiner Gabe die Erde zum Beben und Gebäude zum Einsturz gebracht hatte, ging sterbend nieder, während von draußen bereits Kampflärm zu hören war.

Orks, die sich im Schutz der Dunkelheit herangepirscht hatten, waren plötzlich aufgesprungen und hatten sich durch den entstandenen Torspalt gezwängt. Die wenigen, noch dazu übermüdeten Posten, die zur Bewachung abgestellt waren, hatten ihnen nichts entgegenzusetzen. Sie wurden ebenso wie jene massakriert, die zwischen den Türmen auf dem Wehrgang Wache hielten. Überrumpelt, wie sie waren, boten sie den Unholden eine leichte Beute, die ihnen mit ihren *saparak'hai* die Kehlen durchschnitten und sie von den Zinnen warfen, noch ehe sie einen Alarmruf ausstoßen konnten.

Dann war auch aus dem anderen Turm das Rasseln von Ketten und das Knirschen des Mechanismus zu hören, und der rechte Torflügel schwang ebenfalls auf – und plötzlich wurde die Finsternis jenseits der Mauern lebendig. Hunderte von Orks, Gnomen und Menschen mit geschwärzten Gesichtern setzten unter fürchterlichem Gebrüll aus dem Dunkel und stürmten durch das nunmehr weit offen stehende Tor in die Stadt. Mit blanken Klingen und lodernder Mordlust in den Augen fielen sie über die Verteidiger her – während jener, dessen unsichtbare Hand die Klinge geführt und dem Feind den Zugang nach Tirgas Lan geöffnet hatte, in den Schatten der Nacht verschwand.

Verrat hatte bewirkt, was die rohe Kraft der Trolle und die Hinterlist der Orks bislang nicht vermocht hatten.

Das Tor zum Herzen des Elfenreichs stand offen.

5. DINAS LYSGAS

Mit einem Ruck fuhr Granock aus dem Schlaf.

Für einen Augenblick glaubte er, dass die entsetzten Schreie, die er hörte, und der Widerschein der Flammen, die über die Zimmerwand irrlichterten, nur Traumbilder wären – aber dann wurde ihm klar, dass er die Augen bereits offen hatte und dass dies kein Traum war, sondern die bittere Wirklichkeit!

Mit einem Satz sprang er aus dem Bett und eilte nackt, wie er war, zum Fenster. Durch das hauchdünne Kristallglas blickte er hinaus in die Nacht und fand seine ärgsten Befürchtungen bestätigt.

Tirgas Lan stand in Flammen! Und das Gebrüll, das durch die Straßen und Gassen drang und bis in den Palast zu hören war, stammte von Horden mordlüsterner Orks!

»Was ist geschehen?« Alannah war ebenfalls erwacht und ans Fenster geeilt, nur mit ihrer Tunika bekleidet. Entsetzt starrten beide auf das unheimliche Schauspiel, das sich ihnen darbot, auf die unzähligen Feuer der Zerstörung, die die Nacht erhellten, und lauschten dem schaurigen Chor, zu dem Kampfgebrüll, Todesschreie und das Geklirr der Waffen sich vermischten.

»Der Feind ist in die Stadt eingedrungen«, stellte die Elfin beklommen fest. »Tirgas Lan wird fallen!«

»Nicht, so lange ich atmen kann«, widersprach Granock grimmig, wandte sich vom Fenster ab und schlüpfte hastig in seine Kleider. In aller Eile zog er sich die Tunika über. Auf die Robe verzichtete er und legte dafür einen Harnisch an. Dann schlüpfte er in seine Stiefel, griff nach dem Zauberstab – und war für den Kampf gerüstet.

Alannah warf rasch ihre Robe über und eilte in ihr Quartier, um ihren *flasfyn* zu holen. Als sie wieder mit Granock zusammentraf, kam Caia ihnen auf dem Korridor entgegen. Die ehemalige Zauberschülerin hatte die Schulter noch immer verbunden. Entsetzen stand ihr in die zarten Züge geschrieben.

»Caia! Was ist geschehen?«

»Das wisst Ihr nicht?« Die junge Elfin schüttelte den Kopf, Tränen der Verzweiflung in den Augen. »Das Große Tor ist gefallen, Ströme von Orks ergießen sich in die Stadt. Und auch von Menschen«, fügte sie mit Rücksicht auf Granock ein wenig leiser hinzu. »Sie brandschatzen und töten alles, was sich ihnen in den Weg stellt.«

»Das werden sie bitter bereuen«, kündigte Granock wütend an. »Ich werde diesen verdammten Bastarden ...«

»Nein«, widersprach Caia und berührte ihn beschwichtigend am Arm. »Unsere Sorge hat vor allem unseren Leuten zu gelten, die noch außerhalb des Palastes sind. Wir müssen den Feind aufhalten und dafür sorgen, dass sie sich zurückziehen können.«

»Dann haben wir wohl Glück«, bemerkte Granock trocken. »Denn jemanden aufzuhalten ist sozusagen meine besondere Begabung ...«

In den Straßen von Tirgas Lan war der Kampf in vollem Gang.

Da sich die Angreifer, sobald sie das Große Tor passierten, auffächerten und nicht nur nach Norden vorstießen, sondern sich auch auf die westlichen und östlichen Stadtgebiete verteilten, kamen sie rasch voran, denn die wenigsten Häuser waren noch bewohnt. Wo sie jedoch auf Elfen trafen, fielen die Unholde mordend und plündernd über sie her, und es dauerte nicht lange, bis die ersten Häuser der Südstadt in Flammen standen. Niemand hatte damit gerechnet, dass das Große Tor, das in den vergangenen Tagen allen Angriffen getrotzt hatte, in dieser Nacht fallen würde, und so machte in Windeseile ein Wort die Runde, das die ohnehin kaum noch vorhandene Moral der Verteidiger noch zusätzlich schwächte ...

Verrat!

Wer es von den Mauer- und Turmbesatzungen nicht geschafft hatte, sich rechtzeitig zurückzuziehen, der war inzwischen eingeschlossen. Wütend schossen die Angreifer Speere und Pfeile ab, die von allen Seiten und so dicht auf die Verteidiger einprasselten, dass sie keine Deckung mehr fanden. Zwar gaben die Zauberer auf den Wehrgängen ihr Bestes, die Geschosse mit Gedankenstößen abzuwehren, aber schließlich ermatteten ihre Kräfte, und immer mehr Pfeile fanden ihr Ziel.

Unter gellendem Geschrei stürzten Getroffene von den Mauern und in die Masse der nachdrängenden Unholde. Mit Fackeln und Äxten bewaffnete Orks fielen schreiend über sie her, beraubten sie ihrer Waffen und Rüstungen und nicht selten auch ihres Schopfes, sodass an zahlreichen Gürteln schon bald Fetzen blutiger Kopfhaut hingen. Auch die Zauberer und Aspiranten, die an der Seite ihrer weltlichen Verbündeten kämpften, fielen einer nach dem anderen dem Blutdurst der Angreifer zum Opfer. Meisterin Awyra starb auf diese Weise, ebenso die Eingeweihte Larna, die nicht einmal ihre Gabe der Schnelligkeit vor den Pfeilen der Unholde bewahren konnte.

Nur auf der Hauptstraße, die vom Großen Tor zum Königspalast führte, stießen die Eindringlinge auf halbwegs organisierten Widerstand. Jedem Elfenkrieger, der dort kämpfte, war klar, dass alles verloren war, wenn der Königspalast fiel, und so fochten sie trotz ihrer Minderzahl mit derart grimmiger Verbissenheit, dass sich der Angriff der Unholde nach wenigen hundert Schritten festfraß.

Nicht unerheblichen Anteil daran hatten die Zaubermeister Zenan und Asgafanor, die die angreifenden Orks mit Gedankenstößen abwehrten und von ihren *reghai* Gebrauch machten: Asgafanor, indem er Unholde mit bloßem Willen hochhob und sie auf die nachfolgende Meute warf; Zenan, indem er seine überirdischen Kräfte einsetzte, um den Angreifern große Gesteinsbrocken entgegenzuschleudern, die er zuvor aus einer Brunnenmauer gerissen hatte.

Die Geschosse brachen in die Reihen der völlig ungeordnet stürmenden Angreifer. Mehrere Menschen, offenbar Piraten aus dem *dwaimaras*, wurden förmlich davon niedergemäht, ein Ork im Laufen enthauptet. Doch angesichts der Massen, die weiter durch das Tor drängten, würde ihr Ansturm auf Dauer nicht aufzuhalten sein. Nicht nur, dass die Angreifer in der Überzahl und den Elfenkämpfern an Rohheit und Stärke weit überlegen waren, sie waren auch ausgeruht und bei Kräften, während die Verteidiger ausgezehrt waren von den bereits seit Tagen währenden Kämpfen und den durchwachten Nächten. Viele von ihnen, selbst die ausgebildeten Soldaten, fielen unter den *saparak'hai* der Orks; allenthalben sah Zenan um sich herum Elfen sterben. Der Zaubermeister half, wo er konnte, aber es war offensichtlich, dass die Linie der Verteidiger bald nachgeben würde – zumal in diesem Augenblick eine Horde Trolle das Stadttor passierte!

Die acht riesigen Unholde gebärdeten sich wie von Sinnen, der Kampflärm und der Blutgeruch hatte sie zu rasenden Bestien gemacht. Wie Bluthunde wurden sie von den Ketten gelassen und stürmten die Straße herauf. Wer sich auf Seiten der Angreifer nicht rechtzeitig flüchtete, wurde kurzerhand über den Haufen gerannt. Die Verteidiger schrien, als sie die Kolosse auf ihren kurzen Beinen heranrasen sahen, die klobigen Schädel gesenkt und die Zähne gefletscht, die Klauen an den langen Armen zu tödlichen Fäusten geballt. Zenan und Asgafanor wussten, dass sie sich der Bedrohung entgegenstellen mussten, oder alles würde verloren sein …

Asgafanor sandte einen *tarthan* aus, der den vordersten Troll erfasste. Der Koloss schien gegen ein unsichtbares Hindernis zu laufen. Blut spritzte, und die Zähne brachen ihm aus dem Maul, aber die Trägheit seiner Masse war so groß, dass er trotzdem weiterrannte. Auf stampfenden Beinen setzte er heran – als ihm diese plötzlich unter dem Körper weggezogen wurden. Der Troll schrie laut, als er vom Boden abhob, wenn auch nur für einen kurzen Augenblick, gerade lange genug, um seinen massigen Oberkörper nach hinten kippen zu lassen. Als er wieder auf dem Straßenpflaster ankam, tat er es mit dem Hinterkopf zuerst, und das mit derartiger Wucht, dass sein Schädel platzte und sein Hirn hervorquoll. Der nachfolgende Troll fiel über ihn, ehe auch er von Asgafanors mentalen Kräften emporgerissen und gegen die Fassade eines angrenzenden Hauses geschleudert wurde.

Wie ein riesiges zappelndes Geschoss durchschlug der Troll die Säulen eines Vordachs, das daraufhin über ihm zusammenbrach und ihn unter einer Steinlawine begrub. Asgafanor stieß einen Triumphschrei aus und wollte sich dem nächsten Gegner zuwenden – doch dieser hatte ihn bereits erreicht. Mit einem Fausthieb, der nicht nur den Zauberer, sondern auch zwei Elfenkämpfer erfasste, wischte er die Verteidiger beiseite, als wären sie wertloses Spielzeug.

Zenan schrie entsetzt, als er seinen Ordensbruder leblos an der Mauer niedersinken sah, gegen die er mit voller Wucht geschleudert worden war. Sein Zorn und seine Trauer entluden sich in einem Gedankenstoß, der den Troll am Kinn traf und seinen Schädel so heftig zurückriss, dass es ihm das Genick brach. Schon im nächsten Moment jedoch war der nächste Unhold zur Stelle, und noch ehe der Zauberer es verhindern konnte, hatte die Pranke des Trolls ihn gepackt und emporgerissen.

Einen Augenblick lang hatte Zenan das Gefühl, als würde die Klaue, die wie ein Schraubstock um seine Hüften lag, ihn zerquetschen. Keuchend rang er nach Luft und versuchte trotz der unmittelbaren Lebensgefahr seinen inneren Fokus zu finden. In Anbetracht der Tatsache, dass der Troll gerade ausholte, um ihn in hohem Bogen davonzuschleudern, war das alles andere als einfach – doch unter Aufbietung seiner Gabe brachte der Zauberer seine immense Körperkraft zum Einsatz.

Der Troll schrie gequält auf, als Zenan einen seiner Klauenfinger zurückbog und ihn brach. Instinktiv ließ der Unhold los, und der Zauberer landete auf dem harten Pflaster. Geschmeidig rollte er sich ab und stand sofort wieder auf den Beinen. Die andere Pranke flog heran, um ihn zu erschlagen, aber er bekam sie zu fassen und riss daran, sodass der Troll zu Fall kam. Kaum lag er auf dem Boden, sprang Zenan in sein Genick, umfasste seinen Schädel mit beiden Armen und riss ihn herum, und in einem Ausbruch rohester Gewalt, der allem widersprach, wofür der Orden und seine Zauberer stets gestanden hatten, gelang es ihm, der Kreatur das Genick zu brechen. Es knackte hässlich, dann brach der Troll leblos zusammen, wobei er den Zauberer halb unter sich begrub.

Zenan hatte sich kaum von ihm befreit, als er merkte, wie ein dunkler Schatten auf ihn fiel. Sein Blick flog nach oben, und zu seinem Entsetzen sah er das riesige, weit aufgerissene Maul eines weiteren Trolls über sich schweben. Der Pestatem, der ihm entgegenschlug, raubte ihm für einen Moment die Besinnung und machte ihn unfähig zu handeln.

Der Troll wollte zuschnappen und ihm den Kopf vom Rumpf beißen – als er plötzlich in seiner Bewegung erstarrte. Und einen Lidschlag später durchstieß ein Speer aus glitzerndem Eis die Brust der Kreatur.

»Zum Angriff!«

An der Spitze einer Schar von etwa fünfzig Elfenkämpfern und Aspiranten stürmten Granock und Alannah die Hauptstraße hinab – ein verzweifelter Ausfall, um jenen zur Hilfe zu kommen, die der Überraschungsangriff des Feindes in arge Bedrängnis gebracht hatte.

Die Schreie der entsetzten Verteidiger waren weithin zu hören. Solange ihre beiden Anführer den rasenden Trollen noch Einhalt geboten, hatten sie noch weitergekämpft – der Tod von Meister Asgafanor jedoch hatte sie in Panik versetzt und die Ersten von ihnen die Flucht ergreifen lassen. Wie ein Damm, der unter anbrandenden Flutwellen zu brechen drohte, wichen die Männer und Frauen zurück – gerade in dem Moment, als Granock und seine Leute bei ihnen angelangten.

Mittels eines Zeitbanns hatte Granock den Troll erstarren lassen, der Bruder Zenan angriff, und Alannah hatte die Gunst des Augenblicks genutzt, um eine Eislanze zu werfen. Mit durchbohrter Brust und ungläubig aufgerissenen Augen schlug der Unhold zu Boden, und Zenan kam frei, doch weder Granock noch Alannah hatten Zeit, sich um ihn zu kümmern. Noch drei weitere Trolle waren verblieben, ganz abgesehen von den Hunderten Orks und Menschenkriegern, die die Straße heraufdrängten. Es galt, eine Verteidigung zu stabilisieren, die bereits in Auflösung begriffen war. Denn wohin Granock auch sah, blickte er in schreckgeweitete Augen und angstvolle Mienen.

»Halt!«, brüllte er mit lauter Stimme. »Bleibt hier! Kämpft, verdammt noch mal!«

Das Waffengeklirr und das Gebrüll der Trolle verschluckten seine Worte. Die Verteidiger wichen weiter zurück, während die Orks und ihre Verbündeten mit unverminderter Gewalt nachdrängten. Granock hob seinen *flasfyn*, konzentrierte sich und wirkte einen zweiten Zeitzauber, der zwar auch einige Elfen erfasste, den Ansturm der Aggressoren jedoch zumindest für einige Augenblicke ins Stocken brachte.

Alannah schleuderte einen Speer aus Eis, der einen weiteren Troll pfählte, und auch Zenan tötete eine der Kreaturen, indem er ihr wie zuvor das Genick brach. Die Aspiranten setzten Gedankenstöße gegen die vordersten Reihen der Orks ein und schoben sie den nachdrängenden Angreifern entgegen. Diese waren von dem Zeitbann nicht betroffen und konnten sich nicht erklären, was vorn geschah. Von ihrem tumben Wesen dazu genötigt, immer weiterzulaufen, reagierten sie mit wütendem Gebrüll auf das plötzliche Hindernis.

Granock konnte den Bann nicht lange aufrechterhalten. Der Wille zur Zerstörung, der die Angreifer erfüllte, war zu stark. Da für sie nur ein Lidschlag verstrichen war, wollten sie einfach weiterstürmen, doch die wenigsten befanden sich noch dort, wo sie eben gewesen waren, und so rannten sie wild durcheinander, und ein wütendes Hauen und Stechen setzte unter ihnen ein. Einzig der letzte verbliebene Troll schien genau zu wissen, wohin sein Weg zu führen hatte. Mit geballten Fäusten stampfte er über die Kadaver seiner Artgenossen hinweg auf die Verteidiger zu. Granock stand ihm am nächsten.

Er verzichtete darauf, einen bloßen Gedankenstoß zu üben, der den Koloss wohl nicht weiter beeindruckt hätte. Im Laufschritt stürmte er ihm entgegen, den *flasfyn* in der einen und das Schwert in der anderen Hand – und schleuderte die Klinge mit der Spitze voraus wie einen Speer.

Ein gezielter *tarthan* half dabei, das Geschoss ins Ziel zu lenken – das linke Auge der Kreatur, das mit einem hässlichen Geräusch zerplatzte. Zornig brüllte der Troll auf und tastete nach dem Fremdkörper, der in seiner Augenhöhle stak. Dabei trampelte er wild um sich und zermalmte mehrere Menschen, die ihm zu nahe kamen. Dann jedoch war Granock bei ihm und rammte ihm aus nächster Nähe das stumpfe Ende des *flasfyn* in den Leib.

Nur für einen kurzen Augenblick bot die hornige Haut des Unholds dem Zauberstab Widerstand. Dann fraß sich das Elfenbein hindurch, und Granock ließ tödliche Energie ins Innere des Trolls fließen. Der Koloss brüllte auf und starb einen grausamen Tod – doch kaum lag er am Boden, stiegen die nachfolgenden Orks bereits über ihn hinweg und setzten den Angriff fort.

Granock kam gerade noch dazu, sein Schwert zurückzuholen, dann war er auch schon in einen heftigen Schlagabtausch mit einem Ork verwickelt, der seiner hünenhaften Statur und seiner reich verzierten Rüstung nach ein Häuptling sein musste. Der Helm des Unholds hatte ein Visier, sodass nur die untere Hälfte seines Gesichts zu sehen war. Das faulige Gebiss hatte er zu einem breiten Grinsen gefletscht, während er einen riesigen Kriegshammer schwang. Pfeifend ging der Totschläger nieder. Granock wich ihm blitzschnell aus, wobei er seinerseits mit dem Schwert zustieß.

Die Klinge berührte den Ork, durchdrang sein Kettenhemd jedoch nicht. Den Zauberstab als Achse benutzend, wirbelte Granock herum – und das keinen Augenblick zu früh. Schon raste der Hammer erneut heran. Die Schwertklinge flog empor, konnte der Wucht des Angriffs jedoch nicht standhalten. Sie zerbrach mit dumpfem Klang, und Granock wurde hart getroffen.

Er hörte seine Knochen knacken und ließ den Zauberstab fallen. Für einen Moment war er benommen vor Schmerz. Dann ließ er sich, einem jähen Instinkt gehorchend, zu Boden fallen – und spürte einen scharfen Luftzug, als der Kriegshammer seinen Kopf nur um Haaresbreite verfehlte.

Granock warf sich herum und wollte sich aus der Reichweite seines Gegners wälzen, aber er stieß gegen ein Hindernis. Es waren die Leichen mehrerer Kämpfer, die so dicht übereinanderlagen, dass es unmöglich war zu sagen, wer zu welcher Seite gehört hatte. Granock wollte auf die Füße kommen, aber er glitt auf dem vom

Blut glitschigen Boden aus. Schon hörte er das gurgelnde Gelächter des Unholds über sich und suchte nach seinem Zauberstab, der nur wenige Schritte von ihm entfernt lag. Breitbeinig stand der Ork-Häuptling über ihm, den Totschläger zum finalen Streich erhoben. In seiner Not trat Granock gegen die metallenen Beinschienen des Unholds und verstärkte den Tritt mit einem *tarthan*. Daraufhin verlor der Ork die Beine unter den Füßen und ging nieder. Hart schlug er auf und rang keuchend nach Atem, stieß wütend das Visier auf – und zum ersten Mal konnte Granock das Gesicht seines Gegners sehen.

Es bestand buchstäblich aus zwei Hälften, einer oberen und einer unteren, die von zwei verschiedenen Orks zu stammen schienen und in der Mitte durch eine hässliche Naht verbunden waren. Wie überhaupt der ganze Unhold aus verschiedenen Teilen zusammengefügt schien – seine Arme waren unterschiedlich lang und die Beine von abweichender Stärke! Und seine kleinen Augen blickten so leer und ausdruckslos, als hätten sie Kuruls dunkle Grube bereits einmal von innen gesehen.

Der Ork war ein *anmarvor*.

Ein Untoter!

Entsetzt prallte Granock zurück. Dabei stieß er gegen einen Gegenstand, der auf dem blutigen Pflaster lag – ein *saparak*. Kurzerhand griff der Zauberer nach der Ork-Waffe, und ohne noch einen Augenblick zu zögern, trieb er das Ding mit der Spitze voran in den ungeschützten Hals des Unholds, um ihn dorthin zurückzuschicken, wo er vermutlich längst hätte sein sollen.

Die Todeszuckungen des Orks bekam er nicht mehr mit. Keuchend raffte er sich auf die Beine, legte die wenigen Schritte zu seinem Zauberstab zurück und nahm ihn wieder an sich. Erst dann sah er sich um und versuchte, sich einen Überblick zu verschaffen.

Zu seinem Entsetzen musste er feststellen, dass sich die Lage weiter zugespitzt hatte.

6. CIMATH

Die Zauberaspiranten und Elfenkämpfer, die unter Granocks und Alannahs Führung den Ausfall gewagt hatten, leisteten den Angreifern nach wie vor beherzten Widerstand. Das Eintreffen der Verstärkung hatte die Moral der Kämpfer zunächst gestärkt und sie von ihrer Flucht abgehalten. Doch die Feindesmassen, die die Hauptstraße heraufdrängten, nahmen immer noch zu.

Ein dunkles Meer aus Rüstungen, blanken Waffen und hassverzerrten Fratzen wogte vom Großen Tor bis zu dem behelfsmäßigen Wall, den Meister Zenan errichtet hatte, indem er die Kadaver der getöteten Trolle aufeinandergeworfen hatte. Zum Vorteil der Verteidiger war die Straße nicht breit genug, um den Feind in voller Breite aufmarschieren zu lassen – der Druck, mit dem Margoks Krieger anrannten, war den Gesetzen der Natur gemäß dafür umso größer.

Unablässig versuchten Orks, den Wall der Kadaver zu erklimmen. Solange sie noch Pfeile gehabt hatten, war es den Elfenkriegern gelungen, sie auf Distanz zu halten. Nachdem jedoch das letzte Geschoss auf den Weg gebracht worden war, war der blutige Nahkampf in vollem Umfang entbrannt.

Oben auf dem Wall stehend, schleuderte Alannah Eisblitze, die reihenweise Gegner erschlugen, und überzog die Straße mit glattem Frost, sodass sie weniger rasch vorankamen. Der nach wie vor ungeminderte Schneefall begünstigte dies zunächst, aber dann kamen die Orks auf die Idee, kurzerhand über ihre ausgeglittenen Kumpane hinwegzusteigen und sie als festen Tritt zu benutzen.

Mancher Unhold mochte dabei den Tod finden, aber angesichts der schieren Masse und des Blutrauschs, in den die Angreifer verfallen waren, scherte sich niemand darum. Ihre Waffen schwenkend und dabei wie von Sinnen brüllend, versuchten die nächsten Angreifer den Wall zu überwinden – und erstarrten plötzlich in ihrer Bewegung.

Den Vorteil seiner Gabe rücksichtslos nutzend, ließ Granock das Schwert kreisen, das er vom Schlachtfeld aufgelesen hatte, und enthauptete einen Angreifer. Einem zweiten stieß er die Klinge bis zum Heft in die Brust – als dieser aus dem Zeitbann erwachte. Röchelnd und mit den Armen rudernd stürzte der Ork zurück, und Granock gab ihm einen Gedankenstoß mit auf den Weg, sodass er seine nachfolgenden Artgenossen gleich mit von den Beinen riss – und Alannah überzog sie mit einer Schicht aus tödlich kaltem Eis.

Granock nickte ihr dankbar zu, aber schon war die nächste Welle von Angreifern heran. Speere wurden geschleudert, und ein Aspirant, der auf den Namen Eras hörte, wurde von einem der mörderischen Geschosse durchbohrt. Die junge Elfin neben ihm schrie entsetzt auf, dann wurde sie von einem Feindespfeil ereilt – und damit entstand eine Lücke, die sich nicht mehr rechtzeitig schließen ließ.

Zwar versuchte Granock, einen weiteren Zeitzauber zu wirken, aber er war zu geschwächt, als dass dieser von großer Wirkung gewesen wäre. Die den Wall erstürmenden Orks schienen lediglich für einen kurzen Moment von unsichtbaren Händen festgehalten zu werden. Dann war der Bann gebrochen, und wie Wasser, das durch eine leckgeschlagene Stelle drang, quollen die Angreifer über das Hindernis. Zenan stellte sich ihnen entgegen, breitbeinig und mit einer riesigen Doppelaxt in den Händen, die er einem gefallenen Ork abgenommen hatte. Mit furchtbarer Wucht ließ er die Waffe kreisen und zerschmetterte Schädel und Knochen – aber auch das vermochte den Dammbruch nicht mehr zu verhindern.

Die jungen Elfenkrieger, in deren Reihen die Unholde wie ein Unwetter fuhren, leisteten kaum noch Widerstand. Als die Ersten unter den Hieben von Äxten und *saparak'hai* fielen, wichen die übrigen zurück – und Granock erkannte, dass der Kampf um die Hauptstraße verloren war.

»Rückzug!«, brüllte er aus Leibeskräften, hoffend, dass ihr aussichtsloser Kampf möglichst vielen Elfen, die sich noch in der Stadt aufgehalten hatten, die Flucht in den Palast ermöglicht hatte. »Los doch! Lauft!«

Auf diesen Befehl hatten die Elfenkämpfer nur gewartet. Von Furcht getrieben, fuhren sie herum und begannen zu laufen. Nicht wenige von ihnen ließen die Waffen fallen; nur die älteren, erfahreneren Soldaten leisteten hier und dort noch Widerstand, um ihren Rückzug zu decken.

Granock hielt die Stellung, bis sich die Aspiranten vom Wall zurückgezogen hatten, zu denen auch einige aus seinem *dysbarth* gehörten. Nun konnten sie einsetzen, was er sie gelehrt hatte, und vermutlich hatten sie inzwischen längst erkannt, dass jede Härte, die er dabei an den Tag gelegt hatte, nichts gewesen war gemessen an der grausamen Realität des Krieges. Alannah versuchte, einen Schild aus Eis zu errichten, um die flüchtenden Zauberschüler vor Pfeilen und Wurfgeschossen zu schützen, aber er zerschellte unter den Axthieben der Orks.

»Flieh, Alannah!«, rief Granock seiner Gefährtin zu.

Erst auf seinen Befehl hin gab sie ihren Posten auf der rechten Seite des Walls auf. Granock brachte einen letzten Gedankenstoß an, um ihr den Weg freizuräumen. Dann wandte auch er sich zur Flucht, gemeinsam mit Meister Zenan, der sich bis zuletzt auf der linken Flanke behauptet hatte.

Nun gab es kein Halten mehr. Wie Eiter aus einem aufgeplatzten Geschwür ergossen sich die Orks die Strasse hinab, ein Pulk aus stinkenden grünen Leibern, begleitet von ohrenbetäubendem Gebrüll.

Im Laufen wandten sich die Zauberer um und verübten Gedankenstöße, um die Verfolger auf Distanz zu halten, aber es gelang nur teilweise. Hier und dort kam ein Menschenkrieger oder ein Unhold zu Fall, aber ihre nachstürmenden Kumpane trampelten einfach über sie hinweg. Der Vergleich mit einer in Panik geratenen, blökenden Herde Vieh drängte sich Granock auf. Das also war die Streitmacht des glorreichen neuen Elfenreichs, das Aldur beschworen hatte!

Die drei Zaubermeister schlossen zu ihren Schützlingen auf, von denen viele verwundet und entsprechend langsam waren. Einen Soldaten, in dessen Bein eine abgebrochene Speerspitze steckte und der kaum noch laufen konnte, hob Zenan kurzerhand hoch und lud ihn sich auf die Schulter. So rannten sie weiter, den Mauern des Palasts entgegen, der, durch den dichten Schneefall nur schemenhaft zu erkennen, am Ende der Straße aufragte, Zuflucht und Schutz verheißend – und noch in weiter Ferne.

Das Flirren von Pfeilen war zu hören, und Granock wirkte instinktiv einen Gedankenstoß. Einige der todbringenden Geschosse konnte er damit abwehren, andere landeten wirkungslos auf dem schneebedeckten Straßenpflaster. Wieder andere jedoch fanden ihr Ziel.

Immer wieder warfen flüchtende Elfenkämpfer die Arme hoch und brachen zusammen, einen schwarzen Orkpfeil im Rücken. Ihre Kameraden versuchten, die Getroffenen weiterzuschleppen, aber es war ebenso mühsam wie zwecklos. Die Horde der Verfolger holte auf, und als wäre das noch nicht genug, musste Granock plötzlich feststellen, dass ihnen der Weg abgeschnitten wurde!

»Verdammt, was ...?«

Es waren diejenigen Angreifer, die sich nach dem Eindringen in die Stadt nach Osten und Westen gewandt hatten. In weiten Bogen hatten sie den Wall der Verteidiger umgangen und waren auf diese Weise in ihren Rücken gelangt.

Die Flucht der Elfenkrieger – nach Granocks Schätzung mochten es noch an die hundertfünfzig sein – fand ein jähes Ende. Wie angewurzelt blieben sie stehen und starrten panisch auf die Orks, die aus den Seitengassen quollen. Jäh dämmerte ihnen, dass sie eingeschlossen waren. Vorn und hinten durch den blutrünstigen Feind, zu beiden Seiten von den Häusern Tirgas Lans.

Granock erwog für einen Augenblick, sich in den leer stehenden Gebäuden zu verschanzen, um den Unholden und ihren menschlichen Verbündeten möglichst lange Widerstand leisten zu können –

das Schicksal der Elfenkämpfer würde dort jedoch ebenso besiegelt sein, wie wenn sie sich dem Feind auf offener Straße stellten. Ihre einzige Aussicht auf Überleben bestand darin, einen Vorstoß zu wagen und zu versuchen, den gegnerischen Kordon zu durchbrechen, der sie vom Palast trennte. Vermutlich, so nahm Granock an, würde dieser Versuch blutig scheitern, aber er barg ihre letzte Chance ...

»Vorwärts!«, befahl er deshalb mit lauter Stimme, die er durch den Kristall seines Zauberstabs noch verstärkte. »Weiter auf den Palast zu! Los doch, worauf wartet ihr? Kämpft um euer Leben! Kämpft, verdammt noch mal ...!«

Die Elfen, von denen sich viele ihrer Waffen und Schilde entledigt hatten, als sie sich zur Flucht wandten, warfen ihm verängstigte Blicke zu, aber Granock kannte kein Erbarmen. Statt seine Kraft gegen die sie verfolgenden Orks einzusetzen, die sie fast eingeholt hatten, versetzte er seinen eigenen Leuten einen Gedankenstoß und riss sie damit aus ihrer Lethargie. Die Elfen setzten sich wieder in Bewegung, liefen in die Richtung, die er ihnen bedeutete. Zenan setzte sich an ihre Spitze, während Granock zurückblieb, um die nachrückende Streitmacht aufzuhalten.

Und er war nicht allein ...

»Nein!«, widersprach er entschieden, als sich Alannah an seine Seite stellte. »Du nicht! Geh mit den anderen!«

»Mein Platz ist hier«, erwiderte sie nur.

»Geh!«, rief Granock, der nicht um sein Leben, dafür aber umso mehr um das ihre fürchtete. »Ich befehle es dir!«

»Das kannst du nicht«, widersprach sie, und einen Herzschlag lang begegneten sich ihre Blicke – ehe es an beiden Enden des Pulks zum Zusammenprall mit dem Feind kam.

Die erste Reihe der wütend heransetzenden Angreifer prallte zurück oder wurde von messerscharfem Eis durchbohrt, aber schon die zweite Welle fiel mit blanken Waffen über die beiden Zauberer her. Granock und Alannah kämpften Rücken an Rücken, und sie setzten ihre Gaben so wirksam ein, wie sie es nur vermochten, wandten einen *tarthan* nach dem anderen an und schlugen mit ihren *flasfyna* um sich. Dennoch konnten sie nicht verhindern, dass feindliche Krieger an ihnen vorbeigelangten und den flüchtenden Elfen in den Rücken fielen.

Wer von diesen noch eine Waffe hatte, setzte sich damit zur Wehr, und auch die Aspiranten kämpften verbissen. Vor dem Stahl der Angreifer konnten jedoch auch ihre magischen Kräfte sie nicht schützen. Granock sah junge Männer und Frauen sterben, die er noch vor nicht allzu langer Zeit den Umgang mit dem Zauberstab gelehrt hatte. Und der abweisenden Härte zum Trotz, die er dabei an den Tag gelegt hatte, war ihm, als stürbe mit jedem seiner Schüler, der fiel, auch ein Teil von ihm.

Gehetzt blickte er zur anderen Seite des Pulks, nur um zu sehen, dass sich die Spitze mit Meister Zenan in den Reihen der Orks festgerannt hatte und schwer bedrängt wurde. Das Geschrei der Verwundeten und das Geklirr der Waffen dröhnten entsetzlich zwischen den Häuserfronten, und Granock ahnte, dass dies das Ende war. Er merkte, wie seine Kräfte ermatteten; fast wie in seinen ersten Tagen in Shakara setzte er den *flasfyn* schließlich als gemeinen Knüppel ein und erschlug einen Ork, der ihn mit dem *saparak* aufschlitzen wollte. Dann spürte er plötzlich einen heißen Stich an seinem linken Arm. Ein Schwertstreich hatte seine Robe zerfetzt und war ins Fleisch gedrungen. Der Schnitt war nicht tief, aber er tat höllisch weh, und vermutlich war die Klinge vergiftet …

Der Zauberer teilte wilde Hiebe aus, um sich inmitten des Getümmels ein wenig Luft zu verschaffen. Dabei merkte er, dass Alannah nicht mehr hinter ihm war. Ein Rudel Orks hatte sie abgedrängt. In seiner wachsenden Verzweiflung schrie Granock ihren Namen, während er weiter um sich schlug, entschlossen, wenn schon nicht sein eigenes, so doch zumindest ihr Leben zu retten.

»Alannah …!«

Er warf sich gegen einen Ork, der ihm im Weg stand, und brachte ihn zu Fall. Sofort wollte er weiter, um seiner Geliebten zur Hilfe zu eilen, aber grobe Klauen packten ihn und hielten ihn fest. Granock trat und schlug um sich, wirkte hier und dort noch einen kraftlosen Zauber – ausrichten konnte er damit jedoch nichts mehr. Verzweifelt sah er, wie Alannah inmitten grüner Leiber und blutbesudelter Klingen verschwand. Er brüllte ihren Namen noch lauter, wissend, dass sie auch das nicht mehr retten konnte ...

... als er plötzlich ein helles Klappern hörte, den Hufschlag von Pferden auf Pflastersteinen. Und aus dem Augenwinkel nahm er wahr, wie die wogende Menge der Orks auseinanderspritzte und etwas sich mit blitzenden Klingen Bahn brach.

Hilfe nahte!

Mit einer raschen Drehung entwand sich Granock dem Griff seines überraschten Häschers und schlug mit dem Zauberstab zu. Mit verbeultem Helm, unter dem dunkles Blut hervorquoll, ging der Unhold nieder – aber zu Granocks Überraschung drängte kein weiterer Gegner nach.

Der Feind hatte inzwischen andere Sorgen, die auf großen Pferden mit langen Mähnen ritten, schwere Rüstungen und Helme trugen und lange Breitschwerter führten, mit denen sie fürchterlich um sich hieben. Eine blutige Bresche schlagend, stießen die Reiter geradewegs dorthin vor, wo der Feind Granocks versprengten Haufen von allen Seiten bedrängte – und die Orks und ihre menschlichen Verbündeten waren davon so überrascht, dass sie von ihren Opfern abließen und zurückwichen. Auch Alannah kam auf diese Weise frei. Granock hastete augenblicklich zu ihr und stellte erleichtert fest, dass sie unverletzt war.

Genau wie die Elfin hatte auch er zunächst angenommen, dass die fremden Paladine, deren geschlossene Helmvisiere die Gesichter darunter nicht erkennen ließen, aus dem Palast gekommen waren, aber das Tor war nach wie vor geschlossen. Folglich mussten die Reiter also von außerhalb in die Stadt gelangt sein, vermutlich durch das Osttor, und Granocks erster Gedanke galt der Königslegion.

War Farawyns Sorge also unbegründet gewesen? Hatten Lavans Soldaten es doch noch geschafft, Tirgas Lan zu erreichen? Aber weder die Rüstungen noch die Schilde der Reiter waren elfischer Herkunft – und plötzlich erkannte Granock das gelbe Banner von Andaril, das an einer Lanze flatterte.

Es waren Menschen!

Todesmutig, so als durchquerten sie lediglich eine Furt und nicht ein wogendes Meer waffenstarrender Feinde, bahnten sich die Reiter einen Weg zum Zentrum des Kampfes. Die Klingen ihrer Schwerter gingen wuchtig nieder, und wer von den Feinden getroffen wurde und fiel, der wurde unter den Hufen der an Brust und Stirn gepanzerten Pferde zerstampft. Die Tiere wieherten und stiegen hier und dort, doch sie schienen an das Kampfgetümmel gewohnt und schreckten weder vor den Unholden selbst noch vor dem Geruch des Todes zurück, den sie verbreiteten.

Die Orks, die auf eine solche Wendung nicht gefasst gewesen waren, reagierten zunächst mit Bestürzung, dann mit rasender Wut. Doch zu diesem Zeitpunkt hatte ein Teil der fremden Reiter – Granock schätzte, dass es an die vierhundert waren – bereits einen schützenden Kreis um die überlebenden Elfen gezogen und behauptete ihn mit blanker Klinge. Der Rest der Behelmten sprengte Richtung Palast und bahnte eine Schneise durch die hier weniger dicht stehenden Unholde, sodass eine Gasse entstand, durch die Granock und die Seinen fliehen konnten. Die Zauberer halfen auf ihre Weise, in dem sie die Reiter mit gezielten Gedankenstößen gegen feindliche Geschosse schirmten, und kaum stand der rettende Ausweg offen, gab Granock heiser den Befehl zum Abzug.

Es war kein Kampf im herkömmlichen Sinn gewesen, der auf der Hauptstraße von Tirgas Lan getobt hatte, kein Kräftemessen zwischen gleichwertigen Gegnern, sondern ein elendes Gemetzel; folglich wurde es auch kein geordneter Rückzug, sondern eine verzweifelte Flucht. Jene, die das Glück hatten, noch aus eigener Kraft aufrecht zu stehen, stützten und trugen jene, die dazu nicht mehr in der Lage waren. Auch Granock lud sich einen verwundeten Elfenjungen auf die Schulter, die blutende Wunde an seinem Arm ignorierte er schlicht. Im Vergleich zu dem, was andere erlitten hatten, war es nur ein Kratzer.

Hals über Kopf liefen, humpelten und schleppten sich die geschlagenen Elfen an den Reitern vorbei, die die Flanken sicherten, und hielten auf den Palast zu, dessen Tor sich knirschend öffnete. Das Fallgitter hob sich, und mit der letzten verbliebenen Kraft flüchteten sich die Überlebenden in die schützenden Mauern, wo sie erschöpft niedersanken. Auch Granock, Zenan und Alannah erreichten schließlich das Tor, zusammen mit den Aspiranten, die so tapfer gekämpft hatten.

Die Reiter der Menschen folgten ihnen auf dem Fuß, zuvorderst jene, die den Kampfplatz gesichert und die vorgeschobenste Position eingenommen hatten, dann die übrigen. Nacheinander rissen sie ihre Pferde herum und jagten jeweils zu zweit die Gasse hinab, die sich auflöste wie eine Naht, aus der der Faden gezogen wurde.

Natürlich wollten die Orks sich rächen. Sie brannten nach wie vor darauf, ihre Klingen in Elfenblut zu baden und den Königspalast einzunehmen; folglich stürmten sie den Reitern unter wütendem Geschrei hinterher. Doch kaum hatte der letzte der Paladine das Tor passiert, rasselte das Fallgitter wuchtig herab und trennte Verteidiger und Angreifer, und das sich schließende Tor hielt die Speere ab, die in Massen geschleudert wurden.

Von den Zinnen setzte nun, da die Bogenschützen nicht mehr fürchten mussten, die eigenen Leute zu treffen, heftiger Pfeilbeschuss ein, der die Kampfeslust der Unholde zusätzlich dämpfte. Und als Tröge mit kochendem Wasser ausgegossen wurden, das brühend heiß auf jene niederging, die sich mit einem Rammbock am Tor zu schaffen machen wollten, besannen sich die Angreifer endgültig eines Besseren. Unter wütendem Geheul zogen sie sich zurück, und obwohl nicht der geringste Zweifel daran bestehen konnte, dass sie zurückkehren würden, gönnte sich Granock, der rasch die Zinnen erklommen hatte, um sich einen Überblick zu verschaffen, ein erleichtertes Aufatmen.

Außerhalb der Mauern war es, als wären alle Dämme gebrochen – die Masse der sich wütend zurückziehenden Unholde vereinigte sich mit jenen, die nach wie vor die Hauptstraße entlangdrängten, und es hatte den Anschein, als wäre Tirgas Lan von einer Flut aus grünen Leibern, blutigem Stahl und hassverzerrten Fratzen überschwemmt worden. Der Palast jedoch ragte wie eine einsame Klippe daraus hervor, seine Mauern verhießen sicheren Schutz.

Noch ...

Granock verließ den Wehrgang wieder, um nach Alannah zu sehen, die er erneut aus den Augen verloren hatte. Er traf auf einige der Aspiranten und sprach ihnen Trost und anerkennende Worte zu, während er weiter nach seiner Gefährtin Ausschau hielt. Er fand sie weder unter all den Verwundeten noch unter jenen, die herangeeilt waren, um ihnen zu helfen. Dafür traf sein Blick einen der Menschenreiter, der aufrecht auf einem schneeweißen Pferd saß und durch das Helmvisier zu ihm herüberschaute. Da seine Rüstung aufwendiger gearbeitet war als die der übrigen und er einen weiten Umhang trug, folgerte Granock, dass es sich um den Anführer der Kämpfer handeln musste, die seinen Leuten und ihm in höchster Not beigestanden hatten.

Er hob die Hand zum Gruß und trat auf den Reiter zu, um sich für die unerwartete Hilfe zu bedanken. Kaum hatte er den Fremden jedoch erreicht, stieß dieser das Visier auf, und Granock schnappte überrascht nach Luft, als er in die vertrauten Züge Yrenas von Andaril blickte.

»Was ...?«

»Seid gegrüßt, Meister Lhurian«, sagte sie nur. Ihre Stimme blieb dabei völlig ruhig, und ihre rehbraunen Augen verrieten keine Regung.

Granock fühlte sich schlagartig elend. Reue, Bedauern und tiefe Beschämung, aber auch Erleichterung und große Dankbarkeit – all das empfand er zugleich und wusste nicht, wie er es in Worte fassen sollte. Also blieb er stumm und starrte die Fürstin an, als wäre sie eine Traumgestalt, die sich jeden Augenblick in Luft auflösen würde.

»Nun?«, fragte sie, während sie aus dem Sattel stieg und ihn dabei weiter unverwandt anschaute. »Habt Ihr mir nichts zu sagen, Lhurian?«

Granock stand völlig reglos. Noch einige Augenblicke lang rang er nach Worten. Dann brach er wortlos in die Knie und senkte das Haupt.

Yrena deutete die Geste richtig. »Steh auf«, sagte sie leise und berührte ihn sanft an der Schulter, »ich habe dir längst verziehen.«

Er erhob sich, überwältigt von der Macht des Augenblicks. Er hatte ohnehin nicht damit gerechnet, Yrena von Andaril noch einmal in seinem Leben wiederzusehen. Ganz gewiss aber nicht unter solchen Voraussetzungen. Es war so unwirklich, als hätten die Hunla einen ihrer berüchtigten Zauber gewirkt – nur dass dieser aus Fleisch und Blut war …

»So sehen wir uns also wieder«, sagte Yrena und nahm den Helm ab, unter dem ihr dunkles Haar voll und üppig hervorquoll. Ihr Kettenpanzer und ihr Waffenrock waren blutbesudelt, ebenso wie die Schienen, die sie an Beinen und Unterarmen trug, was verriet, dass sie ebenfalls gekämpft hatte.

»Ich kann es nicht glauben«, stammelte Granock unbeholfen.

»Offensichtlich«, sagte sie nur. Ihr Lächeln war so, wie er es in Erinnerung hatte. Die Zuneigung allerdings war aus ihren Gesichtszügen gewichen, und das konnte Granock ihr beim besten Willen nicht verdenken.

»Wie kommt Ihr hierher?«, fragte er, nachdem er seine erste Überraschung verwunden hatte.

»Zu Pferd«, entgegnete sie schlagfertig, »habt Ihr es nicht bemerkt? Die Orks, die den östlichen Teil der Stadt belagern, hielten uns für Menschen, mit denen sie verbündet sind. Auf diese Weise konnten wir sie überlisten und zum Osttor durchbrechen, zum Glück für Euch und Eure …«

»Davon spreche ich nicht«, fiel Granock ihr ins Wort. Er merkte, wie sein verletzter Arm schmerzte, und er wusste, dass er zu Meister Tavalian gehen musste, um sich ein Gegengift verabreichen zu lassen, aber vorher wollte er eine Antwort. »Ich meine, ich bin Euch dankbar, von ganzem Herzen … Aber weshalb seid Ihr nach Tirgas Lan gekommen?«

»Ihr meint, nach allem, was vorgefallen ist? Nach allem, was Ihr mir angetan habt?« Ihre Worte waren ebenso hart wie offen, aber er konnte keine Spur von Bitterkeit in ihrer Stimme erkennen. Yrena zeigte mehr Größe, als er es jemals vermocht hätte. Beschämt nickte Granock nur.

»Das will ich Euch sagen«, erwiderte sie. »Ein junger Zauberer, der als Abgesandter Shakaras nach Andaril kam, um mich zur

Schließung eines Bündnisses mit dem Elfenkönig zu überreden, hat mich davon überzeugt, dass es zum Besten Erdwelts ist, wenn Menschen und Elfen in diesem Kampf zusammenstehen. Und was Erdwelt dient, dient auch Andaril.«

»Aber ich ...«

»Was immer Ihr später getan habt, Meister Lhurian«, fuhr sie ungerührt fort, »hat nichts an der Richtigkeit Eurer Worte geändert.« Leiser fügte sie hinzu: »Du hast mir klargemacht, wozu wir Menschen fähig sind. In jeder Hinsicht.«

»Ich verstehe«, sagte er nur – und kam sich dabei vor wie ein ausgemachter Narr. Dass er nicht verstand, was in den Köpfen von Elfen vor sich ging, war eine Sache. Nun jedoch musste er sich eingestehen, dass er auch nicht die geringste Ahnung von Menschen hatte. Weder war Yrena so naiv und beeinflussbar, wie er es zunächst angenommen hatte, noch war sie das berechnende Monstrum, als das Ardghal sie dargestellt hatte. Ihr Eintreffen in Tirgas Lan bewies deutlich, dass die Fürstin von Andaril Licht und Dunkelheit wohl zu unterscheiden wusste, womöglich sogar besser als ...

»Granock! Granock!«

Er fuhr herum, als jemand laut seinen Namen rief.

Es war Alannah.

Sie rannte auf ihn zu, Tränen in den Augen und blankes Entsetzen in ihren Zügen. »Granock ...!«

»Was gibt es?«, wollte er wissen.

»König Elidor«, presste die Elfin atemlos hervor.

»Was ist mit ihm?«

»Er ... er liegt schwer verwundet ...«

7. TWAR SHA DWETHAN

Woher das Geschoss gekommen war, das den König getroffen hatte, wusste niemand zu sagen, und es spielte auch keine Rolle mehr. Von den Zinnen des königlichen Palasts aus hatte Elidor die Bogenschützen befehligt und den Rückzug der Flüchtlinge gedeckt, hatte selbst zum Schwert gegriffen, als einzelne Unholde versucht hatten, die Palastmauern zu erklimmen – und dabei hatte ihn der Speer ereilt.

Ihrer Bauart nach stammte die Waffe, die mit derartiger Wucht geschleudert worden war, dass sie seinen Brustpanzer durchstoßen hatte, aus dem Besitz eines Menschen. Aber ihre Spitze war ebenso mit Gift getränkt wie die eines Orks oder eines anderen Unholds, und gegen dieses Gift gab es kaum eine Maßnahme, da es geradewegs in sein Herz gedrungen war.

Man hatte den verwundeten König in sein Schlafgemach im Palast gebracht und in sein Bett gelegt. Einst war dies für ihn ein Ort des privaten Rückzugs gewesen, den außer dem König und seiner Konkubine nur seine Leibdiener sowie seine engsten Vertrauten hatten betreten dürfen. Nun wimmelte es dort von Heilern und Zauberern sowie von beflissenen Dienern, die alles daransetzten, ihrem darniederliegenden Herrscher zu helfen. Elidors Berater und Generäle waren ebenfalls zugegen; sie hofften verzweifelt darauf, dass sich die Lage bessern und ein Heilmittel gefunden würde. Aber auch sie konnten nichts anderes tun, als hilflos dabei zuzusehen, wie das Herz von Tirgas Lan langsamer und langsamer schlug.

Schließlich gaben die Wundärzte ihre Bemühungen auf, und auch Meister Tavalian und Meisterin Tarana, die bis zuletzt um das Leben des Königs rangen, mussten irgendwann erkennen, dass bereits zu viel Gift in Elidors Körper gedrungen war. Da er kein Weiser und nicht mit den Prinzipien der Selbstheilung vertraut war, würde ihn auch Zauberkraft nicht mehr vor dem Tod bewahren können. Es war nur noch eine Frage der Zeit, wann der König des Elfenreichs diese Welt verlassen würde.

Bedrückte Stimmung breitete sich aus.

Elidors Leibdiener standen mit bekümmerten Mienen am Kopfende des Bettes, während Caia an der Seite ihres Geliebten kauerte und ihm die schweißnasse Stirn mit einem feuchten Tuch tupfte. Farawyn stand bei ihr, die Arme vor der Brust verschränkt. Nachdem der Älteste von Shakara von Elidors Verwundung erfahren hatte, war er sofort herbeigeeilt. Granock erkannte jedoch keine Bestürzung in seinen Zügen. War Farawyn auf diese Entwicklung besser vorbereitet gewesen als sie alle? Hatte er sie in seinen Visionen vorausgesehen?

Granock selbst und die übrigen Angehörigen des Kriegsrats, unter ihnen auch Alannah und Cysguran, standen ein wenig abseits, zusammen mit General Irgon und den königlichen Beratern. Auch Prinz Runan als Abgesandter des Zwergenreichs war anwesend, ebenso wie die Fürstin von Andaril, deren beherztes Eingreifen vielen das Leben gerettet hatte.

»Du bist uns wirklich zur Hilfe gekommen«, sagte Granock mit gedämpfter Stimme zu ihr. So erleichtert er über Yrenas Auftauchen gewesen war, so sehr beschämte es ihn noch immer.

Die Fürstin, die nach wie vor ihre blutbesudelte Rüstung trug, schaute ihn herausfordernd an. »Ich habe gehört, dass Tirgas Lan in Bedrängnis ist«, erklärte sie, »und als Oberhaupt von Andaril sah ich keine bessere Gelegenheit als diese, um dem König meine Loyalität zu beweisen.«

»Aber nun ist Andaril ohne Schutz«, wandte er ein.

»Das ist wahr«, bejahte sie, und ein säuerliches Lächeln spielte dabei um ihre Züge. »Aber genau darum geht es bei einer Entscheidung, nicht wahr? Man ist für eine Sache und gegen eine andere.

Man kann«, fügte sie mit einem bedeutsamen Seitenblick auf Alannah hinzu, »nicht alles haben. Aber das weißt du ja zweifellos, oder nicht?«

»Du hättest nicht kommen sollen«, sagte Granock leise, den Seitenhieb ignorierend. »Tirgas Lan ist dem Untergang geweiht. Dies ist ein Kampf auf verlorenem Posten.«

»Worum sorgst du dich?«, fragte sie. »Um mein Wohlergehen? Um dein eigenes?« Sie schüttelte den Kopf. »Ich fürchte, es ist zu spät, um darüber nachzudenken. Auch du hast dich entschieden, nicht wahr?«

»Yrena, ich ...«

»Nein«, sagte sie mit einer Entschlossenheit, die zumindest ansatzweise ahnen ließ, wie sehr sein Vertrauensbruch und seine überstürzte Abreise aus Andaril sie verletzt haben mussten. »Ich will keine Entschuldigung hören. Jeder von uns hat versucht, den anderen zu benutzen, also sind wir uns nichts schuldig geblieben. Aber ich hatte damals recht, oder?«, fügte sie mit einem weiteren Seitenblick auf Alannah hinzu. »Es gab diese unerfüllte Liebe, nicht wahr?«

Granock schluckte sichtbar. Er hätte am liebsten widersprochen und alles abgestritten, aber ihm war klar, dass er Yrena zumindest diese Wahrheit schuldig war. Deshalb nickte er langsam. »Ja«, bestätigte er zögernd. »Du hattest recht.«

Sie reagierte anders, als er es erwartet hatte, nämlich mit einem Lächeln, aus dem ein wenig Trost zu sprechen schien. Sie nickte Alannah, die von ihrer in der Menschensprache geführten Unterhaltung kaum etwas verstanden hatte, zu und schien noch etwas sagen zu wollen, als ein heiserer Schrei die betretene Ruhe im Schlafgemach zerriss.

Es war Elidor.

Der Todeskampf des Königs trat in die letzte Phase. Noch einmal bäumte sich der hagere Körper des Elfenherrschers auf, wehrte sich mit aller Macht gegen das Gift, das inzwischen ganz von ihm Besitz ergriffen hatte. Sein Atem ging stoßweise, die Haut war aschfahl, die Augen blutunterlaufen und rot gerändert, das Haar hing in schweißnassen Strähnen. Zitternd tastete seine

Hand nach Caias. Als er sie fand, schien er sich ein wenig zu beruhigen.

»Meine Getreuen«, hauchte er in die entstandene Stille, worauf sich alle Anwesenden um sein Lager versammelten. Die Gesichtszüge des Königs waren vom nahen Tod gezeichnet, und Alannah, die vor einigen Jahren an Elidors Hof geweilt und ihn als dem Leben aufgeschlossenen, an Kunst und Muse interessierten jungen Mann kennengelernt hatte, rang mit den Tränen. »Werde nicht mehr lange ... auf dieser Welt ... verlasse euch ... in dunkler Stunde ...«

»Wir sind vorbereitet, Majestät«, versicherte Fürst Narwan. »Ihr habt uns stets gut und verlässlich geführt.«

»Nein«, widersprach Elidor und schüttelte trotz seines geschwächten Zustands den Kopf, »habe ich nicht ... Reich von meinem Vater Gawildor übergeben ... schützen und erhalten ... viele Fehler gemacht ... ein junger Narr ...«

»Wir alle haben Fehler gemacht, Hoheit«, sagte Farawyn, der direkt neben Caia stand, die noch immer am Bett ihres Liebsten kauerte, »und ein Narr seid Ihr ganz sicher nie gewesen. Ihr habt nur versucht, dem Schönen in der Welt den Vorzug vor dem Hässlichen zu geben.«

»Aber ich habe ... schändlich versagt ...«

»Noch ist Tirgas Lan nicht untergegangen«, widersprach der Älteste mit ruhiger Stimme, »und dazu habt Ihr entschieden beigetragen. Und selbst wenn wir diesen Krieg verlieren sollten, wäre es angesichts einer solchen Übermacht keine Schande zu versagen.«

»Darf ... keinesfalls geschehen ... Elfenvolk muss weiterleben ... hört Ihr? Hört Ihr mich ...?« Die geröteten Augen weit aufgerissen, versuchte Elidor sich aufzurichten, aber es gelang ihm nicht einmal, als Caia auf der einen und ein Leibdiener auf der anderen Seite ihn dabei stützten. Hustenkrämpfe schüttelten ihn, und das Gift schien ihm grässliche Schmerzen zu bereiten. Stöhnend sank der König auf sein Lager zurück.

»Wir werden um das Überleben kämpfen, Majestät«, versicherte General Irgon, die eine Hand am Schwertgriff, die andere zum Schwur erhoben. »Bis zum letzten Atemzug.«

»Ich ... weiß, General«, versicherte Elidor. »Aber das Volk ... braucht Führung ... wenn es überleben soll ...«

»Sorgt Euch nicht darum, Hoheit«, legte Farawyn ihm nahe. Elidor jedoch war entschlossen, seine Gedanken zu äußern, ganz gleich, wie viel Kraft es ihn kosten mochte.

»Hinterlasse keinen Erben ... neuer König ...«

»Darum werden wir uns kümmern, wenn die Gefahr gebannt ist«, versicherte Narwan. »Die Fürsten werden darüber entscheiden, wer ...«

»Nein«, lehnte Elidor ab, seinem gebrechlichen Zustand zum Trotz mit einer Bestimmtheit, die keinen Widerspruch duldete. »Werde meinen Nachfolger ... selbst bestimmen.«

»Ich bedaure sehr, Majestät«, wandte Narwan stammelnd ein, »aber das ist nicht möglich. Wenn ein Monarch von uns geht, ohne einen Erben zu hinterlassen, so ist es die Aufgabe des Kronrats ...«

»Es sei denn, es herrscht Krieg«, fiel General Irgon ihm ins Wort. »In diesem Fall obliegt es dem Herrscher selbst, seine Nachfolge zu regeln, damit das Reich im Kampf gegen seine Feinde nicht ohne Führung sei.«

Narwan blickte nervös zu den anderen Beratern, die ihm nickend zu verstehen gaben, dass das Gesetz tatsächlich eine solche Regelung vorsah. Sie war wohl aus den Erfahrungen des Ersten Krieges heraus eingeführt worden, hatte in der jahrtausendelangen Geschichte des Reiches jedoch noch niemals Anwendung gefunden.

Bis heute ...

»Wer, Hoheit?«, erkundigte sich Fürst Narwan, nachdem er die erste Überraschung verwunden hatte. »Wer soll Euer Nachfolger auf dem Thron von Tirgas Lan werden? Wer soll künftig die Elfenkrone tragen?«

Elidors Antwort fiel knapp aus.

Sie bestand nur aus einem Wort.

»Farawyn.«

Atemlose Stille trat ein. So sehr sich alle danach sehnten, dass die Führung des Reiches in diesen unsicheren Zeiten in die Hände eines ebenso starken wie weisen Herrschers überging, so überrascht waren sie auch. Noch nie hatte ein Angehöriger des Ordens von Shakara auf dem Alabasterthron gesessen. Im Gegenteil, die Trennung von Zauberei und Regierungsgewalt war über Jahrtausende hinweg ein fester Grundsatz gewesen, den zuletzt Elidors Vater mit eiserner Härte durchgesetzt hatte – und den sein Sohn nun kurzerhand über den Haufen warf.

Niemand wollte sich dem Gedanken ganz verschließen, aber natürlich gab es Zweifel, und selbst Granock war nicht frei davon. Nur einer schien über diese Entwicklung kaum überrascht zu sein, obschon sie ihn am meisten betraf.

Farawyn selbst ...

»Seid Ihr sicher, dass Ihr das wollt, Hoheit?«, fragte er so, als hätte er mit nichts anderem gerechnet. War das der Fall? Hatten seine Visionen ihn womöglich schon vor langer Zeit über diese Dinge in Kenntnis gesetzt?

»Bin ... sicher«, bestätigte Elidor mit zaghaftem Nicken, und seine Stimme verblasste zu einem Flüstern, sodass Farawyn an seinem Bett niedersank und sich dicht über ihn beugen musste, um noch etwas zu verstehen. »Versprecht mir ...«, hauchte der sterbende König.

»Was soll ich Euch versprechen, Hoheit?«

»Dass Ihr das Reich bewahren ... für seine Einheit sorgen ... das Volk retten ...«

»Ich werde mein Bestes geben«, versprach Farawyn, worauf der König zufrieden nickte – und dann in die letzten Todeszuckungen verfiel.

Caia hielt die eine, Farawyn die andere Hand, als der Herrscher von Tirgas Lan schließlich sein Leben aushauchte. Mehrmals warf Elidor das Haupt hin und her, so als könne er noch keine Ruhe finden, dann endlich entkrampfte sich sein gepeinigter Körper, und er lag still.

Farawyn schloss ihm die Augen, und Caia, deren Tränen sich nun ungehemmt Bahn brachen, sank weinend am Totenlager ihres Geliebten nieder.

Elidor, König des Elfenreichs, war tot.

Farawyn erhob sich, nun doch sichtlich erschüttert. Respektvoll senkte er das Haupt und hielt eine stille Andacht für den Herrscher

Tirgas Lans, der trotz seiner Jugend und Unerfahrenheit über sich hinausgewachsen und dem Reich ein guter und gerechter König gewesen war, und dessen Geist niemals Eingang in die Versammlung der Ewigen Seelen finden würde. Unwiederbringlich war er verloren, wie so viele in diesen Tagen, ein entsetzlicher Verlust.

Beklommenes Schweigen hatte sich über das Schlafgemach gesenkt, nur Caias Schluchzen war zu hören. Die Trauer war allgegenwärtig und beinahe körperlich zu greifen, dennoch wussten alle, dass sie sich ihr nicht lange ergeben durften. Denn der grausame Feind stand noch immer vor den Toren und begehrte Einlass.

»In den alten Zeiten«, brach Farawyn deshalb das Schweigen, »war es Sitte, eine Frist von zehn Tagen zu wahren, um das Andenken des verstorbenen Königs zu ehren. Erst dann wurde sein Nachfolger ins Königsamt eingeführt. Auch unser guter König Elidor hätte diese Ehrung verdient, meine Freunde, aber wir alle wissen, dass die Zeiten nicht dazu angetan sind. Wer also soll Euer neuer Anführer sein, nun, da Elidor von uns gegangen ist? Wer soll Euch führen in diesem letzten Kampf?«

»Elidor hat Euch zu seinem Nachfolger bestimmt, Ältester Farawyn«, brachte Irgon in Erinnerung.

»Ich weiß, General, und wenn das Volk es so will, werde ich mich dieser Verantwortung nicht entziehen«, versicherte der Zauberer. »Aber Ihr alle wisst, dass dies einen Wandel bedeuten würde, einen grundlegenden Wechsel in der Geschichte unseres Volkes, und ich werde ihn nicht vollziehen, wenn welche unter Euch sind, die Zweifel an mir hegen. Elidor wollte, dass ich Euch führe, und das kann und werde ich tun – aber ich muss alle geschlossen hinter mir wissen!«

Einmal mehr konnte Granock seinen alten Meister nur für dessen Klugheit und Schläue bewundern. Als Ältester von Shakara hatte Farawyn die Erfahrung gemacht, wie schwierig es war, etwas zu führen, das jederzeit auseinanderzufallen drohte. Angesichts der ungeheuren Bedrohung war es jedoch notwendig, alle Parteien vereint zu wissen und jede Rivalität von vornherein im Keim zu ersticken. Dies und nichts anderes war der Grund für sein scheinbares Zögern, sich Elidors Wunsch zu beugen – und es erfüllte seinen Zweck.

Die anwesenden Offiziere wie auch die Zauberer und die königlichen Berater verständigten sich mit Blicken. »Wir alle«, verkündete Irgon sodann, »wüssten niemanden sonst, der sowohl die Weisheit als auch die Stärke besitzt, das Reich in diesem Kampf zu führen.« Damit umfasste er sein Schwert, zog es aus der Scheide und hob die Klinge zum Gruß. »Heil dir, Farawyn, König des Elfenreichs!«

Die übrigen Generäle taten es ihm gleich und grüßten ebenfalls mit ihren Klingen, und auch die Berater und Ordensmitglieder stimmten in den Chor mit ein, indem sie Farawyn als Herrscher anriefen und die Wahl ihres verstorbenen Königs damit bestätigten: »Heil dir, Farawyn, König des Elfenreichs!«

Farawyn nickte nur.

Kein Lächeln war auf seinen Zügen zu sehen, keine Spur des Triumphs – aber auch keine Überraschung, sodass sich Granock endgültig sicher war, dass sein alter Meister all dies bereits vorausgesehen hatte. Oder vielleicht hatte es ihm auch sein messerscharfer Verstand verraten, mit dem sein ehemaliger Novize noch nie hatte Schritt halten können. Dennoch blieb ein schaler Beigeschmack, und Granock konnte nicht verhindern, dass er in diesem feierlichen Moment, der voller Trauer, aber auch voller Hoffnung hätte sein müssen, vor allem an Aldur denken musste, der ihm immer wieder gesagt hatte, dass Farawyns erklärtes Ziel die Elfenkrone sei.

Natürlich hatte Granock solche Vorwürfe stets weit von sich gewiesen, aber in dieser historischen Stunde, da Farawyn als neuer König des Elfenreichs angerufen wurde und erstmals in der Geschichte Erdwelts ein Zauberer den Thron von Tirgas Lan bestieg, da konnte er nicht anders, als sich Rothgans warnender Worte zu erinnern.

»Farawyn«, hatte dieser gesagt, »trachtet nicht weniger danach, sich Erdwelts Krone aufs Haupt zu setzen, als Margok es tut.«

8. EILÍALAS'Y'BRATHYRA

Einmal mehr hatte Rurak in die Kristallkugel geblickt – und war tief erschrocken über das, was er gesehen hatte.

Auf dem Thron sitzend, den er sich hatte errichten lassen und den die aufgespießten Häupter zahlloser erschlagener Feinde zierten, drehte der abtrünnige Zauberer die Kugel in seinen Händen. Längst hatte sie sich wieder eingetrübt, doch die Bilder standen ihm noch deutlich vor Augen. Und obwohl ein großer Sieg errungen worden war und der König der Elfen nicht mehr unter den Lebenden weilte, sorgte Rurak sich.

Der erste Schritt zur Eroberung Tirgas Lans war getan. Das Große Tor war gefallen, die Stadt selbst von den Horden des Dunkelelfen eingenommen worden. Der größte Teil Tirgas Lans befand sich damit bereits in seinen Händen. Das eigentliche Herzstück der Stadt jedoch, der Palast des Königs, der sich inmitten des Häusermeers erhob und dessen hohe Zinnen und Türme höhnisch herübergrüßten, war noch nicht erobert worden. Tausende von Verteidigern hatten darin Zuflucht gesucht, und auch wenn ihr Oberhaupt nicht mehr am Leben war, waren sie wohl noch längst nicht besiegt. Denn in ihrem Besitz befand sich etwas, von dem Rurak erst jetzt erfahren hatte.

»Sie haben den Kristallsplitter«, murmelte der Zauberer missmutig vor sich hin. »Sie haben den verdammten Kristallsplitter …«

Sein Unmut darüber war so groß, dass er die Kugel am liebsten von sich geschleudert hätte. Sein Plan war so sorgfältig durchdacht und ausgereift gewesen.

Er hatte Ardghal nach Andaril geschickt und auf diese Weise dafür gesorgt, dass der Mensch Granock – oder Lhurian, wie sie ihn jetzt nannten – nach den Fernen Gestaden gereist war und den Kampf gegen Rothgan aufgenommen hatte.

Wäre da nicht der Informant gewesen, den Rurak in Shakara unterhielt, so hätte er vermutlich nie von der Rivalität der beiden um die schöne Alannah erfahren – so jedoch hatte sie den willkommenen Anlass geboten, um die beiden gegeneinander auszuspielen. Tatsächlich hatte ihre Konfrontation dafür gesorgt, dass Rurak in Margoks Gunst wieder aufgestiegen war. Doch wie sich nun herausstellte, waren die Dinge einmal mehr dabei, ein gefährliches Eigenleben zu entwickeln – und wieder war es der Mensch Granock, der Ruraks Kreise störte.

Genau wie damals in Arun.

Und wie bei der Schlacht am Siegstein.

Ein drittes Mal durfte es nicht dazu kommen!

Trotz der Erfolge, die er als Oberbefehlshaber von Margoks Heer errungen hatte, sah Rurak seinen Ruhm schwinden. Wenn der Dunkelelf erfuhr, dass ein Splitter des Annun in die Hände des Feindes gelangt war, würde sein Zorn unermesslich sein. Noch dazu, wo er genau wusste, auf wessen Betreiben der Mensch nach Crysalion gelangt war.

Nur zwei Dinge konnte Rurak tun, um diese verderbliche, für ihn fraglos tödlich endende Entwicklung aufzuhalten: Zum einen musste er Margok die Existenz des Kristallsplitters um jeden Preis verheimlichen; zum anderen musste es sein Ziel sein, das Artefakt so rasch wie möglich in seinen Besitz zu bringen.

Leise stöhnend rutschte Rurak von der Sitzfläche des Throns. Sich auf seinen Zauberstab stützend, raffte er sich auf die schmerzenden Knochen. Nicht, dass seine Beschwerden auch nur einen Deut nachgelassen hätten, seit er die Blutfeste verlassen hatte – aber mit der Aussicht, in Margoks Gunst wieder ganz oben zu stehen, ließen sie sich leichter ertragen. Und die Tatsache, dass der Urheber dieser Schmerzen seine gerechte Strafe bekommen hatte, tat ein Übriges dazu.

Die Gnomen, die er zu seinen Leibdienern ernannt hatte und die um den Thron schwirrten wie Fliegen um einen Haufen Dung, spritzten quiekend auseinander, als ihr für seine Unduldsamkeit bekanntes Oberhaupt sich in Bewegung setzte. Auch die Orks, die zu beiden Seiten des Throns sowie an der Tür Wache hielten, warfen einander nervöse Blicke zu. Der Zauberer ignorierte sie, so gut er es vermochte. Zu dieser Zeit, in dieser Situation, waren sie ein notwendiges Übel. Aber natürlich waren sie nur niedere Diener, und die Vorstellung, dass er noch vor nicht allzu langer Zeit seine Tage damit verbracht hatte, eigentlich schon tote Unholde wieder zusammenzuflicken, ließ ihn im Nachhinein erschaudern.

Den *flasfyn* als Stock benutzend, schleppte er sich zu der Tür, die von der von Säulen getragenen Halle hinaus auf einen Balkon führte, von dem sich der westliche Teil Tirgas Lans gut überblicken ließ. Es war einer der Gründe dafür, warum er ausgerechnet dieses Haus zu seinem Feldherrensitz gemacht hatte; ein anderer war, dass es von den Horden der Orks, Trolle und Gnomen, die in die Stadt eingefallen und wie eine Sturmflut darüber hinweggebrandet waren, weniger in Mitleidenschaft gezogen worden war als andere Häuser. Noch vor Kurzem mochte es einem reichen Kaufmann oder einem Hofbeamten gehört haben – nun war es sein Domizil. Jedenfalls so lange, bis er im Palast von Tirgas Lan eine passendere Bleibe fand …

Durch einen mit filigranen Bildhauereien verzierten, an seinem höchsten Punkt mit einer steinernen Rose versehenen Spitzbogen trat der Zauberer ins Freie.

Die Dunkelheit und Kälte einer kalten Winternacht empfingen ihn, die, obwohl sich Mond und Sterne hinter dichten Wolken verbargen, von unzähligen Lichtern durchbrochen wurde – Brände, die in geplünderten Häusern loderten, und Freudenfeuer, die die Orks entzündet hatten, und um die sie im dumpfen Takt der Trommeln schreiend und grölend tanzten, um ihren Sieg zu feiern. Trunken waren sie, nicht nur vom Blut, das sie gesoffen, sondern auch von den Untaten, die sie begangen hatten, und von den Feuern stieg der ekelerregende Geruch von verbranntem Elfenfleisch auf.

Trotz des leisen Grauens, das selbst ihn befiel, fühlte Rurak grimmige Genugtuung. Es ließ sich nicht leugnen, dass das dunkle Zeitalter angebrochen war – und er würde alles dafür tun, dass es so rasch nicht wieder endete. Über die Siegesfeuer und die brennenden Häuser hinweg schweifte sein Blick zum Palast von Crysalion, der wie eine einsame Klippe aus dem Meer der Zerstörung ragte.

Noch jedenfalls ...

Denn schon bei Tagesanbruch würden die Wellen des Todes erneut gegen seine Fundamente branden.

Ruraks Blick wanderte an den glatten Mauern und hohen Zinnen empor bis zu den Türmen, die sich in den schwarzen Nachthimmel reckten und auf deren Spitzen und Kronen noch immer die Farben Tirags Lans und des Elfenreichs wehten, eine Provokation in Ruraks Augen. Und irgendwo hinter diesen Mauern, in einem dieser Türme, befand sich der Kristallsplitter, dessen Macht groß genug war, um über Sieg oder Niederlage zu entscheiden.

Rurak musste ihn haben.

Er würde seinen Spion anweisen, das Artefakt an sich zu nehmen und zu ihm zu bringen.

Noch in dieser Nacht.

»Ihr habt mich rufen lassen?«

Granock war in Farawyns Gemach eingetreten, und wie bei seinem letzten Besuch hatte sich die Tür wie von selbst hinter ihm geschlossen, allerdings ohne sich magisch zu versiegeln. Ihm fiel auf, dass er Argyll, den Koboldsdiener des Ältesten, noch immer nicht zu Gesicht bekommen hatte, obschon es hieß, er hätte seinen Meister nach Tirgas Lan begleitet.

»Ja, mein Junge.«

Anders als bei ihrer Unterredung am Vortag brannte kein Feuer im Kamin, trotz der Kälte des frühen Morgens. Der fahle Lichtschein, der durch das hohe Fenster fiel, spendete die einzige spärliche Beleuchtung, so als hätte Elidors Tod nicht nur jeden Funken Hoffnung, sondern auch jede wärmende Flamme in Tirgas Lan erstickt. Granock fror erbärmlich in seiner Robe, nicht nur der niedrigen Temperaturen wegen, sondern auch wegen des Schocks, den der Tod des Königs hinterlassen hatte.

Farawyn saß hinter dem schmalen Eichentisch, das Gesicht in den Händen vergraben. Vor ihm lag der Splitter des Annun, stumpf und grau, so als hätte er jeden Glanz verloren.

»Komm her, Junge«, forderte der Älteste ihn auf, und Farawyn trat an den Tisch. »Ich habe dich nie gefragt, wie es an den Fernen Gestaden gewesen ist.«

Die Frage kam unerwartet. Granock legte die Stirn in Falten. »Was genau meint Ihr, Meister?«

Farawyn schaute zu ihm auf, und Granock erschrak fast über die tiefen Furchen, die sich in das Gesicht des Zauberers eingegraben hatten. Im Unterschied zu allen anderen in Tirgas Lan schien er keine Tränen über Elidors Tod vergossen zu haben; die Hoffnungslosigkeit, die aus seinen müden, vom Schlafmangel geröteten Augen sprach, war jedoch noch schlimmer als alle Trauer.

»Wie war es, gegen einen Freund zu kämpfen?«, erkundigte sich der Älteste leise. »Was hast du dabei empfunden?«

Granock biss sich auf die Lippen. Er war sich nicht sicher, worauf sein alter Meister hinauswollte, und hätte ihn am liebsten danach gefragt, wie er es früher stets getan hatte. Ein Gefühl sagte ihm jedoch, dass es klüger war, einfach zu antworten. »Es war entsetzlich«, gestand er stockend. »Nie zuvor in meinem Leben habe ich etwas Schlimmeres getan. Obwohl Aldur – ich meine Rothgan – uns all diese Dinge angetan hat, war es, als würde ein Teil von mir getötet.«

Farawyn nickte, als hätte er nichts anderes erwartet. »Würdest du es wieder tun?«, fragte er dann.

Granock merkte, dass sich das Gespräch in eine Richtung entwickelte, die er nicht einschlagen wollte. »Nun«, hörte er sich vorsichtig sagen, »ich nehme an, dass, wenn die Situation ähnlich wäre und ich keine andere Wahl hätte ...«

»Ja?«

»... dass ich es dann wieder tun würde«, erklärte Granock ein wenig fester. »Warum wollt Ihr das wissen?«

Statt zu antworten, schaute Farawyn ihn nur prüfend an. Dann erhob er sich langsam. »Ich habe einen Fehler begangen«, erklärte er dazu. »Ich habe abgewartet und das Unausweichliche aufgeschoben, und wir wurden bitter dafür bestraft. Hätte ich den Splitter des Annun eingesetzt, wäre das Große Tor nicht gefallen. Dann wäre Tirgas Lan nicht in der Hand des Feindes, und König Elidor wäre noch am Leben.«

»Das wisst Ihr nicht, Meister«, widersprach Granock. »Außerdem, habt Ihr nicht gesagt, dass der Einsatz des Splitters ein unkalkulierbares Risiko darstellt? Dass wir dabei Gefahr laufen, zu verlieren, indem wir siegen?«

»In der Tat«, bestätigte Farawyn und kam um den Tisch herum auf Granock zu. Den Kristallsplitter ließ er fast achtlos auf der Tischplatte liegen. »Deshalb muss es mein Ansinnen sein, das Risiko zu beschränken, statt nach einer Möglichkeit zu suchen, es ganz zu vermeiden.«

»Aber Ihr seid an König Elidors Befehl nicht mehr gebunden. Den Splitter einzusetzen oder nicht, liegt nunmehr in Eurem Ermessen.«

»Tut es das?« Farawyn seufzte. »Du hast recht, die Dinge haben sich geändert. Das Schicksal des Elfenvolks liegt nun in meinen Händen, und deshalb bleibt mir keine andere Wahl, als den Kristallsplitter einzusetzen, wenn ich nicht den Untergang unseres ganzen Volkes in Kauf nehmen will.«

»Aber – sagtet Ihr nicht, dass Ihr genau das tun wolltet, wenn Ihr zu entscheiden hättet?«

»Das sagte ich. Aber ein junger Zauberer, der offenbar klüger ist als ich, erinnerte mich an meine Verantwortung gegenüber den Unschuldigen. Und nun, da sie tatsächlich auf mir lastet, kann ich all diese Leben nicht einfach wegwerfen.«

»Dann habt Ihr eine Möglichkeit gefunden, dem Einfluss des Kristalls zu entgehen?«, fragte Granock hoffnungsvoll.

»Nein.«

»Was wollt Ihr dann tun? Was, wenn die Macht des Kristalls Euch zum Werkzeug des Bösen werden lässt, genau wie Aldur?«

»Aus diesem Grund habe ich dich rufen lassen, Lhurian«, erwiderte Farawyn und sah ihm dabei tief in die Augen. »Ich brauche jemanden, der über mich und meine Taten wacht. Der mich bei dem, was ich tue, genau beobachtet.«

»Ich verstehe – und an wen habt Ihr dabei gedacht?«

»An dich, mein ehemaliger Schüler«, entgegnete Farawyn rundheraus. »Fühlst du dich dieser Aufgabe gewachsen?«

»Wenn ich Euch dadurch helfen kann, natürlich«, bestätigte Granock ohne Zögern. »Was genau verlangt Ihr von mir?«

»Du sollst über mich wachen und mich beobachten.«

»Ihr meint, wie ein Lehrer über seinen Schüler?«, fragte Granock, fast ein wenig belustigt über diese Verdrehung der Verhältnisse. »Und es Euch mitteilen, wenn ich an Euch eine Veränderung zum Bösen feststelle?«

»Das könntest du, denn Ehrlichkeit gehört von jeher zu deinen hervorstechendsten Tugenden«, stimmte Farawyn zu. »Allein, ich würde dir nicht glauben, denn die Wirkung des Kristalls würde meine Augen blind machen und meine Ohren taub für die Wahrheit. Solltest du feststellen, dass mich der Kristall verdorben hat, so wirst du dafür sorgen, dass er seinen Einfluss nicht weiter auf mich ausüben kann.«

»Wie? Indem ich ihn zerstöre?«

»Der Kristall selbst ist es nicht, von dem Böses ausgeht, Lhurian, vergiss das nicht. Mein alleiniger Wille ist es, der dies bewirkt.«

»Aber wie soll ich dann …? Ich meine …«

Der Älteste erwiderte nichts, sondern begnügte sich damit, seinem ehemaligen Schüler fest in die Augen zu sehen – und Granock dämmerte die schreckliche Wahrheit.

»Ihr … Ihr erwartet von mir«, ächzte er, während er kreidebleich wurde und sich sein Magen krampfhaft zusammenzog, »dass ich … dass ich Euch …?«

»Du hast eine solche Tat schon einmal begangen, und du würdest es wieder tun«, erinnerte Farawyn ihn unbarmherzig an seine Worte von vorhin.

»Aber ich … ich …« Vergeblich suchte Granock nach Ausflüchten. Es gab keine, wenngleich es ihm unmöglich schien zu tun, was sein Meister von ihm verlangte. Von Schaudern geschüttelt, ließ er den Kopf sinken. »Ich verstehe«, flüsterte er.

»Und?«, verlangte Farawyn zu wissen.

Granock zögerte. Plötzlich kam ihm ein Gedanke. »Habt Ihr ... habt Ihr es *gesehen*?«, fragte er und blickte zaghaft auf. »Ich meine, in Euren Visionen, da seht Ihr doch die Zukunft, nicht wahr? Wisst Ihr, was dort geschehen wird? Habt Ihr gesehen, dass ich ... ich meine, dass Ihr von meiner Hand ...«

Granock biss sich auf die Lippen. Er brachte es nicht über sich, das Undenkbare auszusprechen. Genau genommen begriff er ja noch nicht einmal, was hier überhaupt vor sich ging. Erlebte er all dies wirklich, oder war es nur eine Täuschung, ein dunkler Traum?

Er musste an Alannah denken und an sein Versagen in Andaril; an Yrena, die er bitter enttäuscht hatte; an all die Freunde, die er an den Krieg verloren hatte, und an die vielen unschuldigen Leben, die es zu schützen galt – und ihm wurde klar, dass er gar keine Wahl hatte. Er konnte nicht anders, als Farawyns Vorschlag zuzustimmen – auch wenn er selbst kaum glauben konnte, was er tat.

Seine rechte Hand zitterte, als er sie dem Ältesten entgegenstreckte, um den Bund zwischen ihnen auf Menschenart zu besiegeln. Einen Augenblick lang starrte Farawyn ihn nur an. Rührung, Dankbarkeit und Anerkennung spiegelten sich gleichermaßen in seinen Zügen. »Sohn«, sagte er dann, und ohne Granocks ausgestreckte Rechte zu beachten, fasste er ihn an den Schultern und zog ihn an sich heran, umarmte ihn so herzlich er es nur vermochte. Und trotz der Beklemmung, die er fühlte, hatte Granock den Eindruck, dass sie einander noch nie so nahe gewesen waren wie in diesem Augenblick.

Er währte nur kurz.

Denn einen Lidschlag später überschlugen sich die Ereignisse, so schnell und unvermittelt, dass zumindest Granock ihnen mit den Augen kaum folgen konnte.

Er selbst hatte das verräterische Aufleuchten des Kristallsplitters gar nicht wahrgenommen – Farawyn jedoch schien in gewisser Weise nur darauf gewartet zu haben.

»Nun endlich!«, rief der Älteste aus, und noch ehe er begriff, was geschah, wurde Granock von seinem einstigen Meister hart gestoßen. Er taumelte und ging nieder. Farawyn jedoch wirkte mit einer Schnelligkeit, die seinem Alter und seinem erschöpften Äußeren spottete, einen Zauber.

Es war ein *tarthan*, ein Gedankenstoß – aber Granock konnte beim besten Willen nicht erkennen, wem er gelten sollte. Der Impuls schien geradewegs ins Leere zu gehen, bis plötzlich ein Stöhnen zu vernehmen war und der Stuhl, auf dem Farawyn vorhin gesessen hatte, geräuschvoll zu Bruch ging. Allerdings nicht, weil er ebenfalls von der Gewalt des Zaubers erfasst worden wäre, sondern weil etwas hart und unsanft auf ihm gelandet war.

Oder vielmehr *jemand* ...

Granock traute seinen Augen nicht, als inmitten leerer Luft eine schemenhafte Gestalt erkennbar wurde, die aussah, als wäre sie von gesprungenem Glas überzogen. Blitzschnell schoss sie vom Boden hoch und bewegte sich blitzschnell auf den Tisch zu, wo noch immer der Kristall lag.

»Keinen Schritt weiter!«, rief Farawyn mit lauter Stimme, doch die Gestalt kam der Aufforderung nicht nach. Sie streckte ihre Hand – oder was immer es war – nach dem Kristallsplitter aus, und Farawyn, der sein Schwert gezogen hatte, hieb zu.

All das war innerhalb eines Atemzugs geschehen, sodass Granock kaum mitbekommen hatte, was geschah. Er begriff erst, als eine abgetrennte, blutige Hand auf dem Tisch lag. Ein gellender Schrei erklang dazu, und Granock wurde bewusst, dass er die Stimme kannte.

Der Schemen hatte Mühe, sich auf den Beinen zu halten. Er wankte hin und her, während aus dem Nichts Elfenblut pulsierte, ein grotesker Anblick. Dann verdichtete sich die Gestalt und gewann deutlichere Konturen. Eine hagere Gestalt in einer weiten Robe wurde sichtbar, dazu faltige Gesichtszüge und streng zurückgekämmtes Haar ...

»Cysguran!«

Farawyn rief den Namen, während der verblüffte Granock noch immer darüber rätselte, woher er die Stimme kannte. Und tatsächlich: Der Schemen, dessen schmerzverzerrte Züge jetzt deutlich hervortraten, war kein anderer als Farawyns Rivale!

Granock sprang auf wie von einer Tarantel gestochen. Er hielt den Atem an, während seine Blicke zwischen den beiden Zaubermeistern hin und her pendelten. Er erinnerte sich, dass Cysgurans *reghas* darin bestand, nahtlos mit der Umgebung zu verschmelzen und auf diese Weise unsichtbar zu werden – aber weshalb hatte er diese Fähigkeit gegen Farawyn eingesetzt?

»Habt Ihr wirklich geglaubt, dass Ihr mich noch einmal täuschen könntet?«, donnerte der Älteste, das Schwert noch in der Hand. »Dass ich so einfach zulassen würde, dass Ihr den Kristallsplitter stehlt?«

Cysguran erwiderte nichts darauf. Schwer atmend stand er vor dem Ältesten, auf den Tisch gestützt und den blutigen Stumpf an sich pressend – und wirkte plötzlich einen *tarthan*.

Der Gedankenimpuls traf Granock wie ein Fausthieb und schickte ihn erneut zu Boden, nicht jedoch Farawyn, der damit gerechnet zu haben schien. Mit einer fast beiläufig wirkenden Geste wischte der Älteste den Stoß beiseite und ließ ihn ins Leere gehen. Kurz darauf jedoch wurde Cysguran von einem nicht minder harten Hieb getroffen und zu Boden geschmettert. Und noch ehe er sich wieder erheben konnte, traf ihn ein Zeitbann.

Cysguran erstarrte, das Gesicht eine schmerzverzerrte Fratze. Farawyn nickte Granock in grimmiger Anerkennung zu. Dann trat er zu seinem hilflos am Boden liegenden Gegner, setzte ihm die Schwertspitze an die Kehle und wartete ab, bis die Wirkung des Banns nachließ.

»Könnt Ihr mich hören?«, fragte er nur, und Granock erschrak über die Kälte in der Stimme des Zauberers.

Cysguran nickte krampfhaft. Das Sprechen schien ihm schwerzufallen.

»Seid Ihr überrascht?«, fragte Farawyn.

Der andere antwortete nicht. Er schien damit beschäftigt, seine Selbstheilungskräfte einzusetzen, um die Blutung zu stillen und den Schmerz unter Kontrolle zu halten.

»Ich habe es geahnt, wisst Ihr«, erklärte Farawyn, »aber ich wollte es nicht wahrhaben, sagte mir immer wieder, dass es zu einfach wäre. Schließlich wart Ihr einst Palgyrs Anhänger, und es lag nahe, Euch zu verdächtigen. Aber genau das war Eure Strategie, nicht wahr? Ihr wusstet, dass das Ideal der Vergebung es uns verbieten würde, Euch erneut der Zusammenarbeit mit dem Feind zu bezichtigen.«

»Der Zusammenarbeit mit dem Feind?«, fragte Granock, der noch immer nicht verstand.

»Er ist ein Spion Margoks«, erklärte Farawyn, ohne mit der Wimper zu zucken. »Uns gegenüber hat er beteuert, sich von Rurak losgesagt zu haben; in Wirklichkeit hat er ihm all die Jahre weiter gedient. Kein anderer als er ist der Verräter, den wir in unseren Reihen hatten. Er war es, der dem Feind die Stadttore geöffnet hat!«

Granock schaute erschrocken auf Cysguran. Er hatte den eitlen und selbstsüchtigen Zaubermeister nie besonders gemocht, aber diese Wendung entsetzte ihn. Ebenso wie die zwangsläufige Folgerung, die sich daraus ergab. »Dann ... war er es auch, der Vater Semias ermordet hat?«

»In der Tat – und zahllose andere, die seines Verrats wegen sterben mussten. Nicht wahr, *Bruder*?«

Cysgurans Mundwinkel fielen in demonstrativer Abscheu nach unten. »Was fragt Ihr, wenn Ihr die Antworten schon kennt?«

»Nun wird alles offenbar«, fuhr Farawyn fort. »Deswegen wolltet Ihr, dass sich alle Zauberer nach den Fernen Gestaden begeben. Ihr wusstet, dass sie sich bereits in der Hand des Feindes befanden, und wolltet uns alle in die Falle locken.«

»Beinahe wäre es mir geglückt.«

»Beinahe«, stimmte der Älteste zu, »aber nun seid Ihr derjenige, der in die Falle gegangen ist.«

»Woher habt Ihr es gewusst?«, wollte Cysguran wissen.

»Von Argyll, meinem treuen Diener« erklärte Farawyn mit tonloser Stimme, »denn inzwischen habe ich ihn gefunden – oder besser das, was Euer tödlicher Zauber von ihm übrig gelassen hat. Ihr sagtet mir, dass mein Kobolddiener nicht auf seinem Posten wäre, in Wirklichkeit habt Ihr ihn getötet. Und ihr seid in jener Nacht in meiner Kammer gewesen, um auch mich zu ermorden. Nicht Ihr habt mich geweckt, sondern mein treuer Argyll mit den letzten Gedanken, die er auf dieser Welt hatte.«

»Bedauerlicherweise«, knurrte der Verräter. »Andernfalls würdet Ihr jetzt nicht mehr hier stehen.«

»Seither«, fuhr Farawyn unbeirrt fort, »habe ich Euch im Auge behalten. Ich wusste, dass es keinen Zweck haben würde, Euch öffentlich anzuklagen, zumal ich nicht wollte, dass ein neuerlicher Streit den Orden in diesen Tagen spaltet.«

»Ich dachte, Ihr würdet den Unhold verdächtigen.«

»Warum sollte ich? Rambok mag eine andere Hautfarbe haben, aber anders als Ihr trachtet er mir nicht nach dem Leben, sondern hat es mir unlängst im Kampf gerettet. Ich sagte dies nur, um Euch in Sicherheit zu wiegen, denn mir war klar, dass Ihr Euch früher oder später verraten würdet. Also habe ich den Köder ausgelegt und abgewartet.«

Cysguran biss sich auf die dünnen Lippen, als ihm klar wurde, dass er einen entscheidenden Fehler begangen und seinen Gegner unterschätzt hatte. Auch Granock wurde erst jetzt bewusst, was für eine zusätzliche Bürde der Älteste von Shakara in den letzten Tagen getragen hatte. Farawyn war klar gewesen, dass er den Verräter stellen musste, und er hatte den wertvollsten Köder eingesetzt, den er gehabt hatte – den Splitter des Annun. Nun dämmerte Granock auch, weshalb Farawyn darauf verzichtet hatte, die Tür seines Gemachs magisch zu versiegeln ...

»Es gab eine Zeit, da hatte ich gehofft, Euch benutzen zu können, um der Gegenseite gezielt falsche Informationen zukommen zu lassen«, sagte der Älteste, während er die Schwertspitze noch immer an Cysgurans Kehle hielt. »Aber das ist nun nicht mehr möglich.«

»Weshalb nicht?«, erkundigte sich der Abtrünnige. »Ich könnte es sehr wohl tun.«

»Und jene verraten, derentwegen Ihr uns verraten habt?« Farawyn schüttelte den Kopf. »Nicht einmal Ihr selbst würdet Euch so weit vertrauen. Mit den Entscheidungen, die Ihr getroffen habt, habt Ihr Eure Existenz verwirkt, Cysguran. So sehr ich es mir auch wünschte, Ihr könnt nicht am Leben bleiben. Denn zum einen habt

Ihr erfahren, was außer mir und meinem ehemaligen Schüler niemand je erfahren darf. Zum anderen ist das Auslöschen Eurer Existenz die einzige Gewähr dafür, dass Ihr keinen weiteren Schaden anrichtet.«

»Was Ihr nicht sagt. Wollt Ihr mir etwa drohen, Farawyn? Ich weiß, wie viel Euch das Gesetz bedeutet – und es besagt, dass kein Sohn Sigwyns getötet werden darf, gleich was sein Vergehen gewesen sein mag.«

»Das ist wahr«, gestand Farawyn leise und mit unüberhörbarer Trauer in der Stimme, »aber wir leben in Zeiten des Krieges. Unter Waffen pflegen die Gesetze bisweilen zu schweigen. Und bei allem, was Ihr getan habt, solltet nicht ausgerechnet Ihr Euch auf das Gesetz berufen.«

Granock konnte sehen, wie der Älteste den Schwertgriff noch entschlossener umfasste. »Meister!«, rief er warnend.

»Da seht ihr es, Farawyn«, versetzte Cysguran genüsslich. »Selbst Euer Zögling, obschon nur ein Mensch, will Euch davon abhalten, einen solchen Frevel zu begehen.«

»Ja«, bestätigte Farawyn leise, »denn in seiner Jugend hat er eines noch nicht erkannt.«

»Und das wäre?«, wollte der Verräter wissen.

»Dass wir den Menschen ähnlicher sind, als Ihr alle es Euch eingestehen wollt«, erwiderte der Zauberer, und indem er nur für einen kurzen Moment die Augen schloss, wirkte er einen Gedankenstoß, der auf die kurze Distanz verheerend war.

Mit vor Entsetzen geweiteten Augen sah Granock, wie der Brustkorb des wehrlos am Boden liegenden Cysguran wie von einer riesigen unsichtbaren Faust zerquetscht wurde. Es gab ein hässliches Knacken, Blutschwälle drangen dem Verräter aus Mund und Nase. Dann fiel sein Kopf zur Seite, und es war vorbei.

»*Meister!*«

Von Grauen geschüttelt, starrte Granock auf den entsetzlich zugerichteten Leichnam und das Blut, das sich über den Boden ausbreitete und in die Fugen zwischen den marmornen Fliesen rann. Fassungslos versuchte er zu begreifen, dass Farawyn, der Älteste des Zauberordens, soeben einen Wehrlosen getötet hatte, dem

Elfengesetz und dem Kodex von Shakara zum Trotz. Natürlich mochte es Gründe dafür gegeben haben, aber ...

Granock zuckte zusammen, als jemand mit den Fäusten gegen die Tür des Gemachs schlug.

»Meister Farawyn! Meister Farawyn ...!«

Der Zauberer, der bislang unbewegt über Cysgurans Leichnam gestanden hatte und erst jetzt wieder zu sich zu kommen schien, gerade so als erwache er aus einem Traum, schaute auf. Der Blick, mit dem er Granock bedachte, war unmöglich zu deuten.

»Ja?«, fragte er nur.

Die Tür wurde geöffnet, und ein Bote im Wappenrock des königlichen Hofs trat ein. Natürlich fiel sein Blick sofort auf den Leichnam am Boden, und dem panischen Ausdruck in seinem Gesicht war zu entnehmen, dass er nicht wusste, wie er darauf reagieren sollte.

»Was gibt es?«, wollte Farawyn von ihm wissen.

»General Irgon wünscht Euch umgehend zu sprechen, Sire«, stammelte der Bote und verbeugte sich. »Offenbar führt der Feind etwas im Schilde ...«

9. DAI TANTHAIARU

Begleitet von unstetem Fackelschein stiegen sie steile Stufen hinab, die sie tief unter den Palast von Tirgas Lan führten.

General Irgon ging voraus, Farawyn und Granock folgten, dazu Alannah und Meisterin Tarana sowie einige Offiziere. Der Bote hatte nicht gesagt, was genau es war, das der Feind angeblich plante, und Granock konnte es sich auch beim besten Willen nicht ausmalen. Sein alter Meister hingegen schien bereits eine Vermutung zu hegen. Granock konnte die Sorgenfalten auf Farawyns Stirn deutlich sehen.

Sie erreichten das Ende der Treppen und durchschritten dunkle Kavernen, die von gewaltigen gemauerten Säulen von zehn oder zwölf Schritten Durchmesser getragen wurden.

»Dies«, erklärte Farawyn dazu, »sind die Pfeiler, auf denen der Palast ruht, die Fundamente unseres Reichs.«

Granock nickte beeindruckt und ließ den Kristall seines Zauberstabs leuchten, aber auch er vermochte die Dunkelheit in dem Kellergewölbe nicht ganz zu vertreiben, sodass die Decke über ihnen nicht zu erkennen war. Dem kühlen Luftzug und dem Hall ihrer Stimmen nach, mussten die Säulen allerdings ziemlich hoch sein, ein weiteres Meisterwerk elfischer Baukunst.

Ihr Marsch endete vor einer Felswand, die die Kaverne zu einer Seite hin begrenzte. Granock schaute sich um, konnte jedoch nichts Auffälliges oder gar Bedrohliches entdecken.

»Was …?«, wollte er Farawyn fragen – aber der deutete nur stumm auf den Boden, wo sich eine Wasserpfütze befand.

Granock verstand nicht sofort; abgesehen davon, dass das Wasser abgestanden war und stank, schien ihm auch diese Pfütze nicht besonders gefährlich zu sein. Aber dann begriff er, dass Farawyn gar nicht die Pfütze selbst gemeint hatte, sondern die kleinen konzentrischen Kreise, die sich in regelmäßigen Abständen auf der Oberfläche bildeten, ehe sie sich vergrößerten und schließlich verebbten. Im Fackelschein waren sie deutlich zu sehen.

Wieder.

Wieder.

Und wieder ...

»Meine Wachen haben es auf einem ihrer Rundgänge entdeckt«, erklärte General Irgon dazu.

»Dann solltet Ihr die beiden befördern, General«, erwiderte Farawyn. »Denn es gehört nicht nur ein gutes Auge, sondern auch eine Menge Verstand dazu, die Bedrohung zu erkennen.«

»Wieso?«, fragte Granock, auch auf die Gefahr hin, damit einzugestehen, dass es ihm an Letzterem gebrach, »was haben diese Kreise zu bedeuten?«

»Sie entstehen durch Erschütterungen im Fels«, erläuterte Farawyn bereitwillig. »Jemand ist dabei, einen Stollen in Erdreich und Gestein zu graben.«

»Jemand?«, fragte Alannah. »Ihr meint ...?«

»Genau das.« Irgon nickte grimmig. »Offenbar wollen Margoks Horden sich auf diese Weise Zugang zum Palast verschaffen.«

»Das denke ich nicht.« Farawyn trat vor, legte die Handfläche auf den Fels und schloss für einen Moment die Augen, wobei offenblieb, ob er die Erschütterungen erspüren wollte oder auf eine Vision wartete wie seinerzeit im Kerker von Borkavor. »Ein Tunnel, wie breit er auch immer sein mag, gewährt stets nur einer begrenzten Anzahl von Kriegern Zugang. Er kann nur schwer verteidigt, dafür aber umso leichter zerstört werden.«

»Was vermutet Ihr dann?«, wollte Meisterin Tarana wissen.

»Ich denke«, antwortete Farawyn und ließ seinen Blick an den Fundamenten emporwandern, bis er sich in der Dunkelheit verlor, »dass sie die Mauern zum Einsturz bringen wollen. Dann hätten sie mit uns leichtes Spiel.«

»Die Mauern zum Einsturz?« Irgon und seine Obristen tauschten betroffene Blicke. Auch Granock fand den Gedanken alles andere als erheiternd. »Ihr meint, der Feind will den Palast unterminieren, so wie Zwerge es zu tun pflegen?«

»Ja und Nein. Zwerge pflegen Stollen anzulegen und mit Holz abzustützen. Anschließend verbrennen sie die Stützen, und der einstürzende Stollen bringt das darüberliegende Gebäude zu Fall. Ein solches Vorgehen hätte bei diesen Mauern jedoch keinen Erfolg, denn ihre Fundamente reichen tiefer in die Erde als die irgendeines anderen Bauwerks.«

»Aber was haben sie dann vor?«, fragte Granock.

Farawyn seufzte. »Ich fürchte, dass sie die zerstörerische Kraft der Blutkristalle nutzen werden. Bislang haben sie es nicht getan, obwohl wir wissen, dass sie sich noch immer in ihrem Besitz befinden.«

Granock und Alannah nickten. Damals in Arun waren Aldur und sie in der alten Drachenfestung Nurmorod auf die Blutkristalle gestoßen – Elfenkristalle, die man mit dem Lebenssaft unschuldiger Menschen verdorben und nur zu dem einen Zweck gezüchtet hatte, Tod und Vernichtung zu verbreiten.

Granock wusste, dass sie unter großer Hitze schreckliche Zerstörungskraft zu entfesseln vermochten – wenn dies in einem Stollen nahe der Kaverne geschah, konnte das die Pfeiler Tirgas Lans tatsächlich zerstören! Der Palast und die ihn umgebenden Mauern würden einstürzen, und was dann geschah, wollte sich Granock lieber gar nicht ausmalen, der bloße Gedanke war erschreckend genug. So also, sagte er sich, fügten sich also die einzelnen Steine in das Mosaik. Hatte Margok all diese Dinge von Anfang an geplant? Hatte er immer gewusst, dass der Kampf um Tirgas Lan auf diese Weise entschieden würde …?

»Was können wir tun, Hoheit?«, fragte Irgon Farawyn.

Der zum König erwählte Zauberer überlegte kurz und wandte sich dann wieder Granock zu: »Könntest du eine solche Explosion aufhalten? Ich weiß, du hast es schon einmal getan …«

Auch das stimmte – während der Schlacht im Flusstal hatte Granock sich und seinen Freunden das Leben gerettet, indem er seine Gabe benutzt und die vernichtende Wirkung für einige entscheidende Augenblicke hinausgezögert hatte. Aber würde es ein zweites Mal gelingen? »Ich bezweifle es«, gestand Granock ehrlich. »Damals hat es sich nur um einen einzigen Blutkristall gehandelt, und die Wirkung meines Zaubers war dennoch nur von kurzer Dauer. Wenn es diesmal mehr von ihnen sind oder sie an verschiedenen Orten gezündet werden ...«

»Und wenn wir den Splitter des Annun dazu benutzen, deine Kraft zu verstärken?«, wandte Alannah ein.

»Dann wäre ich vielleicht in der Lage, die Katastrophe ein wenig länger hinauszuzögern, keinesfalls aber lange genug, um die Mauern zu verstärken oder unsere Leute vom entsprechenden Abschnitt abzuziehen«, erwiderte Granock kopfschüttelnd. »Die einzige Art, einen Angriff dieser Art abzuwenden, ist, es erst gar nicht dazu kommen zu lassen.«

»Was meinst du?« Farawyn hob eine Braue.

»Jemand müsste den Palast im Schutz der Dunkelheit verlassen, den Eingang des Stollens suchen und ihn zerstören.«

»Das ist eine sehr gute Idee«, stimmte Irgon zu. »Ich werde einen Trupp von Freiwilligen zusammenstellen, der ...«

»Nehmt es mir nicht übel, General«, wandte Granock ein, »aber ich glaube nicht, dass diese Aufgabe von herkömmlichen Kämpfern bewältigt werden kann.«

»An wen hast du gedacht?«, wollte Farawyn wissen, obschon er sich die Antwort bereits denken konnte.

»Zauberer sollten gehen«, erklärte Granock nur. »Und ich werde sie anführen.«

»Du?« Farawyn musterte ihn mit einem stummen Blick. »Ist dir klar, worauf du dich einlässt, Junge?«

»Natürlich«, erwiderte Granock ohne Zögern, auch wenn es eine glatte Lüge war. Wie konnte er auch nur annähernd ermessen, welch große Verantwortung er sich in diesem Moment auflud? Er, der als Dieb auf den Straßen Andarils aufgewachsen war, wollte das Elfenreich vor dem sicheren Untergang retten! War das mutig? Lächerlich? Vermessen? Oder alles zusammen? Granock wusste es nicht, er hoffte nur auf eine rasche Entscheidung, ehe er es sich anders überlegte.

Farawyn schaute ihm prüfend ins Gesicht. Dann nickte er bedächtig. »Also gut, Lhurian. Ich lege das Schicksal Tirgas Lans in deine Hände.«

»Und in die meinen«, fügte Alannah unerschrocken hinzu, »denn ich werde dich begleiten.«

»Nein.« Granock schüttelte entschieden den Kopf. »Das kommt nicht infrage.«

»Warum nicht? Weil es zu gefährlich ist?« Sie lächelte schwach. »Du solltest mich besser kennen.«

»Aber ich … ich …« Granock suchte nach den passenden Worten. Er wollte ihr sagen, dass er sich um sie sorgte, dass er sie nach allem, was geschehen war, nicht noch einmal verlieren wollte, aber sie schien all das bereits zu wissen.

»Würdest du mich allein gehen lassen?«, fragte sie nur.

Granock schüttelte resignierend den Kopf.

»Das wäre also entschieden«, folgerte Farawyn. »Wer soll noch zu eurem Stoßtrupp gehören?«

»Rambok, denn er kennt die Schliche der Unholde«, erklärte Granock ohne Zögern. »Und gebt mir nur eine Handvoll Aspiranten aus meinem *dysbarth*.«

»Deine Schüler?« Farawyn schaute ihn zweifelnd an. »Ausgerechnet?«

»Vertraut mir, Meister«, bat Granock, »sie werden Euch nicht enttäuschen – und wenn doch, haben das Reich und der Orden und alles, wofür sie stehen, ohnehin keine Zukunft mehr, oder?«

»Nein«, stimmte Farawyn kopfschüttelnd zu, »das haben sie nicht. Dennoch hoffe ich, dass ihr nicht versagen werdet.«

»Ich weiß, Meister«, erwiderte Granock nur.

Er hatte einen neuen Auftrag bekommen.

Eine zweite Chance.

Und diesmal wollte er weder sich selbst noch irgendjemanden sonst enttäuschen.

Nun, mein Diener?

Die Stimme, die wie immer unvermittelt und aus dem Nichts zu ihm sprach, ließ Rurak einmal mehr erschaudern – obwohl der abtrünnige Zauberer diesmal fest damit gerechnet hatte, dass Margok mit ihm in Verbindung treten würde.

Mehr noch, er hatte darauf gewartet …

»Der Sieg gehört uns, Gebieter«, entgegnete er Beifall heischend.
Uns?, fragte Margok nur.
»Euch«, verbesserte sich Rurak augenblicklich. »Der Plan, den ich gefasst habe, ist aufgegangen. Das Große Tor ist gefallen, Tirgas Lan befindet sich in unserer Gewalt.«
Auch der Palast?
Rurak verzog das Gesicht. Es war nicht einfach, dem Dunkelelfen einen Erfolg als etwas anderes als bloße Pflichterfüllung zu verkaufen. Eigentlich hatte er die Gelegenheit nutzen wollen, um Margok zu erläutern, wie klug dieser daran getan hatte, sich von Rothgan abzuwenden und ihn zum Oberbefehlshaber seines Heeres zu machen. Doch der dunkle Herrscher schien nicht gewillt, sich das Eigenlob des Zauberers anzuhören.
»Nein«, kam Rurak daher nicht umhin zuzugeben, »der Palast noch nicht. Aber es ist nur noch eine Frage der Zeit, bis auch er fallen wird, Hoheit.«
Margok antwortete nicht, sondern ließ nur ein dumpfes Grollen vernehmen, sodass sich der Zauberer genötigt sah, in seiner Erklärung fortzufahren: »Der Plan, den ich entwickelt habe, wird die Mauern des Palasts nicht nur erzittern lassen, sondern sie endgültig zum Einsturz bringen«, beteuerte er. »Ich lasse Eure Pioniere einen Stollen graben, der tief unter ihre Bollwerke führt und den ich mit magischer Kraft zum Einsturz bringen werde. Danach …«
Und du glaubst, dass unsere Feinde dies nicht bemerken werden?, fiel Margok ihm ins Wort. *Dass sie keine Maßnahmen ergreifen werden, um es zu verhindern? Du hast schon einmal den Fehler begangen, Farawyn zu unterschätzen …*
Rurak zuckte innerlich zusammen. Es war schwer zu sagen, was ihn mehr kränkte – den Namen seines Erzfeindes zu hören oder die Tatsache, dass der Dunkelelf seiner Strategie ganz offenbar misstraute.
»Ich weiß, mein Gebieter«, beteuerte er. »Aber diesmal wird Farawyn uns nicht aufhalten, das schwöre ich Euch. Der Spion, den wir in seinen Reihen unterhalten …«
Cysguran ist tot, sagte Margok kalt.
»Was?«

Ich habe ihn wiederholt gerufen, aber er antwortet nicht mehr. Offenbar wurde sein Spiel durchschaut.

Rurak nickte. Mit der Öffnung des Großen Tores hatte der Spion seine Schuldigkeit getan, folglich war es nur von untergeordneter Bedeutung, ob Cysguran noch unter den Lebenden weilte oder nicht. Allerdings erklärte es, weshalb Margok ihm trotz seiner unbestreitbaren Erfolge mit Misstrauen begegnete. Oder hatte der Dunkelelf gar Kenntnis erlangt von der Existenz des …?

Rurak hütete sich davor, den Gedanken zu Ende zu bringen, und schirmte sein Innerstes gegen den Blick des unsichtbaren Auges, das drohend über ihm schwebte.

»Dies ist ein Verlust, aber ohne Bedeutung«, erwiderte er schließlich. »Cysguran war ein nützlicher Diener, aber wir brauchen ihn nicht mehr.«

Das ist wahr. Doch sein Tod beweist, dass Farawyn noch immer auf der Hut ist. Er wird alles daransetzen, deinen Plan, die Palastmauern zum Einsturz zu bringen, zu verhindern – und das ist gut so.

»Es – ist gut so?«, fragte Rurak ungläubig.

Ja, mein Diener. Denn dadurch werden unsere Feinde abgelenkt sein, und ich werde leichtes Spiel mit ihnen haben.

»Ihr, mein Gebieter?« Die Augen des Zauberers weiteten sich voller Unglauben, während er allein in seiner Kammer stand und sich augenscheinlich nur mit leerer Luft unterhielt. »Soll das heißen, dass … dass …?«

Die Zeit für meine Rückkehr ist reif, sagte Margok. Unendliche Genugtuung schien in seiner abgrundtiefen Stimme mitzuschwingen. *Nach Jahrtausenden des Wartens kann ich meinen Feinden endlich offen gegenübertreten. Wie sehr habe ich diesen Augenblick herbeigesehnt!*

»Und haltet Ihr ihn wirklich für gekommen?«, fragte Rurak, den der Gedanke, dass sein Herr und Meister persönlich nach Tirgas Lan kommen wollte, plötzlich erschreckte.

Ohne jeden Zweifel, entgegnete Margok mit einer Überzeugung, der sich zu widersetzen ein tödlicher Fehler gewesen wäre. *Der Dunkelelf wird dann in den Kampf eingreifen, wenn der Feind es am wenigsten erwartet, und die Stadt der Könige zerschmettern …*

10. ODAN DYTH

Der Klang der Schaufeln und Spitzhacken, die sich unablässig in Gestein und Erdreich gruben, war Musik in Thanmars Ohren.

Zugegeben, es war eine ziemlich schräge Melodie, die von den Wänden des dunklen, nur spärlich beleuchteten Stollens widerhallte. Aber eine, die Thanmar an das erinnerte, was er einst gewesen war, was er verloren hatte und was ihm genommen worden war – was er zurückgewinnen wollte.

Der Herzschlag des abtrünnigen Zwergs, in dessen Gesicht eine knollenförmige Nase wucherte und dessen Schädel zu beiden Seiten seiner Kopfhaut beraubt worden war, sodass in der Mitte nur ein schmaler Kamm von Haaren geblieben war, den Borsten eines Keilers nicht unähnlich, beschleunigte sich mit jedem Handbreit, den sich seine Leute weiter durch die Dunkelheit wühlten. Nicht mehr lange, und sie würden den Stollen bis weit unter die feindlichen Mauern getrieben haben. Und der Gedanke an die Zerstörung, die all die Arbeit der Dunkelzwerge dann anrichten würde, ließ ihren Anführer bereits jetzt frohlocken.

Er selbst war es gewesen, der Rurak den Vorschlag gemacht hatte, die Festung des Feindes zu unterminieren und die Stollen anschließend zum Einsturz zu bringen, indem man die Stützbalken in Brand setzte – auf diese Weise waren in alter Zeit viele Zwergenfestungen angegriffen und letztlich auch vernichtet worden. Der Schlächter hatte sich Thanmars Plan angehört und dann das getan, was er wie kaum ein Zweiter verstand – ihn so verändert, dass er ihn beim Dunkelelfen als seine eigene Entwicklung vorstellen und sich damit empfehlen konnte.

Thanmar trug es mit Fassung.

Zum einen diente er lange genug in Margoks Heer, um zu wissen, dass es bisweilen besser war, den Kopf unten zu behalten, wollte man ihn nicht verlieren. Zum anderen trug Rurak damit auch die Verantwortung, falls der Angriff fehlschlagen sollte – aber danach sah es nicht aus.

Unterstützt von einer Horde Orks, die wie von Sinnen auf das Gestein einschlugen, hatten Thanmar und seine Leute den Stollen bereits weit vorangetrieben – und das, obwohl der Boden von Trowna in der Tiefe von hartem Fels durchsetzt war. Wann immer die Gräber auf weiches Erdreich stießen, wühlten sie sich wie Maulwürfe hindurch; trafen sie auf Gestein, so gebrauchten sie die Hämmer und Spitzhacken mit derartiger Verbissenheit, dass sie kaum weniger rasch vorankamen.

Nur selten setzte der ehemalige Aufseher von Nurmorod das Leder ein, das am Gürtel seines mit Kettengeflecht verstärkten Mantels hing – der Hass und der Blutdurst, den Orks wie Dunkelzwerge in sich brodeln fühlten, trieb sie nachhaltiger an, als jeder Peitschenhieb es vermocht hätte. Sie alle brannten darauf, auch noch die letzte Bastion des Feindes zu überwinden und den Elfenpalast in Feuer und Blut versinken zu sehen. Die Unholde, weil es ihrer tumben, auf Zerstörung ausgerichteten Natur entsprach; die Zwerge, weil dann alles Unrecht, das man ihnen angetan hatte, gerächt sein würde.

Elfisches Gesetz war es gewesen, das sie aus ihrer angestammten Heimat vertrieben und sie zu Geächteten gemacht hatte; ein Gesetz, dem sich der Zwergenkönig untertänig gebeugt und das die Hinwendung zu bestimmten Kunstfertigkeiten verboten hatte. Thanmar und die Seinen hatten sich nicht daran gehalten und waren von ihren Gilden dafür hart bestraft worden. Unter den Anhängern Margoks jedoch hatten sie Zuflucht gefunden und eine neue Bestimmung, die sich nun bald erfüllen würde.

Im flackernden Schein der Grubenlampen beobachtete der Aufseher, wie eine neue Schicht von Gräbern anrückte, um dem

Untergrund ein weiteres Stück abzutrotzen. Andere Zwerge waren damit beschäftigt, das losgeschlagene Geröll einzusammeln und in bereitstehende Tröge zu schaufeln, die wiederum von bulligen Orks nach draußen getragen wurden. Die Aussicht auf baldige Beute und Ströme von Blut ließ die Unholde sogar ihre angeborene Abneigung gegen körperliche Arbeit vergessen.

Wie die Bauteile eines gut geschmierten, riesigen Räderwerks griffen die einzelnen Arbeitsgänge ineinander, organisiert von jener Präzision, für die Zwerge so berühmt wie berüchtigt waren. Unablässig wuchs der Stollen weiter, bis weit unter den feindlichen Palast, wo er den Kampf um Tirgas Lan schon bald beenden würde.

Zumindest war das Thanmars Überzeugung.

Hätte der Dunkelzwerg die Gabe besessen, das massive Gestein mit Blicken zu durchdringen, wäre er sich seiner Sache wohl weniger sicher gewesen.

Denn dort im Fels, in einem Hohlraum, der vor undenklich langer Zeit verschlossen worden war, verbarg sich etwas, das vom lärmenden Hammerschlag in seiner Ruhe gestört wurde.

Durch einen geheimen Tunnelgang, der von der nördlichen Mauer zu einem unweit entfernten Stallgebäude führte und von dem es hieß, er wäre in alter Zeit von Königin Liadin angelegt worden, damit sie sich heimlich mit ihrem Liebhaber treffen konnte, gelangte Granocks Trupp aus dem Palast.

Neben ihm selbst und Alannah gehörten sieben Aspiranten dem Stoßtrupp an, die allesamt aus seinem *dysbarth* stammten und von denen einige schon vor den Toren des Palasts gefochten hatten, unter ihnen auch Una und Eoghan. Von der offenen Verachtung, mit der Letzterer Granock in früheren Tagen begegnet war, war nichts geblieben. Genau wie alle anderen hatte auch er erkannt, dass das Elfenvolk es sich in diesen Tagen nicht mehr leisten konnte, in der Wahl seiner Verbündeten wählerisch zu sein. Und dass es nicht die Herkunft war, die über den Wert eines Wesens entschied, sondern die Gesinnung. Entsprechend hatte er auch nichts dagegen einzuwenden, dass fünf von Yrenas Paladinen den

Stoßtrupp als Eskorte begleiteten, die weniger erschöpft waren als Irgons Männer; und natürlich Rambok.

Es hatte eine Zeit gegeben, da hatte Granock dem Ork zutiefst misstraut, und obschon Rambok ihm inzwischen mehrfach das Leben gerettet hatte, vermochte er noch immer nicht zu sagen, was genau hinter den verkniffenen grünen Gesichtszügen mit den Schweinsäuglein vor sich ging. Eines jedoch stand fest: Granock war niemals zuvor jemandem begegnet, dessen Überlebensinstinkt so ausgeprägt gewesen war wie der des Schamanen, und da er bei seinesgleichen weder auf Gnade noch auf Verständnis hoffen konnte, würde er alles unternehmen, um dabei zu helfen, Margoks Horden zurückzuschlagen.

Granock öffnete die hölzerne Falltür einen Spalt weit und warf einen Blick hinaus.

Das Erste, was er wahrnahm, war beißender Verwesungsgeruch. Dann sah er, dass der Boden des Stallgebäudes von Blut überzogen war, das in der Kälte der Nacht gefroren war und dunkel schimmerte. Und inmitten der grausigen Eisfläche lagen die Kadaver unzähliger Pferde, die von den Orks aus purer Blutgier abgeschlachtet worden waren. Einige der Tiere waren grässlich verstümmelt, anderen war der Bauch aufgeschlitzt und die Innereien herausgerissen worden – und das aus bloßem Vergnügen daran, andere Kreaturen zu quälen.

Schaudernd wartete Granock ab, ob sich etwas regte. Als alles still blieb, öffnete er die Luke vollends und stieg lautlos aus dem Schacht. Alannah folgte ihm, dann die Menschenkrieger, die sich nach allen Seiten verteilten, um den Zauberern Schutz zu geben. Als Nächstes kamen die Aspiranten, zuletzt Rambok, der sich in vornehmer Zurückhaltung übte. Es war dem Ork anzusehen, dass er alles darum gegeben hätte, jetzt an einem anderen Ort zu sein. Aber Granock war sicher, dass er seine Pflicht dennoch erfüllen würde.

In gebückter Haltung huschten Granock und Alannah zu einem der glaslosen Fenster, durch die das graue Licht der Morgendämmerung fiel, und spähten vorsichtig hinaus.

In der Nacht hatte es weiter geschneit. Ein weißer Mantel überzog Häuser und Straßen und selbst die Leichen der Erschlagenen, sodass die Stadt trotz der heftigen Kämpfe, die in der Nacht getobt hatten, ein trügerisches Bild des Friedens bot. Nur hier und dort loderten Fackeln, deren Lichtschein schmutzig gelb durch den Nebel schimmerte, der zäh zwischen den Gebäuden hing. Feindliche Krieger waren nicht zu sehen – zu hören waren sie jedoch allemal: Kreischende Schreie und dumpfes Gebrüll hallten durch die Schwaden, ohne dass man hätte feststellen können, woher genau sie kamen.

»Gesang der *faihok'hai*«, knurrte Rambok, der neben Granock auftauchte und ebenfalls einen Blick riskierte. »Krieger der Orks allesamt *saobh*. Wollen Blut fließen sehen.«

»Als ob noch nicht genug Blut geflossen wäre«, zischte Alannah entrüstet.

Rambok bedachte sie mit einem undeutbaren Blick. »Du Orks schlecht kennen. *Saobh* gerade erst angefangen.«

Granock griff unter seine Robe und holte die Zeichnung hervor, die er auf der Grundlage des Modells angefertigt hatte, das im Thronsaal stand. Zu sehen waren die Nordmauer und ein Teil des Palasts sowie die angrenzenden Stadthäuser mit den dazwischen verlaufenden Gassen. Wenn Farawyns Vermutung richtig war, so musste der Stollen des Feindes sich unweit von hier befinden – und mit ihm auch sein Eingang ...

»Also los«, raunte er seinen Leuten zu. »Wir gehen hintereinander. Tretet jeweils in die Fußstapfen eures Vordermanns. Und seid so leise, wie ihr nur könnt!«

Er blickte nacheinander in die Gesichter seiner Aspiranten, und zum ersten Mal fiel ihm auf, wie unglaublich jung sie aussahen, selbst für Elfen. Ihre Augen allerdings waren vom Grauen gezeichnet, das sie gesehen hatten und das sie wohl niemals wieder vergessen würden. Granock nickte ihnen aufmunternd zu, dann schlich er zum Stalltor, das halb offen stand, und huschte hinaus.

Der frisch gefallene Schnee dämpfte seine Schritte, aber er barg auch Nachteile – zum einen deutlich sichtbare Spuren, zum anderen reflektierte er das Licht der Dämmerung, sodass es heller war, als es Granock und seinen Leuten recht sein konnte. Dennoch scherten sie sich nicht darum. Sie mussten den Eingang des feindlichen Stollens finden – taten sie es nicht, war ohnehin alles verloren.

Im Laufschritt huschte Granock zum nächsten Gebäude und duckte sich in dessen Schutz. Zwei der Paladine, die ihre Rüstungen zurückgelassen hatten, damit sie sich leichter und schneller bewegen konnten, und nur ihre Schwerter bei sich trugen, folgten ihm. Dann kamen Alannah und die Aspiranten, zuletzt Rambok mit den verbliebenen Kriegern.

Lautlos verharrten sie im Schutz eines Vordachs, und die Elfen lauschten hinaus in den kalten Morgen – als Una plötzlich zusammenzuckte.

»Ich höre etwas«, flüsterte sie.

»Ich ebenso«, stimmte Alannah zu.

»Hammerschläge«, bestätigte Eoghan, dessen feines Gehör das Geräusch ebenfalls ausgemacht hatte.

»Welche Richtung?«, wollte Granock wissen.

Alannah bückte sich, fegte den gefrorenen Schnee beiseite und legte die Hände flach auf den Boden. Dabei schloss sie die Augen und konzentrierte sich. Einen bangen Moment lang fragte sich Granock, ob es möglich war, die Erschütterungen, die von den Hammerschlägen herrührten, über eine solche Entfernung hinweg zu spüren. Natürlich, er hatte Elfen erstaunliche Dinge tun sehen, und die Erfahrung hatte ihn gelehrt, dass gerade Alannah in der Lage war …

»Diese Richtung«, verkündete sie unvermittelt und deutete eine schmale Gasse hinab, deren Häuser zu beiden Seiten geplündert worden waren. Die Fensterscheiben waren zu Bruch gegangen und die Wände mit Blut beschmiert.

»Bist du sicher?«

Der Blick, mit dem sie Granock bedachte, war Antwort genug. Er nickte entschlossen und bedeutete sowohl den Paladinen als auch den Aspiranten, sich für den Kampf bereitzuhalten. Er selbst wechselte den Zauberstab in die linke Hand und zog mit der Rechten das Schwert. Alannah tat es ihm gleich, ebenso wie die Zauberschüler, die leichte, gebogene Elfenklingen mitführten. Dann setzten sie sich erneut in Bewegung, die Gasse hinab, die Alannah ihnen bedeutet hatte.

Der Anblick der geplünderten Gebäude hatte etwas Beklemmendes. Wie die leeren Augenhöhlen ausgebleichter Schädel schienen die dunklen Fensteröffnungen auf sie zu starren. Trümmer der Einrichtung übersäten die Gasse, über die sich wiederum der Schnee gebreitet hatte, und hier und dort waren unter der weißen Decke auch die Leichen jener zu erahnen, die dem Blutdurst der Eroberer zum Opfer gefallen waren.

Una gab einen halb erstickten Schrei von sich, als ihr aus Eis und Firn die erstarrte Miene eines gefallenen Elfenkriegers entgegenblickte. Granock warnte sie mit einem strengen Blick. Sie bewegten sich auf feindlichem Territorium. Wenn sie vorzeitig entdeckt wurden, würde es ihnen nicht besser ergehen als jenen, die unter dem Schnee begraben lagen ...

Als sie das Ende der Gasse fast erreicht hatten, hob Granock den Arm. Der Trupp verharrte reglos.

Zusammen mit Alannah und dem Kommandanten der Menschenkrieger wagte er sich noch ein Stück vor und spähte hinaus. Die Gasse mündete auf den Vorplatz eines kreisrunden Gebäudes, das noch vor wenigen Tagen ein *cinurain* gewesen war, ein Ort der Musen und der Heiterkeit, an dem sich Dichter und Sänger begegnet waren und gemeinsam in ihren Künsten gewetteifert hatten. Die fröhlichen Lieder freilich waren verstummt – dafür konnte nun auch Granock ganz deutlich den Klang der Hämmer und Spitzhacken hören. Kein Zweifel, sie hatten den Stolleneingang gefunden.

Granock verzog grimmig das Gesicht. Zwischen den Säulen, die den *cinurain* umgaben und das kuppelförmige Dach trugen, waren zwei Dutzend Orkwachen postiert. Schemenhaft waren ihre bedrohlichem Umrisse im Nebel zu erkennen und die gelben Augen, die wachsam in die Dämmerung starrten.

»Seid ihr bereit?«, flüsterte Granock.

Alannah und der Anführer der Paladine, ein erfahrener Kämpfer namens Cynolf, nickten – und Granock wirkte einen Zeitbann. Dem Augenschein nach blieb alles unverändert – die Hammerschläge dröhnten weiter, während die Wachen nach wie vor unbewegt zwischen den Säulen standen. Jedoch hatten die Zauberer und ihre Gefährten nichts mehr von ihnen zu befürchten.

Vorerst ...

»Mir nach«, zischte Granock und rannte los, aus der Deckung, die die Gasse ihnen gegeben hatte, hinaus auf die freie Fläche. Die anderen folgten ihm mit wehenden Umhängen, deren graue Farbe sie mit dem Nebel verschmelzen ließ. Dann hatten sie den Musentempel auch schon erreicht.

Das Portal, das von zwei hünenhaften, im Zeitbann erstarrten Orks versperrt wurde, räumte Alannah kurzerhand, indem sie die beiden mit einem Gedankenstoß beiseite fegte. Rasch drang der Stoßtrupp zum eigentlichen Eingang vor, wo weitere Unholde postiert waren. Auch sie waren noch in Starre gefangen, jedoch deutete das Zucken in ihren Augen an, dass der Bann nicht mehr lange andauern würde. Zwar gab Granock alles, um die Wirkung so lange wie möglich aufrechtzuerhalten, aber der Blutdurst, der die Orks erfüllte, war so roh und unbändig, dass er ihm nicht länger Einhalt zu gebieten vermochte.

Die Wachen kamen zu sich – gerade rechtzeitig, um die Breitschwerter heranfahren zu sehen, die einen Lidschlag später in ihre Kehlen fuhren und sie röchelnd niedersinken ließen. Gleichzeitig jedoch erwachten auch die übrigen Wächter aus ihrer Lethargie und setzten heran, um die Eindringlinge aufzuhalten. Die meisten von ihnen endeten mit gebrochenem Genick, als die Aspiranten von ihren Gedankenkräften Gebrauch machten, ein paar wurden von Eislanzen durchbohrt, wieder anderen wurden die Schädel von messerscharfen Klingen gespalten. Der Kampf war ebenso kurz wie heftig. Dann stand der Zugang zum *cinurain* offen!

Rasch setzten Granock und die Seinen hindurch, ohne zu wissen, was sie jenseits der Pforte erwarten würde – und erlebten eine böse Überraschung.

Der marmorne Boden im Inneren des *cinurain* war mit brutaler Gewalt aufgerissen worden, und inmitten des weiten Runds, in dessen Wandnischen Büsten Lindragels, Euriels und anderer alter Sangesmeister aufgestellt waren, klaffte ein dunkles Loch, das in ungeahnte Tiefen zu reichen schien. Staub quoll daraus hervor und das Hämmern der Werkzeuge – umgeben jedoch war es von wenigstens drei Dutzend bis an die Zähne bewaffneter Orks, die sich den Eindringlingen mit gefletschten Zähnen und blanken Klingen zuwandten.

»*Shnorsh*«, schnaubte Rambok leise.

Meisterin Tarana konnte die Bedrohung fühlen, aber sie vermochte nicht zu sagen, was die Ursache war.

Bezog sich ihre Empfindung auf eine konkrete Gefahr? Oder war sie nur eine Reflexion dessen, was sie gesehen und erlebt hatte, eine Folge der Trauer und der Verzweiflung, die sich seit König Elidors Tod über alle Elfen gesenkt hatte?

Wachsam stand die Zauberin in der Kristallkammer von Tirgas Lan, den *flasfyn* mit beiden Händen umklammernd. Die grauen Strähnen, die ihr schwarzes Haar durchzogen, hatten sich seit Beginn des Angriffs auf Tirgas Lan stetig vermehrt, und der Blick ihrer waldgrünen Augen hatte seine Jugendlichkeit verloren. Beides waren untrügliche Anzeichen dafür, dass ihr *lu*, ihre Lebensenergie, nachgelassen hatte. Es wich aus ihr wie Wasser aus einem leckgeschlagenen Gefäß, eine Folge der zahllosen Schrecken, denen die Meisterin ausgesetzt gewesen war und vor denen keine Meditation zu schützen vermochte.

Taranas Augen verengten sich zu Schlitzen, während sie prüfend auf die achteckige, steinerne Fläche blickte, die die Mitte der Kammer einnahm und über der ein leuchtender Elfenkristall schwebte. Von Beginn des Konflikts an war es Farawyns Sorge gewesen, Margok, der immerhin der Entdecker der Schlundverbindungen gewesen war, könnte sich die Kristallpforte zunutze machen, um sich Zugang zum Palast zu verschaffen – aus diesem Grund hatte der Älteste sie mit einer Vielzahl von Bannsprüchen versiegelt und ließ sie bei Tag und Nacht von Ordensmitgliedern bewachen.

Doch so lange sie die Plattform auch beobachtete, alles blieb unverändert. Weder änderte der Kristall seine Farbe oder die Kraft seines Leuchtens, noch bildeten sich in der Luft jene charakteristischen Wirbel, die das Öffnen der Schlundverbindung ankündigten. Der Eindruck unmittelbarer Gefahr jedoch blieb bestehen.

Ganz deutlich konnte die Zauberin das Böse fühlen, nicht nur mehr außerhalb der Palastmauern, sondern in unmittelbarer Nähe.

Gerade so, als ob etwas – oder auch jemand – dabei wäre, sich Zugang zum Palast zu verschaffen und die Barrieren zu durchbrechen, die die Weisen so sorgsam errichtet hatten.

Aber wie war das möglich?

Welchen anderen Zugang als diesen konnten die Schergen des Bösen nach Tirgas Lan gefunden haben?

Fieberhaft dachte Meisterin Tarana darüber nach – und plötzlich wurde ihr klar, dass sie alle einem folgenschweren Irrtum erlegen waren.

Ein dumpfes Rauschen lag plötzlich in der Luft, das den Thronsaal von Tirgas Lan erfüllte und den Boden erzittern ließ. Auch der Kartentisch, auf dem das Modell der Stadt errichtet war, begann zu beben, und die verschiedenfarbigen Kiesel, die die feindlichen Heere darstellten, entwickelten ein Eigenleben und begannen über den Tisch zu wandern.

Die vier Elfenwächter, die den Thronsaal bewachten, tauschten betroffene Blicke.

Was ging hier vor sich?

Das Beben verstärkte sich, ebenso wie das unheimliche Geräusch. Kieselsteine fielen vom Tisch, und die Mauern und Türme des Stadtmodells kippten um. Ein Omen der Katastrophe, die über Tirgas Lan hereinbrechen würde?

Die Soldaten standen unentschlossen, wussten nicht, wie sie reagieren sollten – als aus der kreisrunden Öffnung, die in der Mitte des Thronsaals klaffte und den Blick auf die darunterliegende königliche Schatzkammer öffnete, plötzlich ein durchdringender Schrei ertönte.

Nun kam Bewegung in die Soldaten. Die hölzernen Schäfte ihrer Glaiven beidhändig umklammernd, rannten sie auf die Öffnung zu und starrten hinab. Was sie sahen, erfüllte sie mit tiefstem Entsetzen.

Denn inmitten der unermesslichen Reichtümer des Königsschatzes, so als hätten Silber und Gold und funkelnde Gemmen sich auf rätselhafte Weise verflüssigt, hatte sich ein Strudel gebildet, ein Wirbel, der sich immer schneller drehte.

»Was ist das?«, brüllte einer der Wächter gegen das Rauschen, das sich verstärkte, je schneller der Wirbel rotierte. Eine Antwort bekam er nicht. Keiner der Soldaten wusste, was dies zu bedeuten hatte, und die Panik, die sich ihrer bemächtigte, verhinderte jeden klaren Gedanken.

Das Rauschen wuchs sich zu einem Dröhnen aus, das schwer in der Luft lag und auf das empfindliche Gehör der Elfen schlug. Schon ließ der Erste von ihnen die Waffe fallen, um beide Hände auf die Ohren zu pressen – den Schmerz, den das Geräusch auslöste, vermochte er damit jedoch nicht fernzuhalten.

Auch die übrigen Wächter bekamen ihn zu spüren. Einer nach dem anderen sank nieder und begann laut zu schreien, doch das dröhnende Geräusch verschluckte ihre Stimmen. Und in diesem Moment begannen sich aus der verzerrten Wirklichkeit des Wirbels die ersten greifbaren Formen herauszubilden.

Es waren fürchterliche Kreaturen.

Vier an der Zahl, mit grässlichen, nach vorn gewölbten Echsenhäuptern und hin und her peitschenden Schwänzen. Der Strudel spie sie aus, und mithilfe ihrer Krallen kletterten sie mühelos an der Schachtwand der Schatzkammer empor, überstiegen die Ummauerung und gelangten so in den Thronsaal.

Mit den Wächtern, die kaum noch zur Gegenwehr fähig waren, hatten sie leichtes Spiel. Blutüberströmt sanken die Elfenkrieger nieder, während die Echsen sich wieder dem Strudel zuwandten und sich in Erwartung ihres Anführers untertänig verbeugten.

Die Zeit für Margoks Rückkehr war gekommen.

11. FLAS SHA MARWURAITH

Granock und Alannah warteten nicht erst ab, bis die Orks ihnen entgegenstürmten, sondern gingen sofort zum Angriff über.

Der Zeitzauber, den Granock wirkte, erfasste zwar nicht alle Unholde, jedoch die gesamte linke Flanke, sodass diese Krieger in Untätigkeit erstarrten und vorübergehend keine Bedrohung mehr darstellten. Den Orks auf der anderen Seite schlug aus Alannahs zarten Händen eisiges Verderben entgegen, das einige kurzerhand durchbohrte und andere mit einer dicken Eisschicht überzog, die sie elend zugrunde gehen ließ. Die Aspiranten, allen voran Una und Eoghan, griffen ebenfalls an und wirkten mehrere Gedankenstöße, die die Krieger von den Beinen rissen und sie in die klaffende Öffnung stürzen ließen, aus der sie nicht wieder auftauchten.

»Vorwärts!«, brüllte Granock, und die Schwertkämpfer aus Andaril fielen über die in unendlicher Langsamkeit gefangenen Orks her. Es war kein gerechter Kampf, wie sich Granock widerstrebend eingestand, aber wann in diesem mörderischen Krieg hatte die Gegenseite je Gnade gezeigt? Die Orks fielen unter den Klingen der Paladine, und selbst, als die Ersten von ihnen aus dem Zeitbann erwachten, blieb ihnen kaum eine Möglichkeit zur Gegenwehr.

Die verbliebenen Unholde rotteten sich zu einem versprengten Haufen zusammen, den die Zauberer dank magischer Kräfte jedoch wieder auseinanderrissen. Und als schließlich nur noch eine Handvoll Orks übrig war, wagte sich selbst Rambok vor und brachte seinen Dolch zum Einsatz.

»*Faihok*«, fuhr er einen seiner Artgenossen an, der mit durchschnittener Kehle niedersank, »merke dir, dass niemals anlegen mit Rambok dem Schamanen!«

Der Weg war frei. Schmale Leitern führten in die dunkle Grube, die der Feind gegraben hatte, um den Palast von Tirgas Lan zu unterminieren.

»Cynolf«, wies Granock den Anführer der Paladine an, »Ihr bleibt mit Euren Männern hier und bewacht den Zugang. Haltet uns um jeden Preis den Rücken frei.«

»Verstanden, Zaubermeister«, entgegnete der Mann aus Andaril und nickte. Seine Leute und er beraubten einige der gefallenen Orks ihrer Schilde und postierten sich schützend um die Grube, während Granock und die Aspiranten bereits hinabstiegen.

Sie hatten den Grund noch nicht erreicht, als dort zwei Dunkelzwerge auftauchten. Beide trugen Tragekörbe auf dem Rücken, die mit Geröll und Erdreich gefüllt waren und das Doppelte ihres eigenen Körpergewichts wiegen mochten. Als sie die Eindringlinge auf den Leitern bemerkten, wollten sie schreiend Alarm geben, aber es kam nicht dazu. Der eine wurde von messerscharfem Eis durchbohrt, ehe er auch nur einen Laut herausbrachte, der andere wurde von einem unsichtbaren Hieb getroffen, geriet ins Taumeln und stürzte, sodass sich der Inhalt seines Korbs über ihn ergoss.

Granock übersprang die letzten Sprossen der Leiter und landete weich federnd auf dem Grund des Schachts, unmittelbar vor der Mündung eines Stollens, der ihm drohend und dunkel entgegenblickte. Er brachte den Kristall seines Zauberstabs zum Leuchten und trat unerschrocken hinein. Alannah und die anderen folgten ihm, die Waffen abwehrbereit erhoben.

»Hörst du das?«, fragte die Elfin flüsternd. »Es ist plötzlich totenstill ...«

Granock schürzte die Lippen. Alannah hatte recht. Die Geräusche der Werkzeuge hatten ausgesetzt – was hatte das zu bedeuten? Ahnte man, dass Eindringlinge im Stollen waren? Oder hatte der Feind seine Arbeit bereits beendet und stand kurz davor, das Vernichtungswerk zu vollenden?

Unwillkürlich beschleunigten sie ihre Schritte. Wie lange der Stollen war, ließ sich nur schwer schätzen. In zwei sanften Biegungen wand er sich bis tief unter den Palast, und Granock kam nicht umhin, die Arbeit des Feindes zu bewundern. Der Stollen war ein meisterliches Beispiel zwergischer Bergbaukunst. Innerhalb kürzester Zeit war es Margoks kleinwüchsigen Helfern gelungen, einen geräumigen Gang von zehn Ellen Breite und sechs Ellen Höhe durch den Untergrund von Trowna zu treiben, dessen Decke durch hölzerne Balken gesichert wurde. Vermutlich, so nahm Granock an, waren dafür zahlreiche Kreaturen zu Tode geschunden worden, wie es der lebensverachtenden Natur des Dunkelelfen entsprach. Aber die Leistung war dennoch erstaunlich – auch wenn ihr einziger Zweck die Zerstörung Tirgas Lans war.

Schwacher Lichtschein drang plötzlich den Stollen herauf. Die Kristalle an den Zauberstäben verblassten, und im Schutz des Halbdunkels huschten die Eindringlinge weiter. Je heller der Schein der Grubenlampen wurde, desto vorsichtiger bewegten sie sich und erreichten schließlich das Ende des Stollens.

Der Anblick, der sich ihnen bot, war ebenso überraschend wie überwältigend, denn der Felsengang hörte nicht einfach auf, sondern mündete in eine geräumige Höhle von vielleicht zwanzig Schritten Durchmesser. Darin drängten sich mit Hämmern und Spitzhacken bewehrte Orks und Dunkelzwerge, die miteinander in heftigen Disput verstrickt zu sein schienen.

Was, so fragte sich Granock, ging hier vor sich?

Ihrer regelmäßigen Kuppelform nach zu urteilen war die Höhle nicht natürlichen Ursprungs, sondern dem Untergrund in zäher Arbeit abgerungen worden. Hatten die Dunkelzwerge etwa auch das in so kurzer Zeit bewerkstelligt? Granock konnte es sich kaum vorstellen, zumal die Felswände seltsam glatt waren, beinahe wie damals in Borkavor ...

Der Gedanke erschreckte ihn, und obwohl er den Grund dafür nicht benennen konnte, merkte er, wie auch Alannah neben ihm sich verkrampfte.

»Dies ist kein guter Ort«, flüsterte sie leise.

»Was meinst du?«

»Die Zwerge sind beim Graben auf diese Höhle gestoßen. Hier ist seit Jahrtausenden niemand gewesen.«

Granock nickte. Das war eine mögliche Erklärung für die Aufregung der kleinen Kerle und ihrer grünhäutigen Helfer, und es lieferte auch den Grund dafür, dass die Werkzeuge plötzlich verstummt waren. Aber es änderte nichts an der Mission, die sie zu erfüllen hatten.

»Das interessiert mich nicht«, erklärte er. »Unser Auftrag ist es, den Stollen zu zerstören. Kannst du die Burschen dort unschädlich machen?«

Alannah zögerte. Ihr Blick wirkte plötzlich abwesend, und sie schien mit ihren Gedanken woanders zu weilen.

»Kannst du es oder kannst du es nicht?«, wollte Granock wissen, der schon drauf und dran war, hinauszustürmen und die Dunkelzwerge, die gegen seinen Zeitzauber unempfindlich waren, mit blanker Klinge anzugreifen.

Alannah nickte und schien wie aus einem Traum zu erwachen. Was es gewesen war, das sie so in Bann geschlagen hatte, wusste er nicht, und es war ihm auch gleich. Er wollte nur den Auftrag zu Ende bringen, den Farawyn ihnen erteilt hatte und von dem das Überleben Tirgas Lans abhing.

Die Elfin konzentrierte sich und hob die Hände, wandte sich der Höhle zu, wo Orks und Zwerge sich noch immer nicht beruhigt hatten. Granock wartete darauf, dass glitzernde Pfeile aus Alannahs Händen schießen und sich in der Luft als blaues Eis manifestieren würden. Aber noch bevor die Elfin dazu kam, von ihrer Gabe Gebrauch zu machen, verfielen die Aspiranten plötzlich in aufgeregtes Geschrei.

Granock fuhr herum – und sah sich einer ganzen Meute mit Äxten bewaffneter Dunkelzwerge gegenüber, die den Gang herunterkamen. Und kein anderer als Rurak war ihr Anführer.

Tarana war auf dem Weg.

Entgegen des Befehls, den sie erhalten hatte, hatte die Meisterin ihren Posten verlassen. So schnell ihre kurzen Beine sie trugen, hastete sie die Stufen hinab, die sich von der Kristallkammer zum Thronsaal wanden, in der verzweifelten Hoffnung, dass ihr Verdacht sich als unwahr erweisen möge – aber was, wenn sie recht hatte?

Als bei der Schlacht im Flusstal die Heere des Lichts und der Finsternis erstmals aufeinandergetroffen waren, hatte sich der Dunkelelf einer geheimen Schlundverbindung bedient, um seine Kampfmaschinen und am Ende gar sich selbst über weite Entfernungen hinweg zu transportieren. Da aufgrund unveränderbarer Naturgesetze feststand, dass eine solche Verbindung stets einen Mittelpunkt und drei Ausgänge besitzen musste – deshalb wurde sie häufig auch Dreistern genannt – hatte man geglaubt, die geheimen Pforten genau zu kennen.

Das Zentrum vermutete man in der vergessenen Drachenfeste Nurmorod, die Margok zu seiner Waffenschmiede gemacht und von der aus er seinen Feldzug begonnen hatte.

Die zweite Pforte befand sich am Siegstein im Flusstal, wohin der Dunkelelf das Elfenheer bewusst gelockt hatte, um es zu vernichten.

Die dritte Pforte führte, wie sich inzwischen herausgestellt hatte, geradewegs an die Fernen Gestade, in den Palast von Crysalion.

Die vierte Pforte schließlich hatte man in Borkavor vermutet, von wo Margok den Verräter Rurak scheinbar mühelos befreit hatte.

Aber was, wenn dies ein Irrtum gewesen war?

Was, wenn es Margok gelungen war, seinen Diener auf andere Weise zu befreien und wenn die vierte Pforte in Wahrheit nicht in ungeahnte Ferne, sondern geradewegs hierherführte, in den Palast von Tirgas Lan? Würden die magischen Barrieren, die die Zauberer um den Thronsaal errichtet hatten, ausreichen, um das Eindringen des Bösen zu verhindern? Würden die Wächter in der Lage sein, einer solchen Bedrohung zu begegnen?

Tarana bezweifelte es, zumal infolge des frenetischen Rauschens, das ihr aus der Tiefe entgegendrang und mit nichts zu vergleichen war, das sie je zuvor vernommen hatte. Dazu war ein Beben zu verspüren, das sich mit jeder Stufe noch zu verstärken schien. Die Meisterin konnte nur hoffen, dass sie nicht die Einzige war, die es bemerkt hatte.

Endlich erreichte sie das Ende der Treppe und stieß die Tür auf, die in den Thronsaal führte. Was sie sah, erfüllte sie mit Entsetzen:

Die Wächter lagen erschlagen in ihrem Blut, an ihrer Stelle kauerten vier scheußlich anzusehende Kreaturen um die Öffnung zur Schatzkammer. Und aus der Tiefe drangen grässliche Geräusche, ein Kreischen und Heulen, das nahelegte, dass etwas Schreckliches im Begriff war, sich zu ereignen.

Tarana zögerte keinen Augenblick.

Obschon sie allein war, trat sie den Kreaturen entschieden entgegen, die mehr an Echsen denn an Elfen erinnerten, obwohl sie genau das einst gewesen waren. Es waren die *neidora*, Margoks berüchtigte Leibwächter – und wo sie waren, war meist auch ihr dunkler Herrscher nicht weit.

Den Zauberstab wie einen Speer in den Händen haltend, ließ die Zauberin einen gezackten, blau leuchtenden Blitz aus der Kristallspitze schlagen, der einen der Echsenkrieger erfasste. Der *neidor* sprang auf und verfiel in wilde Zuckungen, als die Energie des Blitzes ihn auffraß. Als schwelender Kadaver fiel er zu Boden, worauf seine Kumpane in wütendes Zischen verfielen und zum Gegenangriff übergingen.

Zwei von ihnen schleuderte Tarana mit einem Gedankenstoß zurück, der dritte setzte mit einem weiten Sprung heran, die Zähne gefletscht und die Klauen gespreizt, um die Zauberin zu zerfleischen. Indem sie erneut von ihrer Gabe Gebrauch machte, warf sie einen weiteren Blitz, der die Echsenkreatur aus der Luft pflückte und sie unsanft zu Boden holte. Der *neidor* wand sich im Todeskampf, während knisternde Entladungen über seinen Körper huschten und sein frevlerisches Dasein beendeten.

Tarana fuhr herum. Nach ihrer Rechnung waren noch zwei Gegner übrig, aber nur einer von ihnen war zu sehen. Der Echsenkrieger, ein besonders scheußlich anzusehendes Exemplar, aus dessen langem Maul klebriger Geifer troff, kauerte am Rand der Öffnung und starrte der Zauberin hasserfüllt entgegen.

Tarana atmete tief durch und sammelte sich innerlich. Sie musste Alarm geben, musste Farawyn und die anderen wissen lassen, dass der Feind geradewegs ins Herz von Tirgas Lan vorgedrungen war. Aber wie sollte sie …?

Mehr Zeit zum Nachdenken hatte sie nicht. Der *neidor* kam näher, nicht mit einem weiten Satz wie sein glückloser Vorgänger, sondern vorsichtig, mit angriffslustig vorgerecktem Haupt. »Du hättest nicht hierherkommen sollen, Kreatur des Bösen«, rief Tarana ihm entgegen, »denn hier endet deine Existenz! Bist du bereit, für Margok zu sterben?«

Der Echsenkrieger entblößte sein mörderisches Gebiss zu einem bizarren Grinsen und hob seine blutige Axt – in diesem Moment nahm Tarana aus dem Augenwinkel eine Bewegung wahr.

Der andere Echsenkrieger!

Blitzartig fuhr sie herum und sah den *neidor* geradewegs auf sich zukommen, eine Axt in der einen, eine gebogene Klinge in der anderen Klaue und die Reptilienaugen glühend vor Mordlust. Dieser *neidor* war größer und kräftiger als die anderen. Dinistrio, ihr grausamer Anführer!

Die Zauberin kam nicht dazu, Gegenwehr zu leisten. Sie duckte sich rasch, damit sie dem mit mörderischer Wucht geführten Axtblatt entging. Dennoch gelang es dem Angreifer, ihr einen Stoß zu versetzen, der sie taumeln ließ und zu Fall brachte. Der *flasfyn* entwand sich ihrem Griff und rollte über den Boden davon.

Dinistrio, der lachend über ihr stand, wollte erneut zuschlagen, doch sie stieß ihn mit einem *tarthan* zurück. Das Gewicht der schweren Axt brachte ihn aus dem Gleichgewicht, und der Echsenkrieger wankte. Tarana nutzte die Gunst des Augenblicks, um über den Boden auf ihren *flasfyn* zuzukriechen – doch ihre Rechte erreichte den Zauberstab nie.

Denn in dem Augenblick, in dem sie danach griff, ging ein weiteres Axtblatt nieder und durchtrennte ihren Unterarm mit furchtbarer Wucht. Der andere verbliebene *neidor* – ihn hatte sie völlig vergessen!

Hohnlachend stand die grausame Kreatur über ihr und schüttete ihren Spott über sie aus, allerdings nicht sehr lange. Ihre Wut, ihre Furcht und ihren Schmerz in einer einzigen energetischen Entladung bündelnd, entsandte Tarana einen vernichtenden Blitz auf ihren Peiniger, der ihn aus nächster Nähe traf und seinen Brustkorb trotz des eisernen Panzers, den er trug, auseinanderriss.

Der Rachen der Kreatur blieb offen stehen, ihre Augen starrten in purem Unverständnis. Dunkler Rauch quoll aus der schwärenden Wunde und wurde zu einer wehenden Fahne, als die Kreatur leblos von den Beinen kippte.

Tarana unterdessen hatte nach ihrem *flasfyn* gegriffen und wollte sich auf die Beine raffen. Den Zauberstab mit der Linken umklammernd, setzte die Zauberin alles daran, sich daran emporzuziehen, aber es gelang ihr nicht. Zu geschwächt war sie, zu groß der Schmerz trotz aller Selbstheilungskräfte, die sie verzweifelt anzuwenden suchte. Blut stürzte unaufhörlich aus dem Stumpf, den die Magierin an ihre Robe presste, während sie sich verzweifelt einzureden versuchte, dass der Körper nichts als eine Hülle war und der Geist der Materie zu jeder Zeit überlegen.

Sie merkte, wie ein dunkler Schatten auf sie fiel, und schaute auf. Dinistrio stand über ihr, seine beiden Waffen erhoben. Das Leuchten, das aus den kalten Augen des Echsenkriegers drang, war so grausam und voller Bosheit, dass sie erschauderte. Wie, so fragte sie sich, sollte das Licht jemals über solches Dunkel triumphieren?

In unendlicher Langsamkeit sah sie, wie es in Dinistrios Augen zuckte und die Klinge auf die Zauberin herabstieß, die schwer verwundet und entkräftet auf dem Boden kauerte – und in einem letzten, verzweifelten Willensakt stieß sie den *flasfyn* fast senkrecht empor, nur einen Lidschlag bevor das Schwert des Echsenkriegers sie ereilte.

Dinistrio hatte mit Gegenwehr nicht mehr gerechnet. Der Zauberstab, an dessen Spitze der Elfenkristall aufglomm, fraß sich unterhalb des Brustpanzers in den ungeschützten Bauch der Kreatur und entfaltete seine verderbliche Wirkung. Gleichzeitig spürte Tarana den vergifteten Stahl, der ihr in die Brust gefahren war und ihr Herz durchbohrt hatte.

Mit ersterbendem Blick schaute die kleinwüchsige Zauberin zu dem Echsenkrieger auf, und einen endlos scheinenden Moment starrten sie einander an, während sie in tödlicher Umarmung gefangen waren. Dann, plötzlich, zerplatzten Dinistrios Reptilienaugen wie überreife Früchte, und einen Herzschlag später dehnte sich sein grüner Echsenleib, blies sich auf wie ein verstopftes Gedärm und barst mit einem hässlich knirschenden Geräusch.

Hautschuppen, Fleischfetzen, Bruchstücke von Rippen und dunkler Lebenssaft klatschten in einem bizarren Regen nieder, während die Überreste von dem, was einst Margoks oberster Leibwächter gewesen war, zu einer grünen Masse zusammensank. Tarana, die noch immer auf dem Boden kauerte, und blutbesudelt war, wandte vor Abscheu den Blick. Sie unternahm nicht erst den Versuch, das Schwert herauszuziehen, das in ihrer Brust stak und ihr mit jedem Atemzug ein Stück Lebensenergie entriss. Ihr einziges Streben war darauf gerichtet, ihre Schwestern und Brüder zu warnen, nur darauf kam es noch an.

Denn während die Zauberin und die *neidora* gekämpft hatten, hatte sich das Kreischen aus der Tiefe immer noch verstärkt. Wind kam auf, der wie ein Sturm durch den Thronsaal peitschte und nicht nur die Fahnen und Standarten von den Wänden riss, sondern auch das Modell Tirgas Lans vom Tisch fegte, so als wolle er eine Vorausschau geben auf die Dinge, die da kamen. Entsetzt blickte Tarana zum Schacht – und erblickte voller Entsetzen die albtraumhafte Kreatur, die aus der Tiefe emporkam. Schnaubend und mit rasselnden Schwingen stieg sie über den Rand der Öffnung, gelenkt vom Willen des grässlichen Reiters, der in ihrem Nacken saß und eine riesige Kriegsaxt erhoben hielt, die von Dunkelfeuer umlodert wurde.

Margok!

Tarana ächzte entsetzt, wobei ihr Blut aus den Mundwinkeln rann. Sie wusste, dass ihr irdisches Dasein zu Ende war, doch sie wollte nicht vergehen, ohne ihre Freunde gewarnt zu haben. Mit der letzten Kraft, die sie noch aufbringen konnte, entließ die Meisterin einen Blitz aus ihren Händen, der jedoch nicht dem Dunkelelfen galt, gegen den sie ohnehin wehrlos war. Stattdessen zuckte die Entladung zur Kuppeldecke des Thronsaals empor und durchschlug diese, um als gleißendes Leuchtfeuer in die Dämmerung zu steigen.

Und mit einem lauten Donnerschlag, der Tirgas Lan in den Grundfesten zu erschüttern schien, starb die Zauberin.

Der letzte Gedanke, den ihr Bewusstsein formte, ehe es erlosch, galt Farawyn.

12. GYRTHARO URA

»Da sind sie! Vernichtet sie!«, keifte Rurak mit heiserer Stimme, als sie die Eindringlinge gewahrten – und die Dunkelzwerge gingen sofort zum Angriff über.

Sie trugen schwere Panzerung und waren bis an die fauligen Zähne bewaffnet. Und die blutglänzenden Schneiden ihrer Äxte verrieten deutlich, was den Paladinen aus Andaril widerfahren war, die den Stolleneingang bewacht hatten.

»*Tarthian!*«, rief Alannah, und die Aspiranten schickten den Angreifern einen gemeinsamen Gedankenstoß entgegen, der sie wie gegen ein unsichtbares Hindernis anrennen ließ. Einige der Zwergenkämpfer kamen zu Fall und landeten auf dem Rücken, zappelnd wie große Käfer. Andere wankten nur kurz und setzten die Attacke fort. Die Distanz war zu kurz, als dass Alannah ihre Gabe hätte zum Einsatz bringen können, und auch Granocks *reghas* war nutzlos. Was blieb, war nur der Kampf Mann gegen Mann.

Mit dem Schwert in der einen und dem *flasfyn* in der anderen Hand stellte sich Granock den Angreifern. Dem ersten Zwerg, der in die Reichweite seiner Klinge kam, brachte er eine klaffende Wunde bei, doch seine nachrückenden Kumpane ließen sich davon nicht beeindrucken. Ihre Äxte zum Streich erhoben, trafen sie auf die Aspiranten, und ein blutiges Handgemenge entbrannte, das die Zauberschüler nur verlieren konnten. Entsetzt sah Granock, wie einer von ihnen blutüberströmt zu Boden ging. Una und ein weiterer Aspirant schleuderten den Zwerg zurück und versuchten, sich ihrer Haut mit blanker Klinge zu erwehren, aber der rohen Stärke der Dunkelzwerge hatten sie nichts entgegenzusetzen. Dazu eilten von der anderen Seite des Stollens nun auch noch die Gräber heran, Orks und Zwerge gleichermaßen, um sich mit Hämmern und Spitzhacken auf die Eindringlinge zu stürzen. Alannah empfing sie mit einer Kaskade aus Eis, die zwei der Orks pfählte. Der Rest zeigte sich davon jedoch unbeeindruckt.

Granocks Blicke flogen hin und her – sein versprengtes Häuflein von Zauberschülern stand Rücken an Rücken gegen eine hoffnungslose Übermacht, und es lag nicht in seiner Macht, die Angreifer aufzuhalten. Widerstrebend musste er sich eingestehen, dass ihre Mission kläglich gescheitert war. Nur eines konnte er tun – den Mann bestrafen, der all dies Unheil zu verantworten, der den Orden verraten und sich mit dem Feind verbündet hatte, der für den Tod so vieler Unschuldiger verantwortlich war und der Margoks Rückkehr erst ermöglicht hatte ...

»Rurak!«

Zornentbrannt schrie er den Namen des Verräters, und indem er gleich drei Zwerge auf einmal beiseite fegte, sprang er auf den Zauberer zu. Rurak – oder Palgyr, wie er sich einst als Mitglied des Zauberrats genannt hatte – war kaum mehr wiederzuerkennen. Unzählige Narben überzogen sein von Brandwunden entstelltes Gesicht, das kalte Augenpaar darin jedoch war noch immer dasselbe.

Granock wollte einen weiteren *tarthan* wirken und Rurak damit treffen, doch der Verräter wehrte den Angriff mühelos ab. »Sieh an«, spottete er, »sein Instinkt hat den Dunkelelfen also nicht getrogen. Er ahnte, dass ihr versuchen würdet, meine Pläne zu durchkreuzen – aber ich hätte nicht gedacht, dass Meister Lhurian persönlich erscheinen würde. Welch unverhoffte Ehre!«

»Spar dir das Gequatsche«, beschied Granock ihm in der Menschensprache – und schleuderte sein Schwert.

Der blitzende Stahl überschlug sich in der Luft und hielt geradewegs auf Ruraks Kehle zu, doch der Abtrünnige reagierte einmal mehr mit erstaunenswerter Schnelle und warf das tödliche Geschoss aus seiner Flugbahn.

Granock wartete nicht erst ab, bis das Schwert klirrend auf dem Boden gelandet war. Mit einem heiseren Kampfschrei auf den Lippen ging er zum Nahkampf über.

In atemberaubend rascher Folge prallten die Zauberstäbe der beiden Gegner aufeinander, während Entladungen sich gegenseitig abstoßender Energie aus den Elfenkristallen schlugen. Granock vermochte nicht zu sagen, was es war, das den mehr tot als lebendig aussehenden Verräter noch atmen ließ – Zauberkraft oder Bosheit oder eine Mischung von beidem. Aber Rurak kämpfte mit einer Kraft und Verbissenheit, die seinem entstellten Äußeren zutiefst widersprachen, und als Granock hart an der Schulter getroffen und zu Boden geschmettert wurde, dämmerte ihm, dass er seinen Gegner unterschätzt hatte.

»Heute, Meister Lhurian«, geiferte Rurak auf ihn herab, »wirst du etwas lernen, das dir bislang noch fremd geblieben ist. Du wirst einsehen, dass die dunkle Magie der lichten zu jeder Zeit überlegen ist!«

»Niemals«, widersprach Granock trotzig – und riss den *flasfyn* empor, um den Todesstoß abzuwehren, den Rurak ihm versetzen wollte. Mit vernichtender Wucht ging der Zauberstab des Verräters nieder, und es kostete Granock alle Mühe, den Schlag zu blocken. Über die gekreuzten Stöcke hinweg starrten die beiden Zauberer einander an, während sie sich gegenseitig einen Vorteil abzutrotzen suchten.

»Nun, mein Junge?«, verlangte der Verräter zu wissen. »Dämmert dir, dass du dir den falschen Gegner ausgesucht hast?«

Granock erwiderte nichts, er brauchte seinen Atem, um sich zu verteidigen. Mit übermenschlicher Kraft drückte Rurak ihn nieder, das hassverzerrte, von Brandnarben entstellte Gesicht des abtrünnigen Zauberers schwebte unmittelbar über ihm. Gleichzeitig merkte Granock, wie seine Körperkräfte ihn verließen, gerade so, als würde sein Gegner sie ihm entziehen und dadurch selbst an Stärke gewinnen ...

»Nun?«, höhnte er. »Wie gefällt es dir, der Unterlegene zu sein, törichter Mensch?«

Das Elfenbein seines *flasfyn* mit beiden Händen umklammernd, sank Granock zu Boden. Vergeblich versuchte er, sich seines Gegners mit einem Gedankenstoß zu entledigen. Der *tarthan* verpuffte so wirkungslos, dass Rurak ihn nicht einmal zu bemerken schien. Der Zauberer verfiel in kehliges Gelächter, und Granock dämmerte die Einsicht, dass dies womöglich das Letzte war, was er auf Erden zu hören bekommen würde.

Indem er all seine verbliebene Kraft zusammennahm, bäumte er sich noch einmal auf und versuchte, seinen Gegner von sich zu stoßen. Rurak, der damit nicht gerechnet hatte, wich für einen kurzen Moment zurück, den Granock nutzte, um sich blitzschnell herumzuwerfen und davonzuwälzen.

Den *flasfyn* in der Hand, raffte er sich wieder auf die Beine, schwankend angesichts der verlorenen Kräfte, die sein Gegner ihm abgetrotzt hatte. Mit verschwimmenden Blicken schaute er sich nach Rurak um – als dessen Zauberstab ihn wie ein Blitz aus heiterem Himmel traf.

Der Schmerz war so überwältigend, dass Granock glaubte, die Sinne würden ihm vergehen.

Ausgehend von seiner Brust, wo der *flasfyn* des Verräters ihn berührte, überzog ein heftiges Brennen seinen Körper, so als wäre ihm die Haut in Fetzen vom Leib gerissen worden. Er schrie auf und kam zu Fall, der Zauberstab entwand sich seinem Griff – und so lag er auf dem Boden, betäubt von Schmerz und unfähig sich zu bewegen, und erwartete sein Ende …

Margok triumphierte.

Auf den Schwingen des Stahldrachen, den dunkle Magie und die Kunstfertigkeit der Zwerge ins Leben gerufen hatten, hatte der Dunkelelf die geheime Kristallpforte durchquert, die ihn von Nurmorod ins Herz des Elfenreichs geführt hatte.

Nach Jahrtausenden, in denen sein Geist gefangen gewesen war im Niemandsland des Vergessens und er zu einem Schatten des einst so mächtigen Zauberers verblasst war, hatte er nun endgültig in die Welt der Sterblichen zurückgefunden. Nicht nur mehr als hinter vorgehaltener Hand geflüstertes Gerücht; nicht nur mehr als schaurige Kunde, die die Völker Erdwelts in Angst und Schrecken versetzte; nicht nur mehr als körperlose Stimme, die seine Anhänger dazu brachte, genau das zu tun, was er wollte; nicht nur mehr als unheimliche Schreckgestalt, die dem Tod näher war als dem Leben – sondern wirklich und höchstselbst, um sich das zurückzuholen, was ihm vor undenklich langer Zeit entrissen worden war.

Die absolute Macht ...

Während sein mechanisches Reittier, dessen äußere Form einem Drachen der alten Zeit nachempfunden war, dessen schimmernde Metallhülle jedoch mehr einem schwer gepanzerten Krieger glich, die Flügel ausbreitete und unter Rasseln und Stampfen in die Kuppel des Thronsaals hinaufstieg, brach der Dunkelelf in irrsinniges Gelächter aus. Der Verlust der *neidora* ärgerte ihn, aber es war nur ein Nadelstich, der letztlich ohne Bedeutung bleiben würde. In der neuen Weltordnung, die Margok errichten wollte, würde er keiner Leibwächter mehr bedürfen. Denn darin würde es keine Kreaturen mehr geben, deren Absichten und Gedanken gefährlich oder auch nur unabhängig genug waren, um sich gegen ihn zu richten.

Selbstständiges Denken, freie Entfaltung, eigenes Empfinden – all diese Dinge, die den Kern der Revolte in sich trugen, würde es unter seiner Herrschaft nicht mehr geben. Die Völker Erdwelts, zumindest jene, die nicht den Fehler begangen hatten, sich ihm zu widersetzen, würden weiterexistieren, aber nur noch seine, Margoks Gedanken, würden ihr Handeln bestimmen.

Mithilfe der Elfenkristalle, deren Geheimnis er schon vor langer Zeit erforscht hatte, würde er in die Köpfe seiner Untertanen blicken können und auch den leisesten Anklang von Ungehorsam im Keim ersticken. Es würde das Ende allen Zwists bedeuten und den Beginn einer neuen Zeitrechnung.

Der Ära des Dunkelelfen ...

Margok riss an den Zügeln seines mechanischen Reittiers, worauf weißer Dampf aus dessen Nüstern stieg. Die stählernen Flügel geißelten die Luft mit wuchtigen Schlägen, und die künstliche Kreatur wollte sich zur Kuppel emporschwingen, durch deren zerstörte Decke fahles Tageslicht hereindrang – als plötzlich die Tür des Thronsaals aufgestoßen wurde. Auf der Schwelle stand ein einzelner Mann, dessen weite Robe seine hagere Gestalt umflatterte.

Graue Strähnen durchzogen sein dunkles Haar, der Blick seiner dunklen Augen jedoch war fest und unerschrocken, so als hätte er bereits damit gerechnet, dem personifizierten Schrecken ins Auge zu blicken.

»Zurück, Ausgeburt des Bösen!«, brüllte er in der Elfensprache und stieß den Zauberstab empor, dessen Kristall matt leuchtete – eine erbärmliche Funzel angesichts der lodernden Axt in Margoks Klauen.

Obschon der Dunkelelf dem lächerlichen Alten nie persönlich begegnet war, wusste er, um wen es sich handelte, denn er hatte ihn wiederholt in Ruraks Kristallkugeln gesehen. Sein Name war Farawyn, und er gefiel sich nicht nur in der anmaßenden Rolle des Ältesten von Shakara, sondern behauptete auch noch von sich, die Gabe der Prophetie zu besitzen.

Margok lachte nur, und mit einer Kopfbewegung, die fast beiläufig wirkte, brachte er einen Gedankenstoß auf den Weg, der den Alten vor die Brust traf und ihn von den Beinen riss. »Du«, donnerte er dazu, »willst mir befehlen? Ausgerechnet du? Weißt du denn nicht, wer du bist?«

Mit einfältiger Beharrlichkeit raffte sich der Zauberer wieder auf die Beine, wobei er seinen *flasfyn* als Stütze benutzen musste.

»Alter Mann«, höhnte Margok von seinem hohen Sitz herab, »die ganze Zeit über hast du versucht, meine Rückkehr zu verhindern – doch wie du siehst, ist es dir nicht gelungen!«

Farawyn schickte sich an, einen *tarthan* zu wirken, doch der Dunkelelf ließ den Gedankenstoß mühelos von sich abgleiten. Er rächte sich, indem er den Ordensvorsteher von Shakara abermals zu Boden schmetterte. Diesmal so heftig, dass der Alte Schwierigkeiten hatte, wieder auf die Beine zu kommen.

»Hast du wirklich geglaubt, mir widerstehen zu können?«, rief Margok über das Rasseln und Schnauben des Stahldrachen hinweg. »Weißt du denn nicht, dass ich schon gegen deine Ahnen gekämpft habe und dass auch sie mir unterlegen sind? Und dass einer von ihnen mein ergebenster Diener gewesen ist?«

Dies zeigte Wirkung.

Genüsslich nahm der Dunkelelf zur Kenntnis, dass Farawyn unter seinen Worten beinahe ebenso zusammenzuckte wie unter der Wucht der Gedankenstöße. Die Geschichte seiner Familie war ihm also bekannt. Und vermutlich wusste er auch, was sie hervorgebracht hatte …

»Sein Name war Curran«, fuhr Margok fort, »und als ich daranging, die nutzlosen Verbote und Gesetze des Ordens zu missachten und eine neue Art von Kreaturen ins Leben zu rufen, da wollte er der Erste sein …«

»Wir alle wissen, was du getan hast, Margok«, rief Farawyn zurück, während er schwankend wieder auf die Beine kam, kein mächtiger Zauberer, sondern allenfalls noch ein Zerrbild davon. »Curran war verblendet. Er ist auf deine Lügen hereingefallen, so wie viele andere!«

»Dennoch wurde er der erste Vertreter meiner neuen Rasse, der erste Ork«, ätzte der Dunkelelf. »Hasst du mich deswegen so sehr, dass du glaubst, mich besiegen zu können? Glaubst du, ich wüsste nicht, wer du bist und was dich antreibt? Nichts entgeht mir, Farawyn, des Currans Spross!«

»Rede, was du willst!«, schrie Farawyn. »Die Vergangenheit hat keine Macht über mich!«

»Denkst du das wirklich?« Margok lachte kehlig. »Im Gegenteil, du Narr! Die Vergangenheit ist alles, was dem Orden und dem ach so stolzen Volk der Elfen noch geblieben ist – und sie ist auf dem besten Weg dazu, euch einzuholen!«

Damit hob er die Axt und riss an den Zügeln, um den Stahldrachen hinabfahren zu lassen und den anmaßenden Zauberer endlich zum Schweigen zu bringen – doch anders als er erwartet hatte, wich Farawyn weder zurück noch zeigte er Furcht.

»Die Vergangenheit ist dein Ursprung, Dunkelelf, und deine größte Schwäche«, rief er laut. »Du solltest dich lieber um die Gegenwart kümmern!«

»Warum?«, fragte Margok belustigt.

Farawyn antwortete nicht. Dafür zog er unter seiner Robe einen schmalen glitzernden Gegenstand hervor, der in seiner Hand grell zu leuchten begann.

Der Dunkelelf erkannte ihn sofort.

Es war ein Splitter des Annun.

13. DOTHAINUR'Y'DRAGDAI

»Woher hast du das?«, fragte Margok vom Rücken seines bizarren Reittieres herab, das unablässig mit den Flügeln schlug, um sich in der Luft zu behaupten. Mit grimmiger Befriedigung nahm Farawyn zur Kenntnis, dass ein Anflug von Überraschung in der Stimme des Dunkelelfen mitschwang.

Der Älteste vermochte nicht genau zu sagen, was ihn in den Thronsaal gerufen hatte. War es der Hilferuf gewesen, den Schwester Tarana mit letzter Kraft ausgesandt hatte? Oder hatte er die Bedrohung selbst gespürt? Hatte er sie in einer seiner Visionen vorausgesehen, womöglich schon vor langer Zeit?

Farawyn merkte, wie ihm sein Verstand zu entgleiten drohte. Mit aller Kraft schirmte er sein Bewusstsein gegen die Bosheit, die von Margok ausging. Unzählige Male hatte er sich gefragt, wie es sein musste, der personifizierten Schlechtigkeit zu begegnen. Nun erfuhr er es am eigenen Leibe, und ihm wurde klar, weshalb so viele Margoks Bann erlagen. Blanker Wahnsinn nagte am Verstande dessen, der dem Dunkelelfen gegenübertrat, abgrundtiefe Angst wollte ihn verzehren ...

»Sieh an«, rief er dennoch trotzig, während er den Kristallsplitter weiter erhoben hielt, »offenbar weißt du doch nicht alles, Qoray!«

»Qoray?« Die Gestalt auf dem Stahldrachen schüttelte unwillig den Kopf. Farawyn schauderte bei dem Gedanken, dass es der einst so vollendete Körper Riwanons war, einer Schwester des Zauberordens, der Margoks Geist beherbergte. Zwar war unter der schwarzen Rüstung, die der Dunkelelf trug, und infolge der dunklen Magie, die ihn durchdrang, nicht mehr viel davon zu erkennen; die schlanken, fast weiblichen Formen fielen jedoch auf und ließen den Dunkelelfen noch unheimlicher erscheinen, als er es ohnehin schon war. Schiefergraue, von dunklen Adern durchzogene Haut überzog die Hände und das Gesicht, aus dem ein rot glühendes Augenpaar starrte. Pechschwarzes Haar umloderte sein Haupt wie dunkles Feuer, und die Dunkelaxt in seiner Hand und der weite Umhang, die ihn wie Nebel umwallte, ließen keinen Zweifel daran, welch frevlerischer Mächte er sich bediente. »Willst du närrische Spiele mit mir treiben, alter Mann? Versuchst du, mich herauszufordern?«

»Keineswegs.« Farawyn schüttelte den Kopf. »Ich versuche dich nur an das zu erinnern, was du einst gewesen bist und was du wieder sein wirst – ein sterbliches Wesen.«

»Sterblich? Ich?« Margok lachte nur. »Du weißt nicht, was du da sagst. Ich habe schon existiert, als du noch nicht einmal ein Gedanke gewesen bist, und ich werde noch existieren, wenn dich die Welt längst vergessen hat. Ich habe die Jahrtausende überdauert, obwohl ich für tot gehalten wurde und meine Feinde zu triumphieren glaubten – doch nun bin ich zurückgekehrt und stärker als je zuvor.«

»Nicht stärker als die Kraft des Annun«, konterte Farawyn.

»Was willst du tun, alter Mann?«, tönte Margok. »Den Kristallsplitter als Waffe gegen mich gebrauchen? Du bist doch gar nicht in der Lage, seine Kräfte zu entfesseln!«

»Kannst du dir da so sicher sein?«, fragte der Zauberer.

»Um das zu tun, ist mehr vonnöten, als du zu geben bereit bist, alter Mann«, war der Dunkelelf ihm höhnisch. »Du müsstest dafür Dinge tun, die für dich unvorstellbar sind. Du müsstest Regeln brechen, müsstest alles verraten, das zu bewahren du geschworen hast, und verbotenen Künsten frönen ...«

»Und?«

»Du würdest lieber untergehen, als das zu tun«, war Margok überzeugt. Er schien seinem Reittier einen lautlosen Befehl zu geben, denn plötzlich hörte der stählerne Drache auf, mit den Flügeln zu schlagen. Stattdessen legte er sie an wie ein Raubvogel, der eine Beute gesichtet hatte – und stieß auf Farawyn herab.

Der Älteste von Shakara wusste, dass dies der Augenblick der Entscheidung war. Jener Moment, in dem er entweder sterben würde, aufrecht und den Prinzipien des Ordens treu – oder dem Feind die Stirn bieten und kämpfen, mit allen Mitteln, die ihm verblieben waren ...

»Stirb, elender Mensch!«

Unfähig, sich zu bewegen, lag Granock auf dem Boden. Ruraks Hieb hatte ihn entwaffnet und so geschwächt, dass er nichts tun konnte, als mit weit aufgerissenen Augen auf sein Ende zu warten. Triumphierend stand der Verräter über ihm, bereit, ihm mit dem Zauberstab den Rest zu geben.

»Du hast meine Pläne die längste Zeit durchkreuzt!«, keifte er. »Nun erst, am Ende deines jämmerlichen Daseins, begreifst du, dass das ein schwerer Fehler gewesen ist!«

Namenloser Hass verzerrte die entstellten Gesichtszüge des Zauberers, als er den *flasfyn* senkte. Die smaragdgrünen Kristalle im Totenschädel des Kopfstücks begannen grell zu leuchten, und Granock fühlte, wie seine Eingeweide und inneren Organe wie von einer unsichtbaren Klaue gepackt zu werden und plötzlich Ausbruch aus seinem Körper zu suchen schienen. Der Druck gegen seine Rippen war ungeheuer, der Schmerz unbeschreiblich, und einige Herzschläge lang glaubte Granock tatsächlich, er würde zerplatzen. Doch dann geschah etwas, womit weder er noch Rurak noch irgendjemand sonst im Stollen gerechnet hatten.

In seiner Pein nahm Granock das Fauchen und das entsetzte Geschrei kaum wahr, das aus der Felsenhöhle drang, und er bekam auch nicht mit, wie die steinernen Bodenplatten barsten und etwas aus der Tiefe kam, das einen riesigen Schädel hatte und einen langen Schweif, der unablässig hin und her peitschte – obschon er wie die ganze Kreatur nur aus bleichen, von einem blauen Schimmern umgebenen Knochen bestand. Dass etwas nicht stimmte, wurde Granock erst klar, als Rurak mit dem Todesstoß zögerte, sich umwandte ...

… und einen gellenden Schrei ausstieß!

Dann überschlugen sich die Ereignisse. Etwas, das bläulich leuchtete und so groß war, dass es den ganzen Stollen ausfüllte, kam den Felsengang herab und wischte mit atemberaubender Geschwindigkeit an ihm vorbei. Dabei packte es den noch immer aus Leibeskräften brüllenden Rurak und riss ihn mit. Einen Lidschlag später waren beide um die Stollenbiegung verschwunden.

»Was, zum Henker, war das?«, stieß Granock entsetzt hervor. Alles, was er gesehen hatte, waren ein mörderisches Gebiss und und ledrige Flügel gewesen, und für einen kurzen Augenblick hatte ihn der kalte Hauch des Todes gestreift.

»Der Dragnadh«, erklärte Alannah, die atemlos neben ihm auftauchte. Ihre Robe und die Schneide ihrer Elfenklinge waren blutbesudelt, aber sie selbst schien unverletzt. »Bist du in Ordnung?«

Granock nickte. Der Zauberbann, der ihn am Boden gehalten hatte, hatte mit Ruraks Verschwinden augenblicklich ausgesetzt, ebenso wie der Griff um seine Eingeweide. Schwerfällig raffte er sich auf die Beine. »*Dragnadh?* Du meinst, eines von diesen untoten Drachenviechern?« Er erinnerte sich an die Skelette, die von unheimlichem Leben erfüllt waren und die ihnen wiederholt als Reittiere gedient hatten.

»Nein.« Die Elfin schüttelte den Kopf. »Ich spreche nicht von irgendeinem, sondern von *dem* Dragnadh. Wie es heißt, war während des Ersten Krieges Tirgas Lan die einzige der Goldenen Städte, die nicht vernichtet wurden. Zu verdanken war dies dem Drachenwächter der Stadt, der Margoks Horden erfolgreich fernhielt – bis er vom Dunkelelfen erschlagen wurde. Aber die Legende sagt, dass der Dragnadh tief unter den Mauern Tirgas Lans ruht und dass er selbst aus dem Tode zurückkommen wird, um seinen Kampf gegen das Böse fortzusetzen.«

»Eine Legende?«

»Jedenfalls dachten das alle«, bestätigte Alannah. »Die Grabkammer existierte jedoch wirklich – und der Dragnadh scheint ebenfalls zu existieren.«

Granock war fassungslos. Nach all den Rückschlägen, die sie hatten hinnehmen müssen, konnte er kaum glauben, dass ihnen das

Glück auf so unverhoffte Weise zur Hilfe gekommen sein sollte. Aber Alannahs Geschichte erklärte immerhin, weshalb die Wände der Höhle ebenso glatt beschaffen waren wie jene der einstigen Drachenfeste Borkavor ... »Soll das heißen, dass ... dass dieses Ding tatsächlich auf unserer Seite steht?«, fragte er vorsichtig.

Vom Ende des Tunnels her flackerte lodernder Feuerschein, dazu waren die grässlichen Schreie von Zwergen und Orks zu hören, die bei lebendigem Leib geröstet wurden.

»Offensichtlich«, sagte Alannah trocken.

Granock wandte sich nach seinen Schülern um. Zwei von ihnen waren gefallen, zwei weitere im Kampf verwundet worden. Aber alle hatten sich tapfer bewährt und dem Feind bis zuletzt die Stirn geboten, und obwohl ihm derlei Gefühle gewöhnlich fremd waren, kam Granock nicht umhin, stolz auf sie zu sein.

»Dann lasst uns tun, wozu wir gekommen sind«, forderte er mit fester Stimme. »Zerstören wir den verdammten Stollen und sorgen wir dafür, dass er keinen Schaden mehr anrichten kann!«

14. DAIL

Im letzten Augenblick warf sich Farawyn zu Boden und wich dem Angriff aus. Gleichzeitig wirkte er einen Gedankenstoß.

Der Stahldrache, dessen metallene Klauen nach ihm hatten greifen wollen, verfehlte ihn daraufhin um Haaresbreite und zog scharf über ihn hinweg. Farawyn konnte den eisigen Luftzug spüren und den Pestatem des Dunkelelfen.

Er warf sich herum und konnte sehen, wie der Stahldrache fünfzig Schritte hinter ihm zur Landung kam. Die künstliche Kreatur schlug mit den Flügeln, ihr Schwanz peitschte wild hin und her, geradeso wie bei ihrem Vorbild. Margok war von jeher ein Meister darin gewesen, die Natur nachzuäffen, von den Orks bis zu den *neidora*. Der stählerne Drache jedoch, erfüllt von dunkler Magie, war sein jüngstes Hexenwerk.

Schwankend kam Farawyn auf die Beine, den Kristallsplitter in der einen, den Zauberstab aus Lindenholz in der anderen Hand. Er wartete nicht ab, bis Margok einen neuerlichen Angriff gegen ihn vortrug, sondern konzentrierte sich und wirkte einen *tarthan*, der für jede Kreatur Erdwelts tödlich gewesen wäre.

Der Dunkelelf reagierte mit beängstigender Gelassenheit.

Nur eine beiläufige Bewegung mit der Dunkelaxt kostete es ihn, den Angriff abzuwehren, in den Farawyn all seine Zauberkraft gelegt hatte. Der Gedankenstoß glitt von ihm ab und verging wirkungslos.

»Ist das alles?«, höhnte Margok von seinem schnaubenden Reittier herab, das sein metallenes Haupt gesenkt hatte wie ein wilder Stier. »Mehr hast du nicht zu bieten?«

Farawyn bebte innerlich. Nicht nur, dass der Dunkelelf die Stärke Qorays und Riwanons in sich vereinte, er hatte auch Jahrtausende Zeit gehabt, seine Kräfte zu regenerieren. Der Älteste hingegen hatte einen Kampf nach dem anderen ausgetragen, und er war müde.

Unendlich müde ...

»Gib es auf«, forderte der Dunkelelf ihn auf. »Du weißt, dass dein Widerstand gegen mich zwecklos ist, warum lässt du es also nicht? Du hast nichts mehr zu gewinnen, alter Mann – aber unendlich viel zu verlieren.«

»Genau wie du«, konterte Farawyn – und benutzte den Splitter des Annun dazu, seine Zauberkraft zu verstärken. Als er diesmal einen *tarthan* wirkte, verdichtete sich dieser zu einem gleißenden Blitz, der aus dem Kristall stach und Margok entgegenzuckte.

Der Dunkelelf richtete sich im Sattel auf, hob die Axt und parierte den mörderischen Angriff. Der Blitz zersprang in Myriaden winziger Entladungen, ohne erkennbaren Schaden anzurichten. Aber diesmal schien es ihn ungleich mehr Kraft gekostet zu haben, die Attacke abzuwehren.

Kurz hatte es den Anschein, als wanke Margok im Sattel – und Farawyn brachte sofort einen weiteren Blitzstrahl auf den Weg.

Diesmal jedoch war der Dunkelelf schneller.

Mit einer Gewandtheit, die in Widerspruch zu seiner Masse und seinem enormen Gewicht zu stehen schien, sprang der Stahldrache auf und schwang sich wieder in die Lüfte – der Blitz verfehlte ihn und schlug in die Wand. Den Naturgesetzen spottend, stieg die riesige Kreatur erneut zur Kuppel auf, und ihr Reiter verfiel in spöttisches Gelächter, als zwei weitere Attacken Farawyns ins Leere gingen.

Wie eine riesige aufgeschreckte Fledermaus flatterte der künstliche Drache unter der Kuppel umher, flog bald hierhin und bald dorthin, ohne dass ein Muster erkennbar und seine Bewegungen vorauszuberechnen gewesen wären.

Der Älteste besann sich.

So konnte er den Dunkelelfen nicht bekämpfen! Er musste näher an ihn herankommen – aber wie sollte er das zustande bringen?

Er hatte den Gedanken noch nicht zu Ende gebracht, als das stählerne Untier erneut die Flügel anlegte und mit weit aufgerissenem Rachen auf ihn herabfuhr. Margok auf seinem Rücken schwang die Axt und sprach eine Reihe von Bannflüchen aus, deren Wirkung Farawyn sofort zu spüren bekam.

Als packe ihn eine unsichtbare Klaue und halte ihn fest, war er plötzlich nicht mehr in der Lage, sich zu bewegen! Wie zur Salzsäule erstarrt, musste er verharren und zusehen, wie das Ungetüm und sein finsterer Reiter auf ihn zukamen, während er gleichzeitig spürte, wie die Präsenz des Dunkelelfen an seinen Kräften nagte, als würde er zur Ader gelassen.

Farawyn setzte alles daran, sich davon zu befreien, und es gelang ihm, den Bann seines Gegners wenigstens so weit zu lösen, dass er den Zauberstab heben konnte – dann waren der Dunkelelf und sein grässlich schnaubendes Reittier auch schon heran!

Unfähig auszuweichen, biss Farawyn die Zähne zusammen – und schleuderte den *flasfyn* wie einen Speer. Der Elfenkristall an der Spitze glomm auf und traf den Stahldrachen vor die Brust, durchschlug die Panzerung mit magischer Kraft.

Schmerz schien die mechanische Kreatur nicht zu empfinden, aber es entwich heißer Dampf aus der Wunde, der zu Margok aufstieg und ihm einen Augenblick lang die Sicht raubte. Er heulte auf vor Wut, und Farawyn spürte, wie der Griff des Dunkelelfen sich weiter lockerte.

Der Zauberer nutzte dies, um dem Bann vollends zu entkommen. Bäuchlings warf er sich hinter die Ummauerung, die die Öffnung zur Schatzkammer umlief; dort aber, wo er eben noch gestanden hatte, pflügten die klingenscharfen Klauen des Stahldrachen durch die Luft.

Farawyn stöhnte leise. Die Aktion hatte ihn Kraft gekostet, und zum Aufatmen bestand kein Grund. Sein *flasfyn* steckte noch immer in der Brust des stählernen Ungeheuers. Alles, was ihm geblieben war, war der Splitter des Annun, den er fest umklammert hielt – und der Dunkelelf hatte sein bizarres Reittier bereits wieder herumgerissen, um sich in einem weiteren Anflug auf seinen Gegner zu stürzen.

Atemlos sah Farawyn, wie der Stahldrache die metallenen Flügel ausbreitete und einen Herzschlag lang unter der hohen Kuppel des Thronsaals zu verharren schien. Dann stieß er erneut herab – und diesmal gab es keinen *flasfyn* mehr, den der Zauberer werfen konnte.

Der Dunkelelf war unerreichbar für ihn.

Durch das Portal des Musentempels gelangten Granock, Alannah und die Aspiranten zurück ins Freie, verfolgt von grauem Staub und infernalischem Getöse. Mithilfe ihrer mentalen Fähigkeiten hatten sie die Stützbalken von der Decke gerissen, sodass der Stollen der Dunkelzwerge unter der Last des darüberliegenden Erdreichs eingebrochen war.

Der Auftrag war damit erfüllt – aber zu ihrer Überraschung fanden die beiden Zaubermeister und die Aspiranten die Stadt völlig verändert vor!

Der Nebel hatte sich gelichtet, dafür lag nun dichter Rauch über den Gassen. Hier und dort lagen die verkohlten Überreste von Orks, und von der Palastmauer drang lautes Geschrei.

»Was ist da los?«, wollte Una wissen.

»Finden wir es heraus«, knurrte Granock, und sie stürmten die Gasse hinab, die sie vorhin heraufgeschlichen waren. Zwei Gnomen, denen sie unterwegs begegneten, stand das Entsetzen in die grünen Gesichter geschrieben. Granock fegte sie mit einem *tarthan* beiseite und rannte weiter bis zum Stall.

Ursprünglich hatte er vorgehabt, erneut Liadins Geheimgang zu nehmen und auf diese Weise ungesehen zurück in den Palast zu gelangen, doch das war nicht mehr nötig. Der Kampf um Tirgas Lan war erneut in aller Offenheit entbrannt, aber diesmal tobte er außerhalb des Palasts, und es waren nicht die Elfen, die in Bedrängnis waren.

Fassungslos starrten Granock und seine Begleiter auf Dutzende von lichterloh brennenden Orks, die sich schreiend am Boden wälzten, um die Flammen zu ersticken. Enorme Hitze hatte den Schnee rings um den Palast geschmolzen, und eine dunkle Brandspur führte an der Mauer entlang Richtung Süden.

»Kommt«, forderte Granock seine Gefährten auf, und sie folgten der Spur der Vernichtung, die sich um den halben Palast herumzog. Auch einige Gebäude waren in Brand geraten, Orks rannten schreiend und in wilder Panik umher.

Granock streckte einen von ihnen nieder, ein zweiter wurde von Alannahs Eis durchbohrt. Etwas musste die Unholde so erschreckt haben, dass sie kaum noch in der Lage waren, Widerstand zu leisten, und als die Zauberer den Westturm passierten, sahen sie deutlich, was das war.

Der Dragnadh!

Granock traute seinen Augen nicht, als er die knöcherne Kreatur aus dem grauen Himmel herabstürzen sah, mit ihren löchrigen Schwingen schlagend und im nächsten Augenblick loderndes Feuer speiend. Woher die Flammen kamen, war unerklärlich, denn zwischen den Rippen der Kreatur befand sich nichts als leere Luft, und ihr Rachen bestand aus wenig mehr als aneinandergefügten Wirbelknochen. Die Flammen, die aus seinem Schlund stachen, waren jedoch so echt und so vernichtend, wie sie es nur sein konnten.

Mit verheerender Wirkung gingen sie auf die Orks und Menschen nieder, die sich im Schutz der Stadthäuser angepirscht und nur darauf gewartet hatten, dass der Stollen einstürzen und die Westmauer zu Fall bringen würde. Tödliches Verderben hatten sie den Verteidigern von Tirgas Lan bringen wollen – nun brach es über sie selbst herein.

Es war schwer zu sagen, wie viele feindliche Krieger sich auf den Straßen und dem Vorplatz drängten – es mochten an die zweitausend sein. Sie standen dicht gedrängt und boten dem Dragnadh ein leichtes Ziel, der in diesem Augenblick wieder herabstieß und grelle Feuerlohen spie.

Chaos brach aus, das seinesgleichen suchte: Orks, Gnomen und Menschen rannten schreiend durcheinander, die einen lichterloh brennend, die anderen im verzweifelten Bemühen, sich in Sicherheit zu bringen. Vergeblich suchten sie, sich mit ihren Schilden gegen die Flammen zu schirmen – die Hitze, die von den weiß glühenden Pflastersteinen zurückprallte, setzte sie dennoch in Brand.

Einige flüchteten sich in die angrenzenden Häuser, die vor dem Dragnadh jedoch ebenfalls keinen Schutz boten – der untote Drache, der wie eine entfesselte Naturgewalt über den Feind herfiel, setzte auch sie in Flammen. Der Anblick war entsetzlich, das Geschrei unbeschreiblich, und fast hatte es den Anschein, als wolle der Drachenwächter sein Zerstörungswerk erst dann beenden, wenn halb Tirgas Lan in Schutt und Asche läge.

Plötzlich jedoch schien er sich anders zu besinnen, stieg hoch in die von Rauch durchsetzte Morgenluft und drehte dann zum Palast hin ab. Einen Lidschlag später war er zwischen den Türmen verschwunden.

»Was hat er vor?«, fragte Alannah.

»Ich weiß es nicht«, erwiderte Granock grimmig und hob seinen *flasfyn*, »aber ich weiß, was *ich* vorhabe. Der Feind ist geschwächt. Das ist unsere Chance, ihn zu schlagen. Jetzt!«

Alannah kam nicht mehr dazu, etwas zu erwidern – denn wie um Granocks Worte zu bestätigen, öffnete sich plötzlich das Westtor des Palasts, und das Fallgitter glitt ratternd in die Höhe. Dahinter erschienen die Paladine Andarils, in voller Rüstung und hoch zu Pferd, sowie elfische Lanzenreiter, deren Helme und Brünnen im Licht des neuen Tages blitzten.

Ihre Rosse schnaubten und scharrten unruhig mit den Hufen, bis ihre Herren ihnen endlich die Sporen gaben. Unter ohrenbetäubendem Donner jagten die Tiere zum Tor hinaus, geradewegs auf die Reihen der verschreckten Feinde zu. Auch von Norden und Süden setzten Reiter heran, und durch das Westtor drängte Fußvolk nach. Offenbar hatte Farawyn die Gunst der Stunde erkannt und wollte die unverhoffte Hilfe durch den Drachenwächter nutzen, um den Feind in einem überraschenden Ausfall zu schlagen und aus Tirgas Lan zu vertreiben – angesichts der zahlenmäßigen Unterlegenheit der Verteidiger noch immer ein Wagnis, aber das Auftauchen des Dragnadh hatte den Kämpfern Tirgas Lans neuen Mut gegeben.

Nicht länger hatten sie das Gefühl, von der Geschichte vergessen und von ihren Ahnen im Stich gelassen worden zu sein. Der Drachenwächter hatte ihnen gezeigt, dass die gerechte Sache noch immer siegen konnte – und diese Hoffnung ließ sie erbitterter fechten als je zuvor.

Aber wo war Farawyn?

Granock entdeckte Irgon und Yrena unter den Reitern, seinen alten Meister jedoch sah er nicht. Sollte Farawyn es vorgezogen haben, als neu gewählter König innerhalb der Palastmauern zu bleiben und andere an seiner Stelle kämpfen zu lassen? Granock konnte es sich kaum vorstellen.

Und noch jemanden vermisste er, schon seit sie den Stollen verlassen hatten.

Rambok.

Seit dem Auftauchen des Dragnadh war der Ork spurlos verschwunden, aber Granock sorgte sich dennoch nicht um ihn. Denn wenn er etwas sicher wusste, dann dass der kauzige Schamane für sich allein sorgen konnte.

Die Reiter aus Andaril waren heran!

In keilförmiger Formation bohrten sie sich in die Masse der Feinde, und ihre Schwerter säten neues Verderben. Gleichzeitig gingen Schwärme von Pfeilen auf die Unholde nieder, und kurz darauf erreichte auch das Fußvolk die Krieger des Dunkelelfen.

Unter wildem Kampfgebrüll, die Zauberstäbe schwenkend, schlossen sich Granock, Alannah und die Aspiranten ihnen an und stürzten sich auf die Angreifer.

Die Entscheidungsschlacht hatte begonnen.

15. HUTH'Y'CRYSALON

Farawyn lief, so schnell er konnte.
Eine weitere Attacke des Dunkelelfen hatte der Zauberer überstanden, indem er sich abermals in den Schutz der Steinmauer geflüchtet hatte, die die Schachtöffnung zur königlichen Schatzkammer umgab. Dann jedoch hatte Margok die Taktik geändert. Wie ein riesiger Raubvogel schwebte der Stahldrache nun über ihm, während gleißende Entladungen aus der Hand des Dunkelelfen stachen, die so dicht neben Farawyn einschlugen, dass sie ihn aus der Deckung zwangen.
Den Splitter des Annun an sich pressend wie einen wertvollen Schatz, raffte er sich auf und rannte, so schnell seine Beine ihn trugen, vom höhnischen Gelächter des Dunkelelfen verfolgt. »Ist das alles, was du vermagst, großer Farawyn? Vor mir davonzulaufen? War es das, was du von der Zukunft gesehen hast?«
Schwer atmend flüchtete sich Farawyn hinter eine der Säulen, die den Thronsaal säumten. Er wusste, dass der Dunkelelf ihn nur herausfordern wollte – aber er hatte tatsächlich eine Vision gehabt, in der ein riesiges fliegendes Untier vorgekommen war. Mit dem Unterschied, dass es in seiner Version auf seiner Seite gestanden hatte. Der Älteste hatte dies im übertragenen Sinn als gutes Omen gedeutet, und war damit offenbar ziemlich falschgelegen ...
Sich mit dem Rücken an die Säule pressend, konnte er nicht sehen, was sein Gegner tat. Er hörte nur das mechanische Rasseln der Schwingen, das sich rasch näherte – dann traf etwas die Säule

mit vernichtender Härte. Es war die Axt des Dunkelelfen, der im Vorbeiflug zuhieb. Sprünge durchzogen plötzlich das Gestein, und der Marmor, der Jahrtausenden getrotzt hatte, ging zu Bruch.

Farawyn blieb nichts, als abermals zu fliehen, in den Schutz des nächsten Pfeilers, hinter dem Margok ihn jedoch sofort wieder hervortrieb, und dann quer durch den Thronsaal, sodass sich der Älteste von Shakara wie ein wildes Tier fühlte, auf das erbarmungslos Jagd gemacht wurde.

Im Laufen wandte er sich um und übte einen *tarthan*, den er mit dem Kristall zu verstärken suchte, aber Margok ließ sein Reittier zur Seite ausbrechen und entging dem Angriff abermals. Er revanchierte sich mit tödlichen Blitzen, die Farawyn unter Zuhilfenahme des Kristalls abwehrte. Dann jedoch ging der Stahldrache wieder zum Sturzflug über – und diesmal gab es weit und breit keine Deckung, hinter die sich Farawyn flüchten konnte. Vergeblich suchte er nach einem Ausweg, aber alles, was er sah, waren der weit aufgerissene stählerne Schlund und Margoks hassverzerrte Fratze. Das Haar des Dunkelelfen umwehte seine bizarren Gesichtszüge, der Mantel flatterte um seine hagere Gestalt, während er die Axt hoch erhoben hielt, bereit, seinen Gegner zu zerschmettern.

In seiner Verzweiflung riss Farawyn den Kristallsplitter hoch und sprach eine beschwörende Formel – und seine Vision bewahrheitete sich auf eine Weise, die der Älteste nicht für möglich gehalten hätte.

Denn über dem Durchbruch der Kuppel erschien plötzlich ein dunkler Schatten, und noch ehe Margok begriff, was geschah, tauchte eine zweite monströse Kreatur auf, nicht weniger unwahrscheinlich als der Stahldrache – ein *dragnadh*!

Als der Dunkelelf das scheinbar nur aus Knochen bestehende Tier erblickte, das von einem unheimlichen Leuchten umgeben war, stieß er einen Schrei aus. »Du«, brüllte er außer sich vor Zorn. »Nicht du! Ich habe dich bereits besiegt …!«

Farawyn begriff.

Dieser untote Drache war jener Wächter, der im Ersten Krieg auf der Seite des Königs gestanden und den Margok im Duell getötet hatte! Wie es hieß, hatte der Drache bittere Rache geschworen, selbst über den Tod hinaus – und dieser Schwur schien sich nun zu bewahrheiten!

Farawyn wusste nicht, was genau den Drachen gerufen hatte. War es die Präsenz des Dunkelelfen gewesen oder der Kristallsplitter? Der Älteste sann nicht darüber nach, sondern nutzte die Gelegenheit, die ihm das Schicksal bot, und rief den Namen des Drachen, wie er in Nevians Geschichte des Großen Krieges überliefert wurde.

»*Acenor!*«

Er benutzte den Kristallsplitter, um seine Stimme zu verstärken, sodass sie klar und hell bis in den letzten Winkel des Thronsaals drang.

Und der Dragnadh hörte seinen Ruf!

Während der Dunkelelf sein Reittier wutentbrannt zur Kuppeldecke hinstoßen ließ, um den Gegner von einst endgültig zu vernichten, wich der Dragnadh ihm geschickt aus. Der untote Drache streckte Hals und Körper, und indem er die Flügel eng anlegte, gelang es ihm, unter der Flugbahn seines mechanischen Gegners hindurchzutauchen. Kaum war er an ihm vorbei, drehte er sein Schädelhaupt und riss den Rachen auf – und ein lodernder Feuerstrahl brach daraus hervor, der Margok und sein Reittier für einen Augenblick einhüllte. Ein grässliches Heulen war zu vernehmen, dann brach der Stahldrache aus dem Feuerball hervor. Sein metallener Panzer war rußgeschwärzt, ansonsten schien er unversehrt zu sein, ebenso wie sein Reiter, dem das Drachenfeuer offenbar nichts anzuhaben vermochte.

Inzwischen war der Dragnadh bereits auf dem Boden des Thronsaals gelandet, unmittelbar vor Farawyn. Der Zauberer war beeindruckt. Der Drachenwächter überragte jene Kreaturen, auf denen Granock, Aldur, Alannah und er aus Arun geflohen waren und die sie später nach Borkavor getragen hatten, fast um das Doppelte. Zu seinen Lebzeiten musste Acenor ein wahrer Koloss gewesen sein, der Stolz seiner Rasse, wenn schon seine von einem uralten Zauber am Leben gehaltenen Knochen einen so denkwürdigen Anblick boten.

»Ich bin Farawyn, König von Tirgas Lan und Ältester des Ordens der Weisen von Shakara«, stellte sich der Zauberer vor. »Wir haben denselben Feind, Acenor – lass ihn uns gemeinsam bekämpfen!«

Die leeren Augenhöhlen des Drachenschädels starrten ihn an, sodass einen Moment lang nicht zu erkennen war, ob der Dragnadh verstanden hatte. Dann jedoch senkte die Kreatur das Haupt und beugte die knöchernen Vorderläufe, sodass Farawyn aufsteigen und in sein Genick klettern konnte.

Der Zauberer kam der Aufforderung ohne Zögern nach. Er hatte kaum Platz genommen, als er ein helles Zischen vernahm – der Stahldrache fegte erneut heran, und Margok auf seinem Rücken schwenkte die Kriegsaxt.

»Bring mich nahe an ihn heran«, schärfte Farawyn dem Dragnadh ein. »Kannst du das?«

Der Drachenwächter mochte nicht in der Lage sein zu antworten – verstanden hatte er jedenfalls. Mit einem weiten Satz sprang er in die Luft und breitete die Flügel aus, gerade in dem Moment, als sein stählerner Rivale heranschoss, den Schlund weit aufgerissen und die Klauen ausgestreckt. Der Dragnadh, der keineswegs kleiner, aber weniger schwerfällig war, wich im letzten Moment aus und ließ den Angriff ins Leere gehen. Es krachte metallisch, als der Stahldrache gegen die Säulen prallte, von denen eine weitere zu Bruch ging. Aber sofort riss Margok sein Reittier wieder herum.

Farawyn fühlte, wie die Luft aus seinen Lungen gepresst wurde, als der Dragnadh in die Weite der Kuppel hinaufstieg. Margok folgte ihm ohne Zögern. In rasender Wut lenkte der Dunkelelf den Stahldrachen steil hinauf. Dabei beugte er sich seitlich aus dem Sattel und schwenkte die Axt, um den Schädel des Dragnadh zu zerschmettern. Farawyn versuchte, die Flugbahn des metallenen Ungeheuers mit einem Gedankenstoß zu beeinflussen, was ihm jedoch nicht gelang. Im nächsten Moment war der Dunkelelf schon heran – und der Dragnadh spie Feuer.

Mit der Axt wehrte Margok die Flammen ab, dann gerieten die beiden ungleichen Drachen auch schon aneinander. Auf rauschenden Schwingen schoss der Dragnadh in den Thronsaal hinab, beschrieb eine Kurve und jagte erneut hinauf. Dort standen sie einander in der Luft gegenüber – Farawyn und der Dragnadh auf der einen Seite, Margok und der Stahldrache auf der anderen, zwei Paladinen gleich, die beim Turnier zum Kampf gegeneinander antraten.

Glorreiche Vergangenheit gegen düstere Zukunft.

Lichte Zauberei gegen dunkle Magie.

Natur gegen Maschinerie.

Leben gegen Tod …

Mit einer Hand hielt sich Farawyn am knochigen Hals des Dragnadh fest, mit der anderen umklammerte er den Kristallsplitter, der seine einzige verbliebene Waffe war. Das Feuer des untoten Drachen, so verderblich es sein mochte, hatte sich gegen Margok als nutzlos erwiesen – es blieb also nichts außer der Macht des Annun. Sie allein vermochte Erdwelt jetzt noch zu retten – oder war es bereits zu spät?

»Nun wirst du sterben, Farawyn!«, schrie Margok über das Rasseln und Zischen seines Reittiers hinweg und schwenkte einmal mehr die wuchtige Axt.

Farawyn erwiderte nichts darauf. »Nah an ihn heran, hörst du?«, schärfte er dem Dragnadh stattdessen noch einmal ein »Für das Elfenreich und Tirgas Lan«, rief Farawyn laut – und die Kreatur machte einen Satz nach vorn und warf sich dem Feind entgegen.

Der Dunkelelf sah ihn kommen – und triumphierte innerlich.

War dies der Zauberer, vor dem sich Rurak so gefürchtet, der ihre Pläne ein ums andere Mal durchkreuzt hatte?

Lächerlich.

Zwar kannte jener Teil von ihm, der einst eine unbedeutende Zauberin namens Riwanon gewesen war, den Ältesten von Shakara sehr viel besser, als Margok es tat. Aber bislang hatte Farawyn noch keine der Eigenschaften gezeigt, mit denen ihre Erinnerungen ihn beschrieben. Weder hatte er klug und besonnen gehandelt, noch hatte er jene Entschlossenheit an den Tag gelegt, für die Riwanon ihn einst bewundert hatte.

Als Margok den Kristallsplitter in den Händen seines Feindes erblickt hatte, war er für einen Moment erstaunt gewesen. Wie, so hatte er sich gefragt, gelangte das Bruchstück des Annun in Farawyns Hände? Natürlich hatte er sich denken können, dass es durch den Menschen Granock nach Erdwelt gekommen war, und er konnte sich nicht vorstellen, dass Rurak, auf dessen Betreiben hin all dies geschehen war, nichts davon gewusst haben sollte. Um den Verräter würde er sich später kümmern – nun galt seine ganze Aufmerksamkeit Farawyn. Auch wenn es nur noch eine Frage von Augenblicken war, bis der angeblich so mächtige Zauberer besiegt sein würde.

Denn wie sich herausgestellt hatte, wusste dieser mit dem Kristallsplitter nichts anzufangen! Er benutzte ihn, um seine eigene Zauberkraft zu verstärken, aber von den zerstörerischen Kräften, die dem Annun innewohnten, schien er nichts zu wissen oder nichts wissen zu wollen, vielleicht auch beides – und dadurch war er für Margok ein leichtes Opfer.

Dass Acenor seinen Schwur von einst wahr gemacht hatte und aus dem Totenreich zurückgekehrt war, spielte keine Rolle mehr. Denn in kürzester Zeit würde der Splitter des Annun Margok gehören – und der Dunkelelf hatte anders als Farawyn keine Scheu, die Macht des Annun rücksichtslos einzusetzen ...

Auf dem Rücken des Stahldrachens sitzend, die Axt in der Klauenhand, stieß Margok einen kreischenden Kampfschrei aus, während sein Gegner auf ihn zuflog. Erst im letzten Moment trieb er sein eigenes Reittier an, um der mit dem Mut der Verzweiflung vorgetragenen Attacke auszuweichen, auf diese Weise neben Farawyn zu gelangen und ihn mit einem einzigen gezielten Streich zu enthaupten – aber es kam anders.

Denn als der Stahldrache vorsprang, änderte der Dragnadh abrupt seine Flugrichtung und brach nach oben aus. Mit zwei, drei kräftigen Flügelschlägen stieg er zur Kuppel empor und hielt der Öffnung entgegen, durch die er hereingekommen war.

Er wollte entkommen!

»Neeein!«, brüllte Margok in jähem Zorn und riss sein Flugtier ebenfalls nach oben. Der Stahldrache zischte und rasselte, stieß eine Dampfwolke aus, die ihn senkrecht emporzukatapultieren schien. Farawyn und der Dragnadh hatten den Zenit der Kuppel inzwischen bereits erreicht. Indem er sich mit den knöchernen Krallen an den Abbruchrand der Öffnung klammerte, gelang es dem untoten Drachen, hinauszuschlüpfen. Dann war er auch schon verschwunden, und über dem Durchbruch war nichts als grauer Himmel zu sehen.

»Nein!«, schrie Margok. »Du kannst mir nicht entkommen! Du darfst mir nicht entkommen …!«

Wütend schleuderte er einen Gedankenstoß, der erneut von solcher Dichte war, dass er sich als greller Blitz manifestierte. Die Entladung schlug zur Kuppeldecke hinauf, riss weitere Gesteinsbrocken heraus und vergrößerte auf diese Weise die Öffnung. Da der Stahldrache weniger beweglich war als sein knöchernes Ebenbild, hatte er Schwierigkeiten, sich hindurchzuzwängen. Sich mit den Krallen der Vorderläufe an den Rand klammernd, schlug er mit den Flügeln, deren Spannweite jedoch zu groß war, um ihn passieren zu lassen. Funken stoben, als Metall über Gestein schrammte. Einzelne Brocken lösten sich und fielen in die Tiefe, wo sie zerbarsten.

In seiner Wut hieb Margok mit der Axt um sich, um den Durchbruch noch zu verbreitern, und endlich gelang es dem stählernen Monstrum, einen Flügel hindurchzustrecken und mit dem Rest seines massigen Körpers nachzukommen.

Margok brüllte seinen Triumph laut hinaus, als sein Reittier endlich die Kuppel erklomm. Kalte Morgenluft umfing ihn, und ein weiter grauer Himmel spannte sich über ihm, den er augenblicklich nach Farawyn und dem Dragnadh absuchte.

Er fand sie nicht – dafür spürte der Dunkelelf plötzlich einen stechenden Schmerz, der seinen Körper bis in die letzte Pore durchdrang und ihn zerreißen zu wollen schien. Und jäh wurde ihm klar, dass er etwas übersehen hatte …

Farawyn hatte gewartet.

Der Zauberer hatte keinen Zweifel daran gehegt, dass Margok ihm in seiner Raserei folgen und die Entscheidung suchen würde, nachdem er sich als der Überlegene wähnte. Also hatte er ihm eine Falle gestellt – und der Dunkelelf war hineingetappt.

Der Dragnadh hatte den Durchbruch der Kuppel noch nicht ganz passiert, da war Farawyn schon von seinem Rücken gesprungen und hatte sich am Rand der Öffnung auf die Lauer gelegt, den Kristallsplitter umklammernd wie einen Dolch.

Auch der Drachenwächter, der den Plan des Zauberers intuitiv verstanden zu haben schien, hatte sich verborgen gehalten. Seine knöchernen Klauen in das weiße Gestein gekrallt, klammerte er sich an die Außenseite der Kuppel, sodass er von innen nicht mehr gesehen werden konnte. Auf diese Weise war Margok zu der Annahme verleitet worden, seine vermeintlich leichten Opfer hätten ihr Heil in der Flucht gesucht. Natürlich war er ihnen gefolgt, hatte sich mit brutaler Gewalt einen Weg gebahnt – doch just in dem Augenblick, als sich sein mechanisches Reittier durch die aufgebrochene Kuppel zwängte und der Dunkelelf oberhalb der Kuppel erschien, hatte ihn sein Schicksal ereilt.

Ohne Zögern war Farawyn vom Rand der Öffnung auf den Stahldrachen gesprungen und hatte mit aller Kraft zugestoßen – und der Splitter des Annun, bedingt durch die magische Energie, die der Zauberer ihm zukommen ließ, war grell aufgeflammt und hatte sich mit vernichtender Wucht in Margoks Brust gebohrt. Dort steckte er noch immer, den Körper des Dunkelelfen auf groteske Weise von innen beleuchtend, während Farawyn ihn weiter umklammert hielt und spüren konnte, wie der Kristall Margoks dunkle Macht zersetzte. Wenn es noch etwas wie ein Herz gab, das in der Brust des Dunkelelfen schlug, so hatte der Zauberer es geradewegs durchbohrt.

Die Zeit schien stillzustehen.

Aus weit geöffneten Augen, deren rote Glut bereits nachgelassen hatte, starrte Margok Farawyn an. Seine Klauenhand hob die Axt, die er noch immer umklammerte, aber er war nicht mehr in der Lage, sie einzusetzen.

Die Waffe entrang sich seinem Griff, traf lärmend und Funken schlagend auf den Rumpf des Stahldrachen und verschwand in der Tiefe. Daraufhin versuchte der Dunkelelf, die bloßen Klauen einzusetzen, aber auch das gelang ihm nicht mehr. Auch sein Reittier, das von seinem dunklen Willen beherrscht worden war, schien plötzlich alle Kraft eingebüßt zu haben.

»Qoray, der du dich Margok nennst«, rief Farawyn mit lauter Stimme, die das Zischen des stählernen Scheusals übertönte. »Mit der Macht des Annun verbanne ich dich ...«

»Neeeein!«, kreischte der Dunkelelf und spie Farawyn seinen Pestatem entgegen.

»... verbanne ich dich aus dieser Welt«, wiederholte der Zauberer unter äußerster Willensanstrengung. »Dort sollst du bleiben, bis eine Macht erwächst, die groß genug ist, um dich endgültig zu vernichten!«

»Das wird ... niemals geschehen!«, keifte Margok hasserfüllt. In seinen Augen flackerte es, die schwarzen Adern in seinem Gesicht waren bis kurz vor dem Zerplatzen angeschwollen.

»Es wird geschehen«, versicherte Farawyn ungerührt. »Dein Körper wird dir genommen, auf dass dein Geist keine Zuflucht mehr finde. Dein Geist aber wird in die Tiefen von Tirgas Lan gebannt, und die Stadt und das Land um sie herum sollen verflucht sein bis zum Tag der Befreiung. Ein verbotener Ort, ein Gefängnis für dich und deine dunklen Pläne – *moir na-evailys, moir faran crysalon!*«

Die Glutaugen des Dunkelelfen weiteten sich, als er die alten, der lichten Magie verbotenen Worte aus dem Mund des Ältesten von Shakara hörte. Sie zwangen dem Kristall den Willen seines Besitzers auf und brachten ihn dazu, auch Kräfte zu verstärken, die der Natur und den Gesetzen des Kosmos zuwiderliefen – so wie den Bann, den Farawyn verhängt hatte.

Kaum hatte der Zauberer zu Ende gesprochen, brach ein blauer Lichtstrahl aus der Kuppel, der aus dem Thronsaal und der darunterliegenden Schatzkammer senkrecht emporzustechen schien, dessen Ursprung jedoch in Wahrheit sehr viel tiefer lag, im Inneren Erdwelts. Der Dunkelelf, der wusste, dass dieser Schein seinen Geist gefangen nehmen und in sein dunkles Gefängnis hinabziehen würde, verfiel in wütendes Heulen, konnte jedoch nichts dagegen ausrichten.

Mit einem Ruck riss Farawyn den Kristallsplitter aus der Wunde und sprang vom Rücken der Stahlbestie, worauf sowohl diese als auch ihr Reiter von dem Lichtstrahl eingehüllt wurden. Vergeblich ruderte Margok mit den Armen und versuchte, sich davon zu befreien – der blaue Schein hielt ihn fest umfangen, und mit einem grimmigen Nicken bedeutete Farawyn dem Dragnadh, das Zerstörungswerk zu vollenden.

Feuriger Atem schlug aus dem Maul des Untiers, und die Flammen erfassten Margok. Nun, da seine Macht gebrochen war, vermochte sich der Dunkelelf nicht mehr gegen das Drachenfeuer zu wehren, und es verzehrte seinen Körper. Seine lederne Rüstung, sein hinfälliges Fleisch und seine Knochen verbrannten in feuriger Glut, sodass nichts als Asche blieb – und sein unsichtbarer Geist, der von der Macht des Lichts angesogen und in tiefste Tiefen verbannt wurde.

Das Feuer verlosch, und mit noch immer weit aufgerissenem Kiefer stürzte sich der Dragnadh auf sein mechanisches Gegenstück. Die künstliche Kreatur hatte sich in der Kuppelöffnung verkeilt und war ohne den Willen ihres Reiters nicht mehr zur Gegenwehr fähig. Die Klauen des Dragnadh rissen ihr das Haupt von den Schultern, worauf zischend Dampf aus dem Inneren der Maschine entwich, und indem er seine ganze Masse zum Einsatz brachte, warf sich der Drachenwächter auf sie und riss sie in die Tiefe.

In tödlicher Umklammerung stürzten beide durch die Öffnung und verschwanden in dem blauen Licht, das in dem Moment verlosch, als beide unten aufschlugen. Erschüttert starrte Farawyn durch die offene Kuppeldecke hinab, doch nirgendwo waren Knochen des Dragnadh oder Teile des Stahldrachens zu entdecken. Die Tiefen von Tirgas Lan hatten sie aufgenommen, so wie sie Margoks Geist aufgenommen hatten. So unvermittelt, wie er aufgetaucht war, war der Drachenwächter wieder verschwunden. Seinen jahrtausendealten Schwur jedoch hatte er eingelöst.

Erst jetzt merkte Farawyn, wie seine Kräfte ihn verließen. Erschöpft sank er am Rand der Öffnung nieder. Eisiger Wind zerrte an ihm, der lautes Geschrei herantrug.

Der Zauberer wandte sich um, und von seinem hohen Blickpunkt aus sah er, wie in den Straßen Tirgas Lans gefochten wurde – und wie die Schergen des Bösen die Flucht ergriffen!

Ob es an den erbittert kämpfenden Elfenkriegern lag oder daran, dass die Unholde ihr finsteres Oberhaupt verloren hatten und nicht länger von Margoks Willen beherrscht wurden, war unmöglich zu sagen. Aber die Orks, Menschen und Gnome, die die Königsstadt bedrängt und um ein Haar zu Fall gebracht hätten, befanden sich auf dem Rückzug!

Nur hier und dort leisteten sie noch Widerstand, die meisten aber hasteten schreiend und heulend vor Wut die Gassen hinab, verfolgt von den Pfeilen der Verteidiger. Zahllose Unholde fielen, doch aufgrund ihrer schieren Menge gab es auch viele, die das Große Tor erreichten und Hals über Kopf hinausdrängten, um sich in den Schutz des Waldes von Trowna zu flüchten.

Den Splitter des Annun noch immer in der zitternden Hand, gönnte sich Farawyn der Zauberer ein erstes Aufatmen seit ungezählten Tagen.

Die Schlacht um Tirgas Lan war geschlagen.

Rurak lag mit dem Gesicht nach unten auf dem rußgeschwärzten Boden eines ausgebrannten Hauses.

Was auch immer ihn gepackt und davongerissen hatte, hatte ihn irgendwann wieder losgelassen. Er war hart gestürzt und hatte sich hierhergeschleppt, bäuchlings kriechend wie eine Schlange. Dann waren ihm die Sinne geschwunden, und er hatte für eine Weile das Bewusstsein verloren.

Der abtrünnige Zauberer hatte keine Ahnung, wie viel Zeit verstrichen war. Aus weiter Ferne drangen Geschrei und das Klirren von Waffen an sein Ohr, aber er wusste nicht, was es zu bedeuten hatte. Hatten seine Truppen den Sieg davongetragen? Oder waren sie in die Flucht geschlagen worden?

Der Gedanke erschreckte Rurak nicht so, wie er es hätte tun sollen. Der Kampf um Tirgas Lan war ihm gleichgültig geworden angesichts seines eigenen elenden Zustands. Der Zauberer spürte seine Beine nicht mehr, weil der Aufprall ihm das Rückgrat gebrochen hatte. Noch nicht einmal auf den Rücken drehen konnte er sich, seine Kraft reichte dazu nicht mehr aus. Wüste Verwünschungen murmelnd, wälzte sich Rurak hin und her, hilflos wie ein Fisch auf dem Trockenen, und schließlich rief er seinen finsteren Herrn um Hilfe an.

»Margok, mein Gebieter!«, ächzte er. »Dunkler Herrscher, kommt und rettet Euren ergebenen Diener!«

Keuchend verstummte der Verräter und lauschte in sich hinein, aber alles was er hörte, war das Rauschen seines eigenen Blutes in seinem Kopf.

Der Dunkelelf blieb stumm.

»Gebieter«, versuchte Rurak es noch einmal, während er sich am Boden wand wie ein Wurm. »Ich weiß, dass ich Euch enttäuscht habe. Aber wenn Ihr mich rettet, werde ich alles daransetzen, meine Fehler wiedergutzumachen. Ich schwöre es Euch, Meister! Bei meinem Leben ...!«

Er hörte ein geräuschvolles Schnauben, das ganz aus der Nähe kam, und hob den Kopf. Umdrehen konnte er sich nicht, aber er fühlte, dass im Halbdunkel der Ruine jemand hinter ihm stand.

»Seid Ihr das, Meister?«

»Nein«, antwortete eine krächzende Stimme in schlechtem Elfisch. »Ich bin es.«

»Wer?«, fragte der Zauberer ächzend.

»Rambok.«

Schritte näherten sich, und ein Paar krummer grüner Beine tauchte vor Rurak auf, der fragend emporblickte. Die hässlich grüne Fratze eines kahlköpfigen Orks kam in sein Blickfeld.

»Du dich erinnerst?«, wollte er wissen.

»Sollte ich?«

»Rambok mein Name«, stellte der Unhold sich abermals vor. »Einst ich Schamane in Borgas' Stamm – bis du kommen und mir alles genommen. Du Rambok zerstören ...«

Rurak nickte. Es war nicht so, dass er sich an irgendwelche Einzelheiten erinnert hätte. Aber die Worte des Orks lösten etwas wie ein schwaches Echo in seinen Gedanken aus, einen vagen Widerhall von Dingen, die einst gewesen sein mochten ...

»Und?«, fragte er nur.

»Rambok immer gewusst, dass eines Tages wiedersehen«, erklärte der Ork und griff an seinen Gürtel, um einen rostigen Dolch zu zücken. »Zeit kommen für Rache.«

»Rache?«, erkundigte sich der Zauberer panisch, während er sich verzweifelt hin und her warf und auf die blutbefleckte Klinge starrte. »Was hast du vor?«

Aber Rambok lachte nur.

16. LITHAIRT CALUN

Die Kolonne, die Tirgas Lan verließ und durch das Große Tor gen Süden zog, war lang.

Männer und Frauen, Kinder und Greise, Soldaten und Bürger, Verwundete und solche, die das Glück gehabt hatten, die Schlacht unversehrt zu überstehen – sie alle reihten sich in den Zug der Flüchtlinge. Nur wenige hatten ein Pferd, auf dem sie reiten konnten; die meisten trugen die wenige Habe, die sie hatten retten können, auf dem Rücken, andere hatten sich selbst vor einachsige Fuhrwerke gespannt, auf die sie all das geladen hatten, was von der einstigen Pracht Tirgas Lans geblieben war. Granock wurde das Gefühl nicht los, auf ein geschlagenes Volk zu blicken – dabei war ein großer Sieg errungen worden.

Der Geist des Dunkelelfen war bezwungen und seine Horden in alle Winde zerstreut worden, aber es lag kein Triumph in diesem Sieg. Zu schwer wogen die Verluste. Zu grauenvoll waren die Dinge, die geschehen waren, zu groß das Werk der Zerstörung, das die Schergen des Bösen in Tirgas Lan hinterlassen hatten, zu schrecklich ihre Gräueltaten. Fünf Tage lang hatten die Scheiterhaufen gebrannt, in denen die Leichen der Gefallenen den Flammen übergeben worden waren. Der beißende Geruch des Todes hing noch immer in den Straßen, dunkle Rußwolken ballten sich über den Häusern, und selbst der Schnee, der sich über die Stadt und den Wald von Trowna gebreitet hatte, konnte das Ausmaß des Grauens nicht überdecken. Und obschon der Königspalast erfolgreich verteidigt und der Feind aus Tirgas Lan vertrieben worden war, wurde die Stadt nun geräumt, was den Sieg doppelt bitter machte.

Dennoch hatte niemand widersprochen, als Farawyn seine Entscheidung verkündet hatte, die ehrwürdige Hauptstadt des Elfenreichs, um die so hart und erbittert gerungen worden war, aufzugeben und ihr den Rücken zu kehren. Denn nach allem, was geschehen war, war der Boden, auf dem Tirgas Lan stand, von Bosheit durchdrungen. Nicht nur des Blutes wegen, das die Erde tränkte, und der vielen Unschuldigen, die sinnlos dahingemordet worden waren, sondern vor allem wegen des Dunkelelfen, dessen Geist in die Tiefen der Stadt gebannt worden war, gefolgt vom Dragnadh, dessen ruheloser Geist weiter über ihn wachen würde.

Zusammen mit den Letzten, die noch in Tirgas Lan weilten, war auch Granock in der Hauptstadt des Elfenreichs geblieben, um bei den Vorbereitungen zu helfen, die getroffen werden mussten. Nun jedoch war die Stunde des Aufbruchs gekommen, der Augenblick des Abschieds ...

Gemeinsam standen sie auf dem Balkon des Königsgemachs und schauten dem Strom der Flüchtlinge zu, der sich im letzten Licht des Tages zum südlichen Stadttor hinauswand, um sich schließlich im üppigen Grün von Trowna zu verlieren: Farawyn, in dessen von Falten zerfurchten Gesichtszügen Granock die Wehmut sehen konnte; Caia, die sich dafür eingesetzt hatte, dass ihr Geliebter Elidor nicht in Tirgas Lan seine letzte Ruhestätte fand, sondern dass sein Leichnam ebenfalls fortgebracht wurde; General Irgon, dessen Tapferkeit und Weitsicht entscheidend zum Sieg beigetragen hatten; Zenan, der als einer der wenigen Zaubermeister den Kampf um Tirgas Lan überlebt hatte; der Zwergenprinz Runar, dessen Treue zum Bündnis mit dem Elfenkönig noch in vielen Jahren gerühmt und besungen würde; Yrena von Andaril, deren beherztes und selbstloses Eingreifen in schwerer Stunde die Rettung gebracht hatte; und schließlich Alannah, für die die Schlacht gegen Margok ungleich mehr gewesen war als der Kampf um das Überleben, denn sie war im Herzen der Dunkelheit gewesen und wusste besser als jeder andere, wovor Erdwelt bewahrt worden war. Der Schein der untergehenden Sonne beleuchtete ihr Gesicht, das von den Schrecken überstandener Gefahren gezeichnet war. Alannah war still geworden und nachdenklich, ganz anders als bei ihrer ersten Begegnung, als sie noch Novizen gewesen waren, jung und voller Unschuld.

Aber damit stand sie nicht allein.

Sie alle hatten bei diesem Kampf etwas verloren, das sie wohl niemals wiederfinden würden ...

»Und Ihr seid sicher, dass Ihr die Elfenkrone nicht doch an Euch nehmen wollt?«, wandte sich Caia unvermittelt an Farawyn. »Ich bin sicher, Elidor hätte es so gewollt.«

»Ich weiß, mein Kind«, versicherte der Zauberer. »Aber ich erachte mich nicht als würdig, mein Haupt mit der Zier der alten Könige zu schmücken. Und es ist auch nicht das Reich von Tirgas Lan, über das ich befehlen werde. Also lassen wir die Ehre demjenigen, dem sie gebührt.«

»Und wer soll das sein?«, fragte Granock keck. »Ich meine, Ihr sagtet doch, dass Ihr das Große Tor mit einem Bannspruch versiegeln werdet und dass es niemanden gibt, der dieses Siegel zu brechen vermag.«

»Niemanden, der am Leben ist«, entgegnete Farawyn, und ein eigenartiges Lächeln spielte dabei um seine Züge, wie so oft in den letzten Tagen.

Überhaupt hatte Granock den Eindruck, dass sein alter Meister nicht mehr der war, der ihn damals in Andaril aufgespürt und nach Shakara mitgenommen und der entgegen aller Widerstände durchgesetzt hatte, dass ein Mensch in die Geheimnisse der Weisen eingeführt wurde. Auch Farawyn hatte sich verändert, und Granock konnte nur hoffen, dass es an den Erfahrungen des Krieges lag und der noch ungewohnten Verantwortung, die nunmehr auf seinen Schultern ruhte, und nicht etwa daran, dass sein alter Meister angesichts der Bedrängnis alle Vorsicht hatte fahren lassen und den Splitter des Annun als tödliche Waffe eingesetzt hatte.

»Wo genau ist die Elfenkrone?«, wollte Granock wissen.

»Verborgen, wo nur der sie finden kann, der dazu würdig ist«, entgegnete Farawyn rätselhaft – und war zumindest in dieser Hinsicht wieder ganz der Alte.

»Ich wünschte nur, wir hätten den Königsschatz mit uns nehmen können«, meinte Irgon. »In unserer neuen Heimat wäre uns das Gold von Nutzen gewesen.«

»Das Gold ist korrumpiert von der Macht des Bösen«, entgegnete Farawyn, »so wie der Thronsaal, der Palast und die ganze Stadt. Dennoch liegt es gut behütet, nicht nur von der Kuppel und den Säulen, die Bruder Zenan dank seiner Gabe wiederhergestellt hat, sondern auch von lichtem Zauber, der das Böse daran hindert, sein Gefängnis zu verlassen.«

»Dann ... dann werden wir also niemals nach Tirgas Lan zurückkehren?«, fragte Alannah traurig. »Als verstoßene Tochter der Ehrwürdigen Gärten habe ich schon einmal die Heimat verloren. Nun geschieht es zum zweiten Mal.«

Farawyn wandte den Blick und bedachte sie mit einem langen, undeutbaren Blick. »Tausend Jahre lang«, erwiderte er dann ausweichend, »wird keines Elfen Fuß die Königsstadt betreten, bis eines Tages wieder die Hoffnung einkehrt in Tirgas Lan.«

»Hoffnung? Durch wen?«

»Durch jemanden, in dessen Adern königliches Blut fließt«, eröffnete der Zauberer, und es war offensichtlich, dass nicht der König aus ihm sprach, sondern der Seher. »Nur er wird in der Lage sein, das Tor zu öffnen, und nur er kann den Bann brechen, der nicht nur Tirgas Lan, sondern ganz Trowna erfassen wird, denn nur er kennt das geheime Wort.«

»Das geheime Wort?«, fragte Alannah. »Also ein Zauberspruch?«

»Nicht ganz. Schon eher etwas, das dem schlichten Geist unseres Freundes Rambok entsprungen sein könnte.«

»Wenn man vom Ork spricht«, knurrte Irgon. »Wo ist der Halunke überhaupt?«

»Ich weiß es nicht.« Granock schüttelte den Kopf. »Seit dem Kampf im Stollen habe ich ihn nicht mehr gesehen.«

»Niemand hat das«, erwiderte Farawyn ohne jedes Erstaunen, »und ich denke auch nicht, dass wir ihn jemals wieder zu Gesicht bekommen werden. Er hat bekommen, was er wollte.«

»Nämlich?«, fragte Granock.

»Wonach wir uns alle sehnen – eine Bestimmung«, eröffnete Farawyn, und wieder war da dieses seltsame Lächeln.

Inzwischen war die Sonne im Westen nur noch als gezackter Halbkreis über den Bäumen zu sehen. Der neue Tag, so hatte der Zauberer angekündigt, würde über einer verlassenen Stadt heraufziehen.

Ein letztes Mal blickten die auf dem Balkon Versammelten auf das, was über Jahrtausende hinweg das Zentrum des Elfenreichs gewesen war, schauten auf die Dächer und Türme Tirgas Lans. Es war ein ergreifender Moment, und Granock, der den größten Teil seines Lebens ein Einzelgänger gewesen war, ertappte sich dabei, dass er sich denen, die neben ihm standen und diesen Augenblick mit ihm teilten, in tiefer Freundschaft verbunden fühlte. Obschon er nie eine Heimat gehabt hatte, und sich weder der Welt der Menschen noch der der Elfen ganz zugehörig fühlte, hatte er sich hier zu Hause gefühlt. Trauer überkam ihn. Eine Träne löste sich aus seinem Augenwinkel und rann über seine Wange, und er schämte sich nicht dafür.

Eine Hand tastete nach seiner und ergriff sie, und er wusste, dass sie Alannah gehörte.

17. CARON'Y'FARAWYN

Nur wenige Wochen später, im ersten Mond des Neuen Jahres, wurde Farawyn, Zauberer und Ältester des Ordens von Shakara, zum neuen König des Elfenreichs gekrönt.

Es war keine feierliche Zeremonie, wie Granock erwartet hatte, sondern eine nüchterne Amtshandlung.

Der Hofadel – oder vielmehr das, was noch davon übrig war – versammelte sich in der großen Halle von Tirgas Dun, wo unter dem Vorsitz des dortigen Statthalters Párnas die Krönung vollzogen wurde. Es war ein schlichter Akt, der ohne große Worte und Gesten auskam; lediglich die Namen der bisherigen Elfenkönige wurden verlesen, von Glyndyr dem Prächtigen über Parthalon und Sigwyn bis zu Gawildor und dessen Sohn Elidor, auf die schließlich Farawyn folgte, und schon jetzt stand fest, dass er den Beinamen »der Seher« erhalten würde.

Yaloron, der oberste Minister Tirgas Duns, war es, der ihm den Silberreif aufs Haupt setzte, der in Ermangelung der echten Elfenkrone in Zukunft die Stirn des Herrschers kränzen würde. Im Anschluss daran nahm Farawyn die Huldigung des Adels und der Generäle entgegen, die ihm und dem Reich Treue schworen. Auch Granock trat vor den Thron und senkte das Haupt, wenngleich es ihm seltsam unwirklich vorkam, dass ausgerechnet sein alter Meister fortan als König über das Elfenreich regieren sollte. Andererseits konnte er sich niemanden vorstellen, der besser dafür geeignet sein sollte, das Reich aus Asche und Zerstörung wieder zurück ins Licht zu führen.

Auch Alannah und die übrigen Ordensmitglieder, die sich in der Halle von Tirgas Dun versammelt hatten, schworen dem neuen König Treue, und es erschütterte Granock zu sehen, wie wenige sie waren. Die Namen der Meister, Eingeweihten, Aspiranten und Novizen, die ihr Leben im Kampf um die Freiheit gegeben hatten, waren Legion, und wann immer Granock ihre Namen hörte, tauchten ihre Gesichter vor seinem geistigen Auge auf, und unendliche Trauer erfüllte ihn.

Cethegar.
Semias.
Haiwyl.
Ogan.
Filfyr.
Awyra.
Larna.
Asgafanor.
Nyras.
Simur.
Sunan.
Die Hunla.
Daior.
Nimon.
Eoghan.
Und zuletzt Meisterin Tarana …

Sie alle hatten nicht nur ihr Leben, sondern ihre gesamte Existenz geopfert, damit das Reich und damit ganz Erdwelt eine Zukunft hatte und den Völkern Freiheit beschert war. Niemand würde je in der Lage sein zu ermessen, welche Opfer sie gebracht hatten, und nach all dem Blut, dem Leid und dem Elend, das er gesehen hatte, kam Granock nicht umhin, sich zu fragen, ob es das wirklich wert gewesen war.

An der Seite des neu errichteten Alabasterthrons stehend, auf dem der frisch gekrönte König saß, wartete er ab, bis Farawyn alle Huldigungen entgegengenommen hatte. Dann kehrte Schweigen ein, und die Augen der Versammelten, in denen sich sowohl die überstandenen Schrecken als auch die Hoffnung auf eine bessere

Zukunft spiegelten, richteten sich erwartungsvoll auf den neuen Herrscher. Eine ganze Weile lang hielt Farawyn ihren Blicken stand. Schließlich stand er auf und erhob zum ersten Mal als offizielles Oberhaupt des Elfenreichs seine Stimme.

»Freunde«, sagte er, die traditionelle Anrede »Untertanen« vermeidend, »vor Euch steht Farawyn, einst Ältester des Ordens von Shakara, nunmehr durch Euren Willen König. Auf meinem Haupt ruht nicht die Krone, die schon das Haupt Sigwyns schmückte, sondern ein schlichter Kranz aus Silber, der Euch und mich zu jeder Zeit daran erinnern soll, dass sich vieles in Erdwelt geändert hat – und dass sich noch mehr wird ändern müssen, wenn nicht die Nachwelt jenen hohen Preis entrichten soll, den auch wir bezahlen mussten. Aus diesem Grund erlasse ich, Farawyn, König des Elfenreichs, folgende Gesetze ...«

Nicht nur der Statthalter und die Angehörigen des Ministerrats von Tirgas Dun, auch die königlichen Hofbeamten und Generäle runzelten die Stirn, ebenso wie die wenigen verbliebenen Zauberer. Hier und dort gab es sogar unruhiges Getuschel. Granock, der nicht wusste, was dies zu bedeuten hatte, schaute Alannah fragend an.

»Dies entspricht nicht dem Protokoll«, vertraute ihm die Elfin daraufhin flüsternd an. »Es ist unüblich, dass der Elfenherrscher schon am Tag seiner Krönung Gesetze erlässt.«

Granock nickte, und wieder musste er an den geheimen Auftrag denken, den sein alter Meister ihm erteilt hatte und von dem außer ihm selbst niemand wissen durfte, nicht einmal Alannah. Handelte Farawyn lediglich aufgrund bitterer Notwendigkeit? Oder war er bereits dabei, sich auf eine Weise zu verändern, die dem Reich zum Nachteil gereichen würde ...?

»So hört denn meine Beschlüsse«, fuhr Farawyn mit fester Stimme fort, ohne auch nur im Geringsten auf die Reaktion des Hofstaats einzugehen. »Zum zweiten Mal in unserer langen Geschichte ist Tirgas Lan zum Kriegsschauplatz geworden, zum Schlachtfeld, auf dem die Streiter des Lichts und der Finsternis einander begegneten, und nur unter großen Opfern und durch das Eingreifen eines Verbündeten, mit dem niemand von uns gerechnet hat, ist es uns gelungen, die Bedrohung abzuwehren. Ohne die Hilfe des Dragnadh jedoch wären wir unrettbar verloren gewesen und unser Kampf gescheitert.«

Die Anwesenden nickten – zumindest dies war nur zu wahr. Das Auftauchen des Drachenwächters hatte der Schlacht um Tirgas Lan im letzten Moment die entscheidende Wendung gegeben. Aber worauf wollte Farawyn hinaus?

»Wir sind uns also einig«, fuhr der König fort, wobei er einen prüfenden Blick über die Versammelten schweifen ließ, »dass Tirgas Lan niemals wieder zum Schlachtfeld werden darf. Margoks Geist ist dort gebannt, und solange wir nicht in der Lage sind, ihn endgültig zu vernichten, darf keiner die Königsstadt betreten. Ich erkläre sie daher zum verbotenen Gebiet, ebenso wie den sie umgebenden Wald. Verderben wird denjenigen ereilen, der dieses königliche Verbot missachtet.«

»Und Ihr glaubt, das wird genügen, um einen weiteren Krieg zu verhindern, Majestät?«, fragte Fürst Narwan vorsichtig.

»Keineswegs.« Farawyn schüttelte das gekrönte Haupt. »Wir müssen vernichten, was Erdwelt bereits zweimal in blutige Kriege gestürzt hat und das kosmische Gleichgewicht gefährdet. Ich ordne daher die Zerstörung des größten Teils der Elfenkristalle an, die sich außerhalb Crysalions befinden.«

Granock hörte, wie Alannah neben ihm scharf nach Luft sog. »Aber *nahad* ...«

»Der Vater existiert nicht mehr«, wies Farawyn sie ruhig zurecht. »Wenn du etwas zu sagen hast, Meisterin Thynia, so richte deine Worte an den König.«

»Wie Ihr wünscht, Hoheit«, entgegnete die Elfin ohne Zögern. »Dann frage ich Euch, wie Ihr eine solche Entscheidung treffen könnt. Die Elfenkristalle sind alles, was wir haben. Sie sind die Vergangenheit und die Zukunft unseres Volkes ...«

»... und hätten dennoch um ein Haar unseren Untergang bewirkt«, fügte Farawyn hinzu und seufzte, wobei er sich durch das ergraute Haar strich. »Ich wünschte, es gäbe eine andere Lösung als diese, aber ich sehe sie nicht. Die Vergangenheit hat wiederholt gezeigt, dass wir die Macht der Kristalle nicht wirklich zu kontrollieren vermögen. Zu groß sind die Verlockungen, denen die Sterblichen durch sie ausgesetzt sind, zu beträchtlich die Möglichkeiten, die sich aus ihnen ergeben.«

»Bedeutet das, dass Ihr auch die Kristallpforten zerstören wollt?«, fragte Zenan.

»Wenn es in meiner Macht läge, so würde ich es tun«, versicherte Farawyn entschlossen, »aber da wir nicht wissen, was genau die Verbindungen erzeugt, bleibt uns wohl nur, die Kristalle zu zerstören, die ihnen Energie spenden – und darauf zu hoffen, dass niemals andere Kraftquellen entdeckt werden, um die Pforten zu öffnen, seien sie nun mentaler oder materieller Natur. Zweimal haben die Kristallpforten Verderben über Erdwelt gebracht, meine Freunde – kein drittes Mal.«

Der Zauberer sagte dies mit derartiger Entschlossenheit, dass sich kein Widerspruch regte. Die Anwesenden senkten die Häupter. Niemandem gefiel, dass Farawyn Errungenschaften preisgeben wollte, die am Aufstieg und der Größe des Elfenvolks maßgeblich beteiligt gewesen waren. Aber keiner stellte seine Argumentation infrage.

»Da Tirgas Lan, die Stadt unserer Väter, uns nicht mehr offensteht«, fuhr Farawyn leiser und mit tonloser Stimme fort, »bestimme ich Tirgas Dun zur neuen Hauptstadt des Reiches.«

»Die Stadt gehört Euch, Majestät«, versicherte Statthalter Párnas und verbeugte sich.

»Das ist sehr großzügig von Euch, Statthalter«, erwiderte Farawyn, »aber ich brauche Eure Unterstützung. Ihr kennt diese Stadt und die Küste sehr viel besser, als ich es tue. Nur gemeinsam können wir sie regieren und zum Mittelpunkt eines neuen Reiches machen, von dem Ordnung und Frieden ausgehen.«

»Sehr wohl, Majestät«, versicherte Párnas geschmeichelt und verbeugte sich noch ein wenig tiefer.

»Eine neue Zeitrechnung hat begonnen, meine Freunde«, sagte Farawyn. »Dinge sind eingetreten, die ich schon vor langer Zeit vorausgesehen habe. Das Reich, wie es einst war, existiert nicht mehr. Die Grenzen sind in Bewegung geraten, und die glorreichen Legionen, die diesen Kontinent einst beherrschten, mussten hohen

Blutzoll entrichten. Der Kampf gegen Margok hat uns unsere ganze Kraft gekostet, folglich werden wir in Zukunft der Hilfe anderer bedürfen. Fürstin Yrena?«

»Ja?« Die Herrscherin von Andaril, die in Begleitung ihrer Ritter bei Narwan und den Hofbeamten stand, trat vor. Sie trug dasselbe Kleid aus grünem Samt, das sie auch damals getragen hatte, und der Anblick ihres hübschen Gesichts und ihres kunstvoll geflochtenen schwarzen Haars versetzte Granock einen schmerzhaften Stich. »Was kann ich für Euch tun, Majestät?«

»Ihr habt schon mehr getan, als wir erwarten konnten«, entgegnete Farawyn mit dankbarem Lächeln. »Das Volk der Elfen wird ewig in Eurer Schuld stehen, Lady Yrena, deshalb lasst mich nun etwas für Euch tun: Kehrt nach Andaril zurück und verkündet in den Ostlanden, dass der neue Herrscher des Elfenreichs eine Amnestie für die Menschen erlassen hat. Eine Amnestie, die nicht nur jene betrifft, die im Krieg gegen den Dunkelelfen auf Tirgas Lans Seite standen, sondern auch jene, die gegen uns waren.«

»Majestät!«, rief Irgon entrüstet.

»Habt Ihr etwas einzuwenden, General?«

»Allerdings, Hoheit! Wie könnt Ihr denen vergeben, die sich mit den Mächten des Bösen verbündet und gegen das Reich gestellt haben? Habt Ihr vergessen, wie viele von uns sie getötet haben?«

»Viel Blut ist geflossen, das ist nur zu wahr«, stimmte Farawyn zu, »und allzu oft war es das von Unschuldigen. Aber sollen wir unsere Trauer und unseren Schmerz über unsere Zukunft bestimmen lassen? Ist es das, was wir aus diesem Krieg gelernt haben?«

»Wenn wir etwas gelernt haben sollten, dann dass man den Dienern des Bösen niemals die Hand reichen darf«, konterte Irgon, »oder noch größeres Verderben wird die Folge sein.«

»Worauf wollt Ihr Eure unnachgiebige Haltung gründen, General?«, hakte Farawyn nach. »Auf den Ruhm vergangener Tage? Auf die Stärke eines Heeres, das wir nicht mehr haben?« Er schüttelte den Kopf. »Nein, mein tapferer Freund. Auch auf unserer Seite wurden Fehler begangen, die sich bitter gerächt haben. Sie niemals zu wiederholen, muss unser oberstes Ziel sein. Nur gemeinsam können wir Erdwelt wieder Sicherheit und dauerhaften Frieden geben, deshalb wollen wir den Menschen die Hand zur Versöhnung reichen und sie fortan nicht mehr als Untertanen, sondern als Freunde und Verbündete sehen.«

»Ich danke Euch, Majestät«, entgegnete Yrena und senkte ehrerbietig das Haupt. »Die Menschen von Andaril nehmen Euer Angebot mit Freuden an.«

»Dankt mir nicht, Fürstin«, entgegnete der König. »Denn Ihr«, fügte er hinzu, wobei er Granock mit einem Seitenblick streifte, »seid schon unsere treue Freundin gewesen, als wir noch eine Feindin in Euch wähnten.«

»Und die Orks?«, fragte Irgon aufgebracht. »Schlagt Ihr vor, dass wir auch ihnen die Hand zum Frieden reichen?«

»Nein«, wehrte Farawyn ab, »aber es hat genug Blutvergießen gegeben. Ohne Margoks Führung werden seine Kreaturen es nicht mehr wagen, ihr angestammtes Gebiet zu verlassen und den Grenzfluss zu überschreiten. Das Schwarzgebirge wird für alle Zeit als Grenze zwischen den Unholden und dem Reich festgeschrieben. Außerdem werde ich Spürtrupps aussenden, die nach Margoks ruchlosen Anhängern, den *dun'rai* und den Dunkelzwergen, suchen und sie ihrer gerechten Bestrafung zuführen sollen. Euch und Euren Legionären jedoch, General, fällt eine andere Aufgabe zu.«

»Mein König?«, fragte Irgon.

»Hiermit beauftrage ich Euch mit dem Ausrüsten einer Kriegsflotte, die alsbald zu den Fernen Gestaden aufbrechen und sie von Unholden befreien soll«, eröffnete Farawyn. »Die Ehre und die Reinheit Crysalions müssen wiederhergestellt werden.«

»Zu Befehl, mein König.«

»Nehmt nur Freiwillige mit Euch«, fügte Farawyn hinzu, »denn die Belohnung für ihre treuen Dienste wird es sein, lange vor ihrer Zeit das Eiland unserer Vorfahren zu erblicken und, wenn es erst von Feinden gesäubert ist, für immer dort zu verbleiben. Es ist der gerechte Lohn für ihre Opfer.«

»Gilt dieses Angebot auch für mich?«, wollte Irgon wissen.

»Für Euch und für jeden, der bereit ist, sein Leben im Dienste Crysalions zu wagen«, bestätigte Farawyn. »Denkt Ihr, dass sich genügend Krieger finden werden?«

»Daran zweifle ich nicht, Hoheit«, bestätigte der General, und das Leuchten in seinen Augen verriet die Dankbarkeit, die er in diesem Augenblick für den König empfand.

Erneut gab es Gemurmel unter den Versammelten, aber diesmal konnte Granock weder Argwohn noch Unwillen ausmachen – die Stimmung war zu Farawyns Gunsten umgeschlagen. Nicht alle Angehörigen des Hofstaats, des Militärs und des Ministerrats von Tirgas Lan mochten die Ansichten ihres neuen Herrschers teilen, aber zum ersten Mal nach Jahren der Furcht und der Verzweiflung hatten sie das Gefühl, dass das Leben weiterging und tatsächlich etwas wie Ordnung ins Reich zurückgekehrt war. Fraglos hatte der Krieg Spuren hinterlassen, und womöglich gab es Wunden, die niemals ganz verheilen würden. Aber Farawyn hatte auch deutlich gemacht, dass er seinen Blick nach vorn richten wollte, auf die Zukunft.

»Und nun, meine Freunde«, wandte er sich an die Hofbeamten und Soldaten, »bitte ich Euch, mich allein zu lassen mit den Schwestern und Brüdern des Ordens. Wie Ihr alle wisst, war ich Ältester von Shakara, ehe ich Euer König wurde, und in dieser Eigenschaft habe ich noch eine letzte Aufgabe zu erfüllen.«

»Mein König.«

General Irgon verbeugte sich, ehe er die Halle verließ, ebenso wie Narwan und die anderen Fürsten. Auch Statthalter Párnas und die Minister erwiesen ihrem neuen Herrscher Respekt, ehe sie sich zum Gehen wandten. Als Letzte verließen Runan und Yrena den Thronsaal, jeweils begleitet von ihrem Gefolge. Als die Fürstin von Andaril an Granock vorbeischritt, begegneten sich ihre Blicke, und der Zauberer fragte sich, ob sie wohl zueinandergefunden hätten, in einer anderen Welt und zu einer anderen Zeit.

Dann war sie schon an ihm vorbei, und die großen Türflügel der Halle schlossen sich hinter ihr und ihren Leuten. Zurück blieben nur Granock, Alannah, Tavalian, Zenan, Una und einige andere Meister und Aspiranten – im ganzen dreizehn Männer und Frauen. Zusammen mit den wenigen Zauberern, die an den Grenzen im Einsatz gewesen waren und den Krieg überlebt hatten, und mit jenen, die in Shakara verblieben waren, verkörperten sie alles, was von der einstmals stolzen Gemeinschaft der Weisen geblieben war, ein verschwindend geringes Häufchen angesichts der Macht und Größe, die der Orden einst besessen hatte. Womöglich, dachte Granock beklommen, hatten die Zauberer von allen Völkern und Gruppen Erdwelts die größten Verluste zu beklagen ...

»Meine Kinder«, sagte Farawyn, der offenbar nicht in seiner Eigenschaft als König zu ihnen sprechen wollte, sondern zum letzten Mal als Vorsteher des Ordens. Stöhnend, so als würden seine Beine unter der Last seiner Verantwortung weich werden, ließ er sich wieder auf den Thron nieder. »Ihr alle wisst, was nun folgt, nicht wahr?«

Granock spürte, wie sich sein Magen verkrampfte. Natürlich hatte es Gerüchte gegeben in den letzten Tagen, aber er hätte niemals geglaubt, dass es wirklich dazu kommen würde. Alannahs vielsagender Blick traf ihn. *Sie* zumindest hatte keinen Zweifel daran gehegt, dass Farawyn tun würde, was allenthalben behauptet wurde ...

»Nach allem, was geschehen ist«, sagte der Älteste leise, »kann ich nicht anders, als hiermit endgültig und unwiderruflich die Auflösung des Ordens der Weisen von Shakara zu beschließen.«

Hätte Granock einen seiner Zeitzauber verhängt, wäre die Wirkung kaum anders ausgefallen. Die Ordensmitglieder standen unbewegt, eisiges Schweigen herrschte.

»Bitte nicht«, flüsterte Alannah, die als Erste die Sprache wiederfand. Tränen glänzten in ihren Augen. »Tut das nicht. Der Orden ist alles, was wir haben.«

»Ich kann nicht anders, mein Kind«, entgegnete Farawyn, »weder als König noch als Ältester.«

»Warum?«, fragte Granock in einem Anflug von Trotz. »Der Orden ist unsere Zuflucht, unsere Heimat ...«

»... und dennoch hat er nichts als Schrecken über die Welt gebracht«, fügte Farawyn hinzu. »Seht Euch doch nur um! Wie viele von uns sind noch am Leben? Was ist geblieben von unseren hohen Idealen der Einheit und Weisheit?«

»Der Krieg hat uns hart getroffen, das ist wahr«, räumte Tavalian ein. »Aber wir werden wieder erstarken!«

»Und dann?« Farawyn schaute ihn durchdringend an. »Was dann, Bruder? Wie lange wird es dauern, bis das Studium der alten Geheimnisse einen neuen Qoray hervorbringt? Einen neuen Rurak? Eine neue Riwanon? Oder einen neuen Rothgan«, setzte er leiser und mit Bitterkeit in der Stimme fort. »Glaubt mir, meine Freunde, ich weiß, wovon ich spreche. Früher oder später wird es immer jemanden geben, der den Verlockungen der Macht erliegt, die die Zauberei uns verleiht, und er wird das geheime Wissen nutzen, um Tod und Vernichtung über die Welt zu bringen, wieder und wieder. Dies muss ein Ende haben!«

Granock biss sich auf die Lippen. Zu gern hätte er seinem alten Meister widersprochen, aber er konnte es nicht.

Es stimmte ja, die Vorgenannten waren alle Zauberer des Ordens gewesen, und je bedeutender ihre Fähigkeit und je größer ihre Begabung gewesen war, desto tiefer waren sie gefallen. Er selbst hatte erlebt, wie aus seinem Freund Aldur der Verräter Rothgan geworden war – wer konnte garantieren, dass dies nicht wieder geschehen würde? Farawyns Schritt war folgerichtig, wenngleich es eine bittere Ironie war, dass ausgerechnet er, der wie kaum ein Zweiter für den Erhalt und die Zukunft des Ordens gekämpft hatte, nun dessen Auflösung beschloss.

Oder vielleicht, dachte Granock beklommen, war es in Wirklichkeit ja auch andersherum gewesen. Vielleicht hatte Farawyns seherische Gabe ihm dies schon vor langer Zeit vorausgesagt, und womöglich war das der Grund dafür, dass er sich so vehement für eine Erneuerung des Ordens eingesetzt hatte: um zu verhindern, was zu tun er nun im Begriff war.

Der Gedanke verwirrte Granock, und er blickte betreten zu Boden. In einer unwillkürlichen Geste legte er den Arm um Alannah, so als fürchtete er, auch sie könnte ihm genommen werden.

»Shakara bleibt als Ort der Einkehr und der Kontemplation erhalten«, fuhr Farawyn fort, »der Orden jedoch soll nicht länger existieren, er hat zu viel Leid über die Welt gebracht. In Vergessenheit muss geraten, was wir über das Wesen des Kosmos gelernt haben, unser Wissen in alle Winde zerstreut.«

»Wie wollt Ihr das beginnen?«, fragte Zenan.

»Indem wir den *ángovor* aussprechen«, eröffnete Farawyn ohne Zögern.

»Den *ángovor*?« Granock glaubte, nicht recht zu hören. In all den Jahren, die seither verstrichen waren, hatte er nie vergessen, was sein Meister ihm einst über den *ángovor* erzählt hatte: Es handelte sich um einen Bannspruch, der den Betroffenen seiner Erinnerung beraubte und nicht von ungefähr als *anmeltith* galt, als verbotener Zauber, der nur mit Zustimmung des Rates Anwendung finden durfte. Den Rat allerdings gab es nicht mehr, und so oblag es dem Ältesten, darüber zu entscheiden.

»Nein, Bruder«, sagte Tavalian der Heiler leise, »tut das nicht. Zwingt uns nicht dazu.«

»Das werde ich nicht, alter Freund«, versicherte Farawyn. »Kein Meister wird dem *ángovor* ausgesetzt werden, es sei denn, er würde mich ausdrücklich darum bitten. Aber wir alle müssen einen feierlichen Eid schwören, niemals wieder von unseren *reghai* und unserem Wissen Gebrauch zu machen. Unsere Schüler jedoch«, fügte er hinzu, wobei er Una und die verbliebenen Aspiranten mit einem milden Lächeln bedachte, »werden mit dem Bann des Vergessens belegt, damit sie ein neues Leben beginnen können, fern von Shakara und unbelastet von der Vergangenheit. Auch Caia, die einst eine der unseren war.«

»Und wenn wir das nicht möchten?«, fragte Una leise.

»Ich fürchte, mein Kind, dass es längst nicht mehr um das geht, was wir möchten. Die Geschichte hat uns überholt, und wir müssen alles tun, um mit ihr Schritt zu halten.« Er nickte ihr wohlwollend zu. »Ich weiß deine Loyalität zu schätzen, Una, aber du dienst dem Orden am besten, wenn du dich dieser letzten Weisung fügst. Euch alle, Schwestern und Brüder«, fügte er an die Versammelten gewandt hinzu, »bitte ich, Euch meiner Weisung zu fügen. Verlasst Tirgas Dun und zerstreut euch in alle Winde. Lebt als gewöhnliche Sterbliche, auf dass euer Wissen gehütet werde und sich niemandem offenbare.«

Granock senkte den Blick.

Ihm gefiel nicht, was sein alter Meister beschloss. Wofür hatten sie so hart und erbittert gekämpft, wenn Farawyn all dies nun wegwarf? Wofür waren so viele von ihnen gestorben? Aber wie zuvor sagte ihm eine innere Stimme, dass es nur seine Ichsucht und seine eigenen Ängste waren, die an der Vergangenheit festhalten und sich der Veränderung verschließen wollten. In Wahrheit, das wusste er, hatte der Seher nur zu Recht. Bei allem, was geschehen war, waren die Zauberer stets die Wurzel des Übels gewesen. Der hohe Anspruch, den die Weisen von Shakara stets an sich selbst und ihr Verständnis von Wahrhaftigkeit gestellt hatten, verlangte es, dass sie sich auch dieser Wahrheit stellten ...

»Für dich jedoch«, setzte Farawyn seiner Rede überraschend hinzu, »habe ich eine besondere Aufgabe, mein Kind.«

Granock brauchte einen Moment, um zu begreifen, dass Alannah gemeint war. Die Elfin verkrampfte sich in seiner Umarmung, und er ließ von ihr ab.

»Ja, mein König?«, fragte sie.

»Ein Weiser«, eröffnete Farawyn ihr, »muss nach Shakara zurückkehren, um die Ordensburg zu hüten.«

»Aus welchem Grund?«, fragte Granock, dem dieser Gedanke ganz und gar nicht behagte. »Sagtet Ihr nicht, dass die Bibliothek vernichtet werden soll?«

»Keineswegs – nur die Kristalle, die das geheime Wissen des Ordens gespeichert haben. Was einst auf Papier geschrieben wurde, von den Alten Chroniken bis hin zu den Gesängen Lindragels, muss der Nachwelt erhalten werden. Willst du diese Aufgabe übernehmen, Thynia?«

»Ich ...« Alannah zögerte, aber ihre Miene sprach Bände. Zu seiner Bestürzung konnte Granock sehen, welche Begeisterung die Vorstellung, nach Shakara zurückzukehren, darin auslöste.

»Kommt nicht Meisterin Atgyva diese Aufgabe zu?«, fragte er schnell.

»Atgyva ist alt«, sagte Farawyn. »Ihr ganzes Leben lang hat sie die Wissensschätze Shakaras gehütet. Sie sehnt sich danach, ihre Reise nach den Fernen Gestaden anzutreten. Alles, was sie braucht, ist eine würdige Nachfolgerin.«

»Und dabei habt Ihr an mich gedacht?« Alannah schüttelte den Kopf. »Das kann nicht sein. Ich habe versagt, in mehr als einer Hinsicht. Ich verdiene es nicht, den Orden in dieser Weise zu vertreten.«

»Einen Orden wird es nicht mehr geben«, brachte Farawyn in Erinnerung. »Entschließt du dich, die Aufgabe zu übernehmen, die ich dir übertragen möchte, so wirst du als Priesterin von Shakara die Vergangenheit bewahren und das Geheimnis von Tirgas Lan hüten – die Wahrheit über den Zauberorden und seine Rolle im Zweiten Krieg jedoch wird aus den Geschichtsbüchern getilgt werden und niemals in den Chroniken erscheinen.«

»Also werde ich die Hüterin einer Lüge sein.«

»Du wirst über jene Wahrheit wachen, die die Sterblichen verstehen – bis zu jenem Tag, da wieder Hoffnung nach Erdwelt zurückkehrt und Elfen wie Menschen bereit sein werden, sich der Vergangenheit zu stellen.«

»Ihr scheint überzeugt, dass dieser Tag kommen wird.«

»Das bin ich, mein Kind«, versicherte Farawyn, und wieder einmal schien der Seher zu sprechen, »und ich möchte, dass du dabei bist und ihn erlebst, stellvertretend für uns alle.«

Alannah nickte. Ihr war anzusehen, wie sehr die Vorstellung ihr gefiel. Ein Leuchten lag in ihren Augen, das Granock noch nie darin gesehen hatte, weder in Rothgans Gegenwart noch in seiner eigenen. Noch nicht einmal, als ihre Körper zueinandergefunden und sich vereint hatten …

»Darf Lhurian mich nach Shakara begleiten?«, stellte sie die Frage, vor der er sich insgeheim schon die ganze Zeit über fürchtete, weil er die Antwort ahnte.

»Nein, mein Kind.« Farawyn schüttelte den Kopf. »Das Amt der Hüterin bedingt es, dass du dich ihm allein stellen musst. Es ist der Preis, um in der Weisheit Erfüllung zu finden.«

»Dann bedauere ich, Euer Angebot ausschlagen zu müssen, mein König«, entgegnete die Elfin ohne Zögern.

»Bist du sicher?«

»Ja, mein König.« Sie bedachte Granock mit einem Lächeln und ergriff seine Hand. »Ich habe viel zu lange gebraucht, um diese Entscheidung zu treffen. Ich kann und werde sie nicht widerrufen.«

Farawyn nickte. Seiner unbewegten Miene war nicht zu entnehmen, ob er Alannahs Entscheidung billigte oder nicht. »Wie du willst, mein Kind«, sagte er. »So muss ich nach einer anderen Nachfolgerin für Atgyva suchen.«

»Ich danke Euch für Euer Verständnis, Majestät«, entgegnete Alannah und verbeugte sich. »Bin ich damit entlassen?«

»Das bist du. Ihr alle seid entlassen, meine Freunde. Trefft Eure Vorbereitungen für den Aufbruch. Ihr müsst Tirgas Dun innerhalb von drei Tagen verlassen.«

Schüler wie Meister verbeugten sich und wandten sich zum Gehen. Alannah wollte Granock mit nach draußen ziehen, aber er blieb stehen – soweit es ihn betraf, war längst noch nicht alles geklärt. Ihre Blicke trafen sich, und sie gab ihm einen flüchtigen Kuss auf die Wange, der ihn wie ein Frühlingshauch streifte. Dann war sie fort, zusammen mit den anderen. Nur Granock blieb zurück, die Arme vor der Brust verschränkt und das Kinn trotzig vorgereckt.

»Du hast mir noch etwas zu sagen?«, fragte Farawyn davon unbeeindruckt.

»Allerdings habe ich das«, bestätigte Granock. »Wie konntet Ihr nur?«

»Was meinst du?«

»Wie konntet Ihr Alannah nur ein solches Angebot unterbreiten? Ihr wisst, wie sehr ich sie liebe!«

»Allerdings.«

»Und dennoch lockt Ihr sie nach Shakara? Allein?«

»So will es das Gesetz.«

»Blödsinn!«, begehrte Granock auf. »Versteckt Euch nicht hinter dem Gesetz! Wenn Ihr der Ansicht seid, dass ich für Alannah nicht gut genug bin, so sagt es frei heraus.«

»Darum geht es nicht.«

»Nein?« Granock bebte innerlich vor Zorn, nur mühsam konnte er sich beherrschen. »Habt Ihr eine Ahnung, wie lange ich auf ihre Rückkehr gewartet habe? Könnt Ihr ermessen, wie sehr ich gelitten habe und wie groß meine Liebe zu ihr ist?«

»Nein«, gab Farawyn gelassen zu. »Aber weil du sie so sehr liebst, wirst du sie gehen lassen.«

»Unsinn!« Granock schüttelte den Kopf. »Wieso sollte ich? Sie hat sich bereits entschieden! Ihr habt es selbst gehört!«

»Wenn es so ist, weshalb erhitzt diese Sache dann so sehr dein Gemüt?«, wollte Farawyn wissen.

»Das will ich Euch sagen – weil Ihr Euch schon wieder ungefragt in mein Leben mischt! Wann endlich werdet Ihr begreifen, dass ich nicht mehr Euer Novize bin?«

»Das habe ich längst begriffen«, versicherte Farawyn. »Nicht du stehst in meiner, ich stehe in deiner Schuld, Junge, denn du hast mehr getan und geleistet, als ich je von dir verlangen konnte, und meine kühnsten Erwartungen noch weit übertroffen. Und weil das so ist, weißt du auch, was Alannah in Wahrheit fühlt und denkt, nicht wahr?«

Granocks Lippen bebten vor mühsam zurückgehaltener Wut, aber er erwiderte nichts.

»Dein Zorn«, fuhr Farawyn ruhig fort, »hat in Wahrheit nur einen Grund. Tief in deinem Herzen weißt du genau, dass du Alannah niemals wirst glücklich machen können.«

»Das ... ist nicht wahr ...«

»Sie wird bei dir bleiben, natürlich, schon weil sie dich nicht noch einmal enttäuschen will. Aber hast du ihr Gesicht gesehen, als sie von ihrer Aufgabe in Shakara erfuhr? Alannah ist eine Elfin von vornehmem Geblüt, Lhurian, eine Tochter der Ehrwürdigen Gärten. Sie sehnt sich danach, einem höheren Ideal zu dienen und Teil von etwas Bedeutendem zu sein.«

»Soweit es mich betrifft«, entgegnete Granock bitter, »ist sie Teil von etwas Bedeutendem.«

»Sie wird bei dir bleiben, wenn du es wünschst, ihre Loyalität und ihre Dankbarkeit zwingen sie dazu. Und sicher würde sie ihre Bestimmung an deiner Seite für einige Zeit vergessen. Du bist jedoch ein Mensch. Deine Begabungen mögen außergewöhnlich sein, aber auch du kannst die Zeit nicht für immer aufhalten, und irgendwann wird sie ihren Tribut von dir fordern. Du wirst altern und schließlich sterben, während Alannah jung und schön bleiben wird – willst du ihr dies wirklich antun?«

Granock atmete tief ein und aus. Diese Gedanken waren ihm nicht neu. In der Zeit, nachdem Alannah ihn verlassen hatte, hatte er sich damit zu trösten versucht, hatte sich eingeredet, dass es besser für beide wäre, wenn sie einander nicht mehr begegneten. Seine Zuneigung hatte am Ende jedoch obsiegt – oder war es ihm in Wahrheit nur darum gegangen, zurückzubekommen, was man ihm genommen hatte?

Hatte er in Wahrheit nur beweisen wollen, dass ein Mensch einem Elfen ebenbürtig war? Natürlich, er liebte Alannah, vom Augenblick ihrer ersten Begegnung an. Aber gab ihm dies das Recht, über ihr Leben zu bestimmen?

So sehr Granock mit Farawyns Worten haderte, mit einem hatte sein alter Meister ganz sicher recht: Ganz gleich, wie sehr er sie liebte, er würde es niemals schaffen, Alannah auf Dauer glücklich zu machen. Natürlich würde er alles daransetzen, und vermutlich würde es ihm für eine Weile gelingen. Irgendwann jedoch würde seine menschliche Natur ihn verraten.

Wenn er also darauf bestand, dass sie bei ihm blieb, obschon er wusste, wie unglücklich es sie auf Dauer machen würde, was unterschied ihn dann von Rothgan?

Die Frage traf Granock bis ins Mark.

Eine endlos scheinende Weile lang stand er nur da und überlegte. Schließlich rang er sich zu einer Entscheidung durch, wobei er das Gefühl hatte, dass sie schon von Anfang an festgestanden hatte.

»Also gut, alter Mann«, erwiderte er leise. »Ich gebe Alannah frei.«

»Ich weiß«, sagte Farawyn nur.

»Was soll das heißen?«

»Ich habe nie daran gezweifelt, mein Junge. Denn deine Liebe zu ihr ist größer, als meine zu Aldurs Mutter es je gewesen ist. Ich wollte um jeden Preis festhalten, was nicht gehalten werden konnte, und habe verloren. Du jedoch hast den besseren Weg gewählt – und wirst am Ende gewinnen.«

»Glaubt Ihr?« Granock lächelte schwach, und obwohl er es um jeden Preis hatte unterdrücken wollen, rannen Tränen über sein Gesicht. »Sie fehlt mir, Meister. Bereits jetzt.«

»Ich weiß, Junge.« Farawyn nickte. »Aber du musst das nicht durchleiden. Es bedarf nur eines Zaubers, und die Vergangenheit wird keine Macht mehr über dich haben. Der *ángovor* wird deine Erinnerungen an Alannah beseitigen.«

»So bliebe mir nichts mehr von ihr«, folgerte Granock.

»Nein – aber auch keine Trauer. Kein Schmerz.«

Granock nickte, und einen Moment lang erwog er Farawyns Angebot. Dann huschte ein freudloses Grinsen über seine Züge. »Ein guter Versuch, mein König.«

»Was meinst du?«

»Würdet Ihr mir die Erinnerung nehmen, so würde ich mich auch nicht mehr an den Pakt erinnern, den wir geschlossen haben, richtig?«

»Das ist wahr.«

»Und somit könnte ich auch nicht mehr über Euch wachen, wie Ihr es von mir verlangt habt.«

»Nein«, gab Farawyn zu. »Das könntest du nicht.«

»Dann behalte ich meine Erinnerungen, die guten wie die schlechten«, eröffnete Granock, »denn sie sind es, die einen Menschen letztlich ausmachen, nicht wahr?«

»Vielleicht«, räumte Farawyn ein, und dieses Mal glaubte Granock, im Lächeln seines Meister unverhohlene Bewunderung zu erkennen. »Wohin wirst du dich wenden?«

»Was gilt es Euch?«, fragte Granock dagegen. »Weit genug weg, um Eurer Herrschaft zu entgehen. Aber nah genug, um Euch zu jeder Zeit zu beobachten und Eure Schritte zu verfolgen.«

»So werden wir uns wiedersehen?«

»Ich hoffe es nicht, Meister«, erwiderte Granock, ehe er sich zum Gehen wandte und den Thronsaal verließ, um niemals zurückzukehren. »Ich hoffe es nicht.«

18. ÁNGOVOR

Es war schwer vorstellbar, dass die große Halle von Shakara einst vor Leben pulsiert, dass die Angehörigen des Zauberrates sich dort versammelt und einander erbitterte Dispute geliefert hatten. Die Stimmen der Ratsmitglieder waren verstummt, hinfortgeweht vom Sturm der Geschichte, und die steinernen Mienen der alten Könige starrten in die kalte Leere, die sich zwischen dem Eingangstor und dem Podium der Ältesten erstreckte. Die Sitzreihen der Räte waren verwaist, nur unter dem großen Kristall, der am Kopfende der Halle schwebte, hatten sich vier Gestalten versammelt, die einsam und verloren wirkten angesichts der schieren Größe, die sie umgab.

»So sind wir also hier«, sagte Farawyn, »die Letzten des Ordens von Shakara, um zu Ende zu bringen, was unsere Vorfahren einst begonnen haben.«

Die anderen – Alannah, die eine weite weiße Robe trug, und Meister Lonyth, der während des Kampfs um Tirgas Lan mit den Novizen in der Ordensburg geblieben war – schauten den ehemaligen Ältesten und jetzigen König beklommen an. Beiden war klar, dass sie einen historischen Moment erlebten. Auch Bruder Syolan war zugegen. Als Chronist von Shakara hatte er gewissenhaft über alle wichtigen Vorkommnisse im Rat Buch geführt; nun wurde er Zeuge der letzten Augenblicke des Zauberordens.

Zusammen mit Farawyn war Alannah nach Shakara gekommen, um ihr neues Amt als Hüterin der Eisfestung anzutreten; ihr Gefolge aus Elfenwächtern und -dienern, das ihr zu Gebote stehen würde, wartete vor den Toren der Halle. Rat Gervan und Schwester Atgyva, die während des Krieges ebenfalls in Shakara geblieben waren, hatten die Ordensburg bereits verlassen. Der eine, um sich Farawyns Weisung gemäß zurückzuziehen und ein Leben im selbstgewählten Exil zu verbringen; die andere, um nach Süden zu gehen und sich jenen anzuschließen, die nach den Fernen Gestaden ziehen und sie von der Herrschaft der Unholde befreien wollten. Beide waren sichtlich erleichtert gewesen, von der Verantwortung ihrer Ämter entbunden zu sein – für Alannah begann sie gerade erst ...

»Könnt Ihr tun, worum ich Euch gebeten habe, Bruder Lonyth?«, erkundigte sich Farawyn bei dem unscheinbaren Zauberer, dessen Gabe darin bestand, Materie kraft seiner Gedanken von einem Ort zum anderen zu bewegen.

»Das denke ich, Va...« Lonyth unterbrach sich und räusperte sich unruhig. »Ich meine, mein König.«

»Dann tut es«, forderte Farawyn ihn auf und reichte ihm den Gegenstand, den er bislang unter seiner Robe verborgen hatte.

Es war der Splitter des Annun.

»Die Speicherkristalle müssen zerstört werden, auf dass sie kein Unheil mehr anrichten können«, erklärte er leise dazu. »Dieser jedoch soll erhalten bleiben, denn er wurde nicht von Elfen erschaffen, sondern hat schon immer bestanden, und wir wissen nicht, welche Folgen seine Zerstörung hätte. Deshalb verbergen wir ihn hier, tief im ewigen Eis, und hoffen, dass wir seiner Kräfte niemals wieder bedürfen. Tut, worum ich Euch gebeten habe, Bruder.«

Mit nach oben gedrehten Handflächen nahm Lonyth den Kristallsplitter entgegen. Dann schloss er die Augen und schien in sich zu versinken – und unter den staunenden Blicken seiner Gefährten wurde der Splitter des Annun durchsichtig. Für einen kurzen Moment waren noch seine Konturen zu erkennen, dann war er verschwunden.

Unwillkürlich schaute Alannah zu dem großen Kristall hinauf, der unter der gewölbten Hallendecke schwebte und mattes Licht verbreitete. Es war schwer vorstellbar, dass sich der Splitter nun in seinem Inneren befinden sollte, aber genau so war es. Kraft seiner

Gabe hatte Lonyth ihn dorthin versetzt, ohne dass auch nur der kleinste Makel an dem großen Kristall entstanden war.

Das vollkommene Versteck ...

»Ich danke Euch, Bruder«, sagte Farawyn und legte dem anderen anerkennend die Hand auf die Schulter. »Geht nun und blickt nicht zurück. Lebt wohl.«

»Lebt wohl, mein König«, erwiderte der Zauberer bekümmert. Dann wandte er sich ab und verließ die Ratshalle.

»Auch Ihr könnt gehen, Syolan«, wandte sich Farawyn an den Schreiber, »denn Eure Dienste werden nicht mehr benötigt. Die Welt darf niemals erfahren, was hier geschah.«

»Ich werde meine Aufzeichnungen zu Ende bringen«, entgegnete der Schreiber, »aber niemand in Erdwelt wird sie jemals lesen.«

»Ich danke Euch – sowohl für Eure treuen Dienste als auch für das Opfer, das Ihr bringt. Geht auch Ihr nun, mein Freund, und schaut auch Ihr nicht zurück.«

»Mein König.«

Der Schreiber verbeugte sich und wollte sich abwenden, aber Farawyn zog ihn an sich heran und umarmte ihn wie einen leiblichen Bruder. Dann verließ auch Syolan die Halle, und nur noch Alannah war übrig, deren Augen im Licht des großen Kristalls feucht glänzten.

»Was hast du, mein Kind?«

»Es ist nichts, mein König.« Alannah lächelte schwach und wischte sich die Träne aus dem Augenwinkel. »Der Abschied von alten Freunden macht mich traurig.«

»Abschied zu nehmen ist stets traurig«, meinte Farawyn. »Ist es – wegen Granock?«

Sie nickte kaum merklich. »Er hat sich nicht einmal von mir verabschiedet. Er ist einfach gegangen.«

»Nicht, um dich zu verletzen«, gab Farawyn zu bedenken. »Sondern um Euch beiden Schmerz zu ersparen.«

»Es vergeht kein Augenblick, da ich nicht an ihn denke. Ich meine, ich fühle mich hier in Shakara geborgen, und mein Geist findet Ruhe nach allem, was gewesen ist, aber ...« Sie verstummte, als die Stimme ihr versagte und ihre Tränen sich ungehemmt Bahn brachen.

»… aber du kannst ihn nicht vergessen«, brachte Farawyn den Satz seufzend zu Ende.

Wieder nickte sie, und er konnte ihren Schmerz deutlich fühlen, schon deshalb, weil er selbst ganz ähnlich empfand. Der eigenwillige junge Mensch, den er einst in den Gassen Andarils aufgelesen hatte, war im Lauf der Zeit wie ein Sohn für ihn geworden – und wie einen Sohn vermisste er ihn nun.

»Sieh mich an, mein Kind«, forderte er Alannah auf.

Sie schaute zu ihm auf, und er nahm ihr zartes Gesicht in die Hände und sah ihr tief in die Augen.

»Was tut Ihr?«, wollte sie wissen, aber er antwortete nicht. Stattdessen konzentrierte er sich, und indem er jene alte Formel sprach, die er in den letzten Tagen so oft angewandt hatte, nahm er ihr den Schmerz.

Alannah schloss die Augen.

Sie wankte und schien für einen Moment das Bewusstsein verlieren zu wollen. Dann öffnete sie die Augen wieder. Aber der Blick, mit dem sie Farawyn bedachte, war nicht mehr derselbe.

Der zum König gekrönte Zauberer ließ von ihr ab und trat einen Schritt zurück, wobei sie ihn von Kopf bis Fuß musterte.

»Wer … wer seid Ihr?«, fragte sie ihn.

»Nur ein Besucher, der durch diese ehrwürdigen Hallen wandelt«, antwortete er. »Nicht mehr und nicht weniger.«

Verwundert blickte sie sich um, schaute an den Statuen der Könige empor und starrte staunend auf den großen Kristall. »Ehrwürdige Hallen?«, wiederholte sie. »Wo bin ich?«

»Im Tempel von Shakara«, erwiderte Farawyn ohne Zögern. »Dies ist Euer Reich, Priesterin Alannah. Von nun an bis zu dem Tag, an dem sich alles ändert.«

Das Erste, was Rurak wahrnahm, als er erwachte, waren vertraute Gerüche.

Der Gestank von altem Blut.

Der beißende Odem der Verwesung.

Der faulige Atem von Gnomen.

Er wollte die Augen aufschlagen, aber es gelang ihm nicht sofort, und unwillkürlich fragte er sich, was geschehen sein mochte. Das Letzte, woran er sich erinnerte, war Schmerz ... heißer, quälender Schmerz, der in seine Eingeweide gefahren war, als der Dolch des Orks ihn durchbohrt hatte, nicht nur einmal, sondern mehrmals hintereinander. Der Unhold hatte seinem Hass und seiner Rachsucht freien Lauf gelassen, und Rurak entsann sich des höhnischen Gelächters, das er dabei von sich gegeben hatte.

Dann jedoch war es in immer weitere Ferne gerückt, und der Zauberer, der einst als Margoks oberster Diener über ganz Erdwelt hatte herrschen wollen, war zu der wenig erbaulichen Einsicht gelangt, dass seine Pläne gescheitert waren und es ganz offenbar seine Bestimmung war, in einer schäbigen Ruine zu verbluten, erstochen von einem tumben Ork.

Warum aber war er noch am Leben?

Warum konnte er atmen und nahm Gerüche wahr, die ihm noch dazu seltsam vertraut erschienen?

Erneut wollte er die Augen aufschlagen und brachte diesmal ein Blinzeln zustande.

»Ihr kommt zu Euch. Endlich«, sagte eine krächzende Stimme neben ihm, die er verstand, obschon sie sich einer fremden Sprache bediente.

»Wo ... bin ...?«

Rurak erschrak.

Nicht so sehr, weil sich seine Stimme elend und kraftlos anhörte, sondern weil sie *anders* klang, als er es in Erinnerung hatte. Was war geschehen?

Er wollte hochfahren, aber eine feuchte, klebrige Hand fasste ihn an der Schulter und drückte ihn mit sanfter Gewalt zurück. Erst jetzt nahm er wahr, dass er auf dem Rücken lag, auf etwas, das hart war und kalt, nackter Stein ...

Die Vorstellung weckte unangenehme Erinnerungen, und indem er seinen ganzen Willen zusammennahm, öffnete er schließlich doch die Augen. Der Schein zahlreicher Fackeln, die in Wandhalterungen steckten und für flackernde Beleuchtung sorgten, blendete ihn. Doch er gewöhnte sich rasch daran, und seine Umgebung nahm Konturen an.

Er erkannte eine gewölbte, aus groben Steinen gemauerte Decke sowie an den Wänden Regale, die wie ein schauriges Panoptikum anmuteten. Die abgetrennten Körperteile unzähliger Orks wurden darin in großen gläsernen Behältern aufbewahrt – Rurak sah Klauen und Häupter, aber auch herrenlose Augen, die in milchiger Flüssigkeit schwappten und ihn fragend anzustarren schienen. Die Erkenntnis, wo er sich befand, durchzuckte ihn wie ein Blitzschlag.

In der Blutfeste!

In der Kammer des Todes …

Ein beunruhigender Verdacht stieg in ihm auf, und er drehte den Kopf zur Seite – nur um sich selbst zu erblicken!

Seiner Kleidung entblößt, lag er auf einem steinernen Tisch und regte sich nicht! Sein zerschmetterter, von unzähligen Narben und Stichwunden übersäter Körper war blutleer und leblos, und als wäre das noch nicht übel genug, klaffte dort, wo sich die Schädeldecke hätte befinden sollen, auch noch ein hässliches Loch! Daneben stand ein Gnomendiener, ein Grinsen in seinem grünen Gesicht und eine blutige Säge in den Klauen …

»Nein!«, brüllte Rurak entsetzt mit jener Stimme, die ihm so gänzlich unbekannt war. Was für einen Albtraum durchlebte er hier? War es die Wirklichkeit? Oder lag er in Wahrheit im Sterben und das Wundfieber plagte ihn?

»Es gab keine andere Möglichkeit«, brachte sich die Stimme in Erinnerung, die er schon vorher gehört hatte. Rurak warf den Kopf herum und schaute in ein weiteres hässlich grünes Gesicht, aus dem ihm ein eitriges Augenpaar entgegenblickte.

Ein Gnom.

Einer seiner Diener …

»Verzeiht, Herr«, krächzte die kleinwüchsige Kreatur und deutete eine Verbeugung an. »Als wir Euch fanden, wart Ihr fast verblutet und dem Tod näher als dem Leben. Aber wir sagten uns, dass es noch eine Möglichkeit geben müsste, Euch zu retten. Also nahmen wir Euch mit uns …«

»Ihr nahmt mich mit?« Rurak starrte in purem Unverständnis. »Und Tirgas Lan?«

»Verloren«, sagte der Gnom nur.

»Was faselst du da?«

»Der Dragnadh ist zurückgekehrt und hat uns in die Flucht geschlagen.«

»Und Margok?«

Der Diener schüttelte nur den Kopf und überließ es der Phantasie des Zauberers, sich auszumalen, was genau geschehen war.

»Der Dragnadh«, echote Rurak flüsternd und erinnerte sich an die unheimliche Kreatur, die ihn gepackt und hinfortgerissen hatte. Das also war es gewesen …

»Das Heer des Dunkelelfen wurde zurückgeschlagen und hat sich in alle Winde zerstreut«, fuhr der Gnom beklommen fort. »Nur wenigen gelang die Flucht.«

»Dann sollte ich euch kleinen Bastarden wohl dankbar sein«, keuchte der Zauberer, während er feststellte, dass er Arme und Beine wieder bewegen konnte. Er richtete sich halb auf dem Steinsockel auf und betrachtete seinen neuen Körper und seine Hände. Erst dann dämmerte ihm die hässliche Erkenntnis …

»Ich bin … ein Mensch!«, ächzte er.

»Wir hatten keine andere Wahl«, entgegnete der Diener. »Euer alter Körper war bereits den Weg alles Sterblichen gegangen …«

»Und da habt Ihr mein Gehirn in den zerbrechlichen Leib eines Menschen verpflanzt?«, schrie der Zauberer, dass es von der Gewölbedecke widerhallte.

»Es war nicht unsere Entscheidung, sondern Eure«, verteidigte sich der Gnom, der schützend seine dünnen Arme emporgerissen hatte. »Hätte Euer dunkler Wille uns nicht dabei unterstützt, wäre die Übertragung niemals gelungen.«

Rurak schnaubte. So abwegig ihm der Gedanke erschien, im Körper eines Menschen gefangen zu sein, und so sehr sich sein Innerstes gegen eine solche Demütigung sträubte – der Diener hatte recht. Die Gnomen hatten ihm bei zahllosen Operationen assistiert, in denen er aus halbtoten Orks lebende Kämpfer gemacht hatte, sodass sie die Handgriffe kannten und wussten, was zu tun war; aber natürlich hatten sie nicht die magische Kraft, die nötig war, um den Blutsammler zu bedienen und das *lu* eines Wesens auf einen neuen Körper zu übertragen.

Dies musste er fraglos selbst getan haben, wenn auch unbewusst. Sein eiserner Wille zu überleben ...

Erneut schaute er an sich herab.

Wie zerbrechlich dieser neue Körper war und welch erbärmlicher Gestank von ihm ausging! Aber andererseits war er jung und kräftig. Rurak interessierte es nicht, wer der Mensch gewesen war. Sein Körper, so unvollkommen er sein mochte, barg die Chance, sich wieder frei zu bewegen, unbehelligt von jenen quälenden Schmerzen, die ihm wie ein Schatten gefolgt waren. Und wenn dieser Körper irgendwann gealtert war, würde er sein Bewusstsein in einen neuen übertragen – Menschen gab es in Erdwelt schließlich mehr als genug.

Auf diese Weise konnte er Jahrzehnte, wenn nicht Jahrhunderte überdauern und in all dieser Zeit auf Rache sinnen. Und irgendwann, davon war der Verräter überzeugt, würde sich die Gelegenheit dazu ergeben.

Der Elf namens Palgyr, der sich gegen den Zauberrat verschworen und sich dunklen Mächten verschrieben hatte, mochte aufgehört haben zu existieren – Rurak der Schlächter jedoch war noch am Leben.

In einem neuen Körper blieb sein Name erhalten, ebenso wie der finstere Wille, der ihn antrieb.

Epilog

So endet die Ära der Zauberer, und es beginnt, was ich das dunkle Zeitalter nennen möchte, denn verloschen ist der Glanz von Sigwyns Tagen.

Von Tirgas Dun aus, der Stadt am *arfordyr*, lenkt Farawyn der Seher die Geschicke des Elfenvolks, doch das Reich, das Erdwelt einte, ist vergangen, hinfortgeweht vom Sturm der Geschichte. Im Bestreben, aus der Vergangenheit zu lernen und zu verhindern, dass sie sich noch einmal wiederholt, ist Farawyns Streben darauf gerichtet, jene zu bestrafen, die mit Margok paktiert haben.

Während ich diese Worte schreibe, durchkämmen Waldelfen die Nordlande und die Westmark auf der Suche nach Anhängern des Dunkelelfen, die nach der Schlacht um Tirgas Lan geflohen sind. Manche *dun'rai*, so heißt es, wurden von ihrem finsteren Herren in den Wegen verbotener Magie unterwiesen und standen kurz davor, Zauberer zu werden – sie verfolgt der König mit besonderer Härte und lässt sie hinrichten, wo auch immer er ihrer habhaft werden kann.

Zugleich wird in diesen Tagen eine Kriegsflotte ausgerüstet, um die Fernen Gestade von den Schergen des Bösen zu befreien. Irgon selbst ist ihr Befehlshaber, sein Stellvertreter ein junger Offizier, der aufgrund seiner Tapferkeit in der Schlacht um Tirags Lan ausgezeichnet und in den Stand eines Obristen erhoben wurde.

Sein Name ist Ruuhl.

Von Shakara ist nichts geblieben als die Festung selbst, die eine große Vergangenheit birgt, und in der Alannah, die trotz ihrer Verfehlungen stets die anmutigste und reinste unter uns gewesen ist, über das Erbe des Ordens wachen wird.

Der Rest von uns, die wenigen, die den Kampf gegen Margok überlebt haben, hat sich in alle Winde zerstreut, Novizen wie Eingeweihte, Aspiranten wie Meister. Der Orden der Zauberer existiert nicht mehr, und es erfüllt mich mit tiefer Trauer, dass ich dieses letzte Kapitel in der Chronik Shakaras im Bewusstsein beende, dass es niemals gelesen werden wird.

Der Kampf, den wir führten, wird in Vergessenheit geraten, so wie die Opfer, die wir gebracht haben.

Bald, schon sehr bald ...

Ich bringe diese letzten Sätze in der Abgeschiedenheit meines Exils zu Papier, nicht um der Nachwelt willen, sondern damit ich nach Jahren des Krieges und des Konflikts endlich inneren Frieden finde. Die Vergangenheit festzuhalten, war meine Aufgabe, doch die Sterblichen haben sich als unfähig erwiesen, aus ihr zu lernen. Sollten diese Bücher, die ich an einem sicheren Ort verbergen werde, dereinst gefunden werden, so hoffe ich, dass man mit Milde und Nachsicht auf das blicken wird, was wir waren und was wir getan haben.

Und ich beende dieses Werk in der vagen Hoffnung, dass sich Farawyns Prophezeiung einst erfüllen und das Elfenreich sich erneuern wird.

Eines fernen Tages.

Aus der Chronik Syolans des Schreibers
Buch III, Schlusswort

Nachwort

So endet also die Geschichte des Zweiten Krieges, und das Epos der Zauberer ist zu Ende erzählt – fast, möchte man hinzufügen, denn natürlich wissen all jene, die die »Orks«-Trilogie gelesen haben, dass die Ereignisse von Tirgas Lan noch ein dramatisches Nachspiel haben, als zwei Unholde namens Balbok und Rammar rund tausend Jahre später ...

Aber das ist eine andere Geschichte.

Wie all die Male zuvor hat auch dieser Ausflug nach Erdwelt mir wieder große Freude bereitet, und ich danke all jenen, die mich dabei begleitet haben: Carsten Polzin von Piper Fantasy, meiner Lektorin Angela Küpper, meinem Agenten Peter Molden und Zeichner Daniel Ernle, der die Karte Erdwelts wiederum auf den neuesten Stand gebracht hat. Danken möchte ich auch den Komponisten James Horner und Alan Silvestri, deren phantastische Klänge die Entstehung nicht nur dieses Romans, sondern der ganzen Trilogie begleitet und mir geholfen haben, mich in die magischen Gefilde Erdwelts hineinzuversetzen. Ich danke meiner wunderbaren Familie und ganz besonders meiner kleinen Tochter, die mich die Welt mit anderen Augen sehen lässt. Und ich danke Ihnen und Euch, meinen Lesern, für die zu schreiben ein Privileg ist und einfach großen Spaß macht.

In Mails und Zuschriften, die mich in letzter Zeit erreichten, wurde ich häufig gefragt, wie es nach Abschluss der »Zauberer«-Trilogie weitergehen wird. Mit etwas ganz Neuem? Mit einem anderen Abenteuer, das in Erdwelt spielt? Oder werden gar Balbok und Rammar ihre wilde Rückkehr feiern?

Die Antwort ist, dass ich mich nach sechs Romanen Erdwelt danach sehne, meine Leser in eine neue Fantasy-Welt zu entführen, die im Lauf der letzten Jahre in meiner Vorstellung Gestalt angenommen hat und danach verlangt, endlich realisiert zu werden.

Aber eine Rückkehr nach Erdwelt ist fest geplant.
Versprochen ...

Michael Peinkofer
Frühsommer 2010

Anhang A
Anmerkungen zu elfischer Sprache und Grammatik

Die Elfensprache ist die zentrale Hochsprache Erdwelts und – neben dem Orkischen und der Sprache der Westmenschen, die am weitesten verbreitete. Da die Kultur der Elfen von ihren mythischen Anfängen an eine Schriftkultur gewesen ist, hat sich das Elfische in einer weitgehend unveränderten Form bis in die Regierungszeit Corwyns I. und dem *farwyla* der Elfen aus Erdwelt weitgehend unverändert erhalten.

Die Elfensprache besticht durch ihren logischen Aufbau und die Klarheit ihrer Regeln, Ausnahmen finden sich nur vereinzelt und erst in der Spätzeit des Reichs, die mit der Regierung Farawyns und dem Reich von Tirgas Dun beginnt. Dennoch kann nachfolgend nur ein grober Abriss der wichtigsten Grundregeln elfischer Satzbildung gegeben werden, wie sie sich u.a. in Bloythans Standardwerk *Tafuraith* (»Elfenzunge«) findet.

Substantive

Das Elfische verfügt über eine Vielzahl unterschiedlich endender Substantive, die stets nach ihrem natürlichen Geschlecht bestimmt sind und häufig aufgrund einer reichen Auswahl an sinnstiftenden Suffixen gebildet werden. So bedeutet die angehängte Silbe *-ian* beispielsweise »Herr des ...« (Beispiel *Lhurian* – Herr der Zeit), während die Endung 'ras eine Eigenschaft auszudrücken pflegt. Die an den Wortstamm eines Verbs angehängte Silbe *-yr* hingegen drückt den Ausübenden einer Tätigkeit aus, während die Endung

-than die Tätigkeit selbst bezeichnet. Aus *breuthu* »träumen« wird so *breuthyr* »der Träumer«, und aus *baigwithu* »bedrohen« wird *baigwithan* »die Bedrohung«.

Der Plural wird allgemein durch Anhängen des Buchstabens -*a* gebildet: codan – der Baum, codana – die Bäume. Substantiven, die bereits auf -*a* enden, wird ein -*i* angefügt, um die Mehrzahl auszudrücken: *fahila* – das Blatt, *fahilai* – die Blätter. Weitere Ausnahmen bilden die Substantivendungen -*an* (Plural -*ian*) und -*on* (Plural -*ion*) sowie alle Wörter, die auf -*s* auslauten. Hier wird ein -*i* anstelle des -*s* eingesetzt, um die Mehrzahl auszudrücken: *tirgas* – die Stadt, *tirgai* – die Städte.

Die Deklination der Substantive erfolgt nach folgendem Schema, das gleichlautend auch für die Pluralform gilt:

Nominativ	*reghas*	die Gabe
Genitiv	*'y'reghas*	der Gabe
Dativ	*reghas-ta*	der Gabe
Akkusativ	*reghas-tan*	die Gabe

Eine Besonderheit des Elfischen ist der sog. Lokativ, der nach Voranstellung von Präpositionen Anwendung findet. In den allermeisten Fällen ist er gleichlautend wie der Nominativ. Eine verbreitete Ausnahme bildet das Wort *tanthaiar* (»Tiefe«) wegen seiner Herleitung aus der alten Drachensprache; der Lokativ lautet hier *tanthaiaru*.

Verben
Ihrer langen und reichen geschichtlichen Entwicklung gemäß kennt die elfische Hochsprache eine Vielzahl teils sehr spezifischer Verben. Die Infinitiv-Endung sämtlicher elfischer Verben ist ein dem Wortstamm angehängtes -*u*, das die Identifizierung desselbigen sehr einfach macht. Konjugiert werden Tätigkeitswörter durch Anhängen verschiedener Silben, wie nachfolgend am Beispiel des Verbs *faru* (»machen, tun«) erläutert wird:

1. Person Singular	*far-a*	ich mache
2. Person Singular	*far-ain*	du machst
3. Person Singular	*far-an*	er macht

1. Person Plural	*far-awen*	wir machen
2. Person Plural	*far-anai*	ihr macht
3. Person Plural	*far-anor*	sie machen

Im Lauf der Sprachentwicklung hat sich, auch unter Einwirkung anderer Sprachen wie jener der Drachen oder der Zwerge, eine geringe Anzahl unregelmäßiger Verben herausgebildet. Die Konjugation des wohl bekanntesten Vertreters dieser Gattung, des Wortes *bodu* (»sein«), gestaltet sich wie folgt:

1. Person Singular	*dwa*	ich bin
2. Person Singular	*dwain*	du bist
3. Person Singular	*dwan*	er ist
1. Person Plural	*bodan*	wir sind
2. Person Plural	*bodawen*	ihr seid
3. Person Plural	*bodanai*	sie sind

Das Partizip Präsens wird durch Anfügen der Silbe *-as* an den Stamm gebildet, das Partizip Perfekt Passiv durch Anhängen der Silbe *-un*. Bei *bodu* lauten die beiden Formen *dwas* bzw. *dwun*. Eine substantivische oder adjektivische Verwendung des Partizips ist im Elfischen gebräuchlich, z. B. *aimlathas* »der Kämpfende« oder *cuthiun*, was »verborgen« oder »versteckt« bedeutet.

Die Bildung der Vergangenheitsform betreffend, unterscheidet das Elfische, vor allem die Hochsprache Trownas und der südlichen Haine, diverse Formen der Vergangenheit, wobei deutliche Unterschiede zwischen Literatur und gesprochener Sprache bestehen. Eine vergleichsweise einfache Methode, um eine zurückliegende Tätigkeit auszudrücken, ist die Verbindung des Verbs *vandu* »haben« mit dem Partizip Perfekt Passiv, z. B. *vanda cinun* »ich habe gesungen«. Die ständige Verwendung dieser Form wird von nativen Sprechern des Elfischen zwar als unbeholfen und gelegentlich auch als Zeichen von Unbildung gedeutet, wird jedoch durchweg verstanden und kann Neulingen im Umgang mit der Elfensprache daher nur empfohlen werden.

Eine Bejahung bzw. Verneinung wird im Elfischen durch ein an die konjugierte Verbform angehängtes -n (nach Vokalen) bzw. -an (nach Konsonanten) ausgedrückt, z. B. *faran* »ich mache nicht« oder *bodanan* »wir sind nicht«. Die Bejahung oder Verneinung einer Frage erfolgt in der Regel, in dem das konjugierte Verb in der ersten Person in Bejahung oder Verneinung wiederholt wird, z. B. *Dwain parur? – Dwa.* »Bist du bereit?« – »Ja.« Oder auch *Vandanai fendu? – Vandawen-an.* »Habt ihr gefunden?« – »Nein.«

Die Befehlsform eines Verbs wird im Elfischen durch Anfügen der Silbe -ur an den Wortstamm gebildet – *Ar-aragur lithairtan!* bedeutet folglich »Öffne das Tor!«

Adjektive

Sowohl reine Adjektive als auch solche, die als Partizipien aus Verben gebildet werden, enden im Elfischen auf -a und werden dem dazugehörigen Substantiv entsprechend mitdekliniert und – je nach Betonung – vorn oder hintangestellt. Die Steigerungsform wird durch die angehängte Endung -alara ausgedrückt, der Superlativ durch -alisa: *mavura* »groß« – *mavurálara* »größer« – *marvurálisa* »am größten«.

Besitzanzeigen werden im Elfischen weder durch Adjektive noch durch Possessivpronomen ausgedrückt, sondern lediglich durch Voranstellen der Silbe na- an das entsprechende Substantiv. So wird aus *cefail* »Pferd« *na-cefail* – »mein Pferd«.

Zahlwörter

Von ihrer frühesten Entwicklung an, die bis weit in die Zeit vor der ersten Landnahme zurückreicht, war die Elfensprache von großer Exaktheit geprägt, was sich nicht nur in ihrer klaren Strukturierung niederschlägt, sondern auch in der Elfischen Vorliebe für Zahlwörter und ihnen innewohnende Wortspiele und Rätsel. So finden sich bereits in den Gesängen Lindragels, des ältesten überlieferten Epos, zahlreiche Zahlrätsel, die sich bis in die Regierungszeit Farawyns des Sehers erhalten haben, jedoch zu kompliziert sind, als dass sie Nicht-Elfen erklärt werden könnten. Außenstehende sollten sich mit dem Erlernen der elfischen Zahlwörter begnügen:

Null	*dim*	zwanzig	*dwaitheg*
eins	*yn*	dreißig	*tirtheg*
zwei	*dwai*	vierzig	*pantheg*
drei	*tir*	fünfzig	*pumtheg*
vier	*panwar*	sechzig	*sitheg*
fünf	*pum*	siebzig	*saitheg*
sechs	*siv*	achtzig	*waitheg*
sieben	*saith*	neunzig	*natheg*
acht	*waith*	hundert	*(yu-)cynt*
neun	*narn*	tausend	*(yu-)myl*
zehn	*(yu-)theg*		

Tradition

Jedem Menschen, der das Erlernen des Elfischen anstrebt, sollte klar sein, dass er es mit einem Idiom zu tun hat, das – neben den Regeln der Grammatik – vor allem von einer jahrtausendealten Tradition geprägt ist. Obschon es Unterschiede zwischen gesprochener und geschriebener Sprache gibt, ist die Literatur in der elfischen Sprache allgegenwärtig. Zitate von Klassikern wie den Gesängen Lindragels, der Geschichte Nevians, der Chronik Tyclans oder auch von Euriels *Darganfaithan* sind im Gespräch nicht nur erwünscht sondern gelten, anders als in den Menschensprachen, wo sie meist nur Aufschluss über den Bildungsstand des Sprechers geben sollen, als unverzichtbarer Bestandteil einer gepflegten Konversation. Die Kenntnis dieser Werke, deren Umfang auf Papier übertragen mehrere hunderttausend Seiten umfasst, ist für jemanden, der sich der Erlernung des Elfischen verschrieben hat, im Grunde also unerlässlich. Da die wenigsten Menschen jedoch in der Lage sein werden, so viel (Lebens-)Zeit zum Erlernen einer Sprache aufzubringen, werden sie sich wohl damit begnügen müssen *rhyfan'rai* zu bleiben – Fremde, die zwar die Worte erlernen, denen sich die Geheimnisse der Elfensprache und ihrer uralten Tradition wohl niemals ganz erschließen werden, und die Zeit ihres Lebens niemals aufhören werden, Fragen zu stellen und nach Antworten zu suchen. Genau, wie Lhurian es einst tat.

Anhang B
Lexikon Elfisch-Deutsch

adan	Flügel
ádana	geflügelt
aderyn	Vogel
afon	Fluss
agaras	Schnitt, Einschnitt
ai	nach
ai'…'ma	dieser
aimlathu	kämpfen
aith	Elfisch (Sprache)
alaric	Schwan
am	über, (einen Sachverhalt) betreffend
amber	Erdwelt
amwelthu	besuchen
amwelthyr	Besucher
an	nein, nicht
anadálthyr	»Atmer«
anádalu	atmen
angan	Mangel, Not
anghénvil	Unhold
ángovor	Vergessen (Bann)
angóvoru	vergessen
anmarvor	untoter Krieger
anmarwa	unsterblich
anmarwura	untot
anmeltith	verbotener Bannspruch

anrythan	Ehre, auch: Ehrerweisung
anturaith	Abenteuer
anwyla	schön
ar-aderyn	Silbervogel (Elster)
ar-aragu	öffnen
ar-aragyr	(Pforten-)Öffner
arf	Waffe
arfordir	Küste
arfordyr	Südküste des Reiches
argaifys	Krise, Gefahr
argura	verloren
arian	Silber, Geld
arswyth	Schrecken
arwen	fertig, auch: Genug!
arwen-hun	allein
arwidan	Zeichen
arwynidan	Anführer
asbryd	Geist
asgafana	leicht
asgur	Schule, Ausbildung
asguran	Schüler
atgyf	Erinnerung
athro	Meister, Lehrer
áthrothan	Lehre
athu	versprechen
áthysthan	Ausbildung, Erziehung
áthysu	lehren, unterrichten
áthysyr	Lehrer
awyr	Luft
baigwithan	Bedrohung
baigwithu	(be-)drohen
baiwu	leben
baiwuthan	Leben
barn	Schmutz, Dreck
barwydor	Schlacht
bashgan	Junge, auch: Diener

blain	vor (Ort)
blothyn	Blume, Blüte
bodu	sein
bór	Bär
bórias	Eisbär
brathan	Verrat
brathu	verraten
brathyr	Verräter
breuthan	Traum
breuthu	träumen
breuthyr	Träumer
brunta	schmutzig
bur	Magen
buthúgolaith	Sieg
buthúgolu	siegreich
bysgéthena	Gebäck
cacena	Kuchen
calo	Schloss, Riegel
calón	Herz
calu	(ab-)schließen
caras	Kern, auch: innerster Bereich des Kerkers von Borkavor
cariad	Liebe
caron	Krone
carryg	Stein
carryg-fin	Grenzstein
cartral	Heim, Hort
casnog	Hass
cefail	Pferd
cefanor	hinter
celfaidyd	Kunst
celfaidydian	Künstler
cenfigena	Neid
cerac	Wut, Zorn
cerasa	wütend, zornig
cerwyd'ras	Wanderer

cerwydru	wandern
cethad	Wand, Mauer
cimath	Hilfe
cimathu	helfen
cinu	singen
cinu'ras/cinu'ra	Sänger/Sängerin
cinuthan	Lied, Gesang
cnawyd	Fleisch
codan	Baum
codana	Wald
codialas	Sonnenaufgang
coracda	Krokodil
cranu	beben
cranuthan	Beben, Erschütterung
crēu	erschaffen
crēun	Geschöpf, Kreatur
crēuna	Kreatur
crēuna'y'margok	Ork (wörtl. »Margoks Kreatur«)
crēuthan	Erschaffung, Schöpfung
crysalon	Kristall
cuthiu	verbergen
cuthuna	das Verborgene
cwysta	Suche, Frage
cwysta'ras	Suchender
cwystu	suchen
cyfail	Freund
cyfárshaith	Begrüßung
cylell	Messer
cyn	(be-)vor
cyngaras	Rat, Ratsrunde
cynlun	Plan, Vorhaben
cynta	Erster, Erste
cyrraith	Ankunft
cyrru	ankommen, eintreffen
cysgur	Schatten
cysyltaith	Verbindung

dacthan	Flucht
dai	in
daifarnialas	Urteilsspruch
daifodur	Zukunft
dail	Rache, Rachsucht
dailánwath	Einfluss, Beeinflussung
dainacu	fliehen
dainys	nachts
daiórgryn	Erdbeben
daisaimyg	Vorstellungskraft, Einbildung
daishvelu	zurückkehren
dalu	fangen, gefangen nehmen
daluthan	Gefangennahme, Haft
damwan	Unfall
danth	Zahn
darganfaithan	Entdeckung
darganfodu	entdecken
darthan	Anfang, Beginn
daru	anfangen, beginnen
derwyn	Eiche
deshru	beginnen
dgelan	Feind
diffroa	ernst, ernsthaft
diffrofur	Ernst
digydaid	Zufall
dim	nichts
dinas	Stadt
dinistrio	Zerstörung
diogala	wohlbehalten, sicher
diweth	Ende (zeitlich), auch im übertragenen Sinn
dorwa	böse
dorwathan	Bosheit, das Böse
dorwy	durch
dorwys	Tür, Zugang
dorys	über (örtlich)

dothainur	Rückkehr
dragda	Drache
dragnadh	untoter Drache
dufanor	Tiefe, auch: tiefe Schlucht, Abgrund
dun	Besitz
dun'ras	Besitzer, auch: Herr (Titel)
dur	Stahl
dwaímaras	Ostsee
dwaira	östlich, ost-
dwáirafon	Ostfluss
dwairan	Osten
dwar	Wasser
dwarva	Zwerg
dweth	weise
dwetha	Weisheit
dwethan	Weiser, Zauberer
dwethana	Zauberin
dyna	Elf
dyr	Süden
dyrfraida	vollendet, vollkommen
dysbarth	(Unterrichts-)Klasse
dysbarthan	Übertragung, Zeremonie der Speicherung von Wissen in Kristalle
dysbarthu	übergeben, übertragen
dysgu	lernen
dyth	Tag
effru	erwachen
effruthan	Erwachen, Erweckung
eilíalas	Augenblick, Moment
eriod	immer, niemals
érshaila	schrecklich
essa	geheim
essamuin	Geheimname (unter Vertrauten)
essathan	Geheimnis
evailys	Wille

fad	Weg
fahila	Blatt
fal	wie (Vergleich)
faru	geben, machen
farun	(bestehend, gemacht) aus
farwyl!	Lebewohl!
farwyla	Abschied
farwylu	sich verabschieden, Lebewohl sagen
fendu	finden
filu	können
fin	Grenze
flas	Blitz
flasfyn	Zauberstab
fyn	Stab
gaer	Wort
gaffro	Bock
gaida	mit
galar	Trauer
glaru	trauern
galwalas	Ruf, Berufung
ganeth	Mädchen
garu	gehen
garuthan	(Fort-)Gang, auch: Bezeichnung für den zweiten und praktischen Teil der Ausbildung zum Zauberer
gem	Spiel
gem'y'twara	»Spiel der Könige«
glain	Tal
glan	Ufer, Küste
glarn	Regen
glathan	Schwert
glathian	Schwertkämpfer
glathu	fechten
glian	Gestade
gobaith	Hoffnung

gorfennur	Vergangenheit
gorwal	Horizont
graim	Gewalt, (zerstörerische) Kraft
graima	gewalttätig, zerstörerisch
gwaharth	Verbot
gwahárthana	verbotenes (magisches) Wissen
gwaharthu	verbieten
gwaila	schlecht, schäbig
gwair	Heu
gwaith	Blut
gwal	Irrtum, Fehler
gwarshu	wachen, hüten
gwarshura	Hüterin
gwasanaith	Diener
gwasanaithu	dienen
gwavur	Dämmerung
gwyr	Wahrheit
gwyra	wahr
gyalas	Land
gyburthaith	Wissen
gydian	Seher
gydu	sehen
gyla	westlich, west-
gylafon	Westfluss
gylan	Möwe
gylan	Westen
gynt	Wind
gyrtharo	Kampf, Scharmützel
gystas	Gast
gyta	wild
gytai	Wildmenschen
gywar	Mensch
gywara	menschlich
gywarthan	Menschlichkeit
ha'ur	Sonne
halas	Vater

hanas	Geschichte, Erzählung
hanasu	(zur Unterhaltung) erzählen
hanasu'ras	Geschichtenerzähler
haul	Recht
hena	alt
hethfanu	fliegen
hethfánuthan	Flug; Bezeichnung für den dritten und abschließenden Teil der Ausbildung zum Zauberer
hethwalas	Frieden
holt'ras	Splitter
holtu	spalten, splittern
hunlef	Albtraum
huth	Zauber, Magie
ias	Eis
ilais	Stimme
ilfantodon	Elefant
ilfúldur	Elfenbein
labhur	(Fremd-)Sprache
lafanor	Klinge
laiffro	Buch
laigalas	Auge
laigurena	Ratte
laima	schwerwiegend, weitreichend
larn	Hand
larwun	Alarm, Notsignal
larwunu	alarmieren
leidor	Dieb
levalas	Mond
lhur	Zeit
lithairt	Pforte, Tor
lofruthaieth	Mord
long	Schiff
lu	(positive) Kraft, Energie
lyn	Eid, Schwur
lynca	glücklich, vom Glück gelenkt

lysgu	brennen
lysguthan	Brand
machluth	Sonnenuntergang
maeva	Empfindung, Gefühl
mainidan	Berg
mainídian	Gebirge
mainídian minogai	Scharfgebirge
mainídian'y'codíalas	Ostgebirge (»Gebirge des Sonnenaufgangs«)
maivu	fühlen
maivuthan	Gefühl
maras	Meer
marthwail	Hammer
marvent	Friedhof
marwu	sterben
marwura	tot
marwuraith	Tod
marwuraitha	tödlich
mathau	vergeben
mathauthan	Vergebung
mavura	groß
mélin	Mühle
meltith	Fluch
menter	Handel
menterian	Händler
métel	Metall
milwar	Soldat, auch: Legionär
minoga	scharf, spitz
moir	derart, so
mola	kahl
muin	Name
nadh	nicht mehr
nahad	Mein Vater (respektvolle Anrede)
negésidan	Bote
negys	Botschaft
neidor	Reptil

nev'ras	Gestaltwandler, Wechselbalg
nevithu	ändern, wechseln
newitha	neu
nivur	Nebel
nothu	nackt
nys	Nacht
nysa	nächtlich
odan	unter (Ort)
ogyf	Höhle
ou	aus, von … her, von
paisgodyn	Fisch
paisgodyn'ras	Fischer
pal	Kugel, Ball
paráthan	Vorbereitung
paráthu	vorbereiten
parur	bereit
parura	Bereitschaft
pavysal	Gewicht
pêl	Ball
pela	weit (entfernt), fern
pelai glian	die Fernen Gestade
pelaidryn	Strahl
pena	Ende (örtlich)
penambar	Ende der Welt
pentherfad	Entscheidung
pentherfadu	entscheiden
pentheru	nachdenken, erwägen
peraig	Gefahr
peraiga	gefährlich
peshur	Sünde
plaigu	biegen
pon	Schmerz
prayf	Prüfung
prys	Preis
rain	Netz
reghas	Geschenk, Gabe

rhiw	Geschlechtsakt
rhulan	Herrscher
rhulu	herrschen, befehlen
rhyfal	Krieg
rhyfal'ras	Krieger
rhyfan'ras	Fremder
rhyfana	fremd-(artig)
rothgas	Feuersbrunst, Feuer
ryth	Freiheit
rythan	Befreiung
rythu	befreien
safailu	(still-) stehen
safailuthan	Stand, auch: Bezeichnung für den theoretischen Teil der Ausbildung zum Zauberer
saiaralu	sprechen
saiaraluthan	Gespräch
saith	Pfeil
saithyr	Bogenschütze
serena	Stern
serentir	Dreistern
sgruth	Sturm-(wind)
sha	und
shumai!	Guten Tag!
simu	wissen, lernen
siwerwa	bitter
sun	Ton, Klang
sunu	klingen
swaidog	Offizier
swaraiu	spielen
syndoth	Überraschung
ta	oder
tafur	Zunge
tailu	schinden, quälen, auch milit. drillen, schleifen
tailyr	Schleifer

taingu	schwören
taith	Dunkelheit
taitha	dunkel
tampyla	Tempel
tanthaiar	Untergrund, Tiefe
taras	Donner
taríalas	Bruch, Zerwürfnis
tarian	Schild
tarian'y'crysalon	Kristallschild
tarthan	Schlag, Stoß
taru	schlagen, treffen
tavalian	Heiler
tavalu	beruhigen, auch: heilen
taválwalas	Stille
thu	Schwarz, Schwärze
thugyas	Düsterland
thwa	schwarz
thynia	Eisblume
thynu	blühen
tingan	Schicksal
tirdanth	Dreizack, sagenumwobene Waffe Norguds
tirgas	Festung, befestigte Stadt
trafodu	verhandeln
trafodúthan	Verhandlung
tragwytha	ewig
tragwythur	Ewigkeit
tro	Biegung
trobwyn	Wendepunkt, (unerwartete) Wendung
trowna	geschützt, sicher
tryasal	Versuchung
tu	dick, fett
tubur	Fettwanst
tur	Turm
twailu	täuschen, betrügen

twailuthan	Täuschung
twar	König
ucyngaras	der Hohe Rat
una	einig
unu	einigen, vereinen
unuthan	Bündnis, Einheit, Vereinigung
ur	Spur, Fährte
ura	Letzter, Letzte
usha	hoch
vandu	haben
ymadawaith	Aufbruch
ymadu	aufbrechen, abreisen
ymarfa	Übung
ymarfu	üben
ymgaingaru	beraten
ymgaingaruthan	Beratung
ymlain	voraus
ymlith	unter (Menge)
ymosuriad	Angriff
yna	auf, bei, an
yngaia	»Nurwinter«, Ewiges Eis
ynig	einzig, nur
ynur	zurück
ys	wenn, falls

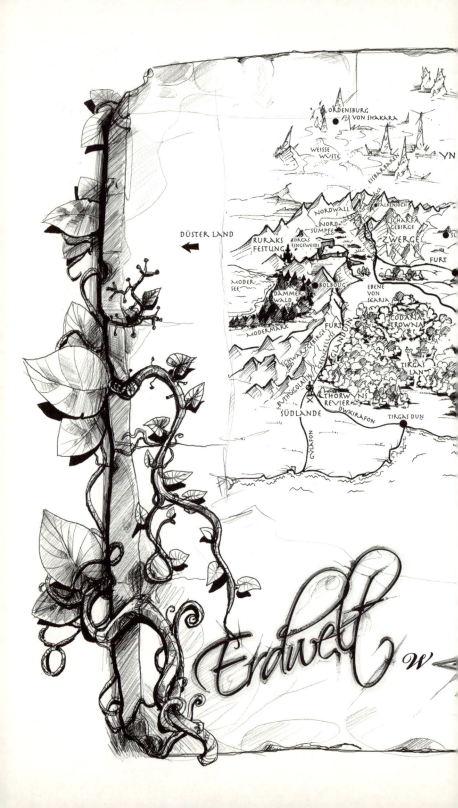

PIPER

Michael Peinkofer
Die Zauberer

Roman. 592 Seiten. Klappenbroschur

Es ist der Vorabend der großen Schlacht, die als der »Zweite Krieg« in die Chroniken von Erdwelt eingehen wird. In einer Festung im Ewigen Eis, der Ordensburg von Shakara, leben die mächtigsten Wesen von Erdwelt, die Zauberer.
Dort treffen drei ungewöhnliche Novizen aufeinander. Die junge Elfin Alannah, der ehrgeizige Elf Aldur und der magisch begabte Mensch Granock sollen lernen, ihre einzigartigen Gaben für das Wohl ihres Landes einzusetzen. Doch in den eisigen Hallen treffen sie nicht nur auf Freundschaft und Liebe, sondern auch auf Verschwörung und Verrat. Schnell sehen sich die jungen Zauberer ihrer größten Aufgabe gegenüber – Erdwelt vor der Vernichtung zu bewahren.
Das fesselnde neue Abenteuer des Bestseller-Autors Michael Peinkofer führt in die Anfänge von Erdwelt, dem magischen Reich, in dem schon die Orks Balbok und Rammar ihre Äxte kreisen ließen.

PIPER

Michael Peinkofer
Die Zauberer. Die Erste Schlacht

Roman. 496 Seiten. Broschur

Erdwelt am Rande des Krieges: Die Orks überschreiten die Grenze der Modermark. Die Menschen rüsten zum Angriff, um das Joch der Elfenherrschaft abzuschütteln. Doch die größte Gefahr droht durch einen gerissenen, unheimlichen Feind – den Dunkelelfen Margok, der noch immer nicht besiegt ist. Die drei jungen Zauberer Granock, Aldur und Alannah werden damit betraut, in einem zerstörten Tempel nach Hinweisen auf den Verbleib des Dunkelelfen zu suchen. Jenseits der tiefen Dschungel Aruns stoßen sie nicht nur auf ein uraltes Geheimnis und eine verschollene Zivilisation. Sie müssen auch erfahren, wo die Grenzen ihrer Freundschaft liegen. Und im Norden entbrennt die schicksalhafte Schlacht um die Zukunft von Erdwelt …

01/1886/01/L